@谢澜_em

今年，留英儿童谢澜回国了。他不善言辞，笔拙，而表达常带来令人捧腹的效果。从翻奏到原创，他以一己之力突破音乐层天花板，带我们发现了深巷中的美酒，将高调之上的音乐，以少年人喜欢的形式演绎。少年，未来请去更高的地方！

宵xx

MIGHTY ORIGIN LITERATURE

就你机灵

You are smart

小霄 ● 著

北京燕山出版社

图书在版编目（CIP）数据

就你机灵 / 小霄著 . -- 北京 : 北京燕山出版社，
2022.6

ISBN 978-7-5402-6571-7

Ⅰ . ①就… Ⅱ . ①小… Ⅲ . ①长篇小说 – 中国 – 当代
Ⅳ . ① I247.5

中国版本图书馆 CIP 数据核字（2022）第 099317 号

就你机灵

作　　者：小　霄
出 品 人：赵丽娟　徐　琛
责任编辑：满　懿
特约编辑：王　梓
装帧设计：唐 小 迪
封面绘图：海里有豆
出版发行：北京燕山出版社有限公司
社　　址：北京市丰台区东铁匠营苇子坑 138 号
发行电话：010-65240430
邮政编码：100079
印　　刷：北京君达艺彩科技发展有限公司
开　　本：710mm×1000mm　1/16
字　　数：470 千字
印　　张：24.5
版　　次：2022 年 6 月第 1 版
印　　次：2022 年 6 月第 1 次印刷
书　　号：ISBN 978-7-5402-6571-7
定　　价：55.00 元

| 目 录 |

第一章

归 国

二月的尾巴，风里寒意未散，阳光却透着益然夏意，残冬与初夏在这座城市相撞，这是伦敦从未有过的鲜明。

H市机场T2航站楼。

"弄嘟个飞机害弯垫，弄个等死捞子。"

穿纯白宽松运动衫的男生举着手机大步流星，声线里有着少年低低浅浅的磁性，一口不伦不类的方言惹人频频回头。

映在荧幕里的眉眼生动明朗，黑发，高个子，肩宽腿长，这个年纪的男生身形越薄反而越有种向上生长的嚣张。

弹幕刷得飞快——

【听不懂】

【是我起床的方式不对吗】

【前边的已经下午了……】

【这什么鸟语听得我脑瓜子疼】

男生懒散地回答："仙西话。"

【说清楚，陕西还是山西】

【陕西抵死不从】

【山西人表示与我无关】

【听着像陕西混重庆】

【重庆人直呼要报警了！】

嘲笑归嘲笑，弹幕气氛却十分融洽，像一大家子坐在一起嗑瓜子闲聊。

荧幕左上角挂着主播信息，头像是一颗平平无奇的豆子，ID 是人人看了都要骂一句"臭不要脸"的"人间绝帅窦"，粉丝数：100 万。

【刚上线，他咋了？】

【突然直播，目前在机场，来意不明】

【小破站 3 月活动主题是方言】

【难怪……】

【我寻思方言也先得是人话吧？】

【你可以接地气，但你不能接地府啊】

挂在左肩的包带滑下去，窦晟抓了一把，恢复正常声音："真那么难听懂？我正经学了十分钟呢。"

【装腔失败】

【被牛弹琴】

【来机场到底干吗的？】

窦晟叹了口气。"我妈给的紧急任务，有人要来寄宿，派我接机。这祖宗今天还过生日，我订蛋糕时急够呛，谁知道飞机晚点了，白忙。"他腿长，走得飞快，正常说话时不紧不慢，有点懒洋洋的。弹幕里有很多是他的"说话粉"，就喜欢这种漫不经心、有点痞还有点苏的调调。

【寄宿？哇塞！】

【男的女的？几岁？】

【长什么样？】

【2 月 29 生日啊，四年一回】

【跟你什么关系？】

"我也很茫然，就知道跟我差不多大，嗯……算表妹吧。"

【嗨！老婆！】

【百万粉福利，要她营业】

【臣附议，要 JK】

窦晟对着荧幕轻轻挑了挑唇："一群神经病，给我闭麦。"

【这就开始护妹了】

事发突然，要接的是老妈少女时期的闺蜜的孩子，那人已经两年没和这边联系过了，这次是她丈夫突然打越洋电话拜托老妈帮忙，打电话的时候倒霉孩子已经上了飞机。

老妈也很蒙，只翻出一张好几年前存的照片，照片里的人儿长得倒是眉清目秀，只不过小时候眼神就很叛逆。

窦晟之所以胡诌说是表妹，是因为弹幕里的粉丝都是戏精，要是坦白没血缘关系，这群人能让他号直接没了。

机场广播"叮"一声，开始语音播报。

窦晟打了个哈欠："终于降落了。"

"Ladies and gentlemen, we will be soon landing at DDLLD International airport."

语音播报响起，机舱里的人早已迫不及待地抬起窗挡，浓烈的阳光倾洒而入，十几个小时飞行的疲惫感在这一刹那尽数涌起，又很快被故乡的晴朗驱散。

坐在最后靠过道的男生还伏在书包上浅眠，长腿蜷屈在狭窄的空间里，削平的肩随着呼吸轻轻伏动。在一飞机聊天的人中，他安静得有些格格不入，周身勾勒出淡淡的孤独感。

飞机着陆的一瞬，他忽然醒了。骨节分明的手指拖住毛衣领子往下一拉，仰过头抵着座椅靠背睡觉。

窗外的光在那张脸上打下一条光带，明暗交错，轮廓与五官皆是少年特有的柔和的分明。

片刻后他睁开眼，起身从行李架上取下琴盒，把一只黑色相机包挂在书包肩带上，全都拢到右肩，迅速从满舱活动腿脚的乘客间穿过。

航班晚点了两个小时，谢澜运气不好，用了三年多的手机在不久前突然黑屏，紧接着进入自动开机关机的循环中，折腾几小时后彻底报废，充不进去电。他没有托运行李，迅速甩掉大部队乘客，第一个过海关，只身出现在接机通道。

来接机的人谢澜不认识，电话号也没来得及背。通道里人头攒动，他的视线飞快扫过那些陌生的脸庞，试图寻找一个写着"谢澜"或"Lan Xie"的牌子。

很不幸，这些人里都没有。

谢景明是在谢澜抵达希斯罗机场时才终于接受了儿子真要回国的事实，谢家在英国扎根十几年，这边早没亲人了，在通讯录里找了一圈，最终只能拜托谢澜妈妈的发小赵文瑛来接机，一切都充斥着不靠谱。

和乌泱乌泱的接机人互瞪半分钟后，谢澜自闭地重新把毛衣领子往上扯了扯，垂眸快步离开，打算找地方借个计算机抢救一下手机。

好像有句中国的古诗可以描述他此刻的心情，怎么背来着……

十年生死两茫茫。

下一句不记得了。

哦，游子归国心凉凉。很顺。他能感觉到自己的中文天赋正随着踏上这块土地而飞快苏醒。

便利店老板娘在柜台后伸着脖子盯谢澜的手机。数据线另一头插着她的计算机，无论怎么折腾手机都不亮，计算机也无法读取设备。

"变成砖了，没救。"她叹气说。

谢澜跟漆黑的荧幕又僵持了几秒，把线拔了，低声说了句"谢谢"。他自动往旁边让了让，让身后过来的人结账。

"就奶茶吧，不会挑。不知道喜欢什么口味。我也第一次见，不了解。"

旁边那人说话声中带着一股子敷衍，但嗓音有些清凉的质感，听起来很舒坦。谢澜下意识一回头，看到的却是一部手机，而后才是荧幕后的脸。

那个男生漫不经心地抬眸朝谢澜看过来，手腕随动作偏了偏。谢澜迅速往旁边挪了一步。那人识趣地把屏转过去捂在衣服上，低低说了句"抱歉"，拿着奶茶擦身而过。

谢澜蹙着眉正要把手机揣回兜，忽然被一股快准狠的拉力一拽，像有把钩子不由分说地钩着他整个人往右趔趄半步。他站稳后茫然抬头，只见那个风风火火的家伙书包上坠着他的相机包，正从门口扬长而去。

谢澜："哎——"

戛然而止。

卡壳了。

该怎么称呼来着？朋友？先生？男孩？都不太合适。

在英国可以直接喊"mate"，"mate"的中文是什么？我的小伙计？

很小的语言点，却能把语言系统错乱的人活活卡死。

谢澜不到三岁被带出国，在谢景明的坚持下，日常语言随之变成英语，此前培养的汉语体系几乎被摧毁殆尽，只有每年去伦敦小住的姥爷会跟他说说中文。三年前姥爷没了，这条道也彻底断了。

非要定义一下，他的中文勉强算一年级小学生水平，可能还不如，虽然日常口语听不出问题，但用词不准，常常语出惊人，听一段话时容易听丢字词，认字写字更是基本废了。

　　那人已经走到门口，对着手机飞快说："我掏一下接机牌，先下了。"而后他把手机锁屏揣兜，书包往前一抢，只听"啪"的一声，被钩住的相机包就砸在了地上。

　　"……"

　　谢澜默默跟上去。

　　"这也能掉出来。"

　　男生嘟囔着捡起相机包，拉开拉链，掏出那台小巧的 C 牌最新款微单相机，娴熟地抠开折叠屏，按下开机键，整个动作一气呵成。说那是他自己的相机，谢澜都差点信了。

　　谢澜在对方"叽叽叽"调曝光时走到他身后，欲言又止，犹豫之下先伸手轻轻拍了拍他。

　　"！！！"

　　好像不小心拍到了什么神经病启动开关，只见那家伙猛地往旁边一蹿，手没拿稳，相机"啪嚓"一声又掉了。

　　这次相机没有防护，"着陆"声清脆，听上去八成要报废了。

　　"……"

　　他捡起相机，抬眸不悦道："背后拍人，你有病？"

　　谢澜比他更不爽："看看相机坏了没。"

　　男生用袖子擦擦镜头，想重新开机却发现开机键已经塌陷进去，周围的机壳裂开，荧幕也碎了一个角。

　　他吸了口气，语速骤然起飞："我说——这机子我才刚到手，创作热情正熊熊燃烧，每天骗五万硬币都打不住，就这么被你背后袭击给打碎了！"

　　刚才没看出来，原来是个说话强者，真是失敬了。

　　但谢澜跟不上那么快的语速，只来得及听懂前几个字——"才刚到手"，还有后面断断续续的一些关键字，"骗五万硬币"之类的。

　　他琢磨了一会儿，感觉这人刮走他的相机有可能是故意的，也有可能是无意的，但听这个话术，此人大概率是小偷。看着眉目生动，实际是个长得好看的歹人。

　　那人眉皱得更深："相机都完蛋了，你倒是说句话啊！我着急走，来不及跟你掰扯，全新零售价三九九九，微信还是支付宝？你扫我还是我扫你？"

　　谢澜皱眉消化这串连珠炮，消化到"我着急走"，后面的就忘了。不重要，关键信息 get。

"走什么走，抓到你了，我打警察。"

"？"一丝困惑爬上对面那双眸。

"你什么？"

谢澜懒得废话，低头看一眼报废的手机，有些烦躁地冲他伸出手。

"你有手机吧？"

"干什么？"

"打警察。"

对方沉默片刻，语速重新放慢："要报也该我来报吧？不是，我被你带跑了，打什么警察？"

"你打也行。"谢澜脑海中浮现出一个成语，"毛遂自荐，也可以。"

"……"

身边往来的都是快速通过的行人，没人在意便利店门口僵持的两个男生。

原地沉默许久后，那人嘶了一声："不会是脑子……"话说到一半，扫到谢澜背后的琴盒，那人语气又转了个弯，"但还会拉琴？"

谢澜心烦地抓了一下空荡荡的背包带："手机，快点。"

或许是在他反复强调"打警察"后终于知道怕了，那人表情微妙地变了好几次，最终竟隐隐露出些许柔和，看着他，轻叹一口气，让人莫名背后发凉。

"确定要打警察吗？要不再考虑一下？"

"求饶没用。"谢澜铁面无情。

一个女声忽然在背后响起。

"哎，这是你的吧？"便利店老板娘小跑过来，拎着一个十分眼熟的黑色相机包。她看到谢澜后松了口气，"还好没走远，东西掉我柜台上了。"

谢澜接过相机包，怔了两秒才一下子明白过来，从冷酷无情到耳根发红只用了零点一秒，从耳根发红到耳朵彻底充血，只用了身边那家伙恍然大悟地拖长调的"哦——"一声。

那家伙把坏了的相机往手腕上一套，轻轻扬眉："还打不打警察了？"

"……"

回国出师不利。

机场大厅一整面墙都是落地玻璃，阳光打在男生侧脸上，更显出少年的轮廓分明。少年抬手掀了掀领口，谢澜发现那只手骨相很好，指骨清晰，腕骨细而劲挺。

手的主人开口了："微信转我？"

谢澜犹豫了一下说："我不用微信。"

"那支付宝？"

"还没开，我手机坏了，你可以把银行账户告诉我。"

"没支付宝？"那人一抬头，恍然道，"难怪说话有点怪，你是外国人？"

"中国人。"谢澜立刻回答，"中文不好，但是我是中国国籍。"

他很烦，非常烦。一模一样的相机，一模一样的官配相机包，还都喜欢挂在书包上。

问题是刚才钩住他的东西到底是什么？

视线扫到那人挂在身子一侧的书包，拉链上挂着一枚梧桐叶片的小装饰，还有个像铁丝没闭合的打蛋器似的玩意儿，估计就是"钩起"这段倒霉事的元凶。

男生顺着他的视线低头一瞅，皱眉把"打蛋器"拆了下来，嘟囔道："车子明这个欠揍精。"

"这是什么？"谢澜忍不住问。

"按摩头皮的，给智障患者打通大脑经脉那种。"

"？"

对方随手将它丢进垃圾桶："我叫窦晟，你怎么称呼？"

"Aron."他的英文名和中文名发音有点相似。

"哦。你有人接吧？"

谢澜唇线微抿，很轻地"嗯"了一声。

窦晟拿起手机，慢慢说道："我也是来接人的，我表妹刚回国。我先给她打电话说一声，然后跟你去找接你的人，让他赔我，你俩再私下算，你看行吧？"

其实没差别，来接谢澜的人也是陌生人，但谢澜没别的办法，只能点头。

窦晟背过身打电话，他就站在不远处看着。没一会儿却见窦晟把电话摁了，边打字边嘟囔道："不会走了吧……"

谢澜随口问："几点的航班？"

"四点五十降落，都二十分钟了还在关机。"

谢澜下意识摸了摸口袋里的机票："你表妹从伦敦来？"

"对。哎？"窦晟猛地抬头看过来，"你也是？"

谢澜点了下头："可能在等托运，或者过海关，去通道等吧。"

窦晟"啧"一声："把这茬忘了，小马叔还做了个牌子呢，让她下飞机就感受祖国温暖。"他说着从书包里掏出一张叠起的海报，展开，把两行大字明晃晃地暴露在谢澜眼前。

Lan Xie 谢澜

欢迎回家！（笑脸）

谢澜瞬间表情凝滞。

"这是你表妹？"

"嗯。"窦晟把海报横在胸口往前走。

"等等！"

谢澜抬手扯住他袖子，身体挡在那两行字前。

窦晟一抬眼皮："干吗？"

谢澜问："你知道'她'的长相吗？"

"现在长什么样不知道，有一张六七岁的照片，叛逆少女。"窦晟戳两下手机，往谢澜面前一举，"喏。"

黑眸红唇的小孩站在公园松树下，有些不高兴地看着镜头。小衬衫、小围脖、小风衣、小皮鞋，很正常的英国小男孩打扮，唯一有点像女孩的是前额别了一枚红色发夹，因为脑门磕破了，妈妈怕头发蹭到伤口才强行给他别上的。

谢澜两眼放空，突然有点想回英国。谢景明实属狠人，竟然派出这种妖孽来花式驱赶他回去。他把窦晟手里的海报扯走，三两下折了起来。

窦晟皱眉："又干吗啊？"

谢澜眼神含恨："你确定是女的？"

"不很明显是女的吗，关你什么事？"

谢澜盯着他没搭声，过了一会儿，窦晟忽然眉头一皱。他的喉结轻轻滑了两下，保持淡定地重新点开了那张照片，举到谢澜脸旁。

许久。

"那个……敢问少侠中文名？"

"谢澜。"

"……"

核对过证件信息后，两人对着沉默了一会儿。

直到谢澜先开口，问候道："初次见面，你好啊。"

听起来非常像"初次见面，你怎么不死啊"。

窦晟嘴角抽了抽，半晌才轻轻一点头："嗯，挺好的。你呢？"

谢澜还没来得及翻白眼，他就又"啧"了声，凑近低声问："你小时候爱别发卡？现在还有那种……独特的癖好吗？"

"……"

谢澜双手拇指把另外八根指头关节全捏了一遍，才让表情没崩："你妈妈知道我是男生吗？"

窦晟琢磨了一会儿："应该知道，只不过电话里她没说明白。"

"还有谁知道这事？"谢澜又问。

"什么事？"

谢澜眼中写着暴躁："表妹。"

"哦……这个啊……"

窦晟手伸进口袋摸着手机，极低声说："就一些粉丝，嗯……一百来万吧。"

谢澜没听清："什么？"

"没什么。"窦晟稳重地抬起头，"应该就我误会了，走吧，司机在停车场等着。"

司机小马是个单眼皮小胖，长了张笑脸，见了他们打招呼也十分亲切。车很快驶出机场高速，开上H市立交桥，桥下是将城市一分为二的江，落日余晖波光粼粼地洒在水面，城市倒映在那片金色中璀璨生辉。小马边开车边介绍："咱社区叫望江丽影，你记着点啊，从前叫望江巷外，打车说哪个都行。"

谢澜知道望江巷外，这个名字在他妈妈手账里出现了太多次，望江巷外有参天梧桐，从屋里出来要向上跑三十二个台阶，阳光从梧桐叶缝隙洒下，在脸上留下几块明亮的光斑。

他垂下眸子，内心对寄宿在陌生人家这件事非常抗拒，打算一会儿饭桌上委婉地推掉。抛开不靠谱的儿子不谈，赵文瑛气质很不错，穿着一身浅咖色连身羊绒裙，明艳而落落大方。她很自来熟，没有半点矜持和客套，谢澜刚喊了声"阿姨"就被她拽去洗了手，按到餐桌旁坐下。

赵文瑛笑眯眯："坐飞机累坏了吧？跟你说啊，到姨这儿就是回家了，俗话说，'上车饺子下车面'，我一下午没干别的，就炖这碗面了，快尝尝。"

白瓷碗里的鲍鱼、白贝炖在金汤中，鲜亮好看，把下面的手擀面都盖住了。赵文瑛把筷子递给谢澜，又贴心地放了把叉子在他手边。

谢澜道谢后刚刚拿起筷子，就忽然听赵文瑛感慨地叹了口气。

"你跟浪静真的太像了。"她轻声说，"以前上学时她说想生大帅哥，教育得优秀又有礼貌，带出去倍儿有面子那种。现在看来她真是心想事成啊，嫁了喜欢的人，生了这么棒的儿子，老天也算待她不薄。"

谢澜搭在腿上的手轻轻颤了一下。

谢澜的妈妈叫肖浪静，在她过世四五个月后，谢澜整理遗物时发现了她二十多年来陆续在写的手账。赵文瑛说的这些话，谢澜也在那些泛黄的纸页上看到过类似的文字。那些墨迹渐退的文字让他窥见了母亲不为他所知的少女青涩，但时光却已将她从他身边永远地带走了。

因为这一通忆往昔，谢澜把想好的推辞咽了回去。

"澜澜。"赵文瑛温柔问道，"你爸说你想在国内参加高考，你不想在英国人籍了？"

谢澜不确定谢景明临时跟她说了多少父子矛盾，只能含糊地"嗯"了声。

"那阿姨帮你联系学校，课不能耽误，你先把学上起来。"

谢澜闻言有点惊讶，他本以为谢景明找了个说客。

赵文瑛在手机上发了几条消息，问谢澜："你在英国念几年级？"

谢澜犹豫片刻："可能……差不多对应国内高二。"

"那你跟豆子一样的阶段，你在英国上了哪些课？"

"选课制，我选了数学，物理，化学，还有经济学。"

"哪科比较好？"

"数学吧。"

谢澜立刻又说："在国内我肯定语文最弱。"

赵文瑛比了个"OK"的手势："你爸说你一直没转国籍，户口还在这片儿。正好明天高二下开学，校长答应你先去豆子他们班蹭两天课，等分班考后再看适合去哪儿。"

谢澜了解过国内的教育体制，点头对赵文瑛说了句"谢谢"。

赵文瑛切换成老佛爷的语气问窦晟："这次分班怎么安排啊？"

窦晟歪在座椅里划着手机，漫不经心道："理科分两个 A：一个传统 A，取总分前五十；一个数理 A，冲刺明年自主招生的，取数学物理两科前三十。两项都满足的同学就优先进数理 A，后面的同学按总分排，五十人一班往后分班。"

他语速很慢，不知是怕赵文瑛听不懂，还是刻意也想给谢澜解释明白。

赵文瑛点点头："你们四班大多数人会进数理 A 班吧？"

窦晟"嗯"了声："改班名，排后边的人分出去几个，老师都不换。"

谢澜听明白了，四班应该是当前最好的班。看不出来啊，某人这种男女都分不清的，竟然还在最好的班。

赵文瑛回头对谢澜说："争取考进前三百。我之前打听过，其实前三百的教师配备都算不错。"

前三百。谢澜心里一震，直了直腰。"一共多少人？"

赵文瑛感慨道："这届人满，理科六百多呢。"

"……"

他们好像对他的成绩存在一些误解。

谢澜正酝酿着如何纠正这个误解，赵文瑛却突然看向窦晟，慈祥陡然收敛。

"对了，我让你订的蛋糕呢？"

谢澜一呆，反应过来后下意识蜷了蜷手指，也跟着看向窦晟。

窦晟给自己又捞了一碗面，低着头呼噜噜吸面，含糊又冷漠地说："哦，忘了。"

"忘了？！"赵文瑛分贝陡然拔高，"你能不能靠谱点？！老娘一共就给你交代了两件事，第一件让你去接机，第二件订个蛋糕，这点事都办不明白！"

赵文瑛劈里啪啦地数落开，窦晟揉了揉耳朵，闷头继续吃面不吭声。

谢澜心里倒松了口气，见第一面就一起过生日实在太尴尬了，以至于他都觉得窦晟的敷衍从某种意义上来讲对他有恩。

谢澜刚刚放下心，门锁忽然"滴"一声，说要开车走的小马又回来了，手上还拎着一个洁白的大盒子。

"豆子，都不是我说你，蛋糕也能落在后备箱，还好我想起来的时候还没开远，你说说你。"

窦晟："……"

谢澜："……"

谢澜万万没想到今天的劫难还没渡完。

他的心情大起大落一整天，终于随着赵文瑛掀开盖子而迎来高潮。

粉嘟嘟的奶油蛋糕上用梦幻的蒂芙尼蓝写着——

谢澜：

生日快乐，青春美丽，无敌可爱！

蛋糕一角的塑胶王冠底端刻着一串花体英文：Princess.（公主）

"蛋糕店模板。"窦晟立刻说，"我可想不出这么土的词儿。"

谢澜呆坐一旁，心灵上又死了一回。

谢澜的卧室在二楼朝南，是个带独立卫浴的套间。

赵文瑛指着隔壁告诉谢澜："你跟豆子挨着，有什么事不方便跟阿姨说，就直接敲他门。"

窦晟单肩挂着书包直接进了旁边的房间，屈腿把门往后一蹬。

"破孩子。"赵文瑛拦住门，"我是在跟你们两个人说话，你听到没？"

窦晟这才抬了下眼皮："我没听出来你是在和两个人说话。"

"你少来。"赵文瑛抬手在他胳膊上抽了一巴掌，"要是敢给我搞事情，看我怎么治你。"

窦晟闻言看了谢澜一眼，非常敷衍地叮嘱："明天考试，早点睡，晚安。"

"明天就考试？"谢澜一下子转过头。

"对啊。"窦晟忽然笑起来，露出那种明媚得让人想要一巴掌呼死的笑容。他晃着那只好看的爪子，先比一个"六"，又比一个"一"："六大科目，一天搞定。"

赵文瑛"啪"一声把他的爪子拍下去："要死啊，你不早说！"

"我说了要考试。"窦晟满脸无辜。

"你说是明天了吗？！"赵文瑛怒道。

窦晟哼笑，视线投向谢澜："上午语文和数学连考，中间十分钟上厕所。下午考理科综合，晚自习考英语。"

谢澜一阵窒息。

赵文瑛咬牙切齿道："做个人吧你，就你这样的人还会有粉丝。"

谢澜一愣："什么粉丝？"

不知是不是他的错觉，窦晟脸上有一瞬的僵硬。

"没有。我困了。"他说着快速闪入屋里，从里面把门"咣"地一推。

房门震动着落下一块挂着的牌子，上书"今日营业结束"。

谢澜："……"

赵文瑛翻着白眼把牌子转过来："不用理他，有事直接敲门。"

牌子反面是"营业中：先投币再敲门"。

谢澜一头雾水。

赵文瑛没多逗留，给谢澜交代了换洗衣服在哪，留下一张国内的手机卡和一瓶"褪黑素"就出去了。

谢澜研究了一会儿才意识到"褪黑素"就是melatonin，帮助倒时差的。但他不打算吃，与其强行睡一宿，不如突击一下，重点看数学、物理的中文名词，得能和他脑子里的知识体系对上才行，不然明天真要完了。但问题是他没有材料可看。

这次他和谢景明矛盾爆发得很突然，回国比计划中早了两个月，带的东西很少。小提琴和相机是必带的，除此之外就是手机、卡包，还有妈妈的几本手账。现在手机变成了砖，什么也干不了。

他正郁闷着，门外有人清了下嗓子。

窦晟低低的声音隔着一道门响起："睡了？"

"没。"谢澜起身拉开门。

窦晟换了身睡衣，才几分钟的工夫，他已经冲过澡了，头发浸着水汽。他本来就很白，洗完澡更白得发光，左手捏着一个透明塑胶盒，盒里是两只黑黢黢的面包，右手拎着一台iphone。他慢悠悠说："这是我上一台手机，已经把旧数据抹了，先借你用。WIFI已经连上了。"

正愁没手机用，手机就来了。谢澜有点纠结。接了手机等于受人一恩，而且还是祝他"青春美丽，无敌可爱"的人，但没手机的话明天考试也就彻底完蛋了。

"要不要啊？"窦晟懒洋洋道，"我语速够慢了吧，你这大脑是不是有点接触不良？"

谢澜把手机接过来，淡淡道："谢了，正好我把相机钱转你。"

"嗯。"

对话到这就该结束，但窦晟没走，依旧倚着他的门框："有时差没？抽屉里有教材，不睡觉的话可以抢救一下。"

谢澜下意识回道："没事。"

窦晟哼笑："随便，爱看不看，我就是友情提醒，看你很在意考试的样子。"

他说完就走，刚转身又回过头："捞面巨难吃吧？也就赵文瑛女士爱吃那玩意儿。"

谢澜："？"

他确实吃不惯，但如果没记错，这人吃了三碗。

满嘴鬼话的家伙面不改色，抠开塑胶包装盒。"脏脏包，吃不？"

谢澜一愣："什么包？"

窦晟"嗤"了一声，掐起其中一块，把盒子放在床头柜上："分你一个好了。生日快乐啊，岁岁安康。"

他趿着拖鞋，又回到隔壁，抬脚把门一蹬。刚被赵文瑛翻过来的牌子又翻了回去，变回"今日营业结束"。

谢澜看了一会儿那块牌子才关上门。

手机是上一个型号，顶配，成色非常新，淘汰下来实在有点浪费。数据同步预计一个半小时，他把手机放在一旁，目光落在旁边的塑胶盒上。可可粉和巧克力酱层层堆栈，在灯光下诱惑力十足，把晚上的豪华捞面比得啥也不是。既然都住下了，手机也接了，还有什么可拧巴的。

他抽张纸巾垫着，把面包拿了出来。巧克力果然很浓郁，苦苦甜甜，扎实顶饱。谢澜盯着数据进度条，不知不觉就把面包吃完了，擦掉在桌面上的面包屑，打算先洗个澡。

一开浴室灯，镜子里一张俊脸鬼画魂。

"Oh my……"

满口漆黑。

"……"

谢澜一脸呆滞，对着镜子紧紧地抿起了嘴。

半夜一点，手机终于从云端恢复了数据，谢澜把系统语言设成中文，下载了微信并注册了一个账号。对于取什么昵称，谢澜冥思苦想半天，一开始写了Renaissance，后来又查着词典改成了汉字的"文艺复兴"。

头像暂无。

手机忽然震了一下。聊天列表亮起一个红色的小"1"。

——"RJJSD"来自"附近的人"向您打了个招呼，留言"窦晟"。

这两个字他都不认识，但头像是一颗豆子，赵文瑛似乎这么喊过窦晟，应该就是隔壁那位。

不是已经"今日营业结束"了吗？

"你们已经是好友了，现在开始聊天吧！"

对话框里一片死寂，谁也没说话，就这么死寂了十分钟。

谢澜随手点进他朋友圈，内容设了仅三日可见，空空如也，背景图是仰拍的梧桐树，下边有两个字签名——"不给"。

谢澜看了一会儿又点出去，对话框里仍然是空白。

真"营业结束"了？

他琢磨了一会儿，遵循操作提示绑上卡，找到转账功能，试着转了一笔3999元过去。

橙色小信封只存在了两秒，就迅速蒙上一层灰色滤镜，显示"已接收"。

"……"

看来营业结束了，但财务还在线。

第二章

分 班 考

第二天，英中主教楼高二四班迎来一条猛料。

车子明屁股后冒着烟一样冲进教室，一嗓子让叽叽喳喳挪考场的人都安静了下来。

"一帅哥跟窦晟一块儿进了胡秀杰的办公室！"

班里一阵寂静，过了半天人群才一下子炸了——

"什么帅哥？"

"跟窦晟一块？"

"是碰上的还是勾肩搭背？"

车子明两手一摊："没勾肩搭背，还保持了点距离，但不像偶然碰上的，懂吧？"

底下人一通猛点头。

车子明挨个扒拉开过道上的学生，一路小跑到学习委员戴佑旁边："豆子有没有透露什么？是跟人打架了吗？"

学习委员戴佑高高瘦瘦，戴着一架银色框眼镜，桌上摆了一排瓶装咖啡。

"没说。"

"啊这——"

坐在戴佑后边的男生臊眉耷眼地瞅了车子明一眼："还有心在这八卦呢，再过十分钟该发卷子了，还不挪桌子？"

"来了。"车子明把他旁边那张小桌往外拉了半米，挪完又忍不住回过头顺着后门往外看，眉毛一挑，"窦晟来了——等等，那帅哥也来了！"

一个班的人呼地一下回过头，四十多双眼睛直勾勾地往外扫射。

站在教室后门的谢澜突然感觉后背一凉，一回头，直接对上四十只"猫头鹰"的死亡凝视。他差点腿一软。

高二年级教导主任叫胡秀杰，神情严肃，语气冷厉，衣服和头发都理得一丝不苟，浑身散发着中西方人民皆可感知的难缠。

她在后门口清了清嗓子，四十多双眼睛瞬间转了回去，众人后背挺直，目视前方。

谢澜好像听到旁边窦晟喉咙里低低笑了一声，一回头，却见窦晟神情淡漠，还和没事人一样与他对视。

胡秀杰说："基本情况和你交代了，今天分班考，窦晟跟你说过的吧？"

谢澜点了下头。

"学校还不知道你是什么程度，英国和国内应该差蛮多，这次考试是为了分班，目的是拉开梯队，所以强度比较大，你尽力就好。"胡秀杰说，"考完差不多三天出成绩，之后就算去别的班，三天也够熟悉环境了。"

谢澜听懂一部分，又点了下头。

胡秀杰指着靠窗最后一排，那里是整间教室唯一挨着的两张课桌，还没按照考场要求分开。

"你就先和窦晟坐那吧，拉开桌子准备考试。"

谢澜从班级前门走进教室，四十多双眼睛盯着他。

有人小声嘀咕着类似"小倒霉刚来就考试""怎么直接来四班"之类的，他装作没听见，从讲台桌后穿过，窦晟懒洋洋地走在他前面。

路过倒数第二排时，左边的男生拦住窦晟："什么情况啊？"

窦晟没理，把最后一排靠过道那张桌子向外拉了半米，自己坐进里面："消停考试。"

那个男生不放弃地又把头朝谢澜这边拧过来："帅哥，你叫啥？"

"谢澜。"

"啊，幸会，我叫车子明。你打哪儿来的？"

一个长得不太高兴的男生扭头瞪了那人一眼："你想挨胡秀杰呲儿，别拉新同学下水。"

"哦。我好奇嘛。"那人摸摸鼻子缩了回去。

胡秀杰在黑板上板书了第一门考试时间：7:30–10:00，而后将一沓卷子拆成六份，从前面一组组传下来。卷子传到谢澜手里刚好最后一份，第一张是几乎两整面字，共三篇文章，每一篇后面跟着三道选择或文字题。谢澜大致扫了一眼，认识的字比想象中多，估计超过一半了。但题目都非常绕，也不能说理解费劲，只能说完全不会。贵在沉着，他又向后翻了一页。第二页的阅读材料短了不少，寥寥几行，可惜是文言文。再往后，诗词填空，过过过。

识时务者为俊男，他迅速认清处境，直接把卷子翻到最后一张，打算通过 essay 混一点分。

国内不叫 essay，叫"作文"。

题干——

墨子说："视人之国，若视其国；视人之家，若视其家；视人之身，若视其身。"

英国诗人约翰·多恩说："没有人是自成一体、与世隔绝的孤岛，每一个人都是广袤大陆的一部分。"

要求：结合材料完成议论文，立意自定，不少于 800 字。

谢澜对着几行字沉默了足有一分钟之久。而后，他缓缓拔开笔帽，圈出了材料里唯一字能认全且算是能看懂的半截短句——"没有人是自成一体"。

嗯。可为什么呢？人怎么就不是自成一体了？

身边某人忽然低声慢悠悠道："你可以把阅读抄在作文纸上。"

一上午考完，四班精锐们失去了脊梁。

谢澜倒还好点，数学挽救了他的心情，尤其在发现每道题都能读懂后直接起飞。卷子收上去后，他在最后排抬眼一望，脑海里蹦出个成语——伏尸百万。

"同桌啊！鲱鱼——"车子明扭头朝左边腺眉耷眼的那位哭诉，"我死了。语文不是强项也就算了，数学我强项都考砸了啊。"

被叫"鲱鱼"的男生没精打采道："别提，我数学一百一封顶好吧。"

停顿一秒，两人同时回头，直勾勾瞅着窦晟。

"豆子，你考得怎么样？"

窦晟从手机荧幕上飞快抬了下眼："一般。"

"窦晟也一般！"

整个班放挺的人都从桌上撑了起来。那些渴望的眼神，让谢澜脑海里又劈里啪啦蹦出一串优美的汉语言——枯木逢春、久旱逢雨、回光返照、痴男怨女……

好像开始不太对了……

"看我干什么？"窦晟活动下手腕，"考完还讨论，就没别的事可干了？"

他说着，伸手往谢澜桌上一按。

谢澜："？"

窦晟对他"和善"的眼神回以一笑，低头继续玩手机。

"对哦——"车子明恍然大悟，"都忘了还有一新来的帅哥了！"

众人恍然："对哦——"

谢澜："……"

他算发现了，这个精英班人均"猫头鹰"，表达关注的方式就一个字——盯。

看啊，十点钟方向那只穿白毛衣的，微胖的身躯圆溜溜的眼，端庄喜庆，雪鸮无疑。两点钟方向那只穿咖色外套的，两眼微眯，犀利中又透着一丝羞涩，是雕鸮。

……

被盯了足足半分钟后，一个高马尾女生破冰说："我叫董水晶，是四班班长，新同学叫什么？"

"他叫谢澜，我问过了！"车子明抢答，"应该是转校的吧？"

谢澜"嗯"了声。

底下人立刻七嘴八舌开了。

"附中的？"

"不是说附中这届没帅哥吗？"

"那三中？九中？"

"三中、九中优势学科不一样，牛顿第二定律和夹逼定理你更常用哪个？"

"……"谢澜感觉自己的脑袋开始膨胀，"之前在英国上学，学校是 Winchester（温彻斯特）。"

"哇！""猫头鹰们"扑棱起来了。

"英音！"

"英国高中难申吗？"

"高中就出去，雅思得七点五吧？"

车子明"哐哐"捶着他的桌子："那你初中也在英国念的吗？小学呢？为啥回国？明年在国内高考吗？"

一个戴银框眼镜、气质温文尔雅的男生转着咖啡瓶子问："英国也分数理化吗？满分多少？"

"无聊。"鲱鱼撇撇嘴，回头瞟谢澜，"你觉得刚才题难吗？"

谢澜："……"

"有完没完？我头都听大了。"窦晟轻嗤一声，放下手机，"去食堂吗？"

谢澜在一只窦晟和四十多只"猫头鹰"之间选，装作犹豫了五秒钟，果断站了起来。

车子明又盯上窦晟："你俩什么关系？"

窦晟想了想："就算——算学校里的短期监护人吧。"

谢澜："？"

"猫头鹰们"："啥？"

车子明品了品："谁监护谁？"

窦晟微笑："有那心思挖人老底，不如回忆下，数理 A 班留多少人来着？"

"……"

车子明声音开始哆嗦："三……三十！"

如风过战场，遍地死寂。

窦晟——谢澜愿称之为"猫头鹰猎人"。

窦晟临出班门，还不忘补上一刀："四班的小白兔出去还不得让人生吞了？昨晚我梦见考砸了被分出去，醒来枕巾都哭湿了。"

"猫头鹰们"："……"

食堂和主教之间隔着小操场，林荫道在小操场一侧，三月初，树还没抽芽，那些枯枝张牙舞爪地拧巴着。

考试压堂半小时，这会儿窗口只排着几个人，谢澜排队时戳开了 Messenger（Facebook 旗下的通讯软件）。他拽着荧幕往下扫，谢景明从昨晚到现在轰炸了七十多条，最新一条是几分钟前，问他中午吃什么。

谢景明在多半意义上算是称职的父亲。长到这么大，谢澜也只有两件事对他不满：一是他执迷于角色扮演英国人；二是在那个人离开仅仅两年后，他有了关系亲密的女人。

谢澜看着满屏的字母，回了一个端正的汉字。

"嗯。"

几秒钟后，对话框里弹出一条新的："我最后是问句。"

谢澜回："原来你还会说中文。"

对话框陷入沉默。他捏着手机给了谢景明一分钟机会，没收到回复，于是把 Messenger 关了。

学生一卡通还没办下来，谢澜手里只有胡秀杰给的临时饭卡，白擦擦的有些刺眼。两荤一素，主食米饭，标配两只蛋挞，一刷 9 块 4，便宜到了感人的地步。

谢澜刚坐下没一会儿，车子明和鲱鱼也过来了。

鲱鱼坐下前冲谢澜打了个招呼："哈啰，我于扉。"

"痛彻心扉的扉。"车子明接话，"别看他一天到晚耷拉个脸，其实是富二代，被他爸用钱拍傻了。"

"滚。"

于扉长得蛮帅的，就是一直丧着脸，颓废的神态似曾相识。谢澜过了一会儿才想起来，是像伦敦邻居养的那条法斗。

车子明还在叭叭说着考试的事。

"老天爷，我第一次被数学考傻了，之前没下过135分，这次过百都难。"

"是吗？"窦晟抬了抬眼，"刚在路上还听老马跟别班老师说，没想到连四班都觉得这么难，他很受伤。"

车子明差点把嘴里的菜又吐出来："这莫名其妙的愧疚是怎么回事啊？"

他们唠嗑的声音很低，语速又快，谢澜竖着耳朵努力练听力。

"豆子考得到底怎么样？"

窦晟说："一般，不确定能不能满。"

"……"

车子明一脸见鬼："我就多余这一问，天天上赶着给你创造机会臭显摆。"

"臭显摆"这个词谢澜没听过，但估计不是好话。他不想表现出很没文化的样子，只能在心里结合上下文默默揣测。

"哎。"车子明扒拉他，"你呢？"

谢澜犹豫片刻："我语文不好……你们班通常多少分？"

低头吃饭的窦晟忽然挑起嘴角，拧开矿泉水喝了一口，又没事人一样继续吃。

车子明想了想："语文分不太稳，这次题难，估计得大幅度下降。"

谢澜刚要松口气，就听他继续说："也就115分？"

"……"

谢澜估计自己也就15分。自闭着吃掉两个蛋挞，余光里一个高瘦的身影朝这边过来了，是戴银框眼镜那位，路上窦晟说他叫戴佑。他"嗯嗯"着跟车子明打了招呼，走到窦晟和谢澜中间，弯腰低声道："那个搞竞赛的好像碰到点麻烦。"

窦晟"嗯"了声，伸手捏着蛋挞的锡箔托，脖子一仰，把蛋挞倒进嘴里。三秒后，喉结一动，蛋挞消失术。

谢澜："？"他把什么给喝了？

窦晟在车子明面前打个响指："把我盘子送了。"

"你还剩一个蛋挞没吃呢。"车子明回头，"干吗去？"

窦晟随手把第二只蛋挞放进谢澜盘子里："看看有没有闲事可管。"

戴佑笑眯眯，用哄小女生的语气哄蠢蠢欲动的车子明："吃你的饭，理综也想接着挂科？"

一直低着头仿佛早已睡着的于扉忽然抬了下眼皮："在哪儿？"

"食堂后头那死角。"戴佑说，"别跟来，人太多不……"

他话到半截戛然而止，谢澜明明没太听明白，却敏锐地朝门口看了过去。

食堂门口三个人，两个穿着让人很难相信是白T恤的白T恤，飞舞的涂鸦连成片，一个寸头，一个长毛，气质上一目了然，是世界各国都有产的校园小痞子。

第三个就比较独特了，英中没人穿校服裤子，至于原因……看到那条裤子就能懂。但这人衣服裤子穿了一整套，皮肤偏黑，外套拉链拉到下巴，领口翻出一截红毛衣，把校服穿出了最大限度的土味。

三人推搡着往这边走，准确说是长毛推着校服男生，就像抽陀螺，走两步抽一下。校服男生脚步又碎又赶，但又克制着不敢离开那条胳膊范围内，一次又一次被往前抽。

直到离闸口近了，他才回头问道："吃什么？"

嗓音破哑变调，长毛二话不说抬手照着他脑袋抽了上去！

"啪"一声，宽大的 T 恤袖子抢在他脑壳上，伤害不大，但侮辱性极强。

"土狗。"长毛一下下用袖子拍着他脑壳，"训练过你闭嘴吧？你口音辣耳朵不知道吗？"被叫"土狗"那位不躲也不吭声，改抬手指着窗口，用眼神询问。

长毛说："剩什么就吃什么，要不是为了收拾你——"

"咳。"一旁寸头清了清嗓子。

长毛瞟一眼不远处的职工，话一转弯："闭嘴打饭，送过来。"

"土狗"依旧沉默，转身走到窗口去打菜。

"我去。"车子明把筷子一拍就要起身。

窦晟伸手把他按了回去："吃你的饭。"

"能看得过去吗？这哥们儿是老马从 Z 村挖来的数学尖子，要跟他搞竞赛的。"

于扉冷漠地戳着炒蛋："不是还没进咱班吗？"

车子明瞪眼："你说的这是人话？"

"问题人家现在没干起来，你去尴不尴尬？"

车子明一呆，过一会儿忽然想起来，看向戴佑："你在外面就看见了？"

戴佑看了窦晟一眼，窦晟不吭声，修长的手指捏着蛋挞的锡托玩，像是突然对那玩意儿起了浓厚的兴趣。

不远处的"土狗"已经打了三份饭，两份满满当当，还有一份只打了个青菜。刷卡时他从兜里掏出块花布，折了好几折，露出来和谢澜一样的临时卡。

他神色很平静，就好像完全不在乎这些。

谢澜回过神，刚好听见窦晟含糊地回了车子明一句："不能先动手。"

戴佑也说："各位，别主动惹事，明白不？"

车子明无奈点头："嗯，知道，咱豆子不是普通人，百万大军呢，注意影响。"

"什么？"谢澜筷子一僵，问窦晟道，"什么百万大军？"

"啊？"车子明稀奇道，"你不知道？他可是 B 站大 UP 主，粉丝刚破百万。B 站你知道不？就跟你们国外'油管'差不多。"

窦晟沉默了两秒："说到 B 我突然想起来，数学最后一题是不是选 B ？"

"啊？ B 啊？"车子明一秒垮了下来，哭丧着脸说，"我 ABC 犹豫半天最后选了 A。"

戴佑都被他逗乐了："一共就四个选项啊哥。"

谢澜笑不出来。

因为他想起昨天机场便利店，窦晟就是在对着手机说话。

突然有了某种不太好的预感。

考试日的中午基本没有休息时间，回去醒醒饭困就到点了。距离发卷子还有三分钟，谢澜瞟了一眼旁边的空座，准备抓紧上个洗手间。

教学楼是深 U 形，很不幸四班在 U 形这一头，男厕所在另一头，好在车子明说可以去附近的教职工厕所，高二组男老师都在另一头，平时不过来。

谢澜刚踱到男厕门口，就从门上的小窗瞟见一撮熟悉的长毛。反应过来时他已经拉开了门，厕所里，"土狗"被摁在洗漱池旁，嘴里溢着泡沫，洗手液打翻在旁边。

谢澜愣了，长毛和寸头也愣了，两方就这么对着静止了几秒钟，"土狗"还保持着被摁在洗漱池沿的造型。

里头隔间"哗啦"一声冲水，一个熟悉的身影推门走了出来。

窦晟神色淡然，手指捏着裤腰垂下的两条带子，漫不经心地收紧系了个结，把衬衫下摆拉好。

长毛和寸头显然没想到外面闯进来一个，里面还藏着一个。他们从上一个愣住的状态无缝衔接到下一个愣住的状态，注视着窦晟径直从他们面前走过。

窦晟走到洗漱池旁，捞起洗手液挤了两下，拧开就近的水龙头。水"哗"的一声流了出来。

头被摁着的"土狗"突然爆出几声破哑的怒吼。

"放开！放开！"

"给我放开！"

细碎的洗手液泡沫顺着他的嘴角淌出来，又流进衣领。

水声一下子停了。

窦晟拧上水龙头，拧紧，开口道："让你们放开，听见了吗？"

长毛张嘴回道："滚！"

窦晟瞟他一眼，扯两张纸巾擦手，清晰而利落地说了两个字。

"人渣。"

门外静止的谢澜好像一下子被这两个字给盘活了。

又是个没听过的词，但感谢窦晟情景演绎式教学，他 DNA 觉醒，瞬间领悟了这两个字的意思，没忍住轻笑了一声。

"呵。"

长毛和寸头立刻朝他看过来。

谢澜连忙解释："没有笑话你们，只是觉得他形容得很生动。"

长毛和寸头："……"

谢澜怀疑自己措辞有问题，因为这句解释不仅收获了窦晟惊艳的目光，还直接把长毛的仇恨拉到了自己身上。长毛松开"土狗"，气势汹汹就朝他冲上来，经过窦晟身边，被窦晟伸手当胸拦住，像一颗半空遭人截住的篮球一样被狠狠地掼了回去。

手掌击打在胸口，清脆的声音在厕所里回响。窦晟低头看看手掌，好像难以接受自己出手了这个事实。

"你怎么动手打人呢？"他问长毛。

长毛目瞪口呆："谁打谁？"

从中午在食堂就一直沉默的寸头飙了一句脏话："四班的是吧，想找不痛快就来干！"

窦晟没什么反应，走过来从裤兜里摸出一个硬硬的方块拍进谢澜手里。"帮我收着，考你的试去。"他低声在谢澜耳边说，"别多想啊，今天是意外，英中学风其实很端正的。"

谢澜："？"

"不许跟我妈告状。"窦晟又补了一句。

谢澜："？"

还没反应过来，就见窦晟转身向后抬腿，熟悉的动作，"咣"一声把门在他面前蹚上了。里面的声音就此被阻隔。

空荡寂静的走廊，谢澜低头看了眼手心——

一台 GoPro 相机，贴着标签"易碎勿动，否则赔 5299"。

直到回到座位，拿到理综卷子，谢澜都还在迷惑。

学风端正这词还是他理解的那个意思吗？

还有，窦晟到底碎过多少相机？

教室里很安静，只有笔落在卷纸上沙沙的声音。昨晚谢澜只临时突击了数学和物理的中文名词，到化学就基本完了。

只见平平无奇一张卷，通篇都是氢、氦、锂、铍、硼、碳、氮、氧、氟、氖、钠、镁、铝、硅、磷、硫、氯、氩、钾、钙……

它们在谢澜眼里犹如一串乱码。

他哗哗翻到最后一页，气得乐了一声。

"妈耶——"车子明在前面嘟囔，"新来的被考试折磨疯了。"

谢澜索性先只挑着物理做。做完选择填空他又忍不住想，快一个小时了，窦晟还没回来。不会被打死了吧。刚想到这，班级前门响了一声，某人从门外闪进来，在监考老师的怒瞪下回到座位。

谢澜有意无意地用余光瞟着他。脸上没有明显的伤，但头发比上午更蓬乱了点。

谢澜答卷很赶，连草纸都不用，笔尖顺着视线点两下后直接把选项一勾，快速下一道，仿佛留给他的时间不多了。

距离收卷还有一分钟，胡秀杰出现在门口。

身后站着三个家伙——鼻青脸肿的长毛和寸头，面色红润的"土狗"。"土狗"朴实的脸上有些许羞赧。

铃响瞬间，胡秀杰冷声道："窦晟，出来！"

"来了。"

窦晟在卷子上飞快划下最后几笔，起身把卷子往前桌鲱鱼手里一拍，快步从前门出去了。

"完了。"车子明干瞪眼，"说好的不主动出手呢！"

于犀叹气："真够疯的。戴佑去看看？"

戴佑转着咖啡瓶子皱眉道："没发作业也没发卷子，找不到去办公室的借口啊。"

三个人忽然同时看向谢澜。

谢澜："嗯？"

戴佑笑得很纯良，和他的好兄弟窦晟如出一辙。

"谢澜同学教材没领吧？考了一天还没跟胡秀杰长谈吧？"

车子明拍案而起："就知道你要去办公室，我给你带路！"

谢澜："我没……"

戴佑打断他："作为学习委员，我也有义务陪同。"

于犀垮着脸："那要不……我去吃饭？"

"做梦！"

"……"

其实谢澜早上来过办公室，当时外面人来人往，这会儿却很神奇地半条走廊都没人。

办公室的门没关，窦晟挨着窗沿站着，白衬衫下摆散在胯骨附近，显得侧腰很单薄，但身形仍然高而挺拔。他一手揣在裤子兜里，偏头看窗外，神情冷峻。

长毛和寸头正添油加醋地朝胡秀杰诉苦，顺便把自己择出去。但胡秀杰锋利的眼刀却一直落在窦晟脸上，等他们说完了，她才冷声问道："我想听你说。人是你打的？"

窦晟从窗外收回视线，一点头："我打的。"透着一股无声的嚣张和不肯低头。

胡秀杰问："为什么？"

窦晟笑笑，偏过头瞥那两人一眼："辣眼睛。"

两人当场脸色很难看，不明真相的胡秀杰脸色更难看，拍着桌子喊："你给我说人话！收起那副无法无天的架势，我就是惯的你！在学校玩手机玩相机也就算了，现在连分班考这种大考都敢给我旷，我理综你都敢不重视！还出去打架，四班装不下你了是不是？想换班你直接说！"

她训起人来嗓门洪亮如钟，像拿着漏斗把话一吨一吨往人耳朵里灌，连谢澜都愣是听清了每个字。整条走廊回音一重重，远处路过的学生纷纷掉头离开，难怪周围没人。

气氛有点凝固，谢澜看着蹙眉沉默的窦晟，忽然有点紧张。他已经体会到这哥有多疯了，跟年级主任吵起来也不是不可能。谁料窦晟沉默了一会儿后松了松眉头，垂眸低下声："理综还是答完了的，老师。物理我还用了演草纸呢。"

谢澜："？"

胡秀杰一脸麻木："那我还得谢谢你？"

窦晟嘴唇一抿，过一会儿才小声说："不用，物理是我最喜欢的学科，干再出格的事我都不会耽误物理考试，我要对得起老师家长，更要对得起自己的理想，请您放心。"

长毛二人脸都被这出戏震裂了。

胡秀杰冷笑："你的理想又变成我物理了？上周不还跟马老师说是数学吗？"

她边说着，边把窦晟往里拽了两步，把一旁没关严透着冷风的窗缝推上。

车子明缩在谢澜后头抖啊抖："我要笑哕了。"

谢澜下意识问："'哕了'是什么意思？"

"就是吐了，是个拟声词，吐的时候不都'哕——'开头吗？"车子明语重心长，"海归，你要学的东西还很多。"

他只是随口一说，谢澜却认真点了点头。虽然这个拟声词有点恶心，但不得不说很简洁生动。

汉语真的很优美。

"老师，不是的。"王苟忽然开口，努力用那副破哑的嗓音说着普通话，"辣眼睛这句话是窦晟同学的讽刺，原本是他们两个对我说的。"

胡秀杰一扬眉："对你说什么？"

王苟之前平静，这会儿面对老师却有点紧张，声线都哆嗦。

"他们觉得咱说话辣耳朵，不许咱说话，从上周提前补课就开始了，甩也甩不掉。今天在茅房不小心开口破了戒，他们就想治治我，被这位四班大佬给撞上了。"

窦晟听到这，又偏头看向窗外发呆去了。

"一开始咱也劝大佬别耽误考试，大佬也听劝，但好嘛，这俩人不听劝啊！一通喊哩喀喳上来就干，咱说瞎话吗？咱可不敢啊。还从背后偷袭人家，要不是大佬身轻好似云中燕，豪气冲云天，今天这理综就真别考了，现在就去医院横着。你说说，这能赖人家还手吗？不能够啊！"

他越说越紧张，越紧张越话痨，自问自答，来了段单口相声。

谢澜对传统文化不够了解，但还挺喜欢相声的，抑扬顿挫，阴阳怪气，跟不上也能听个热闹。

王苟打住了，颤巍巍解释："不好意思啊老师，我一紧张就爱给自己捧哏。"

胡秀杰眉头拧成个疙瘩："什么毛病，改了！"

"好的，老师。"

长毛慌里慌张叫唤："我们骂他是不对，但我们没动手打人！他俩绑票怎么说都有理，合着是我们受伤的更有错？"

窦晟闻言回过头，一抬眸却刚好和门外的谢澜撞了个对视，眸中原本那丝不耐烦的情绪顿了一下，像是没想到谢澜会过来。但他很快收回视线，走到长毛面前，一伸手攥住了他的领口。

胡秀杰立刻喊："窦晟，给我放手！无法无天！"

谢澜盯着那只手，纤长白皙，每一枚关节紧攥暴起时都很有力量。他在心里忍不住感叹。拉琴这么多年，观察一个人时总是下意识先观察手。

窦晟哼笑："你还挺有逻辑？人是你们欺负的，架也是你们先约的，一样的中国话带点方言就被你们侮辱，我还以为你们多狂，结果受点伤还拿出来说？我受重伤我说了吗？"

胡秀杰一愣，下意识地打量起他："你也受伤了？"

"伤了。"窦晟撒开手，想了想，扶住后腰靠下的地方，"尾巴骨疼。"

车子明趴在谢澜后头低声嘟囔："那叫尾椎。"

胡秀杰明显紧张了起来："骨头疼？"

长毛骂道："你还是个人吗？我没打你后腰！"

"怎么没打？"窦晟漫不经心抬手朝门外一指，"他都看见了，回班还帮我检查伤情呢。"

一屋子人扭头盯了过来。

谢澜一呆。

胡秀杰皱眉："考试呢，你俩在后排捣鼓什么了？"

窦晟懒洋洋道："没什么，拉开裤腰给他看了一眼就完，一秒钟的事儿。"

谢澜："？"

"是吧？"窦晟淡定回头看着他。

车子明在后头戳谢澜："天哪，你还看他裤腰里了？"

谢澜震撼到半边脸发麻。

许久，他面无表情"嗯"了一声。

贱人。

他在心里用优美的中国话问候了窦晟。

晚自习还要考英语，胡秀杰没扣他们太久，就说这事还没完。

谢澜几人先回来时已经在发卷了，窦晟比他们还晚几分钟，他在一群"猫头鹰"的注视下回到位子，低头看卷，对谢澜"和善"的眼神视若无睹。

胡秀杰紧跟着出现在前门，脸色活像吞了一把刀片："你们就飘，就作，今天一天我光听各科老师吐槽你们考得差了。等着我一个个找你们谈话！"

班里鸦雀无声。

过了一会儿，胡秀杰走了，大家才松口气准备听力。

对谢澜来说，英语考试有点白痴。简不简单就不说了，关键有些题让他这半个英国人都一头雾水。无聊至极的试卷激发了被压抑一天的时差反应，谢澜火速答完卷往桌上一趴，没用几秒就昏睡了过去。这一觉睡得很沉，直到刺耳的铃声响起，小组长来抽走了他胳膊底下压着的试卷。谢澜好一会儿才从半魇的状态中挣出来，迷茫抬起头，眼睛还没适应光线，就见一男老师大步踏上讲台。

男人四十多岁，眉目温和神采奕奕。他和英语老师打了声招呼，拍拍讲桌道："哎，先别放学，我先问问，新来的谢澜同学呢？"

谢澜半困半醒中举了下手。

男老师一脸喜气地盘着手里的保温杯："卷子才批完一部分，我忍不住先来认认人。厉害啊，这套卷子能给我出个满分！名震数学组，你这是初来乍到一战成名啊。"

好长一大串话。

谢澜还半闭着眼迷迷糊糊消化着，一屋子"猫头鹰"就"哗"地炸毛了。

车子明眼珠子瞪溜圆："满、满、满分？！"

鲱鱼也没忍住回过头，表情复杂地嘟囔了一句"靠"。

"这卷子一百五？？"

"我去，不是说外国人数学不好吗？"

"什么鬼啊！"

"来砸场子的吧！"

"我心态崩了。"

一片炸锅中，只有谢澜左手边是静的。

——某个不知何时也在考场上倒头睡着了的窦某人。

几秒钟后，某人自己醒了，缓缓坐直，搓了搓压红的脑门。黑眸中勉强蓄起些清醒，先瞅了谢澜一眼，又看向讲台桌上方。窦晟没睡醒的嗓音比平时更低，还带点软和。"什么叫出了一个满分？"重音在"一个"上。

老马挑眉的样子像只幸灾乐祸的长耳鸮："你别想了，你卷子我先挑出来批的，最后一问根号下二百四十三没化简，扣两分。"

窦晟："……哦。"一个情绪不高的"哦"字，像一张清凉符拍在谢澜脑门上，比嗑了一把薄荷还让人神清气爽。

谢澜瞟了一眼左边，淡声道："下次你可以把常见平方根抄在作文纸上。"

窦晟："嗯？"他对着谢澜愣了两秒，而后垂眸笑起来，低低地说，"报复心还挺重。"

第三章

语 文

晚上八点十分放学，天早黑了，校园里亮起路灯那星星点点的光。

一行人走在一起，车子明戳着手机说："我拉你了啊，没老师的这个群。"

谢澜手机随之一震。

"车厘子"已邀请您加入群聊"四班炯炯有神"。他正斟酌着打个招呼，车子明又紧接着发了一条。

车厘子：让我们开启新同学欢迎仪式！

手机立刻狂震起来。荧幕唰唰唰向下滚，全班整齐划一打出同一个表情包——猫头鹰注视.jpg.

谢澜差点把手机扔出去。

一轮表情包炸完。

水晶：欢迎啊，一百五大佬。

Vincent：四班欢迎强者！

可颂：昵称不该叫文艺复兴，该叫高斯在世。

底下人又开始刷各种各样的猫头鹰千娇百媚打滚笑的表情包。

车子明捧着手机嘿嘿乐："你觉不觉得咱班同学有点像猫头鹰？"

谢澜默然看着他，点头。

"那就对啦。猫头鹰是四班招牌，要的就是这股气质，咱班口号就是俩字儿——精！神！"

"……哦。"

窦晟左肩挂着书包走在谢澜身侧，一阵风迎面而过，他伸手在空中抓了一把，指缝间留住一片风中卷着的梧桐叶。

戴佑笑说："都快抽新芽了，竟然还有枯叶，怪稀罕的。"

窦晟眼中漫着一丝浅淡的笑意，轻轻捏着那片干枯微卷的叶子。

车子明水完群又问："英国高中数学到底什么水平啊？"

谢澜捏了捏被风吹得冰凉的指尖："其实不如国内，我学 AMC，所以才能适应。"

"那是啥？"

于扉白他一眼："这都不知道。欧美的高中数学竞赛，分级的，谢澜这样起码到 AMC12 了吧？难度跟国内差不多，但国内侧重更高级的数学知识，AMC 偏抽象数学原理。"

谢澜听了个大概，随便"嗯"了声表示认同。

窦晟扭头看着他："敢问排名？"

"前 1%。"

于扉长吸一口气："牛啊。"

车子明嘶了声："哎，那你觉得这次理综难吗？"

谢澜犹豫着回答："物理……还行。"

车子明点头："就是不难的意思，牛哇，化学呢？"

"……"谢澜沉默了一会儿，"不知道。"

"啊？"

谢澜叹气："看不懂题。"

身边窦晟往另一边偏过头，谢澜瞟他一眼，发现他嘴角紧抿，似乎在忍笑。

谢澜冷漠收回视线。

"啊……"车子明立刻安慰他道，"那可能国内就是化学进度更快，没事，你这脑子好追。"

谢澜不想回忆那套大片空白的理综卷子，拽了拽书包没再吭声。

"哎，鲱鱼，看校门口。"车子明又去捅于扉，"陈舸已经把东西都收拾好了。"

校门外人来人往，车子明说的是白天坐在后门旁的男生，瘦削锋利，谢澜早上和他有过一次眼神触碰，那双眼睛明明很好看，却十分晦暗。

"这次分班他必得走了。"戴佑有些可惜道，"当年的中考全市第二啊，可是和豆子一起并称过四班双杰的人。"

车子明压低声："我还记得高中第一天开学他多意气风发啊，谁能想到……希望他也能触底反弹，就像咱家……"

窦晟忽然开口打断道："议论人家干吗，闲死得了。"他抬手将一个东西塞进谢澜手心，"送你个礼物，别跟我妈说今天打架的事哈。"

谢澜摊开手心，冷漠脸看着那片枯叶。绝对不说，只给你妈写封信行不行？中英双语那种。

然而事实是赵文瑛压根没回家，据说今晚连着三局应酬。

小马买了广式点心给两人当宵夜，窦晟没在餐厅吃，拿了盒泡芙就回房间了。

谢澜吃完宵夜上楼，路过窦晟门口，门没关，他不经意瞟见了屋里。

窦晟房间比他的大不少。家具只有简单的床和桌，空地上摆着好几台高低错落的影棚灯，最大那台目测直径超过 1.2 米，一旁小推车里堆着琳琅满目的镜头、云台、三脚架，还有些缠绕的插线板，电池也有一大盒。窦晟正背对着门口调整灯架，泡芙放在手边，他随手捏起一只丢进嘴里，三秒后脖子一仰，泡芙消失术。

谢澜忽然闪过一阵灵光，戳开刚下载好的粉色小电视图示。

窦晟回头拿东西又吓一跳："我去，你怎么走路没声啊？"

谢澜问："你是做 eating video 的吗？"

窦晟一愣："什么？"

"类似这种——"谢澜挑着荧幕上认识的字念，"深……深什么巨口，人肉……剔，是念剔吗，人肉剔骨机？铁锅囤，不，炖，铁锅炖自己？"

"……"窦晟表情有点茫然。

"今天车子明说你是有百万……"

"啊！"窦晟恍然大悟，喉结动了动，"对！对……就算是吧，国内叫吃播。"

百万粉丝的吃播。

谢澜捏紧了手机，他最在意的其实还是表妹的事。

"那昨天在机场便利店，你是在……额，livestream 吗？"

窦晟："直播？"

"嗯。"

窦晟果断摇头，为了照顾他的听力，慢慢解释道："我从来不直播，昨天是刚好回几条语音。我这人很害羞的，在镜头前只吃饭不说话，什么都不跟粉丝说。"

谢澜闻言沉默，他对"害羞"深表怀疑，甚至怀疑是自己对这个词有误解。

"哔哩哔哩是吧？我安装了，你 ID 是什么？"

窦晟神情一僵，许久才挤出几个字："爱吃的 MR.X。"

谢澜输入，搜索："没有这个名啊。"

窦晟皱起眉，想了想又说："口误口误，爱吃饭的 MR.X，少了个'饭'字。"

这回搜到了。谢澜一眼瞟见粉丝量，惊讶道："原来有 148 万人关注，这不能只算百万了。"

"嗯……"窦晟停顿几秒，"最近涨粉比较快。"

谢澜随手点开一期视频。

确实是吃播,还是专业录咀嚼音 ASMR 的。只收音,不露脸,镜头朝下对着桌上的食物,看得出来有点镜头羞涩了,连伸手拿食物的动作都会被剪掉,别说脸了,任何体貌特征都不会被拍进去。

谢澜又翻到最新一条动态预告:"这周末要录喝一整盆肉酱?"

窦晟失去表情:"……是吗?我忘了。"

"赶紧睡吧。"他走过来手搭在门上,"倒倒时差,晚安。"

话刚半截门就被关上了,后半截是隔着门传出来的。牌子一落,今天营业又结束了。

谢澜倒不在乎这些细节,表妹的事与百万粉丝无关,他一下子轻松不少,随手点了个关注就回自己房间了。

床上叠着几件洗干净的衣服,还有张小纸条。

"比着你的风格买的,之后自己下个淘宝。(笑脸)"

落款是"赵姨"。

谢澜看着那张小纸条,过了好一会儿才拉开抽屉把它收好。脱衣服时那片梧桐枯叶从兜里抖落出来,他本打算扔掉,捡起时指腹触碰到叶片突起的脉络,又住了手。

妈妈的病是四年前发现的,治了两年无效,而后离世。住院那两年,她偶尔会用中文对他说起故乡。九十年代的望江巷外生长着蔽日梧桐,校园里也是一样,每到秋天,到处都是纷飞的落叶。

如今谢澜住进了从前的望江巷外,上了肖浪静当年上的学校,时光匆匆,他恍惚间觉得是自己穿越了时空,回到这里走一遍妈妈当年走的路。他对着那片枯叶发了会儿呆,末了将它也一起放进抽屉里收好。

第二天第一节课是语文。

谢澜非常重视,一大早去教务处领了教材,上课前就把第一篇课文前三段不认识的字都查好了,用英文仔细标注。

窦晟挨在他左手边昏睡了一早上,上课铃响都没动一下。

语文老师姓秦,是个男老师,夹着一摞卷子踏上讲台,直接把底下人的脸看绿了。

戴佑幽幽道:"这么拼吗,语文试卷一宿就出分了?"

老秦笑笑:"没有,这堂课你们预习《滕王阁序》,我接着批卷子。"

底下众人松了口气。

"但在此之前有件事。"老秦话锋一转,"听说四班有位新同学让马老师一夜年轻了十岁，我昨晚听说后非常心动，赶紧抽了他的卷子出来，想提前返老还童。"

底下一片善意的笑声。

车子明用书挡着嘴向后靠过来："来了来了，第二个被你实力震慑的老师。"

谢澜："……"

希望秦老师没被震碎。

老秦从那沓试卷中抽出一份："谢澜同学——"

全班屏息。

老秦垂眸看着卷子，过一会儿往后翻一页，欲言又止，过一会儿又翻一页。

他越翻越快，底下也越来越安静，翻到最后一张，他终于停下动作："这次作文考题其实是兼爱，墨子的话比较难理解，但诗人的就很通俗了，大家也基本都把文章落脚在'没有人是自成一体、与世隔绝的孤岛'这个论点上，我们来听听谢澜同学是如何解读的。"

谢澜一僵。兼爱是什么他不懂，他只知道自己既不认识"隔绝"，也不认识"孤岛"，作文只落脚了前半句。比预料中死得更彻底。

老秦亲自过来递卷子给谢澜："读读吧。"

"……"

过了足有半分钟，谢澜才缓缓起身。

作文看似写了半页，其实只有第一段是中文。他写字极差，多数字会认不会写，都是翻到卷子前面找阅读里有的，照着抄下来的。考试时间有限，他完成第一段后就自暴自弃换了英语。

"没有人是自成一体，这是人人都同意的观点。"谢澜垂着头念，"我们看起来独立，但其实由两半组成——"

车子明在下面疯狂用胳膊肘捣于扉："我去，快记快记，我感觉有一个绝妙的比喻要出来了。"

谢澜："……一半是妈妈，一半是爸爸。"

车子明唰唰写下几个字，听到这里，笔尖忽然一僵。

他缓缓回过头："？"

"猫头鹰们"缓缓回过头："？"

窦晟醒了，坐直，举头仰望谢澜。

谢澜仿佛一个死人，继续念道："没有人是自成一体，我们要感恩父母，就像中国古人孔子让梨，展示了传统文化——孝。"

其实孝字他不会写，阅读里也没翻到，考场上就临时换成了英文 filial duty。

教室里死寂了长达十秒。

直到窦晟忽然"噗"一声:"'孝'死得了。"

而后"猫头鹰们"把房顶掀了,车子明拍着桌子,屁股一歪差点连人带凳子翻过去。

"绝了,哈哈哈哈!!"

"谢澜大佬,'孝'傲江湖!"

"作文有什么难的,谢澜一'孝'而过!"

"孔子让梨,孔融含'孝'九泉。"

"……"

谢澜挪开卷子,用眼神恨恨地盯着窦晟。

窦晟笑得非常愉快,不知从哪又搞了片梧桐叶,抬手唰唰唰在上面写下一行小字,拍在谢澜桌上——

"谢澜,'孝'出强大。"

在一片哄笑中,老秦让谢澜先坐下,回到台前拍拍桌子:"行了啊,数学大佬在语文上还需要努力追赶,谢澜刚回国,大家多帮助他。"

众人纷纷答好,一男生说:"老师好惨,返老还童失败了。"

"还是成功的。"老秦笑笑,"感谢谢澜同学,笑一笑,十年少,我笑了半宿。"

底下又一片低低的笑声,而后老秦坐下批卷,教室很快静了下来。

谢澜有些无语。倒不是玻璃心,他主要是对试卷评分无语——

作文拿了6分,前面蒙的六道选择题对了两个也是6分,文字题零散得了4分,卷面一共16。也不算挫败,毕竟比他估的还高了1分,但古诗文填空有点冤,10道题中明明有一道"天生我材必有用"他会做,但只得了个红叉叉。

谢澜用手机查到原文下句是"千金散尽还复来"。

窦晟低声说:"这题白给,你答的什么?"

谢澜下意识把屏扣了过去:"看我手机干什么?"

"不小心瞟到的。"

谢澜有点气闷:"反正和正确答案差不多,差一点总分就17了。"

"那还真是可惜啊。"窦晟配合地喷一声,正要趴下继续睡,忽然瞟到他的答题纸,表情瞬间定格。

上句:天生我材必有用。

谢澜下句:千金散尽不复回。

窦晟在桌上找了半天,找到那片梧桐叶,翻过去,又写了四个字:只差亿点。

谢澜:"……"

自习课很安静，教室里唯二没学习的，一个在谢澜左手边，另一个趴在这排另一头，是陈舸。

两节语文课下课，老秦抱着卷子往外走，站在班门口又停住。

"我想跟你们说两句话。"他看着大家说，"要分班了，按照今年理科的分法，会有一些同学去全科 A，还有一些要按名次去其他班。在座各位都是一年半前市里叫得上号的学生，老师希望你们别忘记刚升上高中时的理想，无论之后去哪——"

他顿了顿，视线投向后门，一字字道："别认输。"

谢澜下意识转过头，陈舸听到"别认输"三个字时似乎有一丝动容，但很快他便弯腰捞起地上的篮球，直接从后门走了。

老秦也走了，教室里瞬间喧闹起来。

谢澜的左胳膊忽然被戳了戳。

窦晟缩回手："有个友善的小建议，要不要听？"

"不要。"谢澜瞬间臭脸，低头翻书。

窦晟继续说："学校每周末有课后学业服务，帮忙辅导作业和巩固知识点的，自愿参加，估计马上要统计报名了。"

谢澜手上动作一顿。

窦晟又说："语文有个基础巩固，但会和数学竞赛辅导冲突，你考虑一下？"

谢澜继续翻书："再说。"

其实他挺心动的。

语文要补起来是个大工程，认字和写字是一方面，文学积累是另一方面，语言不能靠自己硬磕，有老师带会好不少。

上午后两节课是数学。老马抱着全班的考试卷子进来，一夜出分的敬业精神把"猫头鹰们"感动得啼哭不止，数学课代表车子明在黑板上颤抖着抄下"平均分 108"之后，他们哭得更大声了。

老马吹吹保温杯里的枸杞，笑容很平和："这次试卷差不多三分之一的题是赛级难度，考成这样也在预料之内。数理 A 班存在的意义就是冲击高校自主招生，以后这会成为一种常态，大家要把心沉下来。今天先讲选择填空 16 道题，有疑问随时打断我。"

老马讲题时语速不快，逻辑简洁清晰，题目内容延展和点拨都恰到好处。谢澜抬眼往前一扫，精锐们个个腰板挺直，就连一直瘫在墙上的于扉都坐正了，还架上一副眼镜，窦晟也扯过一张纸时不时记两笔。

到了两节课中间的休息时间，上厕所的人悄悄出去，剩下的继续埋头做题，比早自习还安静。

谢澜正为这种精英氛围感到震撼，就见老马捧着保温杯笑眯眯地朝他走过来了。

"周末我的数学竞赛课给你留一个名额，你别忘记交表啊。"老马压低声说。

谢澜犹豫了一下："老师，我想上其他课。"

老马一愣："其他课？数学竞赛不听了？"

谢澜硬着头皮"嗯"了声。

"为什么？"老马一脸难以置信，"你知不知道什么叫暴殄天物？"

谢澜微妙停顿："不太知道。"

窦晟的凳子开始抖。

"你不要跟窦晟学着装傻充愣。"老马叹气，"说真的，来啊，一定要来。"

谢澜努力让自己的眼神看起来真诚一点："老师，我语文只考了16分。"

"16就16，你就算考……"话音猛地一顿，老马蒙道，"考多少？"

不知道拒绝竞赛辅导和语文考了16分哪个对老马冲击更大，反正老马转身离开的背影满是风霜。

车子明回头安慰他道："没事，我们几个都上数学，之后借你笔记。"

谢澜只能叹气。

中午去饭堂路上，胡秀杰半路把窦晟给截住了，说王苟的事还要再找他了解下情况。窦晟漫不经心点点头，跟车子明打了个招呼："吃饭带着点他。"

这个他指的是谢澜。

车子明点头："知道知道，你还真把自己当监护人了。"

胡秀杰跟谢澜说："对了，你的半寝手续办好了，先和窦晟、戴佑住一个屋，这是钥匙。"

所谓的半寝就是只住中午不住晚上，英中住宿资源充足，只要不差钱，就能申请宿舍专门睡午觉。谢澜接过那枚写着"三宿603"的扁平钥匙，说了句"谢谢老师"。

今天食堂的人多到爆炸，所有队都排了好几个弯，谢澜一进去人就傻了。车子明拉着他去排"顶级美味"的排骨煲，扎扎实实排了二十分钟，刚到窗口，谢澜看着砂锅里咕嘟咕嘟和排骨一起煮着的辣椒，开始后悔。他吃不了辣，一点都吃不了。

打菜阿姨用铁夹夹起一个收完汁儿的砂锅，扯着嗓子对他吼："还要加几勺？"谢澜没听明白："加什么？"阿姨腕子一扣，扎扎实实一勺泡椒又盖在排骨煲上："加辣椒！"谢澜："……谢谢。"

车子明端着托盘到处找了一圈，犯愁道："连个空座都没有，绝了。"

正说着，旁边一人吃完起身，空出来一个，他眼疾手快立刻把谢澜按了过去："赶紧，你坐这。"谢澜被迫挤坐在了两个不认识的男生之间。

周遭吵得要命，砂锅里的排骨闻起来确实很香，但涌起的热气有些呛鼻子。谢澜犹豫半天，夹起边上的一块试着咬了一口。而后他猛吸一口气，背过身去咳了好一阵。

回去一路上谢澜都在搜寻吃的，可惜直到进三宿大门都没见到任何便利店。

戴佑边上楼边介绍说："我们屋四缺二，我是全寝，窦晟是半寝，听说你现在晚上住他家？"

谢澜"嗯"了声："宿舍怎么样？"

"还不错，上床下桌，设施都挺新的。"戴佑说，"603 和水房各把一边，但你们住半寝也无所谓。"

回到宿舍才发现窦晟已经先回来了，正坐在床上玩手机，床沿露出一角塑料袋。

戴佑见面就问："王苟的事怎么着了？"

"没怎么，就让我说了说昨天中午食堂看见的，反正胡秀杰不傻。"窦晟随便解释了两句，抬眸看谢澜一眼，拍拍旁边的床铺，"宿管阿姨把新的床单送来了。"

他手边放着一盒曲奇，说完话就往嘴里丢了一撮嚼着。

谢澜随口问："你会随时录吃东西的声音吗？"

戴佑回头纳闷道："他录什么了？"

"没什么。"窦晟立刻说，"戴佑给我递个纸。"

戴佑"哦"了声，随手拿了包纸巾扔给他。

谢澜没在意，踩上两个台阶铺床，黄油味道很香，他忍不住瞟了一眼窦晟床上的塑料袋。袋上印着"小叶子西点"五个红字，里面除了黄油曲奇外还有一盒草莓大福，一共六只可爱的球球，半透明的糯米皮包着奶油馅，用和上次脏脏包一样的塑胶盒装着。

窦晟飞快嚼完饼干，刚抠开草莓大福的盒子，抬眼就对上谢澜的凝视，他愣了一下。片刻后，他把盒子往谢澜面前递了下："你要来一个吗？"

戴佑惊讶道："怪稀奇的，你这么护食的人竟然主动分享吃的。"

护食？谢澜品了品这个词，似懂非懂，就是忽然想起了窦晟的朋友圈签名——不给。

窦晟晃晃那一盒粉嘟嘟的点心："要不要啊？"

谢澜犹豫片刻还是向饥饿屈服，伸手捏了一只："谢了。"

草莓大福很优秀。糯米皮很薄很弹，里面的草莓果肉酸甜冰凉，和细腻香甜的奶油完美融合。就是可惜有点太小了。

戴佑站在底下仰头说："给我也来一个。"

窦晟刷着手机说："我要不够了。"

"切。"戴佑笑着踢了一脚他的床梯，"江山易改，本性难移！"

谢澜用纸巾擦了擦手，低头继续拆床单。

窦晟漫不经心问戴佑："你们中午吃的什么？"

戴佑边上床边说:"排骨煲,都怪胡秀杰半路耽误两分钟,我们连挨着的座都没找到。"

窦晟"哦"了声。

谢澜铺好床单,刚好午休铃响起,戴佑戴上耳塞睡了,他也躺下闭上眼。

窦晟还坐在床上安静玩手机。过了一会儿,谢澜的手机忽然一震。手机收到一条新的微信消息。

RJJSD:你不吃辣?

谢澜一愣。

他脑子里迅速过了一遍这两天的交谈,很确信自己没有跟任何人提过不吃辣。唯一有可能暴露习惯的就只有昨天中午,食堂剩的两荤一素里有个带辣椒的鸡块,他一口没动。谢澜犹豫了一下,回了个"嗯"字。

RJJSD:服了,车子明仿佛一个 ZZ。

文艺复兴:ZZ 是什么?

RJJSD:……智者。

谢澜有点摸不着头脑,发了个问号过去。

窦晟没回。

过了一会儿,头顶铁栏杆轻轻响了一声。而后是塑胶盒克制的哗啦声,一只好看的手从栏杆另一边,把盛着草莓大福的盒子一厘米一厘米戳了过来。

手机一震。

RJJSD:给你这个海归挑食小可怜填肚子。

几秒钟后,又一震。

RJJSD:封口费,别把打架的事告诉我妈啊。

谢澜:"……"

这人是不是忘了,封口费昨晚就付过。

就那片大风刮来的破烂梧桐叶子。

第四章

羊 肠 巷

下午去教室的路上，谢澜发现窦晟走路有点瘸。瘸得还很怪——时而左脚瘸，时而右脚瘸；走平地瘸，上楼梯不瘸；看见老师瘸，看见同学不瘸。回到座位他终于忍不住问："脚怎么了？"

窦晟特淡定道："忘了尾巴骨的事，中午胡秀杰问我好没好，得演两天。"

"……"

所有老师都在批卷，下午的课都转自习了，班长董水晶通知明天就能出学年大榜。

一片哀号声中，车子明往后靠过来："澜啊，我后来才想到，你这英国胃能吃辣的吗？"

"吃不了。"谢澜低头翻出教材，"以后不点排骨煲了。"

车子明"啊"一声："对不住，你现在饿不？我这有面包。"

"没事。"谢澜埋头写字，"中午吃了窦晟一盒点心。"

"那就好。"车子明松了口气。

过了几秒，他猛地扭头朝窦晟看去。

窦晟一手撑着额头："干什么？"

"你分吃的给他了？！"

窦晟漫不经心道："没分啊。"

紧接着他又说："我直接连盒送了，这怎么能叫分呢？这是白给。"

车子明当场翻白眼。

等他转回去了，谢澜才停下笔，压低声道："好像不止一次。"

窦晟愣了下："嗯？"

"最早是脏脏包，那时你还没打架呢。"谢澜慢慢组织逻辑，"所以我觉得你分给我吃的不是为了收买我，至少那次不是，而是因为某种心虚。"

窦晟神情有些愕然，看了他一会儿后啧了一声："思路还挺清晰。"

"我一直感觉不对。"谢澜开始紧绷，"那天还有什么事？"

窦晟半天都没吭声。不仅没吭声，还低头从手机里翻了张图出来，扔给他。

"喏，自己看。"

谢澜一愣："什么啊？"

荧幕上是两只挨在一起的猫，一只是大橘，另一只是乳白，大橘正半闭着眼给乳白舔毛，乳白则趴在地上摊成了一张舒服的猫饼。

窦晟只给他看了一会儿就把手机收走了。

"明白了吧，这是中国人的传统。"

谢澜一蒙："什么传统？"

窦晟慢悠悠道："传统就是，大猫一直住在房子里，二猫是后来的，大猫为了表示接纳和地位，要替二猫舔毛。这是一种天性，即使大猫平时不爱舔其他的猫，但二猫是个例外。"

谢澜沉默数秒："听着挺感人的。"

窦晟点着头："嗯嗯。"

谢澜："但跟中国人的传统有什么关系？"

"没什么关系。"窦晟坦诚，"我以为加上这句会比较好忽悠你。"

谢澜："……"

他还是觉得窦晟一定在哪暗戳戳坑了他。谢澜一边瞎琢磨一边翻字典，花了一下午才把化学元素周期表的中英文对照起来。他的第一个小目标是能读懂化学物质名词，只要看到"二氧化碳"能知道是 CO_2 就可以了。

五点下课铃响，窦晟准时醒了，醒来第一件事就是问车子明："去哪吃？"

"羊肠巷小饭桌，老样子。"

窦晟"嗯"了声："都谁？"

"戴佑今天不去，咱们仨呗，再多带一个谢澜。"

"羊肠巷小饭桌是什么？"谢澜忍不住问。

"羊肠巷就是西门外那条乌漆墨黑的胡同。"车子明起身说，"小饭桌是开在自己家里专供学生吃饭的地方，我们几个基本每天中午食堂，晚上小饭桌。"

五点多，校园里放着音乐，学生一拨往食堂去，一拨往西门外走。车子明说西门外小饭桌数不胜数，就他们要去的这家最好吃，唯一缺点是远了点，得穿过一条羊肠巷，但几个大老爷们一起走无所畏惧。

"阿姨说麻辣烫还剩一份不辣的，正好给谢澜了。"车子明路上跟老板娘短信联系，"但包子没多蒸，咱们四个吃三屉行不行？"

"没事。"窦晟淡淡道，"你可以不吃。"

车子明在黑灯瞎火中翻了个真切的白眼："你这叫慷他人之慨。"

羊肠巷确实有点黑，细而曲，真就像羊肠子一样弯弯绕绕。他们往里走了约莫三四百米就听不见学校的动静了，巷子进到最里面才渐渐有了路灯，窄道上撒着没扫干净的枯叶，传说中的居民楼就在不远处。

走在谢澜旁边的窦晟脚步忽然顿了下。

"怎么了？"车子明瞟他一眼，"在这还装瘸啊？"

窦晟没出声，垂眸看着地面，放缓脚步安静地走。

谢澜莫名觉得有点不对，他下意识回头往身后看了一眼。

——什么都没有。

"不太对，回去吧。"窦晟忽然低声道。

亮着路灯的居民社区门就在一百多米外，摸黑走了大老远，他却说要回去。

于扉直起腰杆把胳膊肘撑在车子明肩膀上："怎么了？"

窦晟低声说："刚进羊肠巷时好像有个人在后边，起初没在意，但那人一直在加速追我们，约莫两分钟前又掉头折返了，就像……"他语气稍顿，"就像只想确认咱们是往这边走了而已。"

"什么？"车子明一哆嗦，"两分钟前，那你不早说？"

窦晟斟酌道："我在琢磨分包子的事呢。"

谢澜："？"

窦晟视线落在不远处的居民楼大门口："而且一开始我以为他会喊人从后面来，咱们直接进社区就没事了，但——"

还没但完，安静空旷的铁门处忽然传来一个踢动易拉罐的声音。

谢澜抬眸望去，就见三个挑染着杂毛的男生从铁门另一边走了出来。目标很明确，直勾勾盯着窦晟。脸不熟，但涂满神秘单词的T恤很熟，谢澜一时有点纳闷，怀疑国内教的到底是不是他认知范围内的英语。

"得，还是王苟那事。"于扉皱眉不耐烦道，"烦死了，早知道晚上不跟你们一起吃了。"

杂毛一号从兜里摸了根烟出来，叼在嘴里，杂毛二号给他打了个火。他用牙咬着烟朝窦晟挑了挑，劣质香烟的烟雾弥漫过脑门，好像头顶着火了一样。

"你是窦晟？"杂毛三号问，"是你找雷子麻烦？"

窦晟立在原地："雷子是哪个，寸头，还是长毛？"

原来他也是这么区分那两个的，谢澜忍不住在心里说好巧。

杂毛二号嚷道："你管那么多干啥，今天在这划下道，把该清的清了。"

窦晟琢磨了一会儿："是寸头吧？"

杂毛一号闻言在烟雾后眯了眯眼："你在英中见过我们？"

窦晟淡淡道："没。只是想起那天一直是长毛在表演，说不定话少的反而会事后报复。"

谢澜灵光一闪，下意识问："会咬人的狗不叫？"

"对。"窦晟有点被惊艳到了，"这句都会，可以啊。"

杂毛一号把烟摔了："永平街出的那个人呢？"

"说是快到了。"杂毛二号不耐烦地使劲踢着右脚，仿佛脚腕上趴了只癞皮狗，着急把它甩下去，也可能只是单纯患上了右足多动症。

"不等了，干吧。"杂毛一号把地上的烟头踩灭，挽起袖子，露出大臂上结实的肌肉。

谢澜正在心里衡量这几个凶神恶煞的大概是什么水平，会不会展露出电影里的中国功夫，余光就瞟见窦晟蹲下在地上捞了一把，随手掂起块不太规则的木板。

不知是哪个废旧平房拆迁时留下的装修费料，木板上全是木刺，谢澜看着窦晟把它握在手心里掂着，忽然觉得有点不爽。或许也不是不爽，只是有点说不清，用英语都说不清的那种。

对面三个冲上来，窦晟用空着的那只手扯住其中一个脖领子，把人硬生生从谢澜那个方向拽到自己面前，另一手的木板直接飞出去，在空中咻咻旋转了几周，沉闷地砸中另一个的肩。

木板掉在地上，转而被于犀捡了。于犀跟平时的颓丧样比简直换了个人，满脸写着暴躁，他不耐烦地转了转手腕，胳膊猛地一扬，精瘦的手臂上肌肉突起，像是魂斗罗里的小人开启狂暴模式，一通霹雳连招，拿着木板猛抽。

谢澜有点看呆，万万没想到法斗……不是，于犀不颓的时候是这样，觉得有点厉害。

车子明只管死劲拉着他的胳膊往旁边拽，哆嗦道："这仨真正的社会人啊，我去，那寸头打哪认识的这帮人？！"

谢澜看着场上的局势，感觉两方半斤八两，甚至有可能是自己这边强势，主要于犀真的很能打，且越打越猛，速度和力量不断突破，平时有多困，此时就有多狂躁。

"于犀是不是学过什么？"

"啊。"车子明说，"他好像说过自己接近散打七段水平，江湖小青龙。"

"……"

虽然听不懂，但好像很厉害的样子。

没多久，于扉抓住机会，一记转身扫腿扫倒杂毛二号，木板照着他小腿肚狠狠一抽，二号当场倒地抱着小腿痛苦翻滚。

三号也被窦晟打趴下了，一号喘着粗气往后退了两步，死死瞪着于扉。

谢澜突然觉得有点不对劲。没占到便宜，但又不走，结合刚才他们说的话，很难不让人想到还有后手。谢澜正犹豫着要不要喊窦晟他们跑吧，就听见了身后的脚步声。

有些不紧不慢、不情不愿，不像是赶着来打架的。谢澜一回头，来人抬眸，视线相撞，他们都是一愣。

车子明惊呼："你跟他们扯上了？"

来人是陈舸。

窦晟和于扉也明显愣了下，窦晟握着木板的手垂下来，蹙眉盯着陈舸。

这是谢澜第一次在窦晟眼中感受到这么强烈的负面情绪，哪怕是昨天在职工厕所，他都是淡然的，不像此刻看起来很平静，但平静下却压抑着一股凶意。

"走。"窦晟用木板尖指了指陈舸，"离开这，我当没看见你。"

陈舸脱出愣怔的状态，哼笑一声："真是高风亮节的四班人。"

"你也是四班的！"车子明吼道，"还没走呢！"

"我不是四班的。"陈舸声音很低，"早就不是了。"

话音刚落，他忽然犀利地抬起头，也几乎在同时，窦晟下意识拉着谢澜往旁边一闪，陈舸从几米外冲过来一个飞踢，踢掉了他们身后攮来的刀。

于扉骂了一声，回身左手挡抓，右肩顶住杂毛右肩，夹着他的右臂向左后一个转体，把人过肩摔抡了出去。

人体砸地发出沉闷的声响，长毛失声了半天才缓过来，指着陈舸怒道："永平街就送你这种垃圾过来轮岗？！"

轮岗，这词谢澜第一次听，又长知识了。

陈舸顿顿："永什么街？不认识，没听过，我是路过的。"

"你少装蒜！你叫什么？"

远处几分钟前被打倒就一直没站起来的另一个喊："好像叫陈什么！"

窦晟说："陈秀杰。英中高二四班，欢迎来挑，记住了。"

谢澜："？"

陈舸："……"

杂毛一号和同伴们交换眼神，达成了某种共识。"你们给我等着，还有你，永平街陈秀杰，这账我还要跟你们街老大算。"话放得越狠，人跑得越快，没一会儿工夫连影都没了。

车子明深吸一口气："还好今天鲱鱼在，不然咱们要凉。"

"嗯。"窦晟把木板往旁边地上一扔，在清脆的击地声中看了陈舸一眼，"也还好道上来轮岗的打手叛变了。"

陈舸连眼皮都不抬一下，仍然垂眸看着远处地面，停顿片刻，转身往来时的方向走了。

"你把话说清楚！"车子明跟点了根炮仗似的，立刻就要冲上去。

然而窦晟伸手把他拦住了，转头看着陈舸的身影消失，许久，低低说了句"算了"。

"你帮不了他。"他淡声道，"有些事，没人能帮忙。"

于扉眼中的暴戾收敛，又变回有点颓又有点困的萎靡不振的样子，犹豫了一下，抬手拍拍窦晟的肩。

车子明叹气："话是这么说，但你不也说当初走出来是受了什么人的鼓舞吗？"

"不能比。"窦晟低声道，"我的事和他的性质就不一样。"

谢澜侧过头看着他。他们又在打哑谜了，或许因为他刚刚认识他们两天，也或许只是单纯因为他中文水平不好，他常常猜不透这些哑谜。他只是觉得，夜色沉郁下，窦晟的侧脸显得有些过于冷清。

但窦晟很快就收起那丝寂静的气质，回头瞟他一眼，正要说什么，视线不经意落在他挽起的袖子上，忽然皱眉。"你挨了一下？什么时候？"他过来拉起谢澜的手腕，轻轻戳了戳胳膊上那两道微肿的檩子，长嘶一声，"完了啊，赵文瑛女士还不得废了我。"

谢澜沉默。他默默看了车子明一眼，车子明当场在窦晟背后双手合十求饶。

该不该告诉窦晟，这两道檩子是车子明太害怕了给他抠出来的呢？

晚饭时间结束，走廊公告板上多了一张醒目的告示——《对高二11班傅丁和王正业校园欺凌行为的通报处分》，白纸黑字，盖着鲜红的学校公章。

"这次胡秀杰下手够快的啊。"车子明啧啧道，"记过加观察，罚得还不轻呢。"

窦晟瞟过那张纸："今晚的事谁都别再提，明天就分班，别给他找事了。"

谢澜知道，这个"他"是指陈舸。

高二晚自习有两节，每节一小时，直到放学铃响，陈舸才终于露面，从后门探身进来拽走了垮垮的书包。

弯腰起身时，谢澜透过凌乱遮掩着的头发，看见了他右眼角的淤青。

他把包甩到肩上，转身的一瞬，董水晶忽然叫道："陈舸！"

原本喧闹的班级一刹那寂静无声，仿佛之前所有的忽视和热闹都是某种粉饰。

陈舸脚步停顿："干什么？"

董水晶深呼吸："还没分班呢，为什么旷晚自习？明天大榜出来，要走的不止你一个，就你提前收拾，把所有人的心都搅乱了。"

"是吗？"陈舸冷冷道，"我走跟其他人走一样吗，你还能揪出来第二个要去最后一个班的？"话音落下，原本就没声的教室彻底死寂下去。陈舸扶了扶书包，回过头瞟她一眼，又很快转过身去。"抱歉，话重了。"他垂眸低声道，"就这样吧，祝大家……各自盛开，去更高的地方吧。"

那个瘦得近乎锋利的身影在后门消失，董水晶低头看了一眼手机，豆大的几颗泪珠子霎时夺眶而出，她压抑不住地啜泣一声，伏在了桌上。

谢澜点开四班炯炯有神群，果然，看到一条浅灰色的系统提醒——

"陈舸"已退出群聊。

一直到走出教学楼，让冷风打在脸上，谢澜才从那种沉重的共情中缓了过来。

他低声问窦晟："陈舸到底是怎么回事？"

窦晟欲言又止，车子明在一旁吸吸鼻子道："嗐，也没什么不能说的。他中考全市第二，曾经那可是能跟豆子比肩，号称"四班双杰"的存在。学习好，打球好，人际交往也强，咱班长董水晶就和他关系不错，结果高一下他爸出事，家破人亡。"

谢澜脚步一顿："生病去世了？"

窦晟低声道："没那么简单。"

车子明小声说："他爸贩毒判了无期，留给妻儿的只有一堆仇家，他妈折腾几次就生了大病，总之就是走的一个背字。唉，我光说都要疯了，老天爷怎么这么捉弄人啊！"

谢澜听愣了，冷风扑在后背，扑得他打了个寒战。

陈舸的事搞得他有点沉重，虽然也就来了四班两天，但好像已经很神奇地跨越语言障碍和这群"猫头鹰"共情了。

回家刚放下书包，群里忽然来了条消息，让谢澜从淡淡的伤感直接切换到了深深的无语。

水晶：@文艺复兴 忘了说，化学老师让你明天早自习去找他。

窦晟扫了眼手机，乐道："我怎么感觉你要完。"

谢澜阴郁地抬眸看他一眼，提起书包上楼。窦晟趿着鞋跟在后面，慢悠悠道："用不用大猫陪你一起，帮你跟老师解释一下不太认字的事情。""用不着。"谢澜冷脸加快脚步，"抓你的耗子去。"

话音刚落，手机又震动一声。

可颂：我也忘了……谢澜，英语老师也让你明天早自习去找她，你看看时间怎么安排吧。

谢澜："……"

Vincent：哦豁，巧了吗不是，谢澜，早自习，生物老师，懂？

死寂一整晚的班群忽然就活了，狠狠炸过一轮猫头鹰打滚爆笑的表情，然后有人问了道题，这群精英学生又如往常讨论了起来。快乐都是他们的。痛苦的只有谢澜一个人而已。

窦晟在后边乐道："分身乏术啊，要不我干脆替你去一个得了，化学和生物咱俩分一下？"

"你不要说话就是替我分担了。"谢澜冷漠回绝。他忍不住心想第一天见面时怎么就能觉得这人说话听起来舒坦呢？明明是让人想到处找刀。

卧室门一关，世界终于安静。

谢澜冲了个澡，带着一头湿津津的水汽坐在书桌前，翻出背到一半的化合物。

一片梧桐叶从本子中掉了出来，还是窦晟上课玩的那片，一面写着"孝出强大"，一面写着"只差亿点"，谢澜看一眼就觉得拳头硬了，把那玩意儿丢开，插上耳机开始学习。

他的歌单里基本是些动漫歌曲，自己还出过不少小提琴演绎版。肖浪静住院那两年，他为了让她在医院有个盼头，每周都会上传一个视频，人红得很快，到肖浪静离开，已经有了三百多万粉。

一晃又是两年，到现在谢澜还时不时收到粉丝留言问为什么突然不再发视频了，其实他就是觉得没那劲了，那个人走了，就像最重要的听众离场了，剩下人声鼎沸，却都不是他在意的。

教参上看似简单的两页"含氮化合物总结"，谢澜花了一个多小时才把每个汉字记住，背完伸个懒腰，随手拿起杯子出门找水喝。赵文瑛又不在家，整个二楼都是黑的，窦晟门缝底下一丝光也无，估计睡了。谢澜放轻脚步，捏着杯子摸黑下楼。一楼只有进门玄关处给日常应酬的女主人留了灯，谢澜借着那点光找到厨房，正摸着墙找灯开关，玄关处忽然响起一个低低的人声。

"额也不吱道你们愣不愣听懂，你们这些瓜娃子笨滴 hin，但四介个视频额一定要出，晓得伐？今天咱们滴猪蹄就四方言 vlog，额深夜带你们去克克额滴学校。"

谢澜："……"

听声音是窦晟的声音，但这话好像不是人话。像中文又像日语，甚至像德语，反正谢澜是一个字都听不懂，一度怀疑窦晟在背化学元素周期表最下边那几行。

他放下水杯默默走过去。窦晟正坐在入门鞋柜上穿鞋，手里拿着一台相机，荧幕翻过来对着自己录。谢澜无声无息从他背后走入镜头。

"妈呀！"窦晟直接把相机扔了，要不是有绳挂在脖子上，又要碎一台。

"……"谢澜迷茫，"你也太容易被吓了吧？"

窦晟瞪着他："你知道刚才镜头里那一瞬间有多恐怖吗？这要是直播，直接送走几百号。"

"送走？"谢澜没听懂，"走哪去？"

"阴曹地府！"窦晟没好气道，转头又气乐了，"哎，你半夜不睡觉干什么？"

"这话该我问你。"谢澜瞥着他，"你刚才说的是哪国语言？"

"你崇拜的汉语。"窦晟套上鞋，"我在尝试做一个方言混搭的视频，跟网上学了陕西口音、上海口音、四川口音、广东口音，总之融汇大江南北的方言精髓，代表九百六十万平方公里土地上生活的人们，一张嘴就是整个中华民族。"

什么大江南北，什么中华民族，谢澜听得一愣一愣，仔细品品，不得不承认有点被惊艳到。"很有意义啊，打算拍什么？"

窦晟得到称赞后捏了个响指："主要是去拍拍学校，你要一起吗？"

已经快晚上十一点。但谢澜几乎没犹豫地就说了好。

从家打车到学校只有十几分钟的车程。夜景很美，沿着江望见城市的另一边，比这头少了些高楼大厦的繁华，老城区有种古朴踏实的韵味。身边传来镜头变焦的细微机械响动，谢澜突然想起什么。"你不是只录ASMR吗，而且还不出镜那种？"

窦晟摆弄相机的动作停顿，而后随口说："我这不试着克服镜头羞涩嘛，就先自己拍一拍，不上传，这么想就会少很多压力。"

谢澜闻言"哦"了声："明白了。"其实他能理解这种心情，他也不太喜欢入镜，之前自己做视频就会选择在日落房间光影昏暗时，用投影仪在墙上投一张动态壁纸，他站在投影仪和墙之间拉琴，相机朝墙拍，镜头里就只有一个在波动明灭的光影中安静伫立的拉琴的影子。后来谢澜又觉得这种氛围太飘渺，所以他在相机近景放了一张小桌，桌上放一片梧桐叶，就是肖浪静病床上每天都在回忆的，小时候的梧桐叶。

谢澜走了个神，回神时已经到学校了，窦晟开门下车，又对着相机叽里咕噜说起非人的语言。听起来非人而已，谢澜心说，很有传统文化的精粹呢，值得尊敬。

保安限他们二十分钟内出来。深夜校园里很静，一眼望去，主教、辅教、实验楼、行政楼，都沉寂在黑暗中，只有远处的宿舍楼还有几盏灯亮着。窦晟说完一串非人语，换普通话对谢澜道："直接去行政楼，那儿特别好拍夜景。"

行政楼谢澜还是第一次来，一进去发现跟想象中不一样，一到六层中央打通，种着景观树，走廊环形，抬头向上看会有种空间无限的错觉。等电梯时窦晟拿着相机朝背后的玻璃展柜介绍了一通，谢澜听不懂，但他能跟着窦晟的镜头判断他介绍到了哪儿。

左边玻璃柜后有每一届学生入学合影与毕业合影，入学合影是分班拍的，窦晟找了半天，最后在镜头里伸手指了指其中一张："介个，饿以年半前也似介么帅哦。"

谢澜一眼就认出了四班的各位。照片上的"小猫头鹰们"一个个都很青涩，炯炯有神地盯着镜头，跟其他班人比，的确是从一开始就"精神"。

谢澜找到了站在最后排中间的窦晟，窦晟倒和现在比没太多区别，还是那个有点漫不经心又透着少年朝气的笑容，左边是彼时就很温文尔雅的戴佑，然后是像个愣头刺猬的车子明，再然后是那时就一脸生亦何欢死亦何苦的扉。

窦晟右手边站着一个眉目清秀的男生，高瘦，笑得很开朗，眼里有光。

谢澜看着觉得眼熟，过了一会儿才一下子反应过来，是陈舸。

他又觉得百味杂陈了，无声叹一口气。

窦晟根据一张照片展开了十万字描写，对着相机五分钟说的话比白天一整天都多，重新定义镜头羞涩。听牛弹琴的体验过于玄幻，谢澜活活听累了。

"哎。"窦晟忽然镜头一转对着他，笑问，"之前一直想问来着，你为什么非要回国啊？我就随便拍拍，不发网上。"

周遭安静下来，空旷的楼道里只有相机自动对焦的声音。谢澜不知道为什么自己没躲那个镜头，可能因为这一刻真的很放松。赵文瑛肯定跟窦晟提过他妈妈的事，就算接机那天没顾上，现在也该关照过了。但他并不觉得有什么不能提，实话实说道："我妈是参加高考后又决定跟着我爸申请英国学校的，其实她已经拿到了录取通知书，那封通知书是她的遗憾。"

窦晟闻言愕然："所以你想替她再拿一次通知书，去上她没去的大学？"

谢澜"嗯"一声："差不多吧。"

"有点感动啊。"窦晟低声说，"原来是这样，这我能跟我妈说吗，她也挺好奇的，但她肯定不会跟别人说。"

谢澜转过身："随便吧。"

过了一会儿，窦晟又问："对了，你妈录取的哪个学校？"

谢澜抬头，视线扫过另一玻璃展柜里的往届录取高校通知书，挑起唇角指了指第一排左手边紫色的那张。

"……"

窦晟缓缓放下了相机。他犹豫了一小会儿，低声说："你这，有点难哪。"

谢澜："？"

"我说句实话。"窦晟说，"这不是稍微努力练练中文的事儿，像你这种大字都不认识几个的，至少得挃着字典开始背啊。"

谢澜笑容逐渐消失。他沉默了很久，终于忍不住真诚发问："你从小到大有没有被人打过？"

第五章

偏 科

电梯出来到顶楼天台那一小段楼梯，窦晟是小跑上去的。

谢澜懒得跑，跟在后面慢吞吞推开那扇小门，楼顶视野空旷开阔，头顶深蓝的天幕仿佛无限近，但转眼发现一颗星星做参照系，又顿觉那么远。谢澜没想到会这么好看，站在那扇小门边上愣了一会儿。

窦晟站在靠天台边的地方拍夜景，白衬衫被风吹得鼓动起来，下摆掀起露出一截少年劲瘦紧实的腰侧。他右手稳稳托住相机，靠手腕的力量转动相机把广角拍到极致。转到谢澜的方向，窦晟停住喊："侬崽拉边做撒子哦？"

"……"谢澜无语，"说人话。"

"人话就是让你过来这边看。"窦晟冲他挥了下手，"你站那儿什么都看不到。"

走到天台边缘，能更清晰地俯视英中楼群和四周的千灯百户。窦晟检查刚才的素材，发出满意的一声喷："今天这个夜空可以。"

谢澜忽然想起之前他在学校还揣着 Gopro，随口问道："你录吃播 ASMR 为什么要随身带相机？"

窦晟动作顿了下。"嗯……我的粉丝特变态，总催我找刺激的场景，比如在安静的自习室吃，或者……老师办公室吃。"

谢澜闻言缓缓露出一个迷茫的表情。这么独特的癖好吗？他想了想忍不住说："但我觉得你不能总是听从他们。"

"为什么？"窦晟随口问。

谢澜斟酌着说："我觉得做内容还是要按照自己给。观众可能只是随便要，他们要你就给，他们又不要，但只有你自己知道你给，你给什么他们其实都不一定是不是要的，他们其实并不……"这段长逻辑表述挑战失败了。

谢澜有些无语，自暴自弃转过头："算了。"

窦晟没忍住笑出了声。低低地，又带着些轻快。"我明白你的意思了。"他看着他，"谢了，我会好好考虑。"

保安只给了二十分钟，录完这小段素材就得打道回府。窦晟推开那扇小楼梯的门，边往下走边随口道："我确实一直在琢磨怎么找到平衡。粉丝越来越多，做东西好像渐渐不像从前那样自由了，现在的内容输出口太窄，拓宽吧，又怕粉丝不适应，你懂吗？反正就是觉得有力没处打。"谢澜跟在他后头，心想可不吗，你两百多个投稿全都是吃，不露脸不讲话，你不窄谁窄。

他低头快速查了个词："你可以根据自己的……天赋？增加内容类型。"

"比如？"窦晟好像一下子来了精神。谢澜跟着他进电梯："你的天赋就是吃，除了 ASMR，你还可以考虑那天我念的那些，深渊巨口吞鸡腿，黑暗料理，铁锅炖自己什么的。"

"……"

窦晟眼里的光一下子没了。

谢澜抬眸："怎么了？"

窦晟收回视线，笔直地目视前方电梯门："我好像有点晕电梯，别说话了，安静吧。"

"？"

从校门出来刚好零点，回头望去，三宿已经强制熄灯了，只有每层最西侧保留了一间亮着，窦晟说那是给高三的二十四小时自习室。谢澜很喜欢看灯火，尤其在漆黑宁静的深夜，万籁俱寂俱黑，那一点小小的光亮就更好看。他看了一会儿才恋恋不舍地收回视线："对了，你知道内容的 anchor，用中文说是什么？"

窦晟从打车软件界面抬起头，愣了下："锚？锚点？"

"嗯，可以考虑在场景中做一个锚点，有了这个，你的东西再多变，也不会让观众觉得陌生。"谢澜想了想，"熟悉感确实很重要，你得一直是你。"

窦晟看着他，眼神忽然多了一种探究："你好像很懂。"

谢澜顿了顿："我英国也有朋友做这种。"

"喔，难怪。"窦晟笑笑，"你朋友很厉害吗？"

谢澜轻轻点头："他是两个你。"

"……"

窦晟又迷茫了："什么意思？"

"他有三百多万粉丝，不止两个你呢。"谢澜淡淡道，"刚才那些都是他很宝贵的想法，你要好好听啊。"

窦晟沉默了一会儿："我突然有点不爽是怎么回事啊？"

谢澜瞟他一眼："这是嫉妒，你嫉妒强者。"

窦晟："……"

在回去的路上，谢澜忽然特别困，时差作用，他这两天早上都醒得很早，晚上自然也就早困。到家窦晟站在门口和他说晚安，他迷迷糊糊的，只是"嗯"了一声就把门推上了。

第二天一早，谢澜被隔壁的喊打喊杀震住了。

"起！给老子起！！"小马正一脚蹬着床，把床上的"死人"使劲往下薅。

窦晟头发睡得有些乱，半睁开眼瞟了他一眼，翻个身裹进被子里。"做个人吧。"他嘟囔道，"我五点才睡，帮我请假，跟胡秀杰说我死了。"

小马气结："你每个月都得死几天是吧？你妈说你今天分班！"

"分班关我屁事儿。"窦晟闭着眼睛说，"我在哪，哪就是 A 班。"

门口的谢澜："……"

小马气喘吁吁，明明看起来体重有窦晟一个半，愣是拖不动床上那人。岂止不动，简直稳如磐石。

谢澜也觉得挺稀奇，站在门口瞅了一眼窦晟和床贴着的面，严重怀疑他给自己涂了胶水。

"唉。"小马累了，沧桑道，"起来吧，看看澜澜今天是否有变动，你不帮着他认认新班级？"

"他？"窦晟停顿几秒钟，终于从枕头里抬起头，皱眉半闭着眼看门口的谢澜，"你物理考得怎么样？"

谢澜犹豫。小马用一副求求了的眼神恳求他，他只好配合道："不太好说。"

房间里安静了好一会儿，窦晟仿佛僵化了，维持着那个脖子一定很酸的动作闭眼入定了足有半分钟。而后他又把头埋进被子里，长叹一口气，拉开被子道："走吧走吧。"

小马如释重负。"赶紧啊，洗漱，快着点，迟到了老师找你妈，你妈找我，我就完了。那个什么，澜澜赶紧下去吃饭，豆子来不及吃了就带着点。"小马语速过快，谢澜跟不上，只看着窦晟磨磨蹭蹭下床，问道："你昨晚干什么了？"

"啊？"窦晟回过头，眼神失焦地看了他一会儿才低头嘟囔，"剪素材。"

"他总这样。"小马翻着白眼，又对窦晟说，"悠着点啊，小心你妈没收你计算机。"

"随便。"窦晟走进浴室熟练地把门一蹬。

一路上窦晟都在表演睡觉的 101 种姿势。站着睡，坐着睡，吃着睡，走着睡。

头顶着大腿睡，仰在座椅上睡，趴在车门上睡。谢澜跟他一起上楼，非常怕他倒自己身上，于是刻意保持了几米距离。令他窒息的是，这几米距离让他有幸听见路过女生背着窦晟的讨论。

"四班窦晟真的帅。""意气风发大帅哥实在是我的爱。""打哈欠也……嘿嘿嘿。"

谢澜一度怀疑自己又背错成语，把意气风发和一条废狗两个词的意思记混了。路过理科综合办公室，谢澜直接拐了进去。除了胡秀杰这个主任有单独办公室外，年级组其他理化生老师都坐一起办公。谢澜一进去有点发蒙，恍然意识到自己压根不认识化学和生物老师。

一个有点胖的女老师叫他："谢澜？"

"是我。"谢澜立刻点头。这一点头，不知是不是错觉，办公室忽然安静了几分。

"我姓董，四班化学老师。"女老师说，"我听胡老师说了你的大致情况，啊，是从这个英国回来的，叫你是想问问英国那边没有学化学吗？看你基本交了白卷，胡主任说你选了化学啊。"

另一个五十岁左右戴眼镜的女老师说："有没有学过生物？基础的动植物，细胞，基因，人体组织，这些学过吗？"

化学老师一摆手："孙老师你等一等，我先问的。"

她语速太快，谢澜跟不上，但大概意思他是明白的。理综卷子他确实答得很惨烈，化学只乱写了几笔，生物一笔未动。他叹口气对化学老师说："在英国学过化学。"

"学了哪些？"老师立刻追问，"物质结构与性质，化学平衡，无机有机，电解水解？"

谢澜："……"还没背到这些名词。他犹豫了一下，缓缓道："情况有点复杂。物质什么的，学过。平衡学过。电什么？电是物理学的。"

谢澜看着她迷惑的表情，自暴自弃道："确实和国内有点不一样，反正目前我会的，就是氢氦锂铍硼碳氮氧氟氖钠镁铝硅磷硫氯氩钾钙。"谢澜又补充了一句，"但这是昨晚新会的，考试时还不太会。"

化学老师眼神逐渐涣散。另外几个化学老师也受到了震撼，纷纷放下教案开始对他行注目礼。

谢澜心里斟酌片刻，回头对生物老师说："生物就简单了，生物没学过。"

生物老师："……"

怕她对英国高中产生误解，谢澜连忙又说："是我自己没有选。"

生物老师："……哦。"

唉。谢澜捧着真诚交流的一颗心来，但看这些老师的反应，似乎没有起到好的效果。他内心向祖国老师们的责任心屈服，有些疲惫地往窗沿边靠了靠，就是上次窦晟在胡秀杰办公室靠的那个地方。别说，还挺舒服。

化学老师僵了半天才缓过来："老师没太听懂你的意思，就想问你学过哪些化学反应，不是问你知道哪些化学元素。"她说着随手抽出一张空白的理综试卷，翻到一道题，圆珠笔在旁边空白处飞快写【CuSO4·5H2O== 加热 ==CuSO4+5H2O】，问道，"拿这个基础题为例，发生什么变化？"

谢澜脑海里对了下中文："硫酸铜受热分解，蓝色晶体变成白色粉末。"

"你这会啊！"化学老师把笔一放，"会你怎么不写，还空着？"

谢澜认真看着那道题的题干——

北宋沈括《梦溪笔谈》中记载："信州铅山有苦泉，流以为涧。把其水熬之则成胆矾，烹胆矾则成铜。"现若将沈括提到的这种物质加热，你能观察到什么？

好家伙。谢澜犹豫了一下，说："我想先问一下，老师。化学题干用古文，这是国内独有的教育特色吗？"

化学老师皱眉："什么意思？"

谢澜叹气："意思就是，我不是不会，是不懂题，不知道该如何解答它。"

化学老师满脸问号："这不就是不会的意思？"

"不是。"谢澜在心里重新组织语言，"这么说吧，如果我能懂这道题，我就能答了。"

化学老师表情彻底呆滞了。她僵硬地坐在椅子上仰头瞅着谢澜，竟一时间不知如何再问。直到一个男老师说："谢澜，你是不是不知道胆矾就是五水硫酸铜？"

谢澜一蒙。但凡？"什么但凡就是五水硫酸铜？"他犹豫了一会儿，"我是想说，但凡我懂这个题，我就会做了。"

鸡同鸭讲。办公室安静得让人害怕。

谈话陷入僵局。过了好一会儿，化学老师抓住了重点："不懂题是什么意思？对知识点不理解，对考察的角度陌生，还是什么别的？"

谢澜倚着窗台，左手食指轻轻勾起又放下，那是一个类似揉弦的无意识的动作。他有点焦虑。交白卷的原因很简单，首先很多字不认识，其次认识的也不知道对应什么。这是事实，但却很反直觉——因为正常海外华人很少有读写能力像他这么差的，何况就算知识体系对不上，也起码该听过基本的氮氢铝镁之类。他原本存了点蒙混过关的侥幸，因为根据经验，仔细解释后往往还会面临下一个追问——

旁边男老师忽然反应过来："难道是对汉语理解有困难？哎，但你父母都是中国人吧？按理说不至于啊。"

来了。谢澜一个激灵，离开窗沿。"他们是中国人。"他下意识接道，而后语气变得迟疑，"但……他们，嗯，比较……"比较少说中文。或者说，在谢景明的坚持下，轻易不说中文。

"嘛呢？"一个漫不经心又带着点不悦的声音在门口响起。窦晟顶着那一头没睡醒的头发晃了进来，满脸无语，"一起上学还带中途放风筝的，可真行。"

谢澜愣了下："你来干什么？"

"窦晟在啊，正好。"化学老师招手，"胡老师说你们熟，你知道他平时的程度吗？"

"谢澜吗？"窦晟瞅谢澜一眼，"数学比我还高，世上罕见的神人。怎么了？"

谢澜努力忍着不翻白眼。

化学老师无奈："你少贫。他化学交了白卷，说题不懂。"

"哦，这样啊。"窦晟回眸瞟着谢澜，冲他使了一个极具个人辨识度的眼神。

"……"

谢澜有一种今天会被坑死在这儿的预感。

窦晟扭回头没有立刻回答，先真情实感地打了个哈欠，他是真的困，打完后眼周一圈睫毛都湿了。

受他传染，刚才那个男老师也打了个哈欠。然后生物老师也跟着捂住了嘴。

谢澜正想翻白眼，突然感到一种困意顺着脑门向下奔涌，钻入鼻腔。

哈欠——

这人有毒。

"这有什么可纠结的啊。"窦晟上前敷衍地瞟一眼卷子，"三岁去英国啊，能站在这大声说'老师好，我叫谢澜，我是海归，我的偶像是大帅哥窦晟'就不错了，你这又梦溪笔谈，又信州铅山的，到底是想难为死谁？怎么不让人直接默写古法炼铜呢？"

化学老师一愣。但她很快就往后翻卷："只有那一道是古——"

窦晟又点头："这次不是分班吗，我给他支招让他专注物理的，我妈想让我俩一个班让我罩着他。"

谢澜："？"

化学老师呆住，转向谢澜，皱眉："你是故意不好好答的？看不起我化学？"

"……"

谢澜已经分不清窦晟是想救他还是想让他再死透点了。但许久，谢澜还是轻轻"嗯"了声。

化学老师的神色开始复杂。

"一次小破分班考而已，有什么的。这样，下次月考，他——"窦晟回头一指，"化学 70，我保了。"

"能 70 吗？"化学老师瞬间松气，又对谢澜说，"其实国内外教育不同，起点高低都是能理解的，无论是 70 还是 50、60，只要让老师知道你大致是什么程度就好，别交白卷。"

"嗯。"谢澜低声说，"我知道了，谢谢老师。"他顿了顿，又说，"下次考试，达到四班平均分。"

办公室里一下子安静了。

正偷偷摸摸在办公桌笔筒里挑糖吃的窦晟动作一顿，而后轻轻勾起唇角，挑了片进口的巧克力饼干。

"有志气啊。"生物老师在一旁幽幽道，"那我生物呢。"

谢澜又一下子垮了。"我先学学试试。"他沉默半晌说。

生物老师："……"

从办公室出来，谢澜隔着门依稀听见几个老师正顺嘴讨论这几天听到的他的事，原来数学满分已经广为流传了，但没人提他语文 16，估计老秦没说。走远之前，听到的最后半句话是生物老师说"回去要先替他整理初中生物知识点"。

"英中的老师不错吧。"窦晟在旁边懒洋洋地问。他一手揣在裤兜里，张嘴又打了个哈欠，又成功把谢澜打困了。

谢澜努力忍下打哈欠的欲望，偏过头瞅着他。

窦晟淡定道："看什么，被眼前这个通宵熬夜后的颓废清冷系学神大帅哥震撼了吗？"

谢澜无语道："你怎么不去死呢？"

窦晟一下子乐了，乐得呛了两声，又打了个哈欠。

谢澜垂眼看着前面的地砖："你没有想问的吗？"

窦晟挑眉："问什么？"

"就刚刚你说谎挡过去的那些问题。"谢澜语气很淡，"你自己不好奇吗？"

窦晟无所谓笑笑："就不想问啊，好奇心害死猫，不，害死大猫。"

两人沉默着走过这条走廊，拐弯时窦晟轻轻说："你不也有很多问题没问我吗？关于我家，我以前的经历，你对我不也没那些好奇吗？"

谢澜脚步微顿。

"这是默契。"窦晟毫不在意地说着，摸出那片刚明抢来的饼干，掰了一下，撕开袋子捏一半丢进嘴里。"吃吗？"他随手把剩下的给谢澜。

前边公示牌附近聚了不少人，学生们陆续从各教室出来往那边去，走廊里越来越吵。

"不会这就把分班结果贴出来了吧？"窦晟瞭了一眼，"你先去看看，我上个洗手间。"

"嗯。"

四班的人也都出来了，车子明一个冲刺到谢澜身边，眼睛瞪溜圆："澜啊，你到底咋回事啊，是不是对国内的教育水平不满，用这种行为艺术来表达愤懑？！"

谢澜被他拽得胳膊生疼，视线扫过各班名单，落到最左边的"数理A"。

窦晟第一，数学148，物理99，两科总分247。

戴佑第二，229。

董水晶第三，224。

王苟第四，223。

谢澜往下捋，再往下四班人的分数就咬得很紧了，一分一分的，一直到214，谢澜。物理只有64，也算在意料之内，因为题干实在太长太绕了，除了专有名词外，还有不少字不认识，尤其是最后的大题，他读了至少二十遍，勾勾画画，在题干里断句，到最后把整块区域都涂烂了，也没捋明白题目想要表达什么。相信谁看到他的卷子都会感慨一声尽力。

但令车子明疯狂的不是物理64，而是写在最右边的全科分和全科学年排名。

数学150，物理64，语文16，英语105，化学0，生物0，总分335，数理排名14，全科学年排名470。"你在咱班以后真是夜空中最亮的星，万红丛中一点绿啊。"车子明在他身后啧一声，"这化学跟生物搁这画鸡蛋呢你？就离谱。"

谢澜的视线落在远低于他想象的英语分上，忽然一僵。把英语老师给忘了！

谢澜扭头从人群中挤出去，刚好看见窦晟从远处不紧不慢地过来了，身边还跟着一个穿鹅黄色衬衫裙的有些清冷气质的女人。谢澜在教师风采展示板上见过她，葛莉，四班英语老师。

葛莉远远地冲谢澜招手，让他到那边人少的地方说话。"你是谢澜吧。"葛莉的声音还算是温和的，"我是教四班英语的葛老师，听胡老师说你是从英国回来的？"

谢澜"嗯"了声："老师好。"

"多大去的英国？初中和小学是在英国上的吗？"

"是。"谢澜说，"我……三岁就出去了。"

"三岁？"葛莉一惊，随即无奈笑了，"难怪考成这样。"

谢澜没懂她的意思，但也知道自己考的不好。那张卷子绝大多数题目看起来都像……怎么说呢，类似问【我养了一只 _____. A. 小狗；B. 狗；C. 狗狗；D. 小狗狗】

他叹口气低低道："就离谱。"

葛莉："什么？"

旁边窦晟猛地用胳膊肘撞了他一下，震惊地对口型："说什么呢？"

"嗯？"谢澜有点蒙，"怎么了？"

葛莉皱眉瞅了谢澜一会儿，摇头叹气道："刚回国就不学好。也是，天天跟窦晟混在一起……"

窦晟无语："我躺枪啊。"

"行了行了。"葛莉摆摆手，"是这样，我也接触过一些出国的学生。根据经验，出国越晚，回来反而考的越好。像你这种三岁出国的其实已经是半个英国人了，语法肯定别扭，得使劲补。"

谢澜"嗯"一声："不是英国人，半个也不是，总之我会努力跟上。"他太厌恶英国人这个标签了，尤其是谢景明拼命把这个标签往他身上贴，甚至想给他找个英国妈之后。

葛莉点点头："还有啊，三岁这事儿你得跟胡老师说，老师们还都以为你是高中出去又回来的呢，毕竟之前遇到的都是这种情况。行了，关于英语咱们周末基础知识服务课聊吧，别忘了报名啊。"

"老师。"谢澜叫住了风风火火要走的人。

葛莉转身："还有事？"

谢澜顿顿："那个，英语，我自己补行吗？"

"为什么？"葛莉皱眉，"你知道四班英语平均分多少吗？132，你已经倒数第一了。"

谢澜叹气："我有几科更急。"

"还有什么啊？"葛莉皱眉瞟了一眼大榜，顺着数理A往下，找到谢澜，又往右。

然后她呆了。

谢澜叹气："是不是就尼——"话没说完，他又被窦晟怼了一下。

窦晟把话茬接过来："是不是就尼——就您英语这科已经算可以了，化学、生物老师都排队崩溃呢。"

"……"

葛莉表情凝重，许久缓缓点头："还真是。"

第六章

分 班

分班大榜张贴之后，各班都开始轰轰烈烈地"搬家"。

四班算变动少的，一共出去十六人，除陈舸外全部进入隔壁"全科A"。新来的包括谢澜在内共四人，其中一个穿着整身校服，红毛衣领翻在外面，是数学考出漂亮的148分的王苟。王苟一进来就四处寻觅"恩人"，最终在谢澜右手边，和窦晟隔着一人一过道的地方心满意足地坐下了。

四周都是挪桌椅声，很吵，董水晶正好发周末补课的申请表，谢澜在周六上午的语文基础和数学竞赛中选了语文，又在周六下午的英语基础和生物基础中选了生物。其他科目都能自己解决，周日可以空出来。他忽然想起一件事，对身边窦晟道："周五了，明天晚上有时间吗？"

窦晟："嗯？"

"这两天你帮我挺多的。"谢澜说，"算感谢你，帮你筹备要喝的那盆肉酱吧。"

窦晟愣了愣，很快说："不用，我自己能行。而且你明天下午有课吧？不赶巧，我就打算下午趁着光线最好的时候录。"

"别和我客气了。"谢澜笑笑，"你之前动态预告的明明是周日，周日我没课。"

"……"

不知是不是错觉，窦晟的眼神里有丝一闪而过的慌张。

倒班倒了一上午，下午回来第一堂课，胡秀杰走路带风地闯进教室。"班会。"

"猫头鹰们"立刻集体坐直。

胡秀杰在讲台中心站定，冷肃的目光扫过全班："首先，恭喜各位进入数理A班。"

班里响起一阵整齐的掌声。啪啪啪啪啪啪啪啪。同起同落，节奏均匀。真诚克制，只鼓八次。

谢澜蒙了一下，和他一起蒙的还有另外三个新来的。王苟中途加入鼓掌，结果鼓的不对，别人戛然而止，他多啪啪了两声，搞得很尴尬。谢澜下意识瞟向窦晟，窦晟也是八次大军中的一员，只是非常冷淡的样子。

胡秀杰等掌声结束，又说："然后，欢迎这学期加入的四位新同学，谢澜，王苟，冯妙，毛冷雪。"

啪啪啪啪啪啪啪啪。又是八声。

谢澜低声道："你们练过？"

窦晟不情愿地"嗯"了一声。"班主任是胡秀杰，一切皆有可能。"他无语道。

新同学只有四个，但胡秀杰还是发起了一轮全班自我介绍。"节省时间，就在座位上，每人不超过三句话啊，新同学可以多说点。"先轮班干部，然后按座位顺序来。

谢澜估计每人三句也就能说说姓名和爱好，但他很快就发现自己错了。

率先起立的是董水晶。"班长董水晶，新学期继续竭诚为大家服务，前提是有事说事不要薅我头发！"

全班都乐，走到一旁坐下的胡秀杰也淡淡笑着。

紧接着戴佑起立："学习委员戴佑，学习不咋地永远考第二，熬最晚的夜喝最甜的咖啡。"

谢澜恍惚间才想起，似乎从第一天起他桌上就码着一整排咖啡，从未少过。

然后是个娇小可爱的女生，皮肤很白，笑起来有两个小梨涡："文艺委员刘一璇，我以为这趟考完得去别班发展宅舞了，没想到还能继续在这被大佬们压制，唉。"

胡秀杰笑说："四班可不能没有你。"这句话从胡秀杰嘴里说出来就挺惊悚的，谢澜余光里王苟浑身都打了个哆嗦，但四班人却没什么反应，还跟着一起起哄，平时不爱说话的于扉都混在人群里说了句"那是必须"。

谢澜低声问窦晟："宅舞是什么？"

"就那种家里闲着没事跳的舞蹈。"窦晟随意地甩了甩手腕，"就这样。"

谢澜："哦。"

于扉听了都忍不住回头："真是一个敢说一个敢信啊。"

三句话的自我介绍，四班人人都能说出花来，谢澜记不全名，却很神奇地记住了每个人。

轮到窦晟，这哥慢吞吞起身——

"大家好，我是窦晟。"他停顿了一下，似乎有些费劲想第三句，空了两秒索性放弃："谢谢大家。"

真能装啊，谢澜心想，故作冷淡，背地里对着张合照能叫叽五万字。

窦晟坐下后，就到谢澜了。他起身时前面的人都扭过身子来，班里比刚才更安静了。

"我是谢澜，从英国回来，要在国内高考。"谢澜说完基本情况，犹豫了一下又说，"我认字前就走了，认字、写字很差，希望能快点进步。"

一个男生问："为什么啊，你爸妈出国了就不教小孩汉字吗？"

果然还是被问了这个最不想回答的问题。小时候，谢景明偶尔会带他参加移民学者的家庭聚会，一起来的小孩都说中英双语，中文为主，叽里呱啦聊到飞起。谢澜只能呆站一旁，偶尔听懂英文的部分，一个朋友都交不到。

酒过三巡后大人们把小孩叫回来，谢景明这时就会介绍他的纯英式教育，其他人附和赞美，但谢澜不会忘记当时其他小孩讶异打量他的眼神。一个小男孩还斜眼瞟他："中国人为什么不能说中国话？Long live Great Britain？"那种羞耻感伴随了他很多年。但历史没有重演。

"猫头鹰们"完全没往"忘本""媚外"这些方向想，没等到谢澜回答就自娱自乐了起来。

"论当代父母为了让孩子学好英语能多疯。"

"然而没想到孩子要回国高考了。"

"长太息以掩涕兮，哀海归之多艰！"

"李白杜甫白居易，苏轼陆游辛弃疾！好多快乐在等你！"

谢澜惊讶过后无意识地唇角微微上扬，低声说了句"谢谢大家"。自我介绍后，心里突然很轻松，好像能原地起飞那种。

下课前胡秀杰清清嗓子，一整班扑棱的"猫头鹰们"又乖乖精神地坐直了。

"最后几句话。相信大家也知道，上两年高考题偏保守，很多数理尖子生优势被拉平，稀里糊涂名次就掉了。你们是第一届数理A班，学校的用意是让单科拔尖的学生在自主招生中一定要拿到加分。所以我们会日常进行大量难题训练，要有抗压能力。"

底下人无声点头，胡秀杰又说："自招就一年准备，高三最后一学期会再次分班，取消数理A，统一全科排名。所以这一年偏科的同学一定不要懈怠，争取在一年后也继续留下。"

下课了，胡秀杰一出教室，"猫头鹰们"又欢腾了起来。

车子明回头道："澜哪，明年还分班，你得抓紧追上来啊。"

谢澜点头："主要是语文。"

车子明长叹一声："语文语文，我的伤痕。我语文也巨差，咱俩一起努力吧。"

谢澜随便"嗯"了一声算作答应，等车子明转过去，他低头看了眼补课时间表。

窦晟趴在旁边睡觉，谢澜戳了他一下。

窦晟抬起头："嗯？"

"晚上去趟超市吧。"谢澜说，"我又想了下，你周日要发视频，周六就得录完，明晚下课准备来不及了，不如今晚去买。"

窦晟闻言，表情逐渐凝重，坐了起来。"什么意思，你还要看着我做一锅肉酱啊？"

谢澜摇头："我甚至可以教你做。"

"？"

谢澜戳开手机相册里存的截屏："我看过一个华人 Youtuber[1]，讲英国菜在中国人眼中有多可怕，很有趣。"

窦晟沉默："……所以？"

"那个视频他增加了十万粉丝。"谢澜说，"你不是要做更丰富的内容吗？可以试一试。"谢澜是非常真诚地建议，昨晚窦晟在说自己"瓶颈"时，他就在想了。虽然这家伙坑了他好几次，但毕竟也算一起生活的朋友，拍视频这方面他擅长，倒是可以帮一下。这叫什么来着，以德报怨。

窦晟的表情有些扭曲："你认真的吗？"

"嗯。"谢澜说，"晚上让小马顺路送我们去趟超市吧？"

窦晟沉默许久，颓废地趴回桌上："随便吧。"

国内的超市和英国的超市没什么区别，小马挑的这家还是进口超市，多数食品有双语标签，谢澜逛起来很顺畅。

他走在前面，窦晟垮着脸跟在后头，一手推车，另一手拿着手机，一脸的敷衍。

谢澜回了几次头，见他都是那副半死不活的样子，忍不住皱眉。不上进，不创新，很难混出头的。昨天还说要突破，今天就连这小小的一步都不肯踏出，软弱。"快点啊。"

"嗯嗯嗯。"窦晟敷衍地点头，戳着手机眼都不抬一下。

谢澜无语。

肉酱好做，尤其谢澜还有一个独门小秘方。猪肉，肥瘦要相间。西红柿，要挑扁平大叶，尽可能多出汁。还有部分食材的中文他不认识。garlic 是蒜，onion 是洋葱，谢澜边买边记，感觉很满足，每天都在飞快提升。

"不是。"窦晟忽然在后头说，"西红柿肉酱，为什么要买椰子油啊？"

谢澜"哦"一声："在经典意式酱里加一点椰子油和酸奶，会更浓更滑，我的英国

---

[1]　Youtuber, 外国视频网站 Youtube 上的视频创作者的统称。

朋友吃了都说好。"

"……"

窦晟一脸被生活毒打的表情，看了他许久后低头戳手机，低声嘟囔道："造孽。"

"造什么？"没听过的词。

窦晟一脸萎靡："就是随便，你高兴就好的意思。"

"唉。"谢澜有点郁闷，"上进点啊，搞得像要陪我录视频一样。"

"……"

等谢澜转过去了，窦晟才又抬起头。他看着仔细阅读标签，边看边查字典的谢澜，无声地叹了口气。欠他的。命里有此劫，躲不过。

窦晟斟酌片刻，终于还是点开粉色小电视 APP，从私信列表里戳开和"爱吃饭的MR.X"的聊天框。在过去的一个月里，这家伙至少主动发起过十次对话，他都没回。主要原因是，之前过年他收到了两条欠揍的祝福。

X：新年快乐啊豆子，你在兄弟小透明时带了兄弟好多次，你就是 1000000 前的那个 1，真的，感恩，感谢，铭记于心，以后有事用得到我一定要开口。

这条看起来还一点都不欠揍。再看下一条。

X：咳咳，虽然兄弟先行一步拿到百大，但在我心中这份荣誉也属于你！我的奖杯有你一半，新的一年，我在百大等你！

看看这。是人吗？！当时窦晟很冷静自持地回了一句："新年快乐。滚。"

窦晟又抬头瞅一眼谢澜的后脑勺——连后脑勺看起来都有点快乐。谢澜扭头在冷架上挑酸奶，漆黑的瞳仁映着架上的打光，很亮。窦晟深吸一口气，低头飞快打了两个字发过去。

豆：在吗？

要是一分钟不回就算了，窦晟心想。他面无表情调出秒表，决定要是不回就直接跟谢澜招了，告诉他，他是一百万人心目中的豆子表妹。

数字欢快跳动，刚跳到 59，手机突然弹屏。

窦晟心里咯噔一声。

X：我去，豆子哥终于理我了！有何吩咐！

得，果然是命里的劫。窦晟说不出是啥滋味，酝酿一番开始套路。

豆：就，突然想你了。

X：……

X：是本人吗？

豆：嗯。今天不是我跟粉丝推你视频的第……反正一年多纪念日吗？

X：……是……啊……

窦晟很机智地陷入沉默，推着车跟在谢澜屁股后头又走过了两排货架，还随手扔进车里一盒曲奇。

直到手机又震一声。

X：唉，不说话了？真就是突然想起我？

X：这我有点感动啊。

X：哥我也想你，你最近更新频率有点低啊，我的快乐都没有了，嘤嘤。

孙子。

又在这"嘤阳怪气"的。窦晟麻着脸敲字。

豆：我每天都看你的视频呢，对了，周天要吃一盆肉酱？你现在怪重口的。

X：哦！嗐，预告里少打个字，一盆肉酱面，谁吃肉酱啊，是不是闲的。

可不是闲的吗。窦晟内心海啸，表面仍然波澜不惊。

豆：那我就有点失望了，好想看你吃肉酱啊。

X：啥意思？

X：等等，你是要给我拉活，是这意思吗？

X：有哪家番茄酱品牌方爸爸想看我吃肉酱？我可以！

豆：不是。

豆：只有你豆子爸爸想看。

X：什么玩意儿？

窦晟终于对荧幕露出了微笑，趁谢澜不注意，飞快伸到推车上方拍了个照。

他把过年 X 那句"你就是 1000000 前的那个 1"和"以后有事用得到我一定要开口"截个屏发过去，又发了购物车照片。

豆：定制个视频，吃一盆西红柿肉酱，加椰子油加无糖酸奶，周日发出来，要求用纯白色的碗，不锈钢勺，桌面蒙黑色桌布，背景白墙，穿灰色卫衣，最多只能露袖口，袖口不能有标。

X：？？？

X：想要我死你直说？

X：这是什么新的百大暗杀名单吗？

X：还有你这个食谱是什么鬼？

X：哈喽？还在？

窦晟看了眼谢澜的小脑瓜。

豆：嗯，在的，叫"澜式食谱"。

豆：感恩，感谢，铭记于心。下次有事用得上你一定还找你。

豆：我会给你投币的，两个。

第七章

手

从超市回家，谢澜一进门，就见一穿浴袍的女人贴着面膜，倚在沙发上涂指甲油。女人回头，分开五指冲他招手："嗨。"

谢澜脚下猛一顿。谁？

窦晟喊道："妈。"

谢澜恍然大悟，有些蒙地跟她招手："赵姨。"

"贴上面膜就不认识了，你怎么这么可爱呢。"赵文瑛伸手维持着面膜，仰脖朝天咯咯笑起来。

谢澜有点无语又有点好笑，站在门口不知所措。

"进去。"窦晟在后面催促道，"不用搭理她。"

"澜澜看起来适应得还不错啊，听说和豆子分到一个班了。"赵文瑛吹吹手指，"对了，我给你们带了小礼物。"

窦晟"嗯"了一声就往楼上走去。

谢澜看着赵文瑛进洗手间，过一会儿洗掉面膜出来，低声问："赵姨……你有联系我爸吗？"

赵文瑛手指轻轻触拍着脸："联系了，学籍那些事。"

谢澜"嗯"一声："他还说什么了吗？"

"让我劝你回去这种算吗？"赵文瑛笑，"开玩笑的。你爸也在气头上，暂时没提，等他提了我告诉你。"

谢澜这才放下心来。这趟回国，来自谢景明的阻力比想象中小，从他订票起，谢景明就是一副无奈的样子。他觉得谢澜就不可能通过国内高考，折腾一番迟早要回英国。

房间的桌上摆了个奶油色大盒子。窦晟倚在谢澜门口懒洋洋道："你那份有什么？看看。"

"一样的吧。"

窦晟哼一声："那可不一定。"盒子里有叫作"青团"的中式点心、花生糖和奶酥曲奇，窦晟扫了一眼说，"青团比我多了几个，还行，还不算偏心。"

谢澜正要盖上盒子，忽然发现还有东西，平铺在盒底。他扯出来一看，陷入迷惘。"这是衣服吗？"谢澜困惑皱眉，隔着塑胶包装摸摸，"T-shirt？怎么是这种包装啊。"

窦晟走到门口回头一瞟，当场乐了。

谢澜："？"

"你看就知道了，这是赵文瑛女士爱你的证明。"窦晟的声音从这屋到那屋，"秋裤，穿在牛仔裤里的。"

秋裤？谢澜犹豫着撕开包装袋，抖开那条裤子。棉质，灰色，贴身。软趴趴。

帅哥可穿不了这个。

周六上了一天课后服务班有点累。语文讲一上午高考作文，从如何审题立意，到几种议论结构，选取事例，组织逻辑……老师讲得很清楚，谢澜还算能跟上。郁闷的是下午的生物，大量陌生词汇，无论听、读都很艰难，后来谢澜放弃听讲，直接闷头查词典看材料了。

一回到家就听厨房有声，空气中弥漫着一股熟悉的气味。谢澜怔了下，换拖鞋走到厨房门口。窦晟在熬酱。小火咕嘟咕嘟，西红柿肉酱的味道香甜浓郁，很诱人。谢澜一下子来精神了："说好的等我一起做呢？"

窦晟看他一眼："怕你把厨房炸了。"

谢澜："？"

"就意式肉酱，对吧。"窦晟戳戳墙上平板计算机显示的菜谱，"我刚把你那两样小妙招加进去，马上出锅了。"

谢澜闻言瞟到一旁的酸奶盒，里面还剩三分之二。"得全放。"他叹气道，"你放这一点没味道的。"

"不用了吧？"窦晟无力道，"这一大盒可是两百五十克，我看你就是想毒死我。"

谢澜懒得和他废话，把酸奶在锅上方直接扣过来，全部兑进去，又用勺子刮了刮，轻轻搅拌。丝滑。"肯定好吃，你要信我。"

"……"

窦晟脸色开始沧桑。

谢澜舀了点尝尝："味道差不多。你家有牛排馅饼或者炸鱼吗？"

窦晟幽幽地看着他："你要做仰望星空派吗？"

"什么派？"谢澜没懂，"要是有就搭配肉酱一起吃，不然会有点咸。"

"……不必了。"窦晟叹气，低声道，"他承受不了更多了。"

谢澜又尝了第二口，一头雾水道："他？"

"没什么。"

窦晟关火起锅："我速度回房间录掉，今晚别敲我屋门哈。"

谢澜看他装盘："我能看你录吗？"

"不能。"窦晟果断拒绝，"ASMR要降噪，多一个人在屋里不太方便。"

也是。谢澜正要说什么，窦晟忽然道："哦对，我给你找了点事做。"

"嗯？"

"口误，给你买了点东西。"窦晟放下碗，"沙发上呢。"

谢澜跟他出去，才发现沙发上放了一个大纸箱，伸手一搬竟然纹丝不动。"什么啊？"

窦晟随手用快递刀划开纸箱："丰富你课余生活，避免你精力过剩的一些小妙物，昨天连夜下单，今天就到了，啧。"

满满一箱书。谢澜有点蒙地抽了上面几本出来。

《怎样教外国人学汉语》《外国人学汉语：1700对近义词用法对比》《汉语语法偏误研究》《外国人学汉语语法必读》《跟我学汉语综合课本》《学汉语的小窍门》。

这，还只是这一大箱的冰山一角。谢澜瞳孔开始扩大。

窦晟善良微笑："喏，其实这事是这样的啊……"他慢吞吞地措辞，"昨天半夜我做了个噩梦，梦到一个小朋友，IQ 180，高斯在世，欧几里得门徒，他经过一番刻苦，拿下数学诺贝尔，同时高考终于考了三百分。"

谢澜愣住。

窦晟问他："你知道这是哪个小朋友吗？"

谢澜："……数学没有诺贝尔奖，谢谢。"

窦晟在箱子上拍了拍，愉悦道："可以为那个小朋友设立一个。好好学习，我回屋录视频了。"

谢澜站在地上呆滞了五分钟才缓过来。

一楼已经空了，窦晟端着那盆红呼呼的肉酱回到房间，空荡荡的房子里只剩下谢澜和这些上下五千年积淀的、沉甸甸的文化果实。

许久，谢澜迟疑着，取出那本《1700对近义词用法对比》，缓缓踏上楼梯。

他的大脑有些空白，走到窦晟屋门口，下意识放轻脚步。

屋里依稀传来嘶哈的声音，估计肉酱太烫了，得一小勺一小勺吃。现在不到晚上七点，那一大盆，估计得吃两小时。

谢澜叹口气，拿着书轻手轻脚地回到自己房间。1700对近义词这本书非常可怕。谢澜随便一翻，看到的第一组词就让人发蒙：【操纵】与【操作】。前者表示控制机械仪器，后者表示控制一定的程序按要求运作。练习题是勾选词语搭配：_____ 机器；_____ 市场；_____ 军队；幕后 _____；被坏人 _____。

看到最后的"被坏人"，谢澜第一反应就是窦晟。直觉告诉他应该是"被窦晟操纵"，但仔细学习词语释义后，又觉得应该是"被窦晟操作"。这都什么跟什么。

稀里糊涂看了一晚上书，最后是听着耳机里的新闻联播在床上睡着的。不知是不是被窦晟下咒了，当晚谢澜真的做了个噩梦。梦里是母亲临终前，在病房里，拉着他的手。器官衰竭得很突然，谢景明被伦敦该死的交通阻拦，陪她走到最后的只有儿子。谢澜记得妈妈细细碎碎地叮嘱了很多，但话音和她的意识一样破碎。只有最后那句，很低很轻的呢喃，他听清楚了。

"其实我有点想家。"

"很久没回去了。"

谢澜惊醒，屋里一片漆黑，他躺在床上没盖被子，身体被空调吹得冰冷。

坐起来才感觉一滴冰凉的水顺着脸颊滑进脖颈，他怔怔地抬手拂去，而后才意识到自己在梦里哭了。手机已经没电关机，也不知道时间。许久，谢澜轻叹一声，摸索着把手机充上电，想出去透透气。

二楼过道墙上的时钟指向2：15，已经算后半夜了。

谢澜对着时针愣了一会儿才发觉，走廊一盏有些老旧的落地灯开着，是那些昏沉的灯光照亮了表盘。而后，他听见楼梯下有脚步声。

窦晟一手端着水杯，另一只手不断在胸口顺着，走到楼梯上方一抬头看见谢澜，愣了下。

"没睡？"

"醒了？"

他们两个同时开口。

而后窦晟喝了口水，无语道："喝了一大碗肉酱，烧心。你呢？"

"做了不太好的梦。"谢澜脑子里还有点噩梦后的空茫，许久才喃喃问，"烧心是什么意思？"

窦晟"啊"了声："做噩梦了？"他站在两步之外看着他。昏黄幽暗的灯光在窦晟脸上打下一片阴影，他半个身子站在阴影中，半个身子站在灯光下，或许因为光影错落，那对平时或冷淡或嗔笑的黑眸显得有些温柔。窦晟走过来，把杯子从右换到左，伸手举在谢澜头顶。

谢澜有点蒙地向上抬头，还没看到手掌心，就觉得头上被轻轻压了压。

"摸摸毛，吓不着。"窦晟用很轻的哄孩子似的声音说，重复了三遍，然后收回手低声嘟囔道，"你都这么大了，还做噩梦啊。"

"大了就不能做噩梦吗？"谢澜问。

窦晟嘟囔了句"也是"，放下杯又说，"你等着。"

谢澜站在原地，看着他推开卧室门，从床头柜里拿出一个铁盒，抠开。

过了一会儿，窦晟走来递给他一片梧桐叶。这次不是枯叶，应该是新鲜叶片摘下来又涂了点防腐剂，虽然存放久了也有些变黄，但捏起来软软的。

"你把这个放在枕头底下。"窦晟嘟囔，"辟邪。"

谢澜有点惊讶，他倒听过一些民俗，只是没想到梧桐叶也有这种功效。

"当然没有。"窦晟说，"这我瞎编的。"

谢澜："……"

"但只要你信，就能睡得好点儿。"窦晟嘟囔了两声，"赶紧回去睡吧。"

谢澜带着一头雾水，晕头转向地往回走，到了房门口才想起来。"烧心是什么意思？"他问，"那个肉酱不好吃吗？"

窦晟脚步顿在门口，好像有点犹豫。许久，他说道："挺好吃的。烧心就是，觉得吃了后心里暖乎乎的，就像有一簇小火苗。"

"哦。"谢澜松了口气，勾了勾唇角，"那就行，怕你吃不惯。"

回屋关上门，隔壁很快就没声了。但大概是因为碰到人说了几句话，谢澜觉得卧室里不像刚才那么空落死寂，手机充好电亮起，刚才的梦仿佛已经远去了。

他戳开粉色小电视 APP，动态那里亮起一个小"1"。

@爱吃饭的 MR.X 投稿了一个视频。时间是五分钟前。剪视频还挺快。

谢澜戴上耳机点击播放，耳机里很快传来咀嚼肉酱的声音。黏稠，浓郁，又有些汁水。那个声音从左耳到右耳，又变成双声道，好像贯通了整个脑袋。

窦晟的 ASMR 拍得很专业，对得起一百五十万粉丝。谢澜在油管上看到过四五百万人关注的 ASMR 制作者，其实水平并不比窦晟高到哪去。

他看了一会儿后，被那些咀嚼的声音哄得有点困了，正要关掉手机，视频里的画面却闪了一下。那是个没剪干净的镜头，之前的视频都会剪掉伸手拿食物的镜头，视野里始终只有桌上的食物以及撑在桌上的手肘而已。但这个镜头里，UP 主露了手。

谢澜指尖一顿，按下暂停，缓缓坐了起来。那是一双修长白皙的手，指节清晰分明。和窦晟的手很像。但，不是窦晟的手。

除拇指外，人的手指从近到远有三节指骨，其间两个关节。通过这些能大致判断骨架，还有一些细末的生活习惯。比如，视频里的指关节比窦晟的突出，尤其是左手食指近端关节，手的主人多半打球，并屡次挫伤过同一个位置。

谢澜观察过窦晟的手很多次，有意无意地，因为好看，所以印象深刻。窦晟每根手指的指骨和关节都是流畅顺下来的，一看就是个少爷。

他捧着荧幕，反复确认，觉得错不了。

房门忽然被敲响。"笃、笃"两声，很轻，很克制。窦晟在门外低声问："睡了吗？"

谢澜把手机锁屏："没。"

窦晟开门进来，睡衣随走路发出摩擦的细微声响，他带进来一点点光，握着胖乎乎的马克杯在谢澜床前的昏暗里站定。

"可可奶，醒神，喝吗？"

谢澜一瞬间没懂醒神是什么意思，"啊"了一声。

"啊什么啊。"窦晟把杯子塞进他手里，没立刻走，垂眸看着他。像在等他喝一口。

谢澜怔了一会儿才照办。柔和的甜，顺着喉咙凉丝丝地滑进食道。

窦晟忽然轻声说："我刚没反应过来，你的梦应该不是那种恐怖的梦吧，摸摸毛不好使，得有人陪你待会才行。"

谢澜愕然抬头。片刻后他明白了过来，下意识伸手摸向脸颊。

"没印子。"窦晟又说，"就是刚才眼圈有点红，不过现在也消了。"

"哦。"谢澜低头攥着杯子，又喝了一小口。噩梦惊醒后他脑子转得有点慢，一会儿想刚才的梦，一会儿又想起视频里那只手。

手。谢澜忽然说："能不能把你的手借给我？"

"嗯？"窦晟微怔，垂在身体一侧的手指无意识地蜷缩，"借你手？"

谢澜"嗯"了声："就看看。"

窦晟犹豫片刻才伸手过来，谢澜坐床上，抓住他指尖往自己这边拉了拉，又将指尖向下握，让指根的关节微突，手掌自然弓起。

真好看，他忍不住又一次感叹。但很遗憾，真的不是视频里那只。

窦晟略带犹豫道："你要是觉得这会儿自己待着很难受……"

话没说完，手一下子被谢澜扔了。扔了个猝不及防，就像随便丢开手机一样把他的手也随便地丢开了。

窦晟一蒙："怎么了？"

"没怎么。"谢澜垮着脸重重倒回床上，"嗵"一声。

窦晟一脸匪夷所思，伸手探上他脑门："空调好冷，你是不是感冒了？"

谢澜声音比空调更冷："手拿开。"

窦晟"喊"一声："还挺有脾气。"他收回手，"到底看我手干什么？"

谢澜沉默，过了许久才说："我拉琴习惯了，看人看手，就随便看看。"

"哦。"窦晟嘀咕道，"差点忘了，你学什么琴的？"

"小提琴。"

语落，窦晟似乎有些怔，他回头看向墙角，那里立着谢澜的琴盒。不知是不是错觉，他的情绪好像忽然拔高了点："拉得怎么样？"

谢澜平淡敷衍："挺好。"

"真的？"窦晟挑眉，"没听你拉过。"

"很久没拉了。"谢澜蔫蔫地，"一两年吧。"

"……"窦晟笑容缓缓消失，"我看你是在逗我，走了啊。"

"嗯。"谢澜满脑子都是视频的事。窦晟不是MR.X。两种可能，要么他和MR.X互不认识，只是刚好知道美食区有这个人；要么，他们很熟，MR.X帮他演了这出戏。后者的概率更大。

谢澜戳开手机，点进MR.X的关注列表。这个150万粉的大UP主竟然关注了六百多人！就离谱。花花绿绿的头像看得头疼，他蹙眉往下拉，忽然听门缝外一声微信提示音。紧接着，手里荧幕一震，一条通知从荧幕顶端弹出。

——于扉在他们的小群"吃饭睡觉打豆豆"里发了条语音。

"没睡的冒泡！羊肠巷，江湖救急！"门外放了于扉的语音，有点慌和喘，底噪是呼呼的风声。

提到羊肠巷准没好事，谢澜立刻坐了起来。

门外窦晟直接拨了电话过去。"抓到了？"

"抓到了！"于扉边跑边喘，"蹲了三天，终于现身了！"

谢澜已经猜到了他们要抓的是谁。三天前，刚好是在巷子里被人堵那天。

于扉嗓音有点哑："赶紧来，我把他追进羊肠巷，这次绝对不能放过他！"

"等我们。"窦晟果断挂了电话。

谢澜拉开门正要开口，窦晟就说道："反正睡不着，我陪你出去转转？"

谢澜一愣："你脸呢？"明明想拉他一起打架，怎么就能理直气壮地说出这种话呢？就离谱。

窦晟喷一声笑起来："不是怕你又做梦吗，再说我都答应我妈要带你融入校园生活了。"他转身回房间，"麻利点换衣服啊。"

谢澜："……"我看你是想带我融入青少年管制所的生活。

但谢澜还是穿衣服跟了出去，毕竟于扉他们几个已经算是他在新学校的朋友了。

窦晟不算，他只是个爱整人的"大猫"。早晚会被二猫挠死那种。

蹑手蹑脚路过一楼赵文瑛卧室，安静换鞋，溜到门外，再轻轻、轻轻地将门推进锁芯。两人不约而同地吁了一口气。

谢澜一低头看见窦晟小臂上竟然还捆了个 gopro，皱眉道："带它干什么？"

"录个纪实。"窦晟说，"之后总用得到的。"

谢澜有点蒙："什么用途？"给警察叔叔看打架全过程吗？

"你等会站远点看着就行了。"窦晟按了电梯，"敌人很凶很嚣张，祖安①来的，别误伤你。"

谢澜问："祖安是哪？"

"一个民风淳朴的地方。"

路上窦晟跟于扉在群里一来一往地确认具体位置，谢澜则看着窗外琢磨 B 站的事。现在不能当场逼人对质，否则不仅会遭拒，搞不好还会被窦晟删除"罪证"。最好是能想办法查出他的 ID，先看他到底在搞什么鬼。如果真有鬼，废话没有，干架就完了。

谢澜瞟了窦晟一眼，又点开 MR.X 的关注列表。大方向应该没有出错，挑头像下有黄 V 的，女生跳过，美食区跳过，窦晟不太可能在自己同区 UP 中找替身，风险太大。其他直接看粉丝数，百万以上扫一眼，尤其百万左右的重点扫。

一直拉到底，没有。难道当时真是随口一说，刚好人家提前放出了肉酱预报？

谢澜皱眉看向一旁。

"看我干吗？"窦晟收起手机。

谢澜说："担心你的 UP 事业。"

"……啊？"

窦晟迟疑着转头："你还想怎样？"

谢澜想了想："肉酱好像不算黑暗料理，效果也就那样。"

窦晟："……"

谢澜突然想到一个："不然下周末吃哈吉斯？"

"哈吉斯？"

窦晟皱眉道："等会儿，我先搜搜。"

几秒钟后，他猛吸一口气。司机从后视镜里好奇地瞟着他俩。

窦晟字字清晰地念："将羊心、羊肝、羊肺、羊油、洋葱和各种调料磨碎搅拌，装进羊胃扎紧，沸水煮熟，切开食用。"

"呕！"司机单手捂嘴，又立刻摆手道，"感冒犯恶心，你们吃你们的……啊不，唠你们的。"

---

① 祖安，网络梗，原意是名为祖安的服务器上的用户脾气暴躁、喜欢骂人。

窦晟本就难看的脸色更难看了。

谢澜平静道："其实我小时候尝过。"

"哦？"

谢澜笑笑："人吃不了这个。"

"……"

直到下车，窦晟都没再说一句话。进了羊肠巷，他从口袋里掏出一枚小小的电棒打亮，走在前面。谢澜跟在后头，看着他薄而宽挺的肩："下周哈吉斯，吃吗？""我要考虑一下。"窦晟手执小小电棒，声音听起来满腔孤勇。

小群开着实时位置，于扉在对讲频道用气声说："你俩轻点进来，别打草惊蛇。"

黑灯瞎火，脚踩碎一片枯叶的声音都十分脆生。

谢澜忽然有些紧张，低声问："用不用打警察？"

"打谁？"于扉吓了一跳。

窦晟脚步一顿。缓缓回头，漠然道："报警，那词是报警。"

"哦。"谢澜耳根有点热，"那我报警？"

"不用。"窦晟说，"警察不管这种小屁事。"

离于扉的小绿点越来越近，窦晟把电棒亮度下调到最暗，连呼吸都压住了。

巷子里漆黑一片，小电棒扫到前方一个人影，是于扉。于扉面前有两个荒废的平房院子，两堵墙之间留下一条不到三拳宽的窄缝，缝里一片漆黑，深不见底，散发着一股腐朽的味道。

谢澜原本有点紧张，看到这条缝却忽然有点蒙。敌人躲进了这条缝里？论于扉上次到底给人家留下多大阴影。

正蒙着，窦晟在他身后轻轻举起电棒，将那道若有若无的光打着圈探进窄缝。

亮光破开空气中的灰尘，黑暗中，依稀有一对绿色的灯泡快速闪了下。窦晟的电棒一顿，缓缓下移，绕开那对发光的"灯泡"，终于照亮了里面的身影。

"喵呜——"一只小黑猫张开血盆大口，冲外头的人叫。

"喵呜——"

谢澜一呆。敌人很凶很嚣张，祖安来的。周遭静止了好一会儿，他呆呆道："这就是敌人？"

"是啊。"窦晟理直气壮地从他身后绕到前头来，在那条缝口蹲下，朝缝里温柔地唤，"咪咪——"

人类面对"噬魂兽"时常常会有些诡异之举，发出自己听了都想揍的声音。

窦晟蹲在窄缝口，手掌放低轻轻晃着。"咪咪，来。""过来，咪咪——"

谢澜眼睛向下瞅着他："你怎么知道它的名字？"

"嘘——全天下的猫都叫咪咪。"窦晟低声解释，又继续唤道，"咪咪，咪咪——"

于扉摘了帽子揣进屁兜："你这一米八几的人杵这，猫敢过来吗？"

窦晟一顿，切回日常的冷淡："You can you up. No can no bb."

谢澜一愣："什么？"他怀疑自己不会英语。

窦晟淡然解释："君子讷于言而敏于行，孔子的教诲。"

谢澜似懂非懂地"啊"了声。

于扉用看鬼的眼神看着窦晟："起来我试试。"于扉占领窄缝口，双膝跪地，拆了根零食挤在手心，虔诚地向缝里伸出手。"咪咪——"他轻柔地喊，"到爸爸这儿来，爸爸有吃的。""看看这是谁最爱的金枪鱼、帝王鲑？""咪咪咪咪——""咪咪？米弥？"

谢澜忍不住掏了掏耳朵。他严重怀疑自己耳朵坏了，除了"咪咪"之外听不见别的声音。"真恶心。"窦晟在他耳边低声道，"连他都忍了，我觉得哈吉斯我也能吃下。"谢澜斜他："你和他没差到哪去。"

"不一样，我是帅哥天生的亲和力，他是暴躁男故作柔情。"窦晟笑着抬手勾过谢澜的肩膀，用脚尖踢了踢于扉大腿侧面，"起来，让谢澜试试。"

谢澜僵了下。那只手扣着他的肩，四根指头自然地在他锁骨上按了按。他甚至能感知到窦晟的手指，用锁骨感知到的。

于扉躁郁道："别催，我再试试，它和我很亲的。"

"亲个鬼。"窦晟收回搭着谢澜的胳膊，"人家记得你吗？"话是这么说，窦晟还是配合于扉调整着打光的位置，让那道光停在猫和于扉之间，缓缓向于扉移动，诱它过来。

光束擦过小猫的轮廓，谢澜忽然捕捉到一丝异常。他一把抓住窦晟手腕。窦晟偏过头，视线扫过谢澜抓着他的手，落在谢澜侧脸上："嗯？"

谢澜抓着他的手腕向右、向前，仔细调整角度，瞄着小猫的右侧肚子。"受伤了。"他皱眉道，"右边比左边大一个拳头，垂下来了。"

一片寂静，许久，跪在前面的于扉喷一声："还真是。"

窦晟低声问："期末见它时它还没生吧？"

于扉点头："应该是考完没多久就生了，按理说小猫崽现在都有两个月了，猫妈妈早该正常了。"

"Pyometra。"谢澜轻声道，"还能跑就不是骨头受伤。最好是 pyometra，希望别是 tumor。"

于扉仰头瞅着他："Tumor 是肿瘤？Pyometra 是什么？"

窦晟已经查了词典："子宫蓄脓？"

"不知道中文。"谢澜摇头，"母猫常得这病，放宝宝的地方有脏水，大概是这个意思。"

"那就是了。"窦晟点头，"得快点抓它出来。"

于扉顾不上脏，肩膀抵着窄巷口，把手使劲伸进那道窄缝里。"咪咪，快出来，咪咪——"光线照到的地方，猫迟疑着又往后退了半步。

"我来吧还是。"谢澜低声说。油管在国内用不了，他试着点开 B 站，在搜索框输入"小猫叫"。搜出来的第一个视频就是他要的——《播放这个视频你的猫会过来救你》谢澜把声音调到最大，拿着手机退后两步。小奶猫哆气又焦急的嗷嗷声从手机里出来，在羊肠巷中回荡。

几秒钟后，里面的黑猫猛地一蹿，拖着一边沉重的肚子嗖嗖嗖地往外狂奔。

它毫不停留，经过于扉和窦晟，一直到谢澜脚边，迟疑着驻足绕圈。谢澜立刻弯腰抓它，它反应很快，掉头就跑，窦晟在后头一堵，和谢澜两人同时把猫摁住。

"呜——"

谢澜抓在窦晟的手上，那只修长的、骨骼流畅的手。但他只抓了一瞬就撒开了，皱眉"嘶"了声。于扉捡起小电棒，在谢澜的手上晃了晃。指尖到指肚多了条白道子，一厘米多长，最初几秒只是发白，但很快就有血丝渗了出来。左手食指尖，正是揉弦的地方。

谢澜自闭了。被猫抓一下不怎么疼，但他习惯宝贝自己这双手。哪怕现在一年也不碰几次琴，他也仍然保留着从小就开始培养的潜意识，觉得手指受伤很麻烦。

"你抱一下。"窦晟把猫小心翼翼转移给于扉，"轻点，对，绕开点肚子……"

猫刚才挣扎得很凶，这会儿被擒住却不动了，只是鼻子里一直哼唧着。"别嘤阳怪气的。"窦晟点着它的鼻子教训道，"好心好意伪装成你的小崽抓你，你还不高兴？"

"……"谢澜忍不住说，"听起来真是好心好意啊。"

"嘤——"小黑猫愤怒一扭头。紧接着于扉"嗷——"的一声，电棒随之一歪，脸上的"痛苦面具"在光下闪过。"它咬我一口！"他嘶哈着说，"小母猫就是脾气莫测，太难缠了！"

窦晟接过电棒，在谢澜指尖上照了下，呼呼吹了两口。"挤两滴血出来吧。"

谢澜立刻回："不要。"

窦晟硬生生顿住手，茫然抬头："为什么？"

谢澜把手缩了回来，屈起在掌心附近，悬空着保护，小心翼翼揣兜。"等会去医院上药。"谢澜说，"自己弄不了。"

"也是啊。"窦晟愣愣地点了下头，又忍不住感慨道，"你还挺小心的。"

"豆子叫个车,去凯蒂屋。"于扉抱着猫说,"我感觉它状态不大好,刚在巷子外看见它时就觉得它走路打哆嗦。"

"行。"

国内的宠物医院跟英国的都差不多,半夜没别人,大夫把猫放进处置室,一摸肚子就说怀疑是蓄脓,要拍片子,顺便验个血。小黑猫进了医院后好像没那么戒备了,但肉眼可见地萎靡下去,蹲在桌子一角,眯着眼睛一动不动。

"流浪猫是吧?"大夫检查着耳道问。

于扉说:"确实没条件收养,但每年都带它补疫苗,上次增强针是半年前打的。"

大夫闻言有点惊讶,抬眼仔细打量了他们仨一通:"学生?英中的?"

"嗯。"窦晟伸手轻轻抚摸小黑猫,"它三岁左右,一两个月前生了崽,之前每年都打疫苗,狂犬也打过。"

医生感慨道:"学生仁义啊。行,那我直接带它去抽血了。"

"咪咪你坚强啊。"于扉低头用脑门蹭着猫猫头,"有病看病,多少钱爸爸都给你看,乖啊乖啊。"

谢澜在一旁小声问窦晟:"他经常这样吗?"

"嗯。"窦晟嘴唇几乎不动,"一遇到小可爱就走不动道。"

谢澜也忍不住喷一声。

护士来抱猫走,窦晟叫住她:"能给人包扎吗?我朋友手指受伤了。"

"手指?"护士抱着猫从门外又探回头来,"我看看。"

窦晟伸手捉起谢澜的食指,往前伸了一小截:"喏。"

周围安静了几秒钟。护士把猫往上抱了抱,又从门槛处迈了回来,凑近仔细瞅那个小小的、几乎难以察觉的伤口。"啊……"她迟疑着,"血已经凝了。前台有棉球给他擦擦就行,轻轻抓一下没事。"

"还是给包一下吧。"窦晟说,"刚才也流了不少血,他还是拉琴的。"

于扉在旁边幽幽道:"流好多血啊,巷子都染红了,至少有零点零零零一毫升呢。"

窦晟撇嘴:"少捣乱,敢情受伤的不是你。"

"???"于扉当场暴怒,"我看你是真瞎,绝了。"他在护士面前晃了下手,"我被咬了。"

"你这个得处理!"护士立刻说,"早不提,赶紧跟我过来。"

于扉垮着脸站在窦晟面前:"听到没,起开。"

"不好意思,忘了。"窦晟让开路,"您请。"

谢澜回到等待区看着左手的伤口。确实没什么事,浅浅一条血道已经凝固了,还不如小时候揉弦磨出的水泡严重。

　　窦晟正在点外卖买创可贴，谢澜瞟到他的手机荧幕，说道："算了。"

　　"不能算，让赵文瑛女士看见得骂我。"窦晟戳着手机，"而且我知道你们拉琴的手金贵，尤其左手的指尖指肚，破一点就要好好养，什么都不能干，一切事情全停，就得养着手，是吧？"

　　谢澜一蒙。这套理论和他的观念不谋而合。但他知道自己的观念很离谱，这是肖浪静打他小时候给灌输的，谢景明和他身边所有老师朋友都觉得离谱透顶。

　　长大后谢澜自己也觉得夸张，只是，习惯了。

　　童年的很多习惯，尤其是妈妈带给他的那些，即便长大后意识到它不合理，也无法再割舍。

　　窦晟终于找到了心仪的创可贴，透明、防水，药棉那一块还有甜甜圈的图案。

　　他把创可贴加入购物车，又顺手加了点碘酒绷带，随口道："我都懂，我一拉小提琴的朋友就这样。"

　　"拉小提琴的朋友？"谢澜有些意外，"四班的吗？"

　　"你不认识。"窦晟摇头，仔细输入凯蒂猫的配送地址，低声嘟囔道，"他不像你三天打鱼两天晒网，他拉得可好了。"

第八章

夜 宿

单小提琴这项，谢澜从没虚过谁。"我拉得挺好的。"他皱眉看着窦晟，"和你朋友认识下都不行？""不行。"窦晟果断摇头，"私藏，谢绝分享。"谢澜撇嘴："吃的不给分，现在连朋友都要私藏了吗？""吃的一直都分你，二猫特权已经很大了。"窦晟把手机揣起来，"行了啊，原则，再说打架。"

"……"

谢澜觉得窦晟奇奇怪怪的小讲究特别多，食物不分享，朋友要藏着，相机贴条不让人碰，几片梧桐叶也当成宝贝，碰到人家做噩梦了才忍痛割爱给一片。

按此推算应该挺小气，但他却又很大方。比如顺理成章地接受了他这个从天而降的"二猫"，还处处都带着他一起。就好像这个人在生活里画了个小圈，小圈里的几样东西谁也不能碰，至于圈外的，任君采撷。

等了很久，于扉终于抱着猫从里头出来了。他脸色不大好，站在诊室门口道："你俩也来听吧。"大夫对着检查结果说："子宫蓄脓，必须手术，不能挤着其他器官。""可她没法开刀。"于扉皱眉说，"就在你们这，麻醉休克过。"

窦晟沉声补充："去年带她来做绝育，麻醉打完第一支出事了，抢救回来后手术就没做成。要不然，也不会让她不断生崽，生到现在得了子宫蓄脓。"

诊室里有些安静，只有大夫查询计算机偶尔点一下鼠标的声音，猫趴在窦晟手边闭目养神，窦晟轻轻挠着她的下巴。

谢澜看着那只手，觉得挠起痒来应该很舒服，一只野猫都呼噜噜起来。

"找到记录了，当时注射一半后心率加快，挂生理盐水稀释正常苏醒，不算休克。"大夫思考着说，"猫现在成年了，我建议再试一次，吸入式麻醉一点点给量。但确实有很大风险术后醒不过来，你们回去商量下吧。"

小黑猫被暂时留下住院，于扉说明天再来给决定。

跟于扉告别后，窦晟语气有些低落："咪咪对我们几个都挺有意义的，尤其是于扉，这猫算他流落在外的闺女，就是家里死活不让养。"半晌，他抬头长吁一口气，"还是得做，不做也是死。人有人的难，猫有猫的劫，陪着吧。"

这会儿已经快四点，天黑至极，谢澜开始犯困。他打了个哈欠："回家吗？"

"回。我叫个车。"窦晟低头戳手机，没过一会儿忽然僵住。

"怎么了？"谢澜回头问。

窦晟罕见地露出有些呆的表情："完蛋了。"

"嗯？"

"没带电梯卡。"

谢澜愣了一秒，困意一下子没了。"没带电梯卡？"

窦晟"嘶"一声，不抱希望地看着他："或许，你带了吗？"

"……"

谢澜压根没那玩意儿。

窦晟家是一梯一户，没有电梯卡就别想了，楼道都进不去。凌晨四点，大猫、二猫痛失家园。

谢澜无奈道："找个酒店？"

"你带护照了吗？"窦晟问。

谢澜摇头："谁出门带护照？"

"方便打警察后登记什么的……算了。"窦晟编不下去，叹气道，"我也没带身份证。酒店，网吧，都去不了。就只有一个地儿能收留咱俩。"

谢澜好奇道："哪儿？"

西门小吃街走到尽头，有家烧烤店，叫"高烤状元"。门脸极小，夹在奶茶店和炸鸡店中间，差点没发现。店门上锁，里头一片漆黑，只有门外散落着几个小板凳和泡沫箱。

窦晟一屁股坐下，用脚尖勾过来另一只凳子，示意谢澜也坐。谢澜抬头看看天，低头看看地。"你在逗我吧。"他说，"这和街上站着有什么区别？""区别就是有凳子坐。"窦晟抠开泡沫箱，"还有没来得及收的啤酒喝。"

"……"

"嘭"一声，窦晟单手开了罐，猛灌一口，又开一罐。"大猫请客，你喝不？"

"脸呢？"谢澜接过啤酒无语道，"你给钱了吗？"

"明天给。"窦晟不知从哪抻了块纸，把圆圆的小凳面擦了擦。"坐吧少爷。"

凳子很矮，得把两条腿伸出去才能舒服点。谢澜看着漆黑的街道忍不住问："要坐到几点？"

窦晟想了想："六点我妈差不多该醒了，我主要不想半夜砸门。"

谢澜"嗯"了声。

很困，说实话。困到口味陌生的饮料喝了半罐，才忽然觉得这味道苦苦涩涩。

谢澜正要看看是什么饮料，手机忽然在口袋里震起来。

沉寂好几天的 Messenger 有动静，是谢景明，这回打的是中文。

该冷静下来了。要是想回来，我帮你订票。

Elizabeth 也想和你聊聊。

上一条还好，看到 Elizabeth 这个名，谢澜气不打一处来，二话不说把 APP 卸了。

窦晟在一旁斜睨着他："你爹？"

"嗯。"

"催你回去吗？"窦晟淡笑着说，"就说你认识一只特立独行的大猫，决定跟他混。"

谢澜笑不出来。他沉默了一会儿，又戳开 Ins，点进谢景明的主页。最新一条是三小时前，谢景明发了张在沙滩上的照片，平整的白沙上有一对脚印，关系昭然若揭。

谢澜麻着脸把 Ins 也卸了。身边传来一声低笑："你再这样，等会儿手机就剩微信和 B 站了。"

"还有淘宝。"谢澜冷脸，"没什么不好。"

窦晟几口把饮料喝光，饮料罐一捏投进垃圾桶，长腿屈起，趴在膝盖上侧过头看着他。很放松的姿势，仿佛下一秒就能睡着了。

"让我猜猜，要是不愿意说可以不看我。"窦晟低声说，"你和你爸闹矛盾，不光是因为回国吧。那……你爸谈恋爱了？"

谢澜猝然抬头："什么谈恋爱了？"在他的汉语体系中，谈恋爱是很确定的关系。而谢景明——他最多愿意承认他在 date 一个女人。

窦晟淡淡笑着："那你想怎么定义。约会？交往？"

"我什么也不想定义。"谢澜冷声道，"他忘恩负义，我有什么好说的。"

"忘恩负义……"窦晟咂摸着这个词，脸枕在胳膊上，长长的眼睫毛垂着，似乎有些困意。

许久他说："所以你决定叛逆出走，来我家做二猫，以示坚决反对。"

"别在这阴阳怪气。"谢澜冷道。

"噗。"窦晟乐了，"你少学我说话，写进作文里看老秦找不找你。"

周围安静下来，窦晟又渐渐合上了眼。"我睡一会儿，你留意点啊。"他低声说，

"小心有人半夜上街偷肾。"

"……"谢澜幽幽问，"是我想的那个肾吗？"

"嗯。"窦晟说，"专挑年轻帅气身体好的男孩子偷，你保护好我啊。"

谢澜："……"

要不我先给你割了吧。这人就离谱。谢澜看着他睡着的侧脸，叹了口气。"我只是替妈妈委屈。跟着他去英国，听从他对孩子的教育方式，一直安静等待，可他一直在忙，最后一面也没赶上。他现在热烈追求那个女人，可他从来没对我妈妈热烈过。"

人和人之间的感觉很难讲，这些话谢澜和英国相熟很多年的朋友也说不出口，却能和窦晟说，也许是因为窦晟离他从前的生活足够远。不知道窦晟睡着没有，能不能听见。听不听见都无妨。

窦晟忽然嘟囔："你看到的是结婚二十年，也许以前热烈过呢？"

谢澜愣了下："你到底睡没睡？"

窦晟坐直，捶了捶肩膀，叹气道："我听我妈讲过小时候的事，那会儿上高中，你妈向你爸表白时做了份爱心便当，你爸吃了，当天半夜医院报导，第二天会考没赶上，差点蹲一级。"

谢澜一呆。

"你爷爷找到那个便当盒来问责，你妈吓得差点哭了，结果你知道你爸怎么说的吗？"

谢澜："怎么说？"

"说你奶奶做饭太没味了，他看你妈吃便当馋，就把便当偷了，没想到一次就中毒。回家后他被你爷爷暴打一顿，都住一个巷子，那扫帚抽在肉上的声音我妈记得真真儿的。"

谢澜快要听傻了。"然后呢？"

"没了，你想知道多的就去问我妈。"窦晟又闭上了眼，"我只是想说，不管你妈有没有热烈过，都是他们之间的事，而且都过去了，你无力改变，何必添烦恼。回国了就好好追求自己想要的，让自己轻松点吧。"

谢澜攥着手机，许久才轻声说："可她是我妈。"

"我只是建议啊。"窦晟把头侧到另一头，嘟囔道，"我有一个朋友总结的，父母情怨还是少知道为妙，知道了只会让自己难受，不会改变任何东西。"

谢澜怔了怔："朋友？是四班同学吗？"

窦晟没再回，这回他好像真睡着了，发出均匀且长的呼吸声。

街对面走过两个醉汉，头发抓得乱七八糟，一看就不像好人。谢澜抬头看过去时，对方也看了过来，还挑衅地吹了声口哨。别是真的看上这里哪个肾了吧……

半睡半醒的窦晟把脸换了个方向，嘟囔道："吹你爷爷。"

谢澜："……"

那两人消失在街尾后，谢澜打着哈欠，又把刚卸的两个软件下了回来。等下载时，他随手点开许久不登录的推特。谢澜的推特叫 SilentWaves，油管也同名，停更这两年，列表里依旧时时收到粉丝消息。列表顶端有个 ID 叫"QZFXR"，这人基本每隔个两周就来问问他的近况。谢澜也困了，顶着上涌的困意勉强回复。

……

天亮之初，烧烤店门前小板凳上的两人都在浅眠中。路上有行人说话声，窦晟听到动静醒了过来，在熹微的晨光下呆了一会儿，而后掏手机看时间。很久没亮起过的小鸟软件突然推送了两条消息。

他眼睛一亮，立刻戳开。

SilentWaves：换了新环境，认识了一个新的朋友，还好。

SilentWaves：如果心情一直好下去，可能会回去做视频，等着吧。

谢澜不知道为什么在大街上睡两小时能把窦晟睡美了。回家一路上这哥都在哼歌，哼的还是某动画片主题曲《H.Blood》，刚好，是他最爱拉的那首。

谢澜就是以这首曲子在油管上拉出名的，编曲调成适合小提琴演绎的风格，高潮部分节奏推进连续变奏，对话式拆分，一把琴弓拉出二人对唱，燃炸全场。

但他架不住有人在他耳边单曲循环，从外面循环进家里，各自回屋后隔了一堵墙还在循环。直到他迷糊糊睡着，梦里也是那个调。这一觉睡得晕乎乎的，醒来时都下午了，窦晟来敲门。

"排上手术了，三点半，来吗？"

谢澜坐在床上愣了会儿："是不是要直接上晚自习？"

英中规矩，周日晚上六点返校上自习。

窦晟"嗯"了声："习惯就好了。"

去宠物医院路上，窦晟忽然问："你想住寝室吗？"

"唔？"

"我有点想。"窦晟打了个哈欠，"住全寝早上能多睡半小时，周五周六晚上回家住，什么都不耽误。"

谢澜"嗯"了一声："都行吧。"如果窦晟要住全寝，他肯定也得住，不然一个人住窦晟家总怪怪的。

窦晟笑了："你不愿意的话也可以继续走读，一个山头俩大王，大猫不在时二猫守着地盘天经地义。"

到了宠物医院才发现于犀不在，据说是抓黑猫的小崽去了。车子明、戴佑全在，一起跟来的还有王苟。"我跟你们一个寝室了。"王苟激动到搓手，"刚收拾完东西，戴佑说要来，我就一块来看看。"

窦晟点了下头："猫呢？"

"刚进去。"手术室门上没有小窗，几个人只能在等待区坐着。

"呼吸麻醉暂时没问题。"戴佑解释道，"现在就是常规手术，术后看猫能不能醒过来。"

王苟叹气："且得等了。"

车子明攥着两只手："我手心出汗，咪咪都认识快两年了，她可别出事啊。"

王苟一挑眉："有两年吗？"

"入学报导那天胡秀杰说班门口有野猫，让男生把她抓出去，我和鲱鱼上的。以为是凶狠的大猫，结果一照面傻了，奶里奶气的小黑猫，回头冲我们喵喵叫。"

"好么。"王苟啧啧道，"一见钟情！"

车子明点头苦涩道："咪咪要是有事，我们也活不好了。"

王苟立刻摆手："别介，好好活着。"

谢澜本来也在忐忑，听这俩人说话，听着听着突然觉得味儿变了。

窦晟抬了抬眼皮："你俩说相声呢？"

车子明一愣："对啊，怎么就进入这种模式了？"

王苟："哎？"

车子明扭头皱眉瞪着他："是不是因为你一直在捧哏？！"

"可不。"

"停止捧哏！！！"

"好么。"

"……"

窦晟给气乐了，谢澜忍不住也跟着乐了两声。

手术做了半个多小时，出来时猫被包在一块小毯子里，像包小婴儿那样的包法，护士直接把它放进窦晟怀里。窦晟的动作瞬间僵硬："我怎么抱？"

"就这么抱，手托着。"护士直乐，"放松点，对。"

小毯子里的黑猫吐着舌头，麻醉后的正常反应，看着有点滑稽。护士说麻醉苏醒应该在半小时内，只要猫能醒过来，问题都不大。护士前脚走，谢澜就发现窦晟偷偷地戳小猫吐在外面的舌头。

"？"

手是不是欠……

窦晟说：“我这是加快苏醒。”

不知道是小猫成年后身体变强了，还是豆氏苏醒大法好用，也就十来分钟，猫真的醒了。她醒之后的第一反应就是要冲出包裹，但被窦晟无情摁住。“就知道跑，被命运扼住了吧。”小黑猫疯狂挣扎：“嗷——”“喊也没用，喜提两天住院。”他随手掏手机录了个视频发群里，艾特了于扉，然后把猫提进去给大夫。

忙活完距离晚自习也就半小时，车子明他们三个要去食堂吃，窦晟懒得走，拉着谢澜在校门口附近吃米线。就西门外最近的那家，窦晟点了个麻辣肥牛，给谢澜点的是金汤豚骨，端上来一人一砂锅，还咕嘟嘟沸腾着。谢澜没吃过这种滑滑的面条，尝了两口感觉还可以。

“我想跟你商量个事。”窦晟忽然说。谢澜抬眼：“什么？”“这周末不更新了。”窦晟神色平和，“下个月广告有点多，要筹划一下商稿，这周末暂时停更。”谢澜闻言没说话，低头用木勺喝了两口汤，继续嗦米线。窦晟啧一声：“行不行啊？”“随便啊。”谢澜淡淡道，“你的事业，又不是我的事业，掉粉的是你又不是我，你自己定。”

窦晟：“……”

谢澜放下勺子：“你想一直做吃播吗？”

“什么？”

谢澜瞅着他：“以后就一直做吃播，其他视频内容都不录了？”“那天半夜来学校录的方言视频也就自己留着？”“永远都不克服镜头羞涩？”

窦晟愣了好一会儿，啧一声：“你这口语进步不小啊。”

谢澜臭着脸：“只要是我会说的话，我就能说得很快，这是 DNA 的力量。”

窦晟没忍住乐了。但他没接谢澜的话，两人继续嗦米线，偶尔谢澜一抬头，会碰见窦晟若无其事地收回视线。不知是不是他刚才话里有话太明显，窦晟好像有点探究。

刚吃完饭，群又疯狂地响了起来。于扉一连发了十个表情包。

鲱鱼：有没有活人来帮忙，老子要被这几只猫挠死了。

鲱鱼：羊肠巷口，赶紧来。

鲱鱼：有没有人呐？

很快车子明回复了。

车厘子：哥，快上课了……我们都坐在教室了。

戴佑：你能不能把猫先稳住，放学再说？

鲱鱼：你来给我稳一个试试。

窦晟低头看了看手机。

RJJSD：今天晚自习谁的？

戴佑：老马的自习，胡秀杰据说今天请假了，你不会是想……

RJJSD：我和谢澜去帮忙。

谢澜："？？？"

"我说我要帮忙了吗？"谢澜简直无语，"数学卷子还没写呢。"

"你数学还用写吗？陪我走一趟，回头给你看我总结的高考作文通用论据，成交不？"

如此赤裸裸的交易最令人不齿。谢澜冷哼一声："成交。"

于扉抱着找到咪咪家小崽的心态，结果找到一窝不知道谁家的小崽，连妈带崽一共五只。妈跑了，四个小崽惊慌失措，于扉想把它们塞包里，结果猫挣扎得太狠，他又不敢用力，塞一只跑出来一只，变成了自动循环播放的 GIF，塞猫永动机。

谢澜一看那画面都醉了。

"我说——"窦晟边上手帮他塞猫边说，"你这干的到底是什么事儿？"

"不管了，抓都抓了。"于扉咬牙切齿，"以后这周围的野猫，看见一只绝育一只，一个都别想跑。"

窦晟认真发问："你是无情的割蛋机器吗？"

"割蛋？"谢澜一愣，"什么意思？"

于扉在旁边叹气，窦晟掏出手机戳了个词典，伸给谢澜看。谢澜瞟一眼，猝不及防地耳朵根就红了。

男生在一起讨论这个也正常，但这种词汇，看到一个人正儿八经地拿书面解释给你，还是有点遭不住。

到宠物医院时三个人都出了一头汗。今天这四只体力充沛，在医院里比赛着喊，猫叫声此起彼伏。"得一只一只来，可以晚上九点后来领猫。"护士一边开单子一边说，"都是小公猫，不需要住院，绝育完正常放归就行。"

"亡八蛋。"窦晟忽然在谢澜旁边说。

谢澜一个激灵："什么？"

窦晟想了想："一口气绝育四只猫，割掉八颗蛋的简要说法。"

"哦。"谢澜叹口气，"汉语优美就优美在简练。"

一旁的于扉露出了怀疑人生的表情。

这一趟比昨天快多了，交了钱就出来了。三个人快走到校门口时才六点四十。

于扉又恢复了平时活不起的样子，懒散拖沓地走在前面，谢澜在后头戳手机。

他在尝试用窦晟的微信昵称 RJJSD 搜 ID，可惜查无此人。其实也可以问问身边人，但这么干有风险。一是不确定窦晟到底是不是只瞒了他一个，还有一个是不确定窦晟有没有提前收买他们。谢澜瞟了眼窦晟拿着的手机。最直接的办法就是偷看，点开软件扫一眼 ID 就行，一秒钟的事。

"我去。"于扉猛地顿住脚。

几十米之外，胡秀杰站在校门口，脸色铁青，手里拿着一摞三个手机，一部没带壳的 iphone，一部套着红色"恭喜发财"的某 V，还有一部疑似远古时代遗留下来的老头机。

如果没记错，分别属于戴佑、车子明、王苟。于扉颓废的脸上平添了一丝破败。

"手机收起来，快点。"窦晟不动唇地低声说。谢澜一愣，下意识把手机揣进了裤兜。"帮帮我，我没兜。"话音落，裤兜一沉，窦晟把他的手机也直接塞进来了。

"都给我站好！"胡秀杰脸色凶狠，"自习也敢给我逃，一逃一节课，还慢慢腾腾地走！"

于扉和窦晟非常娴熟地站成一排，脚尖踩着一条线的那种。谢澜没见过这阵仗，也学着样跑到窦晟旁边，和他对齐。

胡秀杰先走到窦晟面前："手机！"

"老师，我没带。"窦晟声音软下来，"都高二下了，谁还带手机呀。"

"你在骗鬼呢？"胡秀杰震怒，"人缘不错啊，逃个课要三个人给你通风报信，还敢说没带手机？！"

窦晟叹气："真没带，我妈下令，就从这周返校开始的，他们三个不知道我没带。"

胡秀杰一脸的懒得听你废话，直接伸手拍裤兜："没兜？"

"啊。"窦晟说，"书包给你翻。"

他那书包里什么都没有。周日就来上个晚自习，这哥嚣张地只带了一包曲奇和两瓶可可奶。

"上学呢，窦晟，你跟我在这春游呢？"胡秀杰气得眼珠子都要掉了，"作业写没写？"

"反正明天查的时候肯定写了。"窦晟说。

胡秀杰冷笑："你最好是。"

于扉没能逃过一劫，他的书包早送去教室了，手机藏袖子里立刻被胡秀杰抓到。

而后胡秀杰朝谢澜走过来。谢澜心里发紧。

"带没带手机？"胡秀杰质问，"老师相信你是老实孩子，说实话！"

谢澜有点害怕。说来也挺神奇的，长这么大，他没让人这么吼过。

但他表面上没露怯，低声说："没带。"

胡秀杰瞟他口袋一眼，冷笑："觉得你新来的老师不会搜你是吧？"

"裤兜，自己掏出来！"

谢澜："……"

突然想起一个概率试验。口袋里一个黑球一个白球，随便抓一个，抓到黑球和白球的概率都是二分之一，且互不干扰，是独立随机事件。

谢澜伸手进裤兜，摸出了外侧的手机。很遗憾，是窦晟的。

窦晟脸木了。

胡秀杰冷笑："果然啊！"

"对不起老师。"谢澜学着窦晟装乖的样子低声说，"下次不敢了。"

"没下次了，就这次。"胡秀杰一指红旗台下的小桌，"逃自习，你们三个写检讨书去，不写完不准回教室。谢澜！你的八百字！全中文！晚自习下课带着检查来换手机。"

"……"谢澜低声说，"老师，要不手机给你吧，我不要了。"

"他写！"窦晟立刻摁住谢澜的手，"他写，老师，我教他写，一个字一个字教。"

第九章

RJJSD

三人小分队在胡秀杰的押送下挪到了红旗台底下。小木桌是两人尺寸，有点矮，三个大小伙子一围就显得挤了。谢澜在于扉和窦晟中间勉强划块地盘，提了一口气，决定努力接受这让他无所适从的中国式高中生活。他掏出纸和笔，一抬眼，窦晟和于扉两人眼巴巴地盯着他。

谢澜一顿："怎么了？"

于扉烦闷道："书包不在这，没有纸和笔。"窦晟很淡然地跟着点头，"书包就在这，也没纸和笔。"

"……"

窦晟拿到分来的纸笔，往谢澜边上挨了挨，低声说："我教你吧。"

"不用。"谢澜把纸往自己这边抬起，"我要自己写。"

窦晟一惊："自己写？"

"嗯。"

刚才胡秀杰说要用检查书交换手机时，谢澜突然想到个主意。只要班级里有一个没被窦晟收买的人，他就有希望问出点什么。就是不要脸了点。

窦晟在旁边瞅着他，犹豫半天后"嘶"了声："别逗能啊。胡秀杰跟别的老师不一样，万一她觉得你态度不端正——"

"我会很端正。"谢澜拔开笔帽，又从书包里翻出两本参考书放在了桌上。

一本英汉词典，一本成语词典。加起来四十公分厚，重达七八斤。

窦晟："……"

于扉是检讨书老鸟了，下笔如有神，边写边低声道："他们仨这会儿估计也在写检讨。"

"肯定的。"窦晟撕开那包曲奇放在桌子中间，"情报不准啊，说好的胡秀杰请假呢？"

于扉"呵"了一声，很丧："百分之百是她自己传播的，钓鱼执法！"

谢澜不懂什么是钓鱼执法，但结合上下文也差不多能明白。他突然想起个成语："在胡老师老奸巨猾的钓鱼执法下，我们终于觉得自己错了。这么写 ok 吗？"

"啪嗒"一声，窦晟吓得饼干掉了。"不 ok！"他一脸震撼，"求你，让我指导你，我手机还在她手里呢。"

"不 ok 就不 ok 呗，急什么，我再查查。"谢澜心烦地甩甩手，"我要自己完成，你别凑过来。"

窦晟："……"

检讨书写得很卡，尽管谢澜已经很努力用大白话注水了，但还是得时不时停下来翻翻字典。写到一半还赶上第一节课间休息，不过还好晚自习课间基本没人来前操场。终于写到最后一段，谢澜敲了敲有些发麻的腰，一扭头，却见胡秀杰还站在校门口。

"她不会要一直盯着我们吧？"谢澜用胳膊肘轻轻碰了碰窦晟，"这也是规定吗？"

窦晟飞快扭头看了眼："不是，可能还在蹲人。"先他们一步写完的于扉嚼着饼干闷闷道："蹲到这么晚，肯定有目标，不知是何方英雄能让胡秀杰在校门口伫立一个半小时。"

话音刚落，英雄的身影就出现了。很高，很瘦，短发像是沙子地里打过滚似的乱，校服敞开，露出满是黑灰和脚印的白卫衣。谢澜对着那个身影愣了一会儿才意识到是谁。

才几天，陈舸就好像比告别那晚又瘦了三五斤，一米八几的小伙好像就剩一把骨头架子，颓废灰败地杵成人型。陈舸被胡秀杰抓了个正着。他比胡秀杰高一个头，但挨训时，还是把校服拉链拉好，垂下脑袋，熟练得让人心疼。

"瘦成这副鬼样子。"原本困得直打晃的于扉站直了，"豆子，他不会是——"

"不会。"窦晟冷淡地转回头，"应该只是没钱吃饭。那种事，他比我们都有数。"

胡秀杰没审陈舸太久，也没让他写检讨，直接让他回去了。

距离放学还有半小时，谢澜终于落下最后一个标点，长吁一口气。窦晟瞟他一眼，也慢吞吞地给检讨书写了个名："给我我去交？""不用。"谢澜说，"我去办公室把你手机换回来。"

"一起呗？"

"我自己。"谢澜说，"你别跟来。"他理了一下手上的纸，他的字号比别人大了一倍，八百字愣是写了四页，"我把你们的也捎过去。"

跟着胡秀杰上楼时，谢澜趁机瞅了瞅于扉和窦晟的检讨。于扉的很套路，全都是些哪儿都能搬来的语句，有点像谢澜背过的作文模板。窦晟就很扯淡了，八百字里有六百字是记叙文，把这两天抓小猫、一举割掉八颗蛋的事全都倒了一遍，最后才敷衍地写几句我大错特错，希望老师高抬贵手，放过谢澜，把谢澜的手机还给他云云。不知道的还以为窦晟和他感情多好。

谢澜无动于衷地把窦晟那份检讨压在底下，一起递给了胡秀杰。

胡秀杰回位子上先喝了口热水，然后才把检讨接过来。"这两天降温。"她扫了眼谢澜的裤管，"你穿秋裤了没？"

谢澜机械道："穿了。"

"真得穿，不然半夜腿疼。"胡秀杰起身给他接了杯热水，"知道错了没？"

谢澜低头"嗯"了声。站在这，他才终于明白窦晟在胡秀杰面前装乖是多么英明的策略。

凶狠冷酷如胡秀杰，面对他垂头认错时，神色也柔和了几分。"谢澜，你是个老实且聪明的孩子，老师能看出来。现在你被语文拖后腿，但认真学，考个重本不成问题，千万别走歪了，也别只顾着跟窦晟瞎玩。"胡秀杰苦口婆心道，"回国后，教育环境有变化，社交环境也有变化，要把好自己的舵，扬帆起航，明确目标，勿与理想失之交臂，明白吗？"

后半句谢澜不太明白，但他乖巧点头，顿了顿："其实窦晟很优秀，学习和玩都不错。"

胡秀杰"嗯"了声："这倒是。"

"老师，你知道窦晟的 B 站账号吗？"谢澜顺着话似乎不经意地问道。

胡秀杰白他一眼："手机都交了，还想着 B 站？"她说着翻翻手上的两份检讨，看到窦晟的检讨时冷笑一声，嫌弃地丢开。"这就他俩的，你的呢？"

问老师这条路也失败了。谢澜捏着手上的四页纸，声音很低："老师，我真的很愧疚。"

胡秀杰："嗯？"

"想象中的回国上学，不是刚来一周就逃课。"谢澜稍作停顿，"我想在全班同学面前读一下这份检讨。"

办公室里安静了几秒钟。而后胡秀杰脸上缓缓浮现一个问号。"你——"她有些不确定地重复，"想要在全班同学面前，读一下检讨？"

谢澜低着头，轻轻"嗯"了一声。

胡秀杰又沉默了。过好一会儿她才说："检讨给我看看，别是跟窦晟学坏了给我憋什么招呢吧？"

"当然不是。"谢澜把检讨递给她。

胡秀杰飞快翻完，皱眉道："确实没什么大毛病……不是，为什么啊？"

"想更深刻地认识错误。"谢澜说。

胡秀杰傻了好一会儿。

谢澜抬头，很真诚地看着她："行吗？"

"行……这有什么不行的。"胡秀杰下意识答，"但你——"

谢澜说："但我有点不好意思。老师，能不能说是你让我读的？"

胡秀杰脸上的迷惑滤镜又加深了一层。

距离放学还有十五分钟，胡秀杰带着谢澜回班级，她走在前面，边走边嘀咕："你这小孩有点意思，我教书二十五年，第一次让学生给我僵住。"

谢澜不懂僵住是什么意思，只大致揣摩了前半句。于是他继续乖巧："谢谢老师，我再接再厉。"

胡秀杰："……"

教室里很安静，老马坐在讲台桌前写教案。

胡秀杰带着谢澜进去，"猫头鹰们"集体茫然抬头。

"谢澜给大家读一下检讨，原因是逃晚自习和带手机。"胡秀杰顿了顿，"还有另外几个犯错的，没时间一个一个读，自己回去加做三套理综，明天放学前送到我办公室。"

窦晟用担忧的眼神看着谢澜，谢澜只瞟了他一眼便低下头，站在讲台正中央。

老马好奇且配合地往旁边站了站，给他挪了块地儿。

"检查。谢澜。今天是我回到我的祖国——中华人民共和国的第七天，在我回到我的祖国中华人民共和国前，我没有想到我自己会是现在这样。是什么样呢？这得从回到我的祖国的这七天里我做了什么说起。"

车子明在底下嘟囔："这字凑的。"

"可不。"王苟忍不住小捧了下。

然后窦晟就一把摁下了车子明的头。

中间都是些干巴巴的话，大致检讨考试不尽力，不守规矩带手机，还因为与学习无关的事耽误了自习等等。底下人都在憋着乐。谢澜余光里，老马嘴角哆嗦了好几次，最终没忍住走到窗边装作看风景，实际上肩膀在抖。

但谢澜心如止水，他沉稳地念过了两页、三页、四页。到了最后一段。"说回手机，我最大的错误是，这几天都没有在课后学习，反而把时间浪费在玩手机上，尤其是看哔哩哔哩。"

老马终于忍不住笑道："别太苛责自己，B站也有很多有意义的内容啊。"

放学铃垫着他的话音响起，"猫头鹰们"也轻松地开了几句玩笑，最后一排趴桌子的窦晟却忽然坐起来，一脸警惕地看着谢澜。

谢澜淡然和他对视片刻，微笑。他停顿几秒，直到大家再次安静下来，教室里静得能听见灯管里"嘶嘶"的声音。谢澜捧着纸，一字一字念道："看视频真的浪费了太多时间，例如看 UP 主 @ 爱吃饭的 MR.X 等，我错了，以后一定改。"

最后一句把同学们搞蒙了。"爱吃饭的 MR.X 是谁？""竟然尊贵到能在检讨书里单独拥有姓名？""吃播吗？原来你爱看美食区？"

谢澜站在讲台上，清晰地看见底下的人分了两拨，有两种面孔——一多半是和窦晟一样露出警惕的神情，包括戴佑、车子明、于扉，还有日常存在感比较足的班干部们；另一拨，远离他座位的一小角落的人，才是该有的满脸迷茫。

迷茫中，终于有人忍不住说："看什么 MR.X，都来四班了，起码看看人间绝帅窦吧。"

"是啊是啊。"

窦晟表情木在当场。

"人间绝帅窦。"谢澜轻轻重复着这个名字。

人间绝帅，窦。RJJSD。对上了。

今天放学后比往日都多了丝诡异的静谧。走廊外吵吵嚷嚷，四班"猫头鹰们"却集体乖巧，安静收拾书包，说话的压着声，仿佛即将迎来海啸的旋涡。

旋涡中心，谢澜把书包往身后一甩，转身往外走。窦晟同样挂着包在后头跟着。俩人脸上是复制粘贴的郁闷。

从班级一直胶着到前操场，窦晟才慢吞吞地撕开了个口子。"所以——你什么时候开始怀疑的？"

谢澜不吭声。

"我应该没露什么马脚吧？跟车子明他们早打过招呼，MR.X 那边也说好了，我还和他互相取关，肉酱视频从布景到餐具我俩都对过，你从哪看出来的问题？"

难怪列表找不到，互相取关了。机智的贱人。

谢澜一直不说话，窦晟不自觉地蹙起眉。过了一会儿，他又开口淡淡道："挺有谋略啊，这种招都能想出来。为了扒我一层马甲，连上台做检查都行？"

谢澜目视前方："不行吗？"

"我曾经以为你脸皮薄。"窦晟撇了下嘴角。

谢澜微笑回敬："我还曾经以为你是个人呢。"

"……"窦晟有些不悦，"怎么还骂人呢？"

两人的距离随着错乱的脚步远远近近地变化着，直到走出校门，谢澜脚下一顿："你到底有什么心虚的？为什么不告诉我 ID ？"

窦晟闻言微妙停顿。表妹这事，说大不大，说小不小。一直没说，因为他觉得谢澜这种性子可能会在意，不是所有人都能对一百万人的性别误解一笑置之的，他脸皮厚，他的粉丝也皮惯了，但谢澜就不好说。

他太了解他那群粉丝，突然澄清表妹是男的，肯定得说他为了金屋藏娇不择手段，倒不如消停半个月再"不经意"地提一句人已经回英国了，妥当揭过。现在让谢澜知道于事无补，除了平白给他添堵，压根起不到任何作用。而且，最开始认错男女也不能太怪他吧，就那张别着发卡的照片，人又长得眉清目秀白白净净可可爱爱，被认成个小姑娘也不过分吧？

窦晟飞速回忆了一下自己的视频评论区，应该还算比较干净，于是轻描淡写道："当时就图一好玩，别过度紧张了。"

谢澜闻言扭头看着他，眸光微凝："认真的？"

窦晟"嗯"了声。

"骗鬼呢。"谢澜冷笑，"算了，我会自己弄明白的。"

回家路上两人都没说话，一起坐在车最后一排，各自贴着一边门，窦晟戴上耳机低头刷 B 站，谢澜则面无表情地看着窗外。他心有点儿乱。

最初识破窦晟假马甲时也没这么别扭过。他能感觉到窦晟心情很复杂，估计有愧疚，也有点被当面戳破的尴尬和不爽。他也是，有点生气，又好像有点微妙的理不直气不壮。

赵文瑛烤了个甜甜的戚风蛋糕做消夜，但窦晟只路过厨房淡漠地瞟一眼说不饿就上楼了，谢澜敷衍着吃了一口，等楼上窦晟关门声一响，他也起身说回房。

赵文瑛跟着上楼，敲敲窦晟的房门："你俩吵架啦？"

无人回答。

"没有。"谢澜站在房门口含糊道："赵姨早点睡吧"。

赵文瑛稀罕地啧了声："不是吧，俩十几岁的大小伙子还能闹别扭呢？"她乐了半天，"行了啊，都是一个屋檐下的兄弟，闹点别扭真伤感情。"

谢澜低低道："我不跟骗子闹别扭。"

房门一下子开了，窦晟问道："你说谁骗子？"他的声音是真的有点冒火，凶巴巴的，谢澜一愣，立刻反问："不是你？"

"哎，好了好了。"赵文瑛见势不妙立刻挤入他俩之间拦着，无奈一米六的女人站在两个一米八的大男生之间，起不到任何阻挡视线的作用，只好无力地举起双手来回挥，活像个雨刷器。虽然中间隔了非常努力的大人，但两人还是能在咫尺之间感受到对方的凶狠。

除了凶之外，还有半大小子脾气涌上来时千钧一发的那股张力。窦晟很凶，谢澜更凶，他们瞪着彼此，谁也不肯先松动。

最终还是窦晟先挪开视线，冷道："随你怎么想好了，懒得理你。"

"随你。"谢澜同时转过身，"落花有意，流水无情。"

一只脚已经迈进门槛的窦晟差点绊了一下。

赵文瑛震撼道："澜澜，这是谁教你的，你俩谁是落花？"

"是他。"

"是他。"

窦晟抬脚蹬上门，半截话闷在门里："拿着成语词典就知道瞎背。"

"None of your business."谢澜没忍住飙了句英文，而后才缓过来说，"以后各扫门前地！"

窦晟在里头提声道："是各扫门前雪！"

"爱扫什么扫什么。"谢澜气呼呼回到房间，也把门关上了。

贱人。

他心烦戴上耳机，调开本地新闻，随手扯了纸和笔做速记。

女主持人板正的声音响起。

"25 岁帅小伙儿因爱生恨，怒删女友博士毕业论文。"

"程序员不满萝莉女友过于黏人，将其送到幼儿园。"

"红旗巷两伙流浪猫干架，引起数十名老人围观。"

……

一句都跟不上，心情不好的时候没法做听力。他低头看着自己的纸，前两句都空着了，最后一句也写得乱七八糟——大猫和二猫干架，引起十只赵文瑛围观。

什么乱七八糟的。谢澜又摆弄了半天手机，视线扫到粉色小电视，激动的情绪忽然顿了下。

点开 APP，搜索"人间绝帅窦"。果然有，粉丝数 101 万，头像是一颗平平无奇的豆子，和微信是一样的。谢澜随手点开。

窦晟 UP 主生涯两年，投稿了一百多个视频，游戏、生活、音乐、动画、数码、学习……都投过。

视频内容很杂，或者说很随心所欲。两年前第一个视频是摄影技巧分享，然后是两个游戏测评，都是五六万播放，到了第四个视频，应该算是"出道"作，投在了学习区，八百万播放，三百万赞，一百万硬币，恐怖如斯。

——《一年从学年五百到中考状元》。

谢澜看到这个标题愣了好一会儿。

视频就是个自动放映的 PPT，用了个有梧桐叶图案的模板，按每个阶段的复习方法和刷题量整理导图，一个阶段的方法对应着一次成绩单，随着方法调整得越来越快，考试也越来越密，成绩上升的曲线让人胆战心惊，从 500，到 220、130、80、40、20、5、3、2，最后一次即是中考，全市第一。

谢澜看着最终那个查分的小小截图，呆滞了好一会儿，惊觉已经完全代入，跟着出了一身汗。

而后荧幕上出现了一只手，一只很熟悉的手，比了个耶。

淡出镜头有两行字——

初中东西少，方法好就能速冲。

但前提是要攒着一股劲，要有光。

这个视频至今仍是窦晟播放量最高的视频。在那之后，窦晟的视频越来越多花样了，有日常 Vlog，和赵文瑛的旅行，跟风测评脏脏包，深夜玩恐怖游戏，填词翻唱动漫 OP……

他想拍小本生意实录，去年暑假认认真真摆了两周的蛋饼小摊，后来迫于城管压力停业。他想拍流浪猫的生活，于是在咪咪身上绑了 gopro，碎了三台机器最后只凑齐八分钟素材。

他想拍暴雨打在梧桐叶上的声音，于是等到一个雨夜用嘴咬着电棒，伞也不打扛着镜头就出去，神奇的是在铺天盖地的暴雨声中，竟然真的给他录到了雨打梧桐那细微的、清脆的区别。

窦晟有过一百种奇怪的想法，所以就有了一百个奇怪的视频。

很自由。

谢澜挨个往上翻，BGM、分镜、场景、故事感、铺垫转折……视频做得越来越好。但他很快就看到了一丝波动。约莫是从三四个月前开始的，视频类型开始变得单一，基本都是游戏测评。

游戏测评播放量很稳，不太容易出错，但对比从前的少年鲜衣怒马就逊色很多，而这一切的根源在去年 12 月的一条 Vlog，Vlog 里窦晟情绪明显不高，评论区盖了几千楼[1]。

---

[1]　盖了几千楼，盖楼，指引起较多网友讨论的内容。

【豆子别难受，明年一定百大。】

【为什么啊，不是放出风声说杂投类 UP 主就给豆子吗？】

【不懂，总数据都超过 gzys 了。】

【主要 gzys 的视频主题完全抄豆子啊！】

【不构成抄，别乱说话，这种最多算跟风，恶心着你但你没招。】

【gzys 那条微博你们看了吗？"感谢同类型 UP 主的谦让"，我可去他的吧。】

【唉，gzys 跟官方活动配合度高，人设也稳妥，其实很多路人都觉得豆子太疯太皮了。】

谢澜花了好大工夫，才终于扒出来 gzys 是"公子夜神"。一搜，110 万粉，去年年度百大 UP 主认证，投稿类型之丰富和窦晟差不多，个人信息栏还写了高中生。早前视频基本完全踩着窦晟的选题，拿到百大后才渐渐有了自己的内容。

研究完这一通，谢澜才突然觉得腿麻了，一不小心就刷了两个多小时 B 站，面前做听力的白纸上全是随手写下的数字和时间节点，无意识间就整理出了窦晟的事业线。

毕竟这也算他的专业，而且在这方面，他事业心还挺强的。

最新一个视频，公子夜神和窦晟都投稿了"方言"。夜神飞了十几个城市找路人录方言接龙，无人机镜头狂升档次，大好河山大好人民，确实非常用心。124 万播放，12 万赞，8 万硬币。

窦晟的视频则很平实，除了那天晚上和谢澜录的素材外，还有些其他同学不露脸录的老家方言，用蒙太奇的手法，拼凑出一个离散而统一的故事线，关于家乡、祖宗与根。

不带大猫滤镜来说，谢澜也觉得窦晟的作品艺术性更高，朴素的制作思路也更戳人。但以当前的数据而言，窦晟稍弱，98 万播放，12 万赞，7 万硬币。谢澜使劲拧起眉，不信邪地"嘶"了一声。

笃笃。

门响。

谢澜看了眼手机顶端的"00：25"，愣了下才开口："谁？"

"我。"窦晟语气已经恢复了平和："进来了啊。"

不知是夜深人静不好喧哗，还是窦晟自己也消气了，刚才那股凶巴巴大猫的样子没了。

"那个，今天做的交易，我把东西给你送来了。"他说着，放下一沓装订好的资料。

谢澜愣了会儿才想起来，那是帮于犀抓猫换到的"作文经典论据"。

"啊。"谢澜干巴巴道，"谢了，放那吧。"

"你吃饭了吗？"窦晟站在门口问，"我刚下去扒冰箱，拿多了，你要不要？"

谢澜一愣："拿什么？"

窦晟把切放在盘子里的戚风蛋糕和一个可可奶放在他床头柜上，又嘟囔了句："想吃就吃，不想吃就放着。"

谢澜收回视线："嗯。"

又过了一会儿，窦晟说："我睡了啊。"

谢澜没吭声，窦晟走出去又回头，低声说："刚火有点大，别气了，本来是我不对。"

"我没生气。"谢澜低头飞快在白纸上写着英国歌谣 Pussy cat，指指耳机，"我在练汉语听力，忙着呢。"

"哦。"窦晟撇了下嘴，帮他关上门。

等人走了，好一会儿，谢澜才放下笔。他走到床头柜，用叉子叉着蛋糕几口吃光，又灌了两口可可奶，凉丝丝的，胸中一口浊气被奶给冲走了。

某些人，终于人性觉醒，知道自己没理了吧。哼。谢澜冲着那堵隔着两个房间的墙撇了撇嘴。看在可可奶的份上，他在心里说。

谢澜又拿起手机，点开人间绝帅窦的方言视频，手指缓缓地、轻轻地，放在点赞的小按钮上，停顿——

粉色的进度圈缓缓绕起硬币图示，转一圈，bling 一下发光，又消失。三连推荐成功！谢澜对着荧幕上的豆子头像哼了声："我好吧。"

不得不承认，虽然窦晟本人有点讨嫌，但作为一个 UP 主，很招人喜欢。谢澜一不小心就刷了一宿窦晟的视频。第二天飘进教室，坐在座位上，谢澜感觉自己头顶在冒仙气。

窦晟把从家里带的可可奶丢一个给他，被他无情推开。窦晟一顿："还生气啊？"

"没，不想喝这个。"谢澜睡眼惺忪地低头掏教材，"我需要的是咖啡。"

窦晟"哦"了声，瞟了眼后门，低头摁了摁手机，嘀咕道，"几点睡的啊？困成这样。"

没睡，就补了你二十多个视频，上瘾。谢澜撑着脑袋绝望地打了个哈欠。

过了一会儿，前面的戴佑回头，拿着一瓶咖啡让后边同学一桌一桌传了过来。

谢澜口型说了句"谢谢"，拧开尝了一口，顿住。

窦晟盯着他："什么意思？还不满意？"

"嗯。"谢澜默默放下，"咖啡不爱喝甜的。"

"毛病。"窦晟无语，"帮我看着点后门，我点个外卖。"

后门人来人往，这会儿早课还没开始，正是胡秀杰最喜欢出没扫荡手机的时候。

谢澜盯了一会儿，就见于扉慢吞吞地飘过，步履比平时更消极，满脸写着"我何以为人"，晃进前门，一手把车子明抓出来，挤进座位。

"鲱鱼这是咋了？"车子明摸摸鼻子，"今天暴躁加倍啊。"

"好意思问？"于扉嗓子很哑，"昨天说好放学陪我去接四只猫，一个个全跑了，哼。"

谢澜一个激灵："忘了……"昨晚光顾着和窦晟生气，把"亡八蛋们"给忘了。

窦晟也愣了愣，啧一声："抱歉抱歉，最后怎么解决的？"

"医院没住院位了，我带着猫跑了好几家才安顿下来。"于扉垮着脸倒在墙上，"豆子发个微博吧，给四只找家，蛋都割了也不好让他们继续流浪。"

窦晟"嗯"一声："成，放学我跟谢澜把它们带回去拍个卖身照。"

赶着上课前，窦晟跑出去取了咖啡外卖。谢澜喝过咖啡勉强打起精神，扎扎实实跟着听了上午的两节语文、一节生物、一节化学，感觉脑袋要被新的汉字词塞爆了。

终于苟到午饭前最后一节数学，老马带来了一个消息。"全市数学分级测试。"

老马让课代表车子明把印好的考试信息发下去——"重点高中的数学尖子生大厮杀，前三十名直接进入省里的集训营，备战十月竞赛。"

底下讨论成一片，谢澜看着薄薄一张纸上的赛事信息，有不少字还是不认识，窦晟伸笔过来，飞快给他圈了几个重点。比赛时间为半个月后，入赛资格是五所重点高中的数学前五十名。考试时间四小时，分高中基础、竞赛标准、竞赛拔高三部分，总分 360 分，光是看着就已经开始脑死亡。

老马站在台上说："今年省训营的带队老师阵容很好，有两位省赛教练，我，以及三中、附中的数学组长。希望咱们班全班参赛，这两周周末来上我的数学竞赛培训。"

谢澜有些艰难地举起手。老马看向他："别跟我说你这个也拒绝啊。""不是的，我参赛。"谢澜还挺想去试试水，酝酿片刻说，"但我周末不想上数学培训，我……还是得去上语文基础课。"

教室里安静了几秒钟，而后在老马扭曲的表情中爆发出一阵笑声。老马面部神经好像坏了，脸抽搐半天才勉强挤出个微笑："OK."在笑声中，他叹声气，"教书二十多年，我数学还是第一次在语文面前降下优先级，随便吧。"

"对不起，老师。"谢澜真诚道歉，"等我语文考上九十分我就去上您的课。"

车子明乐得直弓背："希望老马还能看到那一天。"

谢澜能从班里的氛围中感觉得出"猫头鹰们"对这次考试的重视。晚自习不少人都换了竞赛题集，就连窦晟都掏出张卷子做。"这个究竟有多重要？"谢澜忍不住低声问，"进入省训营的好处是？"

窦晟从卷子里抬起头："能帮到高考的，一个是十月的全国竞赛，一个是明年三月的自主招生。往年进过省训营的人差不多三分之一在竞赛上能拿高考加分。就算不加，对自主招生也有好处。"

"我觉得你可以好好琢磨下。"窦晟想了想又说，"在竞赛中获得国家级一等奖的前几名能在高考时加20分，而且拿着这个证，在自主招生时也有资本，如果能搞到降至重本线，就你这语文，拿紫色录取通知书也不是不可能。"

谢澜听懂一多半，有点心动："那，市里的考试，有往年的卷子吗？"

窦晟低头在书包里摸了半天，摸出一个废纸团："竟然没扔，天助你也。"

谢澜："？"

窦晟把纸团小心翼翼地展开，铺平，按在他面前。

是卷子本人。谢澜醉了。

两节晚自习将将把这套卷做完，打放学铃时谢澜还有最后一个体积没算完。

"走了。"于扉催道，"赶紧，去接猫。"

窦晟按住他："学习比较重要，让人家写完。"

于扉当场翻白眼，车子明"哕"了一声："您能不能先把拖欠的作业债清一清再放这些屁？"

谢澜一边抄下最后一个数一边嘀咕："汉语里也有这种粗俗的表达吗？"

"听到没？"窦晟抬手照着车子明肩膀抽一巴掌，"别给汉语丢人！"

四只被割掉蛋蛋的小猫都很活泼。野外流浪的猫一般比家里养的要警惕，但这些小猫例外，好吃好喝安睡一宿后对医院简直爱了，窦晟把它们打包时竟然还遭到了软乎乎的推拒。

四只猫一个包，谢澜忍不住问："你要带回家里？赵姨能接受吗？"

"她又出差了。"窦晟拎起猫包在眼前，"回去我就发微博把猫挂出去，等她出差回来猫早送走了。"

谢澜"哦"了声，弯腰看向猫包侧面的网纱，和里面八只滴溜溜的圆眼睛对视。

"喵呜——""喵嗷——"

"好像是饿了。"谢澜说，"你家有猫吃的吗？"

窦晟点头："那叫猫粮，自从认识了咪咪，我们几个都备着。"

猫抓回家，直接拎进窦晟房间，放在那片日常录视频的空地上。包一打开，四只小可爱探头探脑地出来，充满了好奇。晚上录东西得把光开足，但不能吓到猫，窦晟调灯调了半天，谢澜就坐在地板上戳戳这只戳戳那只。

"就手机录一短视频发微博，但要全方位展示，我得手持。"窦晟边拧调钮边说，

"等会儿你提着猫给镜头看。"

"我？"谢澜一愣，"我不入镜。"

"不用你脸入镜，我只拍猫，你最多手入镜。"窦晟说着随手揪住一只小橘猫的后脖，"喏，就这样。"

小橘猫"叽——"一声。"行吧。"谢澜只好照办，"快点啊。"毛乎乎的小家伙在空中蹬腿挣扎，窦晟弓腰一手拿手机一手拽着灯箱切角度，他手稳动作快，一分钟拍一只，很快就拍完了。

"我看看。"谢澜有点好奇。窦晟把荧幕伸过来："就展示脸部、毛色和体型。"

四只猫有三只小橘，一只橘加白，长得都差不多，神态有点差别。小橘们活泼一些，橘加白有点呆头呆脑，窦晟把这些都拍出来了。

"我喜欢这只。"窦晟摸着橘加白的猫笑说，"屁股上有坨奶油，太可爱了，要不是赵文瑛女士怕猫我就把它留下来。"

"发了？"谢澜随手点开商店下载微博，"你名儿叫什么？"

"跟 B 站一个名儿。"窦晟说，"我各个平台都是这 ID，行不更名坐不改姓。"

谢澜撇了撇嘴。也就他能起出这种不要脸的名儿，还挺得意。

谢澜刚开微博，除了那堆自动添加的官方小助手，就只关注了窦晟一个人。窦晟两分钟前发的猫猫卖身视频被顶到首页最上面，他刷新一下，底下已经有上百条回复。

"你的粉丝还挺活跃的。"

窦晟笑笑："全网最皮的一群家伙。"

谢澜牵挂几只小猫能不能找到人家，点开评论看。

【可爱！】

【滴滴滴，海外可以要吗？有点心动。】

【视频里这手谁啊？】

【猫猫真可爱，5555——】

【这么小就没蛋了，噗哈哈哈——】

谢澜往下刷着评论，忽然听窦晟叹气："你说，猫妈妈会不会难过？"

"不会吧。"谢澜愣了下，"我听说小公猫三四个月后都要被猫妈赶去独立的。"

窦晟叹气，揉了揉猫猫头："那就行。"

说着话，谢澜又刷新了一次评论。

【大家都在看猫，只有我在看手。】

【不是只有你。】

【这手不是豆子的，但是好好看啊。】

【又细又白，等等！这是豆子家吧？】

【表妹！是不是表妹？！】

谢澜划屏的手骤然一顿，反应了好一会儿，而后才难以置信地凑近荧幕，看着"表妹"那俩字。拿着手机的手微微颤抖。他深呼吸，又刷新一次，那条已经被顶上了热评第一，楼中楼①还有若干回复。

【靠，都把表妹忘了！有没有后续了啊？】

【机场接回来也一周多了吧？让我们看看啊！】

【滴滴滴，说好的百万粉福利呢，说好的表妹 JK 出镜呢？】

【滴滴滴，在线等表妹 JK。】

【滴滴滴，妹，JK，懂？】

窦晟摸着猫的手一顿，也刷到了这条。

空气中好像突然多了一种叫作死亡的东西。

许久，谢澜深呼吸，深呼吸，又深呼吸。

"你……"窦晟单手撑地，把自己往远离他的方向平移了一段，"别激动，控制好自己，我跟你说个事。"

"表妹？！"谢澜吼出来后被自己的嗓门吓一跳，但来不及发呆又吼了一嗓子，"JK？！"

窦晟喉结动了动。"这个 JK 吧……"他说，"是个缩写，汉语就是……健康的意思。对，他们想让你活人出镜，健健康康蹦蹦哒哒地跟他们 say hi。"

"做个人吧！"谢澜终于暴怒，"我汉语不好，但我看过动画！而且 JK 是英文！"

---

① 楼中楼，指网络上针对回复评论底下开展的评论。

第十章

金 屋 藏 娇

"这个JK不是英文，是日语音译简写吧。"窦晟小声说，"但我明白你的意思，嗯嗯。"

谢澜小小年纪竟有幸体会血压上头的滋味。他大脑一片空白地往下刷着评论，一个人提了表妹就像水库开了闸，楼中楼迅速堆起几百层，视频里的手被各种截图，还有人敲了一句古文。

【手如柔荑，肤如凝脂，表妹大美人是也。】

前八个字看不懂，只认识最后一句。谢澜一把抓起窦晟的衣领，紧攥的食指关节顶着他的脖子："给我解释。"窦晟喉结无意识地滑动，蹭了蹭他的手指，从他手中挣出来。

"这个真不能太——怪我。"窦晟叹气，"我那两天刚好在学方言，接到任务非常突然，我妈电话里说是肖阿姨家的孩子不知道现在长啥样，就有张小时候照片给我参考，我一参考，好家伙，小皮鞋、小风衣，别着个发卡，还长得可可爱爱，那不就是女孩吗？正赶上大家催我直播，我就随便播一下，顺便试试方言学习成果，我——"

谢澜听见了自己的耳鸣。他拳头硬了："能不能慢点说？我跟不上！"

"……"

窦晟一个急刹车，和他大眼瞪大眼僵了几秒钟，声音一垮："意思就是，对不起。"

谢澜气喘呼呼地瞪着他："立刻发解释。"

"别解释了。"窦晟神情有些无奈，"你不懂我的粉丝，全网最皮最会搞事的一群人，我和我的粉丝之间没有一点点信任，澄清反而容易让他们多想。"

"你在放屁！"谢澜把放学时刚从车子明那里学到的粗俗之语用上了，"发不发？"

窦晟"唉"一声倒在墙上："真的，信我一次，为你好，别发。"

"我信你？"谢澜感觉拳头又硬了，"你发是不发？"

许久，窦晟叹了口气。"没招了我。"他接过手机郁闷道，"试试吧，希望这群老色鬼还有药可救。"

谢澜冷冰冰瞥着他："老色鬼是什么？"

"……"窦晟顿顿，"会为你的可爱而流泪的人。"

谢澜抬手就是一巴掌。

"怎么还打人呢。"窦晟揉了下肩膀，有点气又有点好笑，"没大没小。"

谢澜冷眼看着他敲字，不说话。窦晟确实比他大，赵文瑛说过，他的生日是二月底，窦晟生日是前一年八月，刚好差半年。但那又如何。敬他一声大猫，他也不能倚老卖老。"快点。"谢澜催，"今晚就把这事解决了。"

窦晟撇撇嘴："你比甲方还凶。"

"甲方是谁？"谢澜心烦起身，"我去洗澡，出来再看。"

窦晟在他背后叹气："连甲方是谁都不知道……"

"你朋友那么多我哪认识，我才回国几天？"谢澜烦躁，"快点发。"

谢澜冲个澡出来，已经十点半了，隔着一堵墙，四只小猫在喵喵叫，窦晟有一句没一句地哄着它们。低低的，很温柔，跟他人前要么冷淡要么耍嘴皮子都不同。有点像之前几次半夜来找谢澜说话的样子。

谢澜提高声音喊道："发了吗？"

"发了！"窦晟回喊，"我酝酿了二十分钟，尽力了！"

谢澜哼了声，找到手机看。

【@人间绝帅窦：哦，忘了提，刚才看到评论突然想起来，上次接来的人不是女生，是男的，起哄的散了吧。】

就这么一小段话二十分钟？

谢澜攥着手机跑到隔壁："这才几个字？"

窦晟一叹："你不懂，写长了他们要觉得我心虚，写短了又不认真，就这样吧。"

这倒算诚恳，谢澜语气稍缓："行吧，那就这样。"他说着话，感到脖子上两溜水珠淌了下来，顺着睡衣流进衣领。

"你倒是把头发擦干点啊。"窦晟把他手里拿着的毛巾抽出来，往他头上一捂，"赶紧，擦擦去。"

抬手时窦晟的手指拂过谢澜的脑门，可能是空调下吹久了，也可能是谢澜刚洗完澡热，就觉得被触碰的地方一凉，凉丝丝的感觉半天都没散。他无缘无故就站在那呆了两秒，而后捂住毛巾，"哦"了一声。

回到房间书桌前，谢澜还保持着手捂毛巾的姿势，许久才慢吞吞地擦起头发来。

挺奇怪的，每次窦晟碰他一下，或是不小心扫到，那种存在感就会非常强。

可能这就是手好看的人的天赋。

谢澜嘟囔一句，翻出英语卷子。今天作业不多，其他科都搞定了，就英语还剩四篇阅读。他做英语其实有点费劲，也是回国后才意识到自己压根不懂语法，也不懂阅读。

迅速看了第一篇文章。很怪，前面在说植物对人的身心有好处，后面变成改造植物让其发光，最后又变成美国的电力在输送中有很大损失。

第一题，这篇文章主要是关于什么的？
A. 植物对人和社会的好处。
B. 植物改造能带来什么。
C. 政府应该减少电力输送距离。
D. 植物发光能够帮助国家省电。
C. 肯定不对。

谢澜对着剩下的三个选项陷入了长达五分钟的思考，许久，犹豫着选了个 A。

想一想不对，又改选 D。他吸一口气，迅速翻到答案——B。

"……"

离谱。

四篇阅读，等谢澜照着标准答案逐题说服完自己，已经快零点了。他松一口气，摸到手机才又想起表妹的事。那条微博下面已经有了上千条评论。谢澜捋着热评往下看。

【老子信了你的邪。】
【懂了，金屋藏娇呵呵。】
【可真有你的啊！】
【懂懂懂，okok，嗯嗯嗯嗯。】

谢澜看得有点绕，一会儿觉得他们信了，一会儿又觉得有点……嘤阳怪气的。

他开门往旁边瞟了一眼。窦晟门缝底下黑乎乎一片，门上的小牌子嚣张地横在那儿——今日营业结束。

谢澜犹豫了一下，还是回自己屋，关灯上床。他在黑暗中看着窗帘缝隙外的夜空，许久，掏出手机给窦晟发了个微信。

睡了吗？

窦晟秒回。

睡了。

"……"

睡了是怎么发消息的?

谢澜无语地把微博热评截图发在对话框里。

老子信了你的邪是什么意思?是信了还是没信?

对面沉寂了十来秒。

算是信了。

真的别多想了,再放一阵儿这事就过去了,赶紧睡觉。

谢澜松了口气。

信了就好。对了,金屋藏娇是什么意思?

这次沉寂得更久一点。

金屋就是很漂亮的房子。金屋藏娇的意思就是说,家里有宝藏,主人又很娇媚,形容有钱的美女。

谢澜对着这行解释陷入迷惑。

美女是指我吗?

当然不是,是指我妈。

这条跟你没关系,就是感慨下我家房子大,刚才视频里不也露房子了吗?

我粉丝就爱一惊一乍,很没见过世面的样子,我都懒得说他们,别理了。

哦。谢澜想一想,也是。

赵文瑛是个娇小明艳的女子,做买卖很有钱,家里墙上挂着一看就很贵的艺术挂画,玄关、门廊、楼梯下还陈列着瓷器,偶然路过她卧室,不小心瞟见过梳妆台上令人瞠目结舌的首饰架。确实也能说得上是家里有宝藏了。

谢澜放松下来,忍不住又发了两句。

你的粉丝也没你说的那么皮,这不就信了吗?

你要好好对待粉丝。

嗯嗯嗯,赶紧睡吧啊,求求,求求你了。

谢澜叹了口气,把手机丢开。窦晟这个 UP 主做得有点失败,粉丝明明很好说话,他却在背后说人家皮，对他缺少信任。本来就可怜巴巴的只有一百万粉，还不对粉丝好点。想到这，他又捞起手机，试着搜了"公子夜神"四个字。

还真有，夜神的微博也和 B 站同 ID。最近一条是半小时前发的，两张图，一个链接。第一张图是盘烤串，第二张图是把亮粉色的电吉他。

【@公子夜神：一直在偷偷学音乐，转眼已经快一个月了，自己编曲找朋友 remix 一小段给你们听听，轻拍，溜了。】

谢澜摸出耳机戴上。Low-fi 风格的电子音乐，电吉他为主，混了贝斯、鼓点、电子琴，淡出时还用了中华风的弦乐。

谢澜躺在床上翻了个大白眼。上帝把幼年期的 Beethoven、Mozart、Les Paul、Leo Fender 几位摁头凑一块儿，一个月也学不成这样。他无语点出，一刷新，这人又发了两条。

【@公子夜神：好吧再说几句。学新的东西是因为不想再咸鱼下去，拿百大以来我经历了心态很起伏的一段时间，既高兴，又慌张，深知自己配不上这个 title，能有这一切都是因为你们。】

【@公子夜神：我，很爱、很爱、很爱你们，晚安。】

前面几句没太看懂，"学新的东西""不想再咸鱼"，听起来是打算做美食 UP？但发上来的是音乐，有点迷惑。

但后面看懂了。这人给谢澜的感觉，确实跟窦晟粉丝说的差不多，"形象"很好。从专业角度来看，做这行跟粉丝维持亲密关系是理所当然，甚至应该是值得认可的。但估计是有大猫滤镜的缘故，谢澜觉得这人面目虚伪。他叹口气，睡觉前又顺手刷了下窦晟的微博。

——十几分钟前就说了晚安的某人刚刚才又发一条。

【@人间绝帅窦：唉都解释过了啊，有完没完，说的就是刚才那些假借问猫来问其他的人，怎么一个个这么招人烦呢，是不是没挨过我的毒打。】

"……"

人家那位：我好爱、好爱、好爱你们。

隔壁这位：怎么这么招人烦呢，是不是没挨过我的毒打。

谢澜对着天花板翻了今晚的第二个大白眼。

谢澜做了个很奇怪的梦。

小时候他很多梦，但自从妈妈走了，他的梦就少了，偶尔做梦，梦里也都是她。但这个梦实在有点奇怪。他梦见窦晟和一个戴口罩的男生分别坐在小桌后面，桌上的名牌分别是"人间绝帅窦"和"公子夜神"。人群排成队走来，他们总是先经过窦晟。

第一个人正欲开口说话，窦晟就说："滚去隔壁。"那人说："好的。"

下一个来，窦晟说："慢走不送。"那人回："明白。"

再下一个——"傻瓜才粉我。""OK。"

再再下一个——"你知道你该干什么吗？""……去隔壁。"

夜晚有多长，谢澜就在梦里以上帝视角旁观窦晟赶走了多少粉丝。睁眼时头痛欲裂，浑身都冷得打颤，被子掉在地上。估计是无师自通，在梦里赏了窦晟一套少林连环脚。

早餐是小马买来的，前两天都是豆浆油条，今天还多了一份咖啡和帕尼尼。

窦晟把咖啡放在谢澜面前，瞟瞟他："你怎么了？"

"没。"谢澜带着鼻音恹恹道，"做了个很气人的梦。"

"你这明明是感冒了吧，这也能赖上做梦？"窦晟起身趿着拖鞋往客厅去，谢澜咬一口帕尼尼，发现连培根的味道都尝不出来了。

他吸吸鼻子，又点开了窦晟的微博。昨天最后发的那条下，粉丝们排队刷屏。

【你失去我了/白眼】

复制粘贴，划到手指都酸了也没个尽头。完了啊。谢澜心里凉凉地想，就这种人是怎么能有一百万粉的，真的神奇。他瞄了眼窦晟微博的粉丝数，比B站还多十几万。但他昨晚没记录，也不知道这一宿跑了多少粉。

一盒感冒药放在他面前。窦晟弯腰凑近荧幕："看什么呢？"

"看你粉丝都被骂跑了。"谢澜没有感情地说。

窦晟愣了下，而后笑起来："他们就是嘴上说说，心里头可爱我了。"

谢澜："……"这到底是哪里来的安全感。

一路上昏昏沉沉，满脑子都是那个翻白眼的表情符号。

一进教室，迎面碰见戴佑拿着卷子出去，戴佑笑道："早啊，娇。"

谢澜："？"

窦晟抬脚就踹："闭嘴。"

戴佑笑着两步跑出去，临出门还蹦起来拍了下门框。

谢澜蒙蒙道："在叫我吗？"

"什么就叫你。"窦晟啧一声，"他在 rap，总这样，一天不 rap 舌头就痒。"

RAP？？？谢澜一头雾水地在座位上坐下，抽张纸巾擦了擦因为感冒而有些湿润的眼眶，带着鼻音说："我觉得你做 UP 主的态度不正。"甚至激发了我沉寂已久的事业心。

窦晟掏作业的动作一顿："啊？"

"你的竞争对手，那个公子夜神，我看了。"谢澜说，"比你像个人。"

"你怎么知道他？"窦晟蹙眉，掏出手机戳戳，片刻后他忽地乐了。

"你意思是让我也突然发一条'我好爱、好爱、好爱你们'？"

谢澜斜睨着他。

窦晟乐得把手机掉了："你知道那群傻子会回什么吗？"

谢澜绝望加剧："为什么要称呼粉丝为傻子？"

"他们会集体呕吐，刷屏让我滚，然后真的取关。"窦晟自顾自回答了上一个问题，随手往谢澜桌上扔了沓资料，"行了啊，学你的汉语吧。"

谢澜低头一看，是白纸订的，封面上是窦晟的字迹——

《二猫语言更正小本》。

"这什么？"

"给你用的。"窦晟说，"凡是你用错的词句，咱们都记一下。现在网络梗太多了，我们平时说话也不着调，别真给你带偏了。我来主笔啊，按照更新量，差不多一周给你看一次吧。"

谢澜闻言有点惊讶。

窦晟又补充道："主要为了补偿表妹的事。"

"呵。"谢澜立刻冷笑，带着鼻音冷酷拒绝，"不需要，拿走。"

本子第一页已经写满了。

【阴阳怪气】：不是"嘤阳怪气"，表示人态度奇怪，冷言冷语，或讽刺。

【王八蛋】：不是"亡八蛋"，乌龟未出世的儿子，骂人的话，别学。

【落花有意，流水无情】：恋爱中的单相思。

……

谢澜一眼扫下来，发现他自己犯的错误其实只占了一小半，大多数都是被窦晟和车子明他们带跑的。他混混沌沌的脑子里忽然闪过一丝什么，瞟一眼低头翻作业的窦晟，打开了成语词典。

金，jin——359 页。

他现在找成语相当熟练，唰唰唰没一会儿就翻到了。

【金屋藏娇】华丽的房屋让爱妾居住。也指娶妾。

谢澜对着这行解释迷惑了一会儿，又掏出手机词典，点开拍照识词。

网友释义——【妾】：小老婆。

后排"咣"一声巨响。正在混乱收作业的教室忽然安静下来，"猫头鹰们"集体回头看向教室左下角。

窦晟人好端端地靠墙而立，但凳子翻了过去，椅背着地，挨屁股那面和地垂直，无辜地朝天撅着。窦晟神色淡定，抬眼瞟了一眼呆住的"猫头鹰们"，把凳子拎了起来。

"不好意思，睡觉做噩梦了，你们继续。"他说。

车子明震撼道："你这梦的是武打片吧？"

王苟在一旁直摇头："好家伙。"

谢澜拳头抵着桌面。

窦晟放好凳子坐下，十分保守地把两张凳子间距拉到最大，在谢澜开口前，他伸出两根手指向下杵着桌子，关节一弯，"咚"的一声砸了下去。

谢澜迷惑脸。

"给你下跪。"窦晟叹气，"那帮傻子确实没信，可能反而觉得不是表妹，而是其他女生朋友。你又不肯出镜，我只能让你先别想，把这事放一放。"

谢澜气不打一处来。他看看走进班级的胡秀杰，压低声道："你为什么总是不想着怎么解决问题，只知道放一放？"

"放一放也是一种解决方式。"窦晟无奈，"我的粉丝比较特殊，只有时间能对付他们啊祖宗。"

谢澜一顿："祖宗是什么？"

"……"

谢澜迷惑道："你这是……认我做爹？"

窦晟麻木地扭过脸，翻开物理教材，开始认真做笔记。

一上午浑浑噩噩，中午回到宿舍，谢澜头重脚轻地爬上床，忍不住又搜了百度。原来"老子信了你的邪"压根不是信了，恰恰相反，是鬼才相信的意思。

床架子晃了几下，窦晟也上来了，在谢澜头顶坐下。他"嘶——"了一声。

谢澜抬头，窦晟正隔着衬衫戳自己左侧锁骨靠肩膀的地方，戳一下，皱眉嘟囔道："我发现你这人特暴力，好好说，上来就端人凳子，我弹起来在墙上撞得好重。"

谢澜冷冷道："怪我吗？"

"不怪，行了吧。"窦晟小声敷衍，"不怪个屁。二猫打大猫，大逆不道，反了天了。"

　　谢澜哼一声，收回视线继续闭目养神。过一会儿，他忽然又撑起有些酸乏的眼皮，仰头瞅着窦晟。

　　窦晟刚好把衬衫扣子往下解了两个，拉开左侧锁骨上覆着的布料，用手机前置摄像头检查那块淤青。撞得确实挺重的。当时谢澜是要踹他一脚，结果抬脚不小心勾到凳子腿，大力出奇迹，直接把凳子带翻了。窦晟也算是身手敏捷，竟然在刹那间弹起来把着窗台沿站稳了，只不过肩膀撞到了墙上。

　　此刻，左侧锁骨中段已经有点淤青，深深浅浅地蔓延到肩头，少年削平的肩膀上，靠近末端有一块微突的小骨头，小骨头附近有点红，估计是在墙面上擦了下。

　　可能是感冒影响，谢澜对着窦晟的伤痕莫名其妙地又走了会儿神。而后他吸吸鼻子："我有主意了。"

　　窦晟闻言把掀起的布料一放，神色警惕，"又想作什么死？"

　　"你拍个照片，发微博，就说我打的。"谢澜捏着鼻子又松开，试图通气，但失败了，只好自暴自弃塞塞地说，"实话实说，说我很生气，给了你一拳，勒令你解释清楚。"

　　窦晟："……"

　　"认真的吗？"他语气透着绝望，"听我一句劝吧，把这事放着，过个一两月就好了……哦不，有昨晚那一出，估计得三四个月。"

　　三四个月？

　　谢澜腿一蹬，垂死病中惊坐起："现在就发！"

　　"……"

　　"确定吗？"窦晟用两根指头捏着手机来来回回地转，"放一放吧，来自资深博主的真诚建议，你确定不听吗？"

　　谢澜心想，一百万粉的小博主还有很长的路要走。为什么他粉丝更多，却都能乖乖听话不惹事？就是因为他真诚，做博主最需要的就是尊重粉丝和粉丝的智商。

　　"发。"谢澜下令。

　　"得。"窦晟掀开衣领子咔嚓自拍了一张，发上微博，"文字打什么？你说吧，我都遵命。"

　　谢澜顿顿："就说，机场接回来的真的是男生，他很介意表妹这个称呼，昨晚解释没有被大家相信，他打了我一顿，希望大家不要再让这件事情继续……继续……"

　　窦晟咂咂嘴："继续发酵下去了。"

　　谢澜心烦点头："后边的你补吧。"

　　窦晟摁了摁手机："我发了啊。"

　　谢澜这才放心地躺回床上。头好痛，感冒真难受，想喝一杯肉桂茶，配块黄油司康。过了一会儿，谢澜撑着即将昏迷的意识，刷新窦晟的微博。

只见评论区：

【？？？】
【暴力娇花！】
【这也是我配看的？】

谢澜正蒙着，栏杆另一头就伸过来一只手，在他头顶轻轻拍了拍。"少年啊。"窦晟叹气道，"你真是对力量一无所知。"

晚自习谢澜和窦晟换了个位子。

"我帮你挡着点后门的眼睛啊。"窦晟把手机塞给谢澜，低声道，"你就在种豆群里跟他们说说吧。"

谢澜接过手机有点不确定："他们能相信是我在说话吗？"

"你说话吧……有种天然的笨拙感，我装都装不出来那味儿。"窦晟思考片刻，"反正这群人就会在我头上为非作歹，换成是你来解释，或许还有一线生机。"

数学晚自习不算很安静，偶尔有人小声讨论题，其他人都默契地戴了耳塞。

谢澜对着名为"种豆得豆"的QQ群有些犹豫。其实他现在都有点呆滞了，午休翻了两小时评论，翻到最后他甚至怀疑自己都快要被说服了。可能我的记忆和自我认知都是假的？也许我就是窦晟表妹呢？车子明说这个叫"打不过就加入"。

窦晟笑笑："就再试试吧，这次要是还不行，就说明这群脱缰野狗是真的玩嗨了。咱俩就不和他们正面扯，等过一阵儿他们的兴奋劲过去，我再说有你这个正常男生朋友。"

谢澜犹豫道："可现在有些人觉得你恋爱了……"

"无所谓的。"窦晟瞟了眼讲台桌前的老马，压低声说，"我粉丝就是爱胡说八道，但心态很包容，随我，核心思想就是三个字，无所谓。"

他想了想又嘟囔道："其实恋爱这个吧，我估计他们心里也知道不大可能，就是跟我胡闹玩玩。过年到现在，我状态有点消沉，他们想把我炸起来也不是一次两次了。"

窦晟说着打了个哈欠，扯出一道竞赛难题开始解。他好像一直都很平和。就像他自己说的那样，无所谓，不在意。

谢澜只好伏案苦辩。过了一会儿，他抬头撞了撞窦晟的胳膊肘。窦晟从卷子里抬起头："？"

"他们非说那只手是女生的。"谢澜蹙眉低声问，"我想表达男孩和女孩的手非常不同，该怎么说？"

窦晟翘着笔想了想："迥然不同？"

"哦。"谢澜恍然，"之前好像看过这个成语。"谢澜低头摁了会儿，又烦躁地叹气。

窦晟忍不住凑过来："怎么了？""迥字打不出来。"谢澜小声说。

窦晟凑近一看：jong.

他趴桌上无声地乐了一会儿，而后替谢澜打了那个字，发出去。

豆：我暂时住在他家，真的是男生。男生和女生的手迥然不同，为什么会认为是女生呢？

【过于白白嫩嫩。】

【温香软玉。】

【千娇百媚。】

豆：唉，因为我拉琴，会保护手，有时会用lotion。

【lotion是什么？】

【楼上，是手霜。】

【哦，对了，是海归。】

【你从哪个国家来的来着？】

豆：英国。

【不错不错。】

【我刚才都信了是妹子，但现在又觉得是豆子在装，就是想显显。】

【让他显！】

【你拉什么琴？】

豆：小提琴。

窦晟忍不住抬头问："怎么变成答疑了？"

谢澜一呆："……对哦。"

放学往外走，窦晟戴着蓝牙耳机，一边跟宠物寄运公司的人打电话，一边继续刷着群里的聊天记录，几度乐出了声。

"对，一只发 X 市，两只发 S 市，哈哈哈，咳，一只发 G 市，周末来取猫。"

"噗……没事，你先查周末有没有航班吧。"

"嗯。"

挂了电话，他把手机揣进兜里："谢澜小朋友，托你的福，他们在方言视频里也找到了几帧有你的手入镜的画面。平时抠抠搜搜不肯交币的人都交了，现在数据涨了一波。"

谢澜扯着他的袖子把荧幕拉到面前——

可不，赞 24 万，硬币 20 万，对比前两天都翻倍，妥妥逆袭隔壁夜神。

评论全在讨论"表妹"意外入镜的手。

谢澜眼皮有点沉，哑着嗓子道："你的粉丝好像是有点与众不同。"

"不用理他们。"窦晟笑笑，"我说，你那三百万粉的朋友是不是挺注重这些的？"

谢澜愣了下："啊？"

"把他教你的那套忘了吧。"窦晟说，"我的粉丝不太一样，都是家人，说话直，爱开玩笑，但都不会往心里去的，反正你多担待吧。这事我也琢磨了，要真想立刻解决，就只剩一种方法。"

谢澜一激灵："什么？"

"你出镜。"窦晟说，"我开个直播，你在镜头里连手带脸让大家看看，实在不行再拿回国机票出来，证据确凿，这事就结了。"

谢澜闻言一蔫："我不太想出镜。"

"为什么？"窦晟挑眉，"好歹是一小帅哥，还怕人看啊？"

不为什么，就单纯不太习惯。可能就是所谓的镜头羞涩，两年 Youtuber 生涯都只以剪影出现，也习惯不露脸了。

赵文瑛不在，窦晟和她打了十分钟的电话，讨论哪种感冒药适合给谢澜吃，最后定下来的那个药家里还没有，得叫外卖。

谢澜洗过热水澡，卷在被子里等着外卖，结果药还没等到，人就睡着了。混沌中有人捏开了他的嘴，塑胶质感的东西探进来，喉咙一痒，他下意识做个吞咽动作。而后有股若有若无的苦味在嘴里蔓延，谢澜在梦里不断找糖吃。

第二天一早，他是被隔壁一声惊呼震醒的。"出息了啊这帮傻子！"

窦晟屋里的四只猫也都醒了，"喵嗷——喵嗷——"此起彼伏地叫。

谢澜坐起身，被子里非常热，一掀开又凉飕飕的。他手软脚软，肚子很饿，好在脑袋里轻快不少，应该是退烧了。他迷迷糊糊找手机，结果往床头柜上一摸，却摸到个针管样的东西。准确地说，比一般的针管要细，推柄是可爱的绿色，末端有两个套手指的圆环，"针头"附近没有针，而是个开着口、有点弹性的塑胶小管。

这不是接猫时从医院买回来还没用过的宠物喂药器吗？这个东西为什么会出现在他床头柜上？谢澜迷惑地拿着那玩意儿看了一会儿，没明白，索性放弃思考，把它丢在一边。

他找到手机，惯性点开微博，结果一进去发现不妙。所有人都在喊窦晟"去看 B 站今日热榜"。B 站今日热榜上，有个叫"不开心就打豆豆"的新人 UP 主，发表了生涯第一条视频，天降首页，截至目前已经有六十万播放量。

——《豆子的千层套路》。

从窦晟从前的视频里摘了不少镜头，和谢澜的手、窦晟的手一起混剪出来，BGM是日语歌《カサネテク》，翻译成英文再翻译成中文，大概是"一千种套路"的意思。甜甜的恋爱曲风，原歌词是讲吸引另一半的若干小技巧。

但这个视频很灵性地进行了中文填词。

"初次见面要开直播，
故作冷淡地炫耀我有表妹了！
用心挑选宜人的奶茶怕他口渴，
面对粉丝还要高冷地说'随便买的'！

发现飞机降落绝不犹豫，
下播关机表妹我来啦，
那天用心地穿了最少年的白色，
运动服就代表我自由洒脱的个性吧！

带他夜晚去楼顶望风，
还要美其名曰搞搞创作，
夹在方言里的有没有真情流露呢？
只有在场的他才知道吧！

关系升级还差一把火，
但要俘获他还有很多办法！

一，金屋藏娇，不给别人知道！

_ 113

二，发到微博，粉丝起哄看他脸红！

三，让他打一拳又自己加重伤势，露出锁骨给他看。

这样他还不举手投降吗？

这就是豆子喜欢你的千种套路呀。"

谢澜："……"

卧室门被推开，窦晟拿着手机出现，望着他欲言又止。许久，窦晟问："有没有一种……头皮发麻，浑身过电的感觉？"

"……"谢澜用颤抖的左手按住颤抖的右手，"有。"谢澜茫然地继续看着手机。他已经把满是粉色气息的音乐声调到最小了，为了不看见那些离谱的中文填词，又把弹幕的荧幕占比拉到最大。但弹幕里好像有更多奇奇怪怪的东西。

"你好点了吗？"窦晟把手机揣进口袋，走过来伸手拨开谢澜额前有些乱的头发，摸了摸他脑门。

"凉哇哇的。昨晚给你吃的退烧药有点猛，今天早上喝点粥吧？"

谢澜点了下头，又忽然觉得哪里不对。"你什么时候给我吃药了？"

窦晟漫不经心朝床头柜上的宠物喂药器一瞥："你睡着之后。"

谢澜："？！"各种离谱的事即将把生病短路的大脑塞爆。

谢澜和窦晟一坐一站，默契地无言看着荧幕上极小声播放的视频。甜蜜欢快的旋律不断循环，竟然有些洗脑。几分钟后，视频终于迎来了尾声。还剩最后十秒时，音乐已经停了，黑黑的荧幕上缓缓出现几行字——

【爆肝赠豆子和不知究竟是男是女的"表妹"】

【纯属娱乐，视频之外适度玩梗】

【希望我最爱的 UP 主 @人间绝帅窦走出低谷，开开心心】

窦晟瞟着这几句话，眼神似乎有一瞬的波动，但他很快淡笑着瞥开视线，"嘁"了一声。

"一群傻子。"他低低道，"一会儿不信一会儿信，存心玩我呢。"

谢澜捏着手机放空了好一会儿。不知怎么回事，他忽然产生了一种冲动，很久很久都没有过的一种冲动。他默默给视频投了个币，低声问："周五晚上你预报游戏直播了吧，要不……一起吧？"

第十一章

一曲，燃炸 B 站

周五早上的教室兵荒马乱，哀"鸦"遍野。在即将迎来周末的大好日子里，语文课代表突然跑来传旨——老秦决定占用早自习做个小测试，十五分钟，五十道诗词填空，速战速决。

车子明翻书的手抖成了筛子："赤壁赋，赤壁赋！我中间那段没背下来！"

王苟在一旁轻轻叹息："劝您啊，算了吧，别难为自己。"

"那不行！"车子明当场急眼，"放什么屁呢，我明明还可以抢救一下！"

"那，也行吧。"王苟说，"不自弃啊您。"

"别再捧了！"车子明翻到了，怒吼，"客有吹洞箫者，倚歌而和之！其声呜！呜！然！"

谢澜头皮发紧。《赤壁赋》是他开学到现在唯二自学过的古文，另一篇是《将进酒》。《将进酒》就挺难的，《赤壁赋》简直是地狱级别。

窦晟转着笔瞅谢澜："这句必考，其声呜呜然，后面的你会吗？"

谢澜下意识眼睛向上看着天花板，开始回忆。"其声呜呜然……如……雷贯耳，如芒在背，如……"

"如遭雷劈。"窦晟长叹一声，把语文书压在他手上，"别如了，再看看，再看看。"

谢澜痛苦翻书，窦晟在一旁顺口往下背。"其声呜呜然，如怨如慕，如泣如诉，余音袅袅，不绝如缕。"这段排比有着天然的顿挫感，加之窦晟低沉的声音不疾不徐，听着莫名有种疗愈感。

谢澜忍不住感慨："汉语真好听。"

"好听你就多学点。"窦晟手上的铅笔探过来，在"怨""慕""袅"三个字上画了圈，"仔细看看字形，写错字可太冤了。"

他说话时手背蹭过谢澜的手背，蹭过去后又回来贴了贴，嘟囔道："前天吃的药，怎么今天手还冰凉呢？一片退烧药也太猛了。"

提起这个谢澜就来气："下次不要用宠物喂药器来喂我。"

"谁让你睡着了。"窦晟咂咂嘴，"还挺挑。"

十五分钟五十道诗词填空，精英"猫头鹰们"都觉得有点紧。

谢澜倒还好，反正古文他刚自学两篇，一共出现八道题，把那些挑着写了就完事。唯一遗憾是窦晟划的重点没考，谢澜对着光秃秃的卷子纠结半天，而后还是把"其声呜呜然"那段拆成两句，写在卷子下面的空白处。没有会的题，也要创造会的题。希望老秦能给点感情分，让他这卷子突破10。

新学期伊始，学校里各种考试和活动都操持起来了。除了即将到来的全市数学分级测、每周频繁穿插的大小考，最瞩目的就是高二篮球赛。

体育课前，体育委员温子森站在讲台上说："篮球赛是咱们第二次也是最后一次参加，高三可就没啦。赛制跟去年一样，正式比赛五月开打，体育老师决定，从今天起，每周两节课，分别跟一起上课的十二班、六班打一场热身赛。有意见吗？"

教室里一片欢腾。温子森低头在名单上划了几笔："但有个问题啊，咱班队员都分去隔壁了，替补一个不剩，首发五缺三，我也是醉了……还有谁愿意报名啊？"

董水晶回头趴在文艺委员刘一璇桌上："今年啦啦队服还能自己订吗？"

"看你们。"刘一璇笑笑，"大家要是愿意掏腰包，咱就自己订呗。"

"想自己订，豆子前两天跟我提过这学期要录几个班级群像视频，我想让咱班女生穿好看点。"董水晶一脸期待，"lo裙会不会太夸张？"

刘一璇瞟一眼后门，偷偷掏出Ipad："也不一定，今年夏天预售好几套日常挂的lo裙，无尽夏那套就很合适……"

日常死在墙上的于扉忽然支棱起来了，举手说："我凑一个吧。"

"太好了。"温子森立刻低头记下。而后教室里陷入了片刻安静。

"五缺二。"温子森推推眼镜，"新来的二位男士，谢澜，王苟，能上场吗？"

王苟两手捏着一支笔："让我上我就上，能打，但能不能跟你们城里娃比，不好说。"

"能打就行。"温子森立刻低头抄下名字，生怕他反悔，"那就缺一个了，各位支棱起来啊，随便来一个就行。"

四班剩下的三十人本来就女多男少，男的只有十二个，这会儿彻底没人吭气了。隐隐约约地，谢澜感觉有人在回头往这边瞟。不是瞟他，是瞟他旁边那位。"猫头鹰们"欲言又止，集体发动技能——盯之祈求。

气氛胶着了一会儿，一直埋头在一个大白本子上写东西的窦晟放下笔："行吧，那我上。"

"哦！"班里欢腾了起来。

谢澜有点惊讶，下意识看向窦晟的手。

"也两年没碰球了。"窦晟笑笑，"随便留个位置给我吧，凑凑数，不保证拿名次。"

温子森喜笑颜开："妥妥妥，我这就把名单交上去。哦，对了，体育课不允许留屋自习，各位赶紧走起。"

窦晟把笔帽一盖，大白本子扣了过去。翻过去前，谢澜瞟见本子上写的是分镜企划，左上角标题——《和我截然相反的人》。

全班人都往外走，谢澜跟在车子明和王苟后边，偷偷掏出手机，戳了下粉色小电视。

新一期投稿活动主题——"人设"。

"哎，我说。"戴佑在前边等窦晟路过，"你真要上啊？"

窦晟无所谓道："反正凑个数。"

车子明回头压低声问："你那球都两年没打了，还能参赛吗？"

"说的好像我两年前打的那种球就适合参赛一样。"窦晟漫不经心地一撇嘴，"技术生疏反而克制，大家都安全。"

谢澜一愣："什么意思？"

"没什么。"窦晟握着他的肩膀把他扳了过去，"走路看路。"

热身赛，体育老师吹哨，场地就在主教和食堂中间的小操场。

十二班是理科最后一个班，两个班画风就不太一样。四班"猫头鹰们"全站在场边观战，非常配合，而十二班除了打球的几个之外，基本没人来。但十二班上场的队员一看就不好惹，中锋目测一米九，体重和身高持平，小前锋和大前锋都是浑身肌肉的主，还有一个在场上走来走去的，头发染着两缕杂毛，嘴里还叼着根草。

谢澜看了一会儿有些迷惑，偏过头低声问窦晟："他为什么叼草？""可能是烟瘾犯了。"窦晟瞟了那人一眼，又淡漠地挪开视线，"也可能是某种行为障碍，或者异食癖。反正高中两年，每次我见到他都在吃草。"

车子明过来说："十二班还少一个啊。"

"应该快齐了。"温子森到处张望着，"刚我看草哥发短信喊人了。"

草哥……还真是简明生动的外号。

话音刚落，场边就多了个人。陈舸刚把头发剃了个板寸，短得能露出头皮，左边眼角多了一道两厘米长的血痂，眼神中带着一种沉默鹰隼般的孤冷，杵在场边跟草哥低声交涉。

体育老师吹哨："赛前最后一分钟！双方队员尽快上场！"

"帮我录一下素材。"窦晟把 GoPro 给谢澜，"会用吗？"

谢澜"嗯"一声："你想要什么镜头？"

"反正这才是第一场练习赛，录到什么是什么，到时候看看能不能剪一条线出来。"窦晟笑笑，"不难为你，就随便录吧，确保镜头里有人就行。"

"……"

要求还真是挺低的。"我知道了。"谢澜冷着脸开机，"打你的吧。"

于扉低声对窦晟道："陈舸在。"

"在就在呗。"窦晟瞟陈舸一眼，"正常打，你还要让着他是怎么着？"

于扉顿了顿，有些心烦地甩甩手腕："没那意思，就随口一说。"

哨一吹就开打，窦晟是四班队里个子最高的，但他不愿意去开球。对面一米九的中锋杵在那，四班人对视一眼，最后竟然是勉强过一米八的王苟上去了。

裁判吹哨抛球，结果按理说不应该有任何悬念，但王苟一刹那爆发出了惊人的弹跳力，他比十二班中锋早半秒起跳，豹子一样蹿起来，胳膊往后一勾就把球勾走了。

十二班中锋掏了个空，球已经传回四班后场。

窦晟拿了球，随便运了两下，传给于扉，于扉迅速跑动，两边前锋为他护航，窦晟几个转身闪过缠着他的球员，到三分线外刚好停步，于扉假动作晃过防守，将球送出，窦晟背手接球直接三分线外起跳——

篮球冲刷篮网的声音被风带得有点远。

场下安静了一会儿，而后四班"猫头鹰们"一阵喝彩。

"还挺默契的。"戴佑松了口气，随意抬起胳膊搭在谢澜肩膀上，"豆子状态也不错。"

谢澜瞟他一眼，默默往旁边闪了一步。

戴佑胳膊肘猝不及防就一空。

"干吗啊？"他气乐了，"不是好兄弟吗？"

谢澜一脸莫名其妙："好兄弟也不用这样吧。"

戴佑只好随手扯了车子明过来当垫胳膊的人形柱子，又分析场上局势道："王苟挺强，弹跳一绝，速度够，反应也快，就投篮有点不准。"

车子明傻乐："狗子毕竟农村娃出身，比咱城里的老弱病残强不知道多少倍。"

戴佑瞟他："老弱病残特指你自己啊，别带上别人。"

车子明："……"

谢澜没搭话，镜头追随着场上的活动。

窦晟没提前跟他说要录素材，他也没做什么准备，只能完全按手感来。

　　他的直觉是，友谊赛观众少、场子不够热，最多在正式视频里放几帧做串场，所以用定点帧拍出故事感比较重要，可以像有些篮球漫画里那样，以球为视觉支点，去捕捉人的动态。比如球被断，录下刹那间两人身影交错；运球跑，用快速运镜场景失焦来处理；投篮时，就切全场队员侧目的远景，然后定格篮球入网冲刷的瞬间。

　　窦晟又拿下两个 2 分后，谢澜把镜头从场上收回，朝下拍着自己脚下的水泥地面，在心里数着拍子推拉镜头，去模拟球击打地面的韵律。

　　场上的窦晟不经意一回头，就看见谢澜小朋友正在专心致志地拍自己的脚。

　　上下左右、远近高低各种镜头倒腾着拍，好像还有某种节拍，一个 GoPro 都不一定够他玩的。

　　"……"

　　窦晟不由得停下跑动的步伐，露出迷惑的表情。

　　"动啊！"于扉一个球搂过来差点空了，只好又自己抢回去，暴躁怒吼："发个屁的呆啊！"

　　谢澜听声抬起头，发现窦晟拉垮了一次队友精心组织的进攻，不由得叹气。

　　"他好像没有于扉和王苟他们积极。"

　　车子明挑眉："谁啊？"

　　"窦晟。"

　　车子明皱眉喷了声："刚才之前都是很好的，就刚才那一下子好像溜号了，往咱们这边看，是不是我今天穿这个紫色的卫衣太帅太抢眼了？"

　　谢澜瞟了一眼所谓太帅太抢眼的紫色卫衣，默默地选择了闭嘴。

　　四班另外四名队员都在疯狂跑动，第一次一起上场，可着劲儿地磨合。但窦晟不是，他一直懒洋洋的，即使快跑起来也显得有些敷衍，接到球就那么随手一抛，只不过命中率还可以，差不多六进五吧。

　　就好像，人家是热血高中职篮，他是老大爷放风筝，心情好才扯扯线。

　　戴佑"唉"一声："你不懂，他能这个状态是最好。"

　　"什么意思？"谢澜收起镜头问，"他以前打的到底是什么球？"

　　戴佑没吭声，车子明犹豫了下："不算野球也不算假球。反正就是，打球如打架，纯发泄那种。"

　　谢澜一怔。他差不多能明白，在英国也见过学校里类似的 1V1、2V2，说是打球，其实是打人。没有任何规矩限制，两方撸袖子就干，为了进球随便冲撞，一场下来要么一方倒在地上丧失行动能力，要么两败俱伤。

　　"那都是初中的事了。"车子明看着场上游刃有余的窦晟喷一声，"都是咱豆子触底反弹前的事，现在就一茶余饭后的谈资。要么怎么说自古英雄出少年呢，别人我都不服，就豆子行，哎呀，以后我要是能有个这样的儿子……"

戴佑一巴掌抽他后背上："说什么呢！"

"我就说说还不行吗！烦死你们了，总打我。"车子明把后半截话吞了回去，一脸无语。

前半场四班得力，十二班的人有点欠磨合，到了后半场才追上来。平心而论，十二班实力不弱，尤其是陈舸，看起来一脸不情愿被强拉来，但打球水平是在的，他从窦晟手底下盗走了三四个球，主动组织的几次进攻基本都成了。

刘一璇在旁边小声感慨："四班双杰竟然是在球场上相见了。"董水晶站在她旁边，视线一直盯着陈舸，整场球看下来一句话没说。快终场吹哨，车子明才对她道："班长，要不你看看我呢？""看你？"董水晶一愣，从场上收回视线，"看你干什么？"车子明二话不说撸起袖子，秀了一发肱二头肌："我大吗？！"

"有病啊你！"董水晶被暴怒冲走悲伤，一通连环掌朝他的大肱二头肌猛抽，"滚！我是不是没打过你！"车子明一边嘶嘶嗷嗷地叫一边乐，场上窦晟盖下陈舸最后一投，运球过场灌篮进网。

陈舸没追，他往场下这边看过来，视线淡淡地扫过打闹在一起的董水晶和车子明。而后他活动了下脖子，回头冲草哥道："还你了。"草哥不知从哪又摸出根草叼上："整个球赛期，一场不能落。少一场，那事就不算完。"

"随便吧。"

"陈舸好像在十二班过得有点艰难。"车子明躲过董水晶的猫猫拳攻击，凑过来小声说，"十二班那几个，就是欺负过狗子的，天天在外边拉帮结派，陈舸应该是和他们有过节。"

戴佑沉叹一声："怎么办啊，要怎么帮他啊？"

"不帮。"窦晟从场上下来了，随手从谢澜手里拿过 GoPro，边翻素材边冷淡道，"让他一个人消停点呆着，管他干什么？"戴佑给他拿了瓶水，窦晟仰头灌水，余光还往下瞟着相机。

过了一会儿，上下游动的喉结忽然一顿。他缓缓放下水瓶，把镜头拿近，倒退一段又重新看过。"竟然有统一的叙事角度？是球？"他有点意外地扭头看着谢澜，"学过？专业的？"

谢澜感觉自己冷冷地酷酷地："没，随便录的。"

"随便录，能录成这样？"窦晟皱眉，又看看那个模拟篮球击地的片段，"我场上还以为你拍自己脚呢。"

谢澜："……"

得是什么样的智力障碍才能干出这种事啊？

车子明忽然在前边得意地乐出声："豆子落下被我坑的后遗症了，以前他让我帮忙录素材，我一激动就拍了两小时自己的鞋。"

谢澜："……哦。"

原来是你啊。

体育课看比赛看得挺开心，回到教室就开始头痛，头痛欲裂的那种疼法。好不容易捱到放学回家，谢澜人都快要凉了。他一脚重一脚轻地踩着台阶上楼，头昏沉得随时能栽倒，两手两脚都发软。长这么大也没少感冒，唯独这次难受得过分，除了身体不舒服外，心里也有股说不出的难受劲儿。有点空落落的。

谢澜不好意思说自己一个大小伙儿感个冒都会想起妈妈，于是只是灌了杯热水，坐在床上刷着 B 站。B 站这一期的直播活动今晚截止，人气榜和打赏榜前 16 名能拿到下个月的推广流量，现在窦晟在人气榜的第 18 位，打赏榜的第 25 位。

"你看这个干吗？"窦晟把之前的药又给他拿了两粒过来，"我又不冲这个榜。"

谢澜闻言蹙眉："为什么不冲？"

窦晟淡淡道："人气榜看着跟 16 名只差两名，但我们这种非直播类 UP 主，每次开播的观众量都那样，没什么大事件就很难冲上去。打赏榜就更算了，粉丝开个舰长 198[1]，开个提督 1998，何必呢，我一直压着不让他们冲。"

谢澜"哦"了声，仰头把药吃了。

窦晟又说："今晚播游戏，你要是头疼就先睡一觉，起来再看要不要入镜，别勉强。"

"嗯。"

这个感冒药非常起困劲儿。谢澜躺在床上看着窗外昏沉的夜色，借着困意轻轻摩挲着枕头底下的梧桐叶。驱散噩梦纯属窦晟扯淡，他之所以留下这片叶子，或许只是因为有熟悉感。

梧桐是带着孤独气质的植物，但妈妈说过它也会开花，四到六月，叶片间会长出柔嫩婀娜的花瓣，那时它就不再那么孤独。谢澜把叶子垫在枕头底下，翻个身睡了过去。

这一觉昏昏沉沉，梦里有人在追他，他看不见那个人的脸，起初觉得是谢景明，后来又发现不是，他只是一路被追一路跑，在梦中累得直叹气。

"我去！"那人忽然骂了一句。

梦中奔跑的谢澜一下子从梦里出戏了——他明明是在伦敦的街头跑，为什么追他的人会用中文骂人？

---

[1]　舰长，视频网站直播特权会员名，后文"提督"同。

坐起身时，前胸后背全都是汗，被窝里热得捂不住，脑袋里又变回药效发作初期那种半清明半混沌的状态。外头天已经彻底黑了，床头柜上有一杯温水。

谢澜正要倒下接着睡，忽然听到隔壁又"我去"了一声。

而后是一声很飘渺的"啊——"，很用力，但又是一种努力压抑着的用力，可能不太想弄出大的声响。

但四只小猫不配合，"嗷呜——嗷呜——"地跟着叫了起来。

谢澜看了眼手机，22：28，估计窦晟在直播呢。

于是他喝了口水，下地走出自己房间，往隔壁瞄了眼。门虚掩着，一推就开。房间里一片漆黑，四只猫卧在窦晟床上，眼睛在黑暗中眨巴眨巴，一亮一亮的。

屋里唯一的光源是计算机，窦晟坐在计算机前，桌上两块巨大的曲面屏，左边是黑暗阴森的游戏界面，右边是直播间，谢澜刚推门进去，左边屏突然一跳，隔着耳机，谢澜都听到了扭断人颈椎骨的清脆的"咔嚓"声——

一个白色身影突然从远处瞬移到镜头近处，冲荧幕前的窦晟咧嘴一笑。

"啊！！！"窦晟一把砸了鼠标，无法遏制地鬼叫一声后死死咬住嘴唇憋了回去，攥拳狂捶空气。鼠标掉在地上，莫名又点击了一下，那个鬼又往前闪了一厘米，眼角流下两道血。

窦晟瞬间把耳机也摘了，起身道："受不了了，今天的直播就到……"

他一回头，对上捧着杯子的谢澜。

"啊——！！！啊啊啊！！！"

弹幕瞬间暴涨。

【刚才弹幕都警告过好像看见你屋门开了。】

【"胆小如豆"的活体解释。】

【我好想知道你看到了什么……】

【这女的不是还在荧幕里吗？豆子看到的是谁？】

【别吓我！】

谢澜伸手，食指轻轻戳了下墙上的开关。

啪嗒。灯亮。

"你干什么呢？"谢澜淡定地举起杯子喝了口温水，"大吼大叫，还让不让人睡觉了？"

瞳孔地震的窦晟愣了很久才稳住。他穿着一身毛茸茸的睡衣，耳机还挂在脖子上，有些蒙地看着谢澜。

许久，窦晟绝望道："说多少遍了，你怎么走路没声啊？"

"我没找到拖鞋。"谢澜光着脚在地板上蹭了下，"是不是让猫给叼走了。"

"猫又不是狗，肯定被你踢床底下去了。"窦晟疯狂搓着自己的胳膊，"吓死我了，我从天灵盖凉到脚后跟。"

谢澜听不懂什么天灵盖，脑袋里混混沌沌的，像煮了一锅浓郁的奶油燕麦粥。他拿着水杯走到计算机前，淡定瞟过荧幕上的女鬼。

他的脸就那样进入了直播画面。柔软的黑发在床上滚得有些凌乱，肤色奶白，睡热了的耳朵尖有点点潮红。

那双漆黑的眼睛聚焦了好一阵才跟镜头对视，而后又瞟了瞟荧幕上的自己。

"哎？"谢澜愣了愣，"这就算入镜了吧？"

弹幕停顿了几秒后忽然砌墙一样刷起屏。

【谁？？？我！的！天！】

【好……好帅！】

【这不会是豆子本体吧？】

【哈哈，豆子被吓得形神分离了？！】

【帅哥看我！！！】

五颜六色的弹幕瞬间砌住直播画面，谢澜连自己的脸都看不见，本想对着镜头弄一弄睡乱的头发，刚才他都看见有一个地方翘起来了，但现在也没法子，只好放弃。

窦晟又把灯关了，嘀咕道："我看你上镜挺自然的啊。"

"只是不习惯，不是不自然。"谢澜淡淡道，"我就是来，打个招呼。"

弹幕疯狂厮杀，厮杀到谁也别想被看清的地步。

谢澜清了清有些沙哑的嗓子："大家好，我就是住在豆子家的人。现在看到了吧，男的，我是男的，证明身份了啊。"他说着随手扯了扯睡衣领子："我是英国回来的，这是阿姨给我买的睡衣，我就住他家。咳咳，有点感冒，刚刚睡醒，做不了假。"

他说话有点语无伦次，一方面确实不太习惯直播，另一方面还是中文不够熟练。就有点像口语考试，平时说得再溜，对上陌生人还是会紧张，大脑和嘴巴各有各的想法。

弹幕全都在刷问号和感叹号，夹杂着几个谢澜看不懂的缩写，什么"AWSL""CPDD"，也不知道是想表达什么。

直播观看人数跳得很疯狂，谢澜刚来时瞟一眼好像是 25.2 万，这会儿都 40 万了。荧幕上还不断跳出卡通娘的提示，一串 ID 在开通什么舰长、提督……

谢澜忽然想起来，立刻道："不要花钱！"

窦晟今天晚上特意说了，不想让粉丝充这些没用的，做 UP 主广告收入足矣。

然而谢澜压根叫不了停，劈里啪啦的舰长提醒闪瞎眼。

直到窦晟走过来："别开了啊，显摆你们有钱是吧，差不多得了。"

【我为表妹付费。】

【表妹看看我，粉色弹幕！】

【5555 表妹好帅！】

【表妹你叫什么？】

【告诉姓名就不喊你表妹了。】

谢澜立刻说："谢澜。"

【澜崽！】

【澜崽好乖哦！】

【你好可爱！非常可爱！】

崽？谢澜皱眉看着弹幕，有点难消化这个名称。

窦晟边叹气边乐，拉来一把椅子坐在谢澜旁边。"反正这就是寄宿在我家的人，啊，你们那个视频我看了，不要瞎搞事情。"

【我现在更想搞事情了！】

【我是视频作者，对不起我之前制作得太粗糙了，我回炉重造！】

【附议！！！】

【男粉就静静看你们女粉舞。】

谢澜看不懂的居多，看得懂的又过得太快，坐在荧幕前久了，除了大写的无语外就是眼睛有点累。

荧幕上卡通娘一跳："用户'你们两个的睡衣是配套的吗'开通提督！"

窦晟气乐了："乱砸钱还在这搞事情是吧？"

弹幕清一色的"对富婆放尊重点"刷过去。

窦晟扯扯自己身上毛茸茸的衣领子："瞎吧你们，看看啊，我这是毛毛的，他那是棉的，只不过条纹像了点。"

谢澜忍不住撇嘴，低声道："不过我也第一次见你穿这件啊，平时在家怎么不穿毛毛的？"

窦晟表情一僵。

弹幕顿时笑成欢乐的海洋，"2333""lol"是谢澜也能看懂的符号，他跟着挑了挑唇角。这一笑，弹幕又迅速扭转变成了"AWSL"。

窦晟无语道："我玩恐怖游戏时都会裹厚点，后背发凉你懂吗？"

"不太懂。"谢澜淡淡道，"鬼有什么可怕的。"

"你不怕鬼？"窦晟一惊，手在空中比划两下，"飘的那种，长头发，白裙子，一哭两道血。"

谢澜顿顿："不懂哪里好怕。怪不得弹幕说你胆小如豆。"

窦晟呆了好一会儿。

弹幕嘲笑主播弱爆了，一分钟就嘲笑了几千条。直到直播小助手突然提醒，在线人数破 50 万。

"新高了。"窦晟眼底漫开一丝笑意，"UP 主做直播数据都上不来，第一次解锁这个成就，我截个屏。"

【你不是不在意吗？】

【是谁说以后做佛系 UP 的？】

【豆子你在人气榜上到第 16 名了，刚刚把那位挤下去。】

【那我得去隔壁探探路。】

【感谢表妹！】

【有一说一，表妹真好看啊！】

谢澜已经没有力气去纠正"表妹"这个称呼了，反正性别已经自证过，爱怎么叫就怎么叫吧。感冒使人变得随和。他默默把凳子往后撤了撤，退出镜头。

弹幕上顷刻滚过一片哀怨的咆哮，谢澜没理，戴上耳机进了公子夜神的直播间。

公子夜神才刚刚关掉游戏，瞟了一眼弹幕，笑问道："什么掉榜了啊？说的是哪个榜？"

他低头点了点手机，恍然大悟道："对哦，这一期的人气主播活动是吧，我掉出前 16 了吗？哟还真是……没关系，无所谓，我不在意这……感谢夜神家的小仙女为我开的舰长，爱你！感谢傲娇小土豆为我开提督，提督啊！富婆，私信我吧，我都有点不好意思了。今晚开提督的都给 QQ 号，但这不是鼓励你们花钱啊，本质来说我还是希望你们少……感谢夜夜夜不神的舰长，感谢 jsoed 的提督，感谢……"

谢澜对着手机逐渐露出了"你确定不是在逗我笑"的冷漠表情。他顿了顿，把公子夜神的直播间关掉了。头晕时不能看他，容易更晕。

　　桌上的手机忽然响起，窦晟拿起来看了眼荧幕："配送小猫的电话，我出去接一下啊。"他说着顿了顿，"帮我撑几分钟。"窦晟刚走，荧幕上就飘过一句色彩斑斓的弹幕，是某个提督说的。

　　【还有一小时这期活动截止，和隔壁人气榜数据很接近。】
　　【没事，豆子暂时领先。】
　　【但隔壁追得很猛啊，观众数蹭蹭上，我刚从那边回来。】
　　【隔壁不玩游戏了，准备上才艺，估计要死磕到底。】

　　谢澜晕晕乎乎地又把夜神直播间点开了，所谓的上才艺就还是那把粉色的电吉他，夜神这会儿刚在计算机上点开之前 remix 好的伴奏，电吉他拨两下就能凑一场表演。先不论夜神的电吉他弹得究竟如何，那段 remix 水平不错，看得出是花大价钱找专业人士做的。而且这种音乐气氛感很好，很容易营造出一种相当厉害的样子。
　　谢澜看了他一会儿，又抬头瞟一眼窦晟那花里胡哨的曲面屏。

　　【澜澜有没有才艺！】
　　【澜澜不是搞小提琴的吗？能不能走一个！】
　　【不要强迫人家好吗？】
　　【不强迫！看自愿！】
　　【我们只是好奇而已！】

　　谢澜有点蒙。许久，他轻轻晃了晃脑袋，想要把脑袋里晕晕乎乎的浑浊感晃掉。"我挺长时间没拉琴了，上次得是一两个月前的事。"他说，"而且这种竞争没必要吧，豆子也挺无所谓的。"

　　【他只是嘴上无所谓。】
　　【只有我们会心疼他，真的。】
　　【怎么会真的无所谓啊，唉——】
　　【你看他过年后水了多少期游戏视频吧。】
　　【方言这个还算是有点起色了。】

谢澜看着弹幕那些文字，轻轻叹了口气。

戴着的半边耳机里，公子夜神开始摆弄电吉他了，杂七杂八的试音有点吵，谢澜正要关掉，忽然听到他说了一句："总玩游戏真的挺没劲，还有没有点创作诚意啦？我不想做那么无聊的人，给大家搞点氛围。"

谢澜一顿。他不太确定，这是不是……在话里有话？

窦晟的弹幕已经炸了。

【隔壁内涵我们！】

【绝对是说我们！】

【别闹事，惹豆子心烦。】

【豆子说过多少次别闹事。】

【那就让人家骂呀？】

自家人也吵起来了。

谢澜深吸一口气。他把另一只耳机也戴上，耳机里公子夜神又扒拉了两下弦，用无奈的口吻道："你们能不能别老提别人，我玩我的音乐，拓宽我的路子，你们总提别人是干什么呢？""有点肚量吧你们，做人是不是得向前看？再说我这数据是比较领先的，该有压力的也不是我吧？事业粉们少操心，啊。"

向前看？谢澜听不懂太多，但这句他懂了。谁在前？谁在后？

他瞬间站了起来："等我一下。"

贱人。

贱人不该用来说窦晟，粉丝说的没错，跟外边的贱人比，窦晟最多只能算狗。

航班安排似乎出现了一点麻烦，窦晟打着电话已经到一楼去了，在底下低声跟人讨论着。

谢澜直接回屋拿起琴盒，回到窦晟房间往桌上一放，开箱取琴。他心情不爽，镜头里的脸色也有些冷冰冰的。弹幕已经刷到新华字典作者都认不出个囧囵字的地步，谢澜就在众目睽睽之下，拿块软毛巾擦了琴弦、琴码，重新上松香，右手起琴垫在左肩，与肩膀倾斜成优雅的四十五度，下颌轻轻抵住。琴弦不用太调，不拉琴时他也会每隔几天就把琴拿出来保养一次。

"我拉得非常普通。而且很久没了。"他对着镜头低声嘟囔，"平时不怎么拉大曲子，就会拉动漫里的歌曲。"

【足够了！】

【手控看到这已经死而无憾。】

【身体和琴搭在一起就好优雅~】

【澜崽生病不用勉强，大家只是开玩笑的。】

【不好也没关系，咱们又不是真的跟他们PK！】

【他们毕竟是找专业的人做了remix。】

谢澜看到最后这条金色的弹幕，顿了顿。呃。这两年有点松懈，确实有点"普通"了。但倒也……不至于"普通"到要去和隔壁比。就，怪侮辱人的。

他问："你们有喜欢的动漫OP吗？"

【我听你这意思好像不是很普通的样子。】

【不愧是豆子的好朋友！】

【学琴的有点蒙，这把琴看起来不像是拉得普通的人会买的……】

【你会拉《赤莲如死》吗，豆子巨喜欢那首。】

【英文H.Blood.】

谢澜侧过脸，轻轻勾了勾嘴角。

他就是拉H.Blood"出道"的，他的改编让那支旋律挣脱了多乐器演奏的束缚，成为罕见的很适合小提琴独奏的动漫OP，唯一的问题可能是个人风格太强，这次得临时改几段。

谢澜用混沌的大脑大致构思了下乐段，点点头低声道："我试试吧。"

琴弓搭上琴弦，轻轻一转即有清越空灵的音乐流泻而出。《赤莲如死》歌词讲述的是一个源于死亡的悲情故事，主角在莫大的仇恨中深嚼悲伤负重前行，战斗，流血，蜕变，直至巅峰。

屋里关着灯，计算机荧幕散发的白光给拉琴的少年和那把咖啡色小提琴周身镀上了一层白亮的边，谢澜的手臂带着琴弓自由开合，身体随韵律时而激烈，时而舒缓地摆动。

小提琴是能奴役人心的弦乐，高音细长有如一把掴住心脏拉到极远，低音沉稳又自带混响轰鸣，琴弦在琴弓下震颤，由悲伤转至激烈、亢奋、毁灭，仿佛赤红的鲜血滴成一朵莲，旋转着绽放。

随着音乐中的故事推进，谢澜越拉越快，揉弦的左手几乎在光下颤出残影，黑发随着身体的摆动微微向后扬起，一把琴弓两人对话，节奏不断加快、不断上升，在激烈到心脏都要跳出来时——琴弓忽然悠长一抹，节奏瞬间舒缓，带出一丝无法化解的忧愁。有如空谷呜咽，淡淡的挥之不去的心酸，缭绕在音符间。

曾经，琴弦的震颤是谢澜的信仰，但那个人走后，他渐渐碰得少了。因为小提琴是最孤独的乐器，他害怕每次酣畅淋漓一曲后的，那丝无法排遣的落寞。

尾音消散，琴弓顿了下，片刻后，谢澜把琴放了下来。太久没碰了，手有点生，所幸完成度倒还好。就是很久没夹过琴，镜头里少年白皙的锁骨附近硌红了一片。谢澜吁了口气，戳了戳依旧昏沉疼痛的太阳穴。烧傻了，还有点迷之上头，稀里糊涂就答应在几十万人前拉了一段。他竖好琴弓，余光忽然瞟到直播小助手的面板，顿住了。

观看人数刚才好像还是刚破 50 万，但这会儿已经有 180.2 万，多了一位数，而且还在上涨。"上船"列表里，提督和舰长名单的长度已经翻倍不止，右上角本期直播榜单上，@人间绝帅窦蹿至月度总人气第 10，目前实时观众数已经全平台登顶。而夜神那边的观众数好像比拉琴前还掉了十几万，现在总人气榜上掉到第 19 了。

@人间绝帅窦直播间里，统一换上的红色的弹幕，比那些数据都更疯狂。

【生之哀伤，死之绚烂！】
【勇气，重燃！】
【带着最软乎乎的眼神，拉最野的琴！】
【燃炸，真的燃炸！】
【这是那个 UP 主的直播间？】
【呜呜呜我听哭了！】

众多红色弹幕中，一条金色弹幕很醒目地飘过。

【如果要在国内待很久，不妨考虑和豆子合作吧。】

谢澜愣了一会儿。而后他忽然听见门口有动静，不经意一回头，却见窦晟站在门口。修长的身影伫立在明暗交错中，那双深邃的黑眸些微失神，带着一丝罕见的无措，眸光波动，是谢澜读不懂的情绪。他怔怔地看着谢澜，和竖在他脚边的那只优雅的咖色提琴。

主机箱忽然响起的风扇散热声打断了屋里若有似无的胶着。

窦晟许久才开口："你拉琴了啊。"

"嗯。"谢澜摸着琴颈，有点放空地低声嘀咕："莫名其妙就拉上了。"

荧幕依旧被弹幕糊了个彻彻底底，窦晟走过去调整了一下弹幕显示区域，才把两人的脸露出来一些。他的视线落在直播小助手的统计数字上，呆住了。"一百七十万了？？？"

"才一百七？"谢澜蹙起眉，"怎么刚拉完这么快就走了十万？"

窦晟："？"

弹幕滚过一片嘻嘻哈哈幸灾乐祸。

【豆子一来人就走了。】

【好惨一豆。】

【等等，这个才是主播吗？】

【小帅哥不再来一曲吗？555】

【音乐区老人表示今晚有被惊艳到。】

【我家主播都放下直播跑来听了！】

谢澜坐在计算机桌旁看着那些数据和弹幕。余光里，他感觉窦晟好像在一旁偷偷瞟他，但回头看过去又发现好像没有。窦晟神色如常，淡淡道："涨粉了。多谢。"

"啊？"谢澜一蒙，反应过来又立刻说，"没，就随便拉的。"

【《随便拉的》】

【重新定义随便。】

【随便给你涨涨粉。】

【随便碾压下隔壁。】

【人生就是这么随便。】

【随便再来一首吧。】

谢澜叹了口气，有点无奈，又有点好笑："不拉了，拉琴要体力，我有点累。"

话音刚落，窦晟就拉过键盘，劈里啪啦地敲了一行字幕挂在直播间荧幕上方——

【游戏主播，小提琴演奏随缘天降，去留随意，诸君晚安】

【这怎么还赶人走啊。】

【豆子你粉丝有108万了，涨了将近7万啊，天哪！】

【原来你在家里藏了个小提琴家！】

【澜崽不要太可了！】

【我想要揉揉澜崽的一头软毛】

谢澜正在心里琢磨弹幕是怎么能隔着网线闻到他"香"的，窦晟忽然伸手朝他脑袋摸了过来。他还没反应过来，就被那股力支配着上半身都在椅子上晃了好几下。

晕头转向。

窦晟收回手淡淡道："替你们揉了。"

谢澜："？"

弹幕：？？？

谢澜感冒实在没劲，懒得跟某人计较。他撇撇嘴，看着弹幕那铺天盖地的刷屏词，忍不住问："嗑到是什么意思？""嗑就是磕头的磕。"窦晟无比顺畅地编了个相似字，"他们看我替他们摸头，惊讶得一头扎到了地上。""这样啊……"谢澜点头，"那我也磕到了。"窦晟握着鼠标的手猝不及防地哆嗦了一下。

【？？？】

【企业级理解。】

【豆子的豆言豆语。】

【澜崽是豆语十级学徒。】

"行了啊。"窦晟对着弹幕乐了半天，"他都看不懂这些网络词，你们不要带坏小朋友。"

【小朋友？】

【所以他会一直在你家吗？】

【同问，在你家多久？】

【下次直播还能见到吗？】

这些问题飘出来，谢澜愣了一下。其实这次寄宿已经远远超出了他的计划。他本打算在这自己租个房子生活，但没想到在窦晟家一住就是半个月，现在甚至没什么想走的动力了。

窦晟回过头有些不确定地看着他："应该会在这长住吧？"谢澜犹豫了一下，说："反正这段时间是的。我们都办了住校，只有周末回来。"

窦晟闻言立刻勾起唇角，对着镜头笑道："我觉得他得在我家呆到至少高考，四舍五入是我家的二猫了，我是老大。"

【豆子，我也想去你家住。】

【开门啊在摁门铃了。】

【开门啊在抠门缝了。】

【开门啊腿夹门里了。】

后面跟着刷起了队形，窦晟乐着骂道："做梦吧你们。"

谢澜背后忽然传来几声浅浅的吧唧嘴的声音，是不知何时已经睡着的四只小奶猫，一个枕着一个的肚皮，在梦里重温吃奶。他听着那些吧唧声，也打了个哈欠。

窦晟鼠标点了点："行了，今天就到这，谢谢各位支持，咱下期视频见吧啊。"

【涨完粉就跑？】

【是人吗你，这还不到零点！】

【你看别人主播谁下了？】

"啊，今天内心有点动荡，可能是被这么多涨粉吓到了，我得找个没人的角落抚慰抚慰自己的心灵。"窦晟面无表情地敷衍着，起身先关掉了左边的恐怖游戏，而后鼠标停在关闭直播的按键上。"还有什么要对我说的话吗？倒数五个数。"

满荧幕的问号刷了出来。

窦晟微笑着看那些问号，五秒钟到，鼠标咔哒一点，荧幕黑了。

谢澜缓缓举头仰望，挤出一句话："你是不是有什么毛病？"

窦晟把计算机也关了，理直气壮道："我困了啊，困了睡觉天经地义。"

谢澜无语。他收拾好琴和琴弓，把琴盒的锁扣仔细扣好，起身背在肩后。拉完一首曲子后有点体力耗竭，背着琴竟然都觉得像背了座山那么沉，压得有点喘不上来气。

谢澜走出屋子，忽然听窦晟在背后轻声说："这把琴的形状很特别。"

"啊？"谢澜驻足回头。

"琴的形状让人印象深刻。"窦晟低声道，又把目光从琴上收回来，"刚那首 OP 也改得很棒。极致的燃与哀伤，是这首 OP 我最喜欢的地方，你都拉出来了。"

谢澜被夸了个猝不及防，站在门口脸上写着一个"蒙"。他当然知道自己拉得很好，但被窦晟当面正经地夸出来，还是有点耳朵发烫的那种不自在。

窦晟今晚接完电话就有点不对劲，用车子明的话说，象是哪根神经搭错桥了一样。

谢澜回屋先洗了个热水澡，裹了件更厚的睡衣，下楼去找吃的。赵文瑛经常出差，窦晟家冰箱里塞满了各种吃的，有的是他屯的，有的是小马每天来接送上下学时顺手塞的。

谢澜很饿，在冰箱里扫了一通，把能立刻吃进嘴里的有点甜味的东西都拿上了——两盒泡芙，一盒哈密瓜，一盒蛋挞，一盒豆沙春卷。大盒小盒摞起来，用下巴抵着，腾出一只手拿了瓶可可奶。冰箱里全都是可可奶，让人觉得不喝一瓶都对不起这个冰箱。

他抱着东西，有些艰难地用胳膊肘关上冰箱门，刚一转身，就见窦晟站在门口，一半身子在厨房的光下，一半身子在客厅的阴影里，幽幽地看着他。

"！"谢澜好悬没把那一摞盒子都掉在地上，拿着奶的那只手急忙在空中扶住倾斜的"建筑"，他震惊道："你干什么？"

"走过路过，随便看看。"窦晟走过来自然而然地伸手帮他取下了最上面的三个盒子，"你饿了啊？"

这不是废话吗。

谢澜问："你也找吃的吗？分点儿？"

"没，我晚上在小饭桌吃得很饱。"窦晟跟着他上楼。

谢澜挑眉："那你下来干什么？"

窦晟想了想："散散步。"

"……"

走到楼梯口，谢澜下意识放缓了脚步，想让窦晟走前面。然而他微妙地察觉到窦晟也跟着他一起放缓了脚步，似乎也想让他在前面。正当谢澜抬腿往上迈了个台阶，窦晟也立刻跟上来，基本跟他肩并肩往上走。

谢澜莫名觉得有点发毛。他上一个，窦晟上一个。他脚步稍缓一缓，窦晟也跟着缓一缓，还打个哈欠。余光里，窦晟一直以落后他半个台阶的距离，幽幽地看着他。谢澜脸上逐渐露出迷惑表情。他忍不住回头问道："干什么啊？"

"上楼啊。"窦晟若无其事地收回视线，"怎么了？"

"……"谢澜难以置信，"你这是单纯的上楼吗？"

"不然呢？还能是下楼？"窦晟说着加快几步上去，把手里拿的东西放在谢澜床头柜上，"我忽然想起一件事，咱都一起住了这么多天了，我一直没问你。"

谢澜呆呆地抱着东西杵在门口，被他搞得一头雾水。"啊？"

窦晟说："家里用不用添点什么东西？我前两天下单了咖啡机，还有什么别的需要吗？"

谢澜一惊："你买了咖啡机？"

"嗯。"窦晟垂眸思考了一会儿，"你觉得有必要买个投影仪吗？"

谢澜露出了更加迷惑的表情。

"家里没能一起看电视的地方，赵文瑛女士总出差用不到，但现在你来了好像就有必要了。"窦晟自顾自地嘀咕了几句，"算了，这事跟你一病号说了也没用。"

谢澜不知道他到底在抽什么风，但还是实话实说道："我比较喜欢用自己手机看东西，投影太大荧幕看着会有点累。"这是实话，英国家里的投影仪有且只有一种用处——打造他拉琴的影子，录视频用的。

"哦。"窦晟好像有点失望，他叹一口气："那我再看看吧。"

他放下东西转身回了自己屋，跟里面刚消停睡了一会儿就起来跑酷的猫交涉了几句。

谢澜也回屋了，坐在桌前边吃消夜边摆弄手机。刚才那波吸引路人观众的效果还在慢慢释放，说会儿话的工夫，窦晟 B 站的关注数已经涨破 110 万了，昨天那个《豆子恋爱千层套路》又上了一次首页，这回改名为《大猫拐二猫的千层套路》，开幕即是满屏的橙色弹幕——

"豆子 & 澜崽太绝了！"

看不懂，但气势恢宏，很厉害的样子。谢澜吮着泡芙里的奶油，又去看了微博，窦晟的超话里流传着今晚他拉小提琴的各种录屏和截图，粉丝这会儿都在活跃着，超话刷新一次就多出一些新的讨论。

谢澜主要想看看有没有人讨论 SilentWaves，其实他有点怕被认出来，不想惹那些没必要的麻烦。还好，可能是他还没红到国内，也可能是今晚的曲子改得比较不错，暂时没人讨论。谢澜边吃边刷，吃到最后一只泡芙，指尖忽然一顿。

【隔壁今晚气死】

底下评论几百条。

【隔壁直播到零点最后一刻，卡位 17，人气榜和打赏榜都没上。】
【下播时基本没说几句话。】
【别讨论隔壁了……都说过不给视线。】
【但今晚真的很舒适。】
【他开口要舰长提督也不是一两天了，厚脸皮一个月，最后什么也没落下。】

谢澜刷着评论，觉得自己吃饱了，把最后一口可可奶喝掉，起身准备丢垃圾。

一回头，窦晟在门外若无其事地收回视线，手上拿着一罐打开的啤酒，捏起来灌了一口。

"？"谢澜蹙眉："我怎么觉得你一直在偷偷看我？"

"没啊。"窦晟淡定道，"只不过突然发现你房间窗外的视野好像比我的好点。"

谢澜震撼了："可我拉着窗帘呢！"

窦晟顿了顿："嗯，我靠脑补看了下外面的景象。"

"？？？"谢澜简直怀疑窦晟又憋了什么坏水在整他。他拿着垃圾出去扔，路过窦晟，小心翼翼地绕过他，像扫雷兵绕过插满警告旗的危险区域。

窦晟忽然在背后似是不经意地说道："你琴拉得这么好，为什么现在不怎么碰了啊？"

"也不是不碰，就是比较少。"谢澜回头看他一眼，语气低落下来，"原因……我妈妈不是走了吗？"

窦晟一怔，眼神有些波动，许久才垂眸"哦"了声。

"也没那么严重。"谢澜顿了顿又说，"可能还是没有太多心情，还有就是，我拉琴会很投入，每次从那个状态里出来，身边得有个人才行，不然会觉得有点空。"妈妈走了，那个身边的人就没了，拉琴后的空洞会被无限放大。他就觉得没什么必要，反正本来也没有要走艺术这条路。

"早点休息吧。"窦晟说，"明天还有课呢。"

"嗯，你也早点。"

不知是感冒药生效还是怎么的，谢澜填了通肚子，感觉整个人都恢复了不少。他刷过牙躺在床上，随手点开 Twitter。还是有点莫名心虚，毕竟他的粉丝想看他那么久都没见过本人，结果他回国没几天就在 B 站直接上直播了。

谢澜点开列表，又是一些未读私信，QZFXR 这礼拜又给他发了两条，估计是日常问候。他正要点出，那个对话框忽然一弹，弹到了列表最顶端。红色的"2"变成了"3"，就在此刻，QZFXR 又给他发了一条。

之前你说换了个环境，是回国了吗？

谢澜心里一紧。他第一反应是可能被发现了，这个 QZFXR 是中国人，而且算很资深的粉丝，如果今晚偶然看到了直播，认出来的可能性也比较大。

不过也不一定，他拉琴时才十四五岁，现在比那时候长开了一些，今晚的谱子他也改过。他犹豫了下，还是诚实回答。

嗯，回国换换心情。你怎么知道？

对面沉默了一会儿。

就是猜的，觉得你打字说中文好像比以前自然了点。

谢澜瞬间松口气，又很兴奋地坐了起来，连续发了三条。

真的？

我也觉得我中文进步很快，语言环境很重要。

回国后我就把手机系统换成中文了，平时也基本只说中文，在尽最大的努力。

那边过了一会儿发了个"嗯"字。

所以你在国内过得还开心吗？

挺开心的，认识了关系不错的朋友。

这样。

那之前说的可能回来拉琴，有具体计划了吗？

谢澜有点犹豫。他不确定要怎么答，那天凌晨在街头随口说了句有可能回去。他以为时间够长了，或许可以了，但刚才那首曲子拉完时他还是觉得心里很空，要不是窦晟在旁边晃来晃去，还有那些花里胡哨的弹幕，估计他会难受一会儿。

他犹豫了好一会儿才迟疑着打字道：可能还要等等。

对方秒回：没关系。

别有太多压力，其实你开心就好了。

谢澜回了个笑脸。手机快没电了，谢澜起身翻出充电器插在床头。线不太够长，插上后他就只能挨着床边看手机。那边又发了句。

回国可以逛逛国内的视频网站，推荐小破站，上边也有很多有趣的 UP 主。

谢澜不自觉地勾起嘴角：看了，关注了一些。

关注了谁？

人间绝帅窦，听说过吗？

对面陷入了一阵沉默。谢澜估计人家是没听说过。

就是一个什么视频都会做的 UP，还算有点意思，可以看看。

这次对面秒回。

还算有点意思是什么意思？一般般吗？哪里不好？

嘶，这话怎么听起来有点怪怪的？谢澜对着荧幕皱眉半天，但他又说不出来哪里怪。不过感觉 QZFXR 对窦晟还有点兴趣。

谢澜想了想，认真打了一段话：没什么不好，视频类型挺多的，也挺有想法。我觉得能一直尝试新内容的创作者很难得，他很好。哦对了，你要是喜欢看游戏直播的话可以看他，他胆小如豆，打恐怖游戏很好笑，会让人快乐。

这次对面半天都没吭声。

谢澜又发了句：下线了吗？

没。你好像回国学会了奇怪的成语。我会去看看的，谢谢推荐。

谢澜回了个表情，打算下线睡觉。但他忘了后头还有线，翻身一扯，"啪"一声，充电头掉了。他下意识拽手机，结果充电头卡在床头柜里，不仅没出来，还把连着手机的线也扯掉了，一起掉进了缝里。

"……"

谢澜无语起身。黑咕隆咚的，他蹲在床头柜前，把手伸进床头柜和墙之间费劲地摸。床头柜不大，按理说手在底下扫一扫肯定能摸到，但无论他怎么够都愣是够不到。

尝试几次后，谢澜崩溃了，手机开了手电筒往那个缝隙里探去。充电头掉的位置比他想象中靠前一点，得从床头柜正面摸比较好摸。他正要起身，突然后背一僵。一丝冰冷冷的毛骨悚然感顺着脊椎蔓延，一路蔓延到后脑勺。谢澜僵在那，整个人都呆滞了。

一只短小版蜈蚣样的虫子趴在充电头旁边，用触角碰了碰他的充电头。然后慢吞吞地往他这个方向爬来。

"Oh my！！！"

他原地弹起，手一甩撞到身后的门把手，剧痛之下猛嘶一声，再一低头，却见那只虫子竟然从床头柜底下爬了出来。

"啊！！！"谢澜喊出了颤音。

隔壁咣当一声，四只猫不满地嗷嗷叫，家里瞬间炸窝。

窦晟光着脚跑过来，一把推开门："怎么了？"

谢澜心脏狂跳，抓着他的袖子把他往身前拽，自己躲到门后边去。

"你家有虫子！"他听见自己声音在打颤，"金屋也有虫子吗！"

穿着毛毛睡衣的窦晟愣在原地。许久，他缓缓蹲下，看着面前那只也就一厘米长、行动迟缓的虫，沉默地抬头仰望谢澜，用眼神缓缓发出一个问号。

"鬼都不怕，你怕这？"窦晟随手捡起那只虫，"这叫钱串子，是个吉利虫，证明你要发财了。"

这番话简直可以列入谢澜听过的最荒唐的话前十。他立刻说："我把这个发财的机会让给你！"

"喊。"窦晟扯了张纸把虫子捏了，又乐了出声，"我看你才胆小如豆。"

谢澜吞着唾沫不忘还嘴道："确实，如豆。"

窦晟瞪他一眼，笑着起身搬开床头柜，仔细看了看后面，顺手把谢澜的充电器也捡了起来。他的视线扫过谢澜扔在床上的手机，Twitter 的页面还没关，QZFXR 的对话框就摆在那里，ID 明晃晃的。但窦晟的神色没什么变化，他只是淡定扫过。

"这么大个人还怕虫子，真绝了。"窦晟喷一声，"这个季节虫子就是多，望江丽景这还离江近，空气湿度比较大，很难避免。有虫你喊我吧，多晚都行，我晚上本来也指不定几点才睡呢。"

"嗯。"

窦晟趿着拖鞋去丢虫子了，谢澜又检查了下床头柜后面，松口气躺回床上。

屋里静悄悄的，小提琴放在老地方角落里，他的视线扫到熟悉的琴盒，忽然有点感慨。

独自在陌生的环境里，感冒，还拉了琴，实属有点空落落。谢澜翻了个身，手无意识地伸进枕头底下，摸着那片气质和他的处境一样孤寂的梧桐叶。

房门忽然又"笃笃"两声。他还没来得及张口，门就被推开了，而后枕头后忽然一坠，一个呼呼声在耳边响起。

谢澜一个激灵，回过头，正对上一双咖色的圆眼睛。小橘猫喵呜了一声。

透过花纹可知，这是四只小猫里的老大。之所以说是老大，是因为它每天给另外三只舔毛，窦晟放饭也永远是它先吃。谢澜捞起小橘有点发愣。

"为了治疗今夜独居儿童的昆虫恐惧和心理脆弱，我决定派猫老大来你屋里值夜。"窦晟倚着他的门口说，"我好吧？"

第十二章

人 间 百 变 豆

谢澜睡了很沉的一觉，直到门外响起赵文瑛低低说话的声音。他这觉睡得很邪门，浑身好像被束缚住了，想动很艰难，想睁眼也很艰难。他努力睁了半天眼才终于睁开一条缝，让房间里的景象进入视线。

视线里，一对咖色玻璃珠似的圆眼睛近在咫尺，犀利而拘谨地盯着他。

谢澜瞬间把眼睛睁到了最大。

猫老大卧在他胸口，小手揣着，把脸凑近到和他鼻尖若即若离的地方，嗅了嗅。

谢澜："！"他很确定，猫咪胡子这会儿就搭在他的脸颊上。

"你趴在我身上盯了我多久？"谢澜震撼到对猫发问。猫老大保持拘谨，如果它会说话，估计答案会是"一整夜"。

谢澜："……"这猫恐怕是窦晟变的，在这暗中观察了他一宿。

他努力抬起胳膊把猫拨拉开，从床上摸了下来。

门外又响起赵文瑛的声音，很冷酷。"不行，养什么猫，我最烦掉毛的东西，要养它你就搬出去。"

窦晟用哄胡秀杰那副低低的嗓音说："妈，就养一只很小的，和我刚才送走的那三只一样。"

赵文瑛冷笑："你以为我不知道橘猫会吃到多大吗？"

养猫？谢澜忽然想起来，窦晟好像是说过宠运公司一大早来接四只小猫走，听起来另外几只都顺利出发了。他回头看着屋里那位："他不会是要把你留下吧？"

猫老大深沉不语。

窦晟在外面低低叹气："妈，赵总，赵文瑛女士，养这猫有用的。"

"有什么用？你天天跟你那伙朋友逗流浪猫我都没管，你还要养只猫放在家里？"赵文瑛态度坚决，"再说了，你住校后一周七天有五天不在家，猫怎么办？"

窦晟说："家里每天过来的保洁阿姨可以喂啊。"

赵文瑛冷笑："你少图一时新鲜。"

谢澜犹豫了下，小心翼翼地拉开房门。

窦晟的声音随之变得清晰起来："不是我图，是谢澜想养猫。"

出现在门口的谢澜："？"

"哎澜澜。"赵文瑛一扭头看见谢澜，立刻快步过来，"抱歉啊，生病这么多天了阿姨也没个人影，我这才把客户打发走。"门外走廊上还立着一个大号行李箱，赵文瑛穿着一件长呢风衣，戴着围巾，象是一大早才刚赶回来。她上前给了谢澜一个猝不及防的抱抱，伸手捧着谢澜的脸，在两个手心间搓了搓。

谢澜眼神发直："赵姨你在干什么？"

"摸着脸蛋不烫。"纤细柔软的手覆上他的脑门，"头也不烫，应该快好了。"

谢澜："……赵姨放开我。"谢澜在旁边钟表罩的反光上照了照，确认自己脸没变形："我已经快好了，没事的。"

"阿姨没照顾好你。"赵文瑛叹气，"唉对了，豆子说你想养只猫？"

窦晟在背后冲谢澜使了个眼色。

"哦……"谢澜犹豫着，"是……因为……"

"因为他需要一个情感寄托。"窦晟立刻接口，"中国是他故乡也是异乡，独在异乡，寄人篱下，生个病也难受死了，这猫不仅陪他睡觉养病，昨晚还帮他抓走了一只虫子。"

谢澜闻言表情一垮。他就知道，那只猫是窦晟变的。

"这样啊。"赵文瑛停顿，"但澜澜上大学怎么办呢？"

窦晟已经得逞似的在赵文瑛身后比了个耶，赵文瑛回头，他又恢复正经，思考片刻后说："到时候说不定你已经爱了，你要是没爱，我就再给粉丝。"

赵文瑛冷漠脸回头："我看还是你想养。"

"就算是我开的口，也是要送给谢澜的啊。"窦晟叹气，"妈，求求了。"

话音刚落，谢澜余光里便走过一个橘色的影子，猫老大高高竖着尾巴，优雅地从三个两脚兽之间穿过，走到楼梯口，嗅了嗅台阶，停顿，又默默钻回了谢澜房间。

赵文瑛暂时妥协了，催两个小的赶紧吃饭去补课。

早饭是赵文瑛回来时在楼下买的，谢澜尝了一口没吃过的豆腐脑，口感很奇妙。

窦晟边剥鸡蛋边说："今天数学我不去了，跟老马要卷子回来自己做。"

谢澜怔了一下："为什么？"

"有个要发微博的商稿，巧克力的，上午得和甲方打电话对脚本，还要拆快递。"

谢澜"哦"了声，点点头。原来甲方是巧克力公司的人啊。

上课有点赶不及了，谢澜匆匆吃了两口饭，抓起书包就往外走，一开家里内层防盗门，他猛地刹车。电梯间里有个单板小拉车，车上堆满快递盒，谢澜从底下开始往上数，一直到仰起头，才终于数清——32 个未拆封快递。旁边还堆着一堆已经拆开的，各种纸箱、快递袋堆在一起，拆出来的东西就混在其间。

"……"

不知道是不是早上起猛了，出现了幻觉。谢澜在堪比垃圾站的那堆东西里，疑似发现了几件神奇的衣服，包括但不限于：缀满链条的衬衫，满是流苏的毛衣，屁股后头一个大骷髅的破洞牛仔裤。两双鞋也扔在里面，其一是高帮马丁靴，铆钉之密集超过了刚才吃的烧饼上的芝麻；其二是双做旧的"白"球鞋，但做旧的颜色很特别，不是脏灰色，而有点像作案现场留下的血痕。

谢澜赶不及了，没细看就冲进电梯。路上他想给窦晟发个消息问问什么情况，然而戳开微信，却发现群里积攒了无数条未读消息。

一大早上的，四班"炯炯有神"里，他至少被艾特了十几次。谢澜的心脏开始不好，以为又有各科老师组队找他谈话了。但他翻了两页才发现不对。

Vincent：谢澜大佬的小提琴真是厉害啊……

车厘子：老子傻了，小提琴家竟在我身边？

可颂（刘一璇）：我开始动心思了，小提琴适不适合宅舞？

董水晶：看完粉丝录播的我除了膜拜什么也说不出来。

毛冷雪：原来这就是四班大佬的世界吗？我……算了我还是跟着膜拜吧。

底下又是一串表情包刷过，魔性猫头鹰节奏一致地抖脖，头上还顶着随之一起摇摆的"膜拜"。

补课班教室在实验楼里，这会儿已经到了多半学生，老师在讲台桌前准备资料。老师把一沓印刷纸分给前排传下去，说道："这个活动你们看看就行，今天我们继续讲论点和论据的组织结构。这一部分我们会投入大量时间，因为它不仅关乎作文，也关乎议论文阅读甚至前面的社科文阅读。我们这是个语文基础类课后服务班啊，不是文学素养基础班，目的就是把高考语文吃透，尽力在高考卷子上多拿分……"

资料传到谢澜手里，是一张《20XX 年英中春季学期语文课余活动一览》，下边大致列了七八项——广播朗诵、阅读角、新概念作文培训、校园辩论赛、青苗诗社……

谢澜捋着往后看，前面的眼镜又回头，小声问："哥们儿，你是不是四班那个语文十六分的？"

谢澜："……"

他面无表情地从资料里抬起头："有事吗？"

"无意冒犯啊，我上堂课就观察过你了。我就想跟你说，其实我语文挺好，台上这是我班主任，我是她的课代表。你要是有跟不上的可以问我，咱们基础补课班也争取要在期中考上消灭不及格。"

谢澜感激地说道："那我只能退出这个班，才算做贡献了。"

"啊哈哈。"眼镜乐了几声，"大佬你还挺幽默，有句老话，知耻而后勇，好好看看这张单子，我看好你。"

谢澜没在幽默，他是很认真地在说。估计这帮人都以为他十六分是没怎么好好考，只有他自己知道他付出了多大的努力。

谢澜叹了口气，扫了一眼活动单，目光忽然被一段慷慨有力的文字吸引。

【只有简单的 WIN or LOSE，没有复杂的分数判定，但我们志不在 WIN，重要的是在过程中体会到尽力的快乐！英华辩论赛向所有同学开放，无论你的成绩好坏，我们这里只需要尽力人！尽力魂！只要肯尽力，一场辩论赛一定可以带给你思维与文字素养的飞跃！】

这段话说得真好，说进了谢澜心坎里。

窦晟正沉醉在快递的海洋里无法自拔，手机忽然又震动了一下。他手上全是快递盒的灰和胶带碎屑，本想把消息先放着，但琢磨了一会儿还是点开了。

文艺复兴：你知道知耻而后勇吗？

窦晟擦了擦手，回复：感到羞耻就会接近勇敢了。怎么了？

文艺复兴：我做了一个决定。

RJJSD：愿闻其详。

文艺复兴：我要报名英中辩论赛。

RJJSD：？？？

今天的语文课还算轻松，中午谢澜简单吃了个饭团，找到下午上生物的教室，占了座位午休，顺便把辩论赛的报名表填了。这表很好填，除了姓名班级外，就只有一栏：辩论赛目标。

谢澜思考了一会儿后列了两条：

1．希望语文能提高 74 分，达到 90 分及格。

2．如果做不到，尽力就好。

窦晟上午也是这么回复的——你开心就好。

谢澜盖上笔帽，舒了口气。

前面那张桌坐了两个玩手机的女生，谢澜无意识瞟到她们的手机界面是 B 站。

过了一会儿，那两个女生之一回头"不经意"地看了他一眼，冲他笑笑。

谢澜一愣。还没缓过神，之二也回头，看了他一眼，从兜里摸出一块独立包装的巧克力："小提琴家！请你吃糖。"

小提琴家？谢澜一下子反应过来，一阵窒息。他不好拒绝，只能把糖接了过来，低声说了句"谢谢"，然后趴在桌上装睡自闭。

昨天实在有点上头，就不该露脸拉琴的。

他又忍不住戳开 B 站，点进 @ 人间绝帅窦的首页。粉丝数：112.4 万，这一宿的工夫又涨了两万。这种事件涨粉周期也就是十几个小时，估计已经到头了，跟以前比差不多增加了 10 万粉丝，是个不小的成绩。

谢澜想到这又觉得心情有点好，随手点开窦晟上个月发的一个游戏测评，想给补个硬币。

【你的硬币余额不足哦！】

"……"

昨晚顺着《大猫拐二猫的千层套路》，又摸到好几个粉丝之前给窦晟做的个人向视频，他基本每看一个就投个币，不知不觉就把本就微薄的硬币积蓄耗空了。

谢澜叹口气，正要收起手机，吃饭睡觉打豆豆的小群忽然震了起来。

拿铁：@ 车厘子人呢？不是说下午出来打游戏吗？

鲱鱼：他数学快下课时就着急走了，说家里有事。

拿铁：啊？

RJJSD：什么情况？ @ 车厘子

谢澜也发了一个问号。

车子明一直没回，等到下午生物课快结束了，他才终于出现。

车厘子：唉，我爸住院了，我才从医院回来。我奶奶还没人管呢，我现在回家。

谢澜对着那段话没太看懂，戳开和窦晟的小窗默默问了一句。

窦晟很快答复：他妈在外头打工，家里就他爸和他奶奶，他奶奶是老年痴呆（Alzheimer's Disease）。

竟然是 AD。

谢澜心里一下子有点不是滋味，还没顾上回，群里窦晟又说话了。

RJJSD：你爸什么情况？

车厘子：骨折，得动小手术，估计得在医院里待个一礼拜。他进货时摔了，货砸胳膊上了，唉。

RJJSD：那你照顾你奶奶？

车厘子：嗯，我现在就在她家呢，她今天一天没看到我爸有点急了，又糊涂了。

鲱鱼：我们过去吧。

拿铁：对，还能帮着做做饭。

车厘子：唉，不用，我叫外卖就行。

鲱鱼：等上学了你奶奶真得吃外卖，一周呢。等我们吧。

群里飞快就敲定了，窦晟小窗又亮起。

RJJSD：我就在学校附近，等你下课一起去？

谢澜回了个"好"，又问：你怎么在学校附近？

RJJSD：录点素材。车子明家离学校不远，羊肠巷穿过去隔一个社区，到南边那条巷子就是。

文艺复兴：好。

RJJSD：哦对，我今天搞了搞造型，做好准备。

文艺复兴：？

谢澜冷不丁想起今天早上那些绝不应该出现在窦晟家楼梯间的衣服，忽然有了一种不好的预感。

生物下课，不好的预感成真了。刚出校门，谢澜就看见远处杵着一个熟悉的身影。这个"熟悉"是对身高和比例的熟悉，那个人他不认识，绝对不认识。破洞牛仔裤从大腿中间一直扯到膝盖下边，白 T 皱皱巴巴，前胸后背都有一块块脏灰，小臂上绑着一台 GoPro，脚踩满铆钉牛皮靴。

窦晟蓬松炸的黑发间有几丝米金色的挑染，他手持套着"人间帅哥"手机壳的四代 iphone，回头朝谢澜看过来。"下课了啊。"

谢澜看着他耳朵尖那抹反光，一阵窒息。路人纷纷侧目，他就停留在窦晟五米开外，犹豫半天没张开嘴，低头给窦晟发了个微信。

文艺复兴：你有病？

RJJSD：叫我人间百变豆。

文艺复兴：……这到底是为了什么？

RJJSD：做视频啊，B站新一轮投稿主题是人设，我的企划都做好了。

谢澜一顿，忽然想起来在窦晟的大白本子上看到过的选题——《和我截然相反的人》。

"……"倒也不必这么个截然相反法。

文艺复兴：不要告诉我你要一整天都穿这个。

RJJSD：是一周。

文艺复兴：？？？

就离谱啊。

窦晟把手机锁屏揣兜，朝谢澜走过来："五米之外发微信，有意思吗？"

谢澜差点喊"你不要过来"，但他忍了，一是因为大声喊只会招惹更多路人把他们视为同类，二是因为，凑近了其实没远看那么可怕。

窦晟身高比例优秀，长得也好，颜值冲淡了这套打扮的降智气息，尤其是耳朵上那枚疑似粘上去的耳钉，离近了看竟然觉得还不错。

窦晟走到他身边，抬手勾过谢澜的肩膀，胳膊一搭。

谢澜有点儿僵："干什么你？"

窦晟像只大猫一样，整条胳膊都瘫在他肩上，"从今天起，我会在设定上发生一些变化。"

谢澜用余光偷偷瞟着周围路人的眼神："具体呢？"

"具体包括：颓废的失足少年、差等生、流里流气的校园小痞子。"

谢澜顿了顿："流里流气我大概懂了点，失足少年是什么意思？"

他一边问着，眼神不自觉地往下瞥。

"失足少年就是不良少年，一般有过违法犯罪行为，但声明下，我要扮演的这个没有违法犯罪行为，类似失足边缘少年吧。"窦晟说着，顺着他的视线低头一瞅，有些好笑道，"别看我的脚，失足少年不能字面解释！"

谢澜收回视线，略带遗憾地"哦"了声。

　　在去车子明家的一路上，窦·失足少年·晟赚足了视线，一切良民都绕着他走。谢澜跟在他身后，脸色冷漠至极，仿佛人物初始化时表情包系统加载失败。

　　良民绕行也就算了，最让谢澜无语的是，穿过羊肠巷，还有路过的学生混子上来认亲。

　　英中附近有个十七中，据说很乱，十个学生里至少两个混过。车子明上次说羊肠巷里高频遇到的小混混基本都是十七中的，如果以打架进行连连看，他能直接把十七中清了。

　　那个红毛穿灯笼裤的男生把窦晟上上下下打量了一会儿："去四中攻校，你知道不？"

　　谢澜一呆。攻什么？？

　　窦晟沉默片刻："好像知道。"

　　"那赶紧的啊，等你了。"红毛掏出手机往另一个方向小跑去，"我再去码几个人。"

　　窦晟"嗯"一声："好的，我等等就来。"

　　红毛又回过头往谢澜身上一指："别带他啊，一看就不顶用。"

　　谢澜："？"说谁不顶用？

　　窦晟在旁边乐出了声，被谢澜瞪了一眼，乐得更欢了，还咳嗽两声。

　　"到底怎么想的啊？"谢澜叹气，"视频还能这么拍？"

　　"当然能，拍反人设才好玩呢。"窦晟摘下 GoPro 做调整，"让大家跟我体验一下，像我这种穿着打扮不良、考试成绩不良、性格脾气不良的良民，日常会获得什么反馈。"

　　谢澜面无表情："可能会获得身边朋友的毒打。"

　　窦晟笑笑："那也是一种反馈。"他说着继续往前走，估计是怕谢澜实在尴尬，这一路他都刻意走在谢澜前面一两米，保持了点距离。

　　谢澜在背后看着他，其实窦晟的颜值摆在那，外表很难和那些乱七八糟的家伙沦为同类，真正让他和"失足少年"角色融为一体的主要还是气质。

　　窦晟好像有点演员天赋，从今天一见面起，他身上就带着一种说不清的淡淡的消沉。他也没垮着脸，也没表现得暴躁或阴郁，甚至还笑呵呵，但就是有种漠然感，好像对什么都满不在乎，一走一过敷衍着笑笑就完了。

　　车子明家在南边的另一条老巷里。那条巷子很深很长，弯弯绕绕，走进去就会无法避免地从无数人家门口经过，路很窄，有人在门口洗头，谢澜伸伸手就能帮他一把。

　　"这片都是老平房了，其实和望江巷外是一个道理。"窦晟低声解释道，"看着是穷点，但估计过两年会拆，拆了就搬进楼房，看他们一个个多乐呵啊。"

确实是，穷而不困，巷子里来来往往的还很热闹。走到里面的平房，远远地就听到车子明的声音。"唉，奶奶，你进来吧，别在门口等了，我爸今晚不回来……"

一个穿着藏蓝色印碎花小袄，头发花白的老太婆站在家门口，往谢澜和窦晟来的那个方向望着。她嘴里念念叨叨："要回来的，要回来的，让车俊上家门口的大学就是要让他回来吃饭的。"

车子明无奈："我爸都有我了，我都快上大学了……"

"你是谁？"老太太回头看向门里，语气突然冷漠，"我认识你吗？"

车子明绝望道："我是车俊的儿子。"他说着从里面探出头来，手里拿着个搪瓷盆，搪瓷盆里正在搅和饺子馅。听到脚步声，车子明扭过头看见二人。他的视线直接越过窦晟，抬手跟谢澜打了个招呼："澜啊，你来了，豆呢？"

窦晟脚步停顿。谢澜一个没忍住笑出了声，默默往旁边指了下。

车子明表情一呆，缓缓、缓缓把眼神挪到窦晟脸上，呆滞住了。

"哎呀！我的俊回来啦！"车子明奶奶不知从哪掏出一条手绢，啪地一甩拍在自己腿上，"我的俊呀！上学辛苦啦，今天有没有分配工作呀？"

她一边说着，一边走过来抱住了窦晟的胳膊。

谢澜蒙了，窦晟显然也僵了一会儿，而后才"啊"了声。

"有……有分配，那个……去四中做攻校大队长。"

谢澜："？"

车子明："？"

"大队长可好哇，组织上就需要你们这种人才！真给妈妈长脸啊！"老太太又一拍大腿，突然回头看见车子明，一把扯着他胳膊把他扯了过来。

车子明本能抗拒："我不……不要……"

"不要个锤子！"老太太指着车子明对窦晟说，"他说他是你儿子，好家伙，你儿子都这么大啦！"

此刻，一双苍老而有力的手，将两个年轻小伙紧紧相连。"父子"俩的表情各自精彩。车子明从老太太手里挣脱出来，欲哭无泪道："奶奶你清醒一点啊！我俩是哥们儿！"

老太太抬手就给了他一下："没大没小！你爸怎么生了你这么个玩意儿？"

"我……"车子明气红了眼，"你看看我，我俩哪儿长得像了！他是你儿子才有鬼！"老太太闻言一把抄起门边立着的扫帚疙瘩："你个忘恩负义的东西，开始挑拨你奶和你爹的关系了！小兔崽子看我今天不打死你！"

车子明扭头就往院里跑，熟练得令人心疼。"我服了！！行行行，你们是一家！他是你儿子，我跟你俩都没关系行了吧？！"

老太太边跑边打，拿着扫帚的手气得哆嗦："果然啊，我就知道你个鳖孙上俺们家来骗人！我今天就替民警同志把你就地法办！"

"嗷——！！！"车子明仰头狂奔，"爸爸救我，爸爸快出院！"

谢澜内心受到了极大的震撼。"我们真的不用拦一下吗……"他弱弱地问。

"不用。"窦晟进门找了张凳子坐下，还顺手抓了一把瓜子，边嗑边说，"不用拦，你多来几次习惯就好了，坐下看戏。"

谢澜目露犹豫："不用拦？"

"是啊。奶奶糊涂归糊涂，身体特健康，秘诀就是每天打孙子。"

"……"

一老一小在院子里兜圈圈，老太太路过水桶，把扫帚扔了，抄起拖布杆继续追。

谢澜看了看周围，默默摘下工具架上锋利的斧子，藏在窦晟身后。

窦晟手一哆嗦，把瓜子撒一地，边乐边捡。

"哟呵，今天这么快就打上了？"谢澜一回头，戴佑和于扉都来了，还拎着一兜子菜。

于扉日常朦眉耷眼，和奔跑路过的车子明抬抬下巴以示问候，从窦晟手里抓了把瓜子："你这什么情况啊，穿成这样？"

"视频创意，没事。"窦晟把剩下的瓜子给他俩分了，"人齐，抓紧做饭。"

戴佑看一眼那盆饺子馅："六个人，有饺子，那就做四个菜？"

窦晟"嗯"了声："分一下工。"

车子明和老太太的猫鼠游戏暂停，俩人各自靠着院墙呼呼喘气。

"三个小炒一个炖菜。"窦晟说，"我来做西红柿炒蛋、茄子烧肉、肉末青菜，戴佑去做个土豆排骨，于扉……在院里继续颓着吧，车子明看着奶奶。"

几人纷纷点头，对这个分工毫无异议。"那我呢？"谢澜赶紧扫了眼剩下的食材，"我可以炸鱼，再做个牛肉派。"

话音落下，院子里诡异地安静了一会儿。

刚才还在呼呼喘的老太太不喘了，迟疑道："牛肉派是什么？"

"你还是来帮我吧。"窦晟连忙说，"我这要备的菜多，忙不过来。"

"哦，那也行。"谢澜点头答应，有点遗憾地看了眼袋里的牛肉。

房子虽然老旧，但收拾得干净，杂物也分门别类码放得整整齐齐。厨房在最里头，只有一个灶，灶上放着一口漆黑锃亮的炒锅。戴佑娴熟地从橱柜里翻出高压锅："我去外边做啊，厨房你们用。"

"嗯。"窦晟拧开水龙头，把衬衫袖子往上挽了几截，"谢澜来这洗手。"

水龙头上有不少锈，细细的水管露在外头，拧的时候整个架子都跟着晃，但这么单薄的水管放出来的水流却很大，哗啦啦的。

谢澜也挽起袖子："你们经常来这做饭吗？"

"一年总有三五回，车子明他爸开小饭馆，逢年过节肉贩子回家了，他就得自己开车一百多公里去拉肉，晚上回不来，我们就陪车子明照顾奶奶。"

窦晟边说边用厨房纸巾把锅蹭了蹭，把菜和肉拎到操作台上："你能洗吧？"

"能。"谢澜拿起旁边的盆，"这些都洗吗？"

窦晟"嗯"了声："你洗菜吧，我洗肉。"

菜量挺大，茄子、青菜、西红柿，但洗起来很快，不像洗肉那样还要沾一手油脂。窦晟把水盆让给谢澜先用，随手找了个削皮器开始削土豆。那只修长白皙的腕子就在谢澜余光一隅，偶尔把土豆翻个儿，腕骨也会随着轻轻动一下。

"你要把这个西红柿搓秃了。"窦晟忽然说。

谢澜猛一回神，这才发现西红柿已经在手里破了层皮，红呼呼的汁液正被流水飞快冲走。他赶紧关水，把负伤"流血"的西红柿放在一边。

窦晟直接拿到案板上开切："光做饭容易走神，放个音乐吧。"

"行。"谢澜摸出手机，"你想听什么？"

"随便。"窦晟笑笑，"或者放个小提琴？挑你喜欢的就行。"

谢澜于是随便戳了个小提琴曲歌单，放在一边。洗菜水声很大，小提琴声在水声中隐隐约约的，有点俏皮。

"对了，你有想过要给猫取什么名吗？"窦晟随口问。

谢澜想了一会儿："就叫咪咪？"

"咪咪已经有猫叫了。"窦晟啧一声，"要不叫梧桐？"

谢澜顿了顿："你好像很喜欢梧桐。"

"嗯。"窦晟把他洗好的青菜也接过去，"梧桐有种孤独的气质，开花时又很浪漫，哦对，你知道浪漫是什么意思吗？就是 Roman……"

"我知道。"谢澜在水龙头下冲着削过皮的土豆，垂眸道，"我妈说北方不好养梧桐，只要这边春天多降温，这一年就不开花，孤零零的。所以每次开花，都是惊喜。"

窦晟把刀顿在菜板上，抬眼笑道："所以，如果今年开花，就录个小视频？"

谢澜闻言微愣："你是问我这个想法怎么样吗？"

窦晟笑笑："我是问你要不要一起。"

"哦。"谢澜关上水龙头，"好啊。"

菜备好了窦晟就起锅热油，他也没系围裙，仗着手长离锅远了点，用一柄铲子把菜炒得热火朝天。中国菜油烟大、架势足，厨房里像放炮一样，小提琴声彻底被盖住了。

窦晟好像心情很好，炒着菜嘴角还挂着一丝自在的笑意，跟他这身打扮营造出的

"失足少年"人设又默默划清了界限。谢澜看了他一会儿才想起还有猪肋排，端起盘道："我给戴佑送过去。"

"土豆也一起。"窦晟嘀咕说，"半天也不来取菜。"

戴佑压根没在做菜。高压锅摆在桌上，线都没插，他本人正和车子明一起排排坐在墙角的小板凳上，两脸自闭。于扉坐在上首的摇椅里，一边晃一边无语。

老太太往于扉身上一指，训斥戴佑道："你爸都这么大岁数了！眼睛都睁不开了，你还不自己管好儿子？还要他操心？！"

谢澜一呆。

屋里静默了一会儿。戴佑长叹，薅着头发对于扉道："对不起爸，以后我一定管好车子明这个混小子，下次他要再敢让你从椅子上起开，我一准抽他。"

谢澜："？"

老太太眼珠子一瞪，转向车子明："你呢？！"

车子明两眼一片死气，起身，先对戴佑鞠个躬："对不起，爸，我错了。"厚脸皮透出一抹羞耻的红，他深吸一口气，又梗着脖子冲于扉一鞠躬，"爷爷对不起，您就该坐大凳子，我是个贱骨头的小辈，以后我就坐小板凳……不，以后我直接在地上蹲着。"

谢澜人都傻了。

于扉瘫在摇椅里被他俩鞠躬，许久，叹了口气。"喜燕啊。"他扭头叫车子明奶奶的名字，"儿孙自有儿孙福，别教训他们了，让他们赶紧做饭吧。"

"说得对，我们知道错了，赶紧做饭去！"戴佑立刻起身，提溜着车子明的衣领，在他耳边低声道，"快跑！去把饺子馅和了。"

车子明垂头丧气起身："我心累，改焖饭吧。"

"那也行。"戴佑在他后脖颈上轻轻拍了拍，"你出去透透气。"

老太太喊累了，和于扉两人隔着一张桌各坐一把摇椅，一起昏昏欲睡。

有那么一瞬，谢澜还真觉得他俩像老两口，气质不能说非常相似，只能说一模一样。

"哎，厨房还有蒜吗？"戴佑低声问。

谢澜说："等一下，我去找找。"

戴佑回头瞟一眼老太太，抱起高压锅："豆子的菜估计炒完了，我去厨房做。"

离开那间屋子，戴佑才把声音放开，长吁一口气。"这次奶奶犯病比之前严重。以前最多就有父子两辈，今天还是头一回出现爷爷这个角色。"

谢澜问："有什么原因吗？"

"估计是真儿子不在，心里慌了。"戴佑叹气，"老年痴呆这个病麻烦，其实她身体很硬朗，但就是糊涂，怎么治都没招，都好多年了。"

厨房也没蒜了，窦晟是个败家子，最后剩两瓣懒得找袋子装，强行炒进了菜里。

谢澜对着堆了一层蒜片的炒青菜无话可说。

戴佑凉凉道："最近的菜铺至少步行一公里。"

"没事。"窦晟放下袖子，"都跟邻居混熟了，我和谢澜去借一下。"

出去必经老太太那屋，窦晟一看椅子里仰着脑袋睡着的两人，脚下一顿，神情复杂。

"什么情况？"他低声问。

谢澜沉默片刻："说来话长。"

窦晟："试着讲讲？"

"车子明的爸爸是戴佑，戴佑的爸爸是于犀。"谢澜说道，瞟了一眼窦晟抽搐的嘴角，"你好像……被扔出家庭了。"

"那叫逐出族谱。"窦晟叹口气又忍不住一乐，"行吧，估计他爸从医院回来就能好点。"

谢澜反应了一会儿才点点头。他已经有点恍惚了，窦晟说"他爸"，他得琢磨一会儿才能理清说的到底是谁。

这会到了家家户户做饭吃饭的时候，天色昏沉下来，巷子里只有零星几个老旧的灯柱，灯泡的光在夜色下有些单薄。

窦晟走在前面，牛仔裤上的黑色骷髅在幽暗中看不太清，但那件脏兮兮的灰白色衬衫还很扎眼，头上的几撮浅色挑染也失去了神经病气质，只在夜色下显出些许冷清。

他骨架挺拔，两枚肩胛骨在衬衫单薄的布料下微微突起，随着走路起伏。经过一盏挂在墙上的灯，灯泡刚好熄了，他伸手轻轻动了动线，又把那簇微弱的光找了回来。

谢澜总觉得，不在人前谈笑的窦晟，身上有种挥之不去的寂寥，今天的这身装扮在夜色下让那种感觉又加重了点。

"看着点脚下。"窦晟忽然回头说，"地砖都是碎的。"

谢澜"嗯"了声："你也小心。"

"我对这片很熟。"窦晟勾唇笑笑，"前几年有一段时间我总来，这儿的每一块地砖，每一位街坊邻里我都认识了。像平时借个调料、拿瓣蒜什么的，都是小事。"

然而打脸来得很快。邻居家门口的小女孩在看到窦晟后一脸戒备。"你是谁？"她仰头瞅着窦晟衣服上的脏印，又瞅瞅他的头发，往后退了两步。

窦晟愣了一下："你豆子哥啊，来借两瓣蒜。"小女孩紧紧地抿起嘴，瞪大眼瞅着他。

窦晟："嗯？你不认识……"

"妈！！！"

一声尖叫差点把谢澜送走。

"妈妈！有流氓！"小女孩转身就往屋里跑，尖锐的叫声划穿了半条巷子。

旁边一户人家推门出来，是个老头子，一瞅窦晟也蒙了下。

他咂摸半天，不确定道："豆子？"

窦晟生无可恋地张张嘴："啊。"

"你怎么又堕落了？"老大爷叹一口气，把门一关，半截嘟囔声掩在门里，"现在这些小孩太容易变质，我看干脆别治了。"里头还有一个老太的声音："别人家小孩你管那么多干什么？"

谢澜瞅着窦晟逐渐消失的表情，突然觉得心头那点若有若无的担忧感又没了，偏开头笑了两声。

"笑什么？"窦晟回头凶他，"别招惹流氓啊，小心挨揍。"

谢澜问："她说的流氓是什么意思？"

窦晟叹口气："就是穿成我这样的人。"

谢澜乐出了声。

最后竟然是谢澜借到了半头蒜，给即将夭折的土豆排骨强行续了一命。

四个菜终于上桌时已经八点了，老太太睡一觉刚醒，对着一桌热气腾腾的饭菜，有点呆滞。"奶奶，吃饭吧。"车子明把筷子塞进她手里，"我刚给我爸打电话了，手术约到明天上午，不是什么大手术，但他血压不稳，做完得在医院观察两三天。"

奶奶拿着筷子来回摆弄着，没点头也没看车子明，不知道听没听进去。五个人围着一张方桌坐着，谢澜和窦晟挤在一侧，忽然就没人说话了。谢澜没接触过 AD 患者，但他本能地觉得这种突然的安静不太好。像下午那样闹哄哄认错人，虽然荒诞了点，但也比现在突然不说话要强。老太太闷头吃饭，象是被教育得很乖巧的小孩，四个菜轮着夹，一样都不落下。

戴佑胳膊肘碰碰车子明，低声道："晚上我们得留下。"

车子明还没来得及反驳，窦晟就"嗯"了声："我已经跟我妈说了。"

"我也。"于扉叹口气，"好累，懒得回去，原地睡吧。"

车子明沉默了好一会儿，眼眶有一点点泛红，轻轻点点头。"谢了。"他小声说。

窦晟在他肩膀上拍了拍。

一顿饭吃得还算安静，中间车子明试图带过几次话题，但老太太没太搭理。她的眼里好像只有桌上的饭菜，胃口还不小，一个人把一大碗饭都吃了。老人吃饭慢，五个男生都等着她，等她筷子一放，车子明长舒一口气，起身道："奶奶，我捡碗。"

"放下。"老太太语气忽然变得冰冷。

车子明动作一顿。老太太抬头瞅着他，视线又一一扫过于扉、谢澜、窦晟、戴佑，最后回到车子明脸上。"你们是谁？"她警惕地捏紧了手，"为什么突然出现在我家？

车俊呢？你们把我儿子藏哪里去了？"

车子明肩膀无意识地缩了缩，干巴巴地笑："奶奶，你又糊涂了，我爸在医院啊。"

"胡说八道！"老太太突然发怒，一把抢下他手里盛菜的搪瓷盘蹾在桌上，转身往外走，"我得去找我儿子。"

"奶奶！"车子明立刻追上去。

谢澜他们几个也跟着站起来，窦晟和戴佑赶紧跑到院门口堵着门，于扉和车子明一起拉住老太太。没人敢用劲，都是一手虚虚地扯着她袖子，另一手抓着她的手。老太太一回身，突然有些强硬地握住了谢澜。

谢澜一僵。那只手很干糙，布满沟壑，但掌心是温热的。"明明。"老太太对着谢澜颤声叮嘱，"你去把你爸爸找回来，啊，你别让这群人在家里，我看着他们不安心。"

谢澜愣了两秒，脑子还没反应过来，嘴上已经本能地说了句"好。"但他很快意识到老太太的脑回路是又拐错了个弯，赶紧伸出另一只手，轻轻抚着她的手背，垂眸道："奶奶，对不起，爸爸去学校了。"

于扉和车子明屏息瞪着他。谢澜语气很平和："这次我语文考得太差了，老师找我爸了。"

老太太闻言皱眉思忖了一会儿："又语文不好？你从小语文就不好，你是数学好是吧？"

车子明闻言眉心一颤，扭过头去强行憋眼泪。

谢澜看他一眼，"嗯"了声："我爸生气，要打我，可不可以让他今天别回来了？"

"啊？"

老太太又愣了。过了好一会儿她忽然扭头看向于扉："他爸要打他？"

于扉立刻点头："是，拿了好粗一根棍子，比电线杆子还粗。"

窦晟在院门口翻了个白眼，清清嗓子道："没那么夸张，就擀面杖那么粗。"

谢澜听不懂擀面杖是什么，他仍旧低垂着头，轻声道："奶奶，我有点害怕，今天晚上可以去您房间里睡觉吗？"

院子里很安静，静了足足有几分钟。这份安静让院里唯一一个声控灯泡也灭了，所有人都站在昏暗的夜色中。倚着院门站着的窦晟偏过头，在光影最晦暗的地方，看着谢澜轮廓柔和的侧脸。

谢澜握着老太太的手，轻轻拍了拍，又轻柔地抚着。半天后，老太太终于回答道："嗐，想睡就来睡，你爸他也真不是什么好东西，亲儿子哪能这么揍？"

她说着就要抓着谢澜回屋，谢澜趁她转身时赶紧把手缩了回来，于扉立刻往后闪，谢澜另一手抓过车子明，瞬间完成交接。

老太太牵着自己的亲孙子往屋里走，掀开门帘又扭过头来。车子明连呼吸都屏住了。她看清了他的脸，犹豫了一会儿，并没有把他的手甩开。"明明才回来啊？"她突然惊讶道，"你爸不是说你下午和同学打游戏去了吗？"

院里寂静了几秒钟。车子明嘴角一抽，使劲咽着眼泪"嗯"了声。

"唉，都快考大学了，少玩那些玩意儿。"老太太沉叹一口气，"饿不饿？奶奶包饺子去。"

窦晟走过来平静道："好啊，饺子馅就在冰箱里，还没调味呢，正好您来调吧。"

老太太闻言回头瞅他一眼："豆子也来了啊，来这么多同学。等着，我给你们包去。"她说着突然来了精神，趿着棉拖鞋风风火火地往厨房走去。

几个男生跟过去。老太太动作很麻利，调料罐在哪都知道，一会儿功夫就拌好了饺子馅，从柜子里掏出面板开始搓面。

"明明。"她回头招呼车子明，"冰箱里冻着你爱吃的虾仁和带子，你给奶奶拿出来。"

车子明又哽咽了，正想说什么，一张嘴，打了个巨响的嗝。

"嗝——"

憋眼泪憋的。

老太太咯咯笑了起来："你到底饿不饿啊？"

"饿，我特别饿。"车子明赶紧去翻冰箱，"奶奶等我，我跟你一起擀皮儿。"

"放什么罗圈屁，你能擀个鬼，回头一煮都是碎的。"老太太推搡他，"回屋写作业去，你爸呢？"

"咳。"窦晟清了清嗓子。

车子明顿了顿："我爸进货去了，菜场暂停营业，他得自己去Z村，然后出城高速封了，他走小路，路上车坏了，现在在等保险公司去修车，保险公司也得走小路，反正等车修好再重新上路，再回来就要三天。"

另外三人差点没绷住乐出声，只有谢澜和老太太一起蒙。

谢澜甚至怀疑自己做了段中文听力测试。

过了半天，老太太比谢澜先绕明白了，点头道："行啊，那你这几天都吃奶奶做的饭，可不许吃外卖。"

"好。"车子明使劲点头。

几个人长松一口气，戴佑招了招手，无关人士都从厨房里退了出来。谢澜跟窦晟走到院里拽了两个小板凳坐下，谢澜伸开腿，对着水泥地砖放空。其实他很紧张，还得用中文临阵撒谎，他刚才舌头都打结。

"别紧张，这个病就是这样。"窦晟忽然在一旁低声道，"老年痴呆患者，每次睡醒尤其容易糊涂，但好好哄哄多半能哄好。其实老太太的病情不算是很严重的，我来十回，差不多能有个六七回她都很清醒，有时候还能跟我唠唠新闻呢。主要今天车子明说错句话，我也才反应过来，不该说是他爸住院，住院是个负面的心理暗示，老太太一紧张就更糊涂了。"他声音很低，絮絮地说着这些，像在给谢澜解释，也像在安慰。

谢澜其实没完全听懂，他脑子空白时听力水平直线下降，隔好一会儿才胡乱点点头。有种说不出来的滋味。揪心是有的，但也觉得有点温情。老太太思维拐弯快，一会儿错一会儿对，错的时候能指着于扉让车子明喊爷爷，对的时候又时时刻刻惦记着车子明爱吃虾仁，记得他数学好语文差，记得他快高考了要少打游戏。就像谢澜的妈妈，病重时还惦记着伦敦春天风大，要他来医院时千万系条围巾，穿高领的毛衣。

"有些人真是自带疗愈功能。"窦晟忽然说。

谢澜一愣："疗愈是什么？"

窦晟说："就是能让其他人从不好的情绪里走出来。人吧，总会有陷入黑暗的时候，就需要有一束光，能把他们领出来，领出来就好了。"

谢澜听得好像有点明白，又有点晕。他不太擅长分析比喻句，尤其窦晟这段话就像故意绕着什么似的，说得不清不楚。他细品了一会儿才抓住关键："那你呢，你之前陷入过黑暗吗？"

昏沉的夜色下，窦晟回头看着他的眼睛。"有过。"他低声说。

谢澜犹豫："那你……"

"但我是幸运的人。我遇到过光，自己也争气，慢慢地走出来了。"

"哦。"谢澜松了口气，想到戴佑和车子明他们提过很多次，窦晟成绩一落千丈又触底反弹之类的。他其实心里好奇，但他不想问，只是觉得也许有一天窦晟会主动跟他说说，毕竟他们现在也算是比较好的朋友了。

也不一定，窦晟朋友多，不知道会不会把他当很好的朋友。

但他是把窦晟当好朋友的。

谢澜叹了口气，喃喃念道："光……"

"怎么了？"窦晟看着他。

谢澜想了想说："我好像没遇到过。"

"没有过吗？"窦晟轻轻翘起唇角，"也正常吧。你背过《题西林壁》吗？"

谢澜一愣："什么壁？"

"题西林壁。"窦晟收回视线，看着院外的水泥砖，用极低的气声说，"也许你本身就是一道光。"

"什么？"声音太小了，谢澜听不清，皱眉道："你说话能不能大点声，我很不容易，你是不是又故意欺负人？"

"听不清就算了。"窦晟笑笑，起身又在他头上揉了一把。谢澜皱眉躲开，瞪着他。

"我就是说，劝你赶紧学学《题西林壁》，小学生都会背。"窦晟说着起身往屋里走，淡淡道："不识庐山真面目，只缘身在此山中。"

第十三章

J K 豆

吃完饺子后老太太彻底平静了下来。

老房子睡不下太多人，祖孙一屋，戴佑自己睡张单人床，于犀跑到摇椅上睡，谢澜和窦晟则被分配了上下铺，是车子明和他堂弟小时候睡的床。

时间在老物件和老人周遭仿佛会缓行，这一宿很漫长，谢澜蜷缩在狭窄的儿童床上铺，明明很累很困，但睡着总醒，醒了立刻还能睡着。老巷的深夜十分幽静，静到他几次醒来都能听见床下窦晟睡觉时匀长的呼吸声。谢澜又一次醒来，看眼手机，"01：15"。底下的呼吸声却停了，他忽然觉得有点没安全感，迷迷糊糊扒着床沿往下瞅了一眼。

窦晟躺在床上，枕着两只手，正看着窗外巷子里的围墙走神。

谢澜的脑袋一支出来，他就回过神："怎么了？"

"你睡不着吗？"谢澜小声问。

窦晟低声说："也能睡着，就是醒了一下，想起点以前的事，又不那么困了。"

"唔。"谢澜下巴颏垫着栏杆，闭着眼睛努力让大脑运作了一会儿，"几岁的事？"

窦晟勾起唇角："也没几岁。你是不是醒了好几次了？"

谢澜"嗯"了声："但我很困。"

"感觉到了。"窦晟语气有些温柔，"踏踏实实睡吧，明天找个地方把作业写了，下午我还要回家录个视频，晚上一起返校搬宿舍，你的东西……"

谢澜的脑袋从栏杆上消失了，他直接倒在枕头上，嘟囔道："别念了，听不懂了。"

睡梦中好像听见了窦晟低低的笑声。

第二天早上起来，几个男生都是一脸颓废。于犀倒没比平时更颓，可能已经没有太多进步空间。

车子明奶奶的神智正常得简直不像话，仿佛昨天在跟他们玩呢，一大早生龙活虎地跑出去买了豆腐脑、包子、茶叶蛋，自己没吃几口，在院子里一边翻晾晒的红薯干一边看几个小孩坐在屋里吃饭。

一个老款式手机放边上，里边吵吵闹闹地播着新闻速报。"让垌南路汽车五连追尾，请司机注意避让。""今日油价小涨，92 号 6.62 元每升，95 号 7.17 元每升。""猪肉价格近期大幅回调。"

奶奶点了暂停，扭头看向屋里："明明，挺长时间没做大菜了，你想吃红烧肉吗？"

车子明眼睛一亮："我想吃红烧牛蹄筋。"

"那算了吧。"老太太摆摆手，又继续听新闻速报，嘀咕道，"牛肉涨价呢，过一阵等它跌了我再多买点囤着。"

车子明："……"

戴佑边喝豆腐脑边乐，差点一头扎碗里。

几个人简单吃几口就要撤退，车子明非要虚伪地送行十米至院门口，路过正在椅子上掰腿的老太太，广播里刚好在放"老年痴呆患病率逐年提升，呼吁大家关爱社区老人"。

老太太啧了声，把广播停了："这老年痴呆可不能得啊，得上跟傻子似的。"

院里五男安静如鸡。

老太太抓住车子明："咱们社区好像就有好几个，回头你带我联系联系，我去参加社区公益，给他们送温暖去。"

车子明幽幽地看着她："你是认真的吗？"

"我还能跟他们唠唠嗑呢。"老太太叹气，"陪他们算算菜价和肉价，锻炼大脑，让他们向我学习。"

"……"

过了好一会儿，谢澜猛地晃了晃脑袋："奶奶我们走了。"

"拜拜。"老太太跟他们挥手，又瞅着谢澜说，"下次再来玩啊，奶奶喜欢你。"

谢澜愣了一下："好。"窦晟从身后过来顺手把一只胳膊搭在谢澜肩膀上，半推半挂地让他扭回头，两人一起跨过了那道门槛。

"走了啊奶奶。"窦晟喊了一声。一直到往外走了几步，谢澜才听他低声解释道："跟老人在一起，情绪不要那么明显。她能把昨天那段忘了是最好不过，下回她清醒时再来找她玩就行了。"

谢澜点点头。

清晨的巷子里热闹非凡，来来回回都是人，谢澜走了两步感觉有点挤。他瞟一眼窦晟："你能不能不要……那个动词怎么说？"

于扉在后边提醒："瘫。"

谢澜补全："能不能不要瘫在我身上？"

窦晟没动："我在扮演我的人设。"

"失足少年"在小床上挣扎一宿，头发更炸了，那缌米金色在阳光下简直闪闪发光，还有耳朵上贴的耳钉，扎眼得不行。谢澜心烦地动了动肩膀，也没把他甩下去，无语道："跟我有什么关系？"

"你是我招收的小弟。"窦晟说着用另一只手掏出 GoPro。

谢澜想打人，但看到镜头支起来，犹豫一下还是收手，冷漠脸任由他瘫了。

戴佑在后头嘀咕："谢澜不乐意让人这么架着胳膊。"

"是吗？"窦晟低低问。

谢澜以为他会收手，没想肩膀上的胳膊又往下压了压。

窦晟低声说："忍忍吧少侠，我要是连个小弟都没有，还算什么失足少年？"

谢澜面无表情："为什么选我？"

"戴佑长了张学习委员的脸，于扉好像随时要完蛋了，我没别的选择啊。"窦晟叹口气，"原创 UP 主，想出头容易么，内容生产难啊。"

谢澜："……"

倒也是。

从南巷穿回羊肠巷，拐个弯到西门那条小吃街走到头，有一家"如实书店"。

"就在这写作业吧。"于扉叹气，"走不动了，我好累。"

这家店卖教参和习题居多，漫画和杂书也有，书架后和二楼都有开阔的阅读区。现在是礼拜天，在这学习的、工作的、聊天的人都不少，店里吵吵闹闹，每个人都沉浸在自己那摊子事里。

窦晟他们去点饮料，谢澜先去找位置。单独的四人桌都被占了，最里边的长木桌还零散有几个位置，但最多三个人挨着，另一个人得单独坐。谢澜正要带东西自己去坐单独的座位，占据着四人座一角的男生偶然抬头，对着他背后露出一脸震惊，默默掀起练习册往旁边挪了两个位置。

谢澜回过头，见是窦晟和于扉过来了。窦晟面无表情地划着手机，步子慢吞吞，表情中带着点没睡好的烦躁。于扉日常垮起个脸，两人迎面走过来，配合窦晟那身破洞裤行头，简直像来砸店的。谢澜也愣了下，转瞬想到自己跟他们是一伙的，放下心来。

四个人落座，戴佑把咖啡给自己和谢澜，剩下的奶茶是窦晟和于扉的。谢澜翻开数学习题，就听于扉嘟囔道："活着干吗，死了得了。"

路人男生忍不住又偷偷瞟他，带着惊恐的眼神。

窦晟抬眼："怎么了？"

于扉垮着脸："有题想不明白。"

路人男生一呆。

于扉叹口气，把印着"数学竞赛冲刺习题（数理 A）"的卷子倒过来，对着窦晟和谢澜，笔尖在题干上点点："就留六道，两道不会，爷真是个废物啊。"

窦晟瞟了眼，咔咔地动了动脖子，"嗯"一声："这题确实看不出有什么难的。"

于扉："……"

路人男生茫然地收回视线，对着自己的"高二数学基础夯实卷 B"有点走神。

"昨天光顾着忙活老太太了，咱班群里讨论这张卷讨论了几千条。"戴佑叹气，"老马真绝了啊，作业看似只留六道题，但做二十个小时都不一定能做出来。"

谢澜还没开始写数学，瞟了眼那道题的题目——

【已知正整数 n，恰有 36 个不同的素数整除 n，对 k=1，2，…，5，记·················求证在 1<i<j<S 的区间，Ci–Cj 的平方求和大于等于 2 的 36 次方。】

谢澜消化了一会儿，小声问："素数是什么来着？我背过又忘了。"

窦晟说："prime number."

"哦哦。"谢澜想起来了，拽过一张纸划拉了几笔，"这个好证明的，试试考虑那个……那个……"他又卡了。

戴佑和于扉直勾勾地盯着他，谢澜尴尬停顿，努力英译汉："包括除了法则？"

戴佑和于扉："？"

窦晟乐了："Inclusion–exclusion principle，容斥原理。"

众人恍然大悟。

戴佑低头瞅了半天题，感慨道："竞赛题真的能看出水平，有人抠一宿，有人就一分钟。谢澜你就该走数学竞赛这条路子，语文凑合把自己推上重本线就行。"

于扉随口道："不知道今年会不会有变，按往年规则，竞赛前几名能争取保送了，直接录取，还考什么重本线。"保送听起来非常诱人。

窦晟打了个哈欠："这都不好说的事，我觉得还是两手准备吧，语文先搞起来。"

"哦对了，下周末不就考全市数学分级了吗。"戴佑笑笑，"据说分级考相当刺激，是骡子是马当场见分晓，谢澜真可以通过这个好好评估一下自己之后的选择。"

谢澜听得似懂非懂。"骡子是什么？"他忍不住问。

戴佑笑容一滞。

窦晟差点把奶茶碰翻："你别管他，这种废话咱不学。"

　　谢澜叹口气，扫一眼卷子上的六道数学题，感觉没太大问题，于是在一群疯狂肝数学的人中谦逊地翻开了一本语文教材。人教版高中语文必修1，第一课，《沁园春·长沙》。谢澜挢着课文一行一行往下看，用铅笔圈不认识的字：湘、橘、染、漫、舸、鹰、翔、霜、怅寥廓、携、峥嵘、稠、茂、挥斥方遒、粪、遏……

　　于犀从数学卷里抬起头瞟了他一眼，忍不住说："要不你把这一段直接画个圈？"

　　窦晟"嘶"一声："学你的，管人家干吗？"

　　"就是。"谢澜叹气，看了眼周围的陌生人，又摸出一本袖珍的字典开始翻。

　　这首算现代诗，但他自学还是很吃力。弄懂那些字花了半小时，自己试着理解一遍，再跟教参对照，然后把诗誊写一遍，明天早上再背。全都忙活完时，窦晟已经默默做完了数学卷、一张化学卷和一张物理卷，开始掏出做分镜企划的大白本子写写写。

　　谢澜有点窒息，往后又翻到第二课。

　　《雨巷》——戴望舒。

撑着油纸伞，独自

彷徨在悠长、悠长

又寂寥的雨巷，

我希望逢着

一个丁香一样的

结着愁怨的姑娘。

　　谢澜一边查字一边往下读，读到某一行，一呆。他用胳膊轻轻撞了撞窦晟。

　　窦晟抬起头："怎么了？"

　　谢澜指着那个加肥加大的"行"，小声问："为什么这个字这么大？"

　　窦晟哑然失笑，笔尖点点下边的注释："这里有。"

　　谢澜这才发现下边还有很小字的脚注：彳亍（chi chu），走走停停的样子。

　　行就行，有什么可彳亍的。谢澜叹气，标了下拼音。

　　一直学到中午，对面两人终于把数学做完了。

　　于犀起身把辛辛苦苦写完的数学卷子一把塞进书包："你们还学吗？"

　　戴佑也开始收拾："下午再学，我回去吃饭了。"

　　"我们也走吧？"窦晟问。

　　谢澜从语文书里抬头，长呼一口气："走。"

　　三个多小时，自学了两篇课文，其实好像也还行。

　　但他就觉得头特别晕，好像有点晕汉字。古诗和现代诗还不是同一种晕法，古诗是完全看不懂，现代诗是看得稀里糊涂，感觉有人在跟他玩捉迷藏。

比如这首《雨巷》学完，谢澜满脑子只剩下一句话：冷漠凄清又惆怅。

恰如他本人。

他叹口气："可能这就是汉语的力量吧，刚学就和诗人有一样的感受了。"

"你说什么呢？"窦晟笑呵呵，"一个人嘀嘀咕咕的，学个语文给你学垮了。"

谢澜摇头："没垮，我很好。"

"我爱语文。"

回去一路上，谢澜都没怎么吭声，被这份沉甸甸的爱掏空了。结果到家一出电梯，他再次被震撼。电梯间的快递数量对比昨天又翻了一倍，已经快要把家门都堵住。

赵文瑛不在家，桌上留了饭，小猫趴在食盆旁边呼呼大睡。听见他们回来，只出来闻了闻鞋，又趴在鞋子旁边睡着了。

谢澜眼看着窦晟把快递用小推车分儿趟拉进家门，全都铺开在客厅地上。

高雅整洁的客厅瞬间变成了仓库。

"你到底买了多少东西啊？"谢澜忍不住随手捡起一个盒子，瞟了眼标签。

窦晟说："帮我找一个发货人是 summer story 的快递。"

谢澜一愣："就是这个。"

窦晟从快递的海洋中艰难地蹚过来："别的快递等会儿录开箱，这个我得自己拆，要上身。"

"什么啊？"谢澜被勾起了好奇心。

窦晟不知从哪摸出一个小圆片，在胶带上一划就开了箱。小箱打开，里面是个精致的牛皮纸袋，窦晟把线绕开，从里面拎出一件衣服。蝴蝶结，奶茶色和乳白色的小格子。谢澜忽然觉得有点不对。

"窦晟？"他听见自己颤抖的声音："这什么鬼东西？"

窦晟漫不经心一抬头："JK 制服啊。"

谢澜："？？？"

"我穿，又不是你穿。"窦晟捏了捏那件衣服，"材质还行，对得起我两千块大洋。"

谢澜怀疑自己的耳朵："你花两千块钱买这个？"

"对啊，百万粉丝福利嘛，迟早要给。"窦晟嘟囔着抖开制服上衣部分在自己身上比了比，"表妹这事儿说到头是我搞出来的乌龙，不仅坑了你，其实也溜了他们，他们非要看就给穿着看看吧，无所谓。"

"……"

这也太无所谓了吧。

窦晟走到门口穿衣镜旁比了比。镜子里神色淡漠的大帅哥一手拿着制服衬衫，另一手拿着同款配色的A字百褶裙，蝴蝶结有点散，两条飘带垂下来。他一本正经地往身上比了比。

画风一度相当诡异。最诡异的点是，谢澜竟然觉得挺好看。

"我求你继续做失足少年。"他听见自己麻木的声音。

"就这样吧，镜头里就只露上半身，最多带一点裙子腰这块儿，应该不会被封。"窦晟嘟囔着把盒子踢开，"麻烦去我妈房间看一眼，确认下她真不在家。"

谢澜嘟囔着："你也知道自己会挨打啊。"赵文瑛确实不在，谢澜上楼去了趟洗手间出来，客厅已经架好了相机。

一堆快递箱中间，坐着一个诡异的身影。

窦·奶茶JK·晟。

谢澜脚底下一滑，在楼梯上"咚"一声往下滑了个台阶，拉着扶手勉强站稳了。

窦晟回头冲他挑挑眉："有那么吓人吗？我觉得还挺好看啊。像我这种大帅哥，其实五官也就比女生硬朗点，可惜没买假发。"

谢澜："……"

"我觉得你要谨慎考虑。"他忍不住说，"会不会有人骂你？"

"骂去呗。"窦晟满不在乎，"千金难买我乐意，还有我粉丝乐意，做视频就是图个乐子，看不惯我的人还少吗？"他说着，伸手把胸口的两条飘带飞快系了个蝴蝶结，揪了揪。

窦晟肩宽，买的是最大号的制服，他的肩刚好把衬衫完全撑起来了，但是他人瘦，下摆有一点空。百褶裙到大腿中段，他直接拉了一条黑色的裤袜，拉到膝盖下边。双腿笔直修长，露出的那一小截白得发光。

窦晟起身理了理裙子，又抓了两把头发，把那几撮米金色的往外拉了一拉，冲着镜头找了个角度。

"我还挺美。"他说。

谢澜："……你家周围有酒店吗？我想要搬出去。"

"这会儿光线好，我飞快地录。"窦晟回头冲他眯眼笑笑，"我宣布，人间绝帅窦暂时更名人间绝美窦，更名时间半小时，你想和我拍照留念吗？"

谢澜："……不必了。"

"来吧！"窦晟不由分说上来抓他，谢澜转身就想跑，但转身晚了，还是被一把薅住胳膊。

"放手！"他感到极大的恐惧，"我不要！"

"多好啊。"窦晟已经不由分说一胳膊勾住他的脖子，把他整个人往怀里圈了圈。

谢澜："……放手！"

"比个耶！"窦晟一手圈着他的脖子，另一手举起手机前置照相。

荧幕只能录到两人的半身，或者说四分之一身，窦晟露出的只有一截奶咖色的领口和蝴蝶结，反而是那几撮米金色头发更扎眼。

下午光线确实好，明朗朗的阳光下，窦晟笑得很开心，圈着谢澜脖子的那只手比了个剪刀，剪刀的一只尖尖还戳了戳谢澜的脸蛋。

"别碰老子。"谢澜突然 get 到了于扉张口闭口老子的爽快感。

"笑一个。"窦晟一下一下戳着他，"笑一个，笑一个。"

谢澜内心已经崩塌了。

但窦晟非常坚持，摄像机杵在面前一动不动，圈着他的那只胳膊也是。

僵持半分钟后，谢澜终于牵起僵硬的嘴角。

咔嚓。

营业结束，他又瞬间垮脸。

窦晟撒开他吁了口气："咱俩真好看啊。"

"……"这人绝对是有病。

窦晟低头戳了戳照片："你知道什么是饼状图笑容吗？"

谢澜皱眉烦躁道："什么东西？"

窦晟举起荧幕给他看："少侠，你的笑容里有着三分愤怒四分狂躁，一分纵容两分娇俏。"

照片里谢澜脸颊有两抹红，不知是被气的还是被勒的。

谢澜精神沦丧："滚啊。"

窦晟从善如流地滚了，滚到一个离他几米开外的地方，踢开快递盒扫了片空地，坐下给那张照片挑选滤镜。

谢澜在不远处看着他。

平心而论，窦晟穿这身也不是特别违和，他虽然长相完全随了赵文瑛，皮肤也白，但看着一点也不娘，即使穿着这身，一眼扫过去也只是个"行为诡异的男生"，而且还有点诡异的好看。

但谢澜还是忍不住叹气，低头查了几个词："你算不算女装大佬？"

"这词你都知道？"窦晟稀奇地抬头，瞟到他手里的手机又"哦"了声，"不是，我没这癖好，我就是感恩一下粉丝，他们的私信我都收了几百上千条了。"

谢澜一言难尽："粉丝的要求……其实也可以拒绝。"

"是可以拒绝，但我对这个无所谓。"窦晟随口笑了下，"而且我平时不太录开箱，这次要拆的快递都是失足少年的衣服，跟我身上这身一对比，能吓死他们。然后再下一个视频，他们就能有幸看见社会青年豆子哥了。这就叫风格的张力！"

"……"谢澜表情离家出走，"做你的粉丝，真是有幸啊。"

他心情复杂地随手戳开小电视图示。手指滑到"动态"，顿住了。窦晟换头像了。前天晚上小提琴直播时还没换，昨天中午看他主页也没换，什么时候换的？难道是在车子明奶奶家？大半夜？

谢澜看着那个头像有点发蒙。还是那颗平平无奇的豆子，但是，背景变了。

——豆子的背景换成了浅浅的、散发着快乐的粉色。

谢澜把粉色头像反复点开看了好几次，不知为何，有点在意。相机已经开了，窦晟正在调整收音。谢澜看了他一会儿，还是忍不住问道："你换头像了？"

窦晟抬头说："对啊。"

对啊？明明就不太对。谢澜看他似乎没有进一步解释的意思，纠结了一会儿，转身上楼。这么点小破事没道理扯着人家问，而且他觉得自己压根也不在乎。

每个周日晚上回来是班里最热闹的时候，学生们赶在上课前，满地乱窜，疯狂聊天。

谢澜刚把竞赛卷摊开，刘一璇就跑来坐在了车子明座位上。

"谢澜大佬。"她兴奋道，"我们商量个事吧！"

谢澜问："什么事？"

"我看了你的小提琴直播，哇，真的好厉害！实不相瞒我是学竹笛的，《H.Blood》这种日系燃炸的曲子其实也可以改国风，再搭配汉服和舞蹈，我们首页通知书妥妥的！你愿不愿意跟我合作一个视频？"

刘一璇眼睛放光，但谢澜听得有点蒙。

他正要问竹笛和汉服是什么，窦晟忽然开口道："合作视频，是你投稿，还是我投稿？"

刘一璇一愣："当然是我投稿，这有你啥事？"

谢澜听到投稿才明白过来："你也是 UP 主？"

刘一璇笑起来："我是个小 UP，出 COS、汉服、宅舞什么的，我才三万粉丝。"

于扉从桌上撑起不堪重负的身体："三万也不算小 UP 了。"

"三万还不小啊？"刘一璇笑得很甜，"我 B 站 ID 叫可颂酱，可颂就是牛角面包的意思，你可以搜搜我之前的作品，愿意合作就来找我啊，随时！"

等人走了，于扉回头说："你真的可以考虑，她竹笛吹得很好。哦对了，竹笛是一种民族乐器，我个人觉得笛声和小提琴声是能和谐相处的。"

窦晟喷一声："鲱鱼，你今天怎么不困了？"

于扉又垮下脸瘫回墙上："没，我就是看谢澜一脸茫然，好心给他解释解释。"

上课铃响，谢澜抓紧时间问："四班到底有多少个 UP？"

"就我们两个。"窦晟撇撇嘴又说，"我觉得你跟她合作还不如跟我合作，她会竹笛，我还会钢琴呢。"

谢澜一愣："钢琴？没听你说过。"

窦晟淡淡道："小时候被赵文瑛女士逼着学的，好多年没碰了，但可以捡捡。"

谢澜惊喜道："那很好啊，你学了多久？"

"差不多俩月吧。"窦晟说。

谢澜表情一滞："……？"

胡秀杰身影出现在后门，一片肃杀扫过教室上空，全班鸦雀无声，诸神归位。

谢澜也不再说话了，专心看眼前的竞赛题。

胡秀杰站在讲台桌前："说个事啊。马老师今天请假了，我帮他传达，下周末的全市数学分级考，咱们班全员参加，这周其他科目都不会留太多作业，你们好好突击下数学。"

底下长松一口气，胡秀杰突然朝谢澜看了过来："谢澜，窦晟。"

明明没犯什么事，但谢澜还是心里一紧。

胡秀杰瞟到窦晟，皱起眉，瞪了他好一会儿才说："按照惯例，各校会派考生代表在赛前听一场宣讲，根据上次分班考成绩，你们两个明天上午去一趟市教育局，前两节课可以请假。"

窦晟"嗯"了声。

"窦晟你站起来。"胡秀杰说。

"猫头鹰们"默默回头，窦晟顶着那头有两撮挑染的头发起立，校服外套敞着，露出里面印着血爪痕的白卫衣。

胡秀杰脸色很难看："你这是又在搞什么呢？"

"没什么。"窦晟说，"限定版，就一周。""一周也不行！"胡秀杰当场翻脸，"你跟我出来。"窦晟被叫走整整一个半小时，快放学前才若无其事地回到座位上。

"老师怎么说？"谢澜问。窦晟没回，若有所思地看着他，看了半晌才低声道："你还挺上心的啊。"谢澜忍不住说："要点脸，我只是好奇胡秀杰会把你怎么办。"

窦晟一笑："她妥协了。"窦晟说着凑近谢澜，在他耳边小声说："我给她看了一段今晚录的素材，问她是想看我失足还是想看我 JK。"

谢澜："？？？"他的内心再一次受到了极大的震撼。

窦晟笑眯眯："你猜她选什么？"

"……"

因为这两句话，谢澜傻了半堂课。

直到晚上回去收拾好宿舍，他才忽然意识到窦晟又在忽悠他。胡秀杰是什么人，怎么可能受制于学生？

窦晟正在床底下往柜子里丢东西，戴佑和王苟在旁边震撼地看着那些叛逆服饰，震惊得说不出话来。

谢澜扒着床栏杆问："你到底跟老师怎么说的？"

"问这么多干吗啊，就是促膝长谈呗。"窦晟说着又顿了顿，"哦，促膝长谈的意思就是双方都聊得很坦诚很舒服，把前因后果都聊明白了。"

谢澜有气无力地缩回床上："我知道，我背过这个成语。"

窦晟在底下乐："厉害啊。"

谢澜没回。

那种莫名的在意感又跑了出来。窦晟看似云淡风轻，但很能藏事，而且藏得理直气壮，无论是那个突然加了粉色背景的头像，还是今晚和胡秀杰将近两个小时的神秘谈话，他都在刻意藏起一部分，没有跟谢澜分享的意思。

谢澜琢磨着，可能他们认识时间太短了，窦晟还不想什么事都跟他说。

王苟翘着凳子问："你买这么多衣服，就为了拍一个视频啊？"

窦晟"嗯"了声："一周七套不能重样。不过这视频也就拍一次，我都挑便宜买的，基本不过百。"

谢澜听着听着觉得不对劲，又扒着栏杆探出个脑袋："那两千的……"

好巧不巧，窦晟刚好从箱子里掏出了那件奶咖色的JK制服，连同百褶裙一起，抖了抖。

戴佑一口水喷了出来。

王苟震惊到任由冰冷的白开水混口水在他脸上胡乱地拍，窦晟随手抽了张纸按在他脸上："这身JK是拍百万粉丝福利的，这可是我花大价钱订的，先买180支纱棉，再发给工作室打样。"

王苟很狗子地仰望他："180支纱是什么意思？"

窦晟抓着他的手让他摸摸："是纯棉，但手感很丝滑，像绸子一样。"

王苟感慨道："果然丝滑啊。"

戴佑也心动了："我也摸摸。"

坐在上铺的谢澜浑身过电。许久，默默缩回去躺平，对着天花板放空。

"百万粉丝福利用这个录，回头两百万、三百万、五百万……都用这个录。"

窦晟笑滋滋地说完这句话，伸手在他床栏杆上敲了敲。

"干吗？"谢澜冷漠。

窦晟问："你喜欢吗？要是以后我们合作，我也给你订一套。"

"……冲你这句话，我们合作没有可能了。"

"话不要说得太早。"窦晟又敲了敲，"你会真香的，人类的本质是真香。"

听不懂。谢澜无语地翻了个身。

住校的第一宿，戴佑和王苟在底下学习，谢澜躺在床上用手机看古诗文，窦晟就在一旁拿着笔记本计算机剪视频。

窦晟用的是静音鼠标，点击声很轻，但剪视频时鼠标点击连成片，谢澜听着听着竟然觉得有点困。

他不知道自己是什么时候睡着的，但他又做梦了。谢澜梦见窦晟在一个半夜给他发消息，让他去行政楼天台。行政楼电梯坏了，灯也坏了，他一个人在黑暗中向上走了无数个台阶，终于推开天台那扇小门，却见月光下窦晟穿着那身奶茶拼奶白色的JK制服，冲他招手。

"谢澜，过来。"窦晟晃着两条大白腿说。

梦里谢澜蒙了好一会儿，然后鬼使神差地朝他走了过去。

走到天台沿上，谢澜忽然感受到这个楼有点晃，象是不太稳。

"怎么了？"他问。

窦晟冲他笑笑："我给你看个好东西。"

他说着伸手探向自己的裙子。

"别！"谢澜在梦里大喊，"Stop！"

窦晟没听，谢澜绝望欲闭眼跳楼，纵身前却忽然听到哗啦啦的袋子响——他回头定睛一看，窦晟又掏出一套JK，往他身上比划说："咱俩一起穿着这个直播吧，一定能吸引全站的人来看，我的粉丝会迅速增长到两百万、三百万、五百万，今年百大非我莫属！"

谢澜一个猛子从床上坐了起来。静谧的宿舍里只有他一个人气喘吁吁的声音，隔壁连床的戴佑和王苟都在熟睡中，呼吸声很轻。借着窗帘缝隙投进来的微弱的月光，谢澜摸到手机看了眼时间。"02：08"。

旁边的床空着，窦晟不在，估计去厕所了。谢澜缓了好一会儿，口干舌燥，顺着床梯爬下去找水喝。窦晟的柜门敞着，能看见里面的一切，包括那套被整齐叠放着的JK。噩梦源于现实。谢澜刚刚平静下来的心里又是一阵窒息。

谢景明一直在催他回去，话里话外甚至还暗示过再胡闹要切断他的经济来源。谢澜从前做Youtuber攒了不少广告分成，但不一定能撑多久。其实今天窦晟提合作时他动心了，至少思考了一会儿该往哪个方向去合作。但要一起穿JK什么的还是算了吧。谢澜喝了两口水，起身上床。他一只脚踩在台阶上，忽然又顿住了。

宿舍里很安静，头上那俩人睡得很死，就好像，这屋里只有他自己。他两手扒着床架定格了一会儿，鬼使神差地，走向窦晟的柜子，把那套JK制服抽了出来。

在家没仔细摸一摸，手感确实不错，对得起这个价格。谢澜把衣服和裙子分别抖开，面无表情地打量着。英中的衣柜内侧贴着镜子。片刻后，他一手衬衫一手裙子，冷漠脸往自己身上比划去。颜色很温柔的女高中生制服，和少年偏奶白色的皮肤很搭，再配上有一丝清冷和漠然的黑眸，妙不可言。

可能是半夜起床脑子不太清醒，谢澜对着镜子里有点发呆，说不出什么感觉，就觉得好像也没想象中那么恐怖。

咔哒——门把手转动的声音忽然在身后响起。窦晟回来了。

谢澜内心地震，来不及吐槽这人走路没声，立刻就把JK扔回他衣柜里。然而衣服还没落地，他又一把给捞了回来。之前这套制服叠得板板正正，现在这样必然露馅，说时迟那时快，在窦晟开门的一瞬间，谢澜抓起书包一把将制服塞了进去。"滋"一声，拉上了拉锁。

窦晟拿着平板出现在门口，谢澜拿着自己的书包，淡定地、慵懒地打了个哈欠。"没睡啊。"他抢在窦晟开口前开口了。这在成语词典里叫"先声夺人"。

窦晟估计被他吓一跳，过了一会儿才用气音低声道："我等视频上传完，看看有没有问题，今天审核挺快的。"

谢澜闻言一愣，下意识又瞟了眼手机。"02：25"。

窦晟是他见过拍视频、剪视频最利索的创作者了，这个效率简直令人瞠目结舌。窦晟走过来把ipad塞到床上，又低声问："你不睡觉，拿书包干什么？"

谢澜一呆。过了一会儿他才小声说："梦到语文作业没写完，下来检查下。"

窦晟闻言勾起嘴角："太可怜了吧，都有心理阴影了。"

他说着抬手在谢澜脑袋上揉了两下："莫慌，下次语文你肯定能进步。"

谢澜心虚，连让他摸头都没反应过来，等看着窦晟爬上床，才松一口气跟着爬上去。躺下后他才又想起窦晟说的视频传完了，忍不住戳开手机。视频里的窦晟穿着那套JK，丝毫不扭怩，大大方方地给大家介绍他新买的装备。

"这期是个水视频，一起拆拆快递，但你们要珍惜现在的我。"他冲镜头高冷地说，"说好了啊，JK，每百万粉一见，我看以后谁说我是不上进型UP。"

他手里展示的刚好是今天穿的那件有血爪痕的卫衣，简单介绍几句就丢开，换破洞裤，在镜头里用皮尺量破洞的总长度。耳机里充斥着窦晟劈里啪啦的说话声，谢澜看这种高密度说话的视频容易走神，眼前只有那身JK在视野里晃来晃去。

"以上就是本期视频的全部内容，如果对这身JK还满意的话不要忘记给我点赞、投币、转发，如果你是第一次看我视频的话可以点……也不用点关注了，第一次见我就是 JK，咱们估计没什么缘分。"窦晟倒豆子一样说完结语，"下期投稿主题，人设，大家好好工作好好学习，我们下期再见！"

视频结束得也干净利索，后面拼接的是窦晟每一支视频都有的 ending 部分，欢乐的音乐配上他笑眯眯的大头贴，有点魔性，但又让人不自觉地心情很好。

谢澜摘下耳机，无意识地淡淡笑着，翻身打算睡觉。

头顶上窦晟忽然戳了戳他的枕头。"我发现你在看我视频，还试图白看①。"窦晟小声说，"别忘了给我投币啊，俩，就现在。"

谢澜一呆。他又睁开眼，摸着手机，如同摸着自己空荡荡的 B 站钱包。

许久，他低声道："不好意思，我的硬币用光了。"

窦晟闻言猛地坐了起来，难以置信地问："这么多天，也该攒几十个币了吧，都投哪去了？"

都投给你粉丝做的安利向视频了。谢澜在窦晟严肃的瞪视下突然有点心虚。

他顿了顿，小声说："下次一定。"

半夜醒来折腾一通，第二天两人直接睡过头。因为要听宣讲，他们能比正常上课的学生多睡二十分钟，戴佑他们走的时候也没叫。

谢澜是被撞大运自己苏醒的窦晟晃醒的。"要晚了。"窦晟顶着一脑袋蓬乱的头发，"宣讲还有半小时，咱们过去也差不多要这个时间，抓紧！"

谢澜猛地坐起来，脑子还没反应过来，身体已经追随着窦晟一起行动，两人一前一后，几乎是从床上飞了下去，洗脸、刷牙、穿衣服，在早自习时分寂静的校园里狂奔。一直跑到西门口，窦晟打的车刚好过来。

"到市教育局。"窦晟呼哧呼哧喘着气对司机说。司机大叔笑笑："别急，这个方向逆高峰，不堵车。"谢澜连忙点头："谢谢您。"

车子跑起来，谢澜看了眼时间，应该能来得及签到。他松了口气："昨晚不该起来瞎折腾。"窦晟抱着书包一脸困倦，嘀咕道："我起来看着视频上传，理由正当，但你起来的确实有点冤。"

谢澜看着车窗外急速倒退的街道，突然问道："你觉得如果我们两个合作视频，该做什么方向的内容？"合眼欲睡的窦晟一下子坐直了。他瞪着谢澜："真的假的，要跟我合作？你要在 B 站注册一个 UP 主吗？"谢澜含糊地"嗯"了声。他没有彻底做决定，但确实有这个想法。

---

① 白看，网络流行语，指粉丝看视频但不点赞、评论、投币的行为。

"那很好啊。"窦晟一下子笑起来，"回头考完数学分级，我把B站条款发你，看看有没有你觉得不太合适的。这事不急，我再写几个合作企划给你看，咱们一起讨论。"

谢澜"嗯"了声："确实不急。"他倒是没想到窦晟的反应能这么热烈，让他一下子又觉得心情有点好。

市教育局是个小院，院里有垂直挨着的两栋楼，副楼下面拉了条横幅，写着"梦想扬帆起航——全市数学分级测试宣讲会"。门口摆着一张小课桌，工作人员坐在课桌背后，桌上有签到表。这会儿距离宣讲开始还有三五分钟，前边还有个高高瘦瘦的男生正在签到。

窦晟说："白底红杠杠，这是附中的，记住了哈。"

谢澜一愣："我记这个干什么？"

"也不干什么。"窦晟笑笑，"附中数学挺强，在这种考试里都挺有存在感的。"

谢澜"哦"了声。

等那人签到完，谢澜和窦晟走了过去。签到老师一看到窦晟的头发和衣服，脸上露出了困惑的表情。

谢澜抽出圆珠笔正要填表，那张表就被她抽了回去。

"你们是哪个学校的？"老师问。

谢澜一愣："英中。"

附中那个高高瘦瘦的男生没着急进去，在一旁皱眉瞅窦晟半天，不确定道："窦……晟？"

窦晟瞟他一眼："是我。你好啊，怎么称呼？"

"我郭锐泽，附中的。"那个男生震撼道，"还真是你啊，我去，我寒假还去英中找朋友打球了呢，你怎么跟光荣榜上贴的那个照片……不太一样？"

"哪不一样？"窦晟人前很高冷，说话懒洋洋的。

他从书包里摸出学生证，给签到老师核实了身份，然后弯腰把名签了。

郭锐泽蒙了一会儿才说："等等，我有点蒙，你是你们英中上学期学年第一，之前也是中考第一的那个窦晟？"

窦晟抬眼瞟他，就差把"你无不无聊"五个字贴在脑门上。"是我，怎么了？"

"没怎么……"郭锐泽眼神放空了一会儿，许久才点头说，"之前听学长说英中每一届第一都异于常人，果然如此……嗯那个，幸会啊，我也是我们学校第一，这次考试有幸和两位大佬交手。"

他说着又转向谢澜："这位大佬呢？"

谢澜幽幽瞟他一眼："谢澜。我不是大佬，我排年级四百多名。"

只是一个平平无奇的数学天才而已。

郭锐泽表情又涣散了一会儿，许久才缓缓点头："行，肯定是偏科大佬，能来参赛的都不是一般人。咱们等会儿一起进去吧。"

签到老师对谢澜说："你也出示一下学生证。"

"哦。"谢澜拍拍裤兜，没有，于是习惯性地拉开了书包。

书包敞开的一瞬间，清风拂过里面的制服，优雅的小格子和白衬衫明晃晃地躺在里面。谢澜一脸惊悚，手比脑子先反应，又迅速把书包链拉了回去。旁边神情困顿的窦晟一下子站直了，两个眼睛瞪得溜圆，拽了谢澜胳膊肘一下。

他侧过身替他挡着书包，压低声说："有毛病啊你，拿它出来干什么？"

谢澜半边身子发麻："我没……"

可可爱爱的 JK 制服，躺在英中数学小天才的书包里，估计大家都瞟到了。

一股电流从脚底板蹿到脑门，谢澜满脸通红。

许久，窦晟把他的书包拉开一条小缝，手伸进去掏。他慢慢摸索，摸了好半天才终于摸到谢澜的学生证，小心翼翼地把卡套一点一点拽出来，没让绳子勾出任何不该勾出来的东西。两人同时无声地出了一口气。

窦晟把学生证放在桌上："谢澜，也是英中的。"

谢澜立刻低头把字签了，不想看老师的表情，抓起学生证，推着窦晟就往里走。

路过附中郭锐泽，郭锐泽两眼失神，大受震撼，死死地盯着他们。

"我好像刚才看见了什么了不得的东西。"郭锐泽使劲吞了口唾沫，神情呆滞道，"社会青年，女装大佬，你们英中学习好的竟然都是这个画风？"

谢澜直接自闭了。他一路走，一路听着耳朵里的嗡嗡声。

英中只来了两个学生代表听考纲，但像三中、九中、附中，基本都来了二十多人。谢澜闷头进去坐在后排，窦晟挨着他，在桌子底下拉开两人书包，把制服从谢澜包里转移到了自己包里。他低声说："我合理怀疑你是想偷偷丢掉它。还好我发现得及时，两千块钱啊。"

谢澜没吭声。他知道窦晟是想安慰他，但他这会儿自闭到大脑语言区短路，选择性丧失了中文功能。毁灭吧。

宣讲老师把材料分发给每一个来听宣讲的学生，一张是省训营介绍，一张是今年的考纲。老师说什么，谢澜此刻听不进去，只是低头无意识地在纸上画着一片片梧桐叶解压。梧桐叶的简笔划是谢澜在肖浪静住院时学的，画给她解闷。

人的心理是个挺难说明白的东西。刚上初中时他喜欢运动，在学校篮球队和网球队里活跃，后来加入校交响乐团，半年就做到首席小提琴，跟身边人都相处得很好，周末读书会和 party 接连不断。

但从肖浪静那突然一病，他的生活一下子变成了学校和医院间灰白的两点一线。或许因为医院里太寂静了，他渐渐变得内敛而谨慎，不太爱说话，不愿意让别人关注自己，好像走到哪都背着一个安全壳，就连为了给肖浪静解闷而做 Youtuber 都不肯在镜头前露脸。

放在小时候，今天这种乌龙可能也就一笑而过，但现在谢澜觉得是灭顶之灾。

谢澜正自闭着，视线里忽然闯入一个奇形怪状的东西。

纸叠的，像个青蛙，按一下屁股还真的往前蹦一下。

谢澜吓一跳："干什么？"窦晟低声说："让小跳蛙替我围观你社死现场。"

"社死是什么？""你用手机查查。"

窦晟把小跳蛙三两下拆开，在皱巴巴的纸上写了"社死"两个字。

【社死】社会性死亡的简称，已经丢脸到无法见人，肉体还活着，但精神已经死了。

谢澜面无表情地点头："哦。我社死了。"

"噗。"窦晟当场没憋住乐，"你怎么这么好笑啊。"

"后排那个，你哪个学校的？"老师严厉的声音突然响起。

窦晟起立道："对不起老师，我早上没睡醒，有点神志不清。"

前排的学生们回过头，用震撼的眼神看着窦晟的头发和穿着，还有人小声交谈。

老师也皱眉："我问你是哪个学校的？"

"英中。"

"怎么这身打扮啊？"老师皱眉道，"你们教导主任不是胡老师吗？"

窦晟干脆地蹦了两个字："是她。"

老师被噎住了。按理来说"是她"之后还应该有追问，比如她怎么允许你穿成这样来，你到底是什么程度的学生。但市教育局的老师算是温和，皱眉半天后只说道："坐下吧，好好听。"

窦晟点头："实在抱歉。"

宣讲一共分两节，第一节介绍省训安排，第二节讲解今年考纲，属于"我告诉你今年要考哪些，但你拿到卷子还是不会"系列。

中间休息，谢澜趴在桌上戳手机。

附中一帮人张罗去小卖店买吃的，郭锐泽也在里面。

"我也去趟小卖店。"窦晟起身道，"你想吃什么？"谢澜下巴枕在左手背上，右手戳着手机荧幕："不饿。""社死四十分钟了，还没复活啊？"窦晟啧一声，伸手在他后脑勺上胡噜着："小小年纪，给自己设的条条框框还挺多，那我随便给你买了啊。"

谢澜有气无力偏头躲开："烦着呢，不要碰我。"走到今天这个地步不能怪任何人，只能恨自己。人在半夜真是脑子有病，闲着没事去偷玩人家的制服干吗啊？谢澜长叹一声，用笔尖把考纲划烂了。

过了一会儿，他起身去上了趟洗手间，回来时刚好撞见窦晟和郭锐泽。郭锐泽没跟他们学校的人在一起，而是走在窦晟后面，眼神有点涣散。

窦晟一手揣着兜，另一手拎着一兜吃的，冷淡的神情配合这身混混行头，浑身散发着随时会暴起的社会青年气息。

谢澜估计郭锐泽是被他吓坏了。毕竟能一见面就说出"我是我们学校第一"的人估计无比单纯，没见过的"失足少年"。

谢澜停下来等着窦晟，郭锐泽就从他们两个身边擦身而过，路过谢澜时，那双涣散的眼睛中忽然涌现一丝同情。谢澜没反应过来，就见郭锐泽从身边擦过，挤入附中的人堆里说笑。他犹豫了一会儿才低声问："你觉得郭锐泽会把他看到的说出去吗？"

窦晟仿佛勾了勾唇角："我觉得很有可能，他挺能说的，刚在小卖店听他和他们学校的人说话也滔滔不绝。"

谢澜窒息了。他自闭地往回走，窦晟跟在后边。

"不就一套制服吗？"窦晟在后头说，"你管他会不会说出去呢。"

谢澜回头看着他："你刚才说的条条框框是什么意思？"

窦晟想了想，说："条条框框就是说，一个人总暗示自己，你该是什么样的，你千万不能什么样，如果你怎么样了你就完蛋了。这就像自己给自己打了个笼子，然后把钥匙吞了，何必呢。"

谢澜愣了一会儿。类似的道理他听过很多，但这种比喻还是第一次听。

窦晟忽然伸手勾住他的肩膀，笑眯眯地又比了个招牌剪刀手。

"你干吗？"谢澜怀疑他又想合照——《大猫与社死二猫》之类的。

但窦晟没掏手机，只是晃着两根手指头说："事已至此，你面前摆着两条路。"

谢澜不吭声地瞅着他，窦晟笑道："第一，把这个看作是休克疗法，一步社死到极点，用强大的羞耻之力震碎套在身上的笼子，从此天高任鸟飞，海阔凭鱼跃，开启新世界的大门，掌握通往幸福的真谛。"

谢澜斜睨着他："说人话。"窦晟说："反正都被发现了，不如一起快乐 JK。"

谢澜此生最大的定力，都用在这一刻没给窦晟一拳上。

他垮着脸快步往回走，窦晟边乐边追上来，又不由分说圈住了他的脖子。

"干吗啊？！"谢澜死命地挣。

"话还没说完呢，还有第二条路。"窦晟挑挑眉，"这第二条路就比较务实了，我们可以干点别的压住郭锐泽，让他忘记你这事。"

谢澜脚下一顿："什么意思？"

窦晟一笑："迅速给他第二波更大的冲击，用恐惧镇压恐惧，用魔法打败魔法。"

谢澜好像听懂了，"你是说让我好好准备分级考，在学业上震撼他，考个满分？"

窦晟表情瞬间消失，沉默片刻后忍不住道："企业级理解。"

谢澜："什么？"

窦晟叹气："其实我的意思是，我们可以拿个更直观的东西给郭锐泽看，比如说我刚才……"

"懂了。"谢澜严肃点头，比了个 OK 的手势。

窦晟一蒙："你懂什么了就？我还没说完呢。"

老师拍拍讲台桌，谢澜迅速回到位子上，把宣讲资料翻到第二页，努力摒弃杂念听了起来。

窦晟在旁边嘀咕："我感觉你没懂，不过没懂就算了，不重要。我真诚推荐你想开点，真的，JK 制服并不快乐，快乐的是去尝试一件全世界都觉得很疯的事情，而你尝试的原因仅仅是因为你自己好奇或临时起意，那种百无禁忌的感觉简直了。"

谢澜已经听不见了。用魔法打败魔法，他之前就听说过，也深以为然。

第二节讲考纲，谢澜认认真真听了下来，把纲要上所有数学理论的英文都默写在旁边，中英对照确认了好几遍。

窦晟欲言又止几次，最终还是默默闭嘴了。

回到学校，教室里外都是炸裂的状态。

窦晟凌晨上传成功的百万粉丝福利视频不仅荣登首页，还把学校点着了。四班前后两个门课间都被堵了个水泄不通，大家对年级第一大佬没有直接穿制服来学校有点遗憾。

谢澜挤过人群回座位时，听见一个女生真情实感地感慨："豆子都女装了我还是觉得帅，是不是没救了。"另一人说："姐妹，我与你共沉沦啊！"

谢澜这会儿有点听不得"女装"这个词，趴回座位上掏出数学竞赛题，打算把自己沉浸在知识的海洋，让充盈的人类智慧清扫心里的阴霾。

这本竞赛题是老马给他的，因为他不能上竞赛培训，老马把这学期要讲的东西拆成一本讲义和两本习题集给他，让他自学。讲义他之前大概翻过，就有一点是不太会的，他这次把那点恶补上，然后打开习题集开始狂肝。

请了半上午假照顾奶奶的车子明一回来就狂奔到座位上，瞪着窦晟道："疯了吧你？我看到视频吓得差点把我奶抢出去。"

"放什么屁呢。"窦晟漫不经心一挑眉，"就你还能抢你奶奶？"

王苟在一旁道："有点自知之明。"

车子明一噎："我就一比喻，不是，你怎么想的啊？我关注那么多 UP，都说百万粉女装，但没几个老老实实真女装的。"

王苟摇头："没！有！"

窦晟没什么表情："突发奇想，想穿就穿了，有什么的。"

他说着瞟了谢澜一眼，淡淡道："人的脑瓜是个黑盒子，什么时候钻出个诡异的想法，你没法控制的。"

可惜谢澜已经听不见了，他沉沦在学习的海洋里，在大量的计算中终于寻觅到一点点超脱的平静。考试前的这几天，谢澜借学习遗忘社死事件的方法有奇效。

王苟评价他"如临臻境"，车子明则说他"走火入魔"。

其实没那么夸张，谢澜只是把老马给的讲义从头到尾看了一遍，确保每一个汉语都认识。然后把那两本竞赛题刷了两遍，第一遍用一种方法，第二遍找另一种方法，凡是考纲里提示要考的数学原理，凡是能用来解题的，他都想办法用了一遍。

"这还叫不夸张？"去考场的校车里，车子明疯狂翻着被他写满的习题集，人都傻了。

"您怕不是真的高斯十八代传人吧，妈耶，我慌死了。"他震撼地看着那些密密麻麻的式子，"有些解法我竟然根本看不懂？"

窦晟闻言探头过来扫了一眼那个本子，笑笑又坐了回去。

车子明瞪他："你能看懂吗？"窦晟"嗯"了声："基本上。"

"基本上？"车子明指着窦晟吼谢澜，"你竟然让这个男人说出了基本上三个字？！"

好吵，震耳朵。谢澜闷闷地往座椅后仰了一下。这几天学得确实有点疯。

刷竞赛题几乎占据了所有自习和晚间休息时间，早上还要爬起来背古诗文和有机化学，导致他现在有点脑缺氧。但好处是那天的社死场面基本在脑袋里清空了，也许感到羞耻是一种比较高级的脑活动，人脑工作强度大的时候就会把这种活动暂停。

而且，车子明有好几个玩得好的附中朋友，这几天谢澜通过车子明也旁敲侧击了几次。附中并没有流传开诸如"英中有个上学带着女高中生制服的男生"之类的话题。相比之下，反而是窦晟在附中的人设被传播得相当丰满——中考全市第一，高中始终年级第一，我染发，我耳朵镶钻，我衣服带鞋印，我裤子破洞一米，但我是个实打实的好学生。

分级测试全市有两百五十人参赛，分了六个考场，考场排序故意把同学校的尽可能错开了，窦晟和谢澜也不在一个考场。

窦晟跟着谢澜走到他考场门口，冲他挑挑眉："好好考啊少侠，考进前三十，一起进省训。"

谢澜"嗯"了声。他一进市教育局这栋楼就有心理阴影，甚至对自己的书包都有阴影了。犹豫了一会儿，谢澜把笔袋拿出来，书包就放在走廊的窗台上，任其自生自灭。

考试时间四小时，总分三百六。前边的高中基础部分题量大得惊人，考题不难，但计算量绝了，谢澜算到最后一道感觉手腕都酸了，甩了好一会儿才接着做后边的竞赛部分。

竞赛标准和竞赛拔高这两块，谢澜其实没感觉出太大区别。他学的 AMC 体系更偏抽象的数学原理，在国内竞赛不太常见，所以更多出现在所谓的"竞赛拔高"里，这导致他越往后做反而越觉得思路畅通。这两天的大量训练确实奏效，他读题和用中文写证明题都很顺，解题简直爽到起飞，回国以来头一回感受到了久违的考试快乐。

考到最后一小时，谢澜能明显感觉到屋里趴下了一半的人，那些划在卷子上的笔变得有气无力，不仅是难，体力也耗尽了。但他自我感觉还可以，距离考试结束还有十五分钟，他把十二张数学卷从一到十二重新排序了一遍，挨张检查完并写上了名，然后盖上了笔帽。

"咔哒"一声，清脆。

坐他右手边的郭锐泽一哆嗦，扭过头难以置信地盯着他。

监考老师刚好转过去，郭锐泽屁股坐在凳子上，上半身扭到两组中间，就差直接把下巴颏搁在谢澜桌面上。

"干什么？"谢澜语气有点警惕。他对此人有心理阴影，尽管上次的事故并不能赖人家。

郭锐泽低声说："我思路卡到亲妈不识，你居然全做完了？"

"哦。"谢澜松一口气，随手往最后几张卷子翻了翻，"嗯嗯，做完了。"

郭锐泽眼睛直了。

谢澜瞭了一眼他的卷子——摊在最上面的是第十二张卷，上面五道大题，郭锐泽写了三道的样子，空了一道，还有一道写满了，但画了个大叉。

谢澜有点惊讶："有不会的吗？"

郭锐泽："？"

监考老师回头皱眉道："不许交流！"

郭锐泽求生欲极强，立刻缩回去举起双手说："没交流，是我单方面受侮辱。"

一屋子尖子生都乐了，不知道发生了什么，但就想乐一乐。

监考老师瞪着他，郭锐泽又说："算了，我交卷，数学这玩意儿，不会就是不会，垂死挣扎没用。"他说着大义凛然地起身，把卷子捋捋，往讲台桌上一拍，带着附中第一的尊严潇洒离去。

监考老师瞅着谢澜。谢澜也只得默默起身，把卷子交了。

走廊只有郭锐泽一个，靠着窗台用手机发消息。

见他出来，郭锐泽感慨道："大佬啊，就这你跟我说学年四百多名？闹呢。你这智商，理综闭着眼睛考不得个 290？"

谢澜顿顿："理综考了 64。"

"我就说嘛……"郭锐泽笑笑，"你理综至少得……考多少？"

他脸僵得仿佛被雷劈了："64？"

谢澜想了想："化学和生物没答，物理单科 64，这样说会好一点吗？"

郭锐泽："……不会谢谢。"

"大佬，加个微信吧。"郭锐泽又贴上来，"咱们虽然不同校，但估计省训营里还要相见，提前熟络下嘛。"

谢澜不太愿意加陌生人，但他突然想到郭锐泽是掌握他羞耻小秘密的人，只好掏出手机。

"我扫你，别忘了给我通过啊。"郭锐泽笑笑，"先走一步，大佬，省训见。"

谢澜看着他的背影，觉得这人还挺自信的。

两百五十个人只取前三十，他至少空了两道大题，竟然就敢说省训见。

不知是因为第二次见到郭锐泽完全没提 JK 制服的事，还是因为终于考完了，回去路上谢澜心情瞬间轻松下来，轻松到直接在大巴车上睡着了。到家后还是窦晟把他扒拉醒，他一路昏昏沉沉地进屋，直接砸到床上继续躺尸。

一周不见的橘猫主动跳上来，在枕边卧下，满意地打起呼噜。

窦晟站在门口笑道："轻松点了？"

"本来也没沉重。"谢澜嘟囔，"一个小破考试。"

"考试是不难，我就是感到震撼，某人因为一条小裙子闹心了这么多天啊。"

谢澜叹气："有事吗？"

窦晟笑笑："没什么事。赵文瑛女士不在家，我就是跟你说一声，今天是我录人设最后一天了，分镜剧情还差不少。我打算去补点素材，晚上可能回来很晚，你自己叫外卖啊。"

"哦。"谢澜迷迷糊糊一点头，"知道了，那你也想着吃饭啊。"

考完试回来是下午三点，谢澜栽在床上一觉睡着，睡了个昏天黑地，睁眼时整个家里都是黑的。他起床一瞬间觉得有点心慌，太黑了，正要去摸手机，床边忽然传来小猫呼噜噜的声音。在旁边陪着他睡了一下午加一晚上，从天亮陪到天黑。见他醒了，橘猫翻着肚皮伸了个懒腰，又"嗷呜"一声。

"大猫。不，梧桐。"谢澜笑着摸了摸它的肚子。

猫很乖，给摸。"22：30"。

家里一片寂静，窦晟还没回来呢。

谢澜坐起来活动了下睡觉压得发麻的肩膀，点开外卖 APP，打算解决晚饭。

微信上有一条未读消息，两小时前的。

郭锐泽泽：大佬，我想不明白竞赛组第三题，证明蚂蚁爬行左转右转次数相等那个。我这人一涉及空间图形题就发蒙。

谢澜对那道题印象深刻，因为那是整张卷子里需要写汉字最多的一道。

他言简意赅回复道：把所有顶点做成一个集合，数清每个点每个方向转弯的棱数和面数，要用欧拉定理。

其实还是很简单的。比这个题难的多得是，郭锐泽可能真不太擅长这一类。

谢澜本以为对方不会立刻回，但还没来得及关掉微信，就收到了回复。

郭锐泽泽：你跟我老师说的一模一样，我下午没忍住去问老师了，嘿嘿。

郭锐泽泽：恐怖如斯，有你在，今年竞赛的保送名额我是不用想了。

郭锐泽泽：不过大佬我更好奇你们学校那个窦晟。

谢澜愣了愣。

文艺复兴：他怎么了？

郭锐泽泽：就单纯好奇，他到底是个啥样的人啊？

郭锐泽干脆发来一条语音："我没有歧视女装的意思啊，人人都有穿衣自由，只不过我想不明白，会把小裙子塞在书包里带去市教育局听宣讲，这是一种怎样的精神啊？尤其他还是个跟我们一起考试的优等生。啊天哪好想和他当面八卦，但又不太敢，他本人好凶。"

谢澜愣了好一会儿，把录音听了好几遍。

这个郭锐泽是不是误会了，那个书包明明是他的。当天的情形非常明确，就是他书包里出现了小裙子，窦晟帮他遮掩的。

郭锐泽泽：你别觉得我背后说人啊，主要我受伤害太深了。你知道不，他不仅听宣讲带小裙子，还穿那身录了个视频！上次宣讲的课间休息他还把我叫住，巨得意给我看了那个视频，问我有没有什么感想？！

郭锐泽泽：我去，我连续做了四天噩梦，每个梦里都有他，不知道的还以为我恋爱了。

谢澜彻底愣住。

郭锐泽又发了一串被震撼至死的表情包，但谢澜都没回。

他坐在安静的房间里，橘猫卧在身边轻轻地打着呼。

难怪上次郭锐泽跟附中人出去，最后却在窦晟后边回来。谢澜完全没想到，窦晟说"给他更大的冲击"竟然是直接把制服揽到了自己身上，而且事情摆平也没说，任由他自闭狂肝数学一礼拜，就笑呵呵地在旁边看着。

心情有点复杂。

底下忽然传来门锁开启的音乐声，没过多久，窦晟踩着楼梯啪嗒啪嗒上来了，走到他房门口，"笃笃——"敲了敲门。

谢澜回过神，"啊"了一声。

窦晟推门，对着黑暗呆了两秒，"咔哒"开灯。"你神人吧，睡一下午啊？"

谢澜在光下眯了眯眼："你录得怎么样？"

"齐活了。"窦晟笑笑，"我今晚就把头发染回去，衣服捐给山区希望小学。横扫负能量，做回我自己。"

谢澜点点头，又忍不住想，希望小学的孩子们真的愿意接受破洞长达一米的裤子吗？

窦晟在家时，路过一个灯就开一个，他悠闲散漫地在家里各个角落走一圈，伸出手指轻轻按下雪白的开关，"咔哒、咔哒"，用不了一会儿，楼上楼下所有灯全开了，整个房子笼罩在一片熠熠生辉的灯火里。

赵文瑛在家时会骂他浪费，但谢澜刚刚一觉醒来，却觉得那片暖洋洋、亮堂堂的光很好。家里不是只有他一个人。

他摸了摸身边的猫，起身到隔壁，窦晟正在收拾小推车上那堆镜头和电池。

"那个……"

谢澜叫他到一半又犹豫了。

窦晟回头："怎么了？"

谢澜没吭声，一时间有些哑口无言。他在门口站了一会儿，忽然想起个事，跑回房间在笔袋里摸了半天。

这玩意儿是小食堂的阿姨给他的，那天手抖多刷给她两块，就找了他钱。

窦晟直起腰回头看着谢澜，只见谢澜顶着一头睡乱的软毛跑过来。

"B站钱包又空了，就这样给你赊两个吧。是念赊吗？反正等我有币了，你拿着这个来找我给你补上。"谢澜说，"谢你帮我在郭锐泽那用魔法打败魔法。"

他说着，从睡衣裤兜里摸出两个钢镚，一个一个地放在窦晟桌上。

清脆。窦晟一呆。

第十四章

联 合 创 作

全市数学分级考试结束，春天一下子就来了。

也就是一夜之间，英中校园内的梧桐都抽出了新叶，鲜绿色在阳光下闪闪发亮。从主教到食堂的那条林荫路上，谢澜和窦晟并排走在一起，听着车子明和戴佑王苟在后头讨论刚刚结束的分级考。他们在押今年的第一花落谁家。

"不是豆子就是谢澜，我跟你们赌一顿烤串，输家请客高烤状元。"车子明信誓旦旦道。

戴佑拎着一瓶咖啡笑道："一押就押两个种子选手，还有谁会跟你赌？"

车子明咬咬牙："那就划下道来，凭借发小情谊，我押豆子夺冠。"

"好么。"王苟立刻说，"我押谢澜。"

车子明用胳膊肘撞了下旁边眼睛半睁半闭的于扉："你呢？"

于扉冷漠道："我押你闭嘴，让我神游一会儿，别烦我。"

戴佑笑出声，拧开手里的咖啡喝了一口："我也押豆子吧，毕竟是从未被触及上限的数学实力。"

风卷着梧桐新叶沙沙地响，他们的说话声和午后的白噪音糅在一起，让人听了懒洋洋的。

谢澜正出神，忽然听到"铮"的一声，余光里一个圆圆的金属弹起来，在空中闪亮地折射着光，落下又被窦晟拍进手心。

窦晟重新染回黑色的头发在阳光下仿佛镀了一层光，他把手伸在谢澜面前："猜是字还是花？"

谢澜怔了会儿，下意识地说："花。"

窦晟张开手心揭晓谜底，是花。他回头对身后的家伙笑道："我押谢澜。"

车子明瞬间大吼："你是不是自己没考好？！知情人士谢绝下注！"

"我考得挺好的。"窦晟漫不经心地抛着钢镚玩，"随便下注而已，随喜欢押一个还不行吗？"

车子明嘟囔道："少放屁，你绝对没考好，老子要改谢澜了！"

戴佑"嘶"了声，也有点犹豫："那要是都改谢澜，还赌什么啊？"

"落子无悔。"窦晟摆弄着那枚闪亮亮的钢镚，轻轻翘起唇角，"一经下注，谢绝更改。"

一群人嘻嘻哈哈的声音划过这条小路，两侧路过的学生偶尔会回头，匆匆留下一瞥。

窦晟一直在玩那两枚硬币，白皙纤细的指尖在圆圆的硬币上游来游去，轻快无比。吃饭时他才终于把硬币揣进兜，戴佑好奇道："这都什么年份了，你到底哪搞的两个钢镚？"

"这是我收的债。"窦晟笑着说，瞥了眼谢澜。

谢澜默然无语，低头专心吃饭。

每次窦晟玩那两个硬币，他就有点心思不定。盯着看久了会眼晕，但挪开视线没一会儿又会情不自禁地想盯，有毒。

春天来了，谢绝中毒。

谢澜把盘子里有甜味的东西挑着吃了，说道："我在 B 站的 UP 资质过审了。"

窦晟眉头一松："太好了。你 ID 叫什么？"

这个 ID 谢澜想了挺久的。

陈年往事不必再提，他想和 Youtube 账号完全割裂开，最初是想和微信名一样叫"文艺复兴"，后来又觉得缺少个人符号，干脆就叫直播间里介绍过的"谢澜"，但这个大名早就被注册了，改来改去，最后递交的 ID 是"谢澜 em"。

"em"是二猫的首字母。当时"谢澜 0229""谢澜 XL"都被注册了，他脑子一抽就注册了"谢澜 em"，倒也没想太多，就是觉得大猫二猫的比喻让人有种懒洋洋的好心情。

头像就是家里小猫梧桐揣着手趴在窗沿上晒太阳的高清正面照，眼神慵懒矜持，带着一丝丝猫科动物天然的蔑视。

窦晟困惑道："em 是什么意思？"

谢澜不想说自己被一个幼稚兮兮的称呼可爱到，喝了两口酸奶才说："恶魔。"

"哈？"王苟勺掉了，"乖乖，这跟您的气质也忒不符合了。再说，哪有恶魔还缩写的呀，这谁能破译得了。"

窦晟蹙眉捏起蛋挞，仰头倒进嘴里，几口咕咚咽下去才忽然舒展眉头。

"我觉得我也可以改个名，现在缩写文化这么流行，再不改名我都老了。"他掏出手机说。

等他提交资料，谢澜在他首页一刷新——"人间绝帅窦 dm"。

谢澜对着荧幕傻了。

于扉放下手机皱眉道："你俩有病吧，'dm'又是什么意思？"

"淡漠。"窦晟笑说，"人间绝帅窦，淡漠。"

车子明白眼一翻："我看你不如把它倒过来，md。"

"噗——"王苟一口把嘴里的土豆丝喷了出来。

谢澜看他们哄笑打闹，忽然想起什么，问车子明道："奶奶怎么样了？"

"好着呢。"车子明咧嘴笑出一排白牙，"我爸上周三就出院了，我奶就疯了那一回。"

午饭后大家各自回宿舍，谢澜不困，坐在床上写 UP 主的创作企划。

窦晟原本坐在自己床中间，瞟他一眼，往这边挪一挪，再瞟一眼，又挪一挪。

"你打算做什么类型的 UP 主？"他用讨论机密的音量神神秘秘地问，"我觉得你不露脸还拉琴的话，可以做一些场景化演奏。"

谢澜感到有些奇怪地放下笔："你怎么知道我不露脸拉琴？我都在你直播里露脸了。"

窦晟一怔，半天才"哦"了一声，淡淡道："我就是随便一猜，露脸当然好，那选择就多了。"

不露脸的剪影演奏，谢澜短期内不想再做了。不知是不是春天的缘故，看着那些梧桐树抽新芽，他久违地想尝试点不一样的东西，哪怕是于他而言很疯狂的东西。

"我的初步想法是发视频为主，看心情直播。内容就是生活和音乐，音乐类的视频演奏和编曲兼顾，少而精吧。"谢澜的笔尖在纸上划动，随手涂画着简笔梧桐，"此外还想做一些文化和地理类的东西，上学忙，放假找机会出去走走。"

窦晟"嗯"了声，清亮的瞳仁里盛着光，"对了，出道视频想做什么？"

谢澜想了想："其实我手上有不少编曲成熟的 demo，都是这一年多断断续续录的，可以直接拿来用。"

肖浪静走后，他其实做了不少东西，或许因为阅历和情绪到了，很多都比从前上传到 Youtube 的更出色，只是没有发出来。

谢澜在脑海里挑了几支能直接拿出来用的曲子："你有需要 BGM 或转场音乐的视频吗？最好是剧情感强一点的，日常类可能撑不起来。"

窦晟捂着胸口"嘭"一声砸倒在床，边乐边说："扎心了。"

谢澜放下本子："扎心是什么意思？"

"就是一把刀。"窦晟顿了下，又改口，"不，刀太生猛了，一把剑吧，一剑穿心而过，令人心很痛，能记一辈子那种。"

谢澜闻言怔住，呆了好一会儿才勉强收回视线。

一箭穿心？有这种功能的他只认识丘比特。穿心而过，让人痛，又让人记忆深刻。

谢澜突然想起车子明天天挂在嘴边的词，犹豫道："爱了？"

窦晟一僵："？"

谢澜叹气，伸手在他脑袋上按了一把："只是给你用一下音乐，不用这么感动。"窦晟的头发清爽蓬松，摸起来还有点滑滑的，手感很好。

谢澜手刚要缩回来，就被窦晟抬手在手腕上拍了一下，笑斥道："没大没小！"

谢澜无语："就比我大半年，天天说自己大。"

"我就是大。"窦晟乐，又言归正传道，"人设视频我还没剪完，有你要的剧情感，我们可以做成合作视频发出来。刚好我需要两段音乐，一段轻松欢乐的，节奏感要强一点，类似'噜、啦、啦'。一段能够一个音滋儿，出来让人心脏一哆嗦的那种。"

谢澜差点笑瘫了。

"明白了。"他边笑边点头记录，"一段 triple beat，一段 partita。"

窦晟掐了个响指："双剑合璧，睥睨江湖。"

这两个成语，谢澜一个都没听过。

但不妨碍他领会窦晟的意思，他随手抓过一枚躺在窦晟枕头上的硬币，向上抛起，扣在手心。

揭开——还是花。

接下来的几天，除学习之外，谢澜几乎把心思都放在调整编曲上了。

他从前编的作品几乎都是找公开授权的动漫曲，然后再自己调整，主要调整方向就是适合小提琴独奏。谢澜对自己的 demo 质量有绝对的自信，直接拿出来用一点问题都没有，但或许是第一次投稿，还是和窦晟合作视频，他上了十二分的心，在音乐里又混了能点睛的鼓点和风声。

窦晟也在努力肝[①]视频，根据谢澜观察，他这个视频做得非常用心。晚自习课间，他在纸上仔仔细细设计分镜，回宿舍再用电脑一点点剪，有时吃着饭他还会突然蹙眉，捞出手机在备忘录里记下灵感，或是决定放弃之前做过的一些设想。

晚上，谢澜戴着耳机试听软件模拟的混音，余光里就是窦晟握着鼠标的那只修长的手，鼠标线轻轻挪动，食指时不时点一下，点击的动作很轻，很专注。

礼拜五晚自习课间，谢澜刚戴着痛苦面具勉强写完一篇四百字的作文，窦晟就在

---

① 肝，网络流行语，指花费巨大精力做某事。

下面轻轻捅了捅他。

谢澜抬头："嗯？"

ipad 从底下伸过来，窦晟把耳机分一只给他："看看效果。"

做好了。谢澜一下子坐直起来，不动声色地瞟了眼人来人往的后门，确认安全，戴上了耳机。

窦晟录了五百分钟的素材，最后成品只有三分半，是个很意识流的无旁白微电影。镜头里要么是色调灰暗的世界和模糊失焦的路人脸，要么是落拓叛逆的少年在街头巷尾匆匆串行，镜头在少年视角和路人视角间推拉，有种欲说还休的气质。

失足少年做了三个人物面，白天在大太阳下，他自带着一种愤怒气质，飞快穿过狭窄的南巷，来往居民纷纷避而远之。而后开始快节奏更换服装行头，捕捉一个镜头比一个镜头更夸张的肢体语言，他冲着镜头桀骜地扬起下巴，轮廓锐利眼神冷傲，有点像美国街头的嬉皮士，与谢澜的古典三拍子 BGM 碰撞感很强。晚上回家，少年拉着领口脱下脏乱的卫衣，露出里面有些褶皱的白衬衫，他用一根食指拎着脏衣服反手甩在肩上，雨水泼洒上车玻璃，少年从镜中抬起头，黑发黑眸雾气弥漫，逐渐在整个荧幕上氤氲开。

第二个小提琴 demo，窦晟只用了一个悠长的尾音，突然出现，戛然而止。

播放完毕，漆黑的荧幕上映出谢澜微怔的眼神。

窦晟在一旁对着张数学卷子转笔，似乎不经意地往谢澜荧幕上瞟了一眼："看完没啊？"

他声音有点催促的意思，谢澜顿了顿："刚播放完，你急什么？"

"谁急了。"窦晟撇了下嘴，低头在卷子上写了一串完全不通顺的数学式子，又说道，"就是问问看你的意见，这个视频毕竟有特别的意义。"

特别的意义？

谢澜愣了愣："什么特别的意义？"

窦晟啧一声，继续胡乱写着题，许久才低声说："估计是第一次跟人合作视频吧，多多少少，有那么一丝丝的紧张。"

迷惑缓缓爬上谢澜的脸。他默默戳开自己手机，点进窦晟主页的全部稿件，疯狂往后刷了几下，随手指着一个问："这个和游戏区 Cyber 胖子合作，这个，和生活区啦啦小叮当合作，这个，和学习区干货超人王老师合作，怎么，他们都不是人？"

窦晟一蒙。"你到底补了我多少视频？"他震撼地看着谢澜。

谢澜哼一声："你的生涯视频，我都补了。"

个别还投币了，个别的意思就是没几个，毕竟硬币是稀缺资源。

窦晟长腿屈起，脚尖支在地上，往后翘着凳子。

谢澜感觉他今天好像有点多动。

"算了，不管那么多。"窦晟甩甩头，"你就说这个怎么样吧，够不够资格成为你的出道作？"

谢澜看着播放结束的荧幕。

风格化很强的一支视频，路人视角最出彩，从高处斜睨少年扣着帽子低头钻进巷角，或近地平面拍摄那双脏球鞋踢开碎石，仰头给阳光下那丝挑染的发色特写。与其说是路人视角，不如说是街角的探头、墙缝里倔强的野草，是那些"野性同类"眼中的少年。

"我觉得这不是一个大家都能看懂的视频，想要表达的东西需要琢磨。"谢澜严谨地措辞道，"可能没有你发日常那么轻松欢乐，也不如发游戏测评那么稳。"

窦晟幽幽地瞟着他："你最好有个'但是'。"

谢澜勾起唇角："但是，很高级，我代表我自己，很喜欢。"

"咣"一声。窦晟长腿一伸，把前座于扉送走了。

于扉原本趴在桌上半死不活，凳子猛地被踹到前面，快要瘦成纸片人的他下半身跟着滑进桌底，椅背碾压之下，上半身往后一顶，直接瘫了凳子上。

谢澜吓一跳："你没事吧？"

怎么感觉于扉折了。然而于扉仿佛已经习惯了，他保持着后仰瘫在椅背上不动的姿势，朝窦晟翻了个白眼。

"你有病吧。"他有气无力地骂，"怎么着，粉丝数又破了一次百万？"

窦晟喉结动了动："就伸伸腿。"

"踢你爷爷踢上瘾了。"于扉半死不活地喊，"车子明，把我往后挪挪，上不来气了。"

车子明正跟戴佑凑在一起讨论一道数学题，头也不抬地用脚尖钩着他凳子腿把他往后挪了几公分。熟练得让人心疼。

谢澜低声问："联合投稿，需要我做什么吗？"

窦晟戳开网页版 B 站："我邀请你为 Staff，你点击同意后，我就随时可以上传视频了。"

"哦。"联合创作的邀请发过来，谢澜立刻点了个通过。而后他瞟着窦晟，窦晟却好像没打算立刻上传，只是随便瞟了眼系统通知，就把平板关了，又低头开始写那张数学卷子——

三天前的数学作业，老马早都讲完了。谢澜醉了，想戳他问问几个意思，但又不太好张嘴。不想显得自己很急切。

每个周五放学，谢澜都要跟窦晟他们在教室里多待一会儿，听车子明和王苟逗哏两句才算本周结束。但今天他跟窦晟之间仿佛有种无声的默契，一放学抓起书包就走，把小分队的人远远甩在后边。

一到家窦晟就把自己关进了房间，谢澜无事可做，只好强自镇定地回屋写作业。一张语文卷摊在桌面上，纸面上所有汉字好像手拉着手在跳舞，一起嘲笑他一焦虑就不识字。

满脑子都在想着：视频，视频，什么时候发视频。强行挺到十点钟，回家也有一个小时了，谢澜拿起水杯走到窦晟门口。

门开着，窦晟正坐在计算机前死死盯着荧幕，谢澜站在门口的一瞬，荧幕画面好像闪了一下，他看到的是一个硕大的淘宝网站。

这人怎么还在网购啊……

谢澜一阵窒息："什么时候传视频？"

"哦。"窦晟回头瞟他一眼，若无其事道，"我传完了。"

谢澜一顿："传完了？"

窦晟随手点开一个商品页面："在审核队列呢，这有什么好盯着的，你淡定点，早点睡吧，明天还补课呢。"

"没不淡定。"谢澜立刻说，顿了顿又语气平淡道，"我就随便问问，突然想起来了。"

窦晟一阵敷衍点头，凑近荧幕，仿佛在很认真地浏览商品。

谢澜瞟了眼商品详情页，愣了下。成人纸尿裤。

窦晟不仅在看，仿佛还看得很认真，页面缓缓向下滚动，眼睛死死盯着荧幕，后脑勺都透露出一丝钻研的气质。

谢澜站在门口迷茫了好一会儿才转身离开。

今晚月亮很大，夜空澄净如洗。

但谢澜躺在床上，感觉心在被火烧。许久他低叹一声，翻过身戳了戳猫。

梧桐趴在他枕头边，眯着眼睛瞟他。

"梧桐。"他低声说，"你说我有什么可紧张的，我起码也是一个三百万粉的youtuber，什么场面没见过啊。"

用车子明的话说，这叫从心，简称怂。

但他有点想不通，开B站账号只是为了试试新鲜，这次投稿主创是窦晟，他只负责加了两段BGM，而且那两段BGM水平足够，演绎也一流，有什么可怂的呢？

谢澜长叹一声，翻个身看着月亮。可能是因为在教室里视频播放结束后，荧幕上倒映出的、窦晟那个没来得及藏好的期待的眼神。也可能是因为连续几个夜晚余光里轻轻点击着鼠标的手指，还有刚才窦晟强行钻研纸尿裤的后脑勺。

"淡漠"和"恶魔"第一次合作视频，心照不宣，谁都没说有多看重它。

但懂的都懂。

谢澜学着窦晟喷一声，又戳戳猫："你说我收尾那个音会不会有点尖？唉，一年多前录的，这次没来得及重录。"

猫不吭声，只是眯眼瞅着他，端庄。

谢澜又掏出手机给窦晟发消息。

文艺复兴：发出来了吗？

RJJSD：还在审核。小破站审核忽快忽慢，早点睡吧。

RJJSD：别急，你不问我都快把这事忘了。

忘了可还行。

谢澜撇了撇嘴，打字问道：哦，那你等它审核吗？

窦晟立刻回：我是傻吗，我没有自己的生活吗，当然不等。

这样。谢澜放下手机呆了一会儿，还是决定先睡了。

这一晚他花了很久才睡着，后半夜迷迷糊糊中还听见窦晟下楼倒水的动静，隐隐约约地，还有窦晟的叹气，叹气声中透着焦虑。

第二天一早，谢澜睁眼时已经是大天亮，他本能地去摸手机。

他自己的账号已经自动于 4 小时前合作投稿《人设 | 截然相反——初心觉醒》。

初心觉醒是什么意思？谢澜捏着手机琢磨了一会儿，没搞明白。他看稿件封面竟然不是视频里的素材，而是那天从南巷走出来，窦晟瘫在他肩头自拍的一张照片——窦晟眼神冰冷叛逆地看着镜头，姿态却很恣意慵懒。同框里没有出现谢澜的脸，只有被窦晟手搭着的他的肩膀和颈入镜。窦晟在这张图上花了些小心思，指尖扣着谢澜锁骨的地方加了些光点，有一丝神圣和朦胧，在谢澜的脖颈附近，还有一片小小的手绘梧桐。

视频简介栏里，窦晟就简简单单写了两行——

【突然想起当初为什么要做视频】

【55555】

"55555"是什么鬼？

谢澜又愣了一会儿，许久才带着迷思点开后台，数据映入眼帘。

该凌晨过审的视频播放量已经达到 15 万次，1.2 千条弹幕，2.7 万次赞，2.6 万个硬币，数据基本从早上六点开始一直往上走，曲线越飙越陡。

而他自己——新人 up 主 @谢澜 em，发出视频几个小时内，粉丝数破了 2 万人。

谢澜一刷首页，这个视频空降首页左上角推荐位，搜索框自动推荐第一。

与娱乐背道而驰的选题，但是爆了。

热评高位：【这是我配看的东西吗？我没有内涵，不懂意识流，我只会舔屏，神颜+美好肉体，贴贴。】

谢澜百度了一圈，才搞明白"贴贴"是什么意思。

表达互动亲密的词很多，但这个词无论字形还是读音都有独到的可爱。而且贴这个字连起来发音有点难，谢澜看着热评忍不住跟读一遍："贴贴。"

【豆子真的帅我一脸！】

【合作视频里只有窦晟出镜，那BGM就是谢澜了吧。】

【小提琴&编曲专业人士想说，谢澜是真的实力惊人……】

【实力惊人+1，不显山不露水，懂的都懂。】

【我心情有一捏捏复杂，这种水平的作品居然只拿来给豆子混了两段BGM，不愧是我豆。】

【先放一个预言在这，年度百大预订，两个崽都是。】

谢澜飞快刷过那些赞美，终于捞到了一条他想看的视频解读。

【很震撼，以后谁再说豆子一蹶不振我就地翻脸！简单说下我的看法吧，这是一个"被不良"少年眼中的世界和世界眼中的他。视频中路人的脸打码方式不同：远处冷漠的路人脸是糊的，而正面靠近的人脸是扭曲的——生人的冷漠和亲人的粗暴，这是少年的感知。此外，对他本人的镜头语言也分两种：常规路人视野里，他愤怒、肢体夸张，但这一段BGM是古典三拍子，轻松欢快有韵律，说明那其实是他自我取悦的时刻，压根没有人们脑补的所谓叛逆，在其他俯视仰视的非人视角里也有印证，因为在那些镜头中他穿着一样的衣服，但气质和行为都没有异常！最终，少年脱下脏卫衣，洗掉挑染的头发，从叛逆回归，想到一句话：唯我方知我是我。5555豆子我本命UP说累了！最后！转场BGM绝绝子！澜崽！妈妈爱你！！！】

这一大段话里有不少生字，谢澜要时不时切出去查字典，整段读通花了十来分钟。

读通后有点惊艳，他没想到真有人会把这个小短片解构清楚。楼中楼里还有大量细节解读，包括每一个镜头所指向的视角、色彩搭配的寓意、手势的含义……谢澜看了足有半小时，点了数不清多少个赞。最让他在意的是其中一条很短的回复。

【少年在镜中回归之前，那一幕雨打车窗的画面，雨水在玻璃上绕开了一片树叶

的形状，求解！】

　　谢澜愣了，昨晚在教室藏着掖着，他竟然漏掉了这个细节。

　　他立刻把视频又看了一遍，最后雨打车窗那一帧，雨痕确实绕出了一片树叶形状。准确地说，是片梧桐叶，和窦晟随手画在封面上的简笔梧桐轮廓完全一致。

　　谢澜对着暂停的页面，心里有种隐隐的说不出的感觉。

　　窦晟喜欢梧桐，总是随手在这里那里加一点相关元素，他好像已经习惯了。但这片梧桐出现在少年从叛逆回归前的节点，有些微妙。

　　谢澜忽然想起之前看过的一本书，大致是讲，电影镜头里一切刻意弱化和隐藏的东西，都是导演变相的张扬。

　　笃笃。

　　谢澜晃过神："进来。"

　　窦晟一手举着手机，一手端着盒泡芙，顶着一脸没睡好的倦色晃进来。

　　他漫不经心道："要补课呢，还不起，你这一天也太能睡了吧？"

　　谢澜坐在床上有些无语："我在看视频啊。"

　　"什么视频？"窦晟挑了下眉，又恍然大悟，"哦——我都给忘了，怎么样，数据还满意吗？"

　　装。谢澜压根懒得拆穿他，更懒得问他成年纸尿裤买了没。

　　"我在看评论，大家对视频理解得都不错。"

　　窦晟闻言淡淡地撇开一抹笑："是有几个说的还凑合吧。"

　　谢澜继续划着荧幕："初心觉醒是什么意思啊？"

　　"啊……这个啊。"窦晟抠开盒子，捏着泡芙往嘴里丢，两腮鼓鼓吞咽着那些奶油。

　　谢澜抬头："嗯？"

　　"没，就是最近重拾了一点最初做视频的热情，之前不是因为去年百大那事有点消沉吗。"

　　谢澜忍不住问："那你最初为什么做视频？"

　　窦晟没吭声，他继续站在谢澜床前吃泡芙，一颗一颗吃得很认真。

　　等着他答话的谢澜逐渐迷惑。"你这泡芙原来是给自己带的？"谢澜蹙眉低声说，"我还以为是要给我吃的？"

　　窦晟捏着最后一只泡芙的手指一僵。

　　"倒也可以一起分享。"他说着把那只泡芙捏到谢澜嘴边，"我洗过手。"

　　奶油的香甜气息靠近，柔软的泡芙皮若即若离地触碰着谢澜的嘴唇。

　　谢澜怔了一下才接过来吃掉，绵密的奶油包裹住每一颗味蕾。

窦晟嘟囔道："初心很简单，就是想要传递轻松和快乐。我从前不开心时看别人的视频，感觉被治愈了，所以我开心后也想去治愈别人。"

谢澜"哦"了声："确实很多人都是这样开始做视频的。"

他只是随口一提，不料窦晟闻言眉心蹙了起来。"什么很多人？"窦晟不满嘟囔道，"我的初心是很独一无二的好吧，算了，跟你说不明白，走了上学了。"

谢澜一愣："哪句话没明白？不是传播快乐吗？"

"你不懂！"窦晟板着脸说。

数竞培训和语文基础的教室挨着，窦晟一路都忙于在所有粉丝群里喊人起床看视频，路过谢澜教室门口，头也不抬地说了句"拜拜"。

谢澜无语，也敷衍着"拜拜"了一声，转身迈入教室。

老马坐在讲台桌旁，见他进来眼睛一亮："早上好啊。"

"早，老师。"谢澜飞快地说道，往自己常坐的位子走去。好困，昨晚没睡踏实，今天眼皮有点打架。他低头打了个哈欠，放下包正要坐下，脚步突然一僵。

谢澜猛地回头瞪着讲台前的老马，又有些茫然地扫了眼周围同学。没错啊，都是些见过但不认识的人，没有四班的"猫头鹰们"，这明明是语文基础教室。

老马坐在讲台桌前笑眯眯地看着谢澜，眼里发光。

谢澜怀疑自己在他眼中看到了一种叫"父爱"的东西。

"老师……？"

老马捧起保温杯嘬了一口水："没事，我就来看看你。"

谢澜："？"

语文老师的高跟鞋声在外头响起，老马站起来笑道："市里那个分级考，成绩还在汇总，要礼拜一才能下发。但我听说出了匹大黑马，英中的。"

谢澜皱眉迷惑："大黑马？什么意思，闯进批卷组把卷子啃了？成绩没办法正常下发了？"

英中的食堂养马吗？

老马笑容一僵。

"不是。"老马的脸上写满了震撼："黑马的意思是突然冲出来的表现优秀的选手，让大家都没想到，或者大家从前不认识。这是个比喻。"

谢澜恍然大悟："哦，dark horse，我才反应过来。下次可以直白点吗？"

"好的……我就是有预感黑马可能是你，又听说分数震惊批卷组，所以过来瞅你一眼。"老马深深地叹了口气。他抬手在谢澜肩膀上拍了又拍，语重心长道："好好搞语文，好好搞，数学的事情不用着急，你没问题的。啊，我本来想说我在隔壁等你，算了算了，你就好好搞语文，争取把分数尽快提上来，别被拖后腿。"

　　谢澜："好的，老师。"

　　老马捧着保温杯目光涣散地走到门口，语文老师刚好进来，稀奇道："哎，马老师？是不是走错教室啦？"

　　老马轻轻叹气，拉过她低声说了几句话。语文老师有些惊讶地瞟了谢澜一眼："哦好，放心哈，我都当成自己班孩子在带的。"

　　老马沉重点头。

　　谢澜有点莫名其妙，走回座位上坐下。语文课上到一半，谢澜收到一条短信。

　　亲爱的谢澜同学：欢迎你加入英中辩论社！辩论社第一次培训活动将于周三晚5点—晚6点开展，活动地点为实验楼303，本次活动内容为新成员破冰分组和辩题讨论，可先行了解辩题——性别符号该存在吗？收到确认参加请回1。

　　谢澜看懂后迅速回了个"1"。这应该算是他在国内学校参加的第一个学生社团活动，他很珍惜，在本子上把议题抄了下来，打算明天抽时间提前准备一下。

　　午饭时小分队都在讨论今早的视频。

　　"您这个涨粉速度可太吓人了吧！"

　　车子明一边嗦粉一边扒着手机，含糊不清地说："这才几个小时？七万八了！"

　　戴佑点头："这就是有实力又有人带，哎，我们找时间庆祝下吧？"

　　车子明紧接着说："回头数学分级测试结果出了，肯定有人要请客高烤状元，到时候就一起！"

　　闷头吃饭的谢澜闻言筷子一顿。

　　他看着一脸天真无邪的车子明，似是随口问道："上次你押谁第一来着？"

　　"豆子！"车子明说，"不过后来我有点后悔，澜啊，你考得怎么样？"

　　"没什么感觉。"

　　"哦豁，完蛋。"王苟幽幽一叹，"没什么感觉的意思就是没感觉到难度，我觉得我被骂了。"

　　车子明立刻变身复读机："我觉得我被骂了。"

　　戴佑笑着跟上："我被骂了。"

　　一桌人看着于犀，于犀不耐烦地张张嘴："我……我无语好吧，幼稚死了。"

　　"鲱鱼最近暴躁加倍。"车子明小声说，"我严重怀疑他有情况。"

　　窦晟放下筷子："何解？"

"以前他放学两小时内必失联，睡觉啦。但最近我常常半夜起夜还看他亮着，一戳还在线。"

王苟闻言小声问："你半夜总起夜吗？"

车子明："……？"

"可能得去看看。"王苟一脸忧心，"反正我们村里人是这样的，谁家男娃半夜总起夜，村里人会传，说他——啊——你踩我脚了！"

于扉沉叹一口气："最近是有点心烦，要不下午打场球吧，2V2。"

"行。"车子明一口答应，"陪你打球行，但提前说好，让着我。"

于扉皱眉："你还要不要脸了？"

车子明理直气壮："不要啊。"

一桌子人都笑倒了，谢澜也没忍住。

下午的生物课性价比很高，老师是从生物必修一开始讲，而且谢澜发现生物比他想象中简单，只要记住那些名词，剩下的东西都非常好理解。

快下课时，小群里突然震了起来。

RJJSD：我买到药了，正往回走，十分钟。

戴佑：好的，我们还在原地。

RJJSD：你们打电话了吗？

车子明：打了，他妈在路上。

RJJSD：/OK

谢澜有点蒙，问道：怎么了？

很快车子明就回复：可怜的鲱鱼同学把脚崴了，崴得还不轻，人基本不能要了。

谢澜正蒙着，窦晟就在群里发了一句：ankle twist（脚腕扭伤）。

谢澜这才懂了：伤成什么样？

车子明发了张照片。才崴没一会儿，脚腕已经通红一片，肿得离谱。

谢澜问：小操场吗？我下课马上过去。

窦晟回道：没那么急，等他妈来接他回去就行了，我先买药给他喷一喷止个疼，你上你的课。

于扉自己也在群里发了个"嗯"。

谢澜赶到小操场时，窦晟他们还在，于扉妈妈刚刚到了，学校保安也在旁边。

于扉坐在地上有些有气无力："唉，搞那么大阵仗干吗啊，我让车子明他们搀我到校门口就好了。"于扉妈妈手搭在他头上，蹲下轻轻碰了碰他脚腕肿起的地方："妈妈不放心，扭伤不能乱动，你先喷上药缓一缓，然后我们慢慢挪出去。"

于扉和他妈妈长得非常像，但气质完全是两个极端。妈妈外表娇小柔弱，说话慢声细语，语气也很温柔。

"阿姨，他应该没大事。"车子明在一旁说，"我们刚才帮他试了试，应该就是扭伤，骨头好好的，你不放心就领他去拍个片子，白药已经给他喷了。"

于扉妈妈笑起来："谢谢你，你们几个都在啊？"

"嗯，一起打球来着。"

窦晟发现了谢澜，过来低声道："没事了。"

谢澜瞭着于扉的脚腕："好像比刚才照片里更肿了。"

窦晟"嗯"一声："肯定要继续发一会儿的，等会他妈就带他去医院了。"

于扉的妈妈应该是从家里赶过来，外套没顾上穿，只披了一条羊绒披肩。驼色的披肩包裹住娇小的身材，长发披散在后背，她蹲着仔细检查于扉的脚腕。

谢澜看着她，心里很突兀地沉了一下——她和肖浪静的气质非常像，温柔内敛，说话声很柔又很稳重，让人不自觉地想要依赖。穿衣风格也很相似，肖浪静最后那段时间就不穿病号服了，她让谢澜从家里拿了自己的衣服来，每天就是这样一件薄绒衫加条披肩，坐在床上看书看电影。

于扉坐着等药效缓释，他妈妈还在一下一下地摸着他的头。

"别摸了，妈，摸秃了。"于扉有点抹不开面地说，"我都快高三了，这么多同学在这呢。"

于扉妈妈笑道："我想摸就摸，你管我呢。"她话是这样说，还是收手，拿起旁边的药仔细读说明书。许久，她叹声气："儿子，打个球也能崴到脚，最近怎么回事啊？妈妈怎么觉得你心神不宁的。"

于扉臊眉耷眼地瞅着自己脚腕上的大鼓包："心烦。"

"你天天心烦。"于扉妈妈无奈道，"从生下你你就心烦，就没见你乐呵过。"

旁边车子明和王苟用疯狂打对方来憋笑，戴佑也一直勾着唇角，弯腰收拾着地上散乱的那些药盒说明书什么的。

许久，于扉说："好像没那么疼了，现在走吧？车开在哪了？"

"就在外头，保安小哥尽量让我往里开了，谢谢啊。"于扉妈妈感激地冲保安笑了笑，在车子明架着于扉起身的时候，立刻托住了于扉另一侧身体。女人看起来瘦瘦小小，但扶着儿子时却很稳。

"去离家近那家医院吧，你们学校附近这个骨科不太行。"她细声询问于扉的意见。

于扉在妈妈面前挺乖："都行，喷了药暂时没那么疼了。"

车子明回头道："你们别跟着了，我跟阿姨把他弄出去。"

窦晟点头叮嘱："小心点，看脚下。"

"知道了。"三人慢慢吞吞地往外挪，戴佑叹口气："鲱鱼最近是有点暴躁啊，刚才打球也带着火，咱们四个打球，他冲那么猛干什么？"

王苟摇摇头："不懂。咱把这个杆子给食堂送回去吧？"

"哦对，忘了。"戴佑说着随手抄起旁边的不锈钢管往食堂走去，王苟在后头跟上。

等人走了，谢澜才闷声问道："拿那根杆子干什么？"

窦晟无语："我也不知道，买药回来就看见有了，估计车子明那个瓜皮想给于扉DIY个拐杖。"

"哦。"谢澜转身往校门的方向走："回家吧。"

于扉他们三个还在前面不远处，这会儿有点起风，林荫路上的梧桐叶沙沙地响着，远处于扉妈妈长发被风吹起，她用一只手不断地扶着头发，不叫发丝被风吹着打到儿子的脸。

赵文瑛其实也很温柔，但她的温柔是藏在唠叨和吐槽之下的，而且经常出差，碰面很少，不像于扉妈妈这样，从各个方面都让谢澜一瞬间就想起那个人。谢澜走着走着又突然想到，戴佑提过他妈妈是初中教师，王苟妈妈在乡下开小卖部，车子明妈妈在外地打工，但也常常邮东西回来。

其实，只有他……

又一阵风迎面而起，一片鲜亮亮的叶子被风卷着，卷到谢澜面前，在空中打着旋地飞舞。窦晟娴熟地伸手抓住那片树叶："赵文瑛女士回来了。"

谢澜停步，偏过头看着他："现在吗？"

"刚刚给我发消息。"窦晟晃了晃手机，"喊我们回家吃饭，还问你吃不吃西红柿火锅。"

谢澜顿了顿："是用西红柿下火锅？"

窦晟摇头，"西红柿只是底料，你等会就知道了，不辣的，特别好吃。"

"好。"谢澜说。他抬起头，无声地深吸一口气。

两人安静地走了一会儿，直到于扉和他妈妈的身影在校门口消失了。

"我好像从这个风里嗅到了某人心里酸酸的。"窦晟忽然低声说。

谢澜愣了下："什么？"

窦晟没立即吭声，过了一会儿才说："我看过肖阿姨年轻时和我妈的合照，确实和鲱鱼他妈妈气质有点像。"谢澜"嗯"了声，想到车子明常挂在嘴边的一句话，淡淡重复道："是的，我柠檬了。"

窦晟在一旁噗地笑了出来。他的笑声很轻，低低的，好像能让空气中的沉重消失一些。谢澜和他并肩走着，又过了一会儿，停步低声说："她已经离开这么久了，其实我早就收拾好自己的心情，只是有时候，会很忽然地想起她，逃不掉。"

眼底有些热，于是谢澜看着前方没有回头。

窦晟捏着那枚梧桐叶的叶梗，放在他眼前，轻轻旋转。鲜亮的绿叶上，叶脉纹路非常清晰，在阳光下绿得通透，仿佛能看见绿叶的生命在流淌。

"你要是想哭可以现在哭，我勉强装作看不见的样子。"窦晟说，"用这片叶子给你遮一下。"

一片叶子能遮什么。谢澜接过那片梧桐叶，叶梗上还留有窦晟指尖的温度，触碰上去会有一瞬间的恍惚。他垂眸看着叶脉："我只是会有些遗憾。最后那天我很慌，一直在哭，忘记了要好好和她说声再见。那声再见是在葬礼上说的，她已经离开了，不知道还能不能听见。"

窦晟没吭声，他不知道从哪又摸了一片叶子出来，比刚才那片稍微黄一些，也一起放在谢澜手心。

许久，窦晟才低声说："你看过一个童话吗？"

"嗯？"

窦晟说："只要一个人还停留在活着的人的记忆中，她就不曾真正离开。

"所以，只要你还想她，她就会一直在。"

风把窦晟的声音吹得有些淡。

但谢澜听见了，他眸光微动，捏着那两片一绿一黄的叶子，在梧桐树下对着窦晟有片刻的怔忡。

阳光透过梧桐树的树叶缝隙，在窦晟白得亮眼的外套上投下一片片淡金色的光斑。让谢澜冷不丁地想起那天在南巷小院的晚上，窦晟念的那句诗，又想起两年前在医院里，她那些絮絮的叮咛。

最后那天，他确实忘记了要好好说声再见。

但他一直拉着她的手说"我会想你的"，说了很多很多遍。

第十五章

气 泡 酒

到家时谢澜的眼眶还泛着点红，但心情轻松了很多，换鞋时还跟窦晟讨论着下一期的视频企划。

家里灯火通明，火锅的蒸汽把西红柿香弥散在整间屋子里。赵文瑛长发盘起，换了身和窦晟一样材质的家居服。她把刚下的一把肉全都夹进谢澜碗里："澜澜，多吃点。"

窦晟一筷子扑了个空，捞半天，捞出一片萝卜。索然无味。

赵文瑛皱眉道："给你妈放回去！每次煮不软就被你提前吃了。"

窦晟长叹一声："那您看看我配吃点什么？"

"你爱吃什么吃什么！"

谢澜被照顾得有点不好意思，起身想帮忙，还没站直就被按了下去。

"你吃你的，我听说你学习特别刻苦，回家就好好歇着。"

谢澜愣了愣："听说？"

赵文瑛解释道："阿姨没有监视你的意思啊，刚回国，我担心你不适应，回来又不好意思说，所以和你们班主任打过几个电话。"

"不会觉得被监视。"谢澜立刻摇头，"只是没想到您出差还要和老师联系。"

"打个电话又不费什么事。"赵文瑛笑笑，"各科老师都很喜欢你，数学物理不用说了，化学生物老师都说你聪明，尤其语文老师盛赞你认真又可爱，连课堂小考都特别重视，没考的题都自己写上。"

窦晟在旁边捧着碗笑傻了。锅蒸得谢澜的脸有点发烫。

肖浪静走了两年，他已经不太适应这种坐着听大人夸奖的场合。但他还是含糊地"嗯"了声，埋下头吃肉。

赵文瑛笑起来："澜澜好可爱哦，哎，我怎么生不出你这样的儿子呢。"

"啧。"窦晟放下筷子，"这就没意思了啊，怎么还捧一踩一的。"

赵文瑛瞬间变脸："你给我闭嘴，没好意思说你呢，带着澜澜逃晚自习还玩手机！胡老师跟我说了，澜澜这孩子必然成材，前提就是离你远点！"

窦晟长叹一声："得，你们聊，我吃我的。"

赵文瑛开了一瓶气泡酒，和一瓶像桃汁似的果汁兑了兑，问谢澜道："尝尝吗？"

谢澜一愣："未成年……"

瓶口一倾，哗啦啦地倒了大半杯。"家宴，喝一点小酒心情会很放松，监护人我看着呢。"赵文瑛也给自己倒了一杯，瞟向窦晟，"你喝不喝？"

窦晟淡定摇头："喝不过你，酒鬼。"

酒味挺重，但不难下咽，比酒更浓的是桃子味，气泡在嘴里爆开，非常清新。

"挺好喝的。"谢澜连着喝了几口。窦晟在旁边欲言又止。

赵文瑛酒瓶探过来，把谢澜刚喝掉的那两口又给补上了。

"喝。都周末了，放松下来好好睡一觉。"

酒瓶刚放下，又是一筷子肉。谢澜压根吃不过来，只能闷头一边"嗯嗯嗯"一边快速进食。莫名地，他想起蹲在食碗前疯狂啃猫粮的梧桐。

桃味气泡酒清甜冰凉，越喝越上瘾，一杯下肚后谢澜真的开始放松了。心里缭绕的忧伤一丝丝剥离，大脑变得轻飘飘。深吸一口气，鼻息间尽是桃子的清甜。

赵文瑛一个人絮絮地说着话，谢澜正头晕，被窦晟拉了一下。"没事吧？"

谢澜一蒙："怎么了？"

"怕你喝多。"窦晟低声说，"这酒后劲大，你不要听她逗你，她自己千杯不倒，酒桌上都练出来了。"

谢澜奇怪地看着窦晟。他没觉得酒劲大，他就是觉得很放松。

"不可以在背后说你妈妈。"他皱眉道。

窦晟："……好的。"

吃完饭捡完碗，谢澜回屋躺在床上，感觉有点转。

床垫忽悠一下，梧桐从下边跳了上来，冲他"喵呜喵呜"地叫。"嘘——"谢澜在它鼻尖上点了点："窦晟，闭嘴。"小猫安静了。

谢澜又躺回床上，他觉得胸口开始有点热，那股热劲直冲脑门。他看着天花板沉思了一会儿后问："你和窦晟一般晚上几点交换身份？"梧桐跳到枕头旁边，冷漠地盯着他。"你也开始盯人了，不愧是四班的。"谢澜感慨，翻个身戳戳小猫的肚皮，又提高声音吓唬他，"窦晟！"

房门忽然被推开，窦晟脑袋探进来："叫我？"

谢澜吓一跳。他一脸无辜茫然："没有啊。"

"我听见你……算了。"窦晟犹豫道，"你真的没事吧？我真觉得你有点喝飘了啊。"

谢澜两颊红红，头发在床上滚得有些乱，盯着窦晟不吭声。他只是觉得脑子里有些轻飘飘又有些混沌，很复杂的一种体验。许久，他忽然问道："新视频怎么样了？"

"新视频？"窦晟一怔，本能地掏出手机戳了戳，"70万次播放了，哦对，你已经18万粉丝了，我估计就这两天你至少能有……"

谢澜皱眉："不要算这些数了，我头好大，我就是想说，视频只要好好做，粉丝就快乐，你也快乐，像这次的人设投稿，还有之前那个方言烧烤，都是很好的证明。"

窦晟点点头认可，犹豫了下又低声说："是方言串烧。"

"唉，别再教我这些比喻句了。"谢澜脸很热，倒在床上揉揉脸颊，长叹一口气，"我真的听不懂啊。"

酒醉后世界变得很安静，房顶、家具、地板，那些线条有自己的想法，在视野里欢快地跳动。谢澜听见窦晟低低的笑声，很轻很低。他又一下子坐起来："我想起来了，你的视频 tag 乱打，很吃亏。"

"唔？"窦晟在他旁边坐下，"那请前辈指教我一下吧。"

两人挨得很近，谢澜在他脸上聚焦了半天："前辈……算不上，我就是有一个，有一个……"

窦晟轻声替他说："外网三百万粉丝的朋友。"

谢澜一点头："对，就是他。"

窦晟勾勾唇角："他看我视频了？怎么说？"

谢澜眼睛瞟着空气中的一点，努力思考，定了好一会儿才说道："他觉得你的视频很好，很有想法，镜头语言也不错，他希望你做视频开心，不要在意太多。"

屋里微妙地安静了一会儿。

谢澜说完话没听到回音，扭头困惑地瞅着窦晟："你有什么疑问吗？"窦晟道："没有疑问，前辈说的都对。"

"我有一点点晕。"谢澜低声说，"赵姨的酒到底多少度啊？"

窦晟"嗯"了声："她兑的是家酿果酒，度数难说。"

"家酿是什么？"谢澜低声道，"酿？怎么写？"

窦晟没再解释："困了就睡觉吧。"

"好。"谢澜冷静地请求道，"你能把我送回房间吗？我可以给你两个币。"

窦晟："……"

谢澜昏昏沉沉的，感觉有人拢着他后脑勺，把他放平，头落在枕头上。梧桐从脑袋上方踩着枕头路过，从床的一侧到另一侧，小手一搁卧下。谢澜晕晕乎乎中，听见一个低低的声音说："他就交给你了啊。"那个声音像在对着他，又像在对着边上趴着的猫。谢澜闭着眼睛拍拍猫头："大猫，别吵。"

片刻后，从门口透进来的光缓缓消失，屋里归于幽静漆黑，一个脚步声远去。

谢澜梦到了肖浪静。但这次不是在病床前，是他很小的时候，有一次撞破了脑门，肖浪静强行给他别上发卡，还带着他去逛公园。他很不乐意，站在松树下被要求笑一笑时，也一脸不爽地盯着镜头。他讨厌发卡，更讨厌路过的人笑着夸他"lovely"。

肖浪静拍好照片，爱不释手，还用中文跟他说："太可爱了，妈妈要发给妈妈的朋友看看，她也生了个儿子，据说很淘气。"

小时候的谢澜连淘气都听不懂，只是继续生闷气。他气呼呼地走在前边，肖浪静举着一个冰激淋跟在后边。

梦醒时分，谢澜坐起愣了好一会儿。肖浪静一走也带走了他做梦的能力，这两年他最多只梦到过离别时的病床。但自从回国，千奇百怪的梦隔三岔五，这一次，是两年来头一回梦到没有生病时的妈妈。

酒劲散了，头有些沉，但意识却很清醒。谢澜茫然发了会呆，又捞起手机无意识地刷。"02：18"。

他大致翻了翻 B 站，又随手戳开推特。QZFXR 的聊天框日常在顶端，亮着一个红色的数字"2"，时间是两小时前。谢澜点开。

QZFXR：其实我也能想到，你离开两年一定是有原因的，辛苦了。

QZFXR：还有，如果不想回来了也无妨。做人嘛，向前看，快乐就好了。

谢澜对着手机呆了一会儿，心里有丝说不出的滋味。

他缓缓打了一行字"可能还是会回去的"，顿了顿，又一个字一个字删掉。

他确实不大想回去了。回国，换平台，改变视频类型，尝试新的、没挑战过的内容，这些才能把他从那种昏沉死寂的状态中拖出来，而且最起码，他想先陪窦晟好好把视频做下去，想看窦晟拿一次百大。

谢澜叹口气，掀开被子下地找水喝。他开了门，才发现窦晟房门虚掩着，黑暗中只透出计算机荧幕的光，他推开门的一瞬，窦晟关掉了网页。

红白配色的页面，有点像 youtube。

谢澜愣了下："你也看 youtube？对了，怎么突然熬夜啊？"

窦晟摘下耳机："酒醒了？"

"嗯……"谢澜一阵窒息，"我没干什么奇怪的事吧。"

窦晟闻言笑笑："没有，就跟我讲了讲你那个三百万粉的朋友，说他做视频都好好打 TAG。"

谢澜这才松一口气："嗯。我接个水，你看你的吧。"

他说着转身离开，自然而然地把窦晟的房门带上。关门时才发现，窦晟今天的牌子好像翻错面了，都半夜了，还是"营业中，先投币再敲门"。他随手帮窦晟翻到结束营业，忽然想起什么，又推门进去。

窦晟刚好关掉计算机："怎么了？"

"没怎么。"谢澜垂眸看着水杯中的液面，"我就是忽然想起来，下午你说的话。"

窦晟停顿住，起身看着他。

"谢谢。"谢澜低低道，"也不能说放下，就是忽然觉得真的可以往前走了。而且，我有梦到她。"

第十六章

数 学 大 王

一场梦，如同一场无声的和解。

谢澜突然间觉得轻松了，写作文都能戴着耳机听首 OP 的那种轻松。

礼拜天晚自习前，教室里日常人仰马翻。于扉脚上缠着篮球一样大小的绷带套，靠车子明和戴佑一左一右地挽回座位。车子明撑着谢澜的桌子喘了一会儿，低声道："刚才路过前排，我看刘一璇眼圈好红啊，像刚哭完。"

刚坐好的于扉闻言皱眉："哪来那么多闲心观察别人。"

"我也观察你了好不好！"车子明吼得脸红脖子粗，"我也发现你的暴躁随着春去夏来超级加倍，但你跟我说吗？你不说！"

于扉冷笑："难道她能跟你说什么？"车子明一呆。

谢澜被吵得有点脑壳疼，放下写到一半的议论文《追求》，抬头往前边瞟了眼。刘一璇正和董水晶商量事情，神情看起来挺正常的，但眼圈确实有些红。

戴佑低声说："她前两天被黑惨了。"

谢澜问道："黑？"

"就是网络暴力，被人没事找事追着骂。上周她有个春日宅舞视频上了首页，涨了快 10 万粉，可能惹人眼红了吧。"戴佑顿了顿，"但这事已经解决了，顺利得离谱，先是大量路人打抱不平，而后黑她最狠的那个直接道歉，我甚至一度怀疑她花钱买了公关。"

谢澜勉强听懂："那为什么还哭？"

戴佑想了想："小姑娘心理承受能力弱吧，她跟豆子不一样，本来就是个为爱发电的小 UP，经不起太多事，今天看她动态说要无限期停更调整状态。"

于扉扭头对戴佑不耐烦道："我怎么之前没见你这么八卦？"

"这就叫八卦了？"戴佑愣了愣，"你最近火气也太大了吧？"

于扉心烦地飞快翻书："总之别杵在这挡光，影响我脚痊愈。"

戴佑："？"

等人都消停了，谢澜才掏出他写视频企划的本子。

【第1期投稿，初夏梧桐音乐会，直播＋视频】

下边参演列表里，竹笛那一栏是刘一璇，括号里写着待邀请。他有点无语，这个企划做了好几天，选址、编曲都做好了，就差邀请班级里会乐器的同学，结果刘一璇这就要无限期停更。

窦晟忽然在旁边戳了戳他。谢澜把本子合上："怎么了？"

"我发现粉丝们扭曲了"dm"和"em"的意思，他们竟然说我们是大猫和二猫。"窦晟把手机伸过来给他看了眼，"本淡漠非常不服，恶魔你说呢？"

谢澜："……"

人设视频的评论区下边有人问"em"是什么意思。

楼中楼没有一点点犹豫，先解释谢澜首次直播时窦晟叫他二猫，又献出了早就被更名为《大猫拐二猫的千层套路》视频链接，马甲被扒了个精光。

但或许是和窦晟认识久了，谢澜脸皮厚度与日俱增。

他面无表情收回视线："你别说，还真和大猫二猫撞上了，你粉丝挺会联想。"

窦晟："……"

谢澜埋头继续写作文："反正我只是个本本分分的恶魔罢了，你呢？"

窦晟沉默片刻："那我也只能继续不情不愿地淡漠。"

谢澜把不熟练的大字收进稿纸小小的格子，无意识地挑起唇角。

晚自习铃响的一瞬，后门有人突然喊了句："数学分级成绩出了！"

油锅瞬间炸了。

"我去！不是说周一发吗？"

"这么突然！有人提住了我命运的后脖颈！"

老马踏入教室的一瞬间，众"鸮"又各自钻回座位，板板正正地收起翅膀。

谢澜瞟了一眼讲台桌，拽过窦晟桌上的《全国数学奥林匹克竞赛习题详解》，和自己那本摞一起，挡住了写作文的手。

老马手上捏着轻飘飘一小沓纸，巴掌大小，用回形针别着。他踏上讲台，一字一字清晰道："数学分级名次出了，我手上是七张通往省训营的门票。"

"七张。"车子明小声说，"同桌快算算，这是多还是少？"

鲱鱼撇撇嘴："五校竞争30个，你自己算。"

董水晶举手问："七张全是咱们班的吗？全科A也有20个参赛的。"

老马笑笑："全科 A 也有两张票，英中一共九张。"

班里又炸了一次，车子明振臂高呼："我们好牛！"

老马也笑得满面春风："先给大家汇报下整体情况，今年一共 250 人参加考试，满分 360，平均分 237，中位数 202。前三十名卡到 281，这条线以上的同学考得是真的不错。"

谢澜迅速心算了下。平均分比中位数高了三十多，说明高百分比的人成绩都拉开了绝对差距。

"分级分级，试卷设计的目的就是把程度的参差拉大，所以没考好的同学也不要有负能量，物理竞赛、自主招生等都还有机会。"老马笑笑，"就这七张票，我直接念吧，不吊着大家了。"

教室里讨论声停，"猫头鹰们"大气不敢喘，屋里静到让人怀疑自己的耳朵。

笔尖划在纸上的声音忽然显得有点突兀，谢澜默默放下笔，惋惜地看着刚写的精妙绝伦的排比句——追求，是作家的笔迹，是音乐家的曲谱，是 UP 主的一键三连。

老马道："我按从后往前的顺序一张张念。"

"董水晶 282，全市 29。于犀 294，全市 23。戴佑 294，并列 23。车子明，299，全市 19……"

念到名字的纷纷松了口气，车子明痛心疾首道："差一点就 300！"

老马笑笑："已经很高了，上一届的分级考，全市第一才 320，第十名就卡到 300 了。

"王苟 318，全市第六。"

车子明扭头低声说："狗子牛哇！"

王苟有点不好意思，抓了抓板寸头："谢谢老师。"

"你应得的。"老马笑笑，手上还有最后两张纸，他把两张纸错开挨个看了看，笑着叹气。

戴佑说："还有窦晟和谢澜。"

老马笑："对，还有他俩。"

教室里又归于死寂了。谢澜发现这群"猫头鹰"都有闭气神功，但凡宣布点消息，他们一分钟能闭气十回。

老马把其中一张票看了半天："唉，窦晟。"

窦晟的圆珠笔在食指和中指间转了个花："干脆点吧老师，数学考不过谢澜，我知道。"

谢澜闻言一愣，正偷偷摸摸完善排比句的笔顿在作文纸上。他有点惊讶窦晟会这么说。

老马沉默片刻，又把那两张票调换了一下位置，来来回回地看。过了好半天，他才对窦晟说："放在以前你这分我都乐坏了……哎，也还行吧，已经比去年第一有质的领先了。窦晟全市第二，348，有一道证明题证错了。"

话音一落，窦晟只是勾勾唇角，班群里直接炸了。

"猫头鹰们"表面乖巧，手都在桌子底下摁着手机。

348第二？？？

这和我考的是同一个数学分级吗？

这种考试能到将近满分就离谱！

所以谢澜多少……

我已经开始麻木了……

老马深吸一口气："谢澜354，错了半道计算，全市第一。"

语落，满堂寂静，老马又补充道："你错的那一问，咱班没人错。"

谢澜幽幽道："那道叉叉测量题长达三百多字，根本不应该存在在数学卷子上。"

车子明傻张着大嘴回头瞅他："叉叉是啥？"

谢澜叹口气。

窦晟在旁边转着笔想了半天："悬崖？"

谢澜："也许吧。"实不相瞒，那道题他用笔一道竖一道竖地划线断句，断到最后还是不对，愤怒之下在空白处写了五个字：我看不懂题。

老马点点头，又看了半天那张入营单，说道："甭管你别的科什么样，省训营必须参加，十月份竞赛好好考，要什么有什么，懂吗？"

谢澜只是"嗯"了声。

整个晚自习，班群就没间断过。猫头鹰表情包刷屏刷成了一种精神毒害，谢澜后来干脆把群屏蔽了，继续闷头写他的语文作文。直到放学，八百字刚刚写到六百，他这一生积攒的所有论据都已耗尽，阴郁的脸上写着"完蛋"两个字。

教室里还在激烈地讨论分级考试结果，谢澜拎着书包刚起立，车子明就回头在他面前扑扑袖子，怪声道："奴才——小车子！"

王苟丢下一个椅垫，扑通一声双膝跪下："奴才小狗子！"

二人齐声道："参见数学大王！"

谢澜："？"

边上女生笑得差点把桌子掀了，连刘一璇都勾了勾嘴角。

车子明起立道："这么多年啊，啧啧啧，我终于看见一个能吊打窦晟的人，虽然要请客高烤状元了，但讲真，你知道此刻我的心情有多么爽吗？这是自由的感觉，这是幸福的声音，这是光辉的岁月啊！"

谢澜愣了一会儿，戳开手机备忘录说道："最后那个排比句，能再说一遍吗？"

车子明舌头一闪："啊？"

窦晟在后头乐得咳嗽了两声："这句不用摘抄，狗屁不通。"

车子明瞪眼："嘿，你让人虐了也不上火？还挺乐呵？"

窦晟不止不上火，简直乐滋滋，往出走的时候甚至还吹了两声口哨。

一行人走在回宿舍的小路上，戴佑走着走着也回头感慨道："谢澜这分是真的恐怖，细思恐极。就错半道看不懂的题意味着什么？这种分级考竟然没触到他的上限。"

窦晟手揣在外套口袋里，黑眸中衔着一抹淡淡的笑意："嗯，我也知道他强，但没想到能到这个地步吧。实话实说，这张卷子只错一道证明，我觉得到我现阶段的极限了。输得心服口服。"他最后一句话是瞟着谢澜说的，谢澜回以幽幽一瞟，总觉得这家伙果断认输背后必有阴谋。

果然，一行人拐过教学楼侧面，他忽然觉得背上一沉，窦晟胳膊圈上来，头往他肩膀上一压，下巴颏刚好抵在平日抵小提琴的锁骨附近。

天色黑沉，路灯昏黄，将地上重叠在一起的两道影子拉得很长。

窦晟微微偏过头，低声道："好厉害啊二猫，教教我你是怎么考的。"

"二猫，教教我吧。"谢澜感觉有人在他脑袋里轰炸。

手指无意识地摩挲着书包带，他想迅速逃离这个轰炸区，但做不到，因为炸药就挂在他身后。他焦虑道："起来啊，你没长骨头吗？"

语落，肩上轻了一下，窦晟直起来了。他正要松口气，却不料那家伙换个角度，又把脑门抵了上来。声音闷在他肩头道："数学王位被夺，我的心好痛，难道你没看出来吗？"

谢澜停顿片刻："没看出来。"

"唉。"

某人埋在他身上深深一叹："豆子低落，豆子瘪了。"

前边的戴佑回过头，一脸被雷轰过："你可轻点骚吧，人家考的比你高你就这么搞人家？"

车子明跟着批判："天理难容，令人不齿！"

"同意。"王苟严肃点头，"恩人，咱不能这样。"

窦晟枕着谢澜嗤了一声："这是全市第一第二之间的交易，庸人勿扰。"

三人脸色俱是一木，沉默两秒，同时冲着谢澜背后翻了个白眼。

一伙女生从旁边快速经过，一边嘻笑一边频频回头。

谢澜浑身的毛孔都炸开，僵硬地往前迈步："起来，快点。"

窦晟幽幽叹气："可你情绪低落的时候瘫在我身上，我都没有抛弃你。"

谢澜一愣："什么时候？"

"就昨晚啊，喝醉了瘫在我身上唧唧歪歪，替你那三百万粉丝的朋友对我谆谆教导。"窦晟在他肩膀上动了动，小声说，"做人是不是要公平？我没跑，你也不能跑。"

谢澜自闭了。

窦晟就是离谱的代言人，平时一副高冷淡漠、漫不经心的样子，熟络后就能赖皮到这种地步。

谢澜心乱如麻，一会儿琢磨窦晟，一会儿又忍不住担心昨晚有没有说漏嘴。

不过看窦晟现在的反应，应该是没听到什么不该听的东西。

从教学楼到宿舍，几分钟的路仿佛走了一万年。回到宿舍的某人终于独立行走，叹气幽幽道："没有人讲题，我好可怜啊，还要自己努力纠错。"他说着瞅瞅谢澜，又长叹一声："原来学渣的苦闷是如此沉痛，怪不适应的。"

戴佑的白眼已经翻不回来了，王苟也差不多，两人一起拿着洗漱盆出门，仿佛一对丧尸出街。

谢澜面无表情坐在桌前写作文，写了几笔，又忍不住偷偷瞟向旁边。

窦晟估计是知道哪道题证错了，随手扯了一张纸把原题默写下来，又唰唰唰几笔复原出几何图形，开始重新找辅助线。闹归闹，他敛起笑容立刻就能学起来。他学习时不像别人那样端端正正坐着，而是侧着身，一条腿踩着两床之间的栏杆，把纸垫在腿上，转一会儿笔写下一行式子，反复循环。没多久，窦晟把草纸拍在桌上，唰唰唰写下最后几行，纸一团扔进垃圾桶。

谢澜惊道："放弃了？"

"我是那放弃的人吗，做出来了。"窦晟笑盈盈，"之前连错辅助线，这回肯定对。"他说着仰在椅子上伸了个全力以赴的懒腰，白衬衫拖起，露出劲瘦紧实的皮肤。"可以继续刷 B 站了，好耶。"

谢澜一边写作文一边无语。窦晟活着的意义仿佛就是刷 B 站。

没过一会儿，某人的长腿又伸过来，在他凳子秤上蹬了蹬。"哎。"

谢澜头也不抬道："又干吗？"

窦晟举起手机："人设视频这波热度过去了，你一波圈粉二十万，二猫，不愧是你。"

谢澜刚好写完作文最后一句话，凑够八百字，认认真真画了个圆圆的句号。

"绝大多数都是你粉丝的支持吧。"他说着，也戳开 B 站主页看了眼。

私信爆炸，和 Youtube 更新期间收到的那些消息差不多，有赞美，有树洞，个别阴阳怪气，还有广告邀请。

　　谢澜指尖飞快划过列表，忽然定格在某处。@爱吃饭的MR.X也来私信了，还一发就三条。谢澜冷静地盯了一会儿那个头像，点开。

　　Hi！

　　看我发现了什么好东西！冉冉升起的音乐区新星UP竟然一直关注着我！

　　看你的列表顺序，我是你第一个关注的UP，天！呐！

　　谢澜对着满屏喷薄而出的热情和自信，沉默了足有一分钟。

　　而后他抬起手指，轻轻地，点了下返回。呵，和某人鸡犬为奸的家伙。

　　谢澜往下刷了一会儿，音乐区有好多来打招呼的UP，大UP开门见山直接交流，小UP一般会先发上一段赞美，再小心翼翼地留下链接求互粉。

　　谢澜礼貌地发了谢谢，然后挨个给出友情关注。

　　窦晟拿着洗漱用品从后边路过："赶紧想想下一期做什么。"

　　谢澜说："我想策划一场草地音乐会，以初夏梧桐为主题，找班里同学们一起演出。"

　　"室外的？"窦晟眼睛一亮，"可以啊，节目单搞长点，先直播，再剪视频。"

　　谢澜点头："我也这么计划，但得等刘一璇心情好点。班里会乐器的同学不少，这两天我一个一个去问问。"

　　窦晟笑得眼睛弯弯："我的两个月钢琴水平可能不行，那我就负责装点画面吧。"

　　谢澜闻言回头幽幽道："你可以负责出演人间绝帅的部分。"

　　窦晟伸手在他眼前捏了个清脆的响指："知己！"

　　谢澜："……"

　　窦晟出门前又随口道："但你得尽快把这波粉丝拉住，最近直播刷刷存在感吧。"

　　"还是算了。"谢澜下意识摇头，"琴都不在学校，直播有什么好看的。"

　　走廊外传来窦晟懒洋洋的回答："你就坐在镜头里就挺好看的。"

　　谢澜继续往下滑着私信，随手戳开几条，粉丝几乎都在喊他直播日常。

　　合理怀疑，窦晟的脑回路集成了B站后台数据库。

　　微信忽然一震。郭锐泽发来了一整屏感叹号——

　　我的老天爷，354！

　　您还是个人？

　　您把我们班炸了，我们老师是批卷组的，现在整个附中高二都知道你恃才傲物，敢在卷子上直接叫嚣。

谢澜把"恃才傲物"复制到词典里查了一下。

［shi cai ao wu］：指仗着自己的才能而骄傲自大。

他愣了愣，又把"叫嚣"复制到词典里：［jiao xiao］指很嚣张地叫喊。

谢澜一头雾水地回复道：没有叫嚣，我是真的看不懂题。

扯淡吧？悬崖测量那道题是第一部分的，你能看不懂？明明是不满数学题太啰嗦，说实在的我们也神烦这种题，但你直接叫嚣出题组也太牛了。

谢澜对着荧幕有些犹豫。起初他很排斥直接说自己中文不好，因为怕被追问。但后来出丑次数多了，身边的人又都很善意，他渐渐地好像也无所谓了。

谢澜：

我只是表达自己的真实感受。

我是一个不太合格的中国人，有时候看不懂中文。

郭锐泽：

………你再骂！

我想现在把这些话给我老师看看。

如果能把他气昏他就不会怼我们考得差了。

谢澜无语了。他耐着性子一个字一个字打道：不是，我的意思是说，我中文水平真的很差。我是国外回来的，刚回国不到一个月。

对方这次沉寂了许久才回复——

哦，这样啊……那我知道了，抱歉抱歉。

但刚才那句已经被全班传遍了，他们现在拒绝听你狡辩。

谢澜：？

这都什么人啊。

生活不易，帅哥无语。

这个周末回来，谢澜很明显地感觉到自己"出名"了。一起去食堂吃中饭时，排在前面的人会回头瞅他，有的会交头接耳，极个别还会过来搭话。

"大佬，我数学平时也就十分，想问你是吃什么长大的啊？"

"谢澜，我也学小提琴，有空一起玩玩？"

而窦晟就像个勤勤恳恳的杀毒软件，每次都在谢澜感到尴尬前就冷脸开怼。

"数学十分，你不惦记数学，反而惦记数学考得好的人？那我只能说幸亏高中不考逻辑。"

"那咱们还一起学数理化呢，一起玩也带上我？还敢说行？我去，你脸皮材质比我还好，佩服佩服。"

……

人间绝帅窦面冷嘴毒，张嘴就怼，不把人怼到目光涣散决不罢休。

谢澜虽然心有不忍，但出于对过度关注的恐惧，还是选择站在后面装死了。

但他是真的觉得心里有点不安生。

下午体育课前刚预报了周三中午会直播写写作业，董水晶就故意板着脸过来说："后天中午留教室的话要提前找我申请假条！"

谢澜立刻点头："好的，我记着了。"

董水晶绷不住笑起来："你最近好火啊，这两天有好几个别班的女生托我要微信，长得帅能招女生，数学好也能，有才艺也能，你都占全了！"

一旁窦晟立刻说："请捂好他的微信号不要走漏，保护班级吉祥物人人有责。"

董水晶点点头："那我当然知道，找我要你号的还少吗？我什么时候给出去过？"

窦晟笑道："谢了。"

董水晶走了，谢澜才深深叹一声气，摊开刚刚发下来的作文卷。《追求》这篇作文他花了很大心思写，结果还行，60分的作文拿了24分，虽然肯定有老秦的情感施舍，但对比之前肯定还是进步了。

老秦还给他写了一串长长的评语："本文情感真挚，主题也算没跑偏，但论据里有一半跟主旨不合，剩下一半又过于接地气，比如'UP主追求一键三连'绝对不应该出现在高考作文里。老师发现你也在B站开了个号，跟窦晟玩玩可以，但千万别耽误学习，尤其是语文，唉。"

一个大写的"唉"字，透露出一丝丝老师的疲惫。

"怎么啦？"窦晟凑过来提起他的手指把他挡着分数的手拉开，啧一声："二十多啊，这不是很大的进步吗？我甚至开始幻想你期中考试语文突破个五六十了。"

谢澜闷声道："不全是因为作文，我就是觉得最近有点太引人注意。数学也就算了，做UP的事情老师和同学都知道。"

他确实也曾是天之骄子，但这两年平淡久了，有点不适应。

谢澜低头准备看看老秦圈出的那些不合适的论据，窦晟却抬手捂着他的脑门把他往后掰了掰，笑道："你知道这叫什么？"

谢澜拍开他的手："叫什么？"

"叫'是金子总会发光'。"窦晟笑盈盈地捏着硬币玩，"少侠，你已经向前看了，不要再隐藏自己的光芒。纸不包火，纱不遮光，就算不为你自己，为了你妈妈，你也得燃啊。"

谢澜消化了一会儿："怎么燃？"

窦晟笑着说："想做什么就做什么，能做到多好就去做到多好，你管别人关不关注呢。"

体育课时天气晴朗，令人心情非常舒畅。

于扉脚受伤上不了球场，十二班的人抱着球在场边等了半天，还是没逮出一个能替他的人。温子森满头大汗，吆喝道："这样不行啊，鲱鱼这脚万一好得慢，下个月正式比赛咱班也凑不齐？"董水晶叹气："女多男少，男生本来也没剩下几个。"

温子森急得左顾右盼，突然瞟到场边运球的陈舸，眼睛一亮，冲十二班喊道："要不篮球赛先把陈舸还给我们？"陈舸动作一顿，没有感情地回头看了他一眼。

草哥叼着草乐："你们这帮学习好的也太废物了，打个球都凑不齐人，打个训练赛还能来竞争对手班借人的？"

话音一落，十二班那头传来一阵稀稀拉拉的笑声。

谢澜往周围看了眼，于扉表情很不好看，要上场的几名队员也人人眉头紧皱。唯有窦晟日常一副无所谓的样子，他有一下没一下地拍着球，神色淡漠，甚至在两班人吵吵嚷嚷时仰头对着空气发了会儿呆，片刻后，张嘴打了个长长的哈欠。

"还打不？"他气死人不偿命地问道："要是组不够人，我准备去买个冰激淋玩会儿手机。"

温子森："……"

谢澜脑子里没想太多，走上前淡淡道："我上吧。"

人群中忽然寂静了片刻。

窦晟漫不经心的神情亦是一顿，有些怔忡地回头看着他。

王苟瞪大眼："你能打球？"

谢澜"嗯"了声，脱下外套扔给于扉，只穿着件纯白的T恤。少年瘦得有些单薄，但在明晃晃的阳光下，他神色淡然，随手接过体育老师抛来热身的球运了两下，画面竟十分和谐。谢澜身体耐力不太行，但爆发力不错，之前都是赛点时上场打一波快攻。他对温子森解释道："我挺久没打了，但肯定能上，以前在英国打过校赛。"

温子森当场下巴脱臼。

下午的风慵懒而和煦，把明媚的阳光一层一层吹拂开，扫过每个人的面颊。

谢澜看见窦晟站在不远处冲他笑，无声而明朗，让他冷不丁回想起刚才在教室里那句轻轻的"不要再隐藏你自己"。

"来吧。"谢澜轻轻活动着手腕，"我可以直接拿于扉的位置，给窦晟送球。"

这节体育课上的，有点神奇。蹲在场边吹哨的体育老师发现，四班这个勉强凑齐人的阵容却打得出乎意料的好。窦晟跟上次练习赛状态完全不同，象是扒下了一层懒洋洋的皮，全场奔跑如风，连飞扬的头发丝都带着一股朝气。而第一次上场的谢澜控球节奏很稳，观察力强，好几次独自运球绕开包夹直抵内线，起跳回传，窦晟在外线起跳，潇洒地将球送入篮筐。

谢澜和窦晟这条快攻线完全不像第一次合作，默契得无可击破。二十分钟过，四班已经领先了六个球。十二班急了，草哥飞快叫停讨论一次，改变策略，两个人盯死谢澜，陈舸机动，一定要断掉谢澜和窦晟这条快攻。

然而谢澜打起球来就像做数学题一样较真，进攻机会受阻他就盯篮板，不放弃一丝一毫的机会。篮球在他眼中转动，那些弧线仿佛也有坐标，能让他准确预测是否会撞筐回弹，提前跑位拦截。

"窦晟！"谢澜抢下一记篮板，在身后两人的追赶中匆忙送球，喊了一声。

窦晟回应道："听到！"在远处甩开陈舸阻截，纵身向前一扑将球勾到手，借转身平衡重心，跟跄两步站稳，转身跑向外线。

"三分！"场边温子森大叫，"豆子！三分！"

窦晟身轻如燕，线外轻踮脚尖起跳，手腕温柔地将球抛出，球却进得无比霸道，冲刷篮网的声音在小操场上回荡。内线下，谢澜手撑着膝盖，轻轻喘着气。

太久不打球，他听见自己的心脏在胸腔里咚咚咚狂跳，浑身热得要命，那股热劲一直冲到脸颊，很躁，又很爽。

练习赛结束还有五分钟。窦晟向空中竖起一根手指，不等他喂球，开始主动带节奏。两个后卫互换了角色。"谢澜，接着！"窦晟抢下一个篮板。

谢澜接球，陈舸和十二班中锋迅速包上来，一米九多的中锋几乎把他围了个严严实实，他尝试突破几次都受阻，只能背身保护运球，过了一会儿左脚轻轻一动，人却扭腰带球向右突围，中锋被他假动作骗过，然而陈舸还是死死地咬着他。

陈舸打球不拼，但很有技巧。他出手果断，断球准，是个不容忽视的对手。

正面对上陈舸，那双锐利冷淡的眼眸更让人惊心。谢澜下意识地觉得自己该说点什么，但他对上那双眸却又不知该如何说，正犹豫间，却见陈舸瞬间出手向他手中的球切去！电光石火间，身体先于大脑做出反应，谢澜指尖勾着球背转身勉强闪躲，陈舸的手在篮球旁滑过，而后谢澜带球直接冲线，在身后数人的追赶下飞跑，勉强上篮。

哐啷！得分。呼、呼、呼——谢澜跑回己方内线，喘得愈发厉害。太久不打了，真的累。体力迅速耗竭，人就变成了废物。果然还是小提琴和数学那些静静的活动更适合帅哥。

他抬起手腕抹了把汗，瞟了一眼场下时间，还有最后半分钟，优势很大。

然而王苟又一次拿到了球，他在窦晟和谢澜间犹豫了一下，最终选择出手将球抛给身边无人防守的谢澜。

嘭。谢澜本能地接住球，而后蒙了一秒。还来？让让吧，让让又能怎样。

但场下似乎因为这最后一个球掀起一阵高潮，欢呼声不断，四班女生一个个放下矜持抻着脖子喊他的名字。"谢澜！谢澜！"

车子明吼得眼珠子都要蹦出来了："澜，给爷冲！！"

谢澜大脑有些缺氧后的空白，看着对面不断向他跑来的人，听着两边震耳欲聋的欢呼声，眼前忽然浮现出那篇《雨巷》里的字。

彳亍。

他半真半演地运着球，勉强往前跑了几步。

陈舸又带领着十二班那个一米九的中锋围了上来。

谢澜一阵窒息，一边在包夹下运球一边在心里数秒，盼望着那一声解脱的哨响。

"谢澜破防！"远处的王苟帮不上忙，只能声嘶力竭地吼，"破防啊！"

谢澜耳朵都被震得要聋了，但他心跳如雷，面前两座山，把他压得死死的。

倒数十秒，球再不出手就要被吹哨。

陈舸抓住了谢澜紧张的这个节骨眼，果断出手断球，中锋替他扰乱视线，谢澜正要无力放弃，忽然听到一阵熟悉的脚步声从身后靠近。

不，与其说是听到，不如说是感觉到。他感觉到窦晟来了。

一只修长的手伸进错乱的战局，从他手下把球勾走，临走时小指还在他掌心轻轻挠了一下。

"交给我。"窦晟擦过时在他耳边低声道。

校园里忽然起了一阵风，从四面八方吹过，一旁林荫路上的梧桐树叶沙沙地响。

窦晟单手运球，连续两个背身闪过防守的人，如行云流水般闯入对方篮下，轻盈起跳。那些蓬松的黑发在阳光下熠熠生辉地晃动，"唰——"，篮球冲刷着篮网，橙色的弧线在篮网间不断地旋转，像一支轻快的圆舞曲。

窦晟比篮球先一步落地，往场边上跑了两步，喘着气。少年的胸膛轻轻起伏着，掩映在小操场边的梧桐树在风里掉下了一片叶子，在他头顶打着转。窦晟仿佛有所感知，抬手从空中截获，将叶片摊在掌心。

他转身找到谢澜的方向，漫不经心地笑着，又小心翼翼地将手心的树叶托起到嘴边，朝谢澜轻轻一吹。

呼——

第十七章

成 语 直 播

比分宣读完毕，场上各选手散了。

谢澜透支体力后浑身难受，胳膊和腿都不受支配了，他神色恹恹地走过来对窦晟道："'猫头鹰们'真的好上进，练习赛也这么大叫声。"

窦晟好像正在发呆，听他说话才回过神，随手把那片叶子揣进裤兜："用'这么高呼声'比较合适。叫声是一种表面的行为，你想表达的是大家很想赢吧？"

"哦。"谢澜拧开一瓶矿泉水叹气道，"抱歉，中文系统在过度运动后崩溃了。"

车子明他们跑过来，谢澜还没反应过来，肩膀上就挨了一拳。不怎么疼，但他被打蒙了。车子明怒吼："澜啊，太牛了！"

窦晟皱眉伸手把他往远处推了推："少整你那套野人行径，保持一臂距离。"

"我发现你和有病一样。"车子明回手又给窦晟一拳，"这是胜利者的仪式感，咱们的传统不就是这个吗？"

窦晟淡淡一撇嘴："新世纪了，换上文明人的方式吧，谢谢。"

戴佑转着一个空的咖啡瓶子，瞟着窦晟说："文明人的方式就是站在场边耍帅吹叶子吗？"

窦晟正要回答，戴佑又叹气拍着他的肩膀："我发现你最近兴致有点高过头了。收敛点吧男神，我场下听到好几个十二班女生准备俘获你的计划。"

王苟用哑哑的嗓音对谢澜道："还有你，你也在计划里。"

谢澜下意识往对面十二班女生聚集的地方扫了一眼："同时计划两个人？"

"她们说选择困难，哪个都愿意凑合。"

窦晟淡淡一笑说："梦里什么都有。"他随手把外套搭在胳膊上，揣着裤兜往回走。

一阵风过，吹着他的头发轻轻向后扬。谢澜落后半步，视线在他侧脸停留了一会儿。

窦晟忽然问道："对了，你拉琴怎么还打球？"

谢澜回过神："小时候想做专业小提琴演奏，不敢打球。后来上了中学，突然对数学产生极大的兴趣，决定把小提琴当成乐趣，就没那么多限制了。"

他顿了下又补充道："但我不常打，耐力不行，一直跑有点烦。"

戴佑啧啧道："对数学产生极大兴趣。"

五个人走到小操场尾巴，快要拐到教学楼去了，一阵风忽然送来一阵隐隐约约的呼喊，暴躁中又透着点绝望。

"坏了！"车子明一拍大腿，"把鲱鱼落下了。"

隔着一两百米，于扉脸上的乌云清晰可见，随时能降下天雷把人劈死那种。

车子明把他搀过来，他气得丧失语言能力，好半天才无语吐槽："我怎么有你们这些个锤子朋友。"

晚自习，谢澜开始准备周三辩论社活动的议题——性别符号该存在吗？他在桌上摊开本子，把题目工工整整地抄写一遍，然后陷入长久的沉默。写写改改，直到快下课，他才勉强写了半页纸。余光里，某人一直在往他本子上瞟，嘴角紧绷，似乎生怕自己下一秒就乐出声来。被瞟了半天后，谢澜自闭了，搁下笔无语道："看什么啊？"

窦晟瞟了眼讲台上的老秦，低声道："我有点想帮你，但不知该如何委婉开口。"

谢澜："……"

"你被分配给正方还是反方？"

"正方。"谢澜皱眉，"我的立场是性别符号应该存在，有点难，我写了好久都没列出太多论据，主要是……"

"谢澜。"老秦在前面忽然点名道，"跟窦晟说什么呢？"

谢澜心里一凉，默默放下本子站了起来。

"猫头鹰们"纷纷回头盯，老秦绷着脸道："看你俩半天了，说什么呢？"

窦晟立刻道："在讨论论点的组织和陈述。"

"哦？"老秦顿了顿，"我今天好像没留作文。"

谢澜心里叹气，如实回答道："是辩论赛的议题。"

"辩论赛？"班里一下子炸了。

车子明也不顾老师还在讲台上站着，回头仰视谢澜："你，参加，辩论赛？中文的？"

窦晟卷起练习册敲在他头上："转回去！"

老秦也张嘴对着谢澜愣了一会儿，许久才往下压了压手，示意他坐下。

"你准备你的。我就是提醒一下，数学分级已经考完了，晚自习原则上不允许讨论，要保持安静。"

"好的老师。"谢澜无声叹气，坐下继续埋头写论点。

窦晟不吭声了，班里也一片安静。

结果没过一会儿，谢澜就感觉浑身的汗毛开始一根根地竖起来，仿佛有陌生的磁场靠近。他从纸面上稍稍抬起眼，就见老秦那条灰色的运动裤从他身边路过，小心翼翼地。

谢澜笔尖停顿，两秒钟后，猛地回头。

老秦瞬间收回视线，站在后排监视全班，"偶然"一低头与他对视，还微笑着抛出一个询问的眼神。"有需要老师帮忙的吗？"他充满父爱地对谢澜笑。

谢澜浑身一僵，面无表情回过头："没有，谢谢老师。"他低头又写了几个字，感觉后面的视线又落在了他的本子上。而后，他好像听见了中年男人努力忍笑的气息错乱声。谢澜索性挪开遮着字的手腕，回头问："哪里写得不对吗？"

老秦仓促收起笑意，低声说："都不太对。"

谢澜："……"

老秦清了清嗓子才伸手指着本子说："【男女有别】不能支持你的观点，这个成语是说男女之间在社会角色和职务上有严格区别，带有很强的封建礼教色彩，看似符合你的立场，但很容易被反击，毕竟封建的东西是要破除的。"

谢澜皱眉消化了一会儿："什么是封建礼教？"

老秦："这……"

窦晟在一旁掐着大腿小声说："红男绿女是说年轻的男女穿着各式各样的服装，并不是劝导人们要给男人和女人赋予不同的颜色区分。还有啊，男默女泪，男人沉默女人流泪，不能反映天生的性格差异，这是个网络词语，主要是男女情感方面的。"

周遭陷入一片诡异的死寂。一直忙碌学习的车子明和王苟各自面无表情地把手从桌上撤了下去，掐住大腿。

谢澜身后传来老秦一声幽幽的叹息，老秦轻抚着他的肩头一字一字说道："老师真的太喜欢你了。"谢澜仿佛被人抽走了灵魂。

等老秦走了，他在纸上画了个硕大的叉，把刚才写的东西全都作废，郁闷道："我只是从词典目录里先挑一些可能相关的词写出来，还没来得及挑选。"

窦晟撕了一张纸，唰唰写下一行字，推到他面前："NPC 的通关小线索来了。"

"线索"是一行英文，笔触潇洒流畅，算是谢澜在班上看到写得最好看的英文了。

"Gender Symbol ≠ Gender Descrimination."

窦晟低声说："这个议题的背后就是性别歧视，你的立场主要是为了证明性别符号能够在男女间建立一条理解和尊重的通道，只要适度，就不会诱导歧视。你可以先写英文稿子，翻译过来，再去新闻里扒一扒实事。"

谢澜眼睛一亮："确实是个不错的思路。"

"那当然。"窦晟笑笑，"豆子老师嘛。"

改换思路后虽然顺畅很多，但翻译和替换论据的负担还是很大。

礼拜三早上，谢澜被起床铃吵醒，用被子蒙过头，半睡半醒地摸出手机，魔障了似的要继续搜案例。然而他的首页却接连刷出几条不太对劲的东西——谢澜微博是个纯小号，关注了好几个"人间绝帅窦"超话里活跃的用户，大多是些日常会产出卡通豆豆人手书的粉丝，包括上次做千层套路视频的粉丝也在里面。

昨天半夜，这群人接连发了好多条微博。

【这个节奏就是某家带的，大家心里有数就行了。】

【别去吵架，豆子天天半夜上 B 站，他能没看见吗，不理就是不想理。】

【不理，我就是无语。】

谢澜跳出去百度了好几次，才明白"节奏"要和"带"连起来看。网友编词的思路可能借鉴了戴望舒。

窦晟粉丝日常自嗨，一旦阴阳怪气，只能是一个原因。

谢澜把被子一掀，坐起来摸到耳机，戴上。

夜神昨天半夜发了一条微博——

【大家误解了，我过得挺开心的，未来就是专注游戏、搞笑、音乐这三条方向，而且二次元不是我的全部，我准高三，成绩好，知道自己想要什么。】

谢澜对着荧幕上的"音乐"两个字，愣了一会儿，仰起头挤了挤眼睛。

窦晟也掀开被子坐起来，打着哈欠道："早啊，眼睛不舒服吗？"

谢澜喃喃道："我怀疑自己……呃，看见不存在的东西叫什么？"

窦晟皱眉想了想："幻视？"

"我怀疑自己幻视了。"谢澜用力甩甩头，又仔细看了眼荧幕。

不是幻视啊，这人是严肃地把音乐列入了三大事业方向之一。

谢澜迷惑着点开小电视。上一期活动夜神也投稿了，但数据挺一般的，连首页海报都没上去。之后这几天没更新，动态也无，就昨晚直播打了会儿游戏。

谢澜搜到一个粉丝录屏，其中一个分 P 名为"真心话"。简介里大致写了下背景，夜神昨天竞技游戏连输七八盘，换抽卡游戏后砸三千没见金光[1]，心态崩了，在直播间

---

[1] 金光，金光常用来代表游戏中抽出高稀有度的角色。

里倾诉了几句。

谢澜瞭了眼正没事人一样下床的窦晟，把耳机音量调低了点。

"状态不好，弹幕聊会儿天我就下了，最近不直播了。

"没有不高兴，我就是感觉最近运势不好，人点背就该歇着。不是，不是上个视频播放量低的事，视频数据本来就会波动，我不太 care 这些。"

夜神看着弹幕，有些茫然，过一会儿才低声道："就是觉得，有些人用尽所有努力，好不容易换来一点点成绩，但不像别人会趁东风，懂得利用身边的资源，铁憨憨很快就会被超越。"

谢澜拳头硬了。

窦晟在下边敲敲他的床栏杆："干吗呢？还不下来，食堂的鸡蛋糕要没了。"

还有心情吃鸡蛋糕。谢澜问道："趁东风是什么意思？"

"啊？"窦晟的声音一下子正经起来，"你看夜神的录屏了？"

谢澜神色冰冷，不吭声继续翻。果然，窦晟人设视频的评论按时间排序，最新几条全在阴阳怪气。

【所以这个视频 BGM 是那个小提琴很厉害的 UP 做的吗？】

【哇，关注 UP 很久了，从年前到三月就涨了几千粉，怎么最近粉丝突然暴涨了二十多万呐。】

【涨粉速度坐火箭了。】

"全是带节奏的。"谢澜皱眉低声道。

窦晟一脸惊艳："带节奏？你还知道这个词？"

"刚查的，我理解就是强行降低别人的智商。"

底下戴佑乐翻了："谢澜在做自媒体这方面还挺有天赋的。"

窦晟淡笑："岂止是有天赋……"

谢澜有点无语："你的内心没有一点点波动吗？"

"这有什么的。"窦晟依旧是无所谓的样子，从衣柜里随手扯出件干净的白衬衫，在空中一抖，穿好。

他漫不经心地系着扣子："夜神这人吧，是有点惹人烦。但他也没大出息，就只会阴阳怪气，类似戏码一年至少四回，按春夏秋冬给你排练，换个季要是没见着，我还怪不适应的。"

谢澜一阵窒息："你……"

"你在外边碰到渣滓，会拉全家人出去干架吗？我只是一个 UP，做 UP 是为生产优质的内容，不是为了天天拉粉丝吵架的。而且最近初心觉醒，从头到脚都快乐，目空一切，懂吗？"窦晟说着抬头冲谢澜笑，"我说床上的小朋友，到底吃不吃早餐了？鸡蛋糕一周一回，香甜软嫩，英国来的都说好。"

谢澜叹口气，没精打采地把手机一锁："吃。"道理都懂，谢澜做 youtuber 也没少遇见类似情况，他自己不在意，但换到身边人身上还是会觉得有点气闷。

午饭后，谢澜一个人拿着假条回教室，要把答应粉丝们的日常直播做了。

教室里的窗帘有两层，一层纱，一层布，他把纱帘那层拉上，让午后的光线在镜头里柔和一些，而后把窦晟借给他的计算机架在旁边，调整好视野，确保手和本子都入镜。

【开播没一会儿，弹幕数就压了上来。】

【终于等到了！】

【说好的 12：50 呢！你晚了整整六分钟！】

【中午好啊澜崽。】

"中午好啊。"谢澜打了声招呼，"下午还上课，就直播四十分钟吧。我最近在准备辩论赛，要把之前搜集的资料写成稿子，晚上就要用了。"

【好家伙！】

【我记得澜崽说自己中文一般。】

【海归回来立刻就参加中文辩论，有追求！】

学习直播不需要说太多话，谢澜挑了一支之前自录的小提琴曲做 BGM，戴上耳机低头专注做事。手机静音开在旁边，他偶尔看一下弹幕。

弹幕欢乐地聊着天。

【你们有没有发现，澜崽的字和本人不太一样……】

【小学二年级换钢笔后，我就没见过这么大的字了。】

【是的，崽崽你不可以写字这么难看。】

【让大猫教你啊！我记得豆子的字超好看。】

【等等……为什么澜崽写了十分钟演讲稿，翻了七分钟字典，还有两分钟是翻成语词典？】

【硬纸壳的英汉，软皮的新华，看起来都好好用啊。】

谢澜只偶尔瞟一眼弹幕，没太多互动。

【说话呀澜崽。】

【您不会真的要自闭学习四十分钟然后下线吧。】

【不可以这样冷淡！】

谢澜顿顿："不太想说话，下次吧。"

【原来你是拽男！】

【今天听起来不太高兴的样子。】

【小声问是因为那件事吗？】

【前边的你还是别问了……】

谢澜没出声，继续写着他的稿子。

【澜崽别往心里去。】

【B站的环境其实蛮好的，个别人粉丝就那样，真的很个别，我们也没办法。】

【像豆子一样躺平放开就好了。】

【笑死了，豆子老躺平大师了。】

【噗，赖皮豆的回应有够不要脸的，不愧是我喜欢的UP。】

回应？谢澜笔尖一顿，他犹豫了下，还是搁下笔，在镜头外戳开窦晟的主页。

五分钟前，窦晟发了条动态。

@人间绝帅窦：em好好啊，希望以后继续带我飞，飞上天和太阳肩并肩，我的硬币都给他。

谢澜："？？？"

【谢澜看啥去了。】

【该不会是去看豆子的回应了吧。】

【dm是咸鱼UP，em是进取UP，啧啧。】

【我就是喜欢豆子这样无所谓和自由自在。】

谢澜把那条动态反复看了几遍，又看看弹幕，有点无奈，又有点好笑。但弹幕没说错，窦晟就是这样。相处久了，他不得不承认，这种无所谓的气质确实有点魅力。

他深吸一口气，低头继续写东西。

弹幕恢复了日常闲聊，但没过一会儿，一波奇怪的预警突然刷了过来。

【好像有人进来了。】

【是鬼。】

【狼来了孩儿们快跑！】

谢澜愣了愣，把系统提醒往上刷了两屏，发现"@公子夜神进入直播间"。

而后，礼物特效在荧幕上绽放，夜神在公屏打了一句话：昨天打游戏输了情绪不好，无意影射任何人，刚才已经私信豆子澄清道歉了，再来给谢澜小兄弟道个歉，别往心里去。

弹幕炸成了一片，嘲的骂的都有，更多的是被骚操作震掉了下巴。

谢澜没出声，仿佛什么也没看见。辩论稿刚刚写了两段，他却平静地把本子往后翻了一页，计算机拉近，确保镜头怼着纸上的每一个字。而后，他认认真真地在第一行写下了【成语积累】四字标题，还标注了今天的日期，写下天气：晴朗微风。谢澜左手娴熟地翻着成语词典，右手飞快抄写释义。

【猪狗不如】：人格低下，品行极坏，连猪狗都不如。

【厚颜无耻】：形容人脸皮厚，不知羞耻。出自《诗经·小雅·巧言》

【为非作歹】：做种种坏事。出自《柳毅传书》。

【罄竹难书】：形容罪行多得写不完。出自《旧唐书·李密传》。

弹幕寂静了许久，而后铺天盖地的问号叹号刷了墙，公子夜神那边没声了。但谢澜知道，他不可能这会儿走。于是他继续慢慢悠悠地往下又写了两条。

【自导自演】：形容自己策划剧本，自己用心完成。

【拾人牙慧】：比喻抄袭或套用别人说过的话。

弹幕已经笑成一片欢乐的海洋。

谢澜吁了一口气，如释重负道："今天直播到此结束了，汉语言优美有力，博大精深，我学得非常开心。很荣幸，我是中国人。"他顿了顿，又说，"今天的学习内容是我专属，原创，和其他 UP 没有关系哈。"

而后光速下线。

计算机一关，谢澜把本子翻回前面继续写他的辩论稿。手机在一边震动，是窦晟的语音通话。谢澜刚要接起来，通话又被取消了，窦晟改发一条消息过来。

RJJSD：哪学的这么多成语？

谢澜回复道：日常积累。

RJJSD：扯。

RJJSD：豆子愣住.jpg

谢澜看着那个豆豆人目瞪口呆的表情包，忍不住挑了挑唇。其实说日常积累也没错，这些都是从窦晟粉丝那边看到的。只要一聊起夜神，这几个成语出镜率就非常高，他就随手查了背了下来。其实他发挥也不算好，粉丝们还写过诗、填过词，在背着窦晟偷偷骂娘的路上行之甚远，可惜他没记住那些。

手机一震，窦晟又发了一条过来。

RJJSD：震惊豆子一整年。

谢澜笑得直接把手机掉在了桌上，空空的教室里"咣当"一声。

这事在网站上传得很快，下午上课前谢澜搜了搜，已经有录屏出来了。私信爆炸，有夜神的粉丝来骂，但更多的是他本来的粉丝过来发一串捶地大笑的表情。

爱吃饭的 MR.X 奔跑在八卦第一线，也发来贺电。

刚啊兄弟。秀得我头皮发麻。

你跟豆子到底什么关系啊，表兄弟？好朋友？同学？商业伙伴？

我可是你第一个关注的 UP，真的不回复我一下吗……

谢澜瞟了眼正抱着习题走上讲台的化学老师，随手敷衍了一个字：嗯。

MR.X：……

下午窦晟没再提这事，周三下午都是他平时不怎么听的课——化学、生物和英语，但他破天荒听得格外认真，还记了笔记，谢澜想跟他说两句话都不好意思打扰。

但谢澜能感觉到，窦晟心情不错。窦晟心情好的时候小动作比平时多点，晃着他那双好看的爪子，一会儿捏捏卷子，一会儿扯扯窗帘，再一会儿干脆自己掰自己，来一出手指瑜伽。

最后一节下课，车子明他们都去吃小饭桌了，谢澜拿着准备的辩论稿独自去实验楼。辩论社第一次活动只有一小时，之前短信通知上写本次活动主要是为了破冰，应该不会太艰难。

但谢澜一进教室，立刻蒙了。屋里只有八个人，男女对半开，围着一个长条桌，有人坐凳子，有人坐桌子，桌上摆着可乐和卤鸡爪。

卤鸡爪？诡异的香味弥漫在房间里，谢澜敲门的手僵在半空中。

"有人来了！"一个扎高马尾的女生弹起来，"欢迎新成员！"

谢澜有点麻木："请问这是辩论社吗？"

"是的！"女生立刻自我介绍，"我是英中辩论社社长融欣欣，这些都是我们辩论社的资深社员，你是谢澜吧？"

谢澜沉默片刻，忽然产生一种不太好的预感："是我，你怎么知道？"

融欣欣笑着说："今年只有你一个新人呀。"

谢澜："？"

她身边一个男生啃着鸡爪补充："应该说，今年竟然有一个新人耶。"

谢澜："……"

原来所谓的破冰，是指谢澜单方面向已有的八个社员破冰。他僵硬地做完两句话自我介绍，这群人放下鸡爪给他热烈鼓掌了十秒钟。

融欣欣眉开眼笑道："其实我们都知道你，数理 A 谢澜么，现在高二还有谁没听说过你。好家伙，我收到报名表的时候愣了好久，你还真的来啊。"

谢澜闻言沉默，手摸着兜里的辩论稿，有一点忧伤。他犹豫片刻还是问道："我们只有这几个人吗，日常活动就是边吃边聊？"

"也不能说只有这几个人吧。"融欣欣坐在桌上晃着脚，"今年招新确实不太顺利，我们打算过两天再来一轮，争取再拉七个，凑齐四队，到时候就能组织两轮次的比赛了。"

谢澜松了口气，但融欣欣又立刻道："当然啦，最好能直接拉十五个，这样我们八个就可以原地退休。"

谢澜："？"

一直在啃鸡爪的那个男生幽幽叹气："准高三了啊，班主任施压，我们也都没太多精力了。"

融欣欣："所以谢澜，之后招新可以多盯一盯高一的小孩，找齐十五人，你就是下一届辩论社社长！"

谢澜神色逐渐迷茫。

"吃鸡爪吗？"那个男生发出邀请。

谢澜："……不了，谢谢。"

一小时的活动，前面四十分钟都在边吃边扯，直到桌上的东西都吃得差不多了，融欣欣才拍拍手要听大家准备的材料。那几个人纷纷从屁股底下、外卖袋里、垃圾桶旁边翻出材料，开始激情分享。

已经深陷发蒙状态中的谢澜又蒙了一次。

鸡爪兄一脚踩着凳子，左手持稿，右手用鸡爪指点江山，激情澎湃道："我们是反方，性别符号不应该存在。组织论点包括：女士优先体现的到底是礼让美德，还是社会对女性力量薄弱的固有认知；给小男孩买玩具枪，给女孩子买布娃娃，到底是顺应孩子的天性，还是在限制孩子们爱好的自然表达；新人入职时女员工被问生育计划，是否代表残酷的职场性别歧视……"

融欣欣坐在桌上晃着脚听："一般般吧，最后一个你得想想怎么往辩题上靠，太直白的性别歧视论点，有点偏题。"

鸡爪兄点点头："我就随便一写，抛砖引玉。"随便一写，就比谢澜写得好。

而后大家各显神通，上引经据典，下结合时事，边啃鸡爪边回味中国千百年来的文化礼教，让人忍不住怀疑这个鸡爪吃了能增长智力。

谢澜捂着自己的辩论稿，独自自闭。他明明给窦晟看过，窦晟说有很大进步的。

融欣欣终于还是注意到了他："谢澜同学，你是正方吧？你的论点是什么？"

大家自然而然地看过来。

谢澜沉默片刻后展开了那张纸，硬着头皮道："我也准备了几天，大概列了三个观点。"

融欣欣："请讲。"

谢澜念道："第一，性别符号的存在帮助人们更好地建立对自己的认识，引导人们遵守规范。"

"打住！"一个男生困惑道，"啥意思？"

鸡爪兄幽幽道："不会是想说，性别符号帮我知道我是男的，从而上厕所我要进左边吧。"

融欣欣笑着打他："你能不能不要搞笑。"

谢澜："……"

就是这个意思。大概是他表情过于凝重，一屋子人笑着笑着，笑容逐渐消失。

场面一度有些灵异。

谢澜叹气："第二，性别符号的存在帮助人们更好地辨识他人，让人们规划社交尺度。"

融欣欣震撼道："这好像跟刚才那个是一个妈生的。"

"但是视角切换了。"鸡爪兄放下鸡爪，"不愧是拍视频的，牛啊。"

屋里又沉默了几秒，谢澜心里狂叹气，硬着头皮把最后一个也念了："第三，男女天生有别，强行抹去性别符号，本身是一种性别不自信，是对性别歧视存在的委婉承认。"

融欣欣长舒了一口气："这个可以，这个一听就可以。"

谢澜面无表情："哦。"这个是窦晟最后看不下去了帮他写的。

辩论赛四个位置，一辩开篇抛观点，二辩三辩临场辩论，四辩结案陈词。

窦晟之前说，谢澜大概率会被安排去一辩，工作量基本在赛前，谢澜也觉得一辩的临场难度比较小，更适合他。然而融欣欣大致点了点大家的问题后对谢澜说："我发现你有一种敢说的精神，不管观点能不能站住脚，张嘴就敢说，其实你可以做一个英勇的二辩。"

谢澜："啊？"

"那就这么定了。"融欣欣抬腕看一眼手表，"这个议题其实很老了，主要为了让大家沉寂一假期的脑子复苏一下，期中考试之前的任务主要是招新，谢澜同学负责，锤锤和爪哥配合下。等人招齐了，咱们六月份就开始拉起比赛，完成本学期的社团任务。"

谢澜瞳孔地震："我负责？"

鸡爪哥把最后一个鸡爪放进外卖盒里递给他："辛苦了。不要有太大压力，实在找不齐人就咱们几个打一场表演赛，也能蒙混过关。"

谢澜："……"

踩着晚自习铃回到教室，刚坐下，胡秀杰就抱着一摞卷子杀了进来。

"班长把门关一下。"她熟练地把卷子拆成四沓分给各组，"晚自习做一套理综，按照考试要求，闭卷，不能说话。"

班里一片哀嚎，即使是精英班，对突击考试也苦大仇深。

谢澜已经有点麻木了，在受到辩论社的冲击后，已经没有什么能让他更受震撼。

窦晟一边收拾桌面，一边小声问："辩论社怎么样？社长认可你吗？"

"算是认可吧。"谢澜顿了顿，"她甚至想传位于我。"

窦晟一下子抬起头，"？"

谢澜只能叹气。

理综卷头标着"数理A"三个字，难度非常变态。谢澜做到自闭，好不容易把三科卷面常见的名词都认得差不多了，但这张卷所有大题的题干都是三百字起，整张卷放眼一望全是方块，密密麻麻会跳舞，把他跳得头晕目眩。

终于捱到放学交卷，胡秀杰一走，班级炸了。

车子明回头骂了句："晚上吃那么多，又给我考饿了。"

王苟叹气："我也饿了，做大城市的学生好难啊。"

窦晟把笔丢进空荡荡的书包："要不去高烤状元吧，数学分级还有人欠了顿饭。"

"今天晚上？"谢澜一愣，"寝室没有门禁吗？"

"九点多寝室才关门，十点多才查寝。宿舍楼后头有个地方能翻进去，我们还有两小时。"戴佑从前边过来，低声道，"我也考得有点烦，走吧。"

说走就走，一起跟来的还有刘一璇，是被窦晟拉上的。

高烤状元店里空间很小，但收拾得挺干净，车子明他们怕在室外吃被下班的老师抓，让老板把屋里唯二的两张小桌拼起来，六男一女勉强坐下。车子明骂骂咧咧地给于扉的伤脚让个地方："你说你这大脚，占多少地方？"

"鲱鱼今天好配合，脚都这样了竟然还跟我们来吃。"戴佑把打印的菜单一人塞了一张，"点吧，今天是我和车子明AA请客，你们别客气。"

车子明吼："也别太不客气了！"

桌上人都在笑，就刘一璇一个女生，她坐在戴佑和于扉中间，边笑边翻着菜单。

王苟小声问："能点这个烤牛油吗？没吃过。"

"点！给我的捧哏点上它三十串！"车子明喊。

王苟黑脸一红："谢谢，怪让人幸福的。"

谢澜没忍住跟着大家一起乐了起来。

店小，桌椅板凳都小，大家的书包都扔在旁边，一个摞一个，谢澜的书包和窦晟的摞在一起，窦晟就坐他旁边。点菜的事都交给别人，窦晟少见地没玩手机，而是淡淡笑着看向门外。放学的这一波还没走完，学生和家长络绎不绝地在门帘外穿过。

"想什么呢？"谢澜用胳膊肘碰了碰他。窦晟回神道："在想中午的事。"

低头划菜单的刘一璇抬头说："中午那个我也看到了，谢澜好勇啊，原来还能这么面对黑子。"

谢澜勾了勾唇："你什么时候回来做视频？"

一旁于扉也扭头看向她，刘一璇有点不好意思地"唉"了一声："窦晟跟我说你那个音乐企划了，我挺想去的。前两天有点钻牛角尖，现在好多了，而且看完你中午直播，我觉得好像被黑也没多大事。"

老板把烤好的第一盘送上来，烤牛油一大把。车子明立刻抓了几根给身边人分，于扉接了两串，一串自留，一串随手递给刘一璇。

"做UP，这种事太多了，别去理会就好。"窦晟淡淡说着，忽然舒眉一笑，扭头对谢澜道，"不过我就不一样了，有人非要替我出头，啧，挺没办法的。"

谢澜刚接过一串牛油，瞟着他，冷漠。窦晟的腿轻轻碰了碰他："骂起人来天赋异禀，恶魔，不愧是你。"谢澜冷冷收回视线："公开宣布躺平，淡漠，不愧是你。"

"以后我在B站就有人罩了啊。"窦晟伸了个懒腰，侧过身把两条长腿舒展开，"孤苦伶仃的小UP感动哭了。"

刘一璇忍不住说："一百三十万粉的小UP，请您闭嘴。"

谢澜闻言下意识挑了挑唇。是了，窦晟已经一百三十万粉了，最近几期视频和直播活动，他都涨粉飞快。谢澜一点都不觉得是自己那两首曲子给窦晟带来了关注，当时直播只是心血来潮出镜拉琴，这次人设视频他的存在感也不强，能留下关注窦晟的，都是真心喜欢窦晟视频的人。窦晟值得这些喜欢。

烧烤店的烤串种类很多，大家照顾谢澜，有一半点的不辣，谢澜每一种都尝了一口。他第一次吃烤串，有点咸，但很香。剔除个别内脏部位，别的都挺好吃，尤其是把皮烤脆的吐司块，蘸一点小碟子里的炼乳，谢澜不知不觉就吃了一大把。

六七个人在一起各聊各的，王苟和戴佑在讨论刚才物理最后的大题，刘一璇跟车子明吐槽之前那伙黑子，于扉吃了两颗隔壁便利店买的酒心巧克力，整个人陷入前所未有的茫然，坐在那神游。

巧克力是于扉在货架上随手抓的，一个俄罗斯的牌子。这帮人平时没怎么吃过酒心巧克力，纷纷不当回事，入口才知道有劲。

谢澜剥开一颗瞅了瞅。窦晟随手把巧克力捏走，自己吃了，对他说道："你算了吧。"谢澜瞟他一眼："连你都行，我有什么不行的。"他说着不再犹豫，剥开一颗扔进嘴里。咬开巧克力外壳，里面是一小口辛辣的液体。味道挺冲的，但只冲了一瞬间。

窦晟边乐边说道："点到为止啊。我上次是懒得跟我妈喝，但你是真的酒量浅。"

车子明闻言凑过来："谢澜还敢和赵阿姨喝？"

谢澜一怔："怎么了？"

"赵阿姨海量啊。"车子明伸出个大拇哥，"窦晟这酒量就是他妈给练出来的，想当年——"他话没说完，谢澜敏锐地察觉到窦晟在桌子底下踹了他一脚。

而后车子明话音一转，叹口气："算了算了，往事休得再提。"

"怎么了？"谢澜扭过头看着窦晟。

窦晟淡笑着说："没什么，有一阵天天陪我妈喝，喝伤了，导致我现在轻易不跟她喝酒。"

这话信息量好像有点大，但谢澜有些分析不出背后的含义。他只是察觉出窦晟似乎有点出神，因为他都已经不咳嗽了，那只在他背后的手却没停，还在一下一下轻轻地顺着。隔着薄薄一层 T 恤，窦晟手指的存在感非常强，蔓延过整个脊背。许久，窦晟终于回过神，若无其事地收回手。他长吸一口气，胳膊一抬，熟练地挂在了谢澜肩上。

"又干什么？"谢澜无语。

窦晟叹气，低低的声音只有两个人能听见："这个巧克力好像还是有点超越我的能力，等会儿要是回不去窝了，麻烦二猫把我领回去。"

"装。"谢澜呵了一声，"你不是躺平大师吗，不如在街上躺平吧。"

"不要啊。"窦晟脑门抵住他的肩，"二猫你的心好狠，不愧是恶魔。"

其实谢澜也觉得有点晕，明明就吃了那一口，估计是一口咽下去太猛了，他脑袋里也逐渐有些混沌。

十点一过，刘一璇说得回去了，戴佑起身结账，大家各回各家。车子明回他奶奶那边，于扉原地打了个车，顺便把刘一璇捎走，剩下四个刚好一个宿舍。

十点多，高三放学的高峰也过了，路上一个人都没有，平时热闹喧嚣的一条街骤然寂静卜来。路灯都没亮，靠着学校里的一些灯光勉强能看清人脸。

谢澜和他们站在路边一起陪于扉等车，不知何时起，窦晟没再圈着他了，反而是他晕晕乎乎地把胳膊搭在窦晟肩膀上，另一手还扯着窦晟的胳膊。他就觉得脚底下有点飘，神智还算清醒，但得抓着点什么才能站稳。

"你还好吗？"窦晟笑着问，"我感觉你要挂在我身上了。"

谢澜冷冷道："扯。"

窦晟撇嘴低笑："我发现你学这些不正经的话学得可快了。"

谢澜哼了声，深吸一口气，片刻后，有些遭不住地把脑门顶在了窦晟肩上。

怪不得窦晟喜欢这样，真的很舒服。但窦晟却僵了僵，过了一会儿才笑着用那副低低的嗓音说："还带报复的。"

叫的车终于来了，戴佑和王苟把于扉扶上后排，刘一璇自己坐在副驾，跟大家说拜拜。"回去发条消息。"窦晟说着又看向于扉，"还有你，听到没？"于扉不耐烦地"嗯嗯"了两声，把门一关，让师傅掉头。

谢澜撑着晕乎乎的意识从窦晟肩上抬起头，车刚好开了大灯，他微微眯起眼，看着那辆车在夜色下掉头离去。大概是此刻，他离窦晟太近了，稍微偏过头，就能近距离看见那双眼眸。汽车开走时，拖着那道温暖的光影，映在那双黑眸中渐行渐远，而后暗色一点点重新覆上，那双眼眸在黑夜中寂静却又明亮如点漆。

好像每当这种时候，他就会在窦晟身上察觉出一种寂寥。也未必是多么不开心的一种情绪，只是一种淡淡的感觉，仿佛他手上抓着的这个人已经从当下情境中抽离出来，闹归闹，窦晟永远都活在他自己周身包裹着的那道无形的磁场中。

晕乎乎中，谢澜低头看了看他的肩膀。他现在真是挂在窦晟身上了，这样一想，估计自己也步入那道无形的磁场了吧。"你这就离谱。说破大天，也只是一块巧克力里那几滴酒啊。"他听见窦晟带着点叹息的低语。

谢澜人虽然晕，酷还是很酷，闷在他肩上哼了声："给你两个币，把我送回宿舍。"

窦晟乐得肩膀直颤："你上次喝多也是这么说的，这次涨价了，还要给点个赞。"

"给你两个币，赞就自动交了。"谢澜无语，"我看你的 B 站账号是偷的吧。"

窦晟笑得差点把他摔下去。

谢澜吐槽完一句就没再有动静了，他有点累，左手勾着窦晟的肩膀，右手扯着他的胳膊，从右后方把半张脸都埋在窦晟身上，真就是挂着。

戴佑和王苟走在前边，两个视学习为生命的家伙，相见恨晚，永远在聊作业和考试。

窦晟走得比平时慢很多，他轻轻吁了口气，疏散若有若无的醉意。

他的水平好像也有点下滑了，两块巧克力就上头。

第十八章

草 地 音 乐 会

　　酒心巧克力，与其说醉，不如说一时冲上头的晕。到校门口谢澜就已经有点醒了，窦晟在和保安交涉，他吁了口气，点开手机。Messenger 上亮着鲜红的提示，谢景明又发来消息了。

　　爸爸听说你数学考得不错。祝贺。

　　竞赛保送确实是一条路，但有风险。万一去不了心仪的大学，还不如回来参赛，你申请 Oxford、Cambridge 都很有希望，自己再考虑一下。

　　澜澜，不是小孩子了，要学会和生活里的不顺心相处，爸爸和 Elizabeth 短期内不会有下一步打算，你可以回来先和她像朋友那样相处试试。

　　谢澜看前边还算情绪平稳，Elizabeth 这个字眼一出现，他当场把软件退了。

　　谢景明越是这样慢慢筹划，才越代表他有和女方长期经营的打算。谢澜蹙眉扯着 T 恤领口扇了扇，感觉有点心堵。

　　过了保安那一关，窦晟问道："怎么了，脸色这么臭？"

　　谢澜沉默了一会儿才低声道："没事，就看了几条我爸发的消息。"

　　提到谢景明，窦晟就没再多问，他手揣在兜里，像在琢磨什么事，又象是单纯在放空。

　　谢澜酝酿了好半天情绪，才终于又点开软件，给谢景明回复了一条。

　　你们想怎么样与我无关，我不回去。

　　他点击发送后立刻退出，索性又把软件暂时卸载，这才长出一口气。

　　窦晟忽然思忖着轻声说："我想拍一部国内高中硬核实录，算是比较长期的企划，可以先放个先导片预报，然后慢慢找素材，等学期末再出片。"

　　话题出现得有点突兀，谢澜反应慢了半拍，"啊？"了一声。

　　窦晟看他一眼："主线的一部分想要你配合出演，看你愿不愿意吧，这种视频要有节目效果，有时候会玩得比较大。我是觉得啊，可能是现在生活对你的精神抓力还不够，等你真正被高中生活支配，你对那边就会没那么在意。"

什么精神抓力、被生活支配，谢澜不太懂。他皱眉消化了一会儿："以我为视角，类似海归生存纪录片吗？"

窦晟乐了："差不多，海归儿童国内高中生存实录，对，就叫这个。"

谢澜陷入沉默，那个酒劲好像又有点上头，昏昏沉沉的。

"倒也没什么不行。"他抬手揉上隐隐跳痛的太阳穴，"但我这个人很难出节目效果。"

"那可不一定。你答应了，剩下就交给我。"窦晟神秘一笑，"先说好，不许真生气。"

谢澜瞟着他，心中隐隐升起一种不好的预感。四个人前后错落着走过主席台和前操场，从教学楼东边拐过去，前面不远就是宿舍楼。

谢澜走着走着又问："怎么定义硬核高中生活？"窦晟没回，谢澜继续往前走着："你是说学业压力，还是说……"话未说完，他的胳膊忽然被窦晟拽住，窦晟凉凉道："比如说你眼前这个人，就足以定义硬核。"

谢澜闻言茫然地抬起头，浑身一僵。不远处，戴佑和王苟僵在那个传说中能翻进宿舍的窗口旁，胡秀杰就在他们身边，脸庞在月色的映照下，神情令人永世难忘。她一字一句携着冷气从牙缝里挤出来："本学期第一次突击夜不归宿，查到的竟然是你们四个。"宿管阿姨在旁边快速翻记录表："主任稍等，我看看他们是哪个班的！"

"是我班的。"胡秀杰说。宿管的手僵在风中。

胡秀杰深吸一口气，气沉丹田——"都给我贴墙站好了！！！"

谢澜被这一嗓子吼蒙了，一时不知是哪个环节出了问题，只能下意识模仿窦晟，一起靠着宿舍楼粗糙的墙体，肩背与墙面完全贴合，像被摁在烤盘上的小饼干。

戴佑明显很少遇到这阵仗，王苟更不用说，已经开始哆嗦酝酿着想哭，唯有窦晟，淡定依旧，甚至还轻声打了个哈欠。

"学委。"胡秀杰黑脸道："你先说说吧，干什么去了？"

戴佑低声道歉："对不起老师，我们去吃消夜，回来晚了。"

"吃消夜？"胡秀杰下意识嗅了嗅，"外边烧烤摊？喝酒没？"

谢澜内心大为震撼——胡秀杰猜学生也猜得太准了。还好他们只是吃了几颗酒心巧克力，不能算喝酒。

窦晟在一旁幽幽替他答道："没喝，老师你闻闻呢？"

"我是狗吗？！"胡秀杰当场暴怒，嗓门拔高八个度，"不用问我都知道是你撺掇的！除了他们三个还有谁一起去吃了？有没有女生？"

窦晟叹气："还有于扉，车子明，这我不用说您也能知道。别人就没了。"谢澜在一旁，虚心学习窦晟的说话技巧。窦晟和胡秀杰打交道确实很熟练，该回避的都回避得很巧妙，有些事很坦诚，有些又从容撒谎，比如刘一璇这事上他就果断撒了谎，估计是捅到女生身上性质不一样。

胡秀杰瞪了窦晟好一会儿，眼刀狠狠地从他脸上剐过，转向谢澜。谢澜呼吸一室，立刻眼观鼻鼻观心。"喝酒了没？"胡秀杰冷声问。谢澜沉默了一会儿，小声说："老师你闻闻呢。"

胡秀杰："……"

窦晟哎哟一声，乐得站都站不住，扶着腰从墙边下来，又被胡秀杰瞪回去。窦晟乐着说道："老师你给我脸色看干什么，谢澜气你，你瞪他。"

胡秀杰训斥道："全都是让你给带坏的！好好的一个谢澜，刚来的时候多乖？让你给带成什么样子？！"

窦晟无奈争辩："现在不也挺乖的吗？好了好了，老师我错了……"

窦晟平白挨了通白眼，等胡秀杰消停了，他才擦了擦笑出来的眼泪："是喝了一点点，一共加起来没一杯，我们六个男生分，人均就一口吧。我稍微多点，两口。"

胡秀杰怒目瞪着他。

"老师别吃我。"窦晟飞快竖起两只手，"我们就是庆祝一下，谢澜数学考全市第一，但学习压力有点大，今天理综考完心情不是很好，我们就想让他放松放松。"

胡秀杰脸色稍霁，看着谢澜："压力大了？"谢澜只得点头。

"唉。"胡秀杰伸手过来，摸着他的头发说，"老师知道你压力大，但老马应该都跟你说了，你这个数学，竞赛好好发挥，想上什么学校都能行。考试的目的不是为了让学生焦虑，只是换一种方式去训练，国内学生十年寒窗，说白了都是在为那最后一战做准备。懂吗？"

谢澜被揉了个晕头转向，不懂。但他努力忍着不逃，点头说："好的，老师。"

话音刚落，窦晟抓准时机低头道："总之我们知道错了，老师，对不起！"

旁边戴佑也立刻说："下次不敢了，对不起，老师！"

王苟跟着低头："对不起，老师！"

谢澜偷偷瞟着胡秀杰的神色。胡秀杰脸色比刚才平和了一些，还有点无奈。

许久她叹着气说："行了，别再让我抓到下一次。"

"得令。"窦晟闻言立刻转头，"老师晚安。"

"站住。"胡秀杰在后头冷声道，"让你走了吗？我可警告你们，在我这事不过一，这学期内我要是再听说一次你们夜不归宿，课间操就给我在国旗下读检讨去，听到没？"

窦晟一边飞快点头一边飞快溜走："嗯嗯嗯，好嘞。"

等进了宿舍楼，谢澜才忍不住问："在国旗下检讨是国内的文化特色吗？"

"是胡秀杰特色，你不惹她就没事。"窦晟说着，瞟了一眼谢澜怏怏的神色，笑道，"真要检讨，我给你写稿，放心吧。"

刘一璇肯回来，谢澜立刻开始码人、定曲、排练，户外交响乐的企划推进得非常顺利。

直播的日子定在了省训营开始前的最后一个周末，风和日丽，天蓝如洗。英中主操场的草坪上，小提琴、电钢琴、琵琶、竹笛，各自在乐谱架后就位。周遭架了一圈相机，阵仗堪比媒体发布会。

窦晟和来帮忙的控场小哥交代了几句，对谢澜笑眯眯道："今天光照不错，都看不出来这块草坪是人工的，一打眼还以为是国家知名公园。"

谢澜"嗯"了声，仔细翻看各个机位的视野——各个乐器区都有主视和侧视，整体还有三个机位，他忍不住感慨道："你是把所有相机都拿来了吧？"

"那可不，倾家荡产。"窦晟扫视一圈这些长枪短炮，感慨叹息，"终于明白为什么做两年 UP 没攒下钱了。"

谢澜问："真的需要这么多吗？就二十分钟的直播。"

"直播无所谓，之后不还要出精剪辑视频吗？就这个阵容，视频不拿下三百万播放都对不起大家。"

窦晟说着抬起平板继续勾勾画画，荧幕上是待会要挂在直播画面里的某乐器培训机构的 LOGO，和这一期的主题很搭。这个广告是窦晟主动去拉回来的。前两天谢澜他们刚刚彩排完，窦晟忽然说找了个广告商，能赚一笔钱和大家分分，还说要加一支黑管在乐队里。

谢澜对接推广倒是无所谓，唯一觉得无奈的是，品牌方虽然欣赏他的演奏水平，但更看重窦晟的粉丝基础。虽然之后直播和视频都由谢澜推送，但窦晟会转发，品牌方要求窦晟本人加入演奏，光入画不行，得强行再给他加一架电钢琴。

但窦晟本人只学过两个月钢琴，谢澜绞尽脑汁，最后在三首曲子里给他安排了十二个小节，藏在小乐团里浑水摸鱼。

小提琴谢澜、毛冷雪；钢琴窦晟、戴佑；竹笛刘一璇，琵琶董水晶，人都到齐了。刘一璇和董水晶都穿了汉服，刘一璇是浅粉色，董水晶是浅鹅黄，站在草坪上很好看。

谢澜看了眼时间，还有十分钟。"黑管到底是谁？"他蹙眉问道，"谱子给了吗？"
窦晟还在专心致志地美化待会要挂直播间的字幕："别急，会来的，我跟他说了给钱。"

谢澜震惊："你花钱请来的？"

"你要这么说呢，好像也算，毕竟没有钱的话他绝对不会来。"窦晟说着把平板往谢澜的方向一转，"看看，这个卡通手写的字体你满意不？"

《初夏梧桐丨小型草地交响乐丨英华中学高二四班》

节目单:《龙猫》《人生的旋转木马》《兰陵王入阵曲》,每轮10分钟,表演2轮。

这次的主题是温暖、治愈、国风改编。前两首主小提琴,第三首主琵琶,三首都是东西方乐器融合,《兰陵王入阵曲》还会配提前用电脑做好的鼓乐。

谢澜对着标题中的"高二四班"愣了一会儿。

"黑管是四班的?"他脑海里突然蹦出一个名字,但又有些不敢猜。

窦晟正要说话,放在一旁的手机响了,来电显示:陈舸。

窦晟直接按下免提,冷淡道:"你还能不能来了?这么多人等你,我这个企划可是有甲方的,搞砸赔钱。"

电话里传来呼呼的风声,过了一会儿陈舸的声音才响起:"在哪,没找到。"

"大操场啊,还哪有草坪?在十二班一个月把脑子呆傻了吧。"

对方沉默几秒,而后嘟嘟嘟的断线声响起。窦晟随手摁掉手机,对谢澜笑笑:"陈舸挺靠谱的,答应了就会来,只不过会摆摆臭脸,没办法,受伤儿童都这样,只能忍着了。"

谢澜没回,怔怔地看着窦晟。直到现在,他好像才明白过来为什么窦晟一定要去拉这个广告。

窦晟继续低声跟他商量:"教育机构给钱少,而且这次你主创我转发,他们对数据没太大信心,广告费我们捐一万去公益,另外几个人说好了每人两千,剩下两三万咱俩不分了,都给黑管,行吗?"

谢澜看了他一会儿,轻声说:"你找的广告,听你的。"

"二猫好大方哦。"窦晟笑道,"真是一只有侠义精神的猫。"

谢澜忍不住又问:"但陈舸知道这些还会拿钱吗?"

"他可能对我们这行有误解,不太了解咱俩一个外行、另一个又暂时没太大流量的尴尬,真以为我们人手都能分两三万呢。"

窦晟说着喷了一声,又点点头:"不过也是,我平时最多在微博上发发小广告,正经的视频植入还是头一回,第一次总是值钱的。"

谢澜看着他,他还是平时那副云淡风轻的样子,打着哈欠,仿佛一切都只是心血来潮,而不是煞费苦心安排下,对朋友偷偷递出的援手。

"人来了。"窦晟说。

陈舸背着黑管现身之后,场上原本聊天的人顿时不吭声了,董水晶抱着琵琶有些发呆。风吹着谱架上的谱子轻轻地翻,陈舸把黑管从盒子里掏出来,眼神扫过场上的人。他没出声,只是点点头算作打招呼。

窦晟打了个哈欠:"终于来了。"

"什么时候开始？"陈舸问。

"五分钟，你要不跟他们合一下？就你没一起排练过。"

"不用。"陈舸的神色依旧有些冷淡，"你给的谱子我在家练过了，不会给你出岔子。"

刘一璇起身，把空余的一把凳子和谱架拉到董水晶旁边，淡淡道："黑管挨着琵琶吧，画面好看点。"

陈舸回头看了董水晶一眼，没出声，在那把椅子上坐下。

"直播间已经来了好多人，我准备要推流了。"

窦晟起身，在明朗的阳光下伸了个懒腰："各位准备好了吗？"

大家各就各位，谢澜的小提琴在中心位，那把咖色的琴在阳光下闪闪发光，他走过去将琴架好，右臂扬起优雅的圆弧，琴弓搭住琴弦，定格。窦晟也走到属于他那架电钢琴后落座，手机静音搁在镜头扫不到的地方，给控场的人递了个眼神。

直播正式推流，观众数开始上涨。晴朗的周日下午，搭配小型户外交响乐，十分美妙。直播里没人报幕，只有白色半透明的字体在荧幕上蜷曲着浮现——第一曲，《龙猫》。

谢澜定了定，目光落在小提琴琴弦之上，开弓领奏。风吹着曲谱哗啦啦地翻，谢澜却是不看谱的，他的视线只落于在指尖下战栗的琴弦。何时停歇引琵琶进来，何时续上跟黑管配合，什么时候给音，什么时候收敛，他都十分熟稔，是交响乐团首席小提琴的自如。

陈舸亦没有看谱，那双黑眸沉静地落在黑管上，偶尔抬起，似不经意地落在旁边弹琵琶的董水晶脸上，又扫过不远处两架电钢琴后的窦晟和戴佑。

风和日丽，轻快悠扬的交响音奏响在英华的草地上。

窦晟坐在电钢琴旁，听着那些欢快的音符，时不时瞟瞟谢澜直播间的弹幕。

【为什么突然开始？没个预报啊！】

【我火速进入，火速沉浸】

【泪目，龙猫是我的童年。】

【原来小提琴版本的龙猫是这样的啊！】

【每个人都好棒，小姐姐们爱了！】

窦晟微微勾起唇角。谢澜真够看不起他，虽然他就学了两个月吧，倒也不用每首歌就只安排他戳那两下。他看着面前大片被划掉的曲谱，有点想笑，但又忍住，视频里的嘴角挂着温柔的笑意。

一曲《龙猫》结束，谢澜琴弓稍停。

荧幕上的"《龙猫》"字迹像天空中逐渐消失的飞机拖尾，渐渐弥散，又重新聚起"《人生的旋转木马》"。字迹清晰的一瞬，戴佑的钢琴送出优雅低沉的颤音，带出一段低低的前奏，而后谢澜小提琴切入，正式拉开旋律，曲风转向欢快悠扬，悠扬间又流转着淡淡的忧伤。

窦晟看着谢澜，风把谢澜单薄的衣服吹向一边，布料勾勒出少年纤细的腰线。他一身白T加浅蓝色牛仔裤，在白亮晴朗的视野中清淡得仿佛要消融，但那对眉目又如此生动，黑眸沉静，手执琴弓一推一拉，整个人缠绕在悠扬的律动中。

【豆子呢？】

【这个琴挡着，我看不太清豆子。】

【他真的有在干活吗？】

【实名举报豆子摸鱼。】

【打扰了，我以为你是来表演的，原来你是内场VIP。】

这首曲子里有一段是纯钢琴和小提琴配合，且只允许一部钢琴，待会就是窦晟要为谢澜伴奏。谢澜一路心惊胆战拉到那一段，余光里，窦晟终于抬起视线，神情专注地看着曲谱。随后，三段低音和弦稳重送出，虽然不够专业，但那些音符却莫名地带着一丝温柔，在春末夏初午后轻柔的风里迟迟不散，与小提琴声一同盘旋。

到了《兰陵王入阵曲》，谢澜终于暂时放下掌弓的手，董水晶抱着琵琶轻盈地挑捻，与迅疾铿锵的鼓点融合，恢宏的剧情感扑面而来。随后黑管与竹笛加入，再之后是小提琴与钢琴，音乐的层次渐深，琵琶和黑管的声音在其中存在感最强，一唱一和。

谢澜微微侧目，视线落在不远处的监控屏上。之前很细碎的弹幕他都看不到，但这会儿各种尖叫逐渐被刷屏取代，滚滚砌墙一般的诗句飘过——

兰陵美酒郁金香，玉碗盛来琥珀光。
但使主人能醉客，不知何处是他乡。

不知何处，是他乡。

谢澜垂眸静静地听着，黑眸沉静如旧，只在流转间不经意地闪着光。这是他这几年来第一次重新回到"交响乐团"拉琴，在乐团里的小提琴，好像就不再是那么孤独的乐器。

两轮曲目拉完，控场小哥按照事先约定，在最后一个音符落下，所有演奏者定格两秒后，骤然断掉直播。

荧幕上一片漆黑，弹幕空白了几秒，而后疯狂刷过问号。

这是谢澜和窦晟反复讨论后商定下来的——突然开播，突然结束，第一轮演奏给路人涌进来的时间，第二轮演奏才是高潮。而高潮后只停顿一刹那，刹那间，声消人散，从始至终无人报幕，也无人旁白。

仿佛这只是春末夏初午后，发生在一所普通学校里的童话。

是一场盛大的错觉。

当晚，《初夏梧桐草地交响乐》粉丝录屏冲上了B站首页，空降热度排行榜第一。表演结束后，大家边聊天边收拾现场，谢澜跟窦晟一起拆了十六组机位、镜头、相机、三脚架，整整装了两个拉杆箱。一行人提着东西往校门艰难行进，谢澜背着小提琴，心里盘算着买杯奶茶。他想要乌龙茶底、全糖、加芝士奶油、撒可可粉，叫"长安"的那一款。

窦晟忽然在旁边嘀咕道："我打算去买杯奶茶，好久没喝'长安'了。"

"！"谢澜猛地扭头盯着他，瞳孔微微颤抖。

窦晟下意识摸摸脸："怎么了？"

谢澜茫然道："没……"

窦晟是不是会读心？他在英国学校了解过一个神秘的巫术结社，社员就宣称自己会读心。谢澜顿了顿，摒弃杂念，试着在心里想：窦晟有病。他想了三遍，偷偷瞟向身边。

窦晟笑盈盈道："我知道你在想什么，是不是觉得刚才那段和弦配合得很默契？"

"……"

谢澜恢复面无表情："嗯，夸你。"

走到奶茶店门口，陈舸开口道："先走了。"

众人的聊天声止了，戴佑拍拍他的肩："一起吧兄弟，好久没一起吃饭了。"

"家里还有事。"陈舸不动声色闪开。

女生们不吭声，没人劝，但也没人点头。就那么僵了两秒，窦晟从手机荧幕里抬起头，漫不经心道："啊，拜拜。"

陈舸瞟了他一眼，转身离开。

他路过窦晟和谢澜时，又停步对窦晟道："你给别人多少钱，就给我多少钱。"

窦晟撇撇嘴："我给大家都是两三万，还能欺负你人不在四班少给你是怎么着？不信，问问他们。"

"啊……"刘一璇用看鬼的眼神看了窦晟一眼，"是，他确实说最多给三万。"

陈舸蹙眉，似乎有些拿不准。过了好一会儿，他才不耐烦地摆摆手："随便吧。"擦身而过的瞬间，谢澜发现他嘴角有很厚重的粉底，粉底下是没完全遮住的浅浅的淤青。

窦晟等他走远才叹一声："起码知道把脸上的伤遮一遮，换身干净衣服来上镜。"

戴佑满脸担心："他现在到底在干什么？当打手？怎么每次见到都有新伤？"

"谁知道。"窦晟从陈舸身影消失的巷口收回视线，淡漠道，"别管他。"

吃完饭急匆匆把东西送回家，赶回学校时还差 10 分钟就上晚自习了。窦晟摁着桌子飞进座位，屁股还没落地，就已经开了平板，准备把素材从存储卡转进硬盘。

谢澜忍不住问："至于这么急吗？"

窦晟低声说："明早之前必须上传，不然热度都被录屏抢了，你就没数据了啊。"他顿了下又问："你是主创，会用 Final Cut Pro 吗，或者 PR？"

FCP 和 PR 都是剪辑软件，谢澜两个都能用，但他对着窦晟愣了一会儿，总觉得刚才那句话有点怪。就好像明明是个问句，但听起来又不像询问，更像在确认一件窦晟早就知道的事实。谢澜琢磨不透，只能点头道："这两个我都行，回宿舍把你计算机借我一下。"

窦晟立刻说，"晚自习后可以先梳理下，把想要拼接的镜头列出来，然后我们分工。"

谢澜一蒙："你怎么突然变得这么上进了？"

窦晟长叹："第一次个人主创啊，谢澜小朋友，上进心当然要用在刀刃上！"

刀刃？谢澜似懂非懂地看了他一会儿，"哦"了声。

十六个机位，分别有完整的二十分钟素材，虽然量大，但好在都是固定视角，时间轴也好对齐。谢澜回到宿舍直接从三个全景机位开始，边看边剪，窦晟则对着他晚自习整理好的列表，去其他素材里找他想要拼接的镜头，把片段所在的分钟数直接拎出来。走廊外很嘈杂，小小的房间里却很安静，只有计算机硬盘咔咔运转和鼠标点击的声音。

窦晟说："编号 4，2 分 15 秒 22 到 19 秒 18，《龙猫》琵琶位侧面特写。"

"嗯。"

"其实我觉得 2 分 12 也可以用，风吹了一下，琵琶那个拨弦的动作很好看。"

"好。"

谢澜随手把窦晟说的敲在荧幕右上角的备忘录里，鼠标点着时间轴，左手熟练地按着那几个快捷键。

他其实很久都没剪过视频了，本来以为会很生涩，什么多层剪切、时间放大镜、平移时间线……要是问他快捷键是什么，他真想不起来，但这会儿手放在键盘上就会有下意识的动作，压根不需要思考，仿佛那些指令已经刻入 DNA。

第一首《龙猫》剪了将近两个小时，剪到戴佑和王荀都从宿舍自习室回来了。谢澜怕打扰他们睡觉，又跟窦晟抱着设备从宿舍里溜出来。

窦晟临出门前在柜里抓了一把巧克力，拆开一块递给谢澜："这个才是剪视频神器，通宵必备。你把《龙猫》剪完了？"

谢澜吮吸着嘴里浓郁的甜味，"嗯"了声。

"字幕、音轨都对过了吗？"

谢澜把巧克力咽下去才说："说剪完了，肯定包括这些。"

窦晟长舒一口气，笑道："才一个半小时，你这个效率有点高啊。"

谢澜闻言只是瞟他一眼，没吭声。其实效率高的不光是他，还有窦晟。之前谢澜也花钱请同学帮他找过素材，但外行人划的时间轴总是不对，剪切出来才发现压根不是他想要的镜头，甚至有完全不相关的时候，令人头大。

但窦晟和他或许有着某种审美上的默契，或者说是百万级粉丝博主共同的专业度，窦晟找得很准，能精准到毫秒，每一个片段直接用窦晟反馈的时间参数去砍，刚刚好都是谢澜脑海里想要的那一段，丝毫不差。

合作体验如此丝滑，令人感到舒适。

这会儿已经十一点了，高二学生睡得早，好几个屋都黑着。

窦晟和谢澜把凳子搬到楼梯间继续肝，声控灯隔几秒就灭一次，窦晟低头看素材，灯灭了就轻轻"嗯"一声，让灯重新亮起来。那个低低的声音总是会让谢澜从剪视频的思绪中短暂地脱离一秒，明明什么也没想，但就是会在意那个声音。不是被吵到的那种在意，而是一种难以言喻的存在感。

余光里，窦晟修长的手指在荧幕上划来划去，一举一动，都有着那种存在感。

计算机右下角时间从"23：59"转变到"00：00"的一瞬间，谢澜刚好按下保存键，把完成的第二首曲子存住。而后，计算机屏幕猝不及防地黑了。

"我去！！！"刚好探头看过来的窦晟一声惊叫，猛地从凳子上弹起，蹭蹭蹭往上跑了几个台阶，回头瞪着坐在原地抱着计算机的谢澜。

谢澜呆住："你是不是有什么脑部疾病？"

"你看到时间了吗？零点的一刹那计算机黑了。"窦晟喉结动了动，"不觉得很诡异吗？子时，百鬼出行。"

"？"谢澜脸色很臭："我只看到了一只胆小鬼。"

他顿了顿，又补充道："胆小如豆的那种胆小鬼。"

窦晟啧一声，把手揣进裤兜："看看荧幕怎么回事。"

谢澜已经在检查了。计算机里有声音，主机明显还在工作，但荧幕不亮。他按"ctrl+s"保存，关机重启，有开机音，但荧幕还是漆黑一片。

窦晟从台阶上三两步蹦下来，"啪"地把计算机扣上："凉凉，关键时刻掉链子。"

谢澜下意识地问道："怎么办？"

"能怎么办，只能当外接主机用了呗，得找个显示屏。"

谢澜茫然："到哪找显示屏去？"

……

如果早知道窦晟说的"找显示屏"是来网吧找，谢澜压根就不会同意。国内正规网咖限制未成年人，但窦晟带他来的这家店老板和窦晟认识，拽了两台没装游戏的退役机器给他们剪辑用。

这会儿已经半夜，网吧里打游戏的男人仍然喊杀震天，外卖味弥漫，即使是禁烟区也飘着从抽烟区那边传来的尼古丁味。谢澜在那张满是裂纹的皮质计算机椅里坐下，看着掉落在牛仔裤上的皮渣，开始自闭。

身后老哥"哐"一锤键盘："上单脑子里养猪啊！"

窦晟在一旁低声提醒："在这，听到什么词都别学。"

谢澜幽幽地看着他："谢谢你提醒哦。"

窦晟忍不住一乐："什么时候学的，阴阳怪气的。"

呵。谢澜冷笑，把计算机连上网吧的荧幕，勉强开始操作。其实换了大屏后拉时间轴会更准一些，一旦沉浸入微妙的心流体验，在这剪视频也完全OK。

谢澜一边剪视频一边听着窦晟报轴，也挺奇怪的，周围喊杀震天，桌椅板凳疯狂挨揍，但窦晟低低的声音还是很清晰，仿佛周遭越吵，那个低低的、有着点少年磁性的声音就越有存在感。

凌晨一点，谢澜把第三首曲子剪完，开始构思片尾要怎么淡出。他随口问道："我们又逃寝，不会被老胡查吧？"窦晟头也不抬地说："放一万个心。十点多宿管就查过宿舍了，那时候咱俩都在，只要今晚不回去，胡秀杰怎么可能抓到？"

也是。谢澜放下心来，回头看了一眼已经在椅子上扭曲睡着的老哥。

"那……真的就在这睡觉了？"他心里有点苦涩。

窦晟挑眉："不是说好了，一起体验国内硬核高中生活。"

谢澜脸色麻木："你就编吧，我们班过这种高中生活的，除了你还有谁？"

最后的淡出，谢澜最终选择了场地布置前录的一段，干净的草坪上，风吹着梧桐树轻轻地摇晃，两片梧桐叶从树上打着转落下，乐队群像如同记忆浮现一样闪回，镜头缓缓上移，停在湛蓝如洗的天空。

——《初夏梧桐草地交响乐》by 英华中学高二四班。

镜头有多唯美，身后的呼噜声就有多震耳。乌托邦与现实。

谢澜打下最后一个字，把鼠标一丢，叹气："我看不出问题了。"

窦晟手搭在他肩上，手指弹琴似的在他锁骨上敲了敲："辛苦，我再看看。"

一过半夜两点，谢澜大脑就有些发木，中文能力基本丢失。他不喜欢熬夜，在简陋的椅子上努力把自己蜷了起来，抱膝准备睡一会儿。周围也安静下来，他在黑暗中养了一会儿神，又忍不住抬头看着窦晟。

窦晟正仔细检查着视频，从一个低低的视角仰望，他的肩胛骨比平时突出一些，少年时好像都靠骨头架子撑着衣服，但窦晟撑得很好看，会让人忍不住视线停留，用眼睛把他周身都丈量一遍的那种好看。

谢澜看了一会儿，有点晕，于是又埋下头去。其实他今天过得很开心，哪怕这会儿狼狈兮兮地蜷在网吧里，听着窦晟时不时点鼠标的声音，此刻也觉得有些满足。

一觉醒来，浑身酸痛，周围一片寂静。谢澜睁开眼，网吧没有窗帘，凌乱的空间笼罩在晨光下，整个网吧通宵的家伙都睡着了，窦晟也伏在计算机桌上。

荧幕黑着，但笔记本还在运转。谢澜下意识碰了碰空格，亮起的界面是他的 B 站后台，视频上传成功，正在审核队列。

空格键的声音叫醒了窦晟，他从桌上挣扎起来，伸了个懒腰。

"几点了？"窦晟嗓音有点哑。

"五点五十。"谢澜说。

窦晟看看计算机，长出一口气："终于上传成功了，走走，回教室睡去。"

谢澜背上书包，跟在窦晟后边，突然窦晟一把攥住他的手腕，把他从门口强行拖到门后。就像电影特工，用门做掩体，贴墙而立。

谢澜有点发蒙："怎么了？"外边有敌人？

窦晟一脸见鬼，用气声说："胡……秀……杰……"

谢澜表情一下子僵住了："她怎么会来？"

窦晟咬牙道："我哪知道。"

门外响起一个冰冷的女声："出来！窦晟、谢澜，我看到你们了。"

"……"

网吧门边上挂着一面小圆镜，谢澜在镜中看着自己和窦晟的脸，依稀从脑门上看到了一个字。

——危！

他合理怀疑最近赶上 Mercury Retrograde，中文水逆，逆行轨道撞上了胡秀杰号小行星，逢违规必被抓，一抓一个准。两人丧失生机，眼里无光，从破门槛里踏出来。窦晟幽幽问道："老师，高手啊，怎么抓住我们的？"

胡秀杰满脸喷薄而出的怒火，抬脚就想踹，窦晟没躲，但她自己忍住了，只发狠地盯着他们两个。"例行检查学校附近的网吧。"

窦晟忍不住小声说："早知道半夜就该回宿舍。"

胡秀杰还是没忍住，给了他一拐子。她痛击窦晟后，又对谢澜冷笑："今天这又是为了什么？压力大到需要来网吧发泄？"

谢澜低声说："没有，着急剪个视频，自己计算机坏了。"

胡秀杰脸都绿了："我说没说过不要因为课外活动耽误正常学习生活？"

谢澜如实回答："没说。"

胡秀杰脚底下一绊，鞋跟差点踩进地砖缝隙。窦晟连忙拉住她道："说过说过，没跟谢澜说过，跟我说过，说过好多回。"

胡秀杰冷笑："知道该干什么吗？"

谢澜和窦晟同步叹息一声。

"知道。"

"知道。"

草地音乐会视频审核通过后，数据飙升，平台运营给谢澜发了个站内信，恭喜他被评为新锐，还说要做个海报。然而新锐本人根本顾不上回消息，早课也没上，趴在走廊墙上写检查。

胡秀杰这次发了大火，勒令课间操前检查不写完，直接找家长，谁说都不好使。早上刚好是语文，老秦在大家做阅读间歇跑了出来，对着谢澜摁在墙上的检讨一脸惆怅。

"为非作歹，这词哪至于，赶紧换掉。"他长叹一声，"窦晟你能不能帮帮他？"

窦晟咬着笔帽下笔如飞，瞟了谢澜一眼，含糊道："甭写了，我替你，上次答应的。"谢澜闻言立刻说了声"谢谢"，唰唰几下把自己写的破烂玩意儿撕了，往兜里一揣。

老秦立刻掉头，摆手道："我什么也没听到啊，什么也没看到，你俩好自为之。"

今天天气还不错，窗外的风吹在走廊里，不冷不热。

谢澜早饭没吃，有点晕，手伸进窦晟口袋里摸了两块巧克力出来。"吃吗？"他问。窦晟继续下笔如有神："帮我剥一块。"谢澜撕开包装纸，把窦晟嘴里的笔帽摘走，再把巧克力塞他嘴里。

没休息好，头疼，很烦。烦的时候检讨写不出，视频数据也懒得看，就只想站在这个空荡荡的走廊上，吹着风，含着巧克力，一边听窦晟唰唰唰写稿，一边静静地放空一会儿。

过了一会儿，谢澜忽然想起什么："真要在红旗下念吗，全校都能听见的那种？"

窦晟低声说："也没那么羞耻，英中不强制广播体操，高三的在后操场跑步，高一高二基本都去食堂买吃的，前操场没多少人。"

他顿了顿又说："据说胡秀杰这两年开始信奉精神教育，红旗下检讨不是为了让你丢人，而是好好反思下，生长在这么好的祖国，获得这么多的关爱，为什么还不思上进呢？"

谢澜有点发蒙："为什么呢？"

窦晟停下笔定定地瞅着他，谢澜愣了一会儿才恍然道："哦，因为被你带坏了。"

窦晟骄傲地笑，笑了一会儿又说："这次是我失策，该想到的，前一阵刚突击宿舍，这一阵肯定换阵地，我们剪完片子就该直接回去。"

说这么多已经没用了。谢澜叹气："没怪你，都是为了帮我剪片子。"

针对同一件事写两份检查，还不能写成一样，估计难度有点大，窦晟写他那份写了很久，直到第二节下课，胡秀杰的高跟鞋声在走廊另一头响起，窦晟才匆匆把那两张纸撕下来，叠好塞进谢澜手里。

"别展开，咱俩字差太多，她会发现的。"窦晟低声提醒。

谢澜闻言立刻把刚展开一条缝的纸又合了回去，小声感慨，"还是你有经验。"

胡秀杰冷着脸来到他们面前："写完了？"

窦晟垂下头："写完了，我们已经做好准备去国旗台上面对自己的错误。"

"今天高一月考，课间都没什么人，算你们走运。"胡秀杰冷笑着敲了敲班级前门，冲里头道，"自己班的都出来，听听你们崇拜的这两位学霸检讨。分完班我看你们是越来越不像话！都给我一起好好反省一下！"

谢澜忍不住问："老师，要是只有我们班，就别出去了吧。"

"我是老师还是你是老师？"胡秀杰瞪他一眼，"谢澜！我就是对你太温柔了！"

谢澜："……"他和胡秀杰之间，必有一人对温柔这个词有误解。

全班人磨磨蹭蹭到前操场集合，零星还有路过的其他班同学，看着窦晟和谢澜站在台上，交头接耳。

窦晟低声对谢澜说："还记得我们之前的约定吗？"

谢澜一愣："什么约定？"

"不许说话！"胡秀杰怒道，"谢澜先来！"

谢澜头皮发麻，叹了口气，勉强往国旗下挪了两步，展开窦晟给他准备的演讲稿。而后，他微妙定格。纸上密密麻麻写着字，有的字上还标着拼音，第一句——"余大过矣，盖将闲余琐事贻误课业。"

文言文？他难以置信回头瞪着窦晟，用眼神问：疯了吧你？

窦晟仿佛没接收到讯号，视线漫无目的地与空气追逐。

谢澜："……"

胡秀杰催促道："抓紧点，让你们早下来是给你们留面子，等会儿高三的跑完操经过，看你们什么滋味！"

谢澜一声长叹，只好硬着头皮朗读。"余大过矣，盖将闲余琐事贻误课业。但凡事皆出有因，今忏悔于此——"

底下哗一声，车子明瞳孔地震："谢澜！你被文曲星附体啦？"

王苟忍不住抚掌："莫非这就是传说中的你要偷偷学语文，然后惊艳所有人？"

胡秀杰皱眉拍着演讲桌："安静！谢澜，什么情况？"

谢澜叹气："就……最近在补习古文，正好借这个机会练练。"

车子明小声说："老子信了你的邪。"

戴佑："……愿闻其详。"

胡秀杰神色变幻莫测，有点像谢澜之前听说过的精神文化遗产——川戏变脸。

不知变了多少次后，她僵硬地开口道："那你继续吧。"

谢澜轻叹一声。

"日晴，天朗，春心动。

谢客礼乐之声，共鸣之谊，欲扬之。

波澜欲兴，细细编纂，方得闻名耳。

愿虽小，携友共努力，舍正业不顾。

获赞于朋，配合佳，迅之竣其大半。

然祸起于友，器钝，半途毁，时紧。

怒友不争而对其发怒，需亡羊补牢。

至半夜吾二人不得眠，虽悔，晚矣。

余课业至今方得起色，大过必铭记。"

……

谢澜已经麻木了，感觉自己变成窦晟的朗读机，灵魂已死，只剩冷冰冰的躯壳。他机械地读到这一页最末，从纸上抬眼瞟了一眼周围——

一片肃杀，同学们傻仰着头，眼神发直，失去了猫头鹰的品格。就连一旁的胡秀杰都戴上了迷茫面具。

后边还有一页，谢澜翻篇，毫无波澜地继续往下读："总而言之，说回人话，我已经深深地认识到了错误。刚刚回到祖国就多次违反校纪，实在是对不起祖国、对不起老师、对不起同学，对此，我只想说……"

他声音猛地顿住，看着最后四个字，大脑发蒙。人的嘴可能有惯性，尤其是长期被绑架朗读跨物种语言之后，谢澜保持着蒙的状态迟疑着念道："不愧……是……我？"

风吹过胡秀杰震撼的脸。吹过四班的"猫头鹰"，吹过不远处闻风而来的人群。让人想死。

谢澜名震英中。八卦人传人的速度极快，国旗下念稿时操场上还只有几小撮其他年级的人，等谢澜回班坐在座位上，后门就挤满了人——大量陌生的面孔"不经意"地从后门路过，一不小心就把数理A外面挤得水泄不通。

或许是因为人多势众，议论声逐渐嚣张，门外仿佛站着一群高僧念诵"谢澜咒"，谢澜低头描着老秦送给他的字帖，耳朵里嗡嗡嗡地响。

他现在在江湖里的外号是"震惊胡秀杰一整年的 A 班帅哥"，男生们说他是"强龙敢盘地头蛇"，女生们则说"始于八卦忠于颜值"，还有一些每天被胡秀杰支配的混子生也来凑热闹，直呼谢澜"精神领袖"。

谢澜无语，钢笔把硫酸纸划出口子，烦躁得想揍人。旁边的座位空着，风吹动窗帘，在空荡荡的桌面上轻扫。

车子明扭过头，拿着一股诡异的腔调："你可有大麻烦了，我的小伙计！"

王苟立刻开始配合："是——呀！哦我的甜心，看看那个没良心的把你坑成了什么样子？"

车子明："如果我是你，我是说如果，我一定会痛打他一顿！"

王苟："快不要说这种话了，哦谢澜，宝贝，如果你想哭，你就哭出来吧。耶稣与你同在，我们狠狠地诅咒那个没人心的东西！"

谢澜面无表情抬眸看着他们："想打架？"

车子明差点从椅子上摔下来，抹了把笑出来的眼泪："许你说文言文，还不许我们翻译腔啦？你可太好笑了，四班怎么来了你这么个吉祥物。"

谢澜毫无波澜地看着他快乐的笑脸，拳头紧攥，许久，愤愤合上字帖。

国旗下讲完话，胡秀杰压根没听窦晟那份，直接把窦晟喊进办公室，反而让他先回来了。已经快二十分钟了。谢澜又瞟了一眼旁边的空座，心烦地把笔一丢："这种情况，胡秀杰一般怎么处理？"

车子明连连摆手："别问我，我没见过这种情况。要不然你去问问校长，同事二十年，他见没见过这种情况？"

于扉从桌子上撑起来，摘下耳机，回头幽幽道："不愧是你。"

谢澜："……"

他瞟见于扉手里拿着的手机荧幕上有窦晟 B 站头像，愣了一会儿，突然有种不好的预感。

于扉友好地把手机递过来："要看看吗？"

十分钟前，窦晟理论上正被胡秀杰支配的时候，他的账号竟然发了一条动态小视频。视频是用手机录的，镜头对着旗杆底下的空地，地上有国旗和谢澜的一角影子。偷拍的画面很抖，但丝毫不影响噩梦重温的体验。谢澜浑身战栗地听着自己朗读完那一大通屁话，而后迟疑着说出"不愧是我"。

原来那时，场下是那么寂静，风声是那样呜咽。他是那么的，想杀人。

【@人间绝帅窦：一个先导预报，本学期末奉上年度纪录大片，看海归儿童国内硬核高中生存实录——《你对力量一无所知》。

友情提醒：看到最后。】

贱人！

于扉幽幽地叹气："不愧是豆啊，在胡秀杰办公室还能发这么长的东西。"

戴佑从前面过来，将一瓶咖啡放在谢澜桌上以表安慰："我只能说，兄弟，节哀。豆子他一般情况下——不，他从来不这样，我也不知道他这两个月怎么回事，行为逐渐诡异。明明开学前还因为百大的事消沉着，突然就浪得要起飞了。"

车子明唉一声："能怎么回事呀？欺负外边来的小朋友呗。"

"呵。"谢澜冷笑，"你们怕是对欺负这个词有误解。"

谁欺负谁，还不一定。

外头突然传来一阵起哄声，有人吆喝道："窦晟回来了！"

话音刚落，班级角落里响起一声桌椅推动的刮擦音，谢澜起身径直往外走，随手挽起校服袖子，像一颗无声的炮弹直接穿过人群，跟走廊上刚拐弯过来的窦晟正面相遇。

窦晟原本手揣在裤兜里散漫地溜达着，一遇到谢澜，忍不住挑开一丝笑意。

谢澜伸手一把攥住他的领口，屈起的指关节顶着他脖子下方那块硬硬的骨头，咬牙道："跟我过来。"

身后一片吁声，看热闹的男男女女激动到捶墙。

谢澜是比窦晟矮个两三厘米的，但这会儿他自觉目光逼人，气势高了不止一截。他攥着窦晟的领子把他上半身往近处拽了一段距离，咬牙切齿道："没听见吗？跟，我，过，来。"

窦晟手从裤兜里掏出来，笑着低声说："约定好了不生气的。"谢澜黑眸一凛："谁跟你约定？"窦晟云淡风轻地笑着，啧了一声："视频需要，都说过的，有点契约精神嘛。去哪？"

这周围能避开这些人的地方就只有教职工男厕所。

谢澜还没开口，窦晟自己意识到了，挑眉道："你松手，我自己走。"

走廊上的人实在太多了，董水晶不得不抓上温子森出来赶人，谢澜冷漠脸穿过那些吃瓜群众，窦晟散漫地跟在他后边，伸手，在被扯开一个扣子的衬衫领口上抚了抚，修长的手指捋平那些褶皱，啧啧道："凶得很。"

教职工厕所里日常安静，窦晟进去后习惯性地抬脚往后蹬门，然而脚刚碰到门，谢澜反手就推了他一把，窦晟一个趔趄，后背顶上门，"咣"的一声将门砸入门框，地动山摇。剧烈的撞门声把两人都吓一跳，走廊上的起哄声却越发激动。

许久，窦晟才嘀咕道："不知道的还以为你把我打了……胡秀杰就够难缠了，你也这么凶，我的日子好难过啊。"

谢澜抬手扯住他刚刚抚平的领口，黑眸中透着烦躁："放什么屁呢。"

"又学这些芬芳之言。"窦晟叹气，"得找车子明谈谈了，带坏海归儿童。"

"不要扯别人！"谢澜怒想把他往前拽，然而窦晟懒洋洋地倚着门，一副泰山岿然不动的样子。反倒是谢澜，为了维持扼人命门的姿势，不得不往前倾着。

咫尺之间，窦晟看了他一会儿，而后轻叹一声挪开视线。"别打了。"他拗出一副哀求的口吻，"我是说认真的，胡秀杰好难缠啊，我虎口逃生，你就放过我吧。"

谢澜冷冰冰不为所动："刚才那个视频是怎么回事？"

窦晟低叹："动态里写得很清楚啊，说好的要出这样的视频，硬核高中生存实录。"

谢澜呵了一声："是学校硬核，还是你硬核？"

"这个先导确实有点劲爆，吊胃口嘛。后面我会努力委婉一点的，不让你受这么大的惊吓，不过这个企划你可以再想想，要是害怕的话就算了，我跟大家说一声取消也完全 OK。"

窦晟说着就掏手机，谢澜气呼呼地瞪着他，伸手攥住他的手腕。"谁害怕？"

封闭的空间里微妙地安静下去。

谢澜冷声道："做你的视频，无论什么素材，期末好好发出来，懂吗？看看你的视频最后做成什么样子，到底是海归儿童生存实录，还是问题少年驯服日记。"

窦晟抬眸瞅了他一会儿，笑意盈盈："听你这意思，是要宣战？"

"呵。"谢澜冷笑，顿了顿又问，"宣战是什么意思？"

"噗。"窦晟浑身绷起的劲忽然笑散了，笑了半天，伸手搭在谢澜肩上，"唉，太开心了，这一天。"

谢澜看着他笑，冷酷不语。

教职工厕所朝阳，是个明卫。阳光从没关严的百叶窗里投进来，从窦晟下巴尖那里往下，一直到领口露出的皮肤，都被投上一道道修长的光栅栏。窦晟的眼眸在避光处黑得发亮，眼底盛满笑意，有些初夏的清凉。

他靠着门懒散地站着，谢澜堵在他前面，许久，谢澜无语地把窦晟的手从肩膀上扒拉下去，站直身子说："素材是素材，坑我是坑我，怎么说吧？"

窦晟立刻并起左手食指中指指向天发誓："知道错了，从今天起开始劳改。"

谢澜烦躁："劳改又是什么？"

"就是劳动改造。以后中午吃食堂你不用排队，坐等我来。晚上值日，我干活，你看着。课间想吃什么吩咐一声，我买。奶茶我也包了，爱喝'长安'是吧，每天下午课间，风雨无阻。"窦晟顿了顿，笑眯眯道，"二猫大人看看，还有哪些服务想要一起加入劳改大礼包？"

谢澜听到最后一句，才终于脸色缓和了点。奶茶还行。西门外跑出去太远了，一来一回要十五分钟，平时他想喝都懒得动弹。他盯了窦晟好一会儿，最终又恶狠狠地补上一句："我会反击，等着吧。"

窦晟笑着点头："好的，我等你。"

从厕所出来，走廊上一片死寂，刚才的人都散了。

谢澜走了两步感觉不对，抬眼一瞟，发现了原因。胡秀杰本人就站在四班门口，脸上像罩了一块铁，酷似赛博朋克电影里的仿生人。刚刚立威过的谢澜突然觉得后背有点发麻，他努力保持淡定，走到胡秀杰面前。

胡秀杰冷声开口："两千字检查，自己写，明早交到我办公室。"

谢澜沉默了好一会儿："老师，要不然直接给我一刀吧。"

胡秀杰："三千。"

"……"

谢澜仿佛一个死人，点头转身进了教室，窦晟在他身后，面向胡秀杰停顿。

胡秀杰："你，五千字白话检讨，要求深刻翔实，有一句不是人话的就翻倍重写。这么喜欢文言文，就再补一篇两千字文言文检讨，不能直译白话稿，写完先过秦老师，字词语法错误不能超过五处，超过重写。"

谢澜听都听呆了，原来还能这么折腾人。他扭头有些发愣看着窦晟，窦晟却漫不经心地点点头，轻松道："没问题。还有吗？"

胡秀杰送他一个字："滚。"

"好嘞。"

一天的课谢澜基本都没听。上午后两节数学课，下午前两节英语课，谢澜都在埋头写检查。写到第四页时，他甚至怀疑自己写字都获得了锻炼，语文水平也有提升。终于捱到课间操，检讨进度过半，谢澜甩了甩有些发麻的手腕，一脸生无可恋的表情。

窦晟摁着桌子翻到前座，艰难地绕开他出去："我去买奶茶了啊。"

谢澜头也不抬地说："去。"

"'长安'，全糖，加一份芝士奶油？"

"知道还问？"

窦晟走之前笑着在他头上摁了一把："浑身带刺。"

谢澜一脸烦躁抬起头，但窦晟已经大步流星地走远了，只留给他一个看得见打不着的背影。气人，总是来搞他头发！干脆把头剃了，头发扎一团毛球丢给窦晟当钥匙扣，让他天天在兜里摸着。吓不死这个胆小如豆的家伙。

谢澜冷哼一声，搁下笔，看了眼自己写的乱七八糟的东西。许久，他叹口气，掏出手机准备休息一会儿。

草地音乐会的视频早上过审，这会儿播放量已经很高了，昨晚发直播录屏的粉丝自行删除，给正片让路，数据涨幅完全符合预期，硬币数多得吓人。

谢澜先瞅了眼评论区，没什么意外都是赞美。专业点的有认认真真写长评解析他的编曲和乐器组织，业余的就用大段赞美刷屏，楼中楼里偶尔还有提到夜神的——据说夜神昨天也开了直播，给大家展示在计算机上将他刚刚弹好的一段电吉他和其他音效 remix，结果除了铁粉，人都走光了，全都被抓走去看一期一会的快闪草地音乐会。

谢澜内心毫无波澜，飞快往下刷了刷，然后点击播放视频。

小型交响乐轻快悠扬，画面每一帧都足以拉出来做壁纸，弹幕全都在真情实感地流泪。

【真的好好啊，这个夏天一起努力学习吧。】

【想和二猫学编曲，改的太棒啦！】

【想躺在谢澜的琴弦上晒太阳！】

【神仙剪辑，我永远珍藏。】

【每一个人都是好看的样子。】

谢澜视线定格，把视频往回退了两秒，看着"大猫一直偷偷看二猫"那句弹幕前面的几帧。一宿没休息好，昨晚的记忆已经有些模糊，有些镜头象是看过，又象是没看过。

《龙猫》主题曲旋律由主三和弦组成，由于龙猫的名字 Totoro 发音是高、中、低的语调节奏，旋律中的和弦也编排成相似的自然念读感，每当拉到这一处和弦，谢澜左手以同样的节奏揉弦，窦晟从钢琴后侧目，笑着看他，视线落在他手上，又落在他的侧脸。

底部几条颜色很浅的弹幕飘过。

【豆子最近好开心】

【肉眼可见，每个视频都在笑！】

【他好快乐。】

【谢谢二猫！！！】

谢澜无意识地勾起嘴角，把这一帧截屏。

下午大课间是班级里最闹的时候，讲题的，聊八卦的，偷着玩游戏的，嗑瓜子的，应有尽有。车子明在王苟座位上跟他练习双口相声，于扉不在。

谢澜正提笔欲再战检讨书，余光里忽然闯入一个身影。

纤瘦娇小，宽大的校服外套一直奔到大腿，里面穿着白 T 和浅咖色百褶裙，有点像窦晟之前恶搞买的那身 JK，但没那么夸张，裙子长度到膝盖上边，属于不会被老师盘查的那种。

谢澜一抬头，是冯妙。

冯妙和他一样，这学期才来四班。她物理非常好，人也开朗，简直就是胡秀杰心尖上的学生。刚好胡秀杰之前的课代表分班考数学考砸跑去隔壁了，冯妙就把这个职务接管了过来。

谢澜看到她第一反应是心头一凉。"老师还有什么指示？"他凉凉道。

冯妙一呆，有些手足无措地看着他："啊？"

谢澜也愣了下。看这反应，有点不对劲。

冯妙站在谢澜桌前，脚尖不自觉地对了对，面部语言和身体语言明明都很紧张，但她两只手揣在校服外套口袋里，又有着一丝稍显违和的放松。

谢澜下意识看向了她的口袋。

"没什么事。"冯妙立刻把校服往后扯了扯，又说道，"昨天晚自习前收周末作业，窦晟当时是把物理卷子给我了，但好像又被我落在他桌上，办公室没有，我来拿走给老胡送过去。"

谢澜这才松一口气，"哦"了声。吓死，还以为胡秀杰又给他加了两千字，买三送二。谢澜瞟了一眼窦晟满桌子乱七八糟的本子和草稿纸，几乎一半都是他日常写企划的随手涂鸦，零星有几张作业卷和课堂笔记夹在中间，但卷子上也有乱糟糟的简笔划，简直不堪入目。

"你找吧。"谢澜说，"那张卷子他应该是写了，我看到过。"

冯妙立刻点头："好，你忙你的。"

谢澜继续对着检讨冥思苦想，他已经把会写的字全都写上了，还努力排列组合成像是在认错的样子，但三千字才写了一半，不知道还能怎么扯。

余光里，冯妙站在于扉和车子明凳子中间，伸手在窦晟桌上翻着，她翻了一会儿，抽出一张卷子说："找到了，那我拿走了啊。不用跟他说了，反正他也压根没注意到。"

谢澜"嗯"了声，没抬头。等人走了一会儿，谢澜终于想到一个新的角度，还能再灌水一千字。他另起一行开始写——"这个错误让我忍不住想起了同学们，我的行为给同学们带来了很不好的感受、感觉和感知。如果我是他们，我看到的自己是什么样子呢？比如——"

谢澜哗哗往前翻了几页，把前面的撕下来放在一边，比着之前写的，开始转换视角翻译。然而他刚写了两个字，忽然又放下了笔。窦晟那个写视频企划的大白本子上多了一张便利贴。粉色，令人头皮会发麻的那种粉。

谢澜愣了一会儿，下意识抬头，却见冯妙已经不在班里了。周围人仍然在打闹，没人看到这边，只有他一个人知道冯妙来过，还在窦晟的本子上留了东西。

谢澜顿了顿，收回视线继续写检讨。然而没过几秒钟，他又丢下笔，看看周围，又偷偷向那张便利贴瞟去。

纸上没署名，只有两行隽秀的硬楷小字——

"你本无意穿堂风，偏偏孤倨引山洪。"

谢澜紧紧蹙眉。他盯着那两行小字，许久，戳开手机上的拍照取词，查了下"倨"。

【倨 jù】傲慢。

什么意思？窦晟太傲慢，像山上的洪水？穿堂风不就是那种两个门对开之间的风么，凉飕飕容易把人吹得脑仁疼的那种。

——我知道你本来不是故意让人难受，但你太傲慢了，像山上的洪水，把人冲垮了？

谢澜有点发蒙，一开始他以为这是女孩子送来表白的字条，琢磨一番又感觉是来骂窦晟的。

但……看不出来啊，冯妙看着挺温柔乐观的一个女生，而且好像跟窦晟也没什么仇。真要有什么，估计就是窦晟天天不写作业还吊儿郎当，把课代表气疯了。

谢澜犹豫了一会儿，低头又呆呆写了几个字检讨，忽然"嘶"一声。女孩子骂人太委婉，按照窦晟的脾性，搞不好以为在夸他。这怎么能行，怎么能让某人这么快乐？

谢澜从包里翻出一沓便利贴，撕下一张他一直嫌弃没用过的粉色，先查了几个词，然后努力按照字帖上练过的笔锋写正楷小字：你这祸乱四班的穿堂风，像泥石流一样冲垮我的心灵。

谢澜写完，小心翼翼撕下冯妙那张便利贴，在书桌堂里放好，然后把新的贴上去。端端正正，字迹也还凑合，多好。他顿了顿，又掏出手机，飞快给那张纸条拍了张照。奇奇怪怪的素材增加了。

第十九章

直 球

课间快结束，窦晟才从外面回来。他把一只附着丝丝凉气的手绘纸杯放在谢澜桌上："您的下午茶到了，请查收。"谢澜说了声"谢谢"，瞟一眼贴在大白本子上的便利贴，淡定起身放他进去。

车子明对着那两杯奶茶愣了一会儿，下意识看看自己桌面，又回头瞅瞅王苟，再探着脖子看看戴佑。"我们没有吗？"

窦晟瞟他一眼："门口那家出品慢，来不及做六杯。"

车子明失望叹气："也是哦。"

谢澜刚好捧起纸杯喝了一口奶茶，清凉感顺着喉咙滑进胃里，一下子抚慰了写检讨的郁闷。他舒服地轻轻叹了口气。

"靠，我好馋啊。"车子明推了于扉一把，"咱点个奶茶外卖，体育课送来，你喝什么？"

于扉从桌上挣扎起来："那我来点吧。"

"也行，那我要芋圆的，给戴佑点个拿铁，狗子呢？"

王苟闻言有些局促："我算了吧，我喝水就能解渴，奶茶是不是挺腻的啊。"

"别啊。"于扉打着哈欠说，"我请客，给个面子。"

王苟愣了愣："请客？"

于扉仰头涣散了一会儿："庆祝车子明最近课间不来吵我，千金难买消停啊……我给你点这个招牌桂花酿吧，加份黑糯米。"

"那……好啊。"王苟黑脸又红了，顿了顿才说，"我还没喝过奶茶呢，谢了。"

"甭客气，该我谢你。"于扉歪在墙上下单，"这学期奶茶我包了，请继续替我分担车子明这个欠皮子。"

车子明立刻一屁股往他身上一压，吼道："狗子，别跟这条臭鱼客气！宰他！"

周围喊打喊杀，谢澜喝着奶茶观虎斗。表面观虎，实际暗中观豆。

窦晟回来后就开始放空，每天下午大课间，赶上天气晴朗、微风徐徐时，窦晟都会停下手里做的事，看着窗外放空一会儿。只是今天，他手里多了一杯和谢澜一样的奶茶。

谢澜又瞟一眼被他压在胳膊底下的本子，状似不经意地问："下一期视频做什么？"

窦晟回过神来："还没想好，慢慢想。"他说着随手掀了掀企划本，而后动作蓦然顿住。

谢澜已经无比自然地放下奶茶，继续写起了检讨。左手比着前边的第一人称检讨，右手落笔转换视角，写得畅通无阻，还能捎带锻炼语法，一举两得。

没过一会儿，谢澜听见窦晟清了清嗓子。他放下笔瞟向一边，见窦晟又捧起杯子看向窗外，有些茫然的样子。估计被从天而降的批评怼傻了。

谢澜面无表情地把笔袋放在两人之间，手机点开录像搭在笔袋上，镜头朝窦晟，屏幕朝自己。这个角度照不到人，只能照到桌子和手。窦晟捏着那张粉色的便利贴，修长的手指轻轻摩挲着纸面，似乎有些不知所措。

许久，镜头里的手将那张粉色便利贴轻轻折起来，放进笔袋，又把笔袋万年半敞着的拉链拉好。

"咳。"窦晟清了清嗓子，"刚才有人来过咱们这边吗？"

谢澜犹豫了一下。

直说是冯妙好像不太好。虽然确实是冯妙自己来吐槽窦晟的，但毕竟这句话被他改过，改得有些直白。他顿了顿才说："来过好多人，怎么了？"

"没怎么。"

窦晟把那杯奶茶放下，又拿起来，喝了口，又放下。而后他拉开笔袋，在那堆一模一样的圆珠笔里翻捡着。镜头里，那张粉色的便利贴在笔袋里露了个头，窦晟好看的手指飞快把对折的便利贴展开，停顿片刻，又折了回去，重新拉上拉链。

"那个。"窦晟说，"你最近练字帖练得怎么样了？"

平平淡淡的一声问，谢澜心里咯噔一声。这么快就露馅了？

他抬手拂过手机屏幕，不动声色地按下视频停止录制，反问道："凑合吧，你问这干什么？"

窦晟眉心微微蹙着，黑白分明的一对眸，坦然中又带着点费解和探究。

两人挨得近，近到能看见彼此的头发丝在空气中轻轻颤抖的幅度。

许久，窦晟摇了摇头："没事。"

下午第三节课是物理，铃响的瞬间，胡秀杰的高跟鞋声也在后门响起。班级里瞬间鸦雀无声，谢澜火速掏出物理笔记。

余光里，窦晟也慢吞吞地收拾了一下桌面，把那些本子和卷子捋平，随便摊开一本物理教材压在胳膊下，左手仍隔着笔袋轻轻捏着那张便利贴。

胡秀杰板着脸站在讲台上："周末留的作业卷我看过了，坐在这个教室里，竟然还有人在电磁平衡的综合大题上丢分。这节课我们讲四道例题，要是下次还错，就去办公室找我当面解释。"

底下噤若寒蝉，大家连翻开笔记的动作都小心翼翼，不敢出声。

谢澜电磁平衡一点问题都没有，他瞟了眼背对众人板书的胡秀杰，默默又掏出检讨。窦晟也没什么异常，和他一起低头唰唰唰地写着什么。谢澜本以为他也在写检讨，不料没过一会儿，窦晟唰地撕下刚写过的那张纸，折了两下丢过来。

字是你改的吧，本来的纸条呢？

谢澜对着这句话愣住。

他正犹豫，窦晟又伸手把纸取了回去，唰唰唰又写半天，重新扔过来。

我就觉得好像在哪见过，原句是"你本无意穿堂风，偏偏孤倨引山洪"吧，你是不是误会了？这不是吐槽别人的话，是表白的。

是你自己写的，还是别人写的被你改了？

坦白从宽，速速招来。

最后那八个字很象是临时决定加上的，字迹潦草，"来"字最后那一捺拖了很长。

谢澜却来不及琢磨那么多，对着"表白"两个字呆住。

表白的？他下意识抬眼向冯妙看过去——下午天热，冯妙把校服外套脱了，清爽的短袖衬衫在微风吹拂下轻轻扇动，高马尾也随着记笔记的动作一上一下地晃着。

他一下子想起刚才她拘谨矛盾的样子，突然感到五雷轰顶。

窦晟没等来答案，捏着手指继续等。谢澜下意识扭头看了他一眼，他往窗台边一靠，还打了个哈欠。

窦晟又撕了张纸条，再写一遍：到底谁留的字条？

谢澜对着纸条无意识地蹙眉。他不懂汉语情诗，弄了个笑话，搞不好还影响了别人。片刻后，他拿起奶茶喝了一口，皱眉。奶茶不香了。

窦晟又把那张字条往他的方向推了推，递过一个询问的眼神。

冯妙其实没署名，还叮嘱过谢澜不要告诉窦晟她来过。

谢澜沉默片刻后，索性伸手进书桌堂把原本那张便利贴揪出来，低声道："不知道是谁。还以为原本就是吐槽你的，抱歉。"

过了好一会儿，窦晟才掀开纸条看了一眼，而后随手团起丢进桌边挂着的垃圾袋。

谢澜回头瞟他，却见他淡淡地往冯妙那个方向扫了一眼，又收回视线，表情平淡如旧，甚至比平时更淡漠些。

谢澜忍不住问："你怎么知道是她？"

"谢澜，你起来。"胡秀杰冷冰冰的声音忽然响起。

谢澜心里咯噔一声，顶着所有"猫头鹰"同情的视线，默默起立。

胡秀杰放下讲义冷道："我看你是越来越没规矩，我物理课上还敢跟旁边说话？"

周遭一片死寂，连窗外叽叽喳喳的鸟雀都不叫了。谢澜无声深呼吸，垂眸道："对不起，老师。"

"不要跟我说对不起！老师平时肯容忍你，因为你聪明努力，也心疼你刚回国课业吃力，结果你就是这么学的？宿舍宿舍不回，上课上课说话。"胡秀杰声色俱厉道，"出去！下课来我办公室面谈。"

车子明冒死向后靠了靠，用蚊子声哼哼道："认个怂，快点。"

于扉也轻声说："她对你嘴硬心软，赶紧认错。"

谢澜却没吭声，视线落在自己还差几百字就写完的检讨上，忽然觉得屋里很热，热得他口干舌燥。奶茶还在一边，但已经丧失了诱惑力。烦，接二连三地出差错。他低声道："抱歉老师，不该打扰课堂，我出去。"他说着从座位里出来，想了想又把那几张检讨叠起来拿上，又带上一支笔。走到讲台前，谢澜听到后排有桌椅拖拉声，一回头才发现窦晟也跟着出来了。

胡秀杰冷笑："罚一送一？"

窦晟脚步没停顿："抱歉，老师，我先传的纸条。"

胡秀杰："……"

原本窒息的班级里突然不知道是谁笑了一声，谢澜走到门外，听到胡秀杰斥道："笑，他们一个物理满分，一个数学第一，你们就跟着笑吧。"

于是教室里又归于一片死寂。

门关上，把屋里的气场和外面隔开了，谢澜走到走廊窗边，深深地透了口气。

窦晟揣着兜走到他身边，懒洋洋地往窗台边一倚，低声叹气："我真服了你，让出来就出来，要不要这么听话啊。这一天都站了几堂课了？"他说着瞟一眼谢澜手里拿着的纸，神情更加复杂，"真是走哪都不忘了写你的检讨啊。"

谢澜不知道该说什么，他被莫名的气闷和烦躁搞得有点不愿意出声，于是伏在阳台上继续写检查，只低声说了句："何必跟出来，本来没你事。"

窦晟声音里也透露出情绪不高："心烦，出来透透气。"

谢澜笔尖一顿。窦晟扔了纸团，又说心烦，是不喜欢冯妙？

许久，谢澜才恢复正常写字，问道："你怎么知道是她？"

"冯妙么。"窦晟手撑着窗台跳上去坐下，刚好挡住晃着谢澜的刺眼的阳光，"她的字挺有辨识度的，天天在黑板上抄老胡留的作业，早看熟了。"

谢澜"哦"了声："抱歉啊，我还以为能加个视频素材，早知道不开这个玩笑。"

窦晟无声笑了笑："整蛊素材吗？"

"嗯。"

"那也不能这么搞啊。"窦晟笑叹气，"看来还是得我给你打个样。"

"打样？"谢澜一呆，"你又要干什么？"

"甭操心了，你还是做好心理准备被胡秀杰喷得体无完肤吧。"窦晟啧啧道，"你也真够勇的，物理课还敢说话，连我都不敢，只敢写写字条。"

一提这个谢澜更气闷了。他平时也不会在胡秀杰的课上为非作歹，今天纯粹是特殊情况。虽然他也说不出是哪里特殊，其实这就是个很小的乌龙，把便利贴一撕也就过去了，但他就是觉得整个人都不好了，有种从头到脚的焦虑感，说不出原因。

"写你的检讨吧。"窦晟忽然淡淡道，"我去操场上放会风。"

"啊？"谢澜错愕道，"你不怕老师出来？"

窦晟已经插着兜往外走了："她让学生滚，只要滚了就行，滚哪去无所谓。你做好准备挨骂吧，我去买个冰回来。"

谢澜犹豫了下："那我跟你……"

窦晟立刻拒绝道："别了。我自己走走，等会儿回来教你到底该怎么整人啊。"

窦晟看上去情绪也不太好。

谢澜又缩了回来，许久，等窦晟人影都快消失在走廊尽头了，他才低低"哦"了声。

检讨写得十分乏味。谢澜机械地写着，直到一翻页发现没了，才意识到准备好的几张纸都写完了，估计也到字数了。他压根不知道自己后边写的是什么，也懒得去回顾，随便收了个尾。

谢澜把检讨叠好，吁了口气，随手掏出手机。他在 B 站逛了一圈，看那些后台疯涨的数据看得有些麻木，索性关掉，戳开推特。好巧不巧，QZFXR 的对话框在他点开私信列表的那一瞬自动跳到了顶端。

QZFXR：/失望。

一个嘴角向下的表情。

谢澜有点惊讶，打字回复：怎么了？

QZFXR：心情像坐过山车（roller coaster）

SilentWaves：为什么？

QZFXR：我最近收到了一个礼物，上天给的。但我浪得有点过头了，不知道这个礼物怎么看待我，会不会真的觉得我有点烦。

劈里啪啦一连串话，看得谢澜云山雾绕，他下意识想追问一下，但点开键盘又放弃了。这会儿没什么心情安慰网友。

下课铃突然响起，屋里传来桌椅推拉声，谢澜立刻把手机揣回口袋里。果然，胡秀杰很快就推门出来，扫了眼走廊上谢澜孤单的身影，毫不意外地哼了声。"跟我过来。"谢澜无声叹气，把检讨揣进口袋跟着她往办公室走。

就和窦晟说的一样，胡秀杰毫不讲情面。谢澜的检讨被她丢在桌上，先是被怼检讨字数灌水，后三页基本是前三页的翻版，又斥责他刚入学还没半学期就学会了所有坏风气，再这样放任不管，别说数学竞赛了，明天打回小学都毕不了业，分分钟就要完蛋。胡秀杰骂起人来语速快得惊人，字字句句像机关枪一样照着人脑壳怼，怼到最后，谢澜大脑一片空白，连她说的是什么都听不进去了。

胡秀杰一口气呛在嗓子眼里："你有在听吗？"

谢澜看着桌面，沉默片刻才说："对不起，老师，您能慢一点骂么，我有点跟不上。"

办公室里死寂了几秒，而后胡秀杰竟硬生生被他气乐了。

她叹了口气，语气终于温和下来道："你和窦晟那个视频我中午看了，是做得不错，还组织了其他同学一起演奏。现在没到高三，老师也不完全反对你们有课外活动。但你要有度，活动结束就收心学习，学生得知道自己的主业是什么，得上进，不能被歪门邪道、乱七八糟的事情扰乱心思，明白吗？"

"嗯。"谢澜糊里糊涂地点头，"我明白的，理解您的想法。"

其实他反复琢磨之下，觉得自己和胡秀杰焦虑的根源差不多。胡秀杰不希望他违反纪律，是怕他不好好搞学习，荒废了主业。就像他内心里，隐隐约约地也不太希望窦晟跟复杂的人际关系牵扯上，边学习边做视频已经很忙了，他估计自己也怕窦晟UP事业受阻。谢澜脑回路里绕了半天，又说道："老师放心，我会好好看着身边同学，让他们专注正事。"

胡秀杰一愣，震撼道："我的天，你听懂我说什么了吗？先管好你自己吧！"

谢澜连连点头："听懂了。您还有事吗？我想回去再修改一下这份检讨，争取写到让您满意。"

胡秀杰表情呆滞了："不用了，你赶紧走吧，回去把卷子好好写了，以后看你表现。"

"好的老师。"谢澜立刻冲她一鞠躬，"那检讨我也先拿回去了，写一篇作文不容易，留着也能当作文素材积累。"

胡秀杰："……"

谢澜独自回去，四班走廊上很空，下一节是体育，这会儿"猫头鹰们"应该都出去了。他准备把检讨放回座位上，然后发短信问问窦晟在哪。走到教室门口，谢澜还没进去，余光忽然瞟到一个熟悉的裙角。

冯妙。他脚尖一顿，下意识缩了回去。

教室里不仅有冯妙，还有窦晟，就只有他们两个。冯妙站在讲台上清点要发的物理作业，窦晟就站在黑板边上。

许久，窦晟淡淡道："纸条是你写的吧？"

谢澜一窒。哪有这样的？收到表白隔一节课就去问啊。

谢澜感觉自己的心悬在了嗓子眼，一种说不出的紧张。他本能地觉得偷听不礼貌，但不知为何，就是很好奇，想听听接下来的发展。

过了好一会儿，冯妙才低低地"嗯"了声："是我写的。"

"抱歉。"窦晟立刻说，"谢谢你，但我觉得还是把心思放在别的地方，好一些。"

午后教室里空旷明亮，窦晟的声音和平时一样，低低的，有些云淡风轻。不知是不是错觉，好像比平时更疏离了一些。冯妙没吭声，窦晟又叹了口气："真的很抱歉，但以后别给我写字条了。哦，不是谢澜说的，我根据字迹猜到的。"

他说完这话好像也不打算再等女生回他，手揣在兜里转身往座位上走。刚刚落座掏出笔，冯妙忽然轻声问："你拒绝得这么干脆，是因为怕耽误学习，还是因为——"

"我压根不想找女朋友。"窦晟淡淡道："我有一个……算是欣赏的明星吧，忙着向他看齐，没工夫搞这些。"

门外的谢澜一怔。

"哦……"冯妙顿了下，"嘻，行吧，那就把今天下午的事情忘了吧，以后还是正常的同学关系。"

"嗯。"

冯妙拿上体育课要用的水杯，又不死心问道："抱歉，我还是想知道，你追星？看着不像啊。"

"不算追星，就是个念想。"窦晟低头写着字，顿了顿又淡淡答道，"就是我做很多事情的动力。"

屋里安静得有些不真实。

谢澜从门口偷偷瞥进来，视角刚好能看见最后一排。窦晟放下笔，随手扯着窗台上书包拉链垂下来的吊坠出神。

那是一枚梧桐叶形状的吊坠，回国第一天，在机场的时候，谢澜就留意过这玩意儿。那时候车子明挂在窦晟书包上的"头皮按摩器"勾了一下他的书包带，窦晟把那破烂取下时，还安抚似的摸了摸这个小吊坠。

冯妙愣了好一会儿后叹气道："你这样的用不着这么卑微吧？唉，算了算了，我什么都没听见，去上体育课了。"

窦晟没再说话，他随手把书包翻过去，又开始对着窗外放空。

谢澜临时躲开，等冯妙走了，又过了一会儿，窦晟也出去了。

隔壁全科 A 已经开始上课，四班教室彻底空下来，走廊上又只有他一个人。

他说不出心里是什么滋味，突然撞破了窦晟藏在心里的秘密，他作为好朋友好像应该去关心一下，或者开导开导，但他就是不想提，只想装什么也没听见。

他轻轻叹了口气，打算把检讨放好，赶紧出去上课。然而走到座位上，无意中一挪桌上的笔记，指尖一顿。物理笔记上贴着一张粉色的便利贴，上面是窦晟笔锋分明的字迹——

豆子整蛊（gǔ）课堂开课啦：

你闻到空气中有烧焦的味道吗？那是我的心在为你燃烧。

别抱怨，抱我。

（以上为土味情话，使用场景同冷笑话。）

谢澜："？"

谢澜兜里揣着那张便利贴，好像揣着一块火炭，能把手烫出泡的那种。路上迎面有同学跟他打招呼，他都只会呆呆地点头。粗浅的中文语感并不妨碍他察觉到这两句文字中透露出的暗黑气息。他也是没想到，窦晟的情绪调节能力这么强，不仅不跟他生气，还火速拿离谱的土味情话做了个选题，开始筹备新一期整蛊素材了。

小操场上仍旧有两个班在打球，今天四班没上，球场上一方还是十二班，另一方谢澜不认识，但从打扮上看几乎个个都能跟十二班草哥划为一个阵营。他一走一过随便瞟了几眼，两班火药味很足，盖帽都是嘭嘭啪啪地往地上砸，体育老师今天请假了，这场球没人计分吹哨，随便肢体冲突，场边观众动不动就集体"吁——"一声。

与之对比，四班"猫头鹰们"画风迥异，没人去球场凑热闹，而是人手一支冰激淋，三两一伙在附近散步绕圈圈。

谢澜穿过旁边的林荫路，终于找到窦晟。人就坐在食堂门前的水泥斜坡上，手里拎着两支冰激淋，长腿一屈一伸地正放空。

看到谢澜，他扬起笑脸，拍了拍身边的空地。"等你好久，冰都要化了。"窦晟把其中一支紫色包装的"葡萄冰"递过来，谢澜说了声"谢"，撕开包装咬了一口。纯冰的，一点奶都没有，他在英国从来没吃过不带奶的冰激淋，入口很清爽，有点上瘾。

窦晟神色已经看不出什么异常，仿佛什么也没发生过。他笑眯眯地含着冰看不远处那场球，过一会儿啧一声："不太对啊，十二班和文科九班好像有故事。"

故事？谢澜跟着瞅了一眼，刚好看到陈舸和一个大块头男生嘭地一撞。

陈舸看着瘦，但他是那种经过锻炼的精瘦，他在体型碾压下愣是没吃亏，向后坐摔时手还撑了一下。但对方就比较惨，直接侧着滑出去，胳膊磨红一片，场边又是一片哄声。

谢澜看着有点揪心，但窦晟只是淡淡地收回视线，举着冰激凌打了个哈欠。

"你回教室了吗？"窦晟问。

谢澜闻言犹豫了两秒，还是把那张荒唐的便利贴掏出来，摁在他腿上。

窦晟一愣，没忍住乐了："还真回教室了啊？这么快就被发现，我还没来得及录下你的反应。"

谢澜瞟他一眼："胡秀杰答应把检讨留在我这，我本来回去送东西，一看教室没人还吓了一跳，都忘了今天还有体育课。"

窦晟点了点头，笑说："学到了吧，你翻译的那些压根没有任何精神攻击力，只有土味情话才是最强的。"

土味情话。汉语太精辟了，简简单单四个字，概括了谢澜方才看到这几行小字时心里万马奔腾的复杂心情。他无语了一会儿才道："能不能搞一点不土的东西？"

窦晟淡淡地笑："就是要打破你精神上的舒适边界，不然硬核高中实录怎么办？"

"你还要把这个素材也放进期末视频里？"

"对啊，不然我搞它干吗。"

"……"谢澜面无表情，"视频火了，记得打钱。"

"都是你的。"窦晟笑着说。窦晟向后一仰躺倒，惬意地闭上眼。阳光透过食堂门口梧桐树的树叶，在他脸上打下两个亮亮的光斑，许久他低声问道："你累不累？这两天辛苦了，晚上回去早点睡觉。"

谢澜"嗯"了一声，忍不住也打了个哈欠。他刚要跟窦晟一起躺下，右耳忽然被塞了一只耳机。是草地交响乐视频，刚刚拉到《龙猫》那支曲子，悠闲欢快，很让人放松。

窦晟左耳戴着另一只耳机，闭着眼睛说："好困，睡一会儿。"

"嗯。"谢澜听着耳机里小提琴的声音，又依稀从中分辨出了属于窦晟那几个形单影只的音符。他向后一仰，躺在窦晟身边，不知为何忽然想到了夏天趴在一起晒太阳的两只猫。

大猫，二猫，当时窦晟随口打的比喻，但还挺传神的。太阳晒得人暖洋洋的，刚刚吃过冰的嘴巴里还很凉，带着一丝丝甜甜的余味。

"谢澜。"窦晟忽然开口，低声叫他的名字。

谢澜睁开眼："嗯？"

树叶间隙洒下来的阳光有些刺目，他偏过头，看着窦晟的侧脸。窦晟的轮廓很英挺，线条分明，皮肤白得发光，将那双黑眸更衬托得宁静深邃。

窦晟目视上方，轻声说："冯妙的字条没署名，但这应该不是第一次，前两周我就总在书桌堂摸到曲奇什么的，估计也是她放的。所以我刚才跟她说清楚了，她挺开朗的，应该不会别扭太久。"

谢澜怔了一会儿才呆呆地"哦"了一声。跟他说这干吗。

他觉得窦晟这人挺奇怪，要说跟他交心吧，却从来不对他提初中之前的事——就是那段戴佑、车子明他们都知道的"触底反弹"的往事。但要说只把他当普通朋友，却又做什么都带着他，甚至谢澜隐隐觉得，窦晟现在跟他相处的时间比跟车子明那些人都多得多。

"以后要是再看到别人来递纸条、塞情书、送礼物，反正就是那些事，麻烦直接帮我扔掉。"窦晟说着又闭上了眼，"怪麻烦的，眼不见心不烦，谢了。"

谢澜愣了一会儿："认真的吗？连谁送的你都不考虑下？"

"不考虑。"窦晟拒绝得很果断，停顿片刻后又说，"其实吧，我一直以来有一个追寻的人，算是灵魂知己吧。看着这个人，我就觉得前路还长，还有无穷无尽想做的事，哪有心思找女朋友？"

谢澜一顿："谁啊，我见过吗？"

"也许见过吧。"窦晟忽然扬了扬唇角，但笑意只停留了一瞬，他很快又小心翼翼地藏好，只淡淡道，"一个冷门的公众人物，不过早就淡出大众视野了，说了你也未必有印象。"

"？"还真是明星啊。

谢澜一下子坐起来："那人是明星？"

窦晟张张嘴："啊。可能也算不上明星吧，但确实有作品，还是非常不错的作品。"

谢澜感觉自己的脸瞬间变成小电视，荧幕上问号排着队飘了过去。

他哭笑不得："你竟然会有这么虔诚欣赏的明星？"

"虔诚？"窦晟闭着眼睛，语气低低的，品味了一会才忽地笑了，"虔诚吧？那个字念虔。"

"哦。"谢澜叹了口气，说道，"难以置信。"

窦晟笑着睁开眼，轻轻道："你难以置信的事情，还多着呢。"

谢澜："……"随便吧，没法交流。

他暴躁地又躺回水泥地上，窦晟伸手用手掌垫了他的后脑勺一下。

窦晟淡笑着说道："跟你说了你也不懂，但别瞧不起我这个灵魂知己，不然我会有点不高兴。"

谢澜愣了一会儿："知己这个词我知道，但这不应该是相互的关系吗？那个人也觉得你是他的知己吗？"

这次窦晟沉默了很久。久到谢澜以为他不愿意面对这个问题，他才低声说："我个人觉得还是有那么一点点可能的，只是目前还没表现出太大的可能性罢了。但怎么说呢，我觉得我这个人也挺不错，说不定有一天，突然起了一阵风，把云都吹开，人举头观月，发现月也俯身望人。"

谢澜沉默片刻："说人话。"

窦晟说："我也会成为最懂他的人。"

谢澜："……哦。祝你好运。"

听到窦晟说他喜欢的是个明星后，谢澜觉得不切实际，窦晟这个人从头到脚就俩大字——离谱。

微风徐徐，谢澜闭着眼，好像真的睡着了一小会儿。

他是被操场上突然响起的叫骂声吵醒的，睁眼时光线没怎么变，估摸着也就是短暂地睡着了几分钟。

窦晟人已经坐起来了，蹙眉看着篮球场上。篮球场上，十二班和文科九班两伙男生干了起来，球赛暂停，两班人口吐芬芳，场面相当恢宏。打球的那几个连打带踹，剩下的人拉扯着自己班的同学。草哥就是最主要被拉的人，他两个肩膀被摁住往后拖，但下身在空中腾飞，飞起两脚踹在文科九班中锋身上，摁也摁不住。陈翮也在里面，也被摁着，但他没太挣扎，仿佛只是一个被支配的工具人，巴不得早点领了薪水下班。

谢澜对着操场上的战况蒙了好一会儿，又下意识扭头看向窦晟。窦晟依旧平静，似乎并没有想上去的意思。旁边林荫路上还站着几个四班的男生，其中一个人在手机上打字。

没一会儿，温子森小跑着把胡秀杰带来了，身后还跟着四个保安。

"都停下！""停下！住手！""蹲下！抱头！"这几嗓子不是胡秀杰喊的，而是那群保安，他们拿着保安棍把人群分拨开，成年男人的吼声很快就让场上安静了下来，而后九班、十二班带头闹事的那几个蹲下了。

保安喝道："干什么！你们是学生！校内打架，还有没有王法？"

一个女生在场边喊："讲讲道理啊，文九打脏球啊！"话音刚落，她就被九班一伙男男女女"吁"了。"到底是谁打脏球啊，想赢不要命，要不要调校园监控看看啊。""你们理科的真就睁眼说瞎话呗。"

文科九班一个女生跑出来跟胡秀杰解释，胡秀杰板着脸听，没给她回应。许久，胡秀杰伸手点了几个人。两个班上场的球员，包括刚才也动起手的三四个男生，全都被她点到了，自然也包括陈翮。一群人稀稀拉拉地跟着胡秀杰走，两个保安跟着，另外两个保安吆喝着让围观学生散了。

谢澜几乎看呆了，直到窦晟在他手腕上轻轻捏了捏才回过神。窦晟叹了口气："别看了，高中本来就是个容易走偏的阶段，再好的学校也总有这种人、这种班。"

谢澜怔怔道："英中不是数一数二的重点高中吗？"

"两极分化也挺严重的。"窦晟淡淡道，"咱们市小升初不完全看分，学区占主要吧，有很多住在附近的学生直升英中初中部，等初中读完了，直升本校高中部比外边的学生考进来容易，所以生源就有点杂。而且也不完全是学生素质问题，篮球赛本来就容易呛起来，胡秀杰一直主张撤销篮球赛，其实也不无道理。"

谢澜听了个大概，但他看得很清楚。

胡秀杰面对草哥那伙，比平时沉默许多。平时她训学生堪比阎王，但这会儿只是公事公办。只有陈舸走过她身边时，她才有了点表情，愤恨地搡了他一把。

窦晟低低叹气："不是每个人都能捞，大家心里都清楚。"

晚自习上课前，戴佑过来压低声说："完蛋，要记过。"

窦晟正解数学题的笔一顿，漫不经心地抬起眼："打架的那些，每个人都记吗？"

"不太清楚，但据说政教处确实开了一批名单，应该不会少。"

车子明沉叹一声，焦虑道："那可怎么办啊，陈舸也真绝了，跟那伙渣滓搅合在一起干吗啊，是有什么把柄落在人家手里？"

王苟也小声说："我看他干架都不怎么积极，要是被记过，不就是冤大头吗？"

谢澜放下笔："记过是什么？"

戴佑说："国内的学生都有档案，记过就是一个不良记录，在你的档案里跟随你一生，升学、就业都会受到影响，有的处分大了还会被强制留级。"

话音刚落，自习铃就响了，大家立刻回座，胡秀杰推门进来。她没什么表情地站上讲台，轻轻敲了敲讲台桌让大家注意。"帮老马转达一件事，数学省训营安排出了。暑假十四天闭营培训，还有现在的每个周六，从这周六开始。"胡秀杰转身在黑板上写下时间和地点，往谢澜这边扫了一眼，"谢澜周六的语文基础课停掉吧，秦老师说你可以周末来公共自习室写语文作业，有老师在。"

老师发话到这个地步，谢澜也只能答应，说了声"谢谢"。

按常规，交代完事情，胡秀杰就该让大家低头自习了。可这次她却迟迟没动弹，站在那里，象是有什么话要说。"猫头鹰们"低头写了几笔，又抬头瞅着她。

班级里有种默契的静谧，前后门关着，密闭的空间里只有自己班的人。

胡秀杰轻声叹了口气："今年篮球赛快正式开打了，咱们班老规矩，佛系比赛，别争别抢，保证安全。"

同学们纷纷点头。

她稍微停顿下又低声道:"有谁跟陈舸关系近的,平时劝他两句,让他别走太偏了吧。"

周遭寂静,胡秀杰挥挥手让继续自习,走到窗边放空。

谢澜低头算了一道难题,再抬头时胡秀杰还站在那。不知是不是错觉,那道身影有些落寞似的,和她白天雷厉风行又凶神恶煞的样子判若两人。过了一会儿,胡秀杰转过身背对着班级,看着贴在黑板旁的成绩单。

四班黑板旁贴着高一以来每次学年统考的班级榜,分班后也没撕,比如窦晟的名字就高居榜首,在拼贴整齐的成绩单上高调地拉了一条横线。再比如,高一前几次考试,陈舸也稳居第二,也高调地拉了一道横线,只不过那道横线才到半途就戛然而止。

胡秀杰看了好一会儿,拿着水杯出去了。

第二天,处分通知贴了出来,玻璃公告栏后,一纸盖公章的档,六个名字。

谢澜跟着车子明他们去看的时候,心都悬到嗓子眼,直到扫过那张纸上所有人,没有看到陈舸,才长长地松了口气。

戴佑若有所思道:"动手的至少八九个,老胡应该是把情节轻的那几个全都放掉了。"

于扉皱眉又瞅了那张纸一眼:"离谱,打个球还能干起来,开除算完。"

话虽然这样说,但谢澜明显觉得大家都松了口气,回去时终于一扫阴霾开起了玩笑,窦晟虽然之前一直都没说什么,但心情也明显好了起来。

回到座位,谢澜掀开企划本跟窦晟对接下来视频的想法。他这边有两个企划,一个是想尝试做学习类内容,比如每周五晚上开一间在线的数学竞赛自习室;还有一个是老本行,音乐类,想五一放假去趟野生动物园,拍摄野生动物听见音乐的反应,剪出一部动物出演的小型音乐剧。

车子明来催收数学作业,谢澜头也不抬地把习题卷从一沓资料里抽出来,正要交给他,目光忽然一定。他猛地又把卷子扯了回来。

车子明瞪着眼:"我看到了!那个粉色的是什么!"

谢澜差点厥过去,还好周围的人都在闹,没几个人关注这里。就只有窦晟一口矿泉水差点呛到,而后低声地乐,乐起来没完。

谢澜瞳孔地震,颤抖着手把那张便利贴撕了下来。

——近朱者赤,近你甜。

他深吸一口气,一把薅住窦晟的衣服:"有完没完?"拳头硬了。

车子明震撼看着窦晟:"兄弟,你这是干吗呢?欺负小海归不带这么欺负的吧,这是精神毒杀啊。"

"滚。"窦晟呛得直笑，"我俩琢磨视频素材关你屁事，收你作业得了。"

车子明翻白眼，把谢澜那张卷子收走："我稀罕管，辣眼睛。"

等车子明走了，谢澜松开窦晟，无语地把那张便利贴塞进笔袋。

"你耳朵有点红。"窦晟压低声说，"说句实话，作为中文不太好的人，看到这种土味情话你的真实感受是什么？"

谢澜盯着他："想要杀了你。"

"不喜欢这种吗？但我觉得意象很委婉、措辞优美的那种，比如冯妙写的那句，你也看不明白啊。"窦晟啧了一声，忽然又问，"那你喜欢什么样的？"

他说着随手扯了一张纸，流畅地写下两行英文——

Whatever our souls are made of, yours and mine are the same.

"这样的？"

谢澜看着那两行话，终于觉得世界正常了一点。但也只是一点而已。

他迷茫道："到底为什么要搞这个？"

他越来越恨自己了，如果没有误会冯妙那句话，可能就不会开启某人身上诡异的开关。

窦晟拉他坐下："我就是了解一下，像你这种中文体系混乱的人，什么样的话对你而言是浪漫。"

谢澜脸皱起来，沉思了足有十秒钟。他忽然一怔，猛地瞟向周围，又压低声说："你那个灵魂知己，不会是外国明星吧？"

窦晟"嗯"了声："也勉强算是吧。"

"低调。"他又立刻补充道，"车子明他们都不知道。"

谢澜看着窦晟的眼神忽然有些同情。越来越离谱了，离谱到令人觉得心酸，窦晟越努力准备，就越心酸。他心里五味陈杂，许久，轻轻顺了顺窦晟的后背。

"别着急，我帮你想想。"

窦晟笑道："不是给知己写，我有病啊，给知己写这个？我就是闲的，探索下海归对这些玩意的感受，要是有节目效果的话就攒一期视频。"

谢澜戳开手机，搜索土味情话大全。他顿了顿说："我找几句感觉还行的，你参考下？"

窦晟立刻点头："好啊。"

谢澜撕了张纸，捋着第一条往下看。

"这个还不错。"他找到一条，抬手在纸上唰唰唰地摘抄——

我是九你是三，除了你还是你。

窦晟脸上的微笑忽然一僵。他有点难以置信："原来你喜欢这种？"

谢澜"嗯"了声:"算是比较好的吧,起码有一些数学的光辉,看起来充满理性,不土了。"

窦晟帅脸上罕见地飘起了问号。

谢澜不顾他,又在纸上继续摘抄——

这是我的手背,这是我的脚背,你是我的宝贝。

"我想买一块地。""什么地?""你的死心塌地。"

他边写边说:"这些我觉得都还可以,这该叫什么?同音字?谐音?反正就这种,我觉得挺能体现汉语的优美。"

窦晟仿佛已经凝固了,好半天才喃喃道:"那我上次那个'别抱怨,抱我',不也是这种吗?"

"不一样。"谢澜坚定摇头,"你那个太敷衍了,要走巧妙路线就走到极致,要么就有一点节奏感,我觉得排比句挺好的,中文的排比句很有气势。"

他说着就看到一条好的,边抄边念道:"梦里有你,香甜无比;心里有你,充实无比;身边有你,幸福无比。"

窦晟张了好几次嘴,愣是一个字都没说出来。

"我去。"前面趴在桌上的于扉突然翻个身,嘟囔道,"我造了什么孽,课间睡个觉也能遭雷劈。"他崩溃地掏出耳塞说,"就这视频,做出来必掉粉。"

窦晟沉默了一整晚,放学铃响,谢澜瞟到他翻开企划本,在【土味情话素材】那一条上打了个力透纸背的叉。

车子明回头拍拍谢澜的桌子:"什么事这么好笑呀,老马发的入营习题卷写完没?"

窦晟闻言也抬眼看过来,谢澜立刻敛起笑意,把垫在语文书下的数学卷给他。

车子明差点落泪:"你果然写完了,我和鲱鱼连第一面都没做完。"

戴佑拎著书包从前面过来:"你们先回宿舍,别等我,我去买本竞赛参考书。"

王苟连忙说:"带上我,这个卷子给我做萎了。"

回宿舍的四人变两人,窦晟一路都在摆弄 GoPro,昏黄的路灯把两人的影子拉得很长,谢澜边走边看那两道影子,突然觉得很神奇,漂洋过海回到中国仿佛还是昨天的事,但现在他已经在国内有了朝夕相处的朋友。

"喏,来记录下吧。"窦晟忽然一抬手,熟练地搁上谢澜的肩膀。谢澜抬头,荧幕里是他有些茫然的脸,窦晟和他挨得很近,懒洋洋道,"失败素材打卡,大猫二猫,土味情话,放弃。"

谢澜继续往前走,余光里,他和窦晟的身影在小小的一块荧幕上随走路的动作轻轻起伏着,整整齐齐。

窦晟继续对着镜头聊天。"本来是要做一个不同等级的土味情话挑战，主要试验对象是谢澜，我是发起者。但是刚刚进阶一点，我就感觉我自己有点承受不了，所以算啦。年龄大了，脸皮薄，也没什么办法……"

谢澜斜睨着他："作废的选题也要录一段？"

窦晟"嗯"了声："有一批粉丝就爱看废稿总结。"他说着用胳膊压了压谢澜的肩，镜头挪近一些，"谢澜小朋友来跟大家说说，这么有节目效果的一个选题，刚开头就没了，对此你有什么想说的？"

谢澜稍作犹豫，看着镜头里窦晟的眼睛，真诚道："我是九你是三的那个，我真的觉得还可以。"

窦晟一秒失去了笑容，对着镜头飞快道："好的这个话题到此结束，愿世上再无九和三……"

谢澜忍不住勾起嘴角，在路灯下自己都察觉不到地轻轻笑着。

窦晟一路走一路对着镜头唠嗑，用散漫的语调说今天晚上的小饭桌不好吃，糖醋排骨太甜，也就能合谢澜的口味。又说他跟谢澜最近突然沉迷校门口的奶茶，他们周六要去参加省里数学集训营，谢澜的语文课就上不了了，他自己原本没课的下午也要被压榨，提前为假期默哀。

杂七杂八，估计是在攒 VLOG 素材。谢澜安静地走在旁边，不知怎的忽然又想起之前视频那几条弹幕——粉丝说，窦晟最近每条视频都在笑。

确实。窦晟笑起来很好看，那股清浅的笑意仿佛能从眸中一直透到心底，坦荡荡。

省训营前，每天的数学作业难度又升了一级，连谢澜都要挪出两个小时埋头苦做。说好的学习直播一拖再拖，一不小心就拖到了周五晚上。赵文瑛不在家，谢澜在宽敞的餐桌上铺了一块桌布，架好手机，铺开数学卷，又把梧桐抱来放在身后的酒柜上。梧桐很配合，小手一揣直接卧倒，打了个哈欠。

谢澜做好这一切正要开播，楼梯上一阵哗啦啦响，窦晟一手举着手机支架，另一手拎着一兜吃的下来了。

"干吗？"谢澜发蒙。

窦晟晃晃手机："你不是要直播么，我，雅座观看。"

"？"谢澜的中文能力还不足以理解"雅座"这个词，但他认为窦晟这种挨在主播边上吃吃喝喝，五厘米外看现场直播的行为非常不雅。

他窒息地往旁边挪了挪："不许说话。"

窦晟笑眯眯："当然不说，我把吃的先放到盘子里，等会儿连个包装纸声都不会有，你专心学习。"

谢澜呵了一声："你最好是。"

这场直播提前预告过，一开机人数就上得很快。谢澜直接拿起笔开始写题，镜头俯视，对着他的手和清晰的卷面。这张卷子他已经做过一遍了，又找老马要了一张新的，打算换一种解题思路重做。房间里很安静，梧桐在背后轻轻地打着呼，谢澜的手在草纸上飞快推算。

【澜崽晚上好呀】

【呼呼呼竟然是数学】

【被澜崽语文支配的恐惧犹在】

【国内数学难，好担心澜崽】

【嘶，人在高三，为何这些题我看不懂……】

谢澜瞟了一眼荧幕，随口解答道："明天我和窦晟要去竞赛训练营上课，这是老师布置的热身卷。"

【数学竞赛？！】

【不是外国回来的吗，还参加数学竞赛？】

"嗯。"谢澜基本确定了思路，把一些关键证明式挪到卷面上，边快速誊写边回答道，"国内数学确实比英国同等级难一些，挺好的。"

"噗。"旁边传来一声轻乐。窦晟的泡芙卡在嗓子眼里了，正慌乱地找水喝。

【好像有声音？】

【大佬这道题只推了两分钟……】

【不走流程，直接开始颤抖】

【晕了，澜崽数学很好吗？数学一般考多少分啊？】

谢澜在哪都一样，数学一般都考满分。但考虑到旁边还有个时不时出点怪声的家伙，他只委婉道："回来就考了两次，成绩还可以。"

话音刚落，刚刚灌水找回嗓子的某人不满道："直说啊，我家二猫分班考数学满分，全市数学尖子生统考考了第一，跟第二，也就是我本人，拉开了一道高难度证明题的差距呢。"

谢澜："……"

弹幕："！！！"

谢澜心态崩了，把笔一扔说："说好的不出声，你就撒谎胖死吧！"

窦晟笑着捏起一只泡芙递到他嘴边："那叫食言而肥，成语要好好背。"

弹幕疯狂刷过。

【二猫这——么牛？】

【豆类一败涂地】

【被碾压后开心地笑出了声，不愧是豆】

谢澜无语，把笔拿起来，面无表情地看着窦晟。

窦晟被他盯了几秒后无奈摆手："行行行，我不出声了。大家！这是谢澜同学的安静自习室，我就在旁边吃个消夜，你们弹幕都虚心一点，好好学习。"

【我要是能看懂他写的，还跟你唠？】

【弹幕吵到我了，我在认真看大佬解题】

【二猫真的好厉害，我好喜欢二猫】

谢澜被满屏弹幕搞得眼花缭乱，那些花里胡哨的字只要滚动速度一快，就会剥夺他的汉语阅读能力。他放空了一会儿，索性一条都不回了，低头继续做题。

窦晟在旁边也不说话，开了自己的手机静音看弹幕，谢澜余光里，他一仰头就吞下一颗泡芙，喉结在光洁的颈子上欢快地滑动，普普通通的泡芙被他这样吃，好像突然变得美味了起来。

谢澜写完一道证明题，抬腕松口气的间歇，一只蛋挞从余光边界慢悠悠地蹭了过来，逐渐闯入镜头，停在他手边。

【大猫又来投喂了】

【逮住一切机会投喂！】

【看饿了，感觉这个蛋挞好甜！！】

谢澜放下正拿蛋挞的手："什么是 KY？"

窦晟瞟一眼弹幕，淡定道："KY，溃疡，就是嘴里烂了的意思。他们说虽然口腔溃疡很痛，但仍然觉得蛋挞好甜。"

谢澜："哦。"

【不合时宜，不合时宜，不合时宜！】

【不合时宜！！！】

谢澜瞟一眼弹幕，"嗯"了声，换上一张新的演算纸继续写下一道题："确实不合时宜，口腔……那个什么，怎么读又忘了，反正嘴烂了就少吃点。"

弹幕成吨的问号刷过去，谢澜还迷茫着，就听旁边咚一声。

窦晟捂着嘴从凳子上滚了下去，笑出的眼泪把密密匝匝的睫毛打湿一圈，在餐厅灯火通明的光线下亮晶晶。

谢澜开始觉得不对："KY 到底是什么意思？"

窦晟撒开手剧烈咳嗽一阵，坐在地上说："不合时宜……"

到底有什么不合时宜的？！谢澜怒了："爱说不说。"

所谓数学自习室，想象中是安静祥和的直播画面，偶尔几条弹幕飘过讨论学术，实际却是谢澜自己投入地把八道大题换种方法做了一遍，而弹幕疯狂地一直笑到他下播。关掉手机，谢澜心力交瘁地放空。直播数据倒是很不错，他好像有种神奇的体质，每次直播人气都会超过粉丝。就是有点心累。

"那家乐器培训机构的广告费到账了。"窦晟坐在沙发扶手上悠闲地晃着腿，"扣掉税，我把钱都给大家分了啊，公益那份直接转，捐赠者写大猫二猫，ok吗？"

谢澜"嗯"了一声。他放空了一会儿又忽然想起来："最后陈舸多少？"

"两万八。"

两万八足够一般家庭生活半年了，起码不至于让陈舸连食堂都不舍得去，顿顿在小食堂用开水泡袋装方便面，瘦得脱相。

谢澜叹了口气："你要不要顺便劝劝他，老胡不是让……"

"不用。"窦晟回绝得很干脆，"这个阶段他注定要自己熬，外人没法开口，就算要开口，也得找一个他能听进去的契机，不然就是KY。"

KY，又是KY。人类到底能不能好好说话了。

谢澜直接垮了，面无表情起身道："我睡觉了。"

明天是省训营第一次培训，附中郭锐泽今天发了一下午的消息轰炸，说附中同学组建了"复仇者联盟"要向狂狷大佬发起总攻，让谢澜等着。谢澜一脸冷漠地查了下"狂狷"的意思，内心平静地回了个"哦"字。

他洗完澡出来躺在床上漫无目的地刷着B站，有不少私信来科普KY的意思，他随手点开一个。

【KY】形容人说出些不合时宜的话，源于日语的"空気が読めない"。

谢澜一呆。原来"不合时宜"就是它本身的意思。他躺在床上脚趾一阵蜷缩。

谢澜放空了几秒，正茫然中，手指戳开一个对话框，里面是个站内视频推送。

《大猫与二猫的贴贴日常》

@豆言豆语：澜崽给你看看这个视频，第一次出meme类视频做得不好还请见谅！

谢澜没怎么过脑就把它点开了。视频开始是静默的，画面出现上次直播时谢澜手写成语骂夜神的定格镜头，由真实画面淡出成手绘风格，一笔一画歪歪扭扭出现了一行字：二猫永远守护大猫！而后甜甜的日语BGM瞬间响起。荧幕上出现了他和窦晟在草地音乐会上的几个动图，同样转成手绘，踩着音乐的节奏闪来闪去。

谢澜手一哆嗦，差点把手机扔了。他立刻狂摁减音键，直到手机安静如鸡，只有画面还在一下一下地闪着。

视频一共用了三帧，如果不开声音就没什么可看的。但鬼使神差地，谢澜没有关掉，而是抬头瞟了眼紧闭的房门。直到八十多秒后，视频结束。他才长吁一口气，赶紧退出来。

"谢澜。"窦晟的声音突然在门外响起，话音未落，门把手已经被压了下去。

谢澜心里咯噔一声，立刻把手机塞进枕头底下，对着推门进来的窦晟飞快问："怎么了？"

窦晟表情很严肃，眉心紧蹙，有一丝不难察觉的焦虑。

"怎么了？"谢澜又问一遍。

窦晟拿着手机："我感觉不太对，得去找陈舸一趟，你……你别跟了，我就跟你说一声。"

"什么意思？"

"刚才给陈舸打钱，他把银行卡号发来，我问他要卡主姓名，他就不回了。我打电话给他，电话接起来就挂了，那头有点……吵。"窦晟犹豫了一下，"好像有人在砸他家的门。"

砸门？谢澜明白过来，二话不说起身："我跟你一起去。"

问过才知道，陈舸家就住在羊肠巷出口的那个社区，就是刚开学碰到过混混的那个地方。一路上窦晟又打了几个电话，都被陈舸摁掉了，他紧急联系了群里那几位，大家也都从四面八方往陈舸家赶，从距离上看，应该都能比他们到得早。

窦晟说："等会儿你小心点，缠着陈舸的人跟校园混子可不一样，看看情况，实在不行就'打警察'，中国警察是110。"

谢澜一点头："我知道。"

路上窦晟又大致说了些情况，陈舸妈妈是从外地嫁过来的，是个家庭主妇，自从他爸进去后就接连大病。娘家没什么人，他爸那边老人也没了，只有两个姑姑，出事后就一直联系不上。

"我估计他家现在就是吃之前的储蓄和每个月低保，医药费都不一定够，本来这学期他要退学，还是胡秀杰和老马去谈了好几次，学校把学杂费全免，每个月还给五百餐补，才勉强把人留下。"窦晟叹了口气，"他也就是为了套现餐补才勉强上学，月初餐卡到手就转卖出去，自己吃泡面，我看到过两回。"

谢澜听得有些放空，不知道该说什么。前面那一堆弯弯绕绕的亲戚关系他听不太懂，就只记住了窦晟最后说的话——陈舸之所以还肯上学，并不是还存着希望，而是想要学校每个月给的五百块钱。就五百，上次他们庆祝数学考试的那顿烧烤也有四百多了。

谢澜看着窗外的郁郁夜色，恍惚间忽然想起贴在黑板旁边的那一排成绩单，还有陈舸在第二名高度上拉下的那道短短的、戛然而止的横线。

窦晟又低声说道："音乐会这事，你觉得他真的对我们暗中塞钱没数吗？应该只是不敢深想罢了。一旦想了，这钱就没法要，彼此都清楚。"

谢澜闻言扭头看向他，窦晟说这话时看向窗外，眉目间的情绪依旧很淡。

车开到地方已经十一点多了，社区里路灯还算亮，谢澜和窦晟绕过好几个老楼，才终于看到前边楼头拐弯处有四个熟悉的身影。

窦晟一过去就问道："有可疑的人吗？"

王苟哆哆嗦嗦地飞快说："我们来的时候啊，那叫一万籁俱寂！那天边儿上的云彩都看不见个影，于扉，好家伙，义薄云天直接往楼上冲，冲到一半被我们拽了下来。但我们都看见了，在那弯弯绕绕的走廊上，陈舸家门口蹲着俩胖子，一个光头胖子，戴着大金链子，一个豹纹胖子，拿着大粗棍子，他们那可谓是……"

于扉翻着白眼摁住他的肩膀，让他静音。"求你，紧张就别说话，我头疼。"

王苟捂住嘴一通点头。

窦晟无语撇了下嘴："就两个？在砸门吗？"

戴佑摇头："应该不止两个，我们进社区的时候出去了一伙人，现在上边这两个应该只是守门的。"

车子明扯着戴佑的胳膊，小声补充："估计是催债的吧，陈舸还是不接电话，我们要上去吗？"

窦晟皱眉："催债的话就有点麻烦，不好立刻报警，先等等看。"

谢澜抬头瞅了一眼，这一整个单元的灯都黑着，四楼楼梯间的声控灯时不时熄灭又亮起，估计就是那两个堵门的在。

戴佑说："陈舸聪明，估计在装死，只要他不出来，这帮人也不可能一直堵在这。"

窦晟"嗯"了声："在这等一会儿吧，争取把那两个也等走，然后各回各家。"

众人都同意，谢澜抬头看看清一色黑着的窗户，轻轻叹气。路灯在这栋楼的另一端，这边转弯处很黑，只要想藏就不会被发现。几个人分散开或站或蹲，窦晟双手揣兜倚着墙。右脚向后轻轻蹭着墙面，像在出神。平时他走哪都刷 B 站，但这会陷入漫无边际的等待，却只是发呆。

谢澜在一旁看着他，那道高高瘦瘦的身影隐匿在幽暗中，显得有些寂寥。他忽然又想起在家里窦晟随口说的那句话——这个阶段陈舸注定要自己熬，别人无法开口。

"哎。"谢澜还没想清楚，就下意识叫了他一声。

窦晟抬眸看过来，那对黑眸依旧很平和，看着他时甚至惯性地涌出半分温和的笑意，把刚才那种孤寂感冲淡了些许。"怎么了？"

谢澜到嘴边的话却忽然顿了下，有些茫然，不知该如何开口。问什么呢，你是不是有过类似的经历，你初中时发生了什么，能不能跟我讲讲？他和窦晟的关系其实说远不远，说近不近，想不到任何立场可以去理直气壮地过问。

窦晟往他脚下看了看："脸色那么差，这里有虫吗？你站我这边，有虫我直接踩死。"他说着伸手拉着谢澜胳膊，把谢澜往自己身边带了一下。

"我去。"前边车子明突然小跑几步回来，嘘了声，"闹了半天那伙人是吃饭去了！回来了！"他话音刚落，吵吵闹闹的声音就从远处传来，划破寂静的夜晚。

五个人，都算得上是大块头，有人手里还拿着酒瓶，走路晃晃悠悠。他们走到陈舸家单元门口，其中一个人往地上啐了一口："小兔崽子就在家，今晚必须把门给我砸开！"另外几人应了几声，人多势众的脚步声浩浩荡荡地往楼上去了。每一层的走廊窗户都开着，骂骂咧咧的声音被风带出来，真切地落入耳朵。很快，咚咚咚的砸门声和叫骂从楼上传来，在整个社区里回荡。

谢澜仰头看着，这一溜声控灯都亮了，有几家陆续开了灯。

"不太妙，他们喝多了。"窦晟掏出手机，"我报警，车子明给陈舸打电话，让他无论如何别出来。"

车子明手都哆嗦，拨过去没一会儿又把手机放下："关机了……"

气氛瞬间紧张起来，窦晟背过身跟接线员低声说话。他没提催债，就只说八九个大汉堵着门，家里只有同学和妈妈，有点害怕。电话刚刚挂断，楼上忽然传来一声震耳欲聋的轰隆响，象是钢管砸在门上把门砸爆了，震得楼下的人耳膜都难受。

而后一个邻居终于开门出来，是五楼的一个男人，站在五楼四楼中间的窗口吼道："砸砸砸！还让不让人睡觉了？再不走老子报警了！吴冬燕，你能不能出来管管？全楼的人都陪你家睡不好！"

窦晟立刻转身往楼上走："坏了，陈舸要沉不住气。"

六个人都有相同的预感，推搡着往楼上跑。窦晟就在谢澜前边，长腿一迈就是三四个台阶，没一会儿就蹭蹭蹭蹿到了陈舸他们家下边那一层。六个人急刹车，几乎就在同时，那道被砸出一个坑的防盗门还是开了。陈舸从里面出来，冷声道："我已经报警了，你们现在不滚就等警察来。"

然而他话音刚落，领头的人就一把攥住他的手腕把他从里面扯了出来，陈舸瘦削的身板被这群五大三粗的男人一比，连平时的劲瘦感也无，只剩下单薄。他抬腿一脚往那男人肚子上扫，但脚被另一个捉住，那人将他的腿一拧，手肘在膝窝上猛地一砸，就将陈舸抡麻袋那样抡了出去。陈舸一屁股坐在台阶上，仰着往下蹾了好几个台阶，这才看到窦晟他们几个。

于扉撕掉外套往地上一摔："欺人太甚！"他冲上去一脚把那男的踢得往后趔趄了两步，吼道，"豆子赶紧！"

走廊彻底炸锅了，催债的骂着小兔崽子，往下涌来打人，于扉在前边抵挡，窦晟一手抓着谢澜一手抓着陈舸，在人堆中硬着头皮撞出一条通道，总算是把住了陈舸家门口那片地，一把撑住了正要关上的门。"进！"窦晟吼道，"鲋鱼！别打了！"

于扉没恋战，在一群膀大腰圆的男人间也讨不到便宜，他回身一通连环腿把那几个撕着他胳膊不放的人都踹开，进门随手抄起拖布杆朝扒着门框的不知谁的手抽去，门外人堆里一声惨叫，那只手刚缩回去，鲱鱼"嗵"的一声砸上了门。

门落锁的瞬间，外头人立刻又疯狂地踹起了门，声音大到人头痛。谢澜感觉胳膊腿都疼，被窦晟拉进来一路上也不知道挨了多少拳多少脚，窦晟估计比他还惨。

"都进来。"窦晟没好气说，"进里屋，等警察来。"他说着撒开了陈舸，继续拉着谢澜往里走。

谢澜"嘶"了一声。"等会儿！"他本能地叫住窦晟，另一手攥住窦晟拉着他胳膊的那只手，才勉强止住了拉扯的疼痛。

屋里没开灯，乌漆嘛黑的一片，谢澜从窦晟手里小心翼翼把左手挣出来，试着甩了甩胳膊。一下还没甩到底，小臂肌肉就猛地一跳，而后剧烈地痛起来。

陈舸开了客厅的灯，谢澜才终于看见左手胳膊上有一道红痕，估计是被棍子抽了一下，从外侧腕骨斜着到小臂中段，周围的皮肉正飞速地肿起。

第二十章

往 事

窦晟回身便往门口走。

陈舸下意识喊道："别出去了！"车子明他们回过神来，也纷纷吼着让窦晟别动。

"我不出去。"窦晟声音很沉、很冷。"我就看看是谁。"他快步走到门口，单手撑着门，看向猫眼。

谢澜从身后看着他，修长的五指微微蜷起，指尖搭在门上，那本该是个很松弛的动作，但紧绷的手臂线条却暴露了一丝情绪。

砸门声还在继续，每秒一次，像撞钟一样虔诚，老旧的防盗门连着门框一起颤抖。

许久，窦晟直起腰平静道："是那个穿虎头衫的胖子，眯眯眼，脖子上有颗黑痣，拿着棍子。"

陈舸皱眉回忆："拿棍子的有两三个。"

"是他没错，我有印象。"窦晟惯性地手揣进裤兜，"有装摄像头吗？"

陈舸"嗯"了声："邻居家装了。"

窦晟便没再说什么，走回来捏住谢澜左手的手腕，拇指肚沿着那道伤周围的红肿轻按。他的声音又软下来："这样碰会疼吗？"

"就有点……"谢澜不会用中文描述，犹豫了一下低声说，"distending……"

窦晟抬头看着他："胀痛？一鼓一鼓的，像面包发起来的感觉？"

"嗯。"

窦晟点点头，又固定住谢澜的手肘，另一只手捏着他的手腕，先是顺时针旋转，又上下左右轻挪："这样疼吗？"

"不疼。"

"这样呢？"他伸手摁着谢澜那道伤，"这样是怎么个疼法？dragging？ dull？

burning？"

谢澜感受了一会儿："都有点。"

王苟英语不太好，只能傻张着嘴表达震惊。车子明长叹一声："澜啊小可怜，有种异国他乡遭犬欺的感觉，显得更可怜了。"

谢澜没吭声，但他察觉窦晟在听到这句话后刚压下去的火又起来了点。

窦晟回头问陈舸道："你妈不在家？"

陈舸"嗯"了声："在住院。"

窦晟皱眉说："那正好，大家今天就在你家住下了。明天省训营上课，一大早还得先带谢澜去医院看看，时间有点紧。"

医院？谢澜茫然低头，戳了戳胳膊上的伤。这么严重吗？

陈舸也往谢澜胳膊上扫了一眼，愣了一会儿才说："倒是可以，他伤得怎么样啊？"

"肌肉撕裂伤。"窦晟语气很笃定，"伴随软组织挫伤、轻度骨裂，还可能会有炎症，你家有毛巾吗？"

陈舸蒙了一秒，慌里慌张地往屋里走："有，你跟我过来。"

谢澜也呆了，难以置信地举起自己平平无奇的胳膊，把窦晟刚说的那几个病又回忆一遍，突然觉得伤处疼痛加剧。

门外的砸门声突然停了。戴佑透过猫眼往外看了一眼："他们怎么好像要走？"

"啊？我看看。"车子明拨开他，"还真是，什么情况？"

陈舸从里头出来，闻言转身到阳台往楼下看去。没过一会儿，底下传来那几个男人骂骂咧咧的声音，声音越来越远，直到消失。

陈舸冷笑一声："这群人很熟练的，能判断哪一句报警是真，还能预判警察要多久到，知道规避冲突。这已经不是第一回了，你们谁报警了，取消掉吧。"

王苟目瞪口呆："那警察抓到过吗？"

陈舸点头："抓到过两次，但他们没造成实质伤害，也只能口头调解。这周围挺乱的，警力本来就紧张，警察也无奈。"

窦晟刚好从里面拿着湿毛巾出来，平静道："实在不行就搬家，再不行，搬出 H 市，我看那几个人膀大腰圆也没有吸毒的样子，只要不挨上毒，就没什么好怕。"他说着，把毛巾叠起两折，小心翼翼地覆在谢澜的小臂上。

冰凉瞬间缓解了疼痛，谢澜在毛巾下小心翼翼做了个拧门的动作，好像不疼。

他正对着自己"肌肉撕裂、骨裂、并发炎症"的手困惑，窦晟忽然凑到他耳边小声说："皮肉小伤，没事，喷点药两天就好。"

谢澜一呆。

"来都来了，在他家赖一宿，陪陪这个智障失足儿童。"窦晟说着直回身，神色淡定，仿佛那番操作都与他无关。

陈舸叹一声气："太晚了，你们要是不走的话就想想怎么睡？至少得有两个和我一起打地铺。"

这个家是肉眼可见的困难，家具全被搬空，三居室里只有两间有床，分别是陈舸和他妈妈的。

王苟举手："我从小就睡地上。"

于扉道："那我和你一起吧，能守着门。"他扫视一圈剩下的人，"那就戴佑、车子明睡小屋，豆子、谢澜睡大屋，明天早上直接一起去上课，定个闹钟。"

众人纷纷说行。

陈舸低声说："麻烦你们了。"

于扉皱眉在他肩上一拍："别说这种恶心话。"

说是大屋，也只有一张说不上宽敞的双人床，谢澜一坐下，床架子嘎吱一声，动一动，又嘎吱一声。陈舸抱了被子和毯子给睡客厅的人铺床，几个人低声地说着话。

"他们是催债的吗？"

"嗯。"

"多久了？"

"半年吧，没有十回也有八回。"

"所以……到底欠了多少钱？你爸欠的？"

陈舸没再吭声，窦晟刚好从洗手间出来，打断外面的聊天问："有人洗漱吗？"

大家纷纷表示都洗漱过了，陈舸走过去关掉洗手间的灯："睡觉吧，我们在外头看着，有事喊你们。"话音刚落，啪嗒一声，大卧室的灯也关了。正检查手伤的谢澜突然眼前一黑，陷入呆滞。为什么关掉他的灯？

紧接着，房子里所有灯都被陈舸一个一个灭掉，里屋外屋沉寂了一会儿，车子明小声问："为啥关灯？他们都走了。"

陈舸平静回答："省电。"

"……"

窦晟气乐了："你怎么不抠死，我再看看谢澜的手伤。"他说着伸手拍了下开关。

啪嗒。灯却没亮。窦晟愣了愣，又啪嗒啪嗒来回开了好几次，转身走到厕所门口，啪嗒。"怎么都不亮？"他匪夷所思道，"这就跳闸了？90年代的电路？"

陈舸无奈叹气："行吧，不是跳闸，电业局贴欠费条好久了，通知说今晚强制停电。"

众人："……"

陈舸又淡定补充："通知说八点，现在已经快十二点了，我很感恩。"

众人："……"

窦晟无语了，心烦挥手让他回客厅睡觉去，站在主卧门口对谢澜道："不冰了吧？我再给你换一块毛巾。"

黑咕隆咚的，谢澜看不见窦晟的脸，且根据窦晟声音的方向，他依稀感觉到窦晟也没完全对准他。他无奈叹气："我自己去，顺便洗漱。"

老旧的木地板踩下去咯吱咯吱地响，躺在客厅的几个人在低声聊天，王苟的话比较多，于扉偶尔插几句，陈舸几乎不出声。

谢澜摸黑推开厕所门，一丝光亮也无，他在黑暗中掰开水龙头，右手捧水一把一把地泼在脸上。混混沌沌中，他忽然又觉得挂在眼睫上的水珠有些亮，滴滴答答地往下淌，在视野中折射着昏暗又有些迷离的光线，照出旁边的皂盒、牙杯……

他茫然抬头，却见镜中多了一道柔和的光线，窦晟单手揣兜倚在门口，另一手举着手机，亮起的闪光灯上还遮了一层很薄的纸巾，让那道光在黑暗中显得朦胧而柔和。

谢澜愣了愣："你怎么跟来了？"

窦晟笑笑，转动手腕把光束往旁边探去，定在杂物柜里一支护手霜上。

"黑咕隆咚的，心里发毛。"他漫不经心地说着，"来找你。"

谢澜闻言忍不住勾起嘴角："又胆小如豆了。"

窦晟"喊"一声，低声道："我是怕你害怕好不好。"

谢澜闻言扭头看了他一会儿。

陈舸这个人，陈舸的房子，都仿佛蒙着一层压抑的灰色。每当窦晟靠近陈舸，他也会染上点冷清，而且和车子明他们的压抑都不同，窦晟身上散发着一种仿佛从骨子里透出来的、已经时过境迁般的低落。很淡，无法抹去，但也不会对现在的他造成任何影响，只是固执地在他的深处存在着罢了。

"行行行。"窦晟举手投降道，"我胆小如豆，祖宗，别盯着我，我被你盯得浑身发毛。"

谢澜这才回过神，又看了他一眼，沉默地转开头。他单手掰开护手霜的盖子，挤出来豆大的一点，用手指挖走。谢澜低头把手霜打着圈涂抹开，窦晟在一旁轻轻吹起口哨。口哨声和他平时说话一样，也低低的，散散漫漫。谢澜听了一会儿才觉得耳熟，抬头问："改编版《H.Blood》？"

窦晟"嗯"了声："我说过的，很喜欢这个版本。哀上加哀，哀到极致，反而能让悲伤的人轻松一些，就像用一块巨石去击打另一块，虽然碰撞的过程很痛，但总能让原本的石头小一些，天长地久，一次次尝试，水滴尚能穿石。"

谢澜没太听懂这个比喻，他反应了一会儿："那你去哼给陈舸听听？"

只是随口一建议，不料窦晟瞬间垮下脸，冷漠道："不给。"

谢澜脸快要皱起来了："你是不是有什么病，情绪变化也太没有规律了吧？"

"有规律，规律就是看心情。"窦晟高冷地哼了声，"走了，睡觉了。"

谢澜道："手机留下，你先出去吧。"

窦晟闻言又回过头，看了他一会儿："上厕所？"

"嗯。"

窦晟笑起来："单手能解开裤子吗，用不用帮忙？"

谢澜简直无语到极点："手动确实会扯着伤，但能忍，也不至于连裤子都脱不了吧？"

窦晟笑笑："我就开个玩笑，手机给你放这了。"

谢澜懒得再看他，转身往里边走。

陈舸家的厕所有两重玻璃拉门，分别隔开淋浴、马桶和洗手池。谢澜刚才借着光看见那两道拉门都是开着的，却没想到拉门还有门槛，他一脚猝不及防地踩上去，当场一崴，肩膀"咚"的一声撞在了玻璃上，生疼。

"怎么了？"陈舸在外头喊。

谢澜满脸通红，连忙回道："没事！"

窦晟从门口折回来扶他，语气有些无奈："祖宗，看着点脚底下啊。"

他抓着谢澜右胳膊："左手又撞到没？"

"没。"

"小心点啊。"

"嗯。"

等他走了，谢澜才长出一口气。谢澜一个人在洗手间里呆了好一会儿，才拿起手机走向里面。

不知是不是这心惊胆战的一晚留下了心理阴影，这一宿谢澜又做了奇怪的梦。

他从床上猛地坐起来时，外边竟哗哗地下着大雨。回国以来的第一场雨，下得轰轰烈烈，毫不拖沓。谢澜呆坐在床上，不需要照镜子，他都能知道自己脸上现在是怎样的茫然。

过了好一会儿，他才忽然觉得不对，扭头发现另一边床空着。手机显示现在已经是凌晨两点多，房子里很安静，谢澜又放空了一会儿，才拿起已经皱巴巴的毛巾摸下床，打算再去用凉水过一遍。不贴手，就贴贴脑门。

他轻轻走到厕所外，正要推门，却发现门是虚掩的。

"大半夜不睡觉，找我就为了问这个？"是陈舸的声音。

谢澜一下子明白过来，下意识要走，但迈出去的脚还没落地又缩了回来。鬼使神差地，他有点想知道窦晟会跟陈舸说什么。

窦晟的声音很平静："是，就为了问这个。你到底欠了那伙人多少钱？有没有欠条，有没有问过你爸这笔欠款的真实性？"

陈舸沉默了一会儿才说："那伙人手上有三张欠条，加起来六十八万。我爸的烂事儿比我们想象中多，不止贩毒这一条，他只反复强调不管谁来都一律不给，那伙人本身不干净，不敢要求公家强制执行。"

窦晟问："所以你给了吗？"

"没给。我不会给，家里的储蓄都给我妈看病了，就只剩下这么个房子，我爸被判无期，表现好的话，或许二三十年就能出来了，要是还没死，让他们连本带利找他算去。"陈舸说着自嘲地笑笑，"怎么样，是不是有人渣儿子的味儿了？"

窦晟哼一声："理智尚存。"

"什么？"陈舸微愣。

窦晟长叹一声："我说你理智尚存，之前看你穷成那样，还以为你连房子都卖了去填无底洞。"

陈舸顿了顿，苦涩地笑了两声。

许久，他低声说："豆子。"

"嗯。"

"我的事我自己能处理，明天你带他们该上课上课去，那什么省训营来着？数学竞赛吗？去好好搞，别来管我了。胡秀杰要恨死我了，让她少恨我一点吧。"

窦晟打了个哈欠："我们这些天之骄子就不劳您费心了，课余时间能来帮扶一下失足智障儿童，也算是对人生阅历的一种补充。"

"滚。"陈舸气乐了，干巴巴乐了两声又低声说，"广告费我收了，谢谢兄弟，之后还你。"

窦晟说："用不着，谢澜那天很开心，他说上一次在有黑管的乐队里拉琴都好多年了。所以从这层意义上来讲，你这个黑管确实比别的乐器值钱。"

陈舸声音有点发蒙："跟谢澜什么关系？你们两个的钱，决定权在他手里？"

谢澜在外边也有些摸不着头脑。

窦晟"嘻"了声："反正那天大家都开心，薪水怎么分配是我们说了算，不用你操心……扯远了，其实我只是想说，你就当你爸死了，家破人亡是一场大劫，但人总归要向前看。我跟你说这话也不是站着说话不腰疼，我……"

"我知道你的事。"陈舸打断他，停顿片刻才又说道，"但我家这一摊，不纯粹是家破人亡那么简单。"

窦晟闻言沉默了许久，久到谢澜站得脚麻，才忽然听见他漫不经心地笑了一声。窦晟轻声道："你知道我的事？我爸车祸死了，很多人都知道，当年中考我考了全市第一，甚至还有记者来采访我是怎么走出来的，你就说荒唐不，更荒唐的是我还接受了那个采访。"

车祸死了。

黑暗中，谢澜的心像是突然漏了一拍。

虽然窦晟的爸爸从没出现过，他也猜想过最坏的一种可能，但亲耳听见窦晟说出来，还是觉得心脏被什么东西一把攥住了，血液无法流通，指尖冰冷。

陈舸安静了好一会儿才"嗯"了一声："所以我说，我相信你懂家破人亡的感受，但是……"

"听我把话说完。"窦晟的语气很沉，"除了我和我妈，没人知道真相。那天是我爸妈结婚纪念日，我爸突然出差，急匆匆走了，就是那么出的车祸。但其实出差是假的，他婚内出轨一年多，那天就是被那女的叫走。"

外边的雨声忽然喧嚣，谢澜站在门外，冰冷麻胀的感觉顺着指尖爬上脊柱。

他的手都在哆嗦，下意识转身要走，脚踩上地板却发出突兀的嘎吱一声。谢澜僵在原地。厕所里也安静了一会儿，谢澜大脑一片空白，等着窦晟出来。

但是窦晟没有，他只是又沉默了一会儿，继续说道："所以，其实我比任何人都有立场、也有这个义务来开导你。因为在某种意义上，我经历过相似的一段路，我明白你的感受，真正的致命伤不是家破人亡，而是突如其来遭受的背叛感。

"但是，我现在好端端站在你面前，年级第一，大帅哥一个，粉丝 132.8 万人，有一群哥们儿，还有一个没对人提起过的灵魂知己，对了，说起我这个知己那可真是风清月朗……啊算了，跑题了，你不用这么感动地看着我，我不是自揭伤疤来治愈你的，陈年往事早就淡了，我只是跟他们一样，也看不惯四班双杰就这么没了一个。"

他絮絮叨叨地说了一通，往外走来，手按下门把手，又顿住。

那个低低的嗓音说："陈舸，如果你还有一点点不甘心……"

"我不甘心。"陈舸一拳打在洗手盆的陶瓷上，喑哑道，"就是不甘心，我才死守着这个房子不还钱，就等着熬到我妈出院，但凡有一丝丝希望，谁愿意做一辈子渣滓？"

窦晟闻言轻轻笑了笑："嗯，我就是想说这个，你现在光脚的不怕穿鞋的，手里捏着一套房子，想要翻盘，很容易。"

"但是，你得先捡起你的刀。"

外边的雨声轰隆隆的，谢澜一时分不清是雨声比较大，还是他心里的声音比较大。

他看见洗手间门开了，窦晟颀长的身影从里面走出来，看到他时神色淡然，路过他身边，一把攥住了他的手腕。窦晟手心火热，声音却很淡："发什么呆，回屋睡了。"

谢澜被他拉着手腕回到房间，关上门，窦晟才撒开手，走到窗边去推开了窗。

雨幕喧嚣，潮湿的风吹进来，吹得人浑身通透。

窦晟轻轻吁了口气："大意了，忘记猫猫是觉浅的动物，睡一会儿就会醒，走路还没声。"

谢澜艰涩道:"我不会跟别人……"

"我知道。"窦晟点点头,"我相信。"

他顿了顿,又把窗户关上,走过来站在谢澜身后,轻轻拍了拍他的肩膀。

"有点怕你想太多。"窦晟低低地说,"陈年往事,再深的伤疤都变成一层死皮了,我早就不在意那些了。"

谢澜心口很疼,他下意识也揉了揉窦晟的肩膀。

"谢澜。"

"嗯?"

窦晟低声说:"幸好,你在我正意气风发时到来,你看到的是修缮后的我。"

谢澜下意识点头,顿了顿,又低声问,"意气风发的意思是……? 修……修什么?"

窦晟换了一系列词:"大帅哥,年级第一,有132.8万粉丝,还有个灵魂……哦,尚且在我单方面追星阶段的灵魂知己。"

这个节骨眼上,谢澜懒得去纠结那离谱的追星心态了。他低声说道:"我知道,我只是觉得有点遗憾,认识得太晚,如果能早一点认识,多一个人陪着你也好。"

话音落,房间里静谧了很久。

窦晟好一会才忽然发出低低的、满足的笑声。

谢澜愣了愣:"怎么了?"

"没怎么。"窦晟起身,很随意地抻了一下谢澜领口的褶皱,用很轻的声音说,"或许你比自己想象中,要陪我更早一点,也更久一点。"

第二天清晨,社区诊所的大夫刚上班就陷入了迷惑。她对着一条无红肿、无暴露、只有一些淤青的胳膊长久沉默。然后她掰过桌上的信息牌又看了一眼: 骨科。"所以——"她难以置信道,"是让我给这条胳膊固定?"

谢澜无言以对,冷眼看向窦晟。

窦晟神色淡定:"嗯。我们靠手吃饭,虽然暂时没伤及骨头,但以防恶化,还是加固一下比较好。"

谢澜不禁扶额。

大夫冷漠地把单子往窦晟面前一拍:"你这伤不用固定,去前台开两贴三七膏药。"

谢澜闻言如释重负地说了声"谢谢",刚一起身,又被窦晟摁了回去。

"膏药撕下去怪疼的,能不能用敷料,再绑厚厚的绷带?"

大夫目光开始涣散。

窦晟真诚地叹息:"麻烦您,这手真的很怕二次受伤。"

"……"

可能是遭受的精神攻击过猛，大夫沉默了一会儿后竟然真的起身去拿绷带了。

窦晟冲谢澜眨眨眼："我就说了吧，还是商业诊所的大夫好说话。"

谢澜面无表情："真的有必要吗，今晚又不住陈舸家了。"

"捆严实点更安全，拉琴的手呢。"窦晟一脸理直气壮。

"……行吧。"谢澜无奈叹气。

上一个会因为他手上一点小伤就一惊一乍的人是妈妈，但窦晟比她更夸张。

大夫拿了一包敷料和几卷绷带来给谢澜包扎胳膊。谢澜看了一会儿，口袋里的手机忽然震动起来。

郭锐泽把他拉进一个群里，群名"附仇者联盟"，刚才这一通狂震源于群里的表情包刷屏——由七个鲜红大字组成：附中学子爱数学。

谢澜犹豫片刻，打出一个问号。

附中榜 1 郭锐泽：欢迎谢澜大佬入群，待会儿就要在省训营相见了，为了纪念这个伟大的时刻，一雪你此前看不起我校老师出题的耻辱，我们成立了这个"附仇者联盟"，并邀请老师出了三道顶级难度的竞赛题，请提前半小时到达教室，我们热血相搏！

谢澜读题读了三分钟，缓缓回复道：？

附中榜 2 徐斐：曾几何时，我校老师就因一题题干过长而惨遭卷面凌辱，此等耻辱怎能忘！休想借中文不好的托词蒙混过关，待会儿我班体委会将三道题公布到群里，来战吧！

"包好了。"大夫用剪刀剪断绷带，拍拍谢澜硬邦邦的胳膊，面无表情道，"你们可以走了。"

谢澜沉默片刻，看看群里一大段一大段刷出来的战书，又看看捆扎结实的手臂。许久，他收起手机，左胳膊笨拙地放下，右胳膊往桌上一抬。

大夫："？"

谢澜："麻烦您，这条胳膊也绑一下，谢谢。"

从小区诊所出来，谢澜举起两只僵尸手，让窦晟给他拍了个照发进附仇者联盟里。

文艺复兴：有心无力，抱歉。

——@文艺复兴已退出群聊——

窦晟笑出了声："你也太社会了。"

"社会？"

"夸你呢。"窦晟走过实验楼门前，笑眯眯地抬手揪着低垂的树叶，"一般人，如果没有步入社会十年以上的阅历，达不到你这么聪明的水平。"

"这样啊。"谢澜消化了一会儿，淡淡道，"过奖。"

省训营培训地点是英中实验楼的一个小教室，早八点到晚八点。今天第一天开营，各校学生都早早前来占座。谢澜一进门，跟二十多严阵以待的精英们面面相觑。

整个教室里，各个学校像划势力一样划地盘，明明没几个人，还非要穿上校服拉出排面。只有最后排靠窗的角落里分布着一小撮"散沙"，谢澜正一脸迷茫地找英中的位置，散沙中站起来一个人。

车子明挥手："这儿！"

英中竞赛主力军昨晚都睡在了别人家，还有两人打地铺，一个个困得东倒西歪，让其他学校的人看着就觉得没斗志。他们好不容易把全市第一、第二等来，结果全市第一两手捆着绷带，带着一股浓浓的社会气息，另一个拎着一大兜零食，仿佛是来春游的。

谢澜在众目睽睽之下平静地走到最后排，一回头，发现郭锐泽瞪着两个大眼珠子瞅着他。于是他淡然举起两只雪白的胳膊。

郭锐泽："呵呵。"

桌上放着上午要讲的知识点，谢澜坐下，边吃早餐边把知识点和例题扫了一遍。

窦晟问："感觉如何？"

"还行。"

"例题有觉得难的吗？"

谢澜又翻回上一页看了眼："第四题估计得推挺久，你呢？"

窦晟舒眉笑道："我有两题不会，一题不确定，等会儿听老师讲。"

他叹一口气又感慨道："二猫好厉害啊，等会儿我要是听不懂，回家你能跟我一对一补课吗？"

"……"谢澜失去表情，"你猜。"

今天来轮课的是附中老师，男的，四十来岁，戴眼镜。"各位好，今天是省训营第一次常规训练，我是前三周的教练，来自附中数学组，姓梁。很高兴在这里看到大家，前三周我们主讲平面几何和立体几何。上次全市分级考的卷子都在我手上，我已经针对每个人在几何方面的薄弱点整理了作业，晚上结束前来找我领，白天我们重点讲梅氏定理的复杂应用。"

底下人一边听着一边翻开笔记，但梁老师介绍完情况后却话锋一转："讲课之前我先认识一下各位，附中的我都熟，三中九中之前流动监考时也看过资料，今天主要认识下英中的几位同学。"他说着一顿，抬头看向后排，"谢澜同学是哪位？"

隐隐地，谢澜在那对眼镜片背后看到了一丝炙热。前面的人纷纷回头朝他看来，沉默，严肃，窒息。谢澜只好开口道："是我。"

"好的。"梁老师微笑，"你就是那个只空了一道看不懂的题的精英生啊，幸会啊。"

不知是不是错觉，谢澜感觉"看不懂的题"那几个字被咬得特别死。他只好努力微笑："抱歉，老师，我识字确实不多。"

小教室里寂静了几秒，而后忽然响起一阵哄笑。附中那几个笑得尤其欢，郭锐泽脑袋躺在后排桌子上仰天哈哈大笑，恨不得把胃都笑出来。

唉。谢澜叹气。

梁老师自己也乐了："行，你们马老师跟我关照过，海归是吧？放心，不会给你穿小鞋。"

谢澜瞟了眼旁边肩膀一抽一抽的窦晟。

窦晟凑过来低声翻译："穿小鞋就是难为你。"

哦。谢澜只好道谢："那就谢谢了。"

一片哄笑中，梁老师又飞快认识了另外几个学生，然后迅速组织大家冷静下来，开始讲课。

省训营的老师讲课不是一般的快，知识点点到即止，关键在题型拓展。老马平时上课也是这个路子，但老马说话抑扬顿挫，谢澜能跟上。这个梁老师讲起课来语速起飞，板书也跟着起飞，粉笔头哒哒哒戳得人脑仁疼，谢澜强迫自己跟了一会儿进度之后，开始产生晕车的感觉。

中文真的难。他叹了口气，视线越过窦晟看向窗外。这会儿又开始下雨了，雨线很细，寂静无声，要仔细盯着窗外才能辨出。窗边奋着的梧桐被雨水打得树叶轻轻颤抖，谢澜对着那些树叶开始走神，一会儿想到昨天那一宿大雨，想到窦晟的过往；一会儿又想这几天连续降温，今年的梧桐会不会不开花了，他还和窦晟约好了一起去录视频呢。

窦晟抬头看他一眼，勾勾唇角没出声，继续听课。过了一会儿，轻轻撞了一下他的胳膊。

"第四题了。"窦晟轻声说。谢澜"哦"了声，回神继续努力跟上。

省训营的强度和预期差不多，有一部分题目蛮有挑战性的，谢澜虽然听力费劲，但整体还算是有收获。

午休时雨没停，窦晟出去取外卖，谢澜趴在桌上刷手机。过了一会儿，他忽然感觉头顶痒痒的，像有一根小棍在他头发间拨了拨。谢澜一抬头，眼前伸过来一部手机，自拍页面——荧幕里的他头顶竖着一把巴掌大小的"伞。"

伞是用几片梧桐叶子叠的，伞骨架就是叶梗，在顶端拧成一股，扎了根牙签头固定，伞柄则是顺下来的一根完整的牙签。梧桐叶脉清晰，窦晟两根手指捏着伞柄在他头顶，轻轻一捻，小伞轻盈地旋转起来，叶脉就像翻涌的波浪。

咔嚓。窦晟按下拍照，捕捉下镜头里谢澜怔怔的表情。

谢澜愣了好一会儿，难以置信道："你自己做的？"

"就是个小玩意儿。"窦晟漫不经心地笑了笑，把树叶伞递给他，"我初中时瞎鼓捣出来的做法，送你遮雨。"

谢澜轻轻转着牙签柄——梧桐叶应该是刚摘的，虽然擦干了雨水，但摸着还有些潮，的确像一把刚刚遮过雨的伞。他一时不知道该把这个精细的小玩意儿放哪，总怕压坏了。

"塞笔袋里就行，梧桐叶韧，尤其淋过雨的，轻易不会散架。"窦晟笑笑，"坏了也没事，我手艺在呢。四月的树叶伞是浅绿色的，六七月就能叠油绿色，秋天还能叠黄的。"

谢澜心头忽然一动，有种说不出的感觉。窗外的雨还在淅淅沥沥地下，他对着雨幕有些出神。他都快忘了，这才只是他回国的第一个春夏，后边还有漫长四季。

窦晟低声笑了笑："等叠完秋天的伞，再过两个月就是年底了。"

谢澜回神看向他："年底要干什么？"

"评新一年的百大呀。"窦晟眉目间涌起一丝明朗的笑意，"今年一定要拿。"

"一定。"谢澜下意识点头，"对了，新一期活动题目出了吗？"

"出了。"窦晟随手戳开 B 站给他看。

四月征稿：# 直击灵魂的味道 #

谢澜品了品："美食类？"

窦晟淡笑着"嗯"了声："但我要想办法拍出民族特色，占领文化内涵上的制高点。"

谢澜闻言立刻点头："你说得对，要体现出博大精深的中华文化。"

午休过后，梁老师降下了投影仪。"课堂速做速评。"他说，"每道题三十秒读题，然后我点人上来讲讲思路。"

"三十秒？"精英们大惊失色，"图都看不完！"

梁老师高深莫测地笑："那还不赶紧看，小心被我点到。"

精英们："！"

谢澜饭后困，努力撑起来，抬头看了眼出现在投影仪上的题目。图是被拼接和切割得非常复杂的 N 个多边形组成，求证三条线段间两两的比例乘积等于 1。

底下人一片茫然，车子明戳了下戴佑："这得连辅助线吧？"

戴佑戴上了那副细框眼镜，"嗯"了声："肯定得连，但我没思路。"

于扉也皱着眉："好乱啊这图。"

梁老师扫了一眼台下人："谢澜，上来比划比划。"

郭锐泽在下边说："老师，他胳膊坏了。"

梁老师一挑眉："哪只胳膊坏了？"

郭锐泽："两只胳膊全坏了，你瞅瞅，捆成木乃伊了。"

教室里又开始乐，谢澜无语地看着梁老师，梁老师也不为所动地看着他。

僵持数秒后，谢澜叹气起身道："那我试试吧。"

周围人的视线跟随着他从后排一路迁移到投影前，谢澜接过遥控鼠标，举起被捆成粽子的右手。投影仪上出现了一道粗粗的、笨拙的影子。这个绷带捆得他胳膊都要不过血了，严重影响灵敏度。他手在空中哆嗦了半天，终于把小红点定位到了想要去的 O 点，颤颤巍巍地连下来，勉强落在 B 点上。谢澜往投影前凑了两小步，怕自己连不准，于是边连边口述过程。

"连接 OB、PA，构建两个共顶点三角形。再以 O 为圆心，OD 为半径画圆，圆经过 BD，是个三等分点，假设该点为 X，最后连接三角形 DXB。"谢澜笨拙的手在图上划下一道道歪歪扭扭的线，把图画得乱七八糟。他叹了口气："三角形 DXB 就是本题的关键三角形，接下来根据上午一直在练习的 Menelaus……呃，梅，梅牛……"

底下鸦雀无声，郭锐泽声线颤抖道："梅涅劳斯定理！"

"对。"谢澜如释重负，"就是这个定理，就显然得证了。"

小教室里寂静得令人害怕。

谢澜放下手，把遥控鼠标缓缓放回讲台桌上。没跟上吗？

不知是谁带头，忽然有人鼓了两下掌，而后大家纷纷劈里啪啦鼓起掌来。郭锐泽捂着嘴，含糊道："附仇者联盟败了。"

"大佬是怎么想到做圆的啊？"

"确实显然可证了，问题是这些辅助线也太难了？"

"我愿称之为鬼斧神工！"

"我愿称之为造化弄我们！"

"直接取三分点不就行了，为什么非要做圆？"

车子明一拍桌子站起来："九中的友友们，关键不是三分点，是圆跟 BD 的交点，交在几等分不重要，重要的是找到这个点，这个点，就是宝藏之门的钥匙！"

谢澜面无表情地站在台上，被他一通浮夸表演给恶心到了。

许久教室才消停下来，梁老师叹了口气："有不做圆的方法，但比做圆复杂很多……这个圆确实亮瞎人眼……你怎么想到的？"

"就……"谢澜被问得有些发愣。连辅助线这种事，难道不是纯凭直觉？

他茫然地回头看着投影，试图总结出一条思路来。

"算了算了。"梁老师挥挥手，"回去吧，数学思维这种东西啊，真是有就有，没有就没有。"

郭锐泽在下边小声道："不许骂人。"

梁老师道："大家先记一下这种解法啊，半分钟后我换标准答案。"

底下安静下来，大家低头开始笔记，谢澜安静地走下台，路过梁老师，梁老给他比了个大拇指。

"你们老马真是捞到宝。"他低声叹道。

终于熬到晚上八点下课，谢澜已经坐得腿都麻了。

外边雨停了，潮乎乎的空气却很清新，深吸一口气灌进肺底，让人觉得舒爽了不少。

回家车上谢澜才掏出手机，随手点开窦晟的微博，一呆。"你发什么了？！"

开车的小马从后视镜偷偷瞟了他们一眼。

窦晟笑道："被你解题的英姿震慑，忍不住拍了个小视频让大家开开眼界。"

视频是窦晟偷拍的，摄像头刚刚露出桌面，以一种仰视的姿态。短短三十秒里，谢澜面色从容，举着木乃伊一样的胳膊，笨拙而淡定地连着辅助线。与他的淡然相对的，是底下二十多个于寂静中微微颤抖的后脑勺。

视频标题——《不会解竞赛题的战损小提琴手不是好猫猫》。

谢澜："……"

这个标题他怎么看不懂啊。底下已经有了上千条评论。

【澜崽手怎么了！战损？！】

【别慌，看正文啊，豆子不是说了吗是整蛊。】

【这个辅助线连得好帅！本竞赛生热血沸腾！】

【可恶啊，豆子干吗不发小破站，帮澜崽涨涨粉！】

【没看出来是豆子偷拍吗】

谢澜无语道："你上课很闲啊。"

"一般吧。"窦晟心满意足地刷着评论，"在你瞬间想出这种神级解法的同时，我也瞬间想出了笨拙的标准答案解法，刚好有空给你录像。"

谢澜强忍着没翻白眼："下一个视频怎么拍想好了吗？"

窦晟笑呵呵地"嗯"了声。

"已经有想法了？"谢澜一下子来了精神，"打算用什么形式，吃播？ASMR？或者做饭视频？"

"你说的那都太普通。"窦晟漫不经心地打了个哈欠，胳膊肘挂着车玻璃，"要做，就要做到最好。既要体现出民族崇高的格调，又要做出一流的节目效果。"

谢澜闻言有些动容。

"有这种上进心就已经成功一半了。"他真诚点头，拍了拍窦晟的腿，"百大，今年一定！"

周末晚八点刚好是车流高峰，路上有点塞车，到家都九点多了。谢澜一进家门就找剪子把绷带拆掉，胳膊总算是解放出来。他一回头才发现窦晟没跟进来，而是站在门外拆快递。一个大纸盒箱，窦晟边拆边问小马："我妈还没回来啊？"

小马道："赵总有个急的商务要谈，周三回来，怎么了？"

窦晟"哦"了声："没事，等她回来要帮我找个人。"他一边说着一边豁开了胶带，打开箱子，哗啦啦地抱起里面的东西。谢澜站在楼梯上又回头瞅了一眼，是黄色的袋子，应该是吃的，但不知道是什么。

窦晟路过时，谢澜看见了名字。三个字，第一个字不认识，X大王。

谢澜一蒙："这是什么？"

"螺大王"窦晟说，"就一点小零食，你没吃过。"

"哦。"名字有点土，谢澜提不起什么兴趣，"我洗洗睡了，有点累。"

"嗯嗯。"窦晟头也不回地直接进自己屋，脚刚要往后蹬又一顿，脚尖把门勾回来，回头叮嘱道，"洗澡小心，别摔到手。"

"知道了。"谢澜打着哈欠回屋。太困了，昨天折腾一宿，今天又坐了一天，累趴了。胳膊上的伤早就不疼了，只剩下一点白白的肿，他严重怀疑是绷带给捂的。谢澜洗了澡倒在床上，原本还想再看看窦晟偷拍他的那条微博，但还没戳开视频就睡着了。

人在很累的时候，睡得也很沉。昏昏沉沉不知过了多久，他好像又梦见了窦晟。但这回的梦没有画面，只有声音，窦晟象是在刻意压着嗓子，用气声说话。

"他现在睡着了……今天特别累，他睡得很沉，我们开始挑战。"

"能看到吗？我把碗架高点。弹幕不要笑，这可是广西非物质文化遗产，我们今天测试的主题是，祖国血脉对于海外游子的召唤力究竟有多大，螺蛳粉究竟能不能唤醒梦中的他。"

"好的，我准备揭开盖子了。"

什么东西乱七八糟的。谢澜不耐烦地翻了个身，想要把这个刚刚冒出尖的梦给掐断。很奏效，说话声果然停了。他正要继续安睡，鼻翼忽然动了动。

什么味道？？？

说酸不酸，说臭不臭，存在感非常强，象是什么东西捂了很久后发生了一些妙不可言的化学反应……那股味道越来越浓、越来越冲，谢澜闭着眼睛琢磨了一会儿，忽然意识到不妙。不会是他的胳膊吧！

身后忽然传来一声熟悉的叹息，一个低低的声音说："这都不醒啊，小可怜，累坏了。"

谢澜猛一回头，睁开眼，只见黑暗中一个人影坐在他床上，旁边还有一个角度诡异的小型打光灯。

"Oh my……"心未动，脚已远，谢澜人还没反应过来，下意识一脚朝坐在他床上背对着他的某人踹了过去。

咣当一声！盛着满满一大碗诡异"米线"的东西从窦晟架在床边的小马扎上撒了出去，窦晟人从床上摔到地上，一碗汤淋淋漓漓地顺着地板蔓延，他以不可思议的敏捷往旁边飞快挪了两步，没让汤浸湿他的睡衣。

谢澜心跳如雷，震撼道："干什么呢你？！大半夜的！"

窦晟像是抻到了哪里，嘶哈地从地上抢救起了相机。

他对着相机，表情痛苦了两秒，又忽然狂笑起来，边笑边咳嗽着说道："非物质文化遗产唤醒华夏血脉成功，耗时 1 分 19 秒，各位我先关机了，脚腕好痛。如果你还喜欢这个视频的话不要忘记给我转发评论多多弹幕，以及最重要的是一键三连，我们下期再见，拜拜！"

"……"

谢澜沉默地掀开被子。今晚他和窦晟之间必有一死。

"小心脚下！"窦晟挣扎着起身拍亮屋里的灯。光线骤亮，谢澜下意识闭眼回避，脚只离地几毫米，勉强刹住了车。过了好一会儿，他才缓缓睁开眼，看向脚下的地板。

"……"

他愿称之为人间惨象。一碗螺蛳粉基本把床这一侧的空地都洒了个遍，有汤有料，红的黄的绿的黑的白的搅和在一起，令人叹为观止。

深夜吃播叫醒这类视频在油管上也很常见，基本都是情侣或室友间做的，谢澜之前也看过不少，但如此硬核的，他还是头一回见到。头一回见到，并有幸出演。

趴在枕边的梧桐站了起来，粉嫩的鼻子快速嗅了嗅，猫身一僵。而后，谢澜清楚地看见它哕了一下，扑通一声跳下床，贴墙边迅速离开了这个恐怖的房间。

直到猫影消失，他才从蒙掉的状态中回过神。

窦晟就站在床前，一脚就能踹到的位置。"窦晟！"谢澜回神即怒，一把薅向窦晟的衣服领子，"你是不是非要打一架！"

"哎！"窦晟被他薅了个猝不及防，惊叫道，"我没站稳！"

晚了。谢澜压根没想到他重心全在一只脚，这一拽，咕地一声，两人全摔床上了。

窦晟赶紧瘸着往旁边挪了一步，咳了一声，低声道："不好意思啊，我刚脚崴了一下，没站稳。"

屋里有种令人尴尬的沉寂。

过了好一会儿，谢澜大脑才恢复工作。"脚崴了？"他坐起来看向窦晟的脚腕，"没事吧？"

窦晟摇了摇头："我脚没事，你胳膊没事吧？"

"胳膊？"谢澜下意识看向自己"重伤"的胳膊。

屋里安静了一会儿，而后窦晟轻轻勾了勾唇角，谢澜瞭见他的表情，嘴角也跟着动了下。窦晟先笑出了声，谢澜无奈叹气，也跟着乐了两声。

"你绝对是有病，赶紧去医院看病，让那个大夫把你的脑袋包一包。"谢澜咬牙切齿，"还有，等着啊，这两天睡觉小心一点。"

窦晟唉了一声："我也没想到能把你吓成这样，你先别动，我收拾一下地板。"

他说着就一瘸一拐地走了出去。等他走了，谢澜脸上的笑容才消失，坐在床上开始放空。

窦晟很快就回来了，左手拎着拖布，右手拎着水桶，睡衣脱了，也只剩下一件和谢澜一模一样的黑背心。他一瘸一拐地过来，把水桶往地上"咣当"一放，先用塑料袋套手把垃圾抓走，然后俯身开始拖地。窦晟平时也算个大少爷，但干起活来一点都不拖沓。

谢澜的视线落在窦晟明显没怎么施力的那只脚上："你放着，我来吧。"

"不用。"窦晟立刻摇头，"崴一下没多大点事，你胳膊金贵，算了吧。"

谢澜只能呆在床上，看着他拖了一半的地，又拎着桶出去换水。

隔壁卫生间里水声哗啦啦不断，谢澜头脑有些蒙，下意识戳开手机。

B站首页左上角推的第一个视频是公子夜神的，打了活动征稿的tag，视频标题是《我精心做了一顿饭，却惨遭暴打》。这种标题噱头十足，视频数据表现也不错，才发出来四个小时，播放量已经快到20万了，算是夜神近期数据表现最好的一条。

隔壁水声停了，谢澜又把手机塞回枕头底下。

窦晟拎着东西回来，把桶一放，边继续拖地边说道："对了，这种整蛊视频你之前看过吗？"

"嗯。"谢澜幽幽地看着他，"但我没有演过。"

窦晟乐了两声："这种视频其实不好做，人的自然反应很难控制，像刚才这样，你比我预期的更早醒来，反应也更强烈，瞬间就把气氛拉高然后结束了。虽然节目效果不错，但是撑不起来一个完整的视频。"

谢澜心神不宁，听不太进去他说话，只是看着他的侧影出神。

窦晟用拖布当拐棍撑在地上，继续道："要不我们干脆拍个有脚本的吧，你在我吃到中途醒来，按照脚本去表演。假不假无所谓，等正片播放完毕，我们再把刚才的真实反应放在结尾，直接跟大家说前面是剧本，后面是实际，你觉得怎么样？"

谢澜听得有点发愣："你还要用刚才的素材？"

窦晟道："你不想留着吗，还是说，你介意睡姿出镜？"

谢澜犹豫了一会儿："反正觉得……有点怪，想想别的方式吧。"

"那也行。"窦晟有些惋惜地叹了一声，又笑道，"那就留着自己看，我回头做得精美一点再发给你。"

谢澜："……不用这么客气。"

窦晟边拖地边乐，拖到窗边，随手打开了窗。

今晚天气很平和，甚至有点闷，一丝丝风都没有，起不到什么透气的效果。

窦晟瞟了眼窗外啧声道："这屋味儿太冲了，今晚去我屋睡吧。"

啊？谢澜下意识地飞快拒绝道："我就在自己房间就行，没觉得臭。"

或许是他拒绝的语气有些急，屋里一下子有点安静，生出一丝微妙的尴尬。

窦晟顿了一会儿，才低声说了句"那也行"，低下头继续拖地。

谢澜回头看着他，发现他那只崴到的脚在地上踩实了，飞快拖完一轮，拎着桶又回屋换了桶水，回来又从头拖一遍，直到地板上没有任何污渍，甚至因为一层水光而有些锃亮，映出他高瘦挺拔的身影。

窦晟拎起水桶道："那这个视频我就换个方式拍了啊，你好好睡觉吧。"

他回自己房间拎上一袋新的螺大王，拿着另一台相机往楼下走去。

谢澜愣了愣："非要今晚拍吗？你要拍什么？"

"吃播。"窦晟回头笑笑，"无声吃播，有一点点情景感的。你别说，我也是刚才想到这个选题，就叫'深夜拖地劳改少年无声嗦粉'，有很多吃播观众就喜欢看这种不说话低头狂吃的，说不定还能吸一波新粉。我小点声录，你睡你的吧。"

不知为何，窦晟明明是笑着的，但谢澜却觉得他情绪有点微妙的低落。因为他话变多了，尤其是解释的话变多了。窦晟平时说话偏短句，除了怼人或谈心，很少会一下子刻意地说这么多。但窦晟的情绪具体低落在哪，他又说不好。

"对了。"窦晟像是忽然又想起什么，"你屋还是得散散味儿，如果不愿意来我房间睡的话，可以找间别的客房，家里另外两间客房都是干净的。"

谢澜愣了愣，许久才"哦"了一声。

窦晟低头摆弄三脚架，似是漫不经心地问道："我再煮一包，你要吃吗？尝尝吧，螺蛳粉真的是广西非物质文化遗产。"

"不尝了。"谢澜下意识道，"我就看你录视频就行。"

窦晟笑笑："也行，反正我给你留一点吧。"

厨房里很快响起烧水声，谢澜看他熟练地把相机三脚架架在锅边，换了几个不同的角度拍水逐渐沸腾，等水沸腾后下粉，抖开，给特写，手持相机三分钟后又关火捞粉，另起一锅烧水，把调料丢进去，将粉过水第二遍。

窦晟煮粉的一套流程很熟练，最后转身丢垃圾时，谢澜发现他有两包料包没放，直接就扔进了垃圾桶。锅很快沸腾起来，热气弥漫，窦晟把螺蛳粉端到桌面上，用一个盒子抬高，又把相机拿来架好。机位很近，他没对镜头说话，甚至没有看镜头一眼，只是专心吃粉。

刚出锅的粉应该很烫，但窦晟完全不介意，收音器别在背心领口，他端碗呼噜噜地喝汤，又潇洒利落地嗦粉。这个年纪的男生吃起饭来最是不拖沓，还很有煽动性，让人看着都觉得饿。

谢澜下意识吸了吸鼻子，这次煮的粉好像一点臭味都没有了，只有鲜香。大半夜的，甚至有些诱人。

约莫三五分钟后，窦晟长吁一口气，起身从冰箱拿出一罐冰可乐，一瘸一拐地回到镜头前，单手拉开拉环，"嘭"的一声让二氧化碳涌出，仰头咕咚咕咚灌了下去。一罐可乐喝完只花了十来秒，而后窦晟随手捏扁了易拉罐，舒适地打个气嗝。他冲镜头抬了抬下巴，可乐罐放在桌上的一瞬，另一手利落地按下了停止键。

一个视频，不说话，运镜随意，但情景感十足，还很有少年气。

"就这样了，收工。"窦晟打了个响指，起身把碗筷都捡到洗碗机里，"你睡吗？"

"睡。"谢澜回过神，顿了顿又说，"我在这坐会儿，等屋里散散味，你先睡吧。"

窦晟闻言似乎想劝他，但欲言又止几次，最终还是只说道："那你早点上去啊。"

"嗯。"窦晟走了，厨房里静悄悄的，谢澜忽然觉得有些孤独。他下意识抬头看了看天花板，走到锅边把窦晟给他留的半碗粉盛了出来，掏出手机边吃边勉为其难地戳开公子夜神那个视频。

螺蛳粉的味道跟想象中不太一样，窦晟扔掉的应该是臭臭包和辣椒包，现在少了那种臭味，螺蛳粉本身还挺好吃的。汤汁很鲜，粉也筋道，比西门外的米线和米粉都要特别。他一边吃着，一边把夜神视频的进度条往后拉，找到关键镜头，看一会儿，又往后拉。

平心而论，夜神这个视频的节目效果确实做得不错。他花不少钱去进口超市采购了生火腿、黑松露那些食材，又用了很诡异的调料，做了一桌黑暗料理给他爸妈吃。创意很普通，但调动观众情绪很厉害，单就结尾被暴揍的半分钟而言，起码做到了纯粹的喜感，挺好笑的。

谢澜把视频挑拣着看完，对着面前的空碗和手机长叹一口气。要是这样的话，窦晟这个纯吃播视频，估计会被压。那怎么能行呢？

凌晨三点，整个房子都安静下来了。楼上楼下没有任何声音，二楼两间卧室的门缝下都是一片漆黑。

但谢澜没睡，他开着台灯坐在桌前，桌上摆着窦晟落在他房间里的那台相机，另一端连着 iPad。iPad 也是窦晟的，白天放在他书包里了，这会儿刚好拿来用。

平板计算机自带的剪辑软件很一般，没有鼠标操作更麻烦，但好在刚才那个素材只有 90 多秒，即使是精剪也没多大工作量。

谢澜做得很用心，窦晟刚才的吃播有一种静中取动的场景美，还有股脱离于生活的寂静，那么作为结尾的彩蛋，这个视频自然是反差越大越好、气氛越爆笑越好，这样大落大起的情绪才能直接拉爆节目效果，把隔壁单纯搞笑比得什么都不是。

谢澜的手指飞快地在荧幕上动着，像拉小提琴一样灵活。他挑选了活泼搞笑的 BGM，又在里面混了几个有提示效果的铃铛，分别加在自己两次翻身的时刻。而等到自己最终醒来、回身暴起时，他给自己和窦晟加上了大头特效，在泼洒出去的螺蛳粉上描了一圈白边，加上放射状的强调线，随着螺蛳粉一寸一寸地下落，重新推拉视频节奏，最终做成了两分钟的彩蛋。一切都搞定时，已经快四点了。

谢澜伸了个懒腰，索性进浴室里洗了个澡。热水洒在身上，他站在花洒下又有些放空。其实他也不知道自己是怎么回事，绝对不是因为窦晟的整蛊真的生气，而是本能地希望窦晟的视频内容和公子夜神的不同，差异越大越好。

前几天刚刚背到一个成语叫什么来着？对，瓜田李下。同选题同类型的视频，容易被人说。但是，窦晟坚持做自己想做的内容，又有什么错。

谢澜把头发吹干，从浴室里出来，拿上那个 iPad。想了想，又抱上自己的枕头。

来意昭昭。

"4：30"。

谢澜站在窦晟房门口，看着那个"今日营业结束"的牌子，犹豫了一下，用很低的声音试探着问："睡了吗？"

屋里几乎瞬间响起回复："没，怎么了？"

听声音异常清醒，简直比刚才来他房间里偷录视频还清醒，是完全没睡的样子。

谢澜愣了一会儿，窦晟在里头又问："螺蛳粉吃完了？不够？"

哈？谢澜有些蒙，恢复正常音量道："我不吃螺蛳粉。服了，你没睡吗，那我进去了？"

屋里没回应，谢澜正要推门进去，里头传来窦晟从床上下来的声音，几秒钟后，门一开，窦晟和背后的月光一起出现在门口，低声问道："怎么了？"

"我失眠，屋里臭得我睡不着，所以还是决定过来找你挤一挤。"谢澜直接撞开他从门口挤进去。

窦晟仿佛僵在了门口，过好半天，才又缓缓把门带上。

"你不是说不过来睡吗？"他话是这样问，但结尾的语气却有些向上扬。

谢澜没理他，直接把枕头往床上一扔，"嘭"一声。

他带着枕头蹭到床靠窗那一侧，拍了拍身边道："我觉得刚才的素材还是可以用一用，剪出来了，你可以放在吃播最后，观众们都喜欢前后情绪不一样的东西。"

"剪出来了？"窦晟的表情有点蒙，"不是不想用吗？"

"又觉得也能用。"谢澜随手把 iPad 往他枕头上一丢，"看看。"

他说着扯过被子盖在身上，躺下打了个哈欠道："不用太感谢。"

窦晟好半天都没说话，低头把素材看了两遍。

"怎么样？"谢澜问。

窦晟"嗯"了声："特别好，特别成熟，直接拼上就能用的那种。"

谢澜闻言忍不住挑了挑唇，又小声问："那你困不困？"

"不困了。"窦晟叹气，"好家伙，我本来以为今晚这一摊最多半小时收工，没想到搞出这么多事情来，你也跟着折腾了一宿。"

谢澜顿了顿，小声建议道："那你要是不困，要不现在把视频剪了？"

窦晟："？"

谢澜犹豫一会儿又说："投稿要抢时间……基本职业要求。"

窦晟拿着平板计算机愣了好一会儿，抓住了关键字："抢时间？别人先发视频了？"

他说着戳开 B 站，首页左上角的推荐仍然是夜神的视频，窦晟挑了下眉，随手点开。他没开声音，荧幕上只有公子夜神在表演哑剧。窦晟神色平静，看几秒就往后拉一段进度，看几秒，再拉一段，几乎和谢澜刚才关注的节点完全相同，没一会儿就把视频拉完了。

谢澜说："这个确实好笑，但从开始到结束，情绪是一样的，我觉得只要你……"

窦晟忽然笑了笑："没事。"

谢澜一顿："什么没事？"

"原来如此，我说呢。"窦晟把平板扔开，眸中漫出一丝淡淡的笑意，"这次投稿就发我刚才录的那个吃播就够了，没必要为了较劲而加上你不愿意加的素材。虽然我和夜神一直在争杂投类 UP 第一的位置，但也不用每个视频都和他咬死，更何况，我早就赢了。"

他说着倒下去，低低道："从很早之前，我就已经赢了啊。"

第二十一章

挂 宠

刚刚躺下没多久，谢澜身后的被子忽然一掀，窦晟起来了。

"有点热，睡不着。"他说，"我决定听你的，把视频剪出来。"

谢澜心里不自觉地如释重负："那我和你一起。"

"不用。"窦晟摆摆手，"你睡你的，我不出声。"

外头的天色已经依稀有些亮光了，窦晟又去冲了个头发，然后带着一头薄荷味四溢的水汽坐在计算机前，用一块外接触控板代替鼠标，开始熟练地剪起视频。

谢澜其实也不怎么困，他躺在床上，看着窦晟面前那块巨大的曲面屏。

时间轴滑动，一帧一帧鲜活生动的表情快速穿插，有时刚好卡在窦晟表情狰狞的画面，窦晟就用气音低低地乐两声。其实光看他这个人，看他的作品，很难想象他经历过什么。

谢澜躺在床上看着窦晟的后脑勺，忽然想起之前在车子明奶奶家，窦晟说的人都会遇到属于自己的光，那么，将他从那段黑暗的过往中拉出来，让他重回正轨的，就是他的光吗？

天快亮时，窦晟的视频剪到尾声，他在椅子上伸了个懒腰，椅背随着他的动作向后倒，他脖子垫着颈枕用力向后伸展。

谢澜意识有点迷糊，恍惚间觉得窦晟像一只慵懒而优雅的大猫。窦晟那半边被子不知何时已经被他搂在了怀里，他俨然已成了那张床的主人，抱着被角困倦地嘟囔着："你还是把那个彩蛋加上吧，你录都录了，我剪都剪了。"

"唔？还没睡啊。"窦晟椅子转过来，"其实不为了和谁比，单从视频产出质量来说，有一个反转小剧场确实更好，但这事真的看你意愿，别勉强。"

谢澜困得不行："加。让你加你就加。"

窦晟笑着捏了个响指："遵命。"

他又把椅背转过去，开始导 ipad 里剪辑好的素材。谢澜看着他的背影，忽然说道："我让你加这个素材，换你一个秘密吧。"

窦晟落在触控板上的手指一顿，回过头："什么秘密？"

谢澜琢磨了好一会儿，低声问："你之前说过的光，和你那个单方面的灵魂知己，是一个人吗？"

房间里安静了一会儿。

窦晟没有立刻答，谢澜还以为戳到了他不愿意说的事，正要改口算了，窦晟就低声道："是啊。"

是啊。虽然隐隐就有这种预感，但听到答案后谢澜还是觉得心中有点复杂的感觉。

窦晟已经把彩蛋拖进原来的视频序列了，软件加载中，他随手摆弄起桌上的一片小圆镜。巴掌那么大，有一个小小的底座。窦晟修长的手指掰弄着那个底座，过了一会儿才把它放下。

谢澜一抬眼，看到了镜中的自己，而后又看见镜中的窦晟。他们在镜子里对视了数秒后，窦晟勾起唇角笑了笑，随手把镜子往旁边一推，继续操作视频。那个小圆镜这回就只正对谢澜了，镜中的谢澜头发有点翘。

窦晟仍旧用平日那副漫不经心的语调说，"下次你对我有大恩，我还可以告诉你那个人是谁。"

"好啊。"谢澜下意识说。但他对着镜子里的自己走了会神，又道，"算了，这是你的秘密，我没那么想知道。"

一个周末过得兵荒马乱，到了小马来接人返校时，谢澜才意识到窦晟脚腕处的崴伤好像没那么简单。明明刚崴时没什么异常，但等两人睡了一白天，下午醒来时，窦晟的脚就肿了。从脚踝骨到脚腕上段，又红又肿，碰一碰，肿起处的皮肤还有点烫。

小马给窦晟喷了药，看着单腿满屋蹦的窦晟，一脸愁容。"要不今天请假吧，给澜澜也请，我俩陪你去医院拍个片子去。"

窦晟摆手道："用不着，这种伤我比你有数，就是崴狠了没及时上药又一通折腾，搞大发了，这种养一周就好。"

谢澜光是看着他拖着红肿的脚满屋蹦就觉得头大："去医院吧，问问大夫怎么说。"

"大夫和我说的一样。"窦晟终于蹦到了冰箱前，把空瘪的书包敞开到最大，边往里塞吃的边说道，"我小时候总跌打损伤，有经验，放心吧。"

小马又问："那我给你搞个拐棍去？"

"不用。"窦晟单腿朝谢澜蹦来，胳膊一抬，熟练地找到了谢澜的肩膀。

窦晟笑道："我相信谢澜小朋友不会放着残疾儿童不管的。"

谢澜："……"

从学校西门外到教学楼，窦晟一路都挂在他身上，仿佛一个形影不离的挂宠。右手搭着他的左肩，脚下一跛一跛地慢慢走，回头率极高。上楼梯时要更吃力一点，不仅要搭着肩，还要拉着一只手，谢澜走上一个台阶，回头牵他，把他牵上来，再上一个台阶，循环往复。从进校园到进班级，这段路程足足走了二十多分钟，走到全年级的人都知道学年第一"重残"，靠着他那海归同桌勉强维持"智人形态"。

但谢澜也不能说什么，因为他能感觉到窦晟是真的疼，尤其上楼梯的时候。

有时候他拉着窦晟的手，能感受到那只手轻轻地颤抖，站在窦晟上面一个台阶时，偶尔还能看到他颤抖的睫毛。

"昨天怎么能崴成这样啊。"谢澜坐回座位上忍不住发愁。

车子明回头惊讶道："到底咋了，你不是跟谁打架去了吧？"

窦晟看他一眼，又幽幽地瞟向一边。

谢澜头皮发麻："好吧，虽然某人死有余辜，但我也不会弃之不理。"

"噗——"刚过来的戴佑一口咖啡浇灌了车子明一头，在车子明震撼的视线中慌忙扯纸巾给他擦脑袋，说道，"死有余辜，好狠的一个词啊。"

窦晟笑笑："应该说死得其所。"

"你俩到底打什么哑谜呢？"车子明反应了半天，对着谢澜一愣，"让你给搞的？"他立刻把语文书卷成筒搁在耳朵上，"少侠好狠！豆子怎么惹你了，愿闻其详。"

谢澜脸色麻木："不堪回首。"

"对了。"窦晟笑起来，在谢澜手背上弹钢琴似的点了点，"这个成语用对了。"

课间时间，窦晟在谢澜桌子上拍了拍，"上厕所，陪我去啊。"

谢澜麻着脸把笔放下："上节课间不是刚去过吗？"

窦晟叹气："水喝多了。"

车子明在前边摇头晃脑地说道："孩子尿频尿急尿不净，多半是废啦！"

话音刚落，窦晟伸出那只好看的爪子一把抓住他的帽子，他又立刻说："我说我自己，我总起夜还尿不净，我体内有毒！"

话音刚落，趴着的于扉嫌恶脸往边上挪了挪。

一码归一码，这个厕所，谢澜还是得领窦晟去。

其实每次窦晟喊他去厕所时，也不用谢澜真的干什么。他似乎只需要做好拐棍的本职工作，把主人护送到厕所门口——要面子的主人一般会让拐棍在门口待命，自己扶着墙一瘸一拐地进去，等出来时再劳烦拐棍把他送回去，一来一回都这样，乐此不疲。

他也知道窦晟没有刻意为难他，比如上厕所这种事，窦晟一般每天找他三四次，算非常合理的频次了。与其说他是窦晟的人肉拐棍，倒不如说窦晟强行把自己变成了他的挂件。具体表现就是一个字，跟。他走去哪，窦晟都要顽强地跟到哪，受伤前几天，那条胳膊好像就长在他肩膀上了。后几天脚稍微能活动下，窦晟去哪又都要抓着他的胳膊，一副心酸表情。

窦晟美其名曰"跟着你不是为了跟着你，而是为了我想上厕所的时候你一直在"。

听听，是人话吗。

体育课一周三节，这一周的体育课有点奇怪。窦晟脚受伤后，谢澜就陪他一起坐在食堂门口的水泥坡上看打球，或者在周围慢吞吞地散散步。散步多了，他察觉出有个女生会时不时跟他碰个照面，扫一眼他身边的窦晟就走，最初他没在意，但次数多了也强行混了个脸熟。直到礼拜五最后一节体育课，他陪窦晟绕着食堂慢吞吞地遛弯活动腿脚，三圈内碰上那个女生六回。

谢澜有点受不了了，在那个女生第七回出现时，他没有转身走开，而是定定地站在那。女生也没再故作无意地离开，直接朝他走了过来。从穿衣打扮上看应该是一起上体育课的十二班的，扎高马尾，挺白净，头发上烫了很不明显的小麦穗，显得头发很厚一把，鹅蛋脸小小的。

她上来就对窦晟笑笑："学神，我观察你俩好几天了。"

窦晟懒洋洋地一掀眼皮："嗯？"

女生说："一个礼拜了，我就没见你俩分开过。你能不能自己一个人走两圈啊，让谢澜同学拥有两圈的个人空间，我有事情想跟他说。"

谢澜蓦然后背一僵。这个情景过于明显，是他无论在英国还是在国内，都避之唯恐不及的一幕。他下意识扫向那个女生的口袋，果不其然，口袋里支棱着一个浅浅的长方形的印子，象是卡片一样的东西。谢澜在底下揪了一下窦晟的衬衫，面无表情。

窦晟笑得很明朗："不行。"

女生立刻问："为什么？"

窦晟没吭声，熟练地一抬胳膊，谢澜余光捕捉到，条件反射似的把肩往他的方向并了并。而后他意识到自己这个条件反射，一呆。

天气很好，窦晟站在梧桐林荫道下对那个女生笑着说："不好意思啊，他已经有对象了。那人派我帮忙看着点，不要让其他人打上谢澜的主意，那我就得把作用发挥好啊。"

十二班女生听到窦晟的话后呆了好一会儿。"有对象？"她一脸难以置信，"从早到晚跟一群男的混一块，这样的是有对象？"

窦晟喷了声："怎么能说和一群男的呢，是一个，只有我，谢谢。他和我天天混一块儿，我要替他对象看着他。"

女生皱眉沉默了好一会儿，像是在衡量窦晟说话的可信度。许久，她不确定道："对象是外校的？"

窦晟没有再回答，只是含笑看着人家，直到把人家看毛了，挺不高兴地走了。

她临走前还回头，严肃地对谢澜道："我真的觉得你挺帅，想搞本校的对象可以找我，我十二班陈季娴。"

谢澜："……好的，谢谢。"

等她走远，谢澜面无表情的脸上才逐渐浮现困惑。他用很小的声音问窦晟："什么是对象？"

"……"

窦晟脚下一歪，猝不及防地笑瘫在他的肩膀上："你怎么不刚才问？能把她问到怀疑人生。"

谢澜被揉得往旁边趔了两步，执着道："是谈恋爱的意思么，你就这么给我编造了一个假的？"

"那又怎么样啊。"窦晟站直了，眼睛弯弯，随手拨弄着旁边垂下来的树叶，"难道你还真愿意考虑啊，哎，我说，你谈过恋爱吗？"

谢澜被反问住，继续慢慢地往前走。窦晟也不再追问，淡淡笑着跟在他身边，两人的袖子时不时蹭在一起，发出布料摩擦的声响。

许久，谢澜才开口道："没有。"

上中学的头两年，他满心只有交响乐团，对偶尔出现的告白毫无兴趣，后来肖浪静生病，他医院学校两头跑，这种事情就更与他无关了。

窦晟笑着"哦"了一声："那不是巧了么，我也没有。"

谢澜脚下停顿，惊讶地回头看着他："你没有？"再迟钝的人都能感觉到窦晟在年级里有多受欢迎，冯妙就不提了，入学一个多月，谢澜光是在饭堂或路上偶尔听女生偷偷聊到窦晟就有好几次。

窦晟幽幽一叹："初中不是因为我爸的事消沉了一两年么。"

"那上高中呢？"谢澜追问。

"高中……"窦晟在风里轻轻眯了眯眼，"高中也没有。我不是说了吗，我没精力搞那些，还不如做好自己的事，让知己以后高看我一眼。"

谢澜一顿，挺严肃的话题，又被窦晟岔开了。他有点无语，叹了口气："你还是现实点吧，那人真的知道他自己是你的知己吗？"

"暂时还不知道吧，等我有一半的把握，我就去对线。"窦晟百无聊赖地打了个哈欠，随手掏出个东西塞在谢澜手心里，"走吧，快下课了。"

谢澜本来打算阻止他去和异国明星社交的这种荒唐想法，但却被手心里圆圆硬硬的触感打断了，低头一瞅，竟然是窦晟桌子上那片小圆镜。

窦晟总喜欢揣些零碎的小东西，时不时就塞给他一点，之前就送过梧桐叶、巧克力豆、硬币什么的。

谢澜有点无语，掀开镜子看了自己一眼，"能不能不要总带些乱七八糟的东西，每次都要塞给我。"

"好东西才给你呢。"窦晟笑着啧了一声，"你不识货还怪我。"

窦晟的螺蛳粉视频一直到周五晚上才发出来。谢澜起初以为他只是磨蹭惯了，回家后点开视频才发现窦晟又加了别的东西。

视频片头是一个纪录片片段，画面是一片深山竹林，BGM 悠扬闲适，一个不疾不徐的男声旁白道："从中国东部的浙江，一路向西南 1500 公里，就走近柳州盛夏的竹林。阿豆是广西人，他的竹林里生长的是大头甜笋。"

画面一转，转向男人劈竹笋的镜头，然而此处被窦晟改了，一个简陋的手绘火柴人覆盖着视频中原本男子的位置，一下一下劈砍着竹笋。配音也变成了窦晟那口不伦不类的方言——"漏（六）月宗（中）旬，到走（九）月宗旬左右，则（这）个时间是夺笋滴（的）时间，最细腻滴最 len（嫩）滴足（竹）笋。"

弹幕全都是问号，谢澜人都傻了。

而后画面忽然转黑，漆黑的荧幕上映出谢澜目光涣散的神情，几行字缓缓浮现在他的脸上——那一天，劳改少年阿豆，深夜，拖着残疾的病脚做完家务。他迫不及待地用刚夺的笋为自己烹制了一顿美味的晚饭。

【笑死了，广西种笋专业户阿豆】

【豆子脚咋了】

【舌尖上的中国续集之舌尖上的豆子】

【导演拳头硬了】

画面一转，一条狭而长、两边皆虚的走廊，尽头是一片刺眼的白光。耳机里传来窦晟低低的喘息，他穿着一件满是灰尘的白 T，双手插在运动裤兜里，一瘸一拐地缓缓走进那道光——

嘎吱一声门开了，BGM 顿时欢快起来，拼接回了那晚他煮粉的时候。

【这种搞笑视频我竟然被背影杀到了】

【豆子刚才有点东西】

【瘸了？战损豆？】

【从后面回来的我要笑死了】

【这条走廊好有感觉】

谢澜面无表情，甚至只想冷笑。以为把两边墙体虚化他就看不出来了吗，这是宿舍走廊，尽头那道光右手边就是厕所。也就能骗骗粉丝。

整个煮粉、吃粉的片段没搞太多花活，但谢澜也是第一次看到剪辑版。窦晟的镜头语言很厉害，把一开始煮粉的熟练和焦急，再到少年闷头嗦粉时无声的满足全都拍了出来。家里灯很亮，但镜头里的人和环境都太静了，静到碗筷碰撞的每一丝声响都很分明，深夜食堂的情景感一下子就拉满了。

谢澜是看着他拍的这个视频，那天晚上他有点低落，就架了一个机位，半数时间还是手持，但从头到尾一气呵成，没有为了换角度而重拍任何一段，整个视频就是两个字，丝滑。

【饿了】

【现在就下单】

【我好喜欢看男孩子吃饭】

【单手开可乐绝了】

【啊啊啊听见二氧化碳在他喉咙里升起来的声音了！】

谢澜看着视频，仿佛无意识地拖动进度条往回倒退了一点，把弹幕暂时调整到四分之一屏，露出窦晟的喉结。窦晟的喉结确实很好看，很突出，又没有过分的尖锐感，在那层薄薄的皮肤下滑动时生命力十足。

弹幕调整到四分之一屏后，反而出现了几条刚才被漏看的。

【这一碗粉是不是有点少？】

【我也觉得，像没盛完。】

【他是不是留了一点……等等！给 em 的吧！】

【这个视频难道没有 em 出镜吗？有点失落】

【从后面回来的我只想哈哈哈】

谢澜已经预感到接下来会是什么样的弹幕了，他头皮发麻，但还是很手欠地把弹幕开回了"不限"模式。

在窦晟放下可乐罐的一瞬，镜头一黑。

谢澜心里一紧，来了。

果然，BGM 消失，画面突然变得诡异。乌漆麻黑的走廊里，镜头很晃，窦晟胳膊下夹着打光灯，一手端粉，另一手拿相机，鬼鬼祟祟、哆哆嗦嗦地进了谢澜的房间。

弹幕直接笑飞，"哈哈哈哈"四个字触发了超级弹幕条件，巨大的"哈"字引领着一片小"哈"在荧幕上奔腾而过。

【原来是这个夺笋】

【消夜（划掉）断头饭（对勾）】

【他迫不及待地用刚夺的笋给自己做了一顿断头饭】

【看谢澜卷在被子里的身影，还不知要发生什么】

【弱小无助又有点好笑】

【谢澜：有人在我床边炖屎】

【谢澜：同为猫猫你为何吃屎？？？】

弹幕一屏一屏地滚，直到谢澜那一脚端出去，弹幕整个炸了，各种花里胡哨的方块字在荧幕上堆栈，谁也别想认出谁。

谢澜脸都笑得有点僵，不忍回顾，匆忙拉到最后窦晟那段万年不变的欢乐片尾。

【三连交了】

【投币投币】

【兄弟们不要忘记三连】

【放学看到这个我好快乐啊】

【快乐的周末要开始了，我也煮粉！】

【看过的最快乐的深夜螺蛳粉挑战！】

这个视频数据确实涨得很快，沙雕的内容更大众，前几个小时的势头甚至超过了人设视频。任何一个点赞投币都会迅速被淹没在数据流里，但谢澜还是很虔诚地给窦晟点了一键三连。退出来，又转发这条视频到自己的动态，配字很简单。

@谢澜 em：冷漠。

动态转出去，谢澜放下手机去冲了个澡，出来时那条转发下已经被表情包刷屏了。他一脚端出去那一帧被截图，配上了各种各样的文字。

【再吃屎！再吃屎！】

【莫挨老子】

【贴什么贴】

【吃我大不列颠脚】

谢澜头发都顾不上擦，边刷边笑，一会儿工夫就存了十几个表情包，再一刷新，却又发现热评的几个表情包被压了，刚刚冲上来的热门全都是"澜崽，去看首页！"。

首页？窦晟的视频刚发不久就上了首页，这个谢澜早就知道了。但他本能地觉得大家应该不是为了这个视频，于是退出动态去看了一眼。

首页横版大图，官方初夏征稿第二弹——#令人心动的音乐#

谢澜对着那张图愣了一会儿，才想起来很久之前站内运营人员来打过招呼，说要用窦晟和谢澜的形象做一期征稿海报。当时窦晟说是常规的红人待遇，谢澜没怎么在意就点头了，在那之后就没人再来问过，他也就把这事忘了。

直到这会儿看到海报。窦晟那张是人设视频里的抠图，大帅哥微微颔首，颓废淡漠地看着镜头。而谢澜那张是初夏音乐会视频的抠图，他单手搂着小提琴，另一手架着弓微微搭在琴上，眉目温和带笑。

这是一张动图海报，那两幅抠图一闪一闪，闪的时候会放大往外"弹"一下，弹起时，他们的发丝重叠，让人忽然想起车子明看小说时常嘀咕的那句话——

双剑合璧，所向披靡！

虚掩的房门忽然"笃、笃"响了两声，窦晟推开门倚在门口，笑着冲他晃晃手机。

"看见海报了吗？这次运营真有心，做得很不错啊。"

谢澜"哦"了一声，神色平淡道："动图有点乱七八糟的，这是音乐类征稿吗？"

"嗯，这个活动你肯定得跟吧？"窦晟笑着，"对了，我妈待会儿回来，问要带什么消夜。"

刚看完那个视频，谢澜现在满脑子都是螺蛳粉。

但他顿了顿后只拘谨地说道："米粉或者米线，都行。"

"啊，那还不如我自己煮两包螺蛳粉吧，不放酸笋。"窦晟说着趿着拖鞋往外走，随手把他的门一带，"别忘了把海报截图纪念啊，三两天就换了。"

谢澜嘟囔道："我没什么兴趣。"

"行行行。"窦晟的声音从楼梯处远远传来，"那我截完发你。"

人走了，谢澜才重新又拿起手机，从海报上点进了活动页面。

活动页最上面推了几个音乐区近期的热门视频，谢澜的初夏音乐会就是主推，压着音乐会前几名大 UP，然后下面才是征稿主题。

本期征稿主题：令人心动的音乐。UP 主们带话题发布投稿即可，截止时间 5 月 9 日，总人气前十皆可获得五月的创作流量扶持，前三还有神秘周边哦！

海报最下面依旧是谢澜和窦晟的动态抠图。谢澜沉稳地看了几秒，拉下通知栏，默默点击录屏。三秒后，他又按下停止，把那段小视频上传到某软件里，一键调格式导出，做成动态表情包。他随手戳开微信，给窦晟发了过去。

文艺复兴：GIF 比较高级。

窦晟在楼下煮粉，秒回一个表情包，是两只胖乎乎的猫一左一右挤着，爪握啤酒杯撞在一起。

RJJSD：干杯！

第二十二章

期 中 考

四月中旬一过，周日晚上再回到班级，猫头鹰们都不比往常欢腾了。自习铃一响，胡秀杰推开门，手里捏着一张薄薄的纸，用磁铁"啪"的一声吸在黑板上。

"这周要期中考试。大家把手头的东西都放一下，说一下这次的考试安排。"

谢澜放下写到一半的古诗文填空，抬起头。他之前就问过，春季学期的期中考试一般在四月下旬，也算是有心理准备。

"考试时间是周五，按照上次的全科成绩排考场。考试顺序是语、数、综、英，中午发盒饭，不午休，一天考完。"胡秀杰说着停顿了下，"考试是个常规考试，但我这边有一个不太好的消息，先点几个同学。"

"毛冷雪，王苟，谢澜。"被点到的都是分班考后因为数理成绩高而新进来的人。

谢澜有些不明所以地扭头看了看王苟，王苟也是一脸蒙。

胡秀杰叹气："教育局最近在抓竞赛班这件事，王校长去协调了几次，最后的意见是，重点高中可以在高三下学期之前保留竞赛班，但竞赛班学生不能有成绩短腿。也就是说，逢大考，至少要保证每一学科都及格，不然可能会面临班级调动。"

话音一落，谢澜还没过完脑子，窦晟就站起来了。

"老师，这不合理。英中从来没有因为期中考成绩调过班，而且才刚分班半学期，再调动，让被分出去的人怎么想？那分出去后还搞不搞竞赛了？"

他很少在班级议事时这么激动，胡秀杰愣了一下，而后皱眉道："你坐下，听我把话说完。"

前座的人都回头盯过来，有几个盯窦晟，但更多人是在盯谢澜。

戴佑开口道："我也觉得不合理，直说吧，像谢澜、王苟都是数竞铁拿名次的，毛冷雪物理竞赛也很有希望，咱们竞赛班的课程和作业跟别的班不一样，他们要是走了，今年竞赛英中要少拿几个奖？"

董水晶附议："校长把这件事说死了吗？没有转圜余地吗？"

不仅是几个班干部，其他同学也纷纷说不合理。谢澜有些发愣，一是对突然的变故有点茫然，二是没想到胡秀杰的班会竟然会有这么多人插话。

胡秀杰叹了口气："你们说的这些，校方都有考虑。但教育局压着，王校长已经尽可能为各位争取了。我也研究过，王苟的短板在英语，分班考84，差六分及格。毛冷雪的短板在化学，分班考57，但最近几次小考都及格了，应该还行，你们两个我觉得拼一拼都没太大问题。"她说着转向谢澜，欲言又止。

窦晟立刻问："如果要调班，规则是什么？"

胡秀杰摆摆手："具体规则倒没定，数理A和全科A不能留，其他班倒是可以按照同学的个人情况来选择。但我们次要考虑选班，主要考虑留班吧。谢澜这里，我们和校长沟通过，毕竟是国外回来的，语言有弱势，你的语文不算在这次的调班规则里。"

谢澜长长地松了一口气，有种死到临头又被人一把给抓回来的感觉。

底下的议论声也平息了下去，胡秀杰挥着成绩单说道："上周周测，谢澜理综三科都过线了，但生物不太稳。这几天你们三个都要冲一把，好不容易进来了数理A，期中考试我不希望看到任何人走，明白吗？"

底下人一起说了句明白，而后胡秀杰摆摆手让他们三个坐下了。

谢澜坐下后深呼吸了两次，把还剩下的几个古诗文填空速度填完，换成生物教材。

如果不考虑语文，他觉得自己胜算还比较大。最近几次物理都过了九十，化学一般八十出头，都不是问题。问题主要就是生物，生物一直六十左右徘徊，毕竟是从头开始补习的学科，跟那些认认字、背背单词就会的科目不一样。

整整两节晚自习，窦晟都没说什么，晚上回去往宿舍走时，他才不经意地问道："怎么样，你有多大把握？"

谢澜想了想："现在就考的话是一半一半，但如果突击四天，应该还算有希望。"

前面的王苟拧回头说："澜啊，我打算明天开始早起刷英语，你要一起吗？"

"要。"谢澜连忙点头，"这周数学不做了，每天自习加上早晨和中午，都看生物。"

王苟一个劲点头："冲冲冲！"

戴佑叹气："是要冲啊，咱寝室四个里两个不稳，我头皮都发麻。"

窦晟一路沉默着，上楼梯时他慢吞吞地落后了戴佑他们几步，谢澜也跟着落后，觉得他有话要说。

"其实，也没必要那么累。"窦晟等四下无人时开口道，"我刚仔细想过了，既然要把人调出去，等及格了再调回来也不是什么难事，校方只是被教育局拉着强行'营业'罢了。而且你不算真正意义上的有短板，主要还是时间问题，压力不要太大。"

谢澜听愣了，琢磨好久才难以置信道："你是说分出去也没事？"窦晟看他一眼，"嗯"了声："期中考分出去，期末考也能回来。"他们两个的说话声太低了，楼道声控灯猝不及防地灭了，而后谢澜转身往楼上走。

他说不出心里当下是什么滋味，感觉被背叛，但并没有确切的立场，只觉得荒唐又掺着丝若有若无的委屈。什么叫"分出去也没事"。他的书包带在身后抽到了扶手上，"当"的一声，声控灯又亮了起来。

谢澜面无表情道："谢谢你帮我分析。"

话音刚落，窦晟就在后边平静道："反正这件事你自己考虑。你要是很想一直留在四班，那就一起拼一把。要是不想太累，考试前提前跟我说一声就行。我其实在这个环境也呆得有点疲乏了，熟悉的老师、熟悉的同学，老四班的人本来就不多，出去交交新朋友也不错。但我之前没太考虑好要不要换班，这次正好随缘了。"

谢澜脚下一顿。他茫然回头："什么意思？"

窦晟没吭声，单肩挂著书包走上来，又站在他身边了。

谢澜琢磨了好一会儿："我听不明白，你能直白点吗？"

"这很直白了。"窦晟笑笑，抬手在他肩上一按，"反正咱俩还一个班呗，我答应我妈罩着你的，不拆。"

谢澜一头雾水地看着窦晟，但窦晟最后也没再解释，只是平淡地回到宿舍，洗漱完，也掏出生物书开始整理笔记。

突如其来的分班威胁打乱了一些节奏。谢澜原本计划的一场数学直播取消了，窦晟本来要抢时间出的一款新游测评也直接挂空，两个人都开始闷头搞生物。谢澜按照自己的节奏刷题，每天早上五点钟起床和王苟一起出门，王苟占据水房做英语听力，谢澜就占据这边的窗台背生物知识点。

这一周窦晟跟他开的玩笑明显比平时少了，每天晚自习前会掏出几页生物知识点给他，挺神奇的，他也没跟窦晟说过自己的进度，但窦晟好像都知道，总是能刚好给他当下最需要的知识点整理。

突击的四天过得很快，到星期五考试日，谢澜早上一睁开眼，下意识去摸枕头底下的手机，发现赵文瑛给他发了条消息。

澜澜考试加油啊！好好考，五一让豆子带你玩去。

谢澜心里一暖，困劲儿也没了，立刻回复一条：谢谢赵姨。

他回完后又把对话框看了一遍，又补了一个活泼的猫咪表情包。

其实这几天突击下来，谢澜心里感觉已经很稳了，就只差赶紧考完尘埃落定，他好让窦晟把之前答应粉丝的游戏测评补上。

下床前他又习惯性地刷了下 B 站，动态页第一条竟然是窦晟的，发表自五分钟前，是个9秒的小视频。

@人间绝帅窦_dm：#硬核高中生存实录·预告第二弹#二猫第一次紧张备考。

视频里是清晨谢澜站在窗边读生物的侧影。谢澜一侧身子倚着窗台，左手托着书，右手的圆珠笔在书上轻轻地点着，头抬起，嘴里念念有词。大概是晨光熹微，加上远端运镜的缘故，整个画面朦朦胧胧的。

评论全都是"冲啊"和"加油"，才几分钟的工夫，就已经有两三百条了。

谢澜掀开被子坐起来，才发现窦晟床上空着，他的被子已经按照要求整整齐齐地叠好，放在枕头上。

"人呢？"谢澜迷茫问。

戴佑在底下拿着水盆"哦"了声："买早餐去了。"

话音刚落，宿舍门就被推开了，窦晟两只手拎了十几个塑料袋，随手把豆浆包子茶叶蛋递给王苟，又把咖啡和三明治分给谢澜和戴佑，说道："考试日，中午的考场盒饭不怎么好吃，早上食堂人就多。你们在宿舍再看一会儿书，等会儿直接去考场吧。"

王苟当场给窦晟抱拳感谢，戴佑笑道："还有这待遇呢？"

谢澜愣了一会儿才把吃的接过来，想说谢谢但又忽然觉得有点没必要，只是点点头翻开了生物笔记。

这一看，出发的时间就稍微紧了点。

谢澜上次分班考了470名，考场排在第18考场，比1考场要往上一层。四个人跑到1考场所在楼层时距离备考铃只剩下一分钟，谢澜本来飞快说了句"拜拜"就往上跑，结果跑到上边才发现窦晟还跟着他。

备考铃响起，窦晟却还是跟着谢澜走到了18考场外头。

考场里已经坐满了人，窦晟往里瞅了眼，数到谢澜的位置，才收回视线。

他跑得也有点喘："根据你自己的情况认真答就行了，我心里有数。"

监考老师在里面催促道："你们俩哪个是这个考场的？快点进去，三分钟后发卷了。"

谢澜冲老师点了点头，又回头看着窦晟，勾起唇角。

"知道了，赶紧回去考你的。"他低声说，"要对我有点信心啊。"

"我有很大的信心。"窦晟转身腾腾腾往走廊另一头跑，边跑边抬起手挥了挥，"加油啊！"

一天六科，考完人都废了。

中午的考场盒饭是辣子鸡，谢澜不吃辣，扒了几口米饭强撑到考完试，出考场时才感觉到饿得胃疼。

外面飘着小雨，昏暗的天色笼罩着英中的楼群，校园里的路灯星星点点地亮着。

谢澜慢吞吞地从楼里走出来，远远就见窦晟等在门洞的柱子旁，他一如平常地穿着白衬衫和浅灰色长裤，散漫地往柱子上一倚，身影在夜色和路灯衬托下更显修长，在一众学生中格外出挑。

窦晟一手拄着把伞，另一手捏着个M记的纸袋，不远处车子明几个一边打闹一边吃着汉堡。

谢澜走近，窦晟象是心有灵犀似的抬起头，眼中漫开笑意。"总算出来了，饿不饿？"熟悉的低低的嗓音，一下子把谢澜从考试的疲乏中拽出来了些许，他长出一口气道："饿死了，中午盒饭好难吃。"

窦晟笑笑，伸手摸进纸袋："我就知道，喏，牛肉的，还给你买了两个香芋派。"

"谢谢。"谢澜有些急切地拆开汉堡包装纸咬了一大口。M记的汉堡只能算无功无过，但他饿过头，面饼、牛肉和芝士融合在味蕾上，这一刻竟美味得让人感动。

窦晟撑开伞，等谢澜进入伞下，和他并肩缓缓走入那雨幕。

车子明两个腮帮子塞得鼓鼓攘塞，蹭在王苟的伞下说："这一顿我愿称之为还魂饭，感谢豆子，英语提前交卷出来给大家点外卖。"

王苟一手打伞，一手拿着汉堡。包装纸里掉落的炸鸡面衣碎屑都被他吃得干干净净。"真香啊。"他不自禁地感慨，"城里的日子真好，哎，豆子，这玩意儿多少钱一个？"

窦晟随口答："没细看。"

于扉咬着汉堡说："甭跟他客气，他一个大UP，有钱。"

王苟叹气："还是学生就能自己赚钱了，真好，我能把试考明白就谢天谢地了。"

戴佑闻言放下手里的冰咖啡："你英语怎么样？"

"还行啊，这次题不算难，肯定能及格。"

聊到考试，几个人话头一转，自然而然地聊起这次的考试题目。谢澜不爱对答案，继续专心致志地吃着手里的汉堡。下小雨的晚上本来有些冷，但被食物填充的胃里却渐渐升腾起一股暖和，游走全身。一个汉堡吃完，他团起纸四处找垃圾桶，视线和窦晟不经意地一撞。

窦晟淡定地从他侧脸上挪开视线："英语考得怎么样？"

谢澜点了下头："还可以。我的短信你收到了吗？生物也挺好的，估计能有70多。"

窦晟笑起来："收到了，当时胡秀杰来巡查，没来得及回。"

戴佑在旁边问道："豆子这次考试怎么回事，我怎么感觉你有些科目答题节奏不太对？"

车子明惊讶道："啥意思？"

"说不好。"戴佑轻轻蹙眉，"我坐他后边，感觉他就数学认真答了，英语也还凑合吧，语文和理综都答得乱七八糟，好像写两笔就歇一会儿似的。"

谢澜心里兀地象是漏了半拍，下意识扭头看向窦晟。

窦晟只是笑笑："你是不是上高中后就没考过学年第一？"

"明知故问啊你。"戴佑撇嘴，"我不一直在考场上看陈舸和你的后脑勺么。"

窦晟淡然一哂："那这次第一非你莫属，考不到第一，别怪我看不起你啊。"

几个人都不说话了，戴佑蒙了一会儿才问："什么情况？"

"没，就考语文和理综的时候有点胃疼，没太认真答。"窦晟语气很淡，象是在说天下雨一样随意。

那群人这才消停下来，谢澜却觉得心里隐隐有种预感，转头瞭着窦晟。

过了一会儿，窦晟忽然笑呵呵地道："打个赌吧。"

谢澜问："赌什么？"

窦晟想了想："就赌咱俩这回总分的分差吧，我赌不超过15。"

谢澜脚下一顿，虽然早有预感，但他此刻还是被震惊到。

"什么意思？"他脑子有点发蒙，"你故意不好好考语文和理综？"

窦晟瞅他一眼，轻轻"嘘"了声："说好肯定一个班的。"

谢澜仍然震惊："可……"

窦晟淡笑着打断他："你跟我说生物的时候前三科都考完了，我做两手准备而已，无所谓的，就一个期中考试。"

谢澜无语了好一会儿，才在昏暗的雨幕中继续往前走，余光里是窦晟捏着伞柄的手。他走了一会儿才忽然意识到，伞柄并不在一条垂直线上，而是细微地朝自己这边倾了倾。

许久，谢澜才叹着气说道："你说想要换环境，但其实还是为了照顾我吧？"

窦晟脚下顿了顿，依然是那副往日里漫不经心的样子，挪开视线说："换环境是一方面，此外可能也是习惯从早到晚和你在一块了吧，一起学习一起讨论录视频，再说，分开了还怎么录硬核高中实录啊，我的百大可有一半拴在你身上呢。"

也对。还有那个见鬼的硬核高中实录。谢澜闻言一下子放松下来，继续跟他并肩往外走。

走到校门口，谢澜忽然听见窦晟用低低的声音说："已经连续下两茬雨了，每次都降温。"

窦晟说这话时，转过头看向校园里的梧桐林荫道，许久才低声说："希望今年这些树都顽强一点，一定要开花啊。"

谢澜心头一动，也随之点头："嗯，一定要争气。"

考试日放学早，到家才刚过八点，谢澜一到家就收到出差中的赵文瑛的短信，说庆祝他考完期中，给他准备了小惊喜。谢澜低头认真地措辞回复，窦晟收了伞从他身边走过："我要补恐怖游戏的直播，你要一起吗？"

谢澜抬起头："我？我很少玩游戏。"

窦晟摆摆手："主要是想用你的号播，混混本月活跃度。"

谢澜一愣："这也可以？"

"这有什么不可以的。"窦晟笑笑，"你原本的更新节奏被期中考打乱了，消失太久不好。"

他说着已经趿着拖鞋走进厨房，没一会儿，拎了两听可乐出来。估计是怕放久了不冰，全都倒进保温杯里。

谢澜忍不住提醒道："直播喝这么多可乐，不会频繁上厕所吗？"

窦晟随便摆摆手："考完试就该喝可乐啊。"

谢澜看着他潇洒的背影，忍不住撇了下嘴。很难说到底是周五考完试想放纵，还是给自己玩恐怖游戏壮胆。胆小如豆。

吐槽归吐槽，但谢澜还是登号发了条预告。其实也不全为了水时长，主要是车子明前两天提到过《纸新娘》这款游戏，据说恐怖指数拉爆，他是怕窦晟一个人玩吓死。

谢澜洗了把脸、换了身衣服出来，窦晟那边已经开直播了，观众人数陆陆续续地上来，他一边和弹幕聊天，一边有条不紊地布置气氛。

外头雨下大了，他从储藏间拿出来一只双人豆袋沙发丢在地上，把窗帘拉好，让白噪雨声笼罩着室内，灯全关掉，全屋的光源都来自两个计算机屏。现在两个荧幕都开着 B 站，光线还算充裕。

谢澜不想喝可乐，自己拿了一听苏打水上来，又扯了一个抱枕——给窦晟的。

他一进来，就见弹幕忽然变成了大片的粉红色。

【澜崽晚上好】

【澜崽考完了！】

【考得怎么样？】

谢澜坐进豆袋沙发里，"嗯"了声："考得还行，你们为什么要用粉色弹幕？"

【粉色比较衬你啊】

【看到澜崽就情不自禁地……】

【咳咳前面的注意一下】

谢澜下意识忽略了这些弹幕，清了清嗓子，拉开可乐拉环。

窦晟一边拆游戏卡带一边说道："我研究研究双人模式，你跟弹幕聊会儿。"

"嗯。"

弹幕比刚才多了不少，谢澜估计他自己产出太少，观众的好奇滤镜过重，每次出镜都有答不完的问题。

"不太喜欢粉色，不过你们随意。"

"嗯，最近中文进步很多，听我说话完全没有奇怪的吧？"

"哦，有些字词的发音确实还不太准。"

"五一前会有音乐视频出来，嗯，只能预告这么多。"

"可能会去旅行，想去离自然近一点的地方，你们有建议吗？"

"嗯，和豆子一起。"

"短期内都没有回英国的打算。"

"嗯，在这边就一直跟他呆一块。"

身边的豆袋沙发一沉，窦晟挤了过来，把手柄塞给谢澜一个。

"双人模式吧，我扮演新郎李凌峰，你扮演我的秘书。"窦晟的声音很严肃，清了清嗓子对镜头说道，"观众朋友们大家晚上好，欢迎来到人间绝帅……哦不，欢迎来到谢澜恶魔的直播间，今晚我们两个带大家玩《纸新娘》这款游戏，国产恐怖剧情解谜啊，双人模式通关大概一个半小时。"

【豆子已经开始紧张了】

【严肃＝紧张】

【哈哈哈老豆粉笑而不语】

【我很好奇，澜崽能理解中式恐怖的奥义吗？】

窦晟面无表情地拿起保温杯，咕咚咕咚灌了两口。左侧荧幕一调成黑暗的游戏页面，屋里光线顿时又暗了一倍。窦晟整个人都笼罩在阴影里，谢澜能清晰地看见他的喉结在阴影里轻轻滑动。"我开始了。"窦晟说。

谢澜"嗯"了声。游戏剧情是从新郎李凌峰赴乡下参加婚礼开始的，双人模式有点鸡肋，谢澜这个秘书就是个跟班，一路尾随着窦晟摸进古色古香的中式庭院。

根据游戏里的场景光线，这会儿应该是夜晚，庭院里一片昏暗，风吹过灌木，灌木动而无声。正前方的房梁上悬着四个大红灯笼，油纸里透出烛光，烛光却是白色的。风一吹，那些白色的烛光大幅度摇曳，地上两个角色的影子也无声地左右摇摆。

弹幕：

【这游戏有点恐怖啊】

【一进来就这么吓人吗？】

【结婚在晚上？？？】

【为什么灌木没有声音】

【你看那个影子摇的，我心脏要裂了。】

谢澜正控制着小人跟随窦晟，就感觉窦晟撞了下他的胳膊。

谢澜随口问："怎么了？"

窦晟小声叮嘱道："你害怕的话可以喊出来，我也会喊出来，不用忍着。"

"啊？"谢澜一呆，"这有什么好怕的？"

窦晟回过头瞅着他："看那些白蜡烛啊。"

白蜡烛怎么了？

谢澜顿了顿："我觉得白蜡烛还挺浪漫啊。月色，庭院，白蜡烛，多浪漫啊。"

窦晟表情倏然一呆。"浪漫？"

"啊。"谢澜顿了顿，又看着地面上两人大幅度摇摆的影子，笑了笑，"挺有意境的，让我想起最近学的一首课外古诗，很浪漫的。"

弹幕立刻道：

【什么诗？】

【愿闻其详】

【澜崽出息了？学诗了哇！】

【我要听澜澜念浪漫的情诗给我】

直播间气氛十分热烈，只有窦晟独自冷清。他麻木地看了谢澜一会儿，低声道："我能求你别说吗？我有种不好的预感。"

谢澜笑笑，清清嗓子朗声背诵："待月西厢下，迎风户半开。拂墙花影动，疑是玉人来。"

话音刚落，一个不属于他们两个角色的影子忽然从地上飘过，蜿蜿蜒蜒地飘进面前的正堂里，而后那扇紧闭的门自动打开，音响里传来陈旧而悠长的嘎吱一声。

代入感极强。

【？？？】

【谢澜你是这游戏开发组的吧？】

【我人傻了】

谢澜忍不住一乐："这游戏做的还挺符合诗意。"

他说完这话旁边半天都没动静，一扭头，就见窦晟麻木的脸疑似比刚才又白了一层，直勾勾地盯着他，瞳孔微微震颤。

谢澜挑眉："这就怕了？"

"没。"窦晟的声音听起来冷静得过分，拿起保温杯又灌了两口，"走，带你进屋。"

推开那道古色古香的房门，二人踏进正堂。一进正堂，场景比外面更昏暗了，匾额下悬着左右各四个大红灯笼，红色的光在昏暗中很有氛围。一个老头和一个老太分坐在木桌左右，桌上摆着剪刀、秤杆、玉如意，身后有一个巨大的红色喜字，一个戴着小圆帽的男司仪站在一旁。

扑面而来的中国古文化感，谢澜忽然来了兴致，在豆袋上坐直了点，用胳膊肘撞撞窦晟。

窦晟的声音很空洞："又想背诗了？"

谢澜问："你的新娘呢？"

窦晟："……"

窦晟缓缓转过头来，目光涣散。

"读题啊，纸新娘，纸新娘，新娘跟鬼有关啊，怎么可能这么快就出现。"

谢澜点点头继续看着荧幕："哦。"

余光里窦晟又崩溃地看了他两秒才缓缓地转回头去。谢澜努力装作一副严肃紧张的样子，事实上在偷偷瞟弹幕。

【豆胆已破】

【妈耶这才刚刚开始】

【笑死了，二猫绝对是恐怖游戏大佬】

【谢澜是来给游戏加难度的】

谢澜拖着操作杆，让自己的小人在窦晟身边转了两圈，"现在干吗？"

窦晟声线很低："估计会有流程。"

话音刚落，那个男司仪忽然满面堆笑地往前蹿了一步。谢澜还没反应过来，就感觉挨着他的那条胳膊猛地一哆嗦，但窦晟神色还算淡定，不动声色地又把胳膊挪开了。

音响里忽然响起一个 360 度立体环绕的公鸭嗓——

"吉时已到，请新郎新娘行拜堂礼，一拜天地——"

谢澜一蒙，摇杆拖着小人盲目地转："什么意思？我怎么听不懂？"

身边紧绷的窦晟却好像忽然放松了一些，沉稳道："和我站一起，对着老头老太按一下 Y。"

谢澜莫名其妙照做，镜头里，他和窦晟的小人一齐面向前方下跪，一个头叩在了地上。谢澜一呆，半天才反应过来："不是说新娘是鬼吗？你把我当新娘用？"

窦晟状态比刚才松弛了不少，淡定道："双人模式啊，我这是给你找一点存在感。"

谢澜正要反驳，男司仪又是一震，高唱道："二拜高堂——"

窦晟说："再重复一次刚才的。"

谢澜一头雾水，只好重复。但这一次游戏忽然从上帝视角切换到了窦晟角色的第一人称视角，"他"跪着磕一个头，镜头从坑洼不平的水泥地砖缓缓抬起，视线有些模糊，音响里却忽然发出压抑的三重断奏音。

梆、梆、梆——

画面剧烈扭曲闪烁，再度清晰时，红灯笼忽然变成白灯笼，整个房间笼罩在惨白的光线中，司仪变成一具笑容僵硬的纸人，牵着一匹纸马，而二老消失了，那两张凳子上一左一右摆着二老的黑白遗像。

谢澜还没反应过来，就见那纸人司仪笑着闪到镜头前，虚假的咧到耳朵根的笑容怼在巨大的计算机屏上，音响里传来一个沙沙的气音："夫妻对拜——"

谢澜正要问这人咋了，就听到旁边"啊"的一声，四周幽暗的光线里，一个手柄从他眼前飞过，而后窦晟疯狂地朝他扑了过来。

窦晟："啊啊啊——"

谢澜："干什么，你有病吧！"

一片漆黑和混乱，窦晟张牙舞爪地凌空挥拳，死命地往他这边蹭。豆袋沙发本来就不大，他差点被挤到地上去，本欲发火起身，但一站没站起来，又摔回座位里，和窦晟狼狈地一头撞上。

谢澜头被撞得生疼，还没来得及说什么，窦晟却突然像是受到了第二波惊吓，一下子窜了起来。

谢澜一个猝不及防，只感到身边的人猛地一撤，他铿的一声陷进豆袋的深坑里。

谢澜："？"

直播荧幕上，谢澜屁股完全陷进豆袋，四肢和头有些滑稽地伸出来，茫然地看着镜头。

弹幕炸了。

【你们在干吗】

【我笑得满脸通红】

【豆子被鬼吓死，谢澜被豆子吓死】

谢澜陷在深坑里呆了好几秒，窦晟站在黑暗中，几乎出框了，也有些发蒙地看着他。豆袋稀松沙软，从四面八方贴合着每一寸的身体，把人浑身的劲都卸了。谢澜挣扎两下后绝望地咬牙切齿道："拉我起来？"

"哦好。"窦晟立刻一把抓住谢澜的手腕，把人硬拽了起来。

屋里没开空调，大雨夜逐渐积蓄起一股子闷热来。

弹幕已经被各种礼物打赏刷了屏，谢澜站在镜头前稳定了一会儿，周围光线昏暗，他大脑有些空白，叹气道："我上个洗手间，你单人操作能往下推流程吗？"

窦晟吁了口气，弯腰捡起手柄，故作淡定："能，我设置你跟着我就行。"

"嗯。"谢澜又看了眼弹幕，发现他又短暂性丧失了方块字阅读能力，只好作罢，随手拿起可乐进了窦晟屋里的洗手间。

洗手间门上是毛玻璃，谢澜本想开灯，但犹豫了一下，怕光线破坏外头的氛围，又作罢。

窦晟的声音在外边响起，听起来很平静，和平常没什么两样。

"你开灯吧，不耽误。"

谢澜下意识说："没事，我就洗洗手，出一手汗。"

窦晟"哦"了声："那快点啊，我在这个流程多卡一会儿，等等你。"

"嗯嗯。"

洗手间一片黑暗，谢澜从裤兜里摸出手机，想了想，用小号登陆 B 站，先开静音，又从直播首页点进了自己的直播间。

镜头里是游戏画面，窦晟的影像在右下角，小小的一个荧幕。他已经把豆袋沙发恢复正常的形状，一个人坐在豆袋左侧，给谢澜留着位置，然后很自然地接着往下推游戏流程。双手紧紧捏着手柄，一眨不眨地盯着荧幕，非常专注。

谢澜又看了一会儿。小小的画中画里，窦晟的五官在黑暗中，一半在暗，一半在亮，明暗交界线随着游戏画面的变化，在他脸上轻轻挪动。那双黑眸一如往日沉静深邃，嘴唇轻抿，专注的神情在幽暗中显得有些温柔。恍惚间，让人想起雨夜中握着伞走在校园里的身影，平静，温柔，随着身边人的步伐而快快慢慢地迁就和等待。

谢澜深吸一口气，把直播关掉，借着手机那点亮看着镜中自己模糊的影子，又掰开水龙头把手腕放在凉水下冲着。许久，闹出乌龙的尴尬感才消散了一些。

谢澜大脑仍然有些空白，他茫然地拿起苏打水喝了两口，突然一僵，后知后觉地意识到嘴巴里的味道不对，是可乐甜甜的味道。

拿错了，拿成窦晟的保温杯了。

外面音响里传来游戏的声音，谢澜对着保温杯无语，许久，长长地叹了口气。

洗手台上的手机忽然自动熄屏了，镜中谢澜怔忡的面容也消匿于黑暗。

隔着一道门，窦晟打游戏的声音更清晰了点。

"拿什么符啊，不懂别瞎支招儿。"

"好钢用在刀刃上，先留一留。"

谢澜默立许久，收拾好纷乱的心情，正欲出去，手机又亮起来。

荧幕上跳跃着一个他很不愿意看到的名字，来自伦敦。手机在陶瓷洗手台上震动的噪音有点大，他犹豫片刻还是接了起来。

谢景明声音如常般和善。"儿子，在干什么？"

谢澜对着手机有些恍惚，他已经忘记自己上一次听见这个男人说中文是什么时候了。许久他才回道："和同学在一起，有事吗？"

左手食指无意识地蜷曲着，他转身走进洗手间最黑的那个墙角。

谢景明道："我在和同事吃午饭，突然想到你已经回国两个月了，你那边应该快入夏了吧，中国四月的时令蔬菜是什么来着……"

　　谢景明打开了拉家常的话匣子，谢澜没一会儿就被绕晕了，他有些迷惑地把手机放下，放空片刻又举回耳边。

　　"上次你生日前就走了，给你订的礼物没来得及告诉你，前两天终于到了，猜猜爸爸给你选了什么琴？你做梦都……"

　　"爸，别绕了。"谢澜低头揉着鼻梁，"我今天有点累。如果您还是让我回去，我的答案不变。"

　　电话里的絮叨声戛然而止，谢景明沉默片刻，换上严肃的口吻："但你该回来了，你的同学都开始申请学校了。你有不满我们可以谈，比如Elizabeth，爸爸可以后退一步，暂时和她做回朋友，你觉得怎么样？"

　　暂时，后退一步。

　　谢澜靠极大的定力忍着没冷笑出声："从你开始约会那一天，这事就无法再改变。更何况我回国最主要的原因和你无关，我是为了替妈妈……"

　　谢景明有些烦躁地打断他："替妈妈去上当年录取的学校。英国的顶级大学和那边有交换项目，你可以到时申请去体验两年，难道真要一辈子和爸爸老死不相往来？"

　　"很抱歉。"谢澜语气平静而疏离，"回国前我已经表达得很清楚了，起码五年内不会再回英国。"

　　谢景明大怒："你这孩子怎么这么不讲理？说中文随你，和Elizabeth阿姨分开也随你，连国内交换都答应了你，你还想怎么样？谢澜，你到底为什么一定要留在国内？"

　　谢澜扭头看着镜子，沉默不语。

　　或许是拉扯得太久，他不知何时起对Elizabeth的存在有些麻木了，她和谢景明的事跟自己一点关系也没有。上妈妈的大学确实是留在国内的初衷，只是这会儿他忽然有点不确定，不确定那是否还是唯一的原因。

　　刚才谢景明提起回英国，他脑海里闪过的竟然是要陪窦晟拿到百大。

　　谢景明愤怒地继续道："我最后一次警告你，闹脾气要有度。如果我真的停掉你的信用卡，不再给你赵阿姨打钱，你到时要怎么办？"

　　"我有我自己吃饭的办法。"谢澜飞快道，"你实在没必要为了我和Elizabeth装成普通朋友，后退一步也迟早会回来。爸，每个人都应该按照自己希望的方式活着，我不干扰您，也请您不要来干扰我吧。"

　　电话里沉寂了许久，谢景明忽然语气清醒道："你在国内发生了什么吗？那么死心塌地想留国内？"

　　谢澜平静地回道："没有，你怎么扯到这上头来了？"他说着，不等谢景明再来一轮说教，飞快道，"同学叫我了，钱的事情我自己可以解决，挂了。"

电话挂断，他逃也似的拉开洗手间的门。

小卧室光影忽闪，音响里放着瘆人的音乐。窦晟缩在豆袋里，整个人就是大写的紧绷二字。

"十二天干怎么背来着？哦，等等，我们班主任发了条语音。"

他说着抬手关掉麦，抬头朝谢澜看过来。"没事吧，你爸的电话？"

谢澜"嗯"了声，在他身边坐下，捞起手柄道："还是拿生活费威胁我回去，比之前正式了点。"

窦晟闻言顿了顿，又随意地笑笑："多大点事，以后你的生活费从我零花钱里扣，算我借你。"

谢澜瞟了他一眼："那还真是谢谢了。"

"别急着说谢，我的钱可不是那么好借的。"窦晟笑着说，"连本带利，以后要好好还的。"

谢澜心里有事，没吭声。窦晟看着他的侧脸，语气低了低："对了，刚才摔那一下对不起啊，我被游戏吓傻了，光顾着跑，你不介意吧？"

谢澜"嗯"了声："没事。"

弹幕已经刷过一片。

【你管这叫听班主任语音？】

【好歹把手机拿出来演一演？】

【说什么呢我好好奇】

【我要顺着网线爬过去偷听！】

窦晟重新开了麦："都消停点啊，等会儿女鬼出来了。谢澜跟上，我保护你。"

【要点豆脸，谢谢】

【谁保护谁呀，喊！】

【二猫快点，痛击你的队友！】

谢澜没什么心思看弹幕，考完试后好不容易拥有的轻松心情，被谢景明一通电话全都搅合了。

他拖动着摇杆让小人跟着窦晟，对着游戏荧幕发呆。过了一会儿，前面的小人忽然一回头，从包里掏出一张黄色的纸，啪地按在了谢澜的小人脑门上。

谢澜一呆："这是什么？"

【？？？】

【保命道具你给跟班用？】

【Boss 咋打？】

【闹呢？】

窦晟漫不经心地笑笑，对谢澜道："这叫驱邪符，把这个符贴在脑门上，百毒不侵，诸邪辟易，所有的鬼都能驱散。"

谢澜人傻了。他机械地操控着小人继续跟着窦晟走，心里疯狂嘀咕。

什么意思？窦晟是不是被这个游戏吓傻了，哪只眼睛看到他怕鬼？

谢澜正犹豫，就见窦晟抬手捂住麦，目视游戏荧幕，用很低的声音说："有什么好慌的，大猫罩你。"

谢澜一愣。

弹幕：

【到底在说什么悄！悄！话！】

【急死我了急死我了！急死我了！】

【啊啊！到底能不能让我专注游戏了！】

窦晟笑呵呵地撒开手："行了行了，专注游戏啊，继续。"

后面一路解谜通关，窦晟好像刻意收敛了惊吓反应，偶尔吓得快不行了也只是咬牙狂抽抱枕，没有再朝谢澜挤过来。关卡最后，女鬼 Boss 终于出来了，弹幕全都在让窦晟揭下给谢澜的符咒，贴在自己身上再去正面刚。

谢澜看了眼弹幕："这符咒怎么摘？按 B 键吗？"

窦晟道："没事，你贴好了，给你的就是你的。"

他说着放下手柄，活动了一下手腕，又重新拿起手柄说："观众朋友们，前方高能豆来了。"

他说着，操控小人直接走到结界处洒下黄粉，打开"阴界大门"。远处一个影影绰绰的女鬼出现，随着画面震颤，忽闪忽闪地怼到镜头面前，窦晟在桥上的石碑后和她绕，几次差点被她抓到脸，但每次都险中逃生。谢澜不再操作了，偏过头看着窦晟。手柄在窦晟手里发出咔咔咔咔的声音，他全神贯注，嘴里念念有词，死死地盯着荧幕上的女鬼。

小人抽出断魂刀一刀下去没砍中，刀卡在石碑上，女鬼瞬间冲上来，窦晟操纵着小人一个后翻躲过，女鬼忽然变大，小人从她身下翻滚绕后，手柄旋钮发出极限的撕拉声，窦晟疯狂按着后空翻回到石碑前，蓄力抽出断魂刀，起跳一刀跳砍，斩断女鬼面门。

巨大的通关提示闪烁，弹幕立刻刷起"666"，窦晟把手柄一扔，长舒一口气。他眉眼间涌着生动的得意，对着弹幕喷了声："看看，看看，我就说吧，符咒这种保命的东西可有可无，没有也能过关。"

【刚才谁说的好钢用在刀刃上？】

【为了拿这个符咒唧唧歪歪十分钟】

【刀刃 = 谢澜】

荧幕上开始飞快过剧情，原来这一切都是主角被人下了致幻剂后产生的错觉，主角苏醒后配合警察，很快破获了相关违禁药贩制团伙。

窦晟对着剧情啧啧感慨，说道："行了啊，别老瞎起哄。今天就这样，我们下播了，对了，这是谢澜的直播。"

谢澜正对着自己游戏小人脑门上贴着的符咒出神，突然被 cue，茫然地回头。

窦晟笑眯眯："跟观众们说晚安。"

"哦。"谢澜略带尴尬地冲镜头笑了笑，"晚安大家。"

【晚安】

【澜崽真的好苏】

【澜崽一笑游戏氛围全无】

【晚安！晚安！晚安！】

窦晟没再犹豫，直接关掉推流，又起身劈里啪啦地拆了游戏机底座，随手拔下各种线缆。

谢澜犹豫片刻，起身："我回屋了。"

窦晟正被一堆线缠住脚，随口道："早点睡啊，明天还有竞赛培训呢。"

"嗯。"

谢澜洗了澡出来已经晚上十一点多了，热水澡让他脑子清醒了一点，他一边用毛巾擦着头发一边哄梧桐，哄了一会儿忽然听见隔壁有开门的声音，而后吹风机声响起。

窦晟大概也刚洗完澡，两道房门都没关，吹风的声音就那样明目张胆地传了出来。

谢澜坐在床上有一下没一下地擦着头发，听着吹风声，忽然有些走神。鬼使神差地，他蹬掉拖鞋，棉袜踩在地板上，无声地走到窦晟虚掩的房门口。先是抬头看了看走廊墙上的钟和两幅挂画。而后，状若无意地往里瞟了一眼。

这个角度刚好对着洗手间门敞开的那条缝，窦晟正站在镜子前吹头发，他穿着那条浅灰色宽条纹的睡裤，背心贴在身上，不太平整的衣角随着手臂拉伸而时不时扽起，露出一截光滑紧实的侧腰。

晶莹的小水滴从蓬松的发丝间飞溅出来，在空中不知踪影。窦晟的手穿插在发间拨来拨去，手臂上少年浅浅的肌肉轮廓若隐若现。

这会平静下来了，刚才被某人害得在镜头前出丑的郁闷才浮上心头。

谢澜面无表情站在门口，直到窦晟有所察觉，关掉吹风机，朝门口回头看过来。

"谢澜？"

窦晟放下吹风机，抓了抓头发走出来："你在这干吗，找我有事？"

谢澜沉默片刻："啊，找猫。"

"猫？"窦晟下意识扭头往他房间里看一眼，"不就在你床上吗？"

"……"

谢澜回头和枕边趴着的梧桐对视。

"猫在……"他咽了口唾沫。

他一边支吾一边琢磨对策，窦晟蹙眉打量他两眼，忽然了然一笑。

"是不是又有虫子了，不好意思说？最近下雨虫子是多点，我刚在浴室还踩死一只不知道是什么的家伙。"

谢澜闻言轻轻抬了下眉，顺着他的话忙不迭地点头："嗯嗯，虫子，还是上次那种钱串子，特别长一条。"

窦晟闻言抬脚往他屋里走去："我去，还有啊？梧桐你干什么吃的？"

猫恹恹地看了窦晟一眼，眯起眼睛继续睡觉。

窦晟随手挪开床头柜："在哪发现的？多长？"

谢澜随手比划道："这么长，就在床周围。"

窦晟一震："十厘米啊？"

"……"谢澜拘谨地把两指间的距离缩了一半，"五厘米。"

"你吓死我得了。"窦晟松了口气，"估计在床底下，我找找。"

他说着单手撑床，拧腰往地上一躺，哧溜一下滑进了床底。

"没有啊。"床下传来闷闷的声音，"只有被梧桐藏起来的玩具，你在哪看到的虫子？"

谢澜深吸一口气，努力演出绝望感："在这儿！"

"来了！"窦晟在床下抬脚摘下拖鞋，把着床沿哧溜一下又滑出来，刚刚洗的澡全白费，后肩膀上又沾了一层灰。

"哪儿？"他拿着拖鞋到处转。

谢澜惊慌地指着门外："跑出去了！"

窦晟立刻拿着拖鞋追了出去，他前脚一走，谢澜默默在身后关上了门。

咔哒，落锁。

门外死寂了片刻，窦晟被这番操作震撼了。"我去？"

谢澜抿了抿唇忍笑，低下声说："抱歉，我怕它再进来。麻烦帮我多找一会儿。"

"哦哦。"窦晟没脾气地答应，"别怕啊，我先找找，它也可能下楼了。"

谢澜"嗯"了声："谢谢。"

灯关了，但谢澜一直睡不着。他躺在黑暗中听着外头窦晟找了半小时的虫子，摸出手机，点开窦晟的对话框，敲了几个字又删掉。

许久，他默默点开自己的个人资料，看着昵称"文艺复兴"发呆。他原本不是喜欢捉弄别人的人，但跟窦晟你来我往几次，现在也一肚子坏水。仿佛有病。

谢澜在床上辗转反侧半天，缓缓敲上新的昵称：有病。

一周备考，这一宿两人都睡得格外沉，第二天早上是被小马踹门踹醒的。

谢澜匆匆洗把脸背上包，上了车仍然困得东倒西歪，靠在座椅里继续睡。

小马把前车窗降下来，雨后清爽的晨风吹在脸上，过了好几分钟谢澜才缓缓醒了觉，十指交叉活动下手腕，努力在座椅上直了直腰。

他扭头往左一看，窦晟整个人都睡"折"了，脑瓜顶抵着膝盖，重心很稳，急刹车都扑不出去的那种稳。

谢澜叹一口气，睡眼惺忪地点开 B 站 APP。

私信列表日常爆炸，他打着哈欠往下刷，刷着刷着指尖一顿。

@K：谢澜同学你好，我是 K 牌小提琴的 PR 吴承，很欣赏你的演奏能力和编曲风格，我们这边有一款入门级小提琴，适合零基础上手，希望和你合作推出一期推广内容，不知你有无意向，我的联系方式是……

谢澜把这段话仔细读了几遍，有些惊讶。从他直播露脸"出道"以来，各种找上门的小推广不少，但这种正规品牌、完全匹配的领域还是第一次。他点开商品链接看了看琴，K 牌起源法国，在欧洲知名度也不低，这把入门级的提琴挑不出错，定价两千出头，也挺合适。

"什么啊？"窦晟醒了，仰在椅子上伸了个懒腰，"看得那么认真。"

"有个推广。"

"哎？我看看。"窦晟眸中困意消退，仔仔细细地把邀请读了两遍，又点开链接看了几分钟。

"看着挺靠谱的，你想接？"

谢澜"嗯"了声。

确实有点心动，他的积蓄吃不了多久，谢景明要断钱粮，必须得趁早打算。

窦晟笑笑："我觉得可以接啊，你就用他们的琴出下一期音乐视频，不是什么难事。问清楚，能接受我们标注广告就行，粉丝也不会介意的。"

谢澜"嗯"了声："我先加他。"

"群聊也拉我一下。"窦晟又打了个哈欠，"合同我来审，其余时间我不说话。"

谢澜点头，先加了那个人的微信，等通过时随手刷刷列表，忽然发现不对。

"你改昵称了？"谢澜惊讶道。

窦晟揉着惺忪睡眼："啊。"

窦晟的昵称从"RJJSD"改成了"豆子医生"。

谢澜心里隐隐有丝怪异："改这个干什么？"

窦晟哼笑一声："我还想问你呢。许你大半夜有病，不许我改行从医？"

谢澜哑口无言，许久才把手机收起来，转头看向窗外。

整个一天的培训，谢澜都深陷自闭。早上梁老师说今天有教育局的人来记录省训营风采，所以会多点几个同学上去解题，结果半上午就点到了谢澜。谢澜上去后一声不吭地把黑板上能解的题全都解了，也不讲解，又闷不作声地下来。

梁老师表情复杂，小教室里也鸦雀无声。

谢澜下来路过郭锐泽，郭锐泽探头问道："大佬今日何故奋起？"

谢澜瞟他一眼："说人话。"

郭锐泽："分给你一道，你把四道都做了。"

谢澜一呆。他强忍着没有回头看黑板，只淡漠道："哦，没注意。"

"……"

回到座位上，谢澜有些无聊地翻了翻今天发的习题。对他而言，干货没有上周多，他瞟了眼梁老师，翻开一个笔记本。笔记本上是老马单独给他出的竞赛题，每道题都有实打实的难度，值得好好琢磨的。

但谢澜这会儿也没心思做这些变态的题目，他用本子遮着，看起来是在演算，实际上却总是忍不住视线越过笔记本上缘，偷偷瞟一眼窦晟。

捉弄窦晟几次后，好像有点上瘾，心痒痒，想要随时随地找些新的灵感。

窦晟听省训营的课貌似听得很认真，每次看过去，他都在低头做笔记，无一例外。今天天气很好，蓝天白云，窦晟坐在窗边，微风拂动着他的头发。

好不容易熬到快晚上八点，梁老师给每个人发完专属作业，出去了一趟。

大家开始在座位上放松地聊起天来，谢澜也终于进入状态，开始飞快地算着老马出的空间矢量，正奋笔疾书，梁老师又回来了，拍拍讲台桌。

"今天就到这了啊，我刚出去是找教育局的老师拿U盘。今天记录的一些课堂影像会在教育局展示大概一周，视频就不说了，记者从前门抓拍了两张大家听课的照片，早晨一张，黄昏一张，让你们自己选选用哪个。"

梁老师说着就把U盘插在了计算机上，降下投影仪。

谢澜后背一僵，猛地抬起头。今天一整天，随便抓拍他都很可能正在对着窦晟露出些蓄谋整蛊的表情。不难想象到窦晟看到照片后迷惑不解的表情，说不定会真的画一张符咒按在他脑门上，给他驱驱邪。

这叫什么？出师未捷身先死？

谢澜麻木的大脑里飘过两个大字：救命。

他目光涣散地看着投影仪上弹出档夹，梁老师清脆地点击 JPG 档，投影上一前一后弹出两张照片。

世界仿佛在那一刹那归于宁静。

谢澜面如死灰地朝照片一角看去——许久，他才无声地、长长地松了口气，向后瘫回椅背里。

上天垂怜，早上和傍晚的那两张抓拍，竟然都没有拍到他偷看窦晟，反而还都是窦晟恰好不经意地看向他，安全指数 max。

谢澜死而复生，身心俱疲，扭头对上窦晟的视线。

窦晟的口吻却有些试探似的："照片没问题吧？我感觉把我拍得有点丑。"

"挺好的。"谢澜连忙沉稳道，"我看着都挺好的。"

第二十三章

商 稿 竞 争

K牌公关那边回复得很快。这次推广主要是配合五一大促，对方开价爽快，给的粉丝折扣也不错。谢澜跟吴先生在微信群里断断续续沟通了一天，回家路上就收到了对方的明确意向。

"他希望我尽快准备demo，同步走法务是什么意思？"

窦晟仔细阅读着对方发来的合同模板："就是你这边出demo，他们同时让法务准备正式合同，一般着急的商稿是这个流程。"

谢澜"哦"了声："这个合同模板有问题吗？"

"签是可以签，就是时间有点赶。"窦晟顿了顿，"这种大公司的PR一般活动前几个月就开始联系推广，现在离五一只有一周多，我有点怀疑这是个接盘稿。"

他说着看了谢澜一眼："'接盘稿'就是原本找了其他UP，但没合作成，临时换人。"

谢澜恍然大悟，这种他做YouTuber时也听说过。

窦晟又笑笑："不过也无所谓，没必要追求高姿态，觉得合适就接吧。"

Demo是早就录好的，谢澜这一期的主题是"童年"，改编了小提琴版本的《数码宝贝》动漫曲《Butterfly》，背景的吉他和鼓声也早就用电脑处理好了。他回家后把吉他和鼓的部分导出，剪了小提琴的主旋律和副歌各一段，合并音轨发给吴承。

楼下忽然传来开门关门声，梧桐一下子从床上蹿下，爪子扒开虚掩的门溜了出去。谢澜跟着下楼，只见赵文瑛和窦晟都在客厅，赵文瑛风尘仆仆，脚边停着拉杆箱，地上还堆着几个大的纸袋。她脱下风衣搭在沙发扶手上，把长发捋到身前："坐飞机累死了，给你妈捶捶。"窦晟一边伸手给她捏肩一边哼道："搞那么多生意干吗，天天不见人影。"

赵文瑛正欲驳他，一转头看见谢澜，立刻热情招手道："澜澜！快来，赵姨给你买了好多礼物。"她说着拨开窦晟放在她肩上的手，把东西从纸袋里一件一件掏出来。"给你买了两件薄帽衫，两件T，一件牛仔外套，还有两双鞋，要换季了，澜澜得穿新衣服。"谢澜猝不及防被一堆衣服砸了满怀，匆匆接住，耳根泛红。

"谢谢赵姨，太破钱了。"

"破费，谢谢。"窦晟撇撇嘴，朝赵文瑛一摊手，"我的呢？"

赵文瑛眼睛瞪圆了："要死啊你，那么一大柜衣服，还敢要新的穿？"

"亲儿子你不起码敷衍一件？"窦晟眼睛也瞪圆了。

赵文瑛怒气冲冲地伸手进袋子，哗啦哗啦掏了半天，最后掏出一双袜子拍进窦晟手里。

窦晟眼神转冷："不要告诉我你只给我买了这个。"

赵文瑛冷笑一声，把标签翻过去，指着上面的赠品贴道："鬼才给你买东西，带着澜澜干了多少坏事我都懒得说你！"

窦晟："……"

谢澜尴尬地站在一边，赵文瑛过来踮脚给了他一个软乎乎的拥抱："澜澜学习辛苦了，哦对，上次那事豆子跟我说过了，那个打到你胳膊的人，阿姨也不能把他怎么样，但他以后都不会再找你和你同学的麻烦，这点还是可以保证。还有啊，你平时少跟豆子他们胡闹，拉琴的手要注意保护，知道吗？"

谢澜愣了好久才反应过来。时隔半月，他都已经把那事忘了，想不到窦晟和赵文瑛还记得。他突然感到一丝怔怔的酸楚，倒不是一定要报仇，而是有种久违的被珍视和庇护的感觉。"其实就是很小的伤。"他还是低声解释了一句，顿了顿又说，"谢谢赵姨。"

赵文瑛累够呛，踢掉高跟鞋就回屋休息了，谢澜也回了房间。睡前他下来接水，路过主卧，房门半开着，赵文瑛穿着睡衣躺在按摩椅里，一边敷面膜一边看窦晟螺蛳粉的视频。她想笑又不敢笑，手指拼命维持着面膜的位置，但还是发出了呵呵呵的笑声。

谢澜站在没开灯的昏暗的走廊，看着屋里温暖的灯光把赵文瑛脸上的面膜都照得亮闪闪的。冷不丁地，他忽然想起小时候，他在房间练琴，肖浪静贴着面膜进来送水果，谢澜一回头被她吓得差点把琴扔了，肖浪静也在面膜下这样呵呵呵地笑着。

谢澜正怔忡，窦晟从房间出来了，站在楼梯顶上看着他。

"怎么了？"窦晟问。

谢澜回过神，踩着台阶上去："接水而已，你找我？"

窦晟笑着晃晃手机："看群里，有事等着你点头。"

谢澜戳开群。一会儿工夫没看手机，于扉他们几个已经把五一出去玩的地方选好了，湖北宜昌，去看长江三峡水坝，小团体中除了王苟要回老家看奶奶之外，所有人都去。

谢澜对宜昌没有感觉，但看到长江三峡就立刻答应了。

鲱鱼：那就这么定了，刘一璇也去，董水晶待定

车厘子：耶耶，不然一群男的出行也太寡了

戴佑：刘一璇是不是快过生日了？

鲱鱼：嗯。她有个生日宅舞想请四男一女出演，选了窦晟、谢澜、你和我

车厘子：我感到了一丝恶意……

鲱鱼：乖，你身高和其他人不协调

车厘子：……我感到了亿丝恶意

戴佑：好羞耻，但又有点跃跃欲试

鲱鱼：就玩玩呗

车厘子：我实在想象不到你竟然会答应

戴佑：+1

谢澜补了好半天群聊，有点傻眼。"宅舞？"他震撼了，"我们也要跳？"

窦晟"嗯"了声："要一起吗？"

谢澜立刻把头摇成了拨浪鼓："不要。"

"这样么。"窦晟语气中有一丝失望，"但其实我想试试，这种沙雕联动很涨粉的。可颂之前发我看过 demo，不需要女装，是那种很广播体操的舞蹈，有点魔性、解压的风格。"

谢澜浑身发麻："那也不要。"

窦晟叹气，走过来拍了拍他的肩膀，语重心长道："做人不要太多条框，要勇于打破自己啊。"

"……"

倒也不需要靠跳舞来打破。

第二天上午，谢澜看见品牌方还没回复 demo 的事，随手又问了下。结果午饭时吴承在群里发了句"不好意思，今天太忙了。Demo 我们先听听，之后和你确认意向"。谢澜没当回事，窦晟却皱眉道："不太对。"

"嗯？什么不太对？"

窦晟"嘶"了声："态度跟昨天明显不一样了啊。"

有吗？谢澜往上刷昨天的对话，他倒没什么感觉。

窦晟皱眉琢磨了一会儿："再等等吧，等到下午五点我们追一下合同。"

下午谢澜关在房间里写作业，班群里一直在讨论期中考试，都说成绩今晚就出。谢澜虽然觉得自己考得还不错，但还是有点紧张，怕万一出什么岔子被分出去。他沉

叹一声，关掉微信，又随手戳开小电视。

私信列表顶端忽然出现一个有些扎眼的名字。

公子夜神。头像是戴眼镜抱着电吉他的小人，有黄V，是本人。

谢澜恍惚了一阵，还是忍不住戳开。

谢澜同学，有个友情提醒给你。

最近找你的某个商务之前找的是音乐区小提琴头号UP，开价条件一般，人家没看上。但你最近势头太猛了，人家一听说你接盘了，好像打算变卦。

是谁你自己查吧，很好查，我就不点名了，麻烦不要截图传播谢谢。

消息时间是半小时前。

谢澜把几行话读了好几遍才勉强明白意思，犹豫片刻，发了一个问号。

公子夜神很快回复道：我不是来给鸡拜年啊，上次被你直播间骂一顿后，粉丝走了一拨，到现在都有人说我见不得人好。这次这个情报给你，你要是好心，就趁着哪天心情好了随便给我点个赞，多一个字不用说，让大家觉得我们没那么苦大仇深，我就谢谢了。

点赞？谢澜秒回：那不可能。

这可是选题抄袭了窦晟整整两年的人。

公子夜神：……反正话到了。我和某豆相爱相杀多年，上次也无意冒犯你，这次就算偿还，随便吧。

谢澜看了一会儿，索性截个屏发给窦晟。没过两秒，隔壁房门就被撞开了，窦晟不仅人过来，还同时在对话框里发了一个地铁老人看手机的表情。

"我可去他的吧，相爱相杀？他是狗吧？"窦晟说着走到谢澜身边，不由分说拿过他的手机。

相爱个鬼，滚。

我人间绝帅窦。

情报谢了，但还是请你滚。

还有，离谢澜远点，弹你的吉他，做你的视频，抄别人的选题，滚。

谢澜被这一通疯狂输出震撼了片刻："他说的是真是假？"

"真的，但不是什么小道消息，UP商务圈风声透得快，我正要跟你说呢。"

窦晟扔下手机叹气道："音乐区粉丝数第一的UP也是拉小提琴的，叫瓦尔令阿泽。据说这个商务报价他没看上，给驳了，昨天不知道从哪听说公关找了你，连夜顺着网线爬了回去。"

谢澜大为震惊："顺网线爬？"

"就是个比喻。"窦晟敲个响指，"真够无情啊，和你一个新UP抢饭吃，得多忌惮你啊。"

谢澜更蒙了："鸡蛋？"

"啊？"窦晟回头瞅他一眼，一下子乐了，"忌惮，意思是因为你的存在而感受到了威胁。"

"哦哦。"

谢澜查了下这个瓦尔令阿泽，和他的产出类型差不多，也是小提琴演奏为主，有动漫影视主题曲，也有正经的大演奏曲。生涯投稿三百多，粉丝两百万，连续两年拿了百大。

"你上升太快了。"窦晟叹气，"这事搞的，估计品牌方现在也很纠结。"

谢澜有些无奈："随便吧，也不是非要接这个广告。"他坐下继续翻开书，"我们等到明天上午，如果……"

"不行，不能坐以待毙。"窦晟却忽然伸手在他肩上拍了拍，"这种恶性竞争不能姑息，我们给你的视频整点活儿。"

谢澜犹豫了一下："整活儿？"

"嗯。你要拉《Butterfly》是吧？人间绝帅窦申请出战，价格不变，他们肯定高兴死了。"

窦晟说着掏出手机，谢澜一把拉住。而后又默默松开了手。

他清了清嗓子道："这是个广告，联合投稿等于拉你一起了。"

"我知道啊。"窦晟眉心紧蹙，"无论如何，你第一个推广不能输，我一定把你罩好。"

谢澜正要再说，窦晟就摆摆手，抄起手机回屋，远远地又说了句："你别管了。"

怎么能不管。谢澜一脸蒙地拿起手机，群没一会儿就震了起来。

豆子医生：@吴承甲方爸爸，合同什么时候给寄？我和谢澜已经准备开始创作了。昨天谢澜给的企划只是初稿，我们打算做成真人入画演奏的手书，手书动画部分我来画，您觉得 OK 吗？

谢澜蒙了，提声问道："你还会画画啊？"

"自学两年，刚好达到资深业余水平。"窦晟在隔壁喊，"画风清新治愈，能止小儿夜啼。"

"……"

没等上半分钟，一上午"很忙"的甲方突然上线。

吴承：你不是他经理人吗？

豆子医生：啊？不是，我是和他同居的 UP，我的 ID 是人间绝帅窦 _dm。

谢澜正在喝水，看到"同居"两个字一口水喷了出来，顺着下巴淌进衣领里，狼狈不堪。

窦晟仿佛听不见隔壁天崩地裂的咳嗽声，继续外交。

豆子医生：咦？这不是我们两个的联合投稿吗？我们两个的商务暂时是绑定的，我以为他和你说了。

吴承：他没说！

窦晟在隔壁喊："说一声你忘了！"

谢澜张张嘴又闭上，几次欲言又止，最后还是变成了木偶人。

有病：我以为你知道。

吴承：？？

甲方蒙了，其实谢澜自己脑袋也有点蒙。

唯一不蒙的就是窦晟，还在隔壁快乐地吹起口哨，谢澜仔细品品，吹的是《Butterfly》。

品牌方这次只纠结了五分钟，而后直接引用昨天的报价。

吴承：跟你们确认下价格。

豆子医生：不都说好了吗，没问题的。

吴承：好的，电子合同今晚发出，小提琴最晚明天中午12点前寄到，期待你们的视频初稿。／握手

豆子医生：／握手

谢澜对着荧幕震惊了好一会儿，直到隔壁窦晟又喊道："谢澜？"

"来了！"

谢澜稀里糊涂，也发了个表情。

有病：／握手

圈里的消息确实传播快，晚上去学校路上，窦晟忽然用手机碰碰谢澜，把荧幕给他看。

公子夜神：你疯了？原价捆绑两个人给人家推广？

谢澜纳闷道："他怎么什么都知道？"

"这人就是个人精，有今天的成绩也是有道理的。之前跟我不上不下的时候可劲儿踩我，现在我们双剑合璧，他没法追赶了，就改换策略上来贴。"窦晟嗤了一声，当着谢澜的面飞快地摁着键盘。

关你屁事，滚。

你能不能文明一点？我认真说，你这买卖真的赔大了。

我單人用得着你指指点点？滚。

能不能不要三句话不离滚？

滚！

窦晟最后按了一个呕吐的表情过去，反手把人拉黑，舒畅地出了一口气。而后他顿顿，抬手放在谢澜头上，把他头掰回目视前方。

"乖孩子不要学这些粗鄙之词。"

谢澜沉默了好久才撇嘴道："你打字太快，我根本来不及学。"

谢澜一路都没再说话，等到了学校走廊里，他才低声道："推广费我们一半一半。"

"用不着。"窦晟笑笑，"接广告毫无意义，帮你才能使我身心愉悦。"

谢澜正欲张口，窦晟忽然转过头冲他神秘兮兮地眨了眨眼。

"……"有种不好的预感。

果然，窦晟紧接着凑近他耳边低声道："要不你把这种团结友爱的精神传递下去，答应刘一璇，来和我一起跳舞吧！"

谢澜表情瞬间消失："不要。"

窦晟转过身来在他前面半步倒退着走："来吧，求你了，咱俩同居俩月还没一起跳过舞，这合理吗？"

他口吻过于理直气壮，谢澜蒙了两秒："还有这种规定？"

"有啊。"窦晟挑眉，"中国同居法，没听过？"

谢澜脚下一顿，定定地看着窦晟，窦晟也看着他，一脸正气。

许久，谢澜冷笑一声，在他肩膀上用力一撞，径直走过。"我信了你的邪。"

窦晟在后边乐着追上来："怎么又学这些乱七八糟的话了？"

谢澜没吭声。刚那一撞他是故意的，力道还不小，撞得他半边肩膀生疼。

晚自习打铃前，谢澜刚回到座位上掏出古诗词阅读卷，就见车子明从前面一路飞跑进来。

"报！教务处懿旨，这次期中考今晚发榜，咱班新进来的同学全部幸存！"

班级里"哗"的一声，前面同学纷纷回过头跟谢澜说"恭喜"，王苟也在被恭喜之列，董水晶还请他吃了个巧克力，给他乐得一个劲点头。

谢澜也下意识勾起唇角，转而又收敛表情，冲窦晟挑了下眉。

窦晟笑眯眯："二猫好厉害啊，不愧是你。"

话音刚落，走廊外头忽然一片死寂，谢澜条件反射地转过头低头看卷，拔开笔帽在卷子上随便写了几个不相关的汉字。

果然，两秒钟后，熟悉的高跟鞋声在门口响起，班里一阵肃杀，所有人伏案低头。胡秀杰带着一阵风进来，把门哐当一推："说一下期中考成绩。"

谢澜放下笔，一抬头，猝不及防地和胡秀杰对视了。胡秀杰看着他，眼神忽然变得很温柔，把谢澜看得浑身一毛。但紧接着，胡秀杰的视线又自然平移到他旁边，瞬间变成剔骨刀。

"……"

怪让人害怕的。

胡秀杰深吸一口气:"这次期中考咱班整体考得还凑合,达到了预期,三十人中有二十个够资格进全科 A,有二十九人够资格留在数理 A,当然我只是给你们一个参照,这两项都不作为人员调动标准。"

底下人松了口气,车子明甚至还开玩笑道:"不幸被咱班标准踢出去的是哪位仁兄啊哈哈哈。"他话音落,就见胡秀杰脸上刹那间乌云密布,一通哈哈哈哈戛然而止,失去表情。车子明脸色惨白,"不会是我吧。"

"先不说这个。"胡秀杰深吸一口气,努力让表情和善一些,抬手降下投影仪。"待会儿我把成绩单投在前面,你们自己看。今天重点要表扬谢澜同学,谢澜同学这次各科都有极大进步,我念一下谢澜的成绩。"

底下人顿时把腰板挺得更直了,很给面子。

"谢澜。语文 59,数学 150,英语 138,物理 97,化学 88,生物 72,总分 604,对比分班考上升了 269 分。数理学年排名第 1,全科学年排名 215,进步 255 名。"

底下一片吸气声,车子明回头瞪着眼睛瞅了谢澜半天,最后张着嘴比出两个大拇指。

"牛爷爷啊。"

"恐怖如斯!"

"数理绝了,这次物理可不简单。"

"这次物理没有很长的题,大佬终于能看懂题了。"

"数理学年第 1……又压了豆子?"

谢澜忍不住翘了翘唇角。进步在预料之内,但名次上升比他预想中多不少。虽然语文成绩提升不算很大,但理科看不懂题的情况明显少了,还是挺高兴的。

胡秀杰罕见地温柔:"谢澜真是好样的,各科老师都喜欢你,对了,咱班的惯例,给进步最大的人一个小奖品。"

底下顿时起哄声一片,谢澜一蒙,下意识扭头看向窦晟。

窦晟正随手在大白本子上练习画数码宝贝,低声乐道:"女阎王的温情时刻,慢慢体会吧。"

"?"

胡秀杰手伸进口袋:"谢澜,到前面来。"

所有人都回头看着谢澜,有的幸灾乐祸,还有的是很真诚地艳羡。车子明的表情混杂了这两种,在所有人中尤其显得诡异。于扉就不一样了,他的眼神有点心疼。

谢澜硬着头皮走到前面,终于看清了胡秀杰手里的东西。两个巴掌大小的毛茸茸的猫头鹰玩偶，立在一块圆牌旁，牌子上写着花体英文 Pride。谢澜目光开始涣散。

胡秀杰把其中一个递给他，另一个揣回口袋："猫头鹰是咱们四班的象征。你有什么想和大家说的吗？"

谢澜：可以没有吗？

他麻木地瞅着底下的"猫头鹰们"，大脑一度当机，再次丧失了中文功能。

班级里低笑一片，窦晟坐在最后一排，抬头看着谢澜，嘴角扬着一个有些骄傲的弧度。他又不禁叹了好几声气，有些遗憾。可惜了，此时竟找不到一个人来显摆显摆谢澜有多优秀。

谢澜在台上开始麻木地背诵一些感谢作文的模板，窦晟笑着低头继续练习画数码宝贝。但很快，他又停下笔，抬头看向讲台上。胡秀杰降下投影，谢澜站在讲台一侧，投影机将他的侧影打在白色的幕布上。

估计是有点紧张，那个影子在幕布上偶尔轻轻颤一下，纤细，美丽。

一如当年，但又比当年成熟和坚韧。

窦晟看了一会儿，眼神逐渐变得沉静深邃，他把大白本子翻过去，随手勾勒出幕布上那道身影的轮廓。其实不需要怎么抬头，那道影子是什么样的，早已在他的潜意识中。没一会儿工夫他就停了笔，看着谢澜从前面走下来，飞快在影子旁加了一片梧桐叶，把纸撕下来团了塞进裤兜。

教室里响起一阵掌声，窦晟也放下笔鼓起掌来，笑着看谢澜回来。

等谢澜回到座位上，胡秀杰才收敛笑容："接下来我把大家的成绩投出来，都挺稳的，绝大多数人各科都没什么大的起伏。"

她说着连上计算机点开成绩单。文档弹出的一瞬，全班吸了口冷气。高居榜首的人——戴佑，随后是董水晶。捋着名单一路往下，一直找不到窦晟，直到看到最后。后进来的几个偏科生在数理 A 基本都是倒数，谢澜学年榜上飞升，但在数理 A 仍是倒数第二。

倒数第一，窦晟，总分 598，学年排名 239。

"我去？"

"什么情况？"

"豆子语文 91？理综又是怎么回事？"

胡秀杰脸色冰冷："解释一下。"

窦晟自觉起立："老师，考场上胃疼，状态不好，抱歉。"

胡秀杰冷笑："语文胃疼，数学好了，理综又胃疼，英语又好了？"

窦晟点头："确实。"

"你少给我扯！"胡秀杰冷脸道，"午休巡考我路过第 1 考场，眼看着你吃完一份盒饭又拿了一份！"

谢澜震撼。那么难吃的盒饭，竟然能吃下去两盒？

窦晟尴尬停顿，许久才低声道："抱歉，事出有因，那天也确实不太舒服，下次不会了。"

"你没有下次了。"胡秀杰冷笑，"秦老师说你的作文可 48 可 50，给你面子让你上了 50，我正要跟他说，严肃处理，作文 48，语文 89，你直接从咱班出去吧。"

话音一落，教室里一片死寂，所有人的后脑上都是大写的震惊。

窦晟也僵了下，谢澜隐约感觉到他真的有点慌。

"不是吧老师？"窦晟一脸无语，"分都出了，还带改低的？别闹，求求了。"

胡秀杰冷笑："不想走？也行。出来，办公室面谈。"

众目睽睽之下，窦晟从座位里跳了出来。

谢澜忍不住担心地低声道："拿出你的长项，说软话啊。"

"我知道。"窦晟和他擦身而过，又回头看着他。大帅哥的脸上竟有一丝委屈。"赔我，你要答应和我一起跳舞。"

谢澜："？"

第二十四章

夜 晚 演 奏

胡秀杰带着窦晟离开后，教室里很快安静下来。

"猫头鹰们"伏案学习，偶尔有书页翻动声，却更衬得周遭安静，静到能听见灯管通电的嘶嘶声。

谢澜戳了戳放在笔袋旁的小猫头鹰玩偶，低头写古诗文阅读卷。他写了一会儿，又放下笔，瞟了眼旁边空荡荡的位子，总觉得少了某个动来动去的家伙很不适应。

过了一会儿，走廊里忽然传来熟悉的高跟鞋声。谢澜正要抬头，就听胡秀杰在外头说道："马老师，看自习啊。"老马和善的声音随之响起："刚和我们班学生讲完成绩。"

胡秀杰笑笑："全科A班这次考得挺好的。"

"还行，还行。"老马顿了顿，"你和窦晟谈过话了吗？怎么回事？"

谢澜捕捉到关键字，不动声色地停下笔。余光里，周遭同学也都动了动耳朵，翻书的动作静止在空中。

胡秀杰道："先让他在办公室反思，我去趟十二班。对了马老师，正要和你商量，我看这小子不是很珍惜这个竞赛班，要不让他去你们班冷静两周？"

老马语气更诚恳："胡主任，我们全科A也不是收破烂的。"

外头安静了片刻，隔壁班忽然传来一阵哄堂大笑，哐哐哐捶桌子起哄的声音都掀到走廊上去了，谢澜还没反应过来，这边也哗地一下炸了，车子明直接后仰在他笔袋上"打鸣"。

走廊上传来一声开门声，隔壁一个男生喊道："来啊，让豆子过来，四班全科A分部欢迎光临。"

挨着后门的温子森也直接开了门："别急别急，等五月给我们班打完球赛就给你们！"

两个班的高材生"哦哦哦"地拍桌起哄，直到胡秀杰冷着脸出现在门口。仿佛广播喇叭一下子断电了，整个走廊鸦雀无声。温子森谦卑地对她笑笑，抬手拉住后门把手，缓缓、缓缓地把门关上。世界归于死寂，直到胡秀杰的高跟鞋声蹬蹬蹬地消失在走廊另一头。

终于熬到第一节自习下课，外头有人喊"学年大榜贴出来了"，全班人一窝蜂涌了出去。车子明拍拍谢澜桌子："走啊，哎，你怎么把小提琴背来了？"

"这周要在学校赶个视频。"谢澜放下笔，"你们先去吧，我等会儿。"

等人都走得差不多了，谢澜才出去。办公室和厕所是相反方向，但好在和学年大榜公告牌在一条在线，谢澜面色淡定，缓缓往那边溜达。

戴佑看完榜回来，笑道："谢澜看榜啊。"

"嗯。"谢澜立刻收回视线，泰然点头，"看看榜。"

戴佑对他笑了笑就走了。

谢澜心里发凉，总感觉戴佑笑容微妙，有可能已经发现他要去办公室偷听窦晟挨训的意图了。他只能继续硬着头皮往前走。

两个A班看榜很快，这会儿已经散得差不多，公告牌附近站着的都是生面孔。

谢澜本来要从人堆后头穿过，走两步忽然一顿，看到一个熟悉的身影。

陈舸套着肥大得离谱的校服外套，对襟敞开露出里面的白T，比半个月前稍显干净些，头发也没那么张扬。他正站在人群的大后方，神态淡漠，扫着排行榜上的某处。一个棕色的钥匙扣似的玩意儿被他套在食指尖，咻咻咻咻地一圈圈转着。

谢澜下意识寻着他的目光看去，一眼就扫到了学年大榜中间某列第一排的名字。

理科12班，陈舸，总分528，年级排名352，上升198名。

谢澜正愣着，就见陈舸扯了下嘴角，淡淡道："就这。"

他说着转身欲走，指尖晃动的动作停了，反手把那玩意儿抓在掌心。是令人眼熟的毛茸茸棕色小猫头鹰，站在"Pride"牌子旁边。

"谢澜？"陈舸看到他，挑了挑眉，"看榜啊。"

谢澜回过神"嗯"了声："恭喜。"

"就那样吧。不如你，你这数理也是够牛的。"陈舸随便扯扯嘴角，"走了啊。"

谢澜看着他走远，忍不住又回头看了眼榜。距离上次那事才两周多，陈舸上升得飞快，如果论进步幅度，他第一，其次就是陈舸。不知为何，看陈舸飞升爬榜，他会有种错觉，仿佛恍惚间得瞥一眼当年的窦晟。

但又不那么一样，说不出是哪里不一样。

谢澜回过神，继续往办公室走去。

胡秀杰办公室仿佛自带一种净化功能，方圆几米都少有人路过。谢澜无声地走到办公室外，门虚掩着，里面安安静静。

他站在门侧偷偷往里瞥了一眼。

窦晟果然在，老样子挨着窗台边站着，视线漫不经心地定在窗外。

胡秀杰喝了口茶放在桌上："你就打算跟我在这耗着？真让我把你从竞赛班拎出去，放到别的班你才开心？"

窦晟闻言轻轻叹了口气，回过头道："老师，说点现实的吧，您就不可能那么胡闹。"

胡秀杰眼睛一立："那你凭什么胡闹？被人叫了两年学神，看不上一次小小的期中考试了是吧？"

"真没有。"窦晟叹了口气，脚尖点地转了转脚腕，"道歉好多遍了啊，我腿都站麻了。"

"站断得了！"胡秀杰立马骂道。

窦晟无语，幽幽一叹，转头又看向了窗外。

过了好一会儿，胡秀杰怒气稍平，定定地盯着他。"窦晟。"她语气低下来，"不好好考试一定是有原因的，你跟老师说，是不是跟你父亲的事有关？"

父亲？门外的谢澜一僵，下意识朝窦晟看去。

窦晟的神情也怔了下，视线从窗外收回来，愣了一会儿才无奈笑笑："哪有。那都什么陈芝麻烂谷子的事了，我入学时我妈就那么一打招呼，您不用年年都记挂着我爸的忌日。"

忌日。谢澜愣了一会儿，下意识掏出手机，拼音输入"jiri"，复制联想的第一个词到词典里。

词语释义和他预想中的一样。他的心猝不及防地沉了下去。

胡秀杰应当是不知道窦晟爸爸出轨那一遭，只是刚好逢上了日子，以为窦晟心情受到了影响。她叹气道："没记挂。我琢磨了一节课，实在想不到别的原因，也是偶然间想起这一遭事，算算日子可不就是明天。你是好孩子，如果心情不好可以和家长老师倾诉，还有你那一堆朋友、网友，有情绪千万不要憋在心里，也别拿自己的成绩开玩笑，知道吗？"

"明天……"窦晟眼神忽然有点远了，像是在盯着空气中的一点发呆。他的神情还很平和，但垂在身侧的手指却不经意地蜷缩了蜷。许久，窦晟回过神，又如往常般漫不经心地笑起来，"算啦，我调整好自己的状态就好了，老师不要担心了。"

他说着站直了，把手从裤兜里拿出来，很礼貌地低下头说了句对不起。"以后真的不会了，老师，真的很抱歉。"

胡秀杰后面说的话谢澜都没听进耳朵，他贴墙默立片刻，在胡秀杰放人前转身快步无声地走了。墙壁那种冰凉的感觉顺着脊柱往上爬，却无论如何也按压不下心中的灼热。与门缝擦身而过时，谢澜瞟见窦晟淡笑着和胡秀杰说话的样子，窗外的梧桐叶在夜色下轻轻晃动，窦晟的身影由灯光打在窗上，那样笔直而韧。

　　窦晟是在快放学时才回来的，车子明看他过来，开玩笑道："虎口逃生？"

　　窦晟笑笑："侥幸存活。"他回到座位上，笑着在谢澜笔袋旁的小猫头鹰头上戳了一下，翻开大白本子继续练习画那几只数码宝贝，一直到晚上放学都没说什么。

　　放学回宿舍路上，谢澜背着琴走在窦晟身边，窦晟才开口道："今天画数码宝贝，我想到我小时候看这片的时候了，满满的都是回忆啊。"

　　谢澜听他提小时候，心里闪过一丝不安，然而扭头看去却只见他淡淡地笑着，看不出什么情绪。从办公室回来，窦晟确实和平时不太一样了，那种感觉很淡，或许是他自己都意识不到亦或是努力藏着的，但谢澜却感受得很真切。

　　许久，谢澜问："你喜欢哪一只？"

　　"都差不多……"窦晟在风里眯了眯眼，又笑道，"巫师兽吧，我有一段时间一直觉得我和他有着一样的精神。巫师兽为了保护迪路兽被当胸一击杀死，啧，为最重要的人赴汤蹈火，好酷啊。"

　　谢澜点点头："那手书也画巫师兽，多画几张。"

　　窦晟"嗯"了声。

　　回到宿舍后窦晟就打开ipad开始正式画稿，谢澜如常学了一会儿语文和生物，等到11：30全寝熄灯，他收了资料爬上床。戴佑和王苟还在床上小声讨论数学题，窦晟在ipad上认真地画着。

　　那只好看的手握着数位笔，在亮起的荧幕上快速勾勒，简单又清新的数码兽线条就那样一张张勾勒出来了。

　　宿舍里黑咕隆咚的，窦晟把光调暗了一点。过了一会儿，谢澜忍不住掏出手机，戳开和窦晟的对话框。

　　有病：你今晚好像有点过于安静，不开心吗？

　　他发过去没一会儿，就感觉枕头被什么东西戳了下，抬头一看是窦晟的笔。

　　窦晟压低声道："某人不是在办公室外扒门缝了么，明知故问。"

　　谢澜一惊："你知道？"

　　"你一来我就发现了。"窦晟笑笑，"猫猫走路虽然没声，但相处久了会有感觉。"

　　说得怪玄乎的。谢澜顿了顿才说："你爸那事影响你吗？"

　　"说不上有没有影响。"窦晟叹气把ipad收了，往床上一趴，小臂撑在枕头上，和谢澜隔着几根栏杆头顶着头。他小声道，"平时我真的是想不起来的，往年也无非是在那一天前后会有点低落，这种事控制不住的，你懂吧？但今年有点例外，今年我本来把这事忘得死死的，尴尬，老胡想多了，反而给我提起来。"

他嘴上云淡风轻，但谢澜看着那双眸光微微波动的眼眸，还是觉得有点揪心。许久他才道："宅舞那个视频，我答应了，我们一起跳，能让你好点吗？"

对面的眼眸中瞬间蓄起一点光，窦晟唇角挑起："那可说好了啊，不许反悔。"

"嗯，说好了。"谢澜叹气，"还有什么能让你好点？"

"答应这个我就很满足了。"窦晟翻身躺好，顿了顿又说，"剩下就是自我疗愈的部分，我决定戴上耳机听两首小提琴曲，晚安，二猫。"

"嗯，晚安。"

谢澜在他头顶看着他戳开音乐 APP，而后窦晟稍稍侧了侧手机，明显是不太想让人看见歌单。谢澜下意识翻身回去躺好，不再看他的手机。但他躺好了又忍不住发愣。窦晟很少会在他面前有隐藏，平时刷微博、刷私信都是当着他的面，完全不避讳。

那个怕人看的动作让他忽然想起很久前，陪于犀一起逮黑猫去看病的那天晚上，窦晟提起过他有一个拉小提琴的朋友，而且"拉得很好"，问名字，他还说"私藏，谢绝分享"。谢澜心里忽然有点微妙，下意识掏出手机。

有病：你的那个明星，不会就是你拉小提琴的朋友吧？

头顶的手机震动了一声，而后窦晟的动作稍停顿，许久才回复。

豆子医生：被你说中了。我都忘了还告诉过你有个拉小提琴的朋友，怎么了？

有病：没事，就是忽然想到而已。

谢澜把手机塞回枕头底下，翻个身，突然觉得心里有点堵。那可是小提琴啊，窦晟曾经一本正经地跟他说，你这种三天打鱼两天晒网的，没法和那人比。

那日窦晟理直气壮的语气在回忆中浮现，谢澜一下子坐了起来。床架嘎吱一声响。

窦晟吓一跳，把耳机摘了扭头看着他："怎么了？"

谢澜定定地盯着他，不吭声。

"怎么了？"窦晟表情开始严肃，下意识撑起身来。

"陪我找个地方练琴。"谢澜说。

窦晟一呆："……现在？"

宿舍一楼的那扇窗终于派上了用场，今天晚上没有老师抓，谢澜背着琴翻出来也很轻巧。白天是大晴天，晚上天气也好，夜空深蓝，迎面还有徐徐的风，吸两口，从头到脚都通透。

谢澜背着琴推开行政楼天台那个小门时还有点担心，回头问道："这楼真的没保安吗？"

窦晟笑得不行，随便在楼边上一坐，腿从栏杆里伸出去轻轻晃着。

"是没有保安，这楼平时就空，晚上更是一个人都没有。来都来了，你放心拉琴吧。"

谢澜闻言放下心来，在不远处靠近栏杆的地方开了琴盒，给琴细细上过松香，架在颈下。

窦晟掏出手机，笑眯眯道："二猫真好看，我做你的摄影师。"

"不用。"谢澜看了他一眼，顿了顿才说，"这个是我改的安慰版《Butterfly》，从来没拉给人听过，你是第一个观众，听着就好了。"

窦晟闻言一愣："安慰版？"

"嗯。"谢澜拿好琴弓，"路上想到的拉法，试试吧。"

窦晟有些发怔，许久，眼神温柔下来，"嗯"了声。

"那我专心听，不拍了。"

谢澜轻轻吸了口气，将弓搭在弦上。

《Butterfly》本来是一首激燃的旋律，这种曲风改成小提琴通常会放大其中悲壮和感动的味道，就像从前的《H.Blood》一样。但其实还有另一种改法，如果把音往下调半度，将快节奏段落中的主旋律音抽出来重新演绎，就会让它变得低沉温柔，随着主旋律推进，慢慢放宽音域，推进低音的厚度，童年里的回忆就会以最温柔的姿态慢慢呈现。

低低的、婉转的小提琴声从行政楼顶被晚风带得有些远，窦晟坐在谢澜几米开外，目光柔和地注视着他。

风吹着谢澜的头发和衣服往一侧微微偏去，他的眼神落在琴弦上，眸光沉静而专注。往日谢澜拉琴时脚下会随着旋律摆动，或许是今天的曲子太温柔了，他在风中站得很稳，只有拉弓的右手轻轻开合，或立或侧，牵动着人心。

在窦晟的印象里，这部动画确实是小时候一家三口一起看的。他永远不会原谅背叛家庭的那个人，但在很偶尔的时候，他会想起小时候，那些背叛还没有发生时的时光。

他记得他还背过《Butterfly》的中文歌词——好想化作一只蝴蝶，乘着微风振翅高飞，现在，马上，我只想赶快和你见面，烦心的事放在一边，如果忘记那也无所谓。

小时候窦晟还不懂，这么燃炸的曲子怎么会有这种怪怪的歌词，但这会儿看着谢澜拉琴，好像一切都忽然对应上了。

他对着谢澜拉琴的身影轻轻勾起唇角，谢澜侧起琴弓，旋律变奏出一丝缭绕着忧伤的感动，在晚风里安静流淌。窦晟听了许久，忍不住转头眨了眨眼，按压下眼眶的酸热。

片刻后，谢澜的琴音止歇，收了琴，到他身边撑地坐下。

谢澜问道："怎么样，就用这个版本给 K 牌交作业？"

窦晟笑着"嗯"了声："简直不能太好了，明天琴到，晚上咱们还来这儿。"

"还来这？"谢澜有些惊讶，"不是说要找个午休去草坪上吗？"

窦晟摇摇头："刚才那一幕，更好。"

柔和夜色下拉琴的少年，或许是他永远都不会忘记的画面。

谢澜犹豫了一会儿才点头，顿了顿又说："那个明星小提琴拉得再好，也是离你很远的人。我也会拉琴，我拉给你，更现实点。"

窦晟一惊，扭头看着他："你因为这个拉我上来？"

风吹着谢澜的头发往前卷，他往后拨了拨，淡定道："也不全是，只是看你挺可怜的。"

窦晟好一会儿都没说话，许久才低低笑着转过头。"那我收到了。"

谢澜和他一起坐在栏杆旁晃着脚吹了会风，又忽然道："对了，我忽然想起之前你说过的。你真的觉得那人拉琴比我好很多？认真的吗？"

"嗯？"窦晟一时间没反应过来自己什么时候说过这话，偏过头看着他。

谢澜神色有些无奈："我也不是说自己最好，肯定有很多比我好的，但我觉得，如果是个明星，小提琴应该只算爱好吧？其实我的水平在爱好者里还是算……"

"你拉得更好。"窦晟打断他。

谢澜顿了顿，黑眸里瞬间涌出一丝少年得意，带着几分早知如此的骄傲。

但他很快又冷下脸道："不许骗我。"

"没有骗你。"窦晟淡淡笑着，"没人比现在的你拉得更好。"

行政楼一来一回还不到一小时，但谢澜明显感觉到窦晟心情变好了。

回来路上，窦晟随手捡了几片梧桐叶子在手里揉着，等回到宿舍走廊，他把揉成的一个蚕豆大小的叶团递给谢澜。

谢澜捏着软乎乎的团子："这是什么？"

"梧桐豆。"窦晟站在宿舍门外，回头冲他轻轻眨了下眼，睫毛遮着眼中的笑意。

走廊声控灯都灭了，只有一侧窗外透进来的柔和的月光。

谢澜小声问："梧桐豆是干什么的？"

"聊表心意。"

谢澜怀疑自己听到了一个新成语，还没来得及追问，窦晟已经推开了门。

屋里一片漆黑，戴佑和王苟发出均匀细长的呼吸声。他只好作罢，小心翼翼爬回被子里。

窦晟也躺下了，似乎没有进一步解释的打算。

许久，谢澜还是戳开了和他的聊天框，措辞半天，发送出好似漫不经心的一问。

有病：对了，那个明星叫什么名字？

很快，头顶有光亮起，窦晟看了手机。

谢澜把被子稍稍往上拉了拉，手机缩进被窝，不让那道光晃出去，也不让窦晟看见自己的表情。过了有五分钟，被子里才震一下。

谢澜莫名觉得有点紧张，指尖放在荧幕上顿了好一会儿才点开消息。

豆子医生：叫 MboYjf

有病：这是人的名字吗？

豆子医生：嗯。你查查。

谢澜一脸迷惑把这串英文复制到网页上，点击搜索。

——多么神奇，浩渺的互联网，竟然没有一条与之相关的信息。

手机又一震。

豆子医生：查不到吧？

豆子医生：早就说了是很小众的名人。

豆子医生：眨眼睛表情

"……"

谢澜索性在枕头上仰起头，小声道："我只有一个问题，这个名怎么读？"

窦晟也仰头，看着他的眼睛，优雅启唇，吐出一串奇怪的音节。

这声音仿佛一个来自俄罗斯的巫婆在对他施变蛊咒。

谢澜无语了。他面无表情躺好，恨恨地翻了个身。

QZFXR 的对话框日常在私信最顶端，之前这人总是隔三岔五来问候谢澜的情况，这段时间却更多发些自己的闲事，把谢澜当树洞用。

今天天气不错。

我家司机可太彪悍了。

最近考试了，考场上睡了好几觉。

总是下雨降温，唉。

我养了两只猫，奢望一只替另一只守夜，但不太行的样子。

谢澜匆匆浏览过，正要关掉，一条新的消息忽然弹了上来。

最近发生了一些很奇妙的事，我触碰到了月亮。

触碰到了月亮？

谢澜震撼了两秒，下意识问道：什么意思？

对方隔了几分钟才回复：说了你也不懂，很飘渺。

谢澜叹气回道：你试着解释一下，也许我能懂。

对方许久都没有回复，久到谢澜打算关掉软件了，页面上却突然又弹出一句话。

一直心向往之的人，来到了我身边。追星成功了一半，还需要努力。

又一个追星的？

谢澜对着屏幕震撼了一会，打字回复道：大概能理解你，我有一个朋友最近也是这样。

对方发回一个快乐的表情。

谢澜蹙眉琢磨了片刻，不确定地打字道：可惜你们不认识彼此。

对方回得很快：是啊，我们是两只处境完全相同的小动物，肯定有共鸣。

谢澜脑子里忽然灵光一闪：我知道，这是个成语，猩猩相惜。

手机另一端再次陷入漫长的沉默。

许久，QZFXR幽幽地回复道：是惺惺相惜，我可谢谢你。

谢澜连续发了三个惭愧的表情才摁灭手机，下意识抬头看向头顶，却见窦晟的被子里也隐隐有光亮。他犹豫了一会儿，小声说："我睡了。"

窦晟立刻从被子里伸出头，低声道："晚安。"

"晚安。"

大概是心里有事，这一晚谢澜睡得一般，早上起来时脑子里还是昏沉沉的。他去水房洗漱回来，见窦晟一脸被人欠债似的从床上下来，打了个大大的哈欠。

王苟好奇道："你又剪视频通宵了？"

窦晟睡眼惺忪地甩头："没剪视频，就是单纯没睡着。"

"没睡着？"谢澜回到自己桌前收拾书包，随口问，"为什么？"

窦晟趿着拖鞋过来，一抬手，老姿势搭在了他肩上。

谢澜一僵，顿了顿才往后甩肩试图把他甩开，没好气道："你有病么，脚早就好了还往人身上搭。"

"脚好了，但我失眠了啊。"窦晟又把头也埋上来，抵在他肩膀后低声嘟嘟囔囔，"我心情还没好呢，你的关爱套餐可以延长两天吗，可以再关爱我两天吗？"

谢澜被他磨得浑身都要炸了，想拒绝，但偏偏这个心情不好的理由没法拒绝。

许久，他才认命一叹："好吧，别太过分啊。"

也不知失眠这一晚究竟发生了什么，让窦晟彻底丧失了作为智人的尊严。

从宿舍楼到食堂，再从食堂到教室，他就像长在谢澜身上了，一手揣兜，另一手扶着谢澜的肩膀，走路尚能直立，但只要脚下稍有停顿，就又立刻把脑门也抵在谢澜肩上。

谢澜一边身负"重任"，一边还要忍受来往同学匪夷所思的眼神。中午收到品牌方的琴，谢澜二话不说把琴盒拆出来斜背在身后。本以为窦晟会有点眼色，没想到他完全不嫌后背那块地方挤，胳膊硌在琴上仍然顽强地勾着他的肩，胡秀杰看了直皱眉。

这周两人都很忙，谢澜连着三晚到行政楼顶去试奏《Butterfly》，品牌方要求出两版稿，他就将原本的激燃版和那晚灵感忽至的抒情版都录了一遍，窦晟全程负责拍摄，白天还要抓紧一切课余时间画视频插画，忙得脚不沾地。

两版粗剪的初稿交上去，谢澜等着反馈意见后再上一次天台，结果当天下午吴承那边回了一个OK——"比我们想象中还要好很多，对产品的展示也很全面。我们商量过后希望用抒情版出片，演奏部分没有要修改的，最后的手绘信息页需要调整一些措辞，我整理好发给你。辛苦二位。"

窦晟冲谢澜眨眼："我厉害吗？"

谢澜认真点头："我都做好准备录 b-copy 了，想不到真的一次过。"

"哪里就一次过了，一会儿天气不好，一会儿收音不好，就这你还折腾了好几次呢。"窦晟叹口气，刷刷 B 站又道，"对了，那个阿泽今天早上新发了一条视频，也是演奏动漫曲，数据很不错。"

谢澜就着他的手机点进那个视频，分了一只耳机听。瓦尔令阿泽的演奏水平很不错，这首是有着轻童话感的动漫插曲，他还改了几个和弦，让曲风更轻巧灵动，与现在的天气很搭。视频直接投稿进 #令人心动的音乐# 活动，有官方流量扶持，加上阿泽本身粉丝量大，不到一天就有了 80 多万播放。

窦晟摘下耳机道："看弹幕和评论区说的，他这首曲子没用平时的琴，选了一把推荐给新手的小提琴，而且还不是推广，我估计是要提前拦截你这周推广视频的热度。"

谢澜叹气："我有什么办法阻止吗？"

"你没有，这其实是挺常见的竞争手段。只能说谢澜小朋友过于优秀，音乐区第一大 UP 哎，粉丝量快你十倍了，忌惮你到这种地步。"窦晟笑着用两指捏着手机转来转去，抬起胳膊往谢澜肩上一压。

"……"

谢澜眼睛瞟向他的胳膊，本来到嘴边的话全忘了。他简直怀疑窦晟身上有着某种华夏神秘学，只要一靠近，就能封印自己的智商。

窦晟一条胳膊压着他，另一手继续飞快地刷着阿泽的首页，刷着刷着忽然一顿，而后缓缓从谢澜肩上收回了手。"我去。"

谢澜回头："怎么了？"

"这人是……"窦晟话到一半又咽了回去，蹙眉严肃道，"这人也弹过和你改编那版很相似的《H.Blood》，半年前投稿的。"

谢澜一下子来了兴趣，抢过手机点击播放那个视频。

视频标题很坦荡——《小提琴改编版 H.Blood ｜致敬偶像 SilentWaves》。编曲的确是让谢澜在油管上打出招牌的那个版本，高潮部分的对话式拉奏难度很高，外网效仿的演奏者大多会在那一段露出生涩，但阿泽水平过硬，从始至终都算流畅。这个视频他也用了投影的形式，可以说对谢澜的还原度有七八分了。

只不过谢澜在国内实在没什么人认识，弹幕和评论都在赞美阿泽，连问 SilentWaves是谁的都很少。

窦晟清了下嗓子，试探道："你知道这个 SilentWaves 吗？"

谢澜顿了顿："知道。我之前直播里拉的那个版本，就是在他的改编版基础上又修改了一些。"

"哦。"窦晟笑起来，"原来阿泽是那个人的粉丝啊。"

"粉丝？"谢澜脸一垮，把手机扔回给窦晟，冷冷道，"不算。"

他本人在 B 站拉奏这么多次了，这都听不出来，可算不上什么认真的粉丝。

谢澜低头整理下节课的资料，余光却见窦晟嘴角翘着，一边哼歌一边点开 ipad 继续改稿。

谢澜困惑道："你心情又好了？"

窦晟"嗯"一声："心情突然变得非常美丽。"

"心情美丽？"谢澜一愣，连忙换出语文积累本道，"这个形容词搭配好巧妙，我得记一下。"

视频后期精剪花了两天，最终发布时间是周六清晨。五一前的最后一个周末要调休，周六上周一的课，下午刚好有节体育。

这一周气温骤升，阳光浓郁刺眼，窦晟在小操场打球，谢澜就坐在食堂门口的水泥坡上，把自己缩在头顶唯一的树荫下。他旁边放着窦晟上场前跑着去买的葡萄冰，盛在水杯里，等化了喝冰沙。

谢澜看了一会儿球，才想起视频应该已经过审放出来了，扫一眼周围没有老师出没，点开了手机。最后的版本他自己都还没有看，窦晟总是习惯在最后关头给视频加"亿点"细节，因此他往往熬不到审阅最终版本，只能和粉丝一样等视频发出来了才看。

头顶的蝉在梧桐树上懒洋洋地叫，谢澜戴上耳机，点开了个那个视频。那天的夜空深蓝澄净，双机位一个在近处，一个在附近另一栋高楼的楼顶。视频开头即是远景拍摄，夜空下站在天台上的白衫少年，将提琴架在颈处，温柔开弓奏响。月色在他半边身上洒下柔和的光辉，镜头缓缓推进，少年温柔的眉眼逐渐清晰，在夜色中生动。

第一个音符出来，弹幕情怀党们即开始刷屏。随着旋律铺开，窦晟手绘的数码宝贝也跳上了画面，每只数码宝贝都只有极简的白色框线，它们随着音符的跳动在谢澜身边散步、跳跃。巫师兽拉着迪路兽的手，动漫里杀死它的吸血魔兽在背后摩拳擦掌，当谢澜将旋律推上一个高潮时，吸血魔兽一箭放出，射穿巫师兽的背，然而巫师兽只低头看了看，迪路兽拔下那把箭拉着它继续走。

曲子的后半段，窦晟描着谢澜的轮廓画了一些月色的轮廓线，线条弹跳跃动，让谢澜仿佛也成了漫画里的纸片少年。随着尾音淡出，镜头再次拉远，缓缓回到最初的另一栋高楼，望着少年小小的身影收弓拾琴，在月下轻轻鞠躬示意。

最终的提琴广告手写页被弹幕遮得什么都看不见了。

【听哭看哭，剧情感太厉害了】

【我永远爱谢澜】

【豆子是跑到另一个楼的楼顶拍吗？】

【这所学校好美啊】

【好想知道站在相机后的感觉】

【我为澜崽疯狂心动】

【只有豆子才能拍出这么好的澜崽】

谢澜按下暂停，抬头看了眼篮球场上奔跑的窦晟，将这些弹幕截屏留存，继续往后看。

【这曲子改得好美】

【给这个改编思路点赞，真的绝】

【编曲略去了战斗和死亡，只留下感动】

【和手书里修改过的剧情好搭】

【澜崽也是手书中的一部分】

【dm、em联合创作，必属精品！】

不仅是弹幕，视频审核放出来才小半天，搜索关键字已经有了音乐区其他创作者的投稿，有人翻奏，也有两个编曲UP的赏析。时间匆忙，那些视频没经过剪辑，就是对着手机说了一两分钟，专门解析谢澜改编动漫曲的质感和结构。

谢澜点开其中一个赏析，解析者语速太快，还有口音，说的那些中文编曲术语他也听不太明白，索性关掉了。

谢澜刷了一会儿弹幕和评论，又收到关注人私信，是很久没来找过的@爱吃饭的MR.X。

老弟你真绝了，新视频四小时冲热榜，咱几天没见啊，你粉丝40多万了？

我有个朋友在边上，他是从业人士，说你的改编非常精彩，你粉丝绝不应止于此啊。

未来是星辰大海，好好在B站发展吧，作为你第一个关注的UP我好荣幸。

理理我？

谢澜有点无语，不想理这个陪窦晟一起骗过他的人，但往上翻翻，又觉得实在不礼貌，只好敷衍着回了一个"嗯"字。

又嗯？？？

我服了

总之啊，我朋友说你可以试着投一下这个链接，阿泽也投了。

谢澜对同行竞争实在没兴趣，当初他在油管上发视频也被几个大博主针对过，但最终大家还是各凭本事发展。他随手戳开MR.X发来的链接扫了一眼，是一部小提琴少年题材的国产动漫，正在招募主题曲编曲和演奏者，不仅报酬可观，还能和大师级民乐老师合作。

招募公告里特意写明欢迎年轻创作者报名，尤其是B站UP，人气和实力都是考量的重要标准。B站音乐区有名字的小提琴演奏者几乎全员报名，阿泽打头，后面浩浩荡荡跟了一串。谢澜扫了眼那些人的粉丝量公示，再看看自己刚刚涨破40万的数字，默默点了叉。

天气有点热，葡萄冰化得差不多了，谢澜拿起杯子喝了口冰沙。冰凉凉的、甜甜的液体顺着喉咙滑下，通体舒畅，他在大太阳下眯了眯眼，远处球场上刚刚中场休息结束，窦晟抱着球，视线穿过人群与他远远相汇，笑着眨了眨眼。

从机场见第一面起，谢澜就觉得晴天和窦晟很配。那双黑眸盛着光笑起来时是那么坦荡好看。

谢澜仰躺在水泥坡上，拿起手机继续刷评论看。

页面一刷新，热评第一忽然变了。

【XSY：你是清霜降山谷。】

楼中楼第一条回复来自@人间绝帅窦_dm，一分钟前——

【胜却人间无数。】

体育老师一声哨响，吹断午后藏在风里的纷乱心绪。

谢澜拿着东西跟大家往回走，林荫道上凉风习习，窦晟在一旁笑问："播放量多少了？"

"40多万。"谢澜说，"比想象中好。"

"早就说过，你是音乐区冉冉升起的新星，光芒无可匹敌。"窦晟说着伸手作出上升的动作，修长白皙的手指在光下晃动着，伸到头顶，轻轻拍了一下梧桐树垂下的枝叶。

树叶哗啦啦地响，谢澜忍不住抬头看，却被日光晃了眼，有些目眩。

车子明扒拉着几人："哎，明天就是刘一璇生日了，咱们要不要送礼物啊？"

戴佑摇头："我感觉送女生礼物不太好，一起跳宅舞就当贺礼了。"

于扉日常臭脸："说得对，你跟人家关系有那么好吗？"

车子明立刻反驳："你不送？大少爷，咱班谁过生日你不都顺手送点礼物？"

于扉噎了下，又很烦躁道："最近零花钱用完了，不送。"

车子明震惊："你那成吨的零花钱也有用完的一天？你买啥了？"

于扉心烦地揍了他一把："买大件，问那么多有病啊。"

谢澜没加入他们的讨论，他在刷私信列表，好多人这会儿涌过来跟他说他引起了音乐区阿泽的注意。

谢澜随手在阿泽的动态里翻了翻，原来某论坛有人走漏了他们抢一个商务以及阿泽失手这事，猜测阿泽前几天的视频是故意狙击谢澜。几分钟前阿泽转了一次前两天的视频，配文道："老UP不会跟新人过不去，更何况艺术这东西人各有长，手动@谢澜_em，兄弟的氛围感是一绝，我只继续做个技术帝就好。"

下面粉丝纷纷赞美阿泽大气，谢澜怎么看这段话怎么觉得奇怪，如果出在语文卷子上，让分析深层含义，他甚至有点想答"先扬后抑""反讽"之类的。

往下翻翻，果然有人附和。

【六年老粉表示，孩子不懂浪漫，只会精进琴技，叫器全站谁敢不服？】

【搞虚的没用，拉琴是实打实的苦做工，技术才是王道。】

【小声KY，某人第一次直播时拉的H.Blood是仿油管某神，阿泽也仿过，但某人把高潮那段S级难度的多重变奏给改了，估计还是无法驾驭吧。】

"呵。"谢澜忍不住冷笑，"说谁技术不行。"

窦晟凑过来："什么？"

"没什么。"谢澜冷脸打字发预告，"晚上回去直播练会儿琴。"

窦晟正纳闷，车子明又拽了拽他："你呢，送不送礼物？"

窦晟闻言收回视线，懒洋洋地打了个哈欠："不送。我也刚买了大件，穷。"

大件？谢澜好奇道："大件是价格贵的意思么，买了什么？"

窦晟稍顿，仰头灌下半瓶矿泉水，含糊道："没什么。"

嗯？谢澜下意识瞟向他，他却又捏着水瓶子仰起头，咕咚咕咚继续灌。

不知是否是他的错觉，窦晟象是在藏着掖着什么似的。

调休这两天没有晚自习，住宿生可以走读，六点一放学学校里全是人。

刘一璇选的宅舞音乐是《恋 Dance》，课间几人已经研究过，肢体动作很简单，主要是几个手部动作有点难度，需要今晚回家各自练好，明天再一起合。

谢澜往校门走这一路，余光里各种爪子上下纷飞，车子明没被邀请也硬要跟着练，戴佑笑着跟随，就连于扉都难得认真地摆弄着两只不灵活的手。

肩膀上一沉，某人又挂了上来。谢澜一阵窒息："你不是已经心情美丽了吗？"

"今天打球好像又把脚崴了。"窦晟说着就瘸了起来，忧愁一叹。

谢澜瞟了一眼他的脚，裤子遮着看不见伤处，但听那好似刻意压着的低低的嘶声，确实不像装的。他忍不住道："没事吧？去医院看看？"

"不用，过两天就好了。"

窦晟啧了声："那个舞里有个动作要摆胯一圈，有点羞耻啊。还好刘一璇画的队形图里我站后排。"

谢澜脑袋里嗡的一声。他下意识点开刘一璇发进群里的几张队形图，有摆胯动作的那一段落，他站在窦晟前边。谢澜听到自己灵魂冒烟的声音，许久才强自镇定道："脚疼很难做这个动作，建议她改一下吧。"

"不要。"窦晟立刻否决，赖在他身后小声说，"我到时盯着你学就好了啊。"

因为这简简单单的一句话，谢澜意识涣散了一路。

晚上，赵文瑛难得在家，亲自下厨做了晚饭，但谢澜饭也吃得很沉默，从头到脚都焦虑。

赵文瑛不断给他夹菜："澜澜怎么啦？"

"没事。"谢澜努力按压下心中的绝望，"赵姨，我等会儿要直播练个琴，会有点声音。"

赵文瑛笑道："那多好啊，我敷个面膜在楼下听。"

"谢谢赵姨。"直到回屋重新摸上小提琴，谢澜纷飞的心绪才安定下来。他确实很久没拉高难度的曲子了，还好这段时间算是小有复健，开播前抓紧时间练两小时，把手感找回来。

晚上九点半，谢澜准备开播，窦晟倚在他门口笑道："第一次看你进入战斗状态啊。"

谢澜神色冷淡："他粉丝内涵我技术不行，拉小提琴的，可听不得这话。"

窦晟噗地笑出了声："你都跟哪学的这些词？内涵都知道？"

"跟你粉丝。"

窦晟笑得咳嗽，走过来在他头上摸了一把："都被带坏了。"

谢澜一窒："能不能不要碰我了，我要开播了。"

窦晟立刻举起双手往外走："好好好，我就是提醒你一下，阿泽很可能来你直播间，他粉丝基数大，你尽量忍忍。实在忍不住就叫我，我吵架比较厉害。"

"嗯。"

谢澜等他出去后将机位调好，拿起琴。

窦晟可能有误解，音乐区 UP 之间的摩擦并不需要靠吵架解决，一曲分高下足矣。直播推流，人数迅速飙升，比之前哪次直播上的都快。

经过一下午的时间，这场直播已经在音乐区传开，谢澜随手刷一刷系统通知，光是音乐区他眼熟的 UP 就进来了好几个，这些 UP 很有默契，进直播间先刷一波礼物拿到发言特效。阿泽也来了，像模像样地把礼物刷到第一位。

弹幕刷到飞起。

【哇！澜崽大排面，这多么人！】

【谢澜大佬求眼熟，我也是小提琴奏见】

【可不可以分享下编曲的思路？】

【阿泽粉就来嗑个瓜子，不说话】

【跟随阿泽来】

直播间弹幕第一次这么乱，谢澜粉、阿泽粉以及其他 UP 和路人基本三三开。谢澜正扫着弹幕，系统忽然响起提示音，@人间绝帅窦_dm 空降，一串的礼物特效瞬间屠屏（指快速铺满屏幕），压下前人无数，高居榜首。

谢澜忍不住有点傻眼，下意识地往隔壁看了一眼。说好的刚买大件没有钱了呢？

【哈哈哈澜崽是在瞪豆子吗】

【大猫来给二猫压场子了】

【今晚拉什么呀澜崽】

谢澜收回视线："先拉一段《H.Blood》，嗯，我在外网创作者的基础上又重新改了改，大家听听看。"

【果然是来打擂的】

【打起来！打起来！】

【但你改编的难度下降了吧】

【不在一个起跑线怎么比？】

【无语，某人粉能有点礼貌吗】

阿泽带着特效发言道：【哇，有点兴奋】

谢澜冷冷地瞟过他花里胡哨的特效，直接开弓架琴。你这个假粉，但愿能兴奋到最后。琴弓一抹，弹幕稍微安静了一些。谢澜把心静下来，将情感带入琴弦，奏响他熟悉的旋律。

余光里，阿泽带着他突兀的专属特效正不断赞美他。

【真的很有感觉】

【大家消停会儿，不要不礼貌】

【专心听人家演奏，挺好的】

【这段也不错，希望之后可以切磋】

谢澜面无表情继续拉，他将前面的铺垫段落砍了几个，很快即拉至高潮前那段 S 级难度的变奏。谢澜收敛心神，专注在琴弓和琴弦上，手臂紧张，一段颗粒清晰又极富弹性的上行音陡然从琴弦上倾泻而出，每个音符的力度精准，节奏超绝，琴弓与左手的快速动作配合得天衣无缝。那些高亢的音符疾速攀爬至顶峰，右手腕忽地一转，左手从高把位爬下，反复变奏，如夺命般操弄着听众的心脏，拉近又抛远。他的手腕和手指的配合灵活轻巧，一弓走出几十音，继续变奏不停歇，又是一弓到底，直捣人心，音音似珠玑。

某个碍眼的特效弹幕消失了，反而是其他 UP 的特效刷了屏，跟随着刷墙一般的普通弹幕。

【还加变奏？还加？还加？】

【这一通抛弓我人没了】

【爸爸你看我跪的姿势标准吗？】

【连顿弓拉到这种地步，不仅是苦练了，神经、肌肉、先天的反应都要跟上，这是老天爷给饭吃！】

谢澜神色愈发清冷专注，连续变奏就像拉寻常音阶一样自如，飞弓、顿弓、抛弓的衔接无比丝滑，《H.Blood》高潮前的攀爬被他错开四个段落，不断上下跳动，整体却逐渐攀升直至巅峰——他一弓将音抛出，高位悬停，停顿片刻后迅速切回主旋律，低沉婉转，将一抹忧愁渲染得淡而弥久，而后戛然收弓。

弹幕整个爆炸，但这会儿已经没什么奇怪的人、奇怪的字眼了。

【什么是技巧？？？】

【同问，什么是技巧？】

【外行看傻了】

【内行比你外行还要傻】

【不是，谢澜确定不是专业演奏级？】

谢澜放下琴，揉了揉有些酸痛的锁骨，镜头里少年纤细的指尖按着那一抹红打转，稍歇片刻后又重新架好琴，淡淡道："热身完了，今天想配一段《猫和老鼠》，这个动画之所以厉害其实主要在于音乐对剧情的……呃……全……全呃……"

脑子卡得猝不及防。

隔壁传来窦晟一声震天喊："诠释！"

谢澜耳根又开始发烫，仓皇地瞟了眼弹幕刷墙一样的"哈哈哈"，清了清嗓子，低声道："嗯，诠释。这词我不太常用，抱歉。"他顿了顿继续解释道，"如果仔细观察，你们会发现，《猫和老鼠》里很多动作的……呃轻重、高低、大小，不对，不能说大小，反正就是……还有猫和老鼠的reac……的视觉反馈都是靠音乐来……呃……"

【哈哈哈哈哈】

【崽啊别着急慢慢说】

【你之前中文已经挺好了啊？】

【果然琴才是本体，本体出来了，人就难以维持智商】

谢澜有点绝望，闷声道："我中文挺好了，但还不太适应用中文描述这种东西。"他说着低声飞快用英文解释了几句想表达的意思：《猫和老鼠》经典不衰，连续拿下多次奥斯卡提名，音乐在其中做出了难以磨灭的贡献，动画中夸张的暴力和极端的诙谐，都离不开音乐的成就。

【听不懂，崽好酥】

【这是我第一次听澜崽说英文】

【我永远爱英伦腔！！】

【澜崽多说几句！】

隔壁窦晟却一直在乐，笑声透过墙传过来，谢澜无语，叹气道："我开始了。"

他又瞟了几眼弹幕，阿泽和他的粉丝仿佛凭空蒸发了，弹幕一片和谐。但谢澜本能觉得阿泽不可能甘心走，一定还在看。

懂音乐的人自然知道给《猫和老鼠》配音的技术难度。谢澜用窦晟的ipad调出一段3分钟的猫鼠选段，只有钢琴配音，缺少小提琴部分。这个选段他从前练过很久，几乎是每隔一段时间就拿来测试复健的自我标杆，早已烂熟于心。

谢澜搭弓停顿："我开始了。"影片开头旋律一奏，观众已经开始刷"DNA动了"。这是一段Jerry在小黄雀的帮助下整蛊Tom的名场面。谢澜全神贯注，将两方阵营的几次情势反转演绎得淋漓尽致。

Tom用窗帘制作翅膀，谢澜以一段欢快的圆舞曲展露其志在必得的快乐，直到Tom在空中一把抓住Jerry飞翔，音乐的紧张感不断攀升，而后长音陡然一抹——转折出现，小黄雀在Tom身后抓住翅膀系带，谢澜侧弓，让音阶一个一个蹦出，模拟系带从孔里逐渐崩离的声响，随后Tom迅速下降，他琴音一转，快速甩弓迅疾拉至尖锐的高音，停顿，Tom"咚"的一声劈叉落在树上，将树从中间劈开，谢澜侧弓在弦尾直接拉出锯木声——

弹幕一片高能，画面转至 Jerry 和小黄雀跳上火车逃离，琴音欢快收束。

短短三分钟，谢澜已经有些出汗，他歇了两口气才放下琴。

【殿堂级模仿！】

【不能说十分相似，只能说一模一样！】

【在？别拿原片骗我。】

谢澜吁了口气笑笑道："今天就练到这吧，还有点事情，准备下了。"

【拉完就跑？】

【这位新播主不发表一些获胜感言吗？】

【笑死了，某家半天没出声了】

【脸疼不疼？】

【恭喜你们唤醒了沉睡的猛兽·澜】

谢澜等了好几分钟，终于等到一条阿泽的特效弹幕。

【受教了】

他发完这条，直播间人气一下子少了两三成，估计那边的粉丝都退了。

谢澜等的就是这三个字，淡声道："最近有点忙，下个视频见吧。"

他结束推流，把计算机一扣，将琴清理擦拭后放回琴盒，瘫躺在床上。

等了一会儿，再刷动态，发现阿泽把下午那条阴阳怪气的动态删掉了。

谢澜哼了声，把手机丢开。

有多久没有过这么强的好胜欲了？记不得了。从前在交响乐团他也争强好胜，Winchester 公校的乐团能人辈出，如果不争强，也不会半年就坐到首席小提琴的位子。只是回国前他也没想到，自己竟然还会回到当年的状态，重拾那份誓要登临顶峰的热血。

谢澜长吁了口气，忽然听到一声猫叫在门口响起，向上抬眼，才见窦晟推开了虚掩着的门。窦晟将梧桐放了进来，不知是不是屋里光线的缘故，那双黑眸中的笑意很温柔。

"辛苦了。"许久，他才轻轻地吐出这三个字。

谢澜撑起精神从床上坐起来，带着些得意地挑眉："是不是想不到我这么厉害？"

窦晟闻言顿了顿，将手上的可可奶放在他床头柜上："想得到。"

他走过来替谢澜把地上的琴盒抬起来，小心翼翼立在墙角老位置，轻描淡写道："我早就说过，用不了多久，音乐区榜首一定换人，这不是什么氛围感或技术高低的问题，你是很特别的，知道吗？"

谢澜心里结结实实地一暖。

窦晟回屋后，谢澜去洗了个澡，出来后稍微记了记《恋 Dance》的动作就关了灯。

他躺在床上，心里却有些躁，翻了几次身后还是戳开了窦晟的头像。

有病：今日结束营业了吗？

没用上几秒，对话框里就弹出回复。

豆子医生：豆子医生欢迎你，怎么了？

谢澜犹豫片刻，缓缓打字道：你那个灵魂知己，到底是明星，还是身边认识的人？

这一次窦晟沉默了许久。

豆子医生：身边人。有点知名度，但跟明星肯定不能比。

豆子医生：其实我这人藏不住事，说不定哪天就直接冲上去谄媚了。

谢澜愣了愣。

有病：冲上去谄媚？

豆子医生：嗯，就是直接问他，做个知己怎么样。

谢澜对着屏幕半天都没回复，过了好一会儿，他才又按亮屏幕，指尖有些僵硬地打了一行字——祝顺利。

第二天，上学路上，谢澜整个人都冒着仙气，窦晟起初挂在他身上一瘸一拐，后来看他一脸萎靡，都不好意思用劲压他了。走进教室时，窦晟终于问道："你不会是失眠了吧？还是生病了？"

谢澜恹恹地推开他："没有失眠。"

"那是怎么了？"窦晟在后面追问，"发烧了？我摸摸脑门。"

谢澜没理他，径直进入教室。

今天早上班里有些不对劲，往常这会儿都是科代表收作业、大家热热闹闹吃早餐的时候，今天却很安静。众人的视线焦点都落在班级中心点附近——刘一璇的座位。

今天是刘一璇的生日，桌上摆着好几张贺卡，还有几个小礼物，但最夺人眼球的还是放在她椅子上的那个巨大的雪白的盒子。刘一璇本人站在盒子面前目瞪口呆。

车子明凑在吃瓜最前线："这是谁送的哇？快打开我看看！"

董水晶比刘一璇本人还激动："不知道！刚才我陪她去拿的快递！"

"哦——是寄来的。"

"到底装的什么？"

"可颂赶紧拆！等会儿打铃了。"

谢澜对这些没兴趣，他走过那群围着的学生，正要回座位，脚下却忽然一顿。

鬼使神差地，他扭头偷偷瞟着刘一璇拆盒。哑光质地的礼盒被缓缓打开，月白点珠红的华丽汉服安静地躺在盒子里，刺绣、绸缎、纱织精致无比，即使不拿出来展示，只一瞥也足见其贵重。

董水晶傻了，好半天才难以置信道："这是不是你动态里说想买来出视频，但又舍不得的那件？"

周围几个女生已经兴奋炸了，毛冷雪激动道："要好几千吧！"

"肯定要了。"另一个道，"这个用料的质感绝了。"

刘一璇也傻了，她下意识扭头看向周围："谁送的？我，我不能要这个……是谁送的，给我发个微信好吗？"

全班人都沸腾了，教室里无动于衷的只有谢澜，还有远处日常趴在桌上看不见脸的于扉。谢澜又瞟了眼那件美轮美奂的汉服。看看这用料的丝滑，像不像某人一百八十支纱的JK制服？

窦晟正凑在人堆里饶有兴致地观摩，一边观摩一边了然地瞟向角落里装死的于扉。片刻后，他收回视线，却莫名觉得面门发冷，仿佛被什么愤怒的小动物盯住了。

他一抬眼，愣住。

谢澜在前边扭过头，正幽幽地注视着他。

窦晟："？"

第二十五章

题 西 林 壁

胡秀杰的脚步声驱散了教室里的八卦气息。

刘一璇面红耳赤地将礼物藏在凳子底下，"猫头鹰们"各回各位，谢澜也沉默着回了座。

物理早自习连着两节物理课，中间无休，胡秀杰一夫当关，无人敢放肆。

快下课时，窦晟忽然丢过来一个小纸团。

谢澜瞟了眼正在板书的胡秀杰，默默展开。

怎么了，感觉刚才你不太高兴？

谢澜内心挣扎了一会儿，轻轻叹了口气，用他大横大竖、丑陋不堪的字体回复。

没，刚才想让你看看我有没有发烧。

旁边传来某人松了口气的声音，胡秀杰还在写一个很长的计算式，窦晟忽然伸手过来，柔软的手心搭在他脑门上。

谢澜僵了僵，还没来得及躲开，那只手又缩了回去。

窦晟飞快在纸上写两行丢回来。

没发烧，晚上就出发去宜昌了，多带点衣服。

哦。

谢澜面无表情把纸团扔进书桌膛，继续听课。

午饭后刘一璇把大家拉到实验楼和教学楼之间的连廊，《恋Dance》要在这里拍摄。她架好相机，窦晟友情赞助了一个机位，趁着日照最好时，大家立刻行动起来。

刘一璇拿着手机道："按照群里交代的分工，我们先合跳，然后我和于扉、谢澜和豆子、水晶和戴佑分别合跳一次段落二，最后每人单独跳一遍，大家明白吗？"

戴佑举手："提问，我的分工上写着，个人舞场景是室外楼梯？"

刘一璇"嗯"了声："我选了两个场景录个人舞，谢澜、于扉和我在小操场，剩下三个人在室外楼梯。我负责这边的拍摄，豆子负责室外楼梯的拍摄。"

"明白了。"于扉笑笑，"我们开始吧。"

刘一璇站在镜头前的中心位："切记，我们最终用的群像镜头很少，多数要靠分镜剪辑，所以不用太拘谨，直接开录，录五遍，前面不齐没关系，大家得跳起来才能逐渐合拍，争取每个人、每个动作都有能用的素材。"

话落她就去开了音乐。温暖可爱的前奏响起，大家错错落落地随之动了起来。刘一璇专业到位，其他人都是嬉皮笑脸的广播体操既视感，谢澜则是面无表情的广播体操。他双手合十在颈下，在手打开时向同侧摆头，摆头刚好看见刘一璇的侧脸。

穿着 JK 制服的女孩睫毛轻垂，浅咖色百褶裙的裙摆随着踮脚尖摆胯而轻轻扬起，白皙的皮肤在阳光下发光，动作甜美而灵动，带着这个年纪无可匹敌的元气。

谢澜越来越觉得，刘一璇满足了窦晟对知己描述的每一个特征：身边人，冷门名人，有不错的作品，会拉小提琴这个估计是模糊线索，实际上是会吹竹笛。

她甚至还和窦晟有一样的爱好：JK 装。

虽然刘一璇早就是一起玩的朋友了，但谢澜却觉得有点郁闷——窦晟前脚说自己不想找女朋友，但实际上一直关注的"灵魂知己"就是身边天天一起笑闹的女生朋友，这不是骗人吗？

谢澜将手臂从头顶绕到一侧，和另一只手合十，左右交替扭腰，而后两手在下巴下托起，摆头的同时向后跳，定点以脚为轴轻轻踩点摆着胯。羞耻的动作让他浑身汗毛都炸奓。音乐越来越温暖欢快，周围的人渐入状态，他却有些微妙的恍惚。

我是谁？我在哪？为什么回国来着？又是为了谁要在这里跳舞？救命。

敷衍着一遍跳完，谢澜脸红到颈下，浑身都不自在，迅速跑到一边去喝水降温。

刘一璇等人兴奋地围着荧幕看回放，跟来凑热闹的车子明全程笑声扰民。

"大家都一脸开心，戴佑你怎么迷之尴尬？鲱鱼你认真甜美的样子实在笑死爷了哈哈哈哈……豆子你就骚！"

那边欢声笑语，谢澜独自喝水，过了一会儿车子明忽然"咦"了一声："澜啊，你怎么了？怎么从始至终面无表情？B 站观众们欠你币了？"

他话音未落就被刘一璇打断："我觉得这样很好啊，每个人都有不同的表情，千人千面也一下子展示出来了，谢澜脸红还冷漠的样子好可爱，保持啊！"

谢澜闻言抬眸，对上她甜笑着饱含期许的目光，忽地扯出一个僵硬的微笑。

刘一璇表情一呆。

第二遍，谢澜从头到尾保持营业微笑，回看录像时车子明脸皱成了抹布："你知道你这样有多诡异吗？求求你别笑了。"

谢澜冷冷地看他一眼："管好你自己。"

"啊？"车子明眼神空洞了一瞬，委屈巴巴，"澜啊，今天好凶啊。"

戴佑笑说："没事，越这样越有节目效果。但大家要管理好视线，谢澜和于犀不要老看刘一璇，豆子表现最好，一直目视前方。"

目视前方？谢澜闻言瞟了一眼窦晟，心想这人还算有点工作原则，没在拍视频时疯狂偷看刘一璇。

窦晟对着荧幕眉眼含笑，仿佛不舍得挪开视线似的，过了一会儿才抬头对谢澜笑道："我们的动作好合拍啊，简直太默契了。"

谢澜回以幽幽的注视。

是么……

窦晟被他看得有些发蒙，喉结动了动，凑过来小声问道："怎么了？我真的觉得你今天怪怪的。"

谢澜麻着脸继续喝水："天气不好，心情一般。"

"今天天气还不好？"窦晟震撼了，看看玻璃通道外的蓝天白云，"什么天气算好？"

谢澜只冷漠地看了他一眼，放下水又回到自己的站位。

窦晟又是一呆。

谢澜心里更烦了，既烦自己聪明绝顶撞破窦晟的秘密，又烦窦晟嘴里说一个样、实际做一个样。但心烦时反而忘记了跳舞的尴尬，合跳五遍，状态越来越好，最后一遍动作丝滑拼接，每一个动作都卡进了音乐节拍，回放镜头里白衣黑裤的少年干干净净，神色冷淡，在温暖喜庆的音乐下别扭而令人心疼地熟练，董水晶大呼可爱到晕厥。

合跳完毕，到了两两分跳环节，谢澜和窦晟一组。窦晟手长腿长，动起来好看极了，跳到模仿孔雀向一侧一边探头一边单腿跳时，他在前面欢乐无比地甩动，猝不及防一转头，对上谢澜森森的注视。

"……"

窦晟脚底下一滑，当场崴了。

旁边众人笑得眼泪都要出来了，刘一璇整个笑躺在董水晶怀里，把音乐暂停。

"你们两个，有什么私人恩怨先解决掉！"

窦晟叹气，有点委屈地晃了晃脚腕："干吗啊？不知道我是易受惊吓体质吗？"

谢澜默默收回视线："不好意思，我在寻找一种适合自己的风格。"

车子明笑得捶地："阴间风格吗！十八殿鬼王谢澜，胡秀杰终于后继有人了！"

第二遍，谢澜努力不让自己看向窦晟，但依旧面色冷峻。余光里，某人把每一个动作都做到夸张，好像在故意逗他乐，但窦晟越欢乐，他脸上的表情越凝固，最后镜头里变成了一个被绑架营业的自闭少年。

"我今天绝对是招惹你了。"窦晟看着回放意味深长地叹气，"我得好好想想。"

谢澜没吭气。他沉默着熬过所有合作拍摄，终于暂时脱离了窦晟。

小操场上日照很强，刘一璇选了半天，最后将取景选在了林荫路上。她先架好机器自己录，一遍过，然后是于扉。于扉平时颓得恨不得瘫在地上，这次跳舞却很配合，他认认真真跳了一遍，看回放觉得自己有个动作没做好，还主动要求重录一遍。

谢澜在不远处看着操控机位的刘一璇，忍不住再次叹气。

其实刘一璇跟窦晟确实合适做知己，等他们成年后，真要谈恋爱也合适——

同班同学，都做 UP，性格也都很阳光。

皮肤都很白，还都是两手两脚独立行走的智人，一男一女，物种和性别都合适。

"谢澜。"刘一璇让于扉休息，冲他招手，"到你了。"

于扉退下来，大少爷有些青白的脸色在烈日下变红了，拿着矿泉水走到旁边树荫下。

谢澜上前，看着刘一璇调试镜头，忽然没头没脑地问了句："你知道那件礼物是谁送的了吗？"

"啊？"刘一璇一惊，从相机后抬起头道，"不会是你吧？"

"……"

谢澜叹气："不是。"

刘一璇问："那你知道是谁吗？"

"我……"

谢澜沉默了一会儿，还是轻轻叹气："我不知道，就是和大家一起八卦，很想知道真相。"

刘一璇松了口气，小声道："慌死我了，哪有人送那么贵重的礼物给同学的啊。行了，你赶紧过去跳吧，光线一会儿就不好了。"

谢澜"嗯"了声。

或许是中午没睡觉，加上在烈日下跳了好几次舞的缘故，一下午谢澜都不是很舒服。

大假在即，全班学生的心都有些散，课间窦晟和刘一璇凑一起研究视频如何剪辑分镜，车子明他们疯狂讨论出行计划，火车票是今晚十二点半的，大家计划十一点四十在车站见面。

谢澜听着他们一起讨论漫漫车程上要玩的桌游，却毫无心情。他挺想跟窦晟说几句话，不用说太多，只需要坦坦荡荡地说一句"我猜到你那个知己是刘一璇了，祝你顺利"。或许，还可以再强调一下，"我不是爱传八卦的人，这种事你不需要对我隐瞒，也不需要骗我。"

但好不容易捱到课间，窦晟却接了个快递电话出去了，快上课时才回来。谢澜怅恍地起身让他进去，窦晟坐下前看了他一会儿："到底怎么了？别和我说不舒服啊，你明显是心情不好。"不问还好，一问谢澜突然觉得所有情绪都汇聚到了一个出口，皱眉道："别问了。"

上课铃响。

窦晟低声道："有什么不高兴的你要说啊，你这样，大家都不好受。"

"我知道了，知道了。"谢澜眉头皱得更紧，"能不管我吗？"

这话好像有些重了。

窦晟听了后愣了好一会儿，许久，没再吭声回到位子上。

两人之间仿佛忽然产生了一丝微妙的隔阂，就像是一根刺鲠在喉咙不上不下。

小马提前进入休假模式，放学后他们一起坐大巴车回家。

谢澜靠窗坐在里面，窦晟坐在他右侧，一路默然无语。

七点多城市夜灯初上，大巴车线路迂回，驶上一条多隧道的过江大桥。

桥上有十六条减速短隧道。车在桥面行驶，车窗外，城市霓虹映照在江面上，光线充足，车玻璃只隐隐约约映出近处谢澜的脸，片刻后大巴车驶入漆黑隧道，车里昏暗的灯光存在感一下子变强了，玻璃上又出现了他身后窦晟的脸。

黑暗与光亮随着车子行驶而不断变换，玻璃上他和窦晟的影子也随之交错。隧道很短，隧道间的桥面间距却很长，大多数时间里，谢澜只能对着自己重叠在街景上的若有若无的影子发呆，而在那少有的隧道时间，窦晟的面容在玻璃上匆匆一现，每一次，却都在他背后安静地注视。

光线不断跳跃，不止跳了多少次后，大巴终于驶下江桥，灯火错落的街景连贯起来，再看不到窦晟的影子了。

谢澜再回头，窦晟也已经收回了视线。

赵文瑛今晚不在，两人回家后都没有提吃饭的事，也没有一起商量装行李。谢澜直接回房间去，窦晟替赵文瑛签收了一个巨大的快递，沉默着把那个箱子拖进储藏间。

谢澜独自在房间里放空了一会儿，他觉得在挥霍窦晟作为一个朋友的温柔和包容。

许久，谢澜深吸一口气，打算去和窦晟破个冰。

他走到门口拉开门，刚好听见隔壁房门的声响，窦晟几乎同时从里面出来。

他们相遇，都是一愣。

谢澜道："我……接水。"

窦晟沉默了一会儿："我找你。"

谢澜静止在原地，不知该怎么接。

窦晟走到他面前，欲言又止几次，最终还是啧了声："我仔细思考了一路，唯一一个可能是……"

他好像有些焦虑，说到这又停下，动了动脖子。

许久，他才低声道："你该不会以为刘一璇那个礼物是我送的吧？以为她是我那个灵魂知己？"

谢澜一呆。他本能道："不是你？"

窦晟眸光微动，那丝忐忑消散了，落下些无奈，但他又情不自禁地轻轻翘着嘴角，带着些少年得意。

"当然不是啊，她就是我的一个普通朋友，我花那么多钱送她礼物干什么？再说，我是那种买个贵重礼物就表白的土包子吗？"

土包子是什么包子，谢澜不懂。

但他忽然觉得有些激动。

许久，他才淡声道："身边的人，名人，小众，有不错的作品，不是她还有谁？"

窦晟看了他一会儿，低低问道："《题西林壁》，还记得吗？"

谢澜没反应过来，下意识地问："什么？"

"不识庐山真面目，只缘身在此山中。这么多日子过去了，这句话应该懂了吧。"

窦晟的语气淡淡的，有些温柔。他看着谢澜愣怔的表情，又轻轻勾起唇角："好好补一补早就留给你的功课，如果实在不会，就来问我，我教你。"

正要说什么，窦晟的手机忽然响了起来。窦晟被吓了一跳，手指一下子点到了免提上。

于扉很丧很无语的声音响起。"豆子，谢澜不在你旁边吧？有事跟你一个人说。"

周遭尴尬地沉默了几秒，窦晟挑眉："呃……"电话里也沉默，而后于扉用力一叹，隔着电话，都能让人感受到那种疲惫和绝望。行吧，在就在，我本来不想让更多人知道这个糗事的，不过澜也不是大舌头的人。"他深吸一口气，无语道，"能不能来我家救我一下？我好像无法顺利出门了，我爸要连夜把我送去看心理医生。"

谢澜大脑早已停止思考，闻言一蒙，下意识出声道："为什么？"

于扉深吸气、深吸气、再深吸气，而后他骂了一句脏话，蚊子哼哼似的从牙缝里挤出一句话："我爸拆快递发现了我打算送给可颂的第二套汉服。"

什么？谢澜五雷轰顶："How come？　Wha……What？"

于扉叹气，语气带着参悟人世苦痛的超脱。

"他终于想通了他那要什么有什么的儿子为何从小就郁郁寡欢。"

"他觉得我有自我性别认知障碍。"

距离火车出发只有三个多小时，于扉家和车站好死不死跨越了小城的两头，而窦晟家很悲哀地在中点。窦晟出门时直接推上了刚装好的大号行李箱。谢澜比较惨，什么都没顾得上收拾，只匆匆装了个洗漱包，背上小提琴就出发了。

直到站在于扉金碧辉煌的家中，他还在蒙着。蒙的原因有点复杂。

一是《题西林壁》。

二是现在身处四幢环抱小别墅之一，下车时问窦晟哪幢是于扉家，窦晟说都是。

于扉瘫在躺椅里，生无可恋地望着天花板。躺椅两侧立着艺术品展柜，扑面而来的富贵气息中，他仿佛一条被金钱绑架的发烂的鲱鱼。

沙发上平铺着一套云肩广袖的汉服，层层叠叠的纱与刺绣在这富丽的家中竟无半点逊色，材质还是熟悉的丝滑。

于爸是个四十多岁的男人，气质雍容沉稳。但他此刻十指插在发间，满目颓色。

许久，于扉长叹一声。"爸，十几年养育恩，儿子今天跟您掏一句心窝——我，真的觉得自己是男的。我对自己的性别是有信念感的，你要实在不信，豆子来了，让他跟你说。"

窦晟笑眯眯，在爷俩谈判时反复翻看汉服上的纱，片刻后干脆拎起衣架往自己身上比了比。

于爸大惊失色："豆子，干什么呢？快放下！"

窦晟大大方方地在他家光可鉴人的藏品橱窗上照了照："鲱鱼没撒谎啊，这衣服真是我的。啧，我穿着真好看，就是袖子短了点，还得改改。哎鲱鱼，我订的假发你收到了吗？"

于扉沉默片刻，平静地掐上自己的大腿："还没呢，快了。"

于爸："？"

谢澜："……"

假发不好说，眼前此景让他怀疑窦晟是真的喜欢这件衣服。

于爸从沙发上弹起来，一脸荒唐地看着窦晟："豆子，叔叔看你这么多年，怎么没看出你有这种癖好？你可不要帮着于扉来骗人啊。"

"这有什么好骗的，我这点爱好还怕跟人说吗？"窦晟嗤了一声，爱惜地把汉服放回沙发，而后娴熟地点开 B 站，找到百万粉丝福利那一期视频，把手机塞给于爸。

"喏，全网皆知我嗜好。"

谢澜拉弓揉弦稳如磐石的手一哆嗦，默默把刚拿起的茶杯放了回去。

于扉也在摇椅里坐直了，看着窦晟的眼神充满敬仰。

于爸死死盯着荧幕上对镜头抻开裙摆褶皱的窦晟，狂摁音量上调键。

窦晟含笑的声音响起："怎么样，我花了大价钱订的这套，算不算你们的梦中情豆？"

客厅好大，"梦中情豆"这四个字在空旷的房子里带着回音。情豆本豆漫不经心地笑着，抿一口保姆端来的茶："其实我对汉服的喜欢也就一般，只是偶尔买买，平时我更爱穿这种布料少的，汉服穿着闷，小裙子多凉快呀。"

久经商场的大老板深吸一口气，手微微颤抖。

于扉立刻道："爸，稳住！"

于爸花了两三分钟才稳住，将手机还给窦晟。

他尽量沉稳地"嗯"了声："不能只图凉快。叔觉得……还是汉服好一点，好好的男孩子，穿得太暴露不像话，露两条大白腿也不安全。"

窦晟惊艳道："还是您考虑周到，男孩子在外面也要保护好自己。"

"嗯对，我……我就是这个意思。"于爸眼神涣散了好一会儿，从兜里掏出一沓名片："豆子，于叔认识好几个喜欢跟人聊天的老师，聊聊人生、情感，都行。你看看你有没有兴趣？"

窦晟大惊："还有这种好事？"

谢澜已经彻底呆滞了，掀起眼皮瞟向于扉。

于扉正在他老爸身后，冲窦晟双手合十疯狂祷告。

窦晟看他一眼，淡笑着把那沓名片收下："叔，我等会儿上火车就给他们一个一个地打电话，没别的事我先走了？"

于爸连忙摆手："不用急着联系，你们赶火车是吧？快走快走。哦，对了，汉服先放我家吧，等旅行回来再取。那个，于扉啊，出门在外照顾点朋友，陪豆子好好散散心。"

于扉松了口气："知道知道。"

距离火车开车还有两小时，生死时速，于家的司机白手套一戴，开启狂飙模式。有司机在，一路上三人都没怎么说话，踩着检票口关闭倒计时五分钟，冲下车直奔出发楼。

天上淅淅沥沥地下着雨，窦晟推着箱子大步走着："你果然喜欢刘一璇啊，就你这天天苟活于世的样子，竟然还有个喜欢的人。"

于扉暴躁道："我就是对可爱没有抵抗力，我有什么办法啊？！"

窦晟哼笑："拿什么报答我？"

于扉在雨里吼："命都给你！"

"谁稀罕要。"窦晟淡淡一晒，"大少爷，上点心，出手砸礼物简直土死了。"

于扉背着大包在雨里加快脚步："我求你闭嘴！等会儿见到刘一璇什么也别说，下次你直播我一定给你个排面。"

窦晟轻描淡写道："我一个老UP要排面干什么，给谢澜吧。"

谢澜走在前面，脑子里乱糟糟的，突然被点名。他下意识停下脚，等窦晟推着拉杆箱走到身边才又重新快速迈步向前。雨夜黑沉，火车站门外灯光昏暗，两人湿漉漉的胳膊蹭在一起，又不约而同地往旁边闪开了。

雨越下越大，挂在谢澜眼睫上，渐渐地有些迷眼。他们抢着最后一秒冲进闸口，一路奔跑到车厢，终于上了车。

谢澜第一次坐国内火车，绿皮车软卧车厢，床铺是分间的，每一间左右上下铺共四张床，有个拉门可以和外面狭窄的走廊隔开。其他人都到了，刘一璇、董水晶在左边那间，中间是戴佑、车子明和于扉，谢澜和窦晟在右边。

五一假日，车厢满员，谢澜和窦晟这一间里还有对老头老太。他们刚坐下，车子明就抓着把瓜子晃了过来："你们三个咋回事啊？好家伙，这也能迟到？"

窦晟将尺寸惊人的拉杆箱踢进下铺和地板间的缝隙，淡然道："鲱鱼顺路来接我们，结果司机走丢了，绕了好几圈。"

"震惊，什么年代了还能走丢？"车子明把瓜子伸过来，"吃不？"

谢澜摇头，窦晟拿了两颗，站在狭窄的过道上飞快嗑完，瓜子皮还给他，手往上铺一撑，脚踏着踏板直接飞上了床。

火车缓缓驶离月台，月台上的工作人员从视线中渐渐消失，谢澜坐在下铺，背抵着有些冰凉的墙。

隔壁很吵，一群从学校里放出来的人开启了亢奋聊天模式，谢澜起身抓起唯一的洗漱包："我去洗脸。"

"去吧。"窦晟在上面回应，"陈舸说要过来。"

谢澜脚下一顿："陈舸也来了？"

窦晟"嗯"一声："车子明问他好几次，一直说不来，今早突然又说买了站票，神经病。"

谢澜下意识瞟了眼隔壁，大家伙儿正围着刘一璇的计算机看今天拍摄的粗片，于扉坐在她旁边，有些拘谨地表达着剪辑建议。

远处两节车厢衔接的地方，一个熟悉的身影朝这边走来。陈舸还穿着上次看榜的那身，连校服外套都没脱，走过来冲谢澜"哎"了一声："新视频挺厉害，在我首页挂了一天。"

周遭安静了一会儿，而后车子明跳起来道："你还敢来？"

一句破了冰，几个男生顿时喧哗一团，董水晶片刻后才笑笑，低头继续看着荧幕上的粗片。

陈舸视线从她头顶扫过，往车子明身边一坐。

"就跟你们出来走走，我妈出院了，五一之后我要办个转学，暂时不在 H 市了。"

车厢里刹那又归于寂静。大家都不说话，许久，董水晶平静问道："离开 H 市，家里的麻烦能少一些吗？"

陈舸"嗯"了声："我把房子挂去中介，想找个地方安心念完高中。老胡帮我联系的 D 市学校，以后大学上哪，我妈也跟着。"

大家一时无言，只有董水晶笑了笑。

"挺好的。"她轻声道，"大学上哪，各凭本事，谁也影响不了谁。"

陈舸闻言往墙上一靠，轻轻勾起唇角，目光有些柔和。

"还是能影响的。高一不就定下来要去哪所了吗，没变。"

谢澜立在门口看了他一会儿，才转身往洗漱间走。

身后那群人很快又欢腾开了，车子明拉着陈舸跟他挤一张床睡，被陈舸嫌弃地扒拉开。

谢澜走过一个又一个卧铺间，直到那些欢笑声淹没在整个列车的喧哗中，他拉开狭窄的洗漱间门，把自己关了进去。门一关，所有声音都好似被上了一层钟罩，狭窄逼仄的空间却能带给人一种安全感。他长长地吐出一口气，拧开水龙头洗了个手。

镜中，黑发被雨水浇得有些凌乱，那双一贯平静的黑眸却不似往日淡定，眸光细微的波动，还掩着一整晚的不可思议。

《题西林壁》这首诗，早在上次窦晟提过后他就自学过了。那句话是什么意思，他明白，又似乎不太明白。

谢澜又拧开水龙头，水流很细，两只手叠着接了半天才堪堪攒起一捧，泼在脸上。他从洗漱包里抽出纸巾把脸擦了，又顺着擦了擦头发，开门出去。

远处，窦晟正和刘一璇一起指点着计算机荧幕，在讨论剪片。

其实窦晟今晚也反常，他往日只会对着镜头骚，和人相处是很淡的。即使帮于扉的忙，也不至于话痨一样成吨地对他爸输出。

谢澜缓缓走过去，刘一璇刚好道："谢澜真的太牛了，一个广告快冲百万播放量了，昨天打擂的粉丝转录也有十几万，我们舞蹈区 UP 都在讨论他。"

一片起哄附和中，窦晟淡淡的声音夹在中间，却不容人忽视。

"嗯，他这次才是真正把招牌打了出去，来日方长。"

谢澜路过他们，独自回到自己的卧铺间，坐在床上。

老头老太不在，他独自坐着，T 恤被雨水浇得贴在身上，有点难受。出来太匆忙，换洗衣物都要下车再买，这会儿就只能用手机看看明天的拍摄企划。

这趟去三峡，旅行之余还要做一期外景拍摄，用来投稿 # 令人心动的音乐 #。拍自然风光对相机要求高，谢澜放下手机，想拉出窦晟的箱子看看带了哪些镜头，一弯腰，却发现拉杆箱的拉链半开，显然已经被打开过了。

他这才发现床尾丢了个窦晟的书包，书包上叠放着一件眼熟的白T，还有一条浅灰色运动裤，都是窦晟最常穿的。

"换个衣服吧。"熟悉的带着低浅磁性的声音在门口响起。

谢澜一抬头，窦晟用身体拦着拉门，对上他错愕的视线，勾了勾唇角。"都是洗干净的，咱俩尺码差不多，借你穿一下。"

谢澜下意识拒绝道："不用了……"

窦晟却已经抓起衣服丢在他怀里："你换吧，我接着跟刘一璇剪视频去。"

窦晟转身出去，随手拉上了拉门。

"嗵"的一声，外头的嘈杂又被隔开了。

谢澜只好拽着衣领把半湿的T恤扯了下来，三两下套上窦晟那件。

隔壁突然爆发一阵哄笑，他赶紧把雨水沾湿的裤子也脱了，套上窦晟那条，手指扯着裤带快速收紧打结。

拉门忽然被敲了敲。

笃笃。

窦晟在门外道："换好了吧，我进来了？"

"嗯。"

窦晟进来又习惯性地关了门，走到谢澜床前视线低垂看着他。

在家里话还没说完，估计是来把话说完的。

谢澜注视了窦晟一会儿才深吸口气，说道："我学过那首诗。"

窦晟眸光微动，片刻后退开一步，清浅地笑道："这样啊，我还以为你会来找我，正琢磨怎么教你。"

谢澜："……"

车载广播忽然响起，乘务员用压低的声音预报熄灯，祝大家晚安。

隔壁老头和老太的说话声由远及近，声音停在拉门外，门被拉开的一瞬，头顶的灯熄了，卧铺间里陷入一片昏暗。

窦晟侧身出去，让两位老人进来，站在门口看着谢澜。

他低声道："但我都备好课了，你等等我，别急着交作业。"

火车慢悠悠地驶过城郊，外头的一道道光亮在那双深邃宁静的眼眸中划过，那么亮。

谢澜下意识地屈膝踩着床沿，伸手抱住双腿，胳膊在属于窦晟的裤子上蹭了蹭，轻轻"嗯"了声。

"知道。"

"我去帮刘一璇剪视频了，火车上睡不着，你好好睡。"

窦晟低声扔下一句话就转身往隔壁走去，离开时，脚步带着些未曾有过的仓皇。

谢澜收回视线，看着窗外在夜色下无声倒退的郊景，他放空了一会儿，手指不经意地触碰到手机，荧幕亮起，时钟刚好跳至"00：00"，"4月30日"翻至"5月1日"。

回国两月整。

人生在无声中逆转，一些无法排遣的情绪不知何时褪了色，又被另一些更难厘清的覆盖。

来得突然的一场病，病人却缠绵其中。

他戳开手机相片，找到"妈妈"那个相册。那里存放着逐页拍照留存的妈妈的手账，此前两年，他几乎每天都要翻看，最近却很久没想起过了。

谢澜随手点开一张，循着日期向前翻，直到刚好也翻到一个"5月1日"。

那是肖浪静高中时，一个寻常的五一。

陈旧的纸页上落着岁月里那个少女的寥寥几笔。

"今年的梧桐竟然开花了，文瑛说，梧桐开花的花语是情窦初开。可惜，我还没有遇到一个喜欢的人。"

谢澜将双腿抱得更紧，听着火车均匀的撞轨声。

回国的时光过得很慢，慢到他常常觉得自己在两个时空间穿梭，逝去的人与眼前的人，那些情绪如梧桐叶一样，时不时随着风沙沙作响。

第二十六章

只 缘 身 在 此 山 中

火车哐啷哐啷，在夜色下穿过平原与丘陵。谢澜心思纷乱，睡不着，索性用手机开了个延时摄影放在车窗旁。拂晓时堪堪入眠，醒来就收获了一段月落日升的缩影。

下车时还很困，他在朦朦胧胧的视线中一路紧随窦晟，出站时才发现一行人都背着登山包，除了他和窦晟。车子明的包看起来最重，外面挂着水壶，拉链里还伸出一只锅柄。

戴佑道："我租了一辆随行大巴。咱们第一站是大峡谷徒步，谢澜拍视频，晚上住高山草原露营地，明天看水电站。"

谢澜还在醒神，随口问道："后天呢？"

戴佑微笑："后天英中实验楼，数学竞赛省训集合。"

大家一通爆笑，笑声把困劲儿都驱散了，陈舸挑眉道："你们这群好学生真苦命啊。"

车子明当场怒骂："给爷爬，别以为你能永远在差班浪！"

大巴车一路颠簸，把人送到徒步起点附近的村子。大家在村里吃了口盒饭，于扉腾出一个包给窦晟装设备，一行人立即入谷。

入谷之初是一段溯溪路，峡谷里空气清新，一瀑清溪蜿蜒，路很窄，几个人排成一列说笑着前行。

戴佑在最前边吆喝道："背东西的，来回都搭把手。"

两个女生立刻拉上了手，于扉走在刘一璇前面，陈舸跟在董水晶身后。

谢澜刚把琴盒正了正，前面的窦晟就回过头来。

谢澜抬眸："嗯？"

"记住了么，等会得搭把手。"窦晟淡淡笑着，"听戴佑的话，他是老驴了。"

戴佑在前面哼笑："你不要给谢澜说这些黑话，他会真觉得我是头驴。"

大家哈哈大笑，窦晟也轻轻挑起唇角。

窦晟不知何时也把淋雨的衣服换掉了，身上穿的和谢澜几乎一模一样，白 T 配灰色运动裤，简单清爽，少年挺拔又秀气的骨相显露无遗。

绕出狭窄的溯溪路，沿着颠簸陡峭的台阶向上，终于登临了一处小小的观景台。

这里仅是峡谷一侧峭壁底端探出来的小山尖，两侧皆是遮天蔽日的悬崖峭壁，高空中不时有鹰隼途经，呼啸着振翅掠过天际。远处山林峭壁上隐隐探出几只羊，鹰呼啸而过，那些羊将身体缩回石缝间，待鹰过后，它们又淡定地回来。

这会儿是一天中光线最好的时刻，晨雾散尽，天高地旷，一目可览半峡。

陈舸用小刀轻轻刮着给女生做的手杖，车子明和戴佑冲对面悬崖呼喝了几声，车子明回头道："澜啊，我们是不是可以现场看你录视频？"

谢澜"嗯"了声，在山尖探出最远的地方找到一块稳固的大石头，放下琴盒。

他视线掠过四周，初步想了几个构图，叹气道："可惜这里，呃……该说深度吧？深度不太够，近景拍出来不知道效果如何。"

戴佑玩笑道："让窦晟爬到对面峭壁上去，给你架一个远景。"

谢澜笑笑："我就是说说。"

他面向峡谷背对众人，忽然听到一声开机鸣响，机械飞行运转声从远及近，停在他背后。

谢澜一转身，和背后悬浮在空中的银白色四爪机身面面相觑。

无人机向后退开一段，小心翼翼地绕他飞行一圈，四脚指示灯忽闪忽闪，在空中划开一道弧线，向广阔处飞去。

窦晟操纵着机器，从这方狭小的山尖盘旋离开，平稳地上升飞入峭壁深空。

他的眼眸闪着亮闪闪的笑意："主人，你的远景正在待命。"

一群人立马哄起来了。

戴佑震惊："你怎么又买这种专业版了，之前炸过那么多次机，不是发誓只玩几百块钱的吗？"

"瘾大。"车子明掩面叹息，"为了扶持谢澜失了智啊。"

谢澜愣了一会儿，风过峡谷，他忽然觉得心情也随着风扶摇直上。

镜头不断拉高，掠过空旷的峡谷，所有人都缩成了角落里的一小撮，但每一个人又那么清晰。

谢澜站在山尖，窦晟错立在他身后，不远处车子明胳膊架在戴佑肩上，两个女生踩着一块石头，一左一右是瘦削的于扉和穿校服的陈舸。

第一个试探的琴音格外清越旷远，谢澜望着峭壁与树影，将琴弓搭在弦上。

他回眸对窦晟道："好好飞，我们一次过。"

窦晟仍旧淡淡笑着："指令收到。"

琴音划响在峡谷中，世界仿佛陷入了一片寂静，深空树影，山林峭壁，谢澜独立其间。少年时人的腰总是挺得很直，哪怕身形单薄，也有种天不怕地不怕的桀骜。

今天拉奏的同样是一支改编 OP，译名《在赤焰之巅》。谢澜之前在油管上也拉过一次，但这次编曲更用心。《HBlood》是属于 SilentWaves 的过往，他想试着用新的乐曲在 B 站打出招牌。

乐声起于激烈恢宏的散板音，中途转入忧伤缠绵的慢板，风将那股若有若无的忧愁送入峡谷的各个角落，又很快迎来激昂起伏的段落。快弓流利，高潮迭起，一只鹰迎风展翅，伴着乐章推拉在峡谷间飞了数个来回。

一曲不过几分钟，余音消散后却恍若隔世。谢澜放下琴检查了两个固定机位，对构图还算满意，直接收了琴盒。

刘一璇感慨道："你录视频熟练得令人心疼，一点也不像新人 UP。"

谢澜只笑了笑："前期设想的细节比较多。"

刘一璇又问："你在英国有类似的创作经历吗？"

窦晟闻言也向谢澜看去，谢澜稍停顿了下，只含糊道："之前拍过作品，但 B 站肯定是新的开始了。"

刘一璇没有多问，谢澜重新背上琴盒，回头道："把无人机收回来吧？"

窦晟摇头："我要把电耗空。"

接下来一路，窦晟都在谢澜身后不远处跟着。一起跟着谢澜的还有他的无人机，时而在谢澜身后上空，时而又绕到前面，飞去峡谷兜一圈，又回到谢澜身边。

窦晟一边操作一边悠闲地吹着口哨，口哨声被风送到谢澜耳边，又送去更远处。

徒步距离十公里，他们走走停停，从正午一直到晚上七八点才出来。

大巴车等在终点，大家上车就开始喊累，各自找座位睡觉。

谢澜也累，他很少走这么远路，浑身都像散了架似的。

车里很快就响起若干呼噜声，谢澜打了个哈欠，却见窦晟正把视频导到 ipad 上，光线调暗，开始剪片。

他愣了下："这么急？"

窦晟随口解释："我先出个小片发动态。"

窦晟剪片时很专注，眨眼的频率都会降低，谢澜坐在他身旁。

不知多久，谢澜垂下头睡着了。

大巴车慢悠悠地晃过城区与远郊，过了一个多钟头才邻近露营地。一整车熟睡的呼吸声中，窦晟终于将十五秒的短片剪了出来，分为 A、B 两版，他侧过平板把 A 版的名称改好，传输给手机，往旁边瞟了一眼。

本来是想看看谢澜有没有醒，不料大巴车忽然向左一拐，原本垂头睡着的谢澜一下子就朝这边靠了过来。

窦晟下意识坐直，一把撑住谢澜的头。

昏暗中少年发出低低的呼吸声。窦晟屏息许久，小心翼翼戳开手机照相功能。

调整前置，屏幕一闪，保存。

谢澜醒了，睁开惺忪睡眼，对着黑咕隆咚的车窗外一脑子蒙。

他望着车窗外稳了许久，才拧开矿泉水瓶喝了一口。

终于到了露营地，天色昏暗，半山坡上树影幢幢，星星点点地散落着露营者的帐篷。

窦晟和戴佑是扎营老手，没一会儿就撑起两个帐篷，一大一小，分隔男女。

简陋的小提灯刚亮起来，隔壁就传来其他驴友的招呼，戴佑从帐篷里钻出来呼喝回去，是谢澜听不懂的发音。

车子明拉了线，用电锅煮东西。矿泉水冲开两包豆腐汤，加了乱七八糟的丸子和火腿肠、两块方便面。

一伙人围着一个锅等吃，窦晟掰了一块中午买的烤饼递到谢澜嘴边："尝尝，现在还有点酥。"

车子明啧啧道："给我也掰一口。"

"自己掰。"窦晟把饼往他怀里一扔，"懒死你算了。"

大家笑作一团，没一会儿锅就沸腾起来，一人一个碗，分到几块豆腐、几个丸子，半碗汤，一筷子方便面，就着中午剩下的烤饼吃。

这顿饭简陋得连食堂都远远不如，谢澜却吃得很香，就那两口面，都吸出了呼噜呼噜的声音。

陈舸掏出了一个熟悉的紫色盒子，是上次买过的那种俄罗斯酒心巧克力。他伸过来问道："吃不吃？"

戴佑吁了口气："吃。累了一天，解解乏。"

一碗面下肚，大家都在地上盘起腿来。谢澜跟窦晟学了半天才勉强摆出像样的姿势，膝盖尖还和窦晟的碰在一起。

车子明嚼过酒心巧克力后眼睛发亮："我们玩个有意思的吧。每个人对在场的人说一句真心话，可以不透露对方是谁，但要求必须是对着咱们这些人之中的某位，敢不敢？"

戴佑笑道："有什么不敢的，我先来。"

戴佑目光扫过众人，最后落在满是油污的锅上，笑了笑。

"今天看到的羊让我想到西北岩羊。岩羊群在垂直的峭壁上奔跑跳跃，即使摔得粉身碎骨也无惧。我希望我和我的兄弟也能如此。"

陈舸拿起杯子抿了一口，沉默点头。

"下一个到我！"车子明举手，"我最喜欢数学厉害的人。所以以前最喜欢豆子，现在……"

他转头小眼睛放光地瞅着谢澜，像一只满怀期待的秋田犬。

窦晟一脚踹过去："轮得到你喜欢？"

车子明冷哼："你这是嫉妒！"

大家哄笑。

于扉道："我吧，对什么都提不起兴趣，但对有些人是不同的，我相信她能感受到。"

车子明当场震撼："我去？兄弟，什么情况？"

他一下子站起来，正要指着董水晶问，忽然觉得不对，又难以置信地看向刘一璇。

于扉没吭声，脖子通红一片。

刘一璇也脸红了，支吾了好久才低声道："我还是希望……送我汉服的人能把衣服收回去，高考前暂时不想思考太复杂的事情。"

于扉伸手在脖子上捏咕两下，随着动作像在轻轻点头似的。

董水晶低声说："我其实没什么好说的。我就是……希望你好。"

陈舸低促地笑了一声，把最后一块无人分的巧克力也吃掉了："那我希望你不要等我。"

周遭一片死寂，董水晶脸色倏然有些发白，但陈舸顿了顿又道："我自己会回去的。"

董水晶眼泪一下子掉了下来，她擦着眼泪又笑起来，陈舸抽了张纸递过去，没有再吭声。

轮到窦晟，窦晟对着地上放着的一盏简易小灯说："我，给你发了信息。"

大家全都愣住，几秒后同时开始摸裤兜。

"我没有。"

"不是我。"

"也不是我。"

"不应该报吧？这样不就知道是谁了。"

"对哦。"

因为巧克力里那一点点酒精的原因，谢澜脑子有点晕，他戳开手机，发现微信上亮着一个红色的"1"，深呼吸后点开，却发现只是班群里有人发了个红包。

车子明忽然骂了句脏话："豆子！我去你大爷！"

谢澜茫然抬头，众人已经开始默契地抢车子明手机，于扉率先得手，踮脚站上一块大石头，面向大家公放。

无人机拍到了车子明今天提裤子的十几个镜头，混剪在一块，不同地点、不同姿势，相同的动作，每次提起还要扭扭屁股，配上一阵夸张的放屁音。

全场爆笑，只有谢澜没笑。他正茫然间，airdrop 忽然开始自动接收文件，脑子还没反应过来，已经传输完毕自动播放。

十五秒的无声视频，是无人机捕捉下谢澜今天在峡谷中的若干剪影，有他小心翼翼贴着峭壁挪步，有架琴立足于山尖，有欢笑和无语，有来自高空的俯视，也有背后的瞩目。

原来过索桥时他的动作那么笨拙，原来一天里他大笑过那么多次。

视频结束，谢澜对着黑屏上映出的自己的眼眸有些失神，愣了一会儿，才忽然瞟见文件名。

只缘身在此山中。

八个字刚好一屏，停顿几秒，后面的字才一个一个地滚动出来。

想要的知己是谢澜。

谢澜手一哆嗦，差点把手机掉进锅里。

车子明大吼一声"我杀了你"，向窦晟追打而来。窦晟如常漫不经心地笑着，他起身往另一方向跑，摆明要车子明追。

不知是不是谢澜喝多酒的错觉，他觉得窦晟故意跨过了地上的锅，让车子明往这边跑。车子明刚跨过来，一脚钩住了原本卡在他视野盲区的电线，唯一一盏小电灯一下子砸在了石头上。

"啪嚓"一声，四周霎时一片黑暗。

车子明猛男止步，无能狂怒道："我去？"

戴佑立刻在黑暗中拍手："大家别碰灯泡，小心玻璃，天亮再说吧。"

"嗯嗯。"于扉打哈欠，"要不今天散了吧，睡觉，我困死了。"

"对，散了吧。"

"谢澜还没说呢？"

"谢澜想一想，发进群里。"

几个人在黑暗中搀扶着起身往帐篷走，用手机晃着亮。

酒心巧克力竟然也上头，谢澜脚底下很软，等大家都往那边走了他才堪堪站起身，戳了好几下才戳开手机。

闪光灯刚刚亮起，一个熟悉的高瘦身影走了过来，光线忽地被他用身体拦截堵住，四下归于黑暗，谢澜猛地站住了。

周遭静谧，只有露营地上徘徊的风，风却将人的醉意扩得更嚣张。

想要的知己是谢澜。

谢澜闭目沉思了一会才开口说话，一不小心，声音就被风吹得有些飘渺。
"一样。"
"想要的知己是豆子。"

未完待续，敬请期待《就你机灵》完结篇……

番外

信 号

哗啦啦的水声，搅晃起满浴室的水雾。

隐隐约约地，外头传来谢澜的声音。

"这段时间忙，好几天没拉琴了……"

那个声音和记忆深处的场景逐渐重合——

……

高二那年。

"我拉得非常普通，而且很久没拉了。"

《赤莲如死》的音乐声响起时，正打电话的窦晟愣了一下。

小提琴声从楼上传下来，隔着半虚掩的卧室门和一条楼梯，听起来有些闷，但又奇异地真切。

很难形容……就像在听临场演奏一样。

他怔了几秒后低声嘀咕道："竟然也是S粉吗……还改我音箱参数……唔……改得还挺好。"

"说啥？"宠运供应商在电话里扯着嗓子喊，"明天上午来取猫，一直在家是吧？"

窦晟收回注意力："嗯，航班号短信发一下，没记住。"

他挂了电话转身上楼，软底拖鞋踩在台阶上，毫无声响。

家里的灯全关着，卧室里两块超大尺寸的荧幕光透过门缝照出来，在楼梯顶端照亮了一小块，那是房子里唯一的一片光亮。

窦晟不喜欢家里黑，但今天他把灯都关了。因为谢澜发烧，他觉得关掉灯后家里会更安静些，谢澜也会睡得安稳一点。

距离楼顶还有最后几个台阶，小提琴声渐进渐快地推至顶点，窦晟脚步放缓了，轻轻勾起唇角，等待已经刻进他骨子里的转音响起。

然而，一声细而高的泛音滑出，如同空谷中一声清越的悲鸣。

变奏并未如期而至。

抬起在空中的一只脚顿在台阶上方，窦晟倏然抬眸，怔怔地看向楼梯顶端。

顶端，那团幽暗的、温柔的光，伴随着从卧室里传来的小提琴声，那样不可思议，但又那样安然地存在着。

他愣了许久，久到脚腕有些僵了才想起放下。

这是一个他从未听过的《赤莲如死》的版本。随着他往台阶上走，那种临场感愈发强烈，电光石火间，他脑海里突然浮现的画面是，立在谢澜桌边的那个从未开启的琴盒。

心跳突然象是漏了一拍，脑子有些空，反应过来时他人已经站在门旁。

谢澜还穿着那身软乎乎的睡衣，头发因为在床上滚了一觉而有些凌乱。感冒中人自带着头重脚轻的肢体语言，蒙蒙的。

但他的琴声并不蒙。一把优雅的咖色提琴架在颈下，琴身线条流畅灵动，白亮的荧幕光将那道拉琴的身影投在身后墙上。

窦晟向他身后看去。

昏暗的墙映着深色的人影和琴影，琴声激昂，带着掠夺人心的强大气场，枭般恣意从容，但那影子又如是温柔，甚至……显得有些脆弱。

《赤莲如死》的高潮段落被曾经的 SilentWaves 改编成对话式演奏风格，令人热血喷张，昔时投影上的人拉到此处，一举一动皆充斥着激昂，现如今看到真人，才发现真人的举止远比投影更控摄人心，揉弦的手指震颤，快到出现残影，拉弓的动作大气而精巧，开合之间令人赞叹。

而那个拉琴之人的神态，依旧是平静的。

直到窦晟心脏快要跳出来时，琴弓悠长一抹，以一丝难以消解的呜咽声，结束了演奏。

谢澜轻轻舔了下因发烧而干裂的唇角，把提琴放下来，竖在脚边。

荧幕上是大片大片鲜红的弹幕，他发烧烧得头晕，在对着弹幕发呆。

而窦晟，则看着他的侧脸发呆。

光与暗交错，随着弹幕的波动在那人的脸上明明灭灭，随之不失控的还有窦晟的心跳和呼吸。

他当然认得他。

哪怕从未见过他的眉眼，只要他在他面前拿起琴，他便理所当然认得他。

SilentWaves。

的确应该，也只能是谢澜这样的人。

三年前。

"回来了，·妈。"

窦晟进门，把空瘪的书包往沙发里一扔，踹掉鞋往楼上走。

他没穿拖鞋，棉袜不羁地踩在冰凉的大理石地砖上。那双被甩飞的鞋脏得快不能看了，只能依稀从 logo 和款式中分辨出售价不菲，雪白的鞋面上布满黑脚印，还有泥水凝固的印子。

窦晟一直上到楼梯顶上，才听到底下主卧门开了，赵文瑛从里头出来。

那个男人死后这将近一年里，老妈迅速地憔悴了下去。

家里生意没心思管，每天就在房间里呆着，晚上会偷偷酗酒，窦晟晚上起来如果发现客厅灯亮着，就会陪她一起喝。

"吃过饭了吗？"赵文瑛仰头问道。

窦晟摘下耳机，肚子其实不饿，每次打完这种球他都会有些反胃。

但他顿了一会儿还是道："没有，等着吃呢。"

赵文瑛于是往后捋了捋头发："今天家政阿姨请假了。我做一点，你想吃什么？"

窦晟想了想："速冻饺子，馄饨，都行。随便煮点吧。"

赵文瑛"嗯"了声："给你炒个牛肉，你爱吃的。"

窦晟看着她走进厨房，犹豫片刻，又戴上了耳机。

而后他下楼把自己那双脏球鞋拎回房间，连同脱下的汗透的衣服，一起丢进浴室墙角。

飞快冲了个澡，出来后立刻开计算机、开音响、刷新 Youtube。Yes！ SilentWaves 刚好发了新视频。

少年平静无波的黑眸中忽然浮现出一丝喜悦，如释重负般，立刻点击播放。

很快，音乐声透过音响在这个小空间里升腾，画面上拉琴的身影安静柔和，镜头前搭着一片小小的梧桐叶，琴声激昂时，叶柄会随之轻轻颤抖。

窦晟啧了几声，一下子扑在床上，长舒一口气。

体力耗竭，每一块肌肉和骨骼都在叫嚣着痛楚，狂躁在神经里疯狂游走和碰壁，来来回回，撕扯着他这个人。

但这是他回家前的状态了。

只要打开 S 的视频，他就会立刻得到抚慰，更别说今天还有新曲子。

那种感觉很难形容，就像身处黑暗之境，在意念中，这里布满肮脏、诡异和危险，但光照进来的那一瞬间，却惊讶地发现其实一切安好。

世界还是它本来的样子。

许久，直到一首曲子来到尾声，仰面躺在床上的少年才翻了个身。

窦晟把手伸进枕头底下，摸出一片小小的梧桐叶。他看着荧幕上轻轻颤动的叶片，又搓搓手上的叶柄，终于勾起唇角。

他与SilentWaves"相识"并没有多久，但好像有很多东西在悄无声息地发生着变化。譬如今天在球场上被人狠狠摔在地上时，他突然产生了一种想法。

以后不打了。

他第一次偶遇S也是一次打球后，他一度贪恋打野球带来的痛楚和疲惫，前者能让他多分泌些肾上腺素，后者或许能给他一点多巴胺。但自从认识了S，打野球带来的精神抚慰越来越微弱，不知从哪一天开始，他发现那种爽快感远不如安安静静听一会儿S的曲子。

如果听一首没办法宁静，就听两首，戴上耳机在江边慢跑，或是站在梧桐树下发一会儿呆。

小提琴的声响，象是一个少年低声的呢喃。

他没有听过S的声音，但他能想象，那个声音大概是低低的、软软的，有些疏离，又有些温柔。

视频播放结束，窦晟下床点了赞，认认真真地用中英双语留评，然后又戳开S的推特私信。

他斟酌许久，发出了一条：今天的信号也收到了。Copy that /smile.

那种感觉很神奇。

冥冥之中，他和S之间仿佛有着某条通路，有且仅有他俩心照不宣的信号可以通过。

这些小提琴声，就是S向他发送的信号，在他耳边对他说："我在陪着你呢。"

许久，窦晟才关掉计算机。

手机响了一声。

约球，面交，不赔不保不走咸鱼：下一场，后天晚上八点，四中后面体育馆，九百。

窦晟下意识看了眼浴室角落——刚换下来的裤子口袋里滚出一把皱巴巴的粉红钞票，是刚才这一场的佣金。

他眸中又恢复了冷意，匆匆回了六个字，然后把人拉黑。

不打了，没意思。

晚饭是米饭和小炒牛肉，赵文瑛好久没做过饭，下料有点没轻没重，辣得人飙泪。但窦晟还是慢吞吞地吃了两碗米饭，等赵文瑛吃完回屋后，还剩下一点被碗底辣椒包裹浸透的牛肉碎，他也挑出来全都吃了。

辣得嗓子眼火烧火燎地痛。

手机在裤兜里狂震，今天逃课，班主任又在"通缉"他。

他毫不在意，摁掉电话，短信回了句"对不起老师，明天一定"，然后把碗洗了，回到房间，把视频调成循环模式，一边听着琴声一边刷手机。

或许是搜索过太多相关内容，某乎突然给他弹了一条消息。

用户诚上君邀请您回答：失去至亲是一种怎样的体验？

他对着那个问题愣了好一会儿，又把楼里几条长篇大论的回复都看一遍，然后才随便打了两句话上去：我在对我爸信仰崩塌的那天，也永远地失去了他。没什么体验吧，只是觉得世界很空。

而后他撒开手机，看着窗外的日落，肌肉深处的酸痛还在缓释，T恤边卷了起来，空调吹在腰上有点冷，他卷了卷被子翻身睡觉。

醒来时屋里一片漆黑，音响里还在循环着S的新曲子。

空调把整个屋子吹得像冰窖一样冷，窦晟抬手摸了摸脑门，有点烫。

他一边跟着音乐哼唱一边戳开手机。

推特上亮着一个小红"1"，本以为是系统推送，正打算飞快点掉，但刚戳开消息列表，窦晟一下子愣住了。

SilentWaves。

他回复了？！

心跳倏然加速，他深吸一口气，点开聊天框。

SilentWaves：被收到了呢。

漫不经心、毫无内容的一句回复。

但想象中的那个声音又在耳边响起，这样颇有距离感的一句敷衍，竟和想象中的那个声音完全重叠。

QZFXR：今天的信号也收到了。

SilentWaves：被收到了呢。

窦晟对着那条消息发呆，直到荧幕黑了，映出他微微翘起的唇角。

眸中有光，很淡，但那是许久未见的一点光。

他又戳开手机，某乎上也弹了好多条消息。也是没想到，那条简略的答案竟然吸引来了大片安慰和鼓励，还有人写了上千字小作文安慰他，把他看得有点傻眼。

好一会儿，窦晟又自己回复了自己。

这一次他犹豫好久，每一个字都是仔细琢磨了才敲下去的。

"谢谢大家的关心。没有那么撕心裂肺，但确实觉得很空。人刚没那阵儿是很难忍受的空，但现在是一种趋于平静的空。嗯……不知道该怎么说，可能因为找到了另一种陪伴吧。"

他打完这一段，另起一行：推荐一个 Youtube 的小提琴博主，他很……

——打到这里，他又突然把前半句话删了，只发出去上面那段。

似乎是一种很微妙的心理——他很抵触把 SilentWaves 分享给别人。隔着国界线，隔着山川与大洋，他和 S 之间的那条隐秘的通道，专属于他自己。

窦晟对着手机茫然了好一会儿，啧一声，拿起水杯推门出去。

客厅灯又亮着，赵文瑛刚好拿了一瓶酒和一支高脚杯出来，裹着睡袍，头发很乱。

她往上扫了眼自己儿子，平静道："要喝自己拿杯。"

有些当妈的，又要带娃一起酗酒了。

上一次深夜同伙作案只是一个多星期前的事，但此刻窦晟突然觉得有些荒唐，荒唐之余，又有些好笑。

他没动地方，站在楼梯上摸出手机，又在某乎上追答了一条。

"还得照顾我妈，她比我废得多。"

发完这条他走下楼梯，拿起那瓶红酒。

"找个开瓶器去，我忘了。"赵文瑛缩在沙发里说，"醒酒器也拿来。"

窦晟"嗯"了声，拎着红酒进了厨房。

而后他把红酒塞回酒架，开冰箱，拿牛奶。牛奶倒进胖乎乎的陶瓷小奶锅里，打火加热。

细小的火苗轻轻舔舐着锅底，牛奶不能空腹喝，他又撕了两片吐司装盘，而后关火，挑了一个赵女士之前很喜欢的艺术家马克杯，把凝着一层奶皮的热牛奶倒进去，在吐司上抹了一勺花生酱。

一回头，赵文瑛就站在厨房门口，看着他。那是一个窦晟永远都忘不掉的眼神。怔然，讶异，泛着一片微茫的泪光。

他和赵女士一起经历了晴天霹雳，看着她暴怒、痛哭，看着她颓废失意，看着她深夜酗酒，但这是第一次，他真的感受到了妈妈的柔弱。

在他清楚地意识到她需要他时。

"长点心吧。"于是他低声说着，端着杯和碟从赵文瑛身边擦过，把食物拿到客厅去。"大没大样，老公都死绝了，不好好赚钱养儿子，还拉儿子一起半夜酗酒。"

客厅里很安静，安静到他几乎能听到身后赵文瑛那声低低的抽泣。

但赵文瑛很快就敛起了泪意，没事人一样走过来，捏着松软的吐司，吹了吹杯面上那层颤巍巍的奶皮。

"你们班主任今天发消息，说你又没去上课。"她撕了一块面包丢进嘴里，"你好意思说我吗？"

"赵女士，我才十四岁。"窦晟瞟了她一眼，"我还是个孩子。"

久违了的，赵文瑛噗一声笑了。

她笑出眼泪来："你不仅是个孩子，你还是个从学年第一掉到倒数第一的孩子，还是个明年要中考的孩子。"

"我知道。"窦晟语气严肃下来，"快了。"

赵文瑛喝了口牛奶："什么快了？"

"快要好起来了。"窦晟说着，把那支空空的高脚杯也收起来，"明早上学你要送我，早点睡。"

赵文瑛端着一杯牛奶，有些愣怔怔地看着他。

"你说你让我送你去上学？"

窦晟深吸一口气："嗯。老爸都死绝了，不拼自己，还能拼谁？"他顿了顿又嘀咕道，"但我可能暂时无法专注学习，抱歉，可能让你失望了。我只是……想努力装一装合群吧，也许之后哪天突然就想学了……"

他丢下这句话转身要上楼，走到楼梯口又回来，把耳机塞进赵文瑛的耳朵，戳了戳手机。

"短暂地，和你分享一次我喜欢的，就这一次。"

赵文瑛手摁上耳机："这是什么曲子，小提琴？"

窦晟嘴上"嗯"着，却摇了摇头。

"这是信号。"

"什么信号？"

那晚，窦晟没有回答。他只是给赵文瑛听完了一首曲子，然后宝贝似的拿着手机回了房间。

后来他开始上学，赵文瑛开始接送他、做饭、处理被搁置的生意。

又过了很久，久到他已经鲜少主动想起死去的那个男人，久到他已经完全习惯了S的陪伴，也习惯了从每次的新视频中收取那个他们之间心照不宣的信号、日常给S发私信流水账，只偶尔获得几句话回复……

而后的某天，视频里的绿叶梧桐突然枯了，那仿佛是一个时代的结束，他很突然地福至心灵，决定回到他的人生该在的地方。

那也是S在油管上消失的日子，往后两年，再无声响。

直到，他来到他的身边。

岁月将他们之间的连线牵起又缠绕，时光荏苒，却从未扯断。

……

门外响起的琴音忽然打断了窦晟的思绪。

他猛地回过神,哗啦啦的水顺着头顶流下,泡沫早就冲干净了。

于是他关闭花洒,换上衣服出来。

谢澜刚刚打开直播。

荧幕上滚动着气势排山倒海的弹幕。

【谢澜天下第一!】

【谢澜天下第一!】

【谢澜天下第一!】

谢澜刚好拉完一段热身的旋律,撇了下嘴:"还没开始呢,弹幕不要吵。"

对观众脾气大得很。

明明很久没营业,被催命似的催来直播,却没有一点点愧疚,反而还很不高兴似的。

要换成别的 UP 主,窦晟会痛骂其给脸不要脸,故意凹人设。

但那个人是谢澜。

"今天我要拉六首曲子。"谢澜真营业起来还是很认真的,"五首是自己写得比较成型的原创,还有一首是即将给裴青导演新番做的 ED,工作室已经宣过了,所以我直接拉没问题。"

【好耶】

【好耶】

【好耶】

谢澜把琴弓搭在琴弦上,还没拉,突然扭头朝窦晟看过来。

"洗完了?"他挑了下眉,"不擦擦头发吗,头发还滴水呢。"

【哦哟哟,豆子来了】

【内场 VIP 就位】

【铁粉登场!】

【笑死了,豆子急忙赶来】

窦晟笑了笑:"没,就出来看一眼。我进去擦擦头发,不开吹风机,省得影响你。"

谢澜"嗯"了声:"我等你?"

"不用,我在里头也能听到。"

在谢澜开始拉琴前,窦晟淡定地又回了浴室,关上门。

毛巾盖在脑袋上,一下一下地揉着。

片刻后,外面琴声起,清晰地传入耳膜。旋律轻快又热烈,听感新奇,是谢澜尝试的新风格。

窦晟愉快地翘着唇角，继续边擦头发边听小提琴演奏。

一晃就是这么多年。

昔年远隔山海的那条通路已经年久失修，但通路另一端的那人亲自降落在他身边……

每当谢澜拉起琴时，他都觉得那是在发送一种名为"光芒"的信号。

现在，他又在发送信号了。

番外

硬 核 高 中 实 录

明朗的上午。

鲜艳的红旗在风中轻轻飘扬。

"说回人话——"谢澜端着一张纸站在旗杆旁，黑眸中渐渐染起困惑，但还是一字一字地将检讨念到了最后，"刚回祖国就多次违反校纪，对不起祖国、对不起老师、对不起同学，对此，我只想说……

"不，愧，是，我。"

在满屏的哈哈大笑中，画面迅速分解成像素块，万花筒般卷起旋涡，紧接着出现一行潇洒的手写字——《海归儿童绝版小片段》。

窦晟懒洋洋的画外音响起："咳咳，不知道大家还记不记得当年我策划的《硬核高中实录》，但后来因为……嗯……反正大多数能出梗的素材都没法播了。相机进水，你们懂的。这是我挨了谢澜一顿毒打之后，勉强抠出来的一小段可用素材，拿命给你们剪的。诸位且看且珍惜，不要忘记留下两个圆圆的东西。"

【明白！！！】

【有生之年？】

【我去，竟然真有】

【震惊点开日历看年份】

屏幕上一片模糊，在缓慢对焦中，逐渐响起嘈杂的人声。疯跑的脚步、打闹声，左声道的中年女声在交代物理作业，右声道一伙人在叽叽喳喳地谈论体育课。视线清晰的一瞬间，面前是一道颀长的背影。瘦削高挑，白T后突起肩胛的轮廓，少年步态有些不情愿，但背仍挺得很直。

谢澜回头瞟镜头，眼底漫出一丝恼。

"别录了，想办法救救我。"

"我能拿胡秀杰有什么办法。"

"……"

"放心吧，她对你走关怀风，又不会骂你。"

谢澜面无表情地扭回头去。镜头有些晃，跟在谢澜身后，在嘈杂狭长的走廊上拐过一个又一个弯，直到走廊尽头出现了"高二年级组"门牌。

【好神奇，拐进来一下子没人了】

【连打闹声都没了】

【好暗，空气中全是灰，啧】

【死亡办公室】

【看澜崽的背影多么萧索】

谢澜又回头看向窦晟，脚步停顿。

【他好像怂了】

【满脸写着拒绝】

【靠，笑死我了】

"你去帮我见老胡吧。"谢澜朝镜头走过来，垂眸小声说，"这次周考我语文最惨，你就和她说我先去找老秦了。"

【靠，这不就是小声哀求吗！】

【澜崽软软软！！】

【啊啊啊啊啊】

镜头背后，窦晟嘶了一声，语气明显动摇了："那……也行……"

行字刚落下，走廊尽头忽然传来嘎吱一声。谢澜颤了下，弹幕也一惊一乍地跟着尖叫。

年级组窄窄的门口，一个一个地，逐渐挤出五个人。女，男，男，女，男。

死亡般寂静，连弹幕都彻底消匿。直到打头的胡秀杰开口："谢澜你过来，刚好其他老师也要找你。"

谢澜："……"

镜头后，窦晟低声说了句："我……去……五堂会审。"

胡秀杰犀利的目光朝镜头扫来，镜头瞬间卑微地转向了地面。地上画面捕捉到窦晟日常 VLOG 出镜的那双白鞋，前方谢澜也是同款。

【真是处处有惊喜】

【这个时间线是啥？我混乱了】

【澜崽高二吧？】

【简介说是五月末】

【哦哦，当年从三峡旅行回来是吧？】

胡秀杰在走廊尽头朝窦晟一指："没你的事，哪凉快哪待着去，不要因为有几个破粉丝就天天拿个破相机乱晃。"

【友友们，被鄙视了啊】

【破相机】

【破粉丝】

【《几个》】

"哦。"

镜头跟随着窦晟拐了个弯，画面外晃着他低低的声音："朋友们，谢澜小朋友今天在劫难逃。今天早上周考出榜，嘶——前一阵儿我们以为他进步了，但其实还没有。"走到拐弯处，他顿了顿："据我观察，谢澜目前的题目消化区间在一百到一百三十字，一旦超过上线，他就会当场理智崩塌。"

话音刚落，镜头一闪，窦晟又偷偷地回到了办公室门口。

镜头顺着那道并不窄的门缝伸进去。里面的画面，惨绝人寰。谢澜一个人站在地中间，对面是五位老师。他们都蹙眉，排着队，拿着爱的号码牌。一条谈话长龙，龙头正是胡秀杰女士。谢澜低着头，弱小、可怜又无助。

"你吃力在读题，所以不狠罚你，就错的这3道大题，2道选择，回去分别抄一遍，再自己抄写5道同型题、5道变形题，明早送我办公室。"

【好家伙，《不狠罚》】

【总计要抄55题，其中50自己找】

【这的确大有我国硬核教育特色】

胡秀杰风轻云淡布置完需要熬夜才能完成的任务，温柔地笑："也不要灰心，一次下滑说明不了什么，你平时的努力老师都看在眼里。"

她一边说着，一边伸手揉起了谢澜的头，把那一头蓬松的软毛揉得乱七八糟。

【乖乖，澜崽从耳朵红到脖子】

【看他紧攥的小拳拳】

【哈哈哈哈哈哈哈】

【妈呀太有代入感了】

【弹幕小点声笑，不要惊动他们】

"可不可以……"谢澜仿佛被人攥着喉咙，下一秒就要窒息，"……不要……摸头……"字字泣血。"哦。"胡秀杰缩回了手，"这有什么的，稀罕你。"

谢澜生无可恋："西汉？"

"就是喜欢你。"一个中年男人从后面拨开胡秀杰，"胡主任，到我了吧？谢澜这次语文考得太离谱了，我得好好和他说叨说叨。"

镜头又默默往前伸了伸，不远处低着头的谢澜忽然往门口瞟过来，直视镜头，和此刻在看的观众们，跨越时间，跨越现实与网络，对视。目含幽怨。

【喔唷妈妈的乖宝】

【突然心疼了】

【小伤心鬼！】

【来姐姐怀里揉一揉】

"谢澜。"男老师严肃地把手里的卷子交给他，"回国三个月了，做了哪些课外阅读？教材自学到什么阶段了？"

跨越时空的压力瞬间让弹幕闭嘴。

谢澜收回幽怨的视线："初中的必读补完了，高中只补了考纲里的古诗词，暂时没时间看课外……"

"光看古文有什么用？你要多接触现代文学，多了解中国的语意语境和人情世故。"男老师愁得眉头紧锁，"自己翻卷子，现代文阅读一，第二问，问的什么？"

在他身后，另一个男老师有些好奇地伸脖子看过来，憋着笑。

【这个探头探脑的男老师好眼熟】

【好像是他们数学老师】

【数学老师好幸灾乐祸啊】

【我也想看看！】

谢澜无精打采地念道："聋人不知道自己不会拉二胡，拿着钱被老板笑着送走。文章省略了老板与聋人的对话，老板有对他说什么吗？如果说了，会说什么？老板是一个什么样的人？请简要概括你的猜想。"

男老师道："这几乎是初中题。周考给你送分的，但你给我答的什么？"

谢澜有点不情愿："我知道我肯定偏了，但我没觉得我错。"

"念念。"

谢澜叹气。"分两种情况。一，老板什么也没说，因为太难听，他无话可说，只想做一个礼貌的绅士，微笑着把人送走。二，老板说了，文章用四十七个字描写他的笑容，所以他可能真的是没有音乐品味，对聋人说……"

老秦嘴角颤抖："说什么？"

谢澜叹气："如听仙乐耳暂明。"

"噗。"镜头迅速后退，窦晟压着声，边笑边咳，带着镜头迅速跑路。

远远地，谢澜和老师还在办公室里辩论。

"他是因为同情，因为慷慨！才假装好听给了一大笔钱！"

"一大笔钱？"谢澜大为震撼，"哪看出是一大笔钱？我以为是小费……老师你再读一遍原文，这明明就是拉得太难听拿着小费被赶走了啊。"

"……"

窦晟笑到镜头差点砸在地上。

"二猫算是没救了。"他拐出走廊转角咳嗽了两声，把摄像头调转到前置，"一共考6科，5科老师找，语文老师还额外要找家长。"

【好惨】

【可怜的澜崽】

【等等，家长？不是国内没亲戚吗？】

【赵女士？】

时空相隔，镜头里那个明朗恣意的少年胡乱抓了一把自己的头发："我妈要被请来和老师们面谈了，你们是不知道谢澜郁闷成什么样，整个人都拧拧巴巴的。"

【可以想象】

【找家长也算我国老师传统艺能】

【不能这么说，是老师们负责任】

【没说不负责任，就是心疼澜崽小可怜】

【确实，澜崽脸皮那么薄】

【而且他未必适应这种沟通方式】

窦晟清了清嗓子："对了，我还录了一段。"

画面一下子黑了。

但很快，屏幕里响起谢澜低低的声音，吞吞吐吐，不难想象到他缩在墙角里。

"那个，赵姨，您现在在哪……"

"嗯……我挺好的……啊没有，没和豆子干架。"

"那个，您明天回来吗？"

"没有没有，就是，就是那个——"

"就是……"

而后谢澜的声音断了，窦晟大大咧咧地说道："妈，后天上午来学校一趟，语文老师想和你聊聊谢澜的成绩。"

"嘶——"谢澜小声怒道，"让我自己慢慢说。"

"等你说完我妈都睡着了，没事啊。我当年天天被请家长，我妈这也算是重温旧梦。"

伴随着窦晟的说话声，视频里传来窸窸窣窣的声音。

"别揉我脑袋。"谢澜恼火地抱怨，又很快小心翼翼道，"赵姨，就这一次，我下次会好好考的。"

【呜呜呜，澜崽太让人心疼了】

【好惨兮兮一小孩】

【澜崽不要虚！你去你喜欢的大学啦！】

【你是 CMO 光辉的一个篇章！】

【你是 T 大永远的神！】

【虽然你的语文一直……】

【咳咳咳，前面快闭嘴】

【澜崽可听不得这种话】

短短一条素材，弹幕量却十分惊人。

屏幕里外，远跨重洋，也相隔经年。

此时已经读研究生的谢澜和窦晟一起看这条视频，进度条快完了，屏幕黑掉，弹幕集体回味着当年的青春，敲碗要求下一集。

谢澜撇撇嘴，起身道："不许有下一集啊，烦死了。"

"其实我还有几段你和宿管阿姨相爱相杀的记录呢。"窦晟在他身后试探。

谢澜眼神很冷："不可以。"

窦晟摸了摸鼻子："噢。"

谢澜离开房间，视频也只剩下最后几秒钟。

黑咕隆咚的，只有沙沙的风吹树叶声。

窦晟的声音低低的，是当年在视频里鲜少展现的温柔。

"好啦，请个家长，有这么烦吗？"

"……也没有，就是不想给她添麻烦。"

少年的低笑声有些苏。"这有什么的。"

最后一秒，画面忽然亮起，定格在英中的小操场旁。

林荫路两侧是风中摇曳的梧桐，谢澜坐在柏油路面上，两手撑在身后，抬头透过那些斑驳的叶片看着头顶的阳光。

少年的眼神清澈，许久，他的喉结轻轻滑了下。

"嗯。"